# Спектр
## 光谱

[俄]谢尔盖·卢基扬年科 | 著　　宋 红 | 译

NEWSTAR PRESS
新 星 出 版 社

СПЕКТР
Copyright © Sergey Lukianenko
This edition arranged with Andrew Nurnberg Associates Limited.
Simplified Chinese edition copyright © 2025
by Chengdu Eight Light Minutes Culture Communication Co., Ltd.
All rights reserved.
著作版权合同登记号：01-2022-6087

图书在版编目（CIP）数据

光谱/(俄罗斯)谢尔盖·卢基扬年科著；宋红译. — 北京：新星出版社，2025.5. — ISBN 978-7-5133-6037-1

Ⅰ.Ⅰ512.45

中国国家版本馆CIP数据核字第2025K5H857号

## 光谱

[俄] 谢尔盖·卢基扬年科 著；宋　红 译

**责任编辑**　吴燕慧
**监　　制**　黄　艳
**责任印制**　李珊珊

**出 版 人**　马汝军
**出版发行**　新星出版社
　　　　　　（北京市西城区车公庄大街丙3号楼8001　100044）
**网　　址**　www.newstarpress.com
**法律顾问**　北京市岳成律师事务所
**印　　刷**　北京美图印务有限公司
**开　　本**　910mm×1230mm　1/32
**印　　张**　15.875
**字　　数**　457千字
**版　　次**　2025年5月第1版　2025年5月第1次印刷
**书　　号**　ISBN 978-7-5133-6037-1
**定　　价**　69.00元

版权专有，侵权必究。如有印装错误，请与出版社联系。
总机：010-88310888　　传真：010-65270449　　销售中心：010-88310811

# 北京俄罗斯文化中心致中国读者的一封信

尊敬的中国读者：

您翻开的这本小说，是俄罗斯最著名的科幻作家之一谢尔盖·卢基扬年科的作品。苏联和俄罗斯的幻想小说享誉世界，而卢基扬年科堪称一位优秀的继承者。他曾数次访问中国，与中国粉丝的交流活动就曾在北京俄罗斯文化中心举行。

很高兴看到卢基扬年科的作品在中国出版。幻想类小说在中国广受欢迎，中国读者对该类型小说的语言风格和故事情节总是有着细腻的体会和深刻的理解，这非常难能可贵，或许正是源自中国古代志怪小说的文学传统。

我想，这就是为什么卢基扬年科的作品在精神上非常接近中国读者——你们懂得欣赏那些真正有价值的作品。在无穷无尽的幻想世界里，你们秉承着自己独一无二的精神、哲学和道德体系。而卢基扬年科本人将自己的作品风格定义为"硬核幻想"及"道之幻想"，相信你们可以从中找到与中国哲学的契合点，毕竟，中国哲学所强调的，恰是生命之历程，而非生命之目的。

祝愿每位读者的阅读之旅充满惊喜，祝愿每个人都能在卢基扬年科的作品中找到自己内心的声音。读完此书，您可能会从全新角度审视自己，更加理解自己在世界中的位置，也拓宽自己生而为人的隐秘边界。这正是文学的宝贵使命。

好好享受这本书，为它腾出书架上的一席之地吧。

北京俄罗斯文化中心主任
塔玛拉·卡西亚诺娃

## 致中国读者

亲爱的中国读者：

非常高兴能在拙作中译版中说几句话。

我曾多次踏上中国这个美丽的国家，也参观过中国的书店，亲身感受过读者对文学的热爱、对科幻文学的热情。

若干年前，我的作品曾经在中国出版，但此次的出版机会非同寻常。今年，在我的诸多类型作品中，唯独科幻小说受到中国出版方的青睐。

这对我来说意味着什么呢？

我看到，中国的读者正在仰望星空。他们对空间、知识和技术发展的兴趣与日俱增。我深信，人类的未来将不限于我们的地球。如今，中国当之无愧地在航天、电子等科研领域占据领先地位，科幻更有望成为点亮前路的灯塔。

如果拙作也能成为这座灯塔中的一簇亮光，我将不胜荣幸。

谢尔盖·卢基扬年科

# 目 录
**ОГЛАВЛЕНИЕ**

第 1 章
红 *001*

第 2 章
橙 *067*

第 3 章
黄 *127*

第 4 章
绿 *181*

第 5 章
蓝 *259*

第 6 章
靛 *335*

第 7 章
紫 *415*

尾 声
白 *491*

# 第1章

# 红

"最好的故事永远都是自己还不完全了解的故事。"

Красный 620~780nm[1]

---

[1] 红光波长620~780nm,本书篇章页右下同一位置的俄文含义均为该章节名对应的光谱波长。

## 零

探望年迈的长辈,是知书达礼的年轻人必尽之义务,此乃尽人皆知的道理。这种观念早在亚历山大·谢尔盖耶维奇[1]那个时代就已深入人心,马丁自然不敢怠慢。况且,马丁是真心想见到叔叔,绝非囿于礼节。他喜欢与叔叔在厨房里共品咖啡,并将其视为人生一大乐事,他们或天南地北地东拉西扯,或高谈阔论那些人类未解的终极哲学问题。

此外,和叔叔的定期会面还有一点让马丁心情愉悦。在很多场合,大家称呼马丁时都会加上父称[2],这多少令他不快。想想也是,任何思维正常的俄罗斯人怎么会喜欢马丁·伊戈列维奇这样荒谬的姓名组合呢?叔叔就从不那样叫他,过去不会,将来也不会。

心情好时,叔叔称马丁为"马尔特"[3];心情不好了(当然,这种情况很少发生),便刻薄地称马丁为"伊登"[4]。看来,三十多年前,叔叔和马丁的父亲曾就取名问题在家族中有过争执,而且后果还很严重。

叔叔是顽固的单身主义者,每当有人问他是否有孩子,他总是以冷冰冰的"不知道"作答。但不知何故,他偏偏喜欢参与爱侄的生活,并将其视为不容推辞的法定义务。事实上,除了在名字问题上回天乏术,叔叔在侄儿成长过程中的任何事情上都做到了力排众议,坚持己见,也正因如此,马丁时常对叔叔心存感念。因为他,童年的马丁得以逃过练

---

1. 亚历山大·谢尔盖耶维奇·普希金(1799—1837),诗人、作家,俄罗斯近代文学的奠基者。
2. 在俄罗斯,人们用名字加父称的形式称呼他人,以示客气和尊敬。
3. 马丁的昵称。
4. 美国作家杰克·伦敦的长篇小说《马丁·伊登》曾在苏联十分流行,因此提起"马丁"这个名字,苏联人常会自然而然联想到与小说同名的主人公。

琴之苦；也因为他，年纪稍长的马丁得以参加长达数日的徒步旅行，或跟朋友们一起搭顺风车去圣彼得堡旅游。每次父母出面阻挠，均会在叔叔正颜厉色的"你们是在培养真正的男子汉还是流行歌手"诘问中败下阵来。叔叔讨厌流行音乐。众多歌手中，他只推崇科布松和列昂季耶夫[1]，且每提及此，总会心虚地补充一句："他们的歌声动人，性格也不错。"

虽然叔叔严肃端方，但他身上也不乏人性的弱点。特别是最近十年来，全世界老百姓的日子都不好过，衬得叔叔的弱点越发明显——潜藏在他体内对珍馐美味的欲望突然就被唤醒了。从前，叔叔仅靠煎荷包蛋和廉价啤酒就能过上整整一周；如今，他在灶台前一站就是半天。每到晚上，不是请朋友来自己家做客，就是去别人家串门。

马丁很喜欢叔叔这个无伤大雅的小癖好，它让自己的拜访变得更加温馨快乐。就拿今天来说，马丁事先跟叔叔通过电话，得知晚上要吃沃伊达奇城堡[2]烤鸭，便顺路去了趟地铁站旁的商店，打算挑选上好的葡萄酒与叔叔畅饮。

毫无疑问，今晚的菜肴最好搭配匈牙利葡萄酒。就让那些高人雅士和俄罗斯爱国主义者对匈牙利葡萄酒冷嘲热讽吧，对甜甜的苏玳和涩涩的塔维勒赞不绝口吧，继续就酿造马桑德拉和托卡伊葡萄酒所用的葡萄篓数[3]争执不休吧！没关系，让这帮自以为是的家伙接着自以为是吧！马丁确信，每种食物都是独特的地理和历史符号——普通的俄罗斯伏特加佐以煮土豆和咸鲱鱼，是最经典的搭配；帕斯雀香辣牛肉一定要配浓厚的亚美尼亚白兰地（豪放的高加索人则会搭配伏特加）才能为舌尖提供最佳的感觉；鲜嫩的牡蛎一定少不了冰凉低度的法国白葡萄酒；而若吃对身体有害的油腻灌肠，则必须喝捷克或巴伐利亚的啤酒。

马丁毫不犹豫，决定购买葡萄酒。排队的人不多，前面只有两个难

---

1. 约瑟夫·科布松和瓦列里·列昂季耶夫都是俄罗斯著名歌唱家及功勋艺术家。
2. 位于布达佩斯的沃伊达奇城堡始建于1896年，是匈牙利著名的古堡。
3. 托卡伊葡萄酒的传统酿造工艺是将手工采摘的阿苏葡萄装进容积一定的木篓（Puttony）里，酿酒所用篓数越多，甜度越高。

缠的退休老太太,非要挑选一块"更香、更美味的"西班牙火腿,还要求售货员给切成片,而且是薄薄的片。谢天谢地,终于轮到马丁挪到疲惫的年轻售货员身旁。他买了一瓶巴拉顿白葡萄酒和一瓶埃格尔红酒,趁身后没人排队,跟售货员姑娘闲聊了几句。姑娘很可爱,也很聪明,目前在大学读书,晚上来商店打工,是为了攒钱去欧洲过暑假。不出一分钟,马丁就本能地意识到,虽然姑娘不反对跟他闲聊几句,却丝毫没有与他结识的打算,因为她已经有男朋友了,且男朋友非常优秀,还忠诚可靠。他只好将包着瓦楞纸的酒瓶子放进结实的包装袋,随即告辞离开。包装袋中传出轻微的撞击声。

　　天气晴好,舒适宜人。夜幕降临。度过漫长的寒冬后,莫斯科第一次吹起初夏暖洋洋的夜风。由于是周末,马丁的心中多了几分轻松和喜悦。汽车载着市民,如小河般流向郊外的别墅。城市安静了。为数不多留在市内过周末的孩子们,踩着滑板车在人行道上横冲直撞。一个小型的爵士乐队在地铁站旁的街心公园调音,早早赶来的退休老人们忙着占座,准备伴着音乐聊天跳舞。

　　叔叔住在离此不远的一幢破旧的九层楼里。马丁没走人行道,而是穿过荒废的幼儿园抄了近路,半路差点儿惊动一对在路边长椅上搂抱的热恋情侣,他听到他们火辣的恋人絮语,立刻反应迅速地将装酒瓶子的袋子抱在胸前,唯恐弄出声响,蹑手蹑脚地走了过去。

　　马丁及时赶到。叔叔打开门,嘟囔了句什么,算是欢迎,然后急匆匆钻进厨房,从烤箱里取出鸭子。马丁一如往常穿上均码的客用拖鞋,走进客厅。叔叔的日子过得很清贫,住在一套小户型的两居室中,而且没有换房的打算。他说自己都六十七岁了,虽然离入土还早,但考虑搬家已经太晚。叔叔家的卧室兼作办公室,四面墙都是古旧的书架,书架上塞满了比书架还古旧的书籍。客厅的装修还算时尚,充满"高科技"元素,饰以镀镍立柱和钢化玻璃,摆放着各种精密的影音设备。叔叔家甚至还有台法国飞瀑玻璃音箱,这可是个因没有箱体泛音而备受发烧友追捧的高端品牌。

　　趁叔叔在厨房忙碌,马丁在一堆光盘里翻出一张埃米尔·吉列尔斯演奏的贝多芬放上，然后脱下外套，在桌旁调整舒适的姿势坐了下来。

马丁没有等太久。

不出两分钟，叔叔就端着烤盘出现在客厅里，烤盘中赫然是鼎鼎有名的沃伊达奇城堡烤鸭，嘶嘶作响，香味扑鼻，鸭子四周围了一圈浸润着鸭油的煎白菜卷。

看到鸭子，马丁心情大好，急忙去开红酒，边开边后悔没早些过来。一般来说，葡萄酒在饮用前应该醒上半个小时，以消除软木塞的气味，让口感更加醇厚。好在即便缺了这个环节，叔叔依然对美酒赞不绝口。

叔侄俩大快朵颐，偶尔才聊上几句，内容无非鸡毛蒜皮的小事，是大概只有血亲才会感兴趣的家长里短。他们聊到了马丁的父母，二老在古巴的阳光海岸度假已一个多月了；聊到马丁不争气的弟弟刚刚大学毕业，又考进另一所大学，只因在念书期间对律师这一职业失去了兴趣，转而对律师的宿敌——记者——产生了莫名的好奇和向往。

他们说起叔叔的肝病。当然，以他肝脏的状况，是万万不该碰今天这样的美食的。他们的话题又转到当下退休金改革中的猫腻，经过此番改革，叔叔儿时去马达加斯加的梦想彻底没戏了……

谈话间，马丁欣慰地发现，叔叔并没有对生活失去激情。他依然注重仪容仪表，甚至为了与侄儿共进晚餐而专门系上了领带——对一个单身汉来讲，这几乎是件壮举。

过了一会儿，叔叔刻意把话题往马丁身上扯，小心翼翼、委婉含蓄地问起他的工作情况，希望给爱侄来个措手不及，引诱他泄露些秘密出来。但马丁高度警惕，只说些无关痛痒的话敷衍搪塞，既不答"是"，也不答"否"，对显而易见的恭维和话里话外的暗示都充耳不闻。叔叔只好沮丧地放弃了刺探，转而对鸭子发起全面进攻。

这时，窗外传来一阵嗡嗡声，音量甚至盖过了音箱里流泻而出的奏鸣曲。一架飞碟紧贴着房顶飞过，准备着陆。孩子们快乐地大喊大叫，触发了一辆汽车的报警系统。报警器发出刺耳的响声，长达半分钟之久。

这件微不足道的小事立刻改变了餐桌边谈话的走向，叔侄二人随即聊起了关乎国家命运的严肃话题。叔叔陈述起自己对外星人的看法,尽管对马丁来说,这都是老生常谈。

马丁并非刻意回避这个话题。他对此也有自己的见解,但不想与叔叔发生争执。因此,今晚剩下的时间留给了叔叔的独白,最后,聚餐在叔叔的高谈阔论中匆匆结束。

起身告辞时,侄子突然感到一阵轻松。好在,他给出了一个极为充分的理由——明天他要出差,而回程的日期,连他自己都不清楚。


一


马丁爬到山顶时,正赶上倾盆大雨。

乌云压顶,仿佛只要轻轻一跳,就可以抓住一片湿漉漉的灰色云团。最初几滴雨重重地砸在林间小路上,地面上的尘土如喷泉般升腾,又很快消散。大雨瓢泼而下。

小路瞬间变成水上乐园里的滑水道。水坑中的泥水冒着泡,冷冷的雨水拍打着他的双腿。乌云越压越低,马丁顶着风雨,在一片昏暗中穿行,仿佛身处这场狂风暴雨的中心。天完全黑了。上衣的防水面料没能撑太久,不一会儿,身上就湿透了。裤子贴到腿上,鞋舌下也灌满了雨水。

马丁继续前行,咒骂着这里一年三百天都下雨的鬼天气;咒骂自己和自己的工作;咒骂漫山遍野多刺的野生灌木丛,让上山的道路变得如此崎岖艰险。路越发泥泞,维持身体平衡的难度越来越大,他已经不是在走路,而是在向前滑行。每秒都有摔倒的危险,他只能尽量保持平衡。紧贴在后背上的卡宾枪越来越沉重,每向前迈一步,鞋底都会粘上半普特[1]的污泥。马丁已经身心俱疲，鼻子呼哧呼哧地喘着粗气，喉咙咕噜作响，肌肉好像灌了铅，就连脑子也像是进了水，无法正常思考。

此刻，哪怕灌木丛中跳出猛兽，哪怕五雷轰顶……任何一种意外都能让崩溃的马丁重新振作，促使他奔跑、挺胸、跳跃，甚至爬行。可雨水灰蒙，光线黯淡，除了扑哧扑哧响的烂泥、潮湿多刺的树枝和浓密的迷雾，什么都没有。他只能麻木地行走，与单调乏味的暴风雨融为一体。他别无选择。

从山上下来，马丁才看到驿站上空的灯光。乌云飘向了高空，雨中云罅初现。灯塔的光线穿透灰色的斜雨，先闪红光，再闪绿光，接着停顿片刻（其实，是紫外波段在闪光），然后是一道刺目而诱惑的电弧之光。马丁加快了步伐。他总算没有迷路。

一个小时后，马丁顺利抵达驿站。

石块堆砌而成的两层小楼与沼泽和丘陵地貌颇为和谐，看上去并不突兀。拉上深红色厚窗帘的窗户是整栋楼唯一的彩色，完美地映衬着塔楼的灰色基调。灯塔在高耸的石头楼顶端闪烁。这栋小塔楼样子奇特，说不出它更像尖顶清真寺，还是像位于世界尽头的海上灯塔。

灯塔管理人，也就是当地的穆安津[2]，正坐在露台上的藤摇椅中，盯着越走越近的马丁。这外星怪物身高一米五左右，脑袋和身上长满了油光发亮的黑毛，只有忧伤的大眼睛和肥厚的嘴唇周围，黑毛才又短又稀。他穿了条长至膝盖的短裤。

"你好，管家。"在通往房子的小楼梯前，马丁停下了脚步，虽然那楼梯只有三级低矮的宽台阶。

"你好，游子。"管家取下嘴里的烟斗。他的嗓音悦耳，有男性低音炮的质感，又不失女性的柔和与温婉，能听出他有口音，尽管十分轻微，不过几秒钟后，就感觉不到那口音的存在了，"请进来休息休息。"

现在，马丁才可以上楼。他将鞋底在台阶的边缘上刮了刮，任厚厚

---

1. 沙皇时期俄国的重量单位。1普特=40俄磅≈16.38千克。
2. 伊斯兰教教职，意为宣礼员。

的一层泥土掉落，然后走上露台。

管家身旁还有把椅子。他面前的茶几上摆着一个长颈玻璃瓶和两个玻璃杯，玻璃瓶里是淡黄色的葡萄酒。这是一种委婉的邀请。

顺便一提，管家们从不急于谈话。

"我很想回家。"马丁慢慢地坐到椅子上，"越快越好。"

管家吸了一口烟斗。烟草的味道让人心旷神怡。不知何故，管家们很容易染上地球人的恶习，似乎只是提到抽烟就能让他们兴奋不已，喝葡萄酒也是他们的乐趣之一。

"这里又寂寞，又凄凉。"管家说。这句例行公事般的开场白此刻听起来显得尤为真诚。这颗星球四处都是沼泽，世间的确很难找到比这里更寒冷、更潮湿、更寂寞、更荒凉的地方了。"请跟我说说话吧，游子。"

"我是两天前来到这颗星球的。"马丁开口说道，仿佛以为管家已经把他忘了。不过，那时接待他的是面前这位管家吗？"我来此，不为猎奇，也不为冒险。地球上有个人，做了件荒谬又邪恶的事情。他喝醉了酒，放任灵魂中最恐怖的东西战胜了良知。我不知道他是不是早就开始猜忌自己的妻子，也不清楚他的嫉妒是否有据可依……但那天晚上，他们又吵架了。结果很悲剧，他杀死了女人，然后畏罪潜逃，出了界门。"

管家点点头，在摇椅中轻轻晃动身体。

"这可怜女子的亲人决意严惩凶手。"马丁稍稍停顿了一下，继续说，"他们雇我，要我找到这个男人，并把他押回地球。我跟着他来到了这个世界……"

"宇宙中，世界如恒河沙数……"管家搕了搕烟斗，"有很多人类宜居的世界，你怎么知道他去了哪儿？"

"的确很难查清楚。"马丁承认，"我需要深入了解此人，与他共情，感受他的梦想和恐惧，像他一样思考。人并不总是有意识地选择自己的道路。有时候，一个漂亮的地名、不同寻常的字母组合、一时的情感冲动……都可能影响到人们所做的决定……所以我经常犯错。不过这一次，命运之神一开始就对我特别眷顾。"

管家点点头，算是接受了马丁的解释。

"我找到了逃犯。"马丁继续说道，"他早已料到会被追捕，但我没能说服他跟我返回地球。有时谈话确实有诛心之效，一些人会乖乖地同意回地球接受我们世界的法律制裁。但这个人死活不肯跟我回去。他对自己的所作所为后悔不迭，可是对受到制裁的恐惧超过了愧疚。我杀了他。这就是他的号牌。"

马丁从口袋里掏出一个透明号牌，给管家看了看。系在细项链上的号牌是个塑料小圆盘，圆盘上微小的集成电路清晰可见。

"回去后，我会告知受害人的亲属，她的大仇已报。"马丁继续说，"但我不会向我们世界的权力机关汇报。界门之外发生的事情，与他们无关。"

管家开始往烟斗里装烟丝。他的手指像猴子的一样没有毛，皮肤黝黑闪亮，但细看之下就会发现，黝黑闪亮的不是皮肤，而是细小的鳞片。

"这里又寂寞，又凄凉。"他喃喃地说道，"这样的故事我听过太多了，游子。"

马丁沉默了片刻，又从口袋里掏出一个号牌。

"我循着逃犯的脚印，一路追到这里，"他说，"刚到就遭遇倾盆大雨。但雨再大，也冲不掉罪犯的足迹。我找到了他第一次休息的地方，意识到自己追捕的方向没有错。后来，我在一个小山丘上发现了两个人的踪迹，一人落在后面，拼命追赶前面的人。我知道，一旦那两人相遇，肯定会有悲剧发生。于是我加快了脚步，可惜还是迟了。我在大道上看到了年轻人的尸体，那几乎还是个孩子，只有十六七岁。逃犯故意停下来让他靠近，随即一举将其击毙。"

"为什么？"管家好奇地问，"他喜欢杀人吗？"

"不，是恐惧。恐惧让逃犯扣动了扳机。他早已料到会有人追捕他，怕追上来的是赏金猎人，便不分青红皂白，起了恶念，甚至没好好想一想，这么年轻的毛头小伙子怎么可能是猎人。仇恨是徒劳的，管家，仇恨不能让死者复生，也不能让世界变得更好。最初，我并没打算杀死逃犯。但是，当我站在男孩的尸体前，不由得悲从中来。这个过了界门的男孩，惨死在另一个星球的天空下，丧命于另一个世界的风雨中。他想在地球之外寻找什么？财富？荣耀？还是爱情？或者只为了冒险？我不得而知。过界门时，他用什么故事向管家支付的通行费？他怎么会如此天真？为什么他就不懂，在地球之外，最危险的生物反而是人？我对这些毫无头绪，只知道不能让逃犯逍遥法外。即使他也有过善念，也曾对人充满爱意，可是他的心中如今只剩下恐惧。但凡有办法可以消除恐惧，他就不会再对人动手。但是，只要他还活着，他就无法停止恐惧。因此，我杀了逃犯，拿走了他的号牌。"

管家晃着摇椅，喷云吐雾，犹豫片刻后，终于放下了烟斗。

"你驱散了我的忧伤和孤独，游子。请入界门，继续赶路吧。"

现在，马丁可以登上二楼了，找一个供人类使用的房间，洗个热水澡，吃顿午餐；也可以选择立刻上路，继续自己的旅程。

马丁点点头，为自己倒了杯葡萄酒。他对着空气发问，尽量让问题听起来像是反问句："这个故事的前半部分有什么问题吗？"

当然，管家没有作答。马丁也没指望能从管家那里得到答案。他举起酒杯，将葡萄酒一饮而尽，然后站起身来。

"多谢指教，管家。再会。"

"你进城了吗，游子？"

"没有。我看到了远处的灯火，但不想浪费时间。"

"那可是个大城市。"管家说，"是深渊星最大的城市，有三千个人类和近一万个非人类在那里生活。城市位于浅海沿岸，居民以采集藻类为生。用这种藻类煲的汤，深受所有世界的推崇。因为此汤能延年益寿，而且无比鲜美，让人难忘，是城里每个人——上至市长，下至乞丐的家常便饭，但在其他星球，只有富豪和名流才有机会品尝这无上的美味。这算是我给你讲的故事，愿它能消除你的悲伤。"

"谢谢你，管家。"说完，马丁向门口走去。进楼时，他忍不住回头看了一眼。管家依然轻轻地晃动着摇椅。摇椅背上有个小孔，一条三角形的小尾巴从孔里伸了出来。

这些管家终究只是爬行动物，虽然浑身是毛，而且长得像猴子。

驿站的走廊温暖又安静。石头地面铺着结实的草席，铸铜灯闪烁着诡异的光，令人惴惴不安。这种光谱显然并不仅仅是为人类设计的。马丁登上二楼，走进一间供人类使用的客房。房间里的家具粗大笨重，但不知何故，椅子却又小又矮。总的来说，陈设还算舒适。浴室非常奢华，有圆形的深蓄水池，还有类似土耳其桑拿浴的小隔间。很显然，这浴室并非人类身心放松之所在，而是某些类人种族做热疗的场所——不做，他们便无法维持生命。

管家们始终忠于职守，考虑周到。

马丁脱掉衣服，打开蓄水池的入水开关，冲了淋浴，走进桑拿室的隔间。石墙里的加热器不时发出一阵阵轻微的噼啪声，透明门的后面，热水正汩汩流入蓄水池，泛起无数水泡。马丁垂头坐在池里，闭上眼睛，让身体慢慢吸收热量。这星球上该死的雨比他想象得还要凶残，几乎耗尽了他全部的体力。

马丁很好奇，如果管家对故事不满意，最多能允许他在这儿休息多久？

一天？还是两天？

总有一天，好运会弃他而去，会有另一位管家坐在摇椅里，或者四仰八叉地躺在草席上，一次一次地对他说："游子，这里又寂寞，又凄凉。"

管家依据什么标准来收取或拒绝界门出入费，迄今为止还是未解之谜。唯一可以确定的是，他们拒绝那些从文学作品、电影或众所周知的历史文献中摘取的故事，而讲述者的个人经历或口头转述的故事通常会得到认可。

即使过不同的界门，同一个故事也不可重复使用。管家们总能即时——或者说近乎即时地互相交换所有信息。过界门者不能提前"预存"故事，只有在进入界门通道时讲的故事才被视为有效。

人们可以虚构故事，但这种情况下，管家对情节和叙事风格就更为挑剔。比起田园小说或自然环境的描写，管家们更钟爱悲剧或言情故事、幽默、侦探、玄幻或神秘故事也颇受欢迎。

讲述个人历史的人总能轻松过关。所以，大部分人为了取悦管家，总是拼命回想自己经历过的逸闻趣事。也许，这是个巧妙的小技巧，任何过界门的人均可以利用。任何人。不过，讲述个人经历的机会只有一次。

那个死去的男孩现在仍然躺在距离界门二十公里远的异乡土地上，他是用什么故事向管家支付的通行费呢？

自己的初恋，也是最后一次恋爱？想必是的。

马丁走出桑拿间，钻入蓄水池。蒸过桑拿后，温水让人舒爽。他犹豫片刻后，将手伸进衣兜，拿出号牌和手表。他把手表戴上，端详了一会儿号牌，然后轻轻按了手表上的几个小按钮，将其凑近号牌。

一般来讲，俄罗斯法律禁止此类行为……确切地说，明令禁止个人这样做。但号牌扫描器在黑市上就能买到，而且通常被伪装成手表或手提电脑的模样。

小小的屏幕上出现了几行信息——对马丁来讲毫无意义的号码、姓名、年龄以及最后一次过界门的编号。

小伙子是西班牙人，还未满十七岁。

马丁将号牌藏到衣服口袋里，在温水中伸了个懒腰。政府迟早会拆穿这些将扫描器伪装成手表的小伎俩，重设号牌编码，不过也可能不会插手。或许，对管家及其客户不信任的时代已成为历史。

马丁走出蓄水池，放干里面的水，打开淋浴头将其冲洗干净，又用熨烫过的毛巾擦干了身子，然后随手将毛巾扔进装脏衣物的箱子。他穿好衣服，抓起背包的背带，但没有将其背在肩上。

他走向界门。

这里不是热门驿站。无论在住宿区，还是经过三道自动门才到达的中心区，马丁都没有遇到人。中央的圆形厅面积不大，像所有驿站一样，崇尚极简风格。矮柜上的计算机控制台似乎是这里唯一的高科技标志，但实际上，这是驿站整个系统中最原始的部分，就好比用缓燃导火线做火箭喷嘴的点火装置，或是给电脑键盘装上一把机械锁。不过，人类还不太适应这种混搭风格。

马丁耐心等待，直到身后的大门紧紧关上。这时，显示屏亮了。马丁拉出键盘，将光标移到长长的列表上。列表中大部分星球名称被标注为绿色——那里的大门为人类敞开；而列表中的那些黄色星球，要么环境恶劣，人类需戴氧气面罩才能生存，要么根本就不欢迎人类；而那些标记为红色的星球，若没有特殊防护措施或星球原生生物的帮助，人类根本无法存活，因为那里要么引力过大或空气太稀薄，要么弥漫氯气，要么被超强的电磁场或电磁脉冲贯穿，要么其间物质以有别于地球的物理定律存在。马丁一直很好奇，管家会派什么样的工作人员去那些星球。他们总不会委托原生生物或自动化机器做事吧？

只有管家才能回答这个问题。

但管家从来只提问，不回答。

马丁在列表中选择了"地球"，二级菜单瞬间展开：共有十四个界门可供出入。马丁在其中选定"莫斯科"，按下回车键。屏幕上随即弹出最后一条提示消息，马丁再次按下回车键。

显示屏变暗，关闭。周围没有任何异动。

一切都没有改变，除了他所在的星球。

马丁抓起地板上的背包，向门口走去。他身后的计算机控制台缓缓落向地面，直至彻底消失，取而代之的是一套极为古老的设备：三个黑漆胶木转筒，上面有数百个彩色手柄——这意味着有外星生物正朝界门走来，碰巧马丁还知道来者是什么生物。

马丁在通过走廊的第二道闸门后与格达人相遇。以地球的标准，这个格达人太高大了，显得有点笨拙；面容几乎与地球人无异，但眼距过宽，耳廓呈精确的半圆形，像儿童画上常见的耳朵；灰色的皮肤配上极为普通的红唇，看上去格外血腥和恐怖；身着胭脂红和天蓝两色的华丽服装，肩后露出精致的辟邪剑的波纹状剑柄，那不是金属打造的，而是五彩石线合成的。

格达人微微低头，以示致意。

马丁礼貌地点头作答。

他们擦肩而过。格达人走向界门,朝手柄和转筒前行。马丁穿过宽阔的走廊,出了驿站,朝加加林大街走去。

这里曾是莫斯科极为舒适幽静的街区之一。苏联时期,人们在此取外景拍电影,以展现首都的美丽。达官显贵们都以在此居住为荣。难道管家们也喜欢这里?可有谁能洞悉管家的喜好和真实目的呢?不管怎么说,十年前,界门落址于此,仅用了三天三夜,几座舒适的房子就建了起来。驿站诞生了。

自那时起,再称此地为幽居雅地,委实令人难以启齿。

莫斯科驿站是地球上最大的驿站之一。管家们似乎对建筑美学毫无兴趣,或者是以此种形制的建筑表达某种态度,总之,这是地球上最丑陋的一个驿站,由几个巨大的混凝土穹顶和杂乱无序堆积起来的立方体构成,立方体上漫不经心地随机开了几扇窗,窗框中镶嵌着深色的镜面玻璃。一旁的灯塔近百米高,由同种粒状混凝土粗制滥造而成,塔顶的小亭子丑得令人惨不忍睹,信号灯正是从这里发射信号。其中一个立方体建筑上有飞碟起落场,管家们使用它的频率虽不高,但总会有一两架飞行器随时处于待命状态。驿站四周龟裂的沥青地面上有一条白色地砖铺设的边界线。界线之外设有低矮的栅栏和警亭,只有入口处没有隔断。虽有警卫站岗,但任何想要进入驿站的人都不会遭到阻拦。

马丁站了片刻,环顾四周。尽管初夏已至,依然冷风瑟瑟,细雨蒙蒙。游手好闲之徒、孩子和城中疯子在栅栏外转悠。因天气不好,没有太多记者。几个举着"管家,滚回老家!"标语牌的示威者在雨中抗议,一个相貌堂堂的男子举着"回来吧,佳洛奇卡!"标语牌也在此列。马丁记得此人,他在驿站前已经苦苦等待了两月有余。每天下午五点一过,他就会准时出现在这里,冲着冷漠的墙壁高举自己的标语;到了晚上九点,他又会小心翼翼地收拾好东西走人。男子似乎也认出了马丁,不动声色地点点头。

马丁转身离开。驿站所有出口的检查关卡都有人排队。通往西夫采夫·弗拉热克巷[1]的第三检查口处排的队伍最短，他果断地加入了进去。

年轻的边防战士正在检查一个外星生物的证件。这是马丁从未见过的人形生物——灰色的皮肤油光闪亮，长了四只手，小眼睛上覆着透明的薄膜；身穿褐色的裘皮，打着赤脚，戴着个类似贝雷帽的裘皮帽。卡尼尔和奇斯佳科娃合著的《宇宙生物名录》对此种族有过专门的描述，马丁看过，但已记不清细节。这是好事，因为令他印象深刻的，往往都是些危险生物。

"那里有兑换处。"边防战士正在介绍，"您可以雇一个私人向导，也可以联系旅行社。您了解我们的法律吗？"

外星人点点头。

"请在这里和这里签上您的名字……"

排在马丁和外星人之间的男子转过身，友善地对马丁笑笑，笑容里带了点讨好的意味："打扰一下，您是本地人？"

"是的。"

"我来自加拿大。"他说，"您能否给我推荐一家不错的酒店？"

马丁耸耸肩，瞥了一眼聚在远处的特工。

"您比较注重什么，酒店的价格、舒适度，还是所在位置？"

加拿大人笑了笑，意味深长地摊开双手。他看上去不像百万富翁，充其量就是人到中年的西方中产。

"明白了。"马丁说，"您打辆车，去'俄罗斯'酒店。那里虽不算特别舒适，但地处市中心，价格也不贵。"

"谢谢！"加拿大人喜出望外，神采飞扬的模样一下子就暴露出这是他的第一次星际旅行。

"我去看了我女儿，她住在黄金之星。因为想顺便看看世界，就决定从俄罗斯的界门返回地球。"

"明智的决定。"马丁表示同意，"我也经常从国外的界门返回地球。"

---

1. 莫斯科市中央行政区的一条小巷。

加拿大人肃然起敬。

"哦，这么说，您不是第一次去界门外旅行了？"

马丁点点头。

"莫斯科懂旅行语的人多吗？"

"跟别的地方一样，大概千分之一的人懂。您最好还是说英语，这儿的人专门宰出入界门的旅客。"

"下一位！"边防战士叫道。外星人已向兑换处走去，冷漠地绕开乱哄哄的向导去换钱，一看就是聪明守法的外星人。

加拿大人再次对马丁笑了笑，朝边防战士走去。

"您好，请出示您的证件。"

边防战士改说英语。马丁头脑中闪过一个念头，近一年来，边防战士的语言能力有了明显进步。几乎每个边防人员都会说旅行语，这表示他们至少出入过界门一次以上——也就是说至少有两次穿过界门的经历。

管家向所有使用他们交通网络服务体系的人传授公共语言。就连那些不以声音为交流工具的种族，管家们也能教会他们使用万能的旅行手语。

"下一位。"

加拿大人茫然地走到街上。众多向导和出租车司机感到此人有油水可捞，立刻朝他跑了过去。他们会榨干这个加拿大人，他已经无处可逃。

"马丁·杜金，俄罗斯公民。"他递上自己的证件。

边防战士若有所思地翻阅他的护照，签证，签证，还是签证……

"我听说过您。"他说，"您每个月都过界门。"

马丁沉默不语。

"您是怎么做到的，啊？"边防战士盯着马丁的眼睛，仿佛在期待他会突然敞开心扉，意外地透露点什么诀窍。

"没什么，就是正常过关，给管家随便讲些故事。"

边防战士神情严肃地点点头，"明白。我也出过界门。可是问题究竟出在哪里？为什么有些人连一次界门都过不去？"

"可能是因为我能说会道吧。"马丁说道，"长官，具体原因，我也不知道。所有的故事我都给有关部门讲过。我不知道管家怎么会喜欢这些故事。"

边防战士在护照上盖上了入境章。

"欢迎回来。马丁·杜金。您知道自己有个绰号吗？您是'行者'。"

"谢谢，我知道。"

"子弹退膛了吗？"

"是的，当然。"马丁拍了拍枪套，"枪身已拆，子弹已退。这是卡宾枪，很普通的那种，我一般用它来打野猪。"

"祝狩猎成功。"边防战士好奇地看着马丁，眼神里没有敌意，"杜金公民，希望您早点弄清楚您是如何做到的，那样大家都会受益。"

"我会尽力的。"马丁边说边通过通行站的绿色拱门。边防战士的素质最近真的有所提高。他们似乎变得……更平和了，不再像前些年那么神经质，总觉得人人可疑。

马丁走了大约十分钟，渐渐离开喧闹的人群，途经"猎人"和"征程"两个商店，穿过一个室内市集。市集是民众自发形成的，如今已经合法化，人们在此买卖武器弹药和外星商品。

马丁又路过几家宣称"对银河系所有种族开放"的小旅馆和小饭店，它们的店名充满异域风情，以外星美味招揽顾客。

马丁伸手拦车。一辆私家车停了下来，司机打开车门，既没问路线，也没讲价格，直接开口问："旅行回来的？"

在这条普通的莫斯科大街上说旅行语，显得很另类。旅行语发音极为简单，声调柔和，句子短小而精练。"是的，刚回来。"

"一猜就是。我有过三次旅行经历，这回算是拉了个同道中人……您去的星球远吗？"

马丁闭上眼睛，往后靠了靠，让自己坐得更舒适些。

"超远，两百光年。"

"那儿怎么样？"

"跟这里一样,也在下雨。"

司机笑了,"我也这么想。金窝银窝,不如自家狗窝。不论到哪里,都找不到比地球更好的去处了。我之前出去旅行只是一时意气用事。是朋友们带我去的。当时大家都喝醉了,赌我们能去一趟外星再顺利返回。我倒是回来了,可朋友们……"

马丁沉默不语,手指摆弄着口袋中的两个号牌。如果不用扫描仪,两个号牌没有任何区别。晚上,马丁要给去世男孩的亲人写信,将这个不幸的消息通知他们,并将号牌一并邮去。

马丁暗下决心,等这些事办完,他要大醉一场。

## 二

永远不要把商务会谈安排在周一早晨。

在星期六晚上,做出这个决定似乎还算个不错的主意。这样,你就可以迅速挂断电话,回到客人身边,确信自己将在岁月静好中悠闲地度过周日,像每个单身汉那样,不急不忙地做家务,漫不经心地打扫卫生,懒洋洋地去离家最近的商店购买啤酒和冷冻比萨。顺便说一句,冷冻比萨是美国人对意大利美食最恶毒的亵渎。你甚至可以天真地以为,周日晚上可以边看电视边沉沉地睡去。

永远不要承诺从新年开始戒烟、从下个月初开始锻炼,不要以为周一早晨睁开双眼的自己会精神饱满、神清气爽。

"您是马丁吗?"客人问。

马丁模棱两可地做了个奇怪的头部动作,这动作能代表诸如"是的""不是""我不记得"或者"我头痛,而您居然还问这么愚蠢的问题"等多重含义。

最后一个说法应该最贴切。

"想来点儿咖啡因吗？"来客突然提议。马丁饶有兴致地打量起他来。

乍一看，这个令马丁不堪其扰的罪魁祸首是个典型的新手商人——一年前才开始系领带，但至今仍没学会打结。他身材壮实，蓄着短发，穿华伦天奴西装和艾绰衬衫。马丁非常清楚这样的人通常会提什么要求，也很早就学会如何拒绝了。

让马丁困惑的是他腕上的名表。百达翡丽对他来说过于奢华了，不过这个细节能透露很多东西，比如，来访者不是十足的蠢货就是冒用他人身份的浑球。

"好吧。"马丁同意道。客人递给他一板铝箔压装的药片。他想起这种包装叫作"泡罩"。很美的一个词，简直无与伦比，他一边想一边打开了自己的泡罩。

"您这里很舒适。"在马丁嚼碎药片用矿泉水送服的间隙，访客说道。事实上，房间里并没有什么让人感觉舒适的设施。这不过是在普通住宅里开辟出的小工作间，配置有放电脑的桌子、两把椅子、一排书柜，角落里是存放枪支的保险柜，仅此而已。

马丁只把来客的话当作礼节性的恭维，并不打算回应。

"您就是马丁吧？"

"您一定见过我的照片了。"马丁嘟囔道，"是的。"

"在我们这个纬度，马丁是个很少见的名字。"客人意味深长地说。

马丁开始抓狂。就因为这个破名字，他至今对父母耿耿于怀。马丁年幼时的外号叫"大鹅"，因为那时电视上总播放一部动画片[1]，动画片里的小男孩尼尔斯骑着鹅在斯堪的纳维亚半岛旅行，而那只大鹅就叫马丁。"马丁"这个名字与父称"伊戈列维奇"组合起来，更是惨不忍闻。

"在经度上也很少见。"马丁表示同意，"我父母特别喜欢杰克·伦敦写的《马丁·伊登》，所以……我满足您的好奇心了吗？"

---

1. 《尼尔斯骑鹅历险记》，改编自瑞典作家塞尔玛·拉格洛夫的同名代表作。

访客点点头,说:"好在他们喜欢的不是格林[1],格林笔下的那些名字更为罕见,不是吗?"

马丁看着他。"你有什么资格对格林评头论足?"——想说的话到唇边又咽了回去。因为他确实已经评头论足了!

"如果按格林的方式起名,我该叫什么?"马丁好奇地问。

"噢,"来客突然有了兴致,"选择很多,都很有趣,比如特鲁德、桑迪、格莱、斯吉里、哥伦布[2]。另外,假如您的父母对政治感兴趣,或者喜欢各种革命浪漫小说,给你起个菲德尔·奥列格维奇之类的名字,相信我,比现在这个更糟糕!"

"我投降,"马丁摊开双手,"神秘的陌生人,您今天有何贵干?我洗耳恭听。"

客人并没有露出胜利的喜悦,只是从西装口袋里掏出护照,递给马丁。

"埃内斯托·谢苗诺维奇·波卢什金,"马丁轻声读道,抬头看了看来访者,又点点头,将护照还回去,"那么,我们进入正题吧?"

"您是私家侦探,在地球之外的世界工作。"埃内斯托·谢苗诺维奇说,"我没说错吧?"

马丁从不以自己的工作为耻,只是因为叔叔过于守旧,而妈妈又太过神经质,马丁才一直瞒着亲人。尽管他本人更喜欢用"信使"一词来描述自己的职业,但从本质上说,马丁就是个私家侦探,既被人称颂也常被人嘲笑。与大众观点不同,对这个职业而言,真正的危险并不在于射向心脏的子弹数量,而是数不清的耳光和没完没了的歇斯底里。

"我还是把话挑明了吧。"马丁说,"如您所知,有些人知道如何跟管家们打交道,而有些人就不太擅长。在这方面,我算是比较走运的。因此,我从事的工作与信使的工作性质更接近。"

---

1. 亚历山大·格林(1880—1932),原名亚历山大·斯杰潘诺维奇·格林涅夫斯基,俄罗斯作家,其作品带有强烈的浪漫风格和神秘主义色彩,是俄罗斯新浪漫主义流派的代表人物。
2. 均为亚历山大·格林的小说《灿烂的世界》中的人物。

"您的爱妻去其他星球旅行了吗？我会找到她，把您的信转交给她。如果她想不出回程的故事，我还能帮她编故事过关；您的合作伙伴在另一个世界里生活吗？我可以做送货员。虽然不能将大量货物带过界门，但你们买卖的商品不可能都是些废铜烂铁和圆木头吧？我能帮您运送几十公斤稀有的外星药品、香料以及地球至今没有的机械设备图纸和电路图……

"只是，请别让我运送毒品。首先，过界门时的检查是很严格的；其次，我本人也反对滥用精神类药物。您甚至可以请我找到潜逃的欠债人或不守信用的合作伙伴，但在这种情况下，我也会考虑是否承接这项业务。我并不是超人，也不是职业杀手，不想冒着生命危险替别人寻仇。"

"如果有人需要委托这方面的业务呢？"埃内斯托认真听完马丁的话，问道。

"是您需要吗？"马丁确认道。

"不，我只是问一问。"

"我从没有回答此类问题的经验。"马丁起身，有些失望地回答，"但我可以给您一个电话，他会跟您详谈。"

埃内斯托·谢苗诺维奇笑了笑，依旧坐着没动。

"我找您可不是为了做这类业务。马丁，我纯属好奇。我知道您有渠道，也知道他们为什么给您提供便利。我可以试着说服他们冒风险替我寻仇……但这类业务，我完全不需要。"

"那就请进入正题吧。"马丁重新坐下来。不知是因为来者有个奇怪的名字，还是其言谈举止有点与众不同，反正马丁心中对这位晨访者颇有好感，真不想从他口中听到什么措辞委婉的灰色业务，诸如要求追查在逃的欠债人并想办法令其彻底消失之类的。多年的经验提醒马丁，事情不会这么简单，找他办此类业务的人要比眼前这位先生好懂得多。

埃内斯托迟疑了一会儿。在他明显的善意和不动声色的讽刺之下，露出一丝难以觉察的不安和尴尬，仿佛即将要开口讲述一段忧伤又令人羞愧的故事，诸如不忠的妻子跟自己的好哥们私奔；或自己像白痴一样中了无耻之徒的圈套;又或是对脑中空空的年轻模特产生了莫名的激情,想要订购迦南星稀有而昂贵的催情药物……

马丁彬彬有礼地等待着,既不催促他,也没表现出好奇。大人物特别不喜欢求人,但眼下,无论内心愿不愿意,埃内斯托·谢苗诺维奇还是不得不扮演一次求人者的角色。顺便说一句,如果波卢什金这个罕见的姓氏未给他的日常生活造成困扰[1],至少说明他是个强者。换作别人,肯定一到成年就改姓了,埃内斯托却以它为荣,将其视为被围困的要塞上一面高扬的旗帜。

"我要讲的,您会觉得极其无聊。"埃内斯托说,"来一支吗?"

"好的,"看着凭空冒出来的雪茄剪、打火机套装和烟盒,马丁说,"谢谢。"

马丁愉快地接过雪茄,尽管并不认为自己是烟鬼。他更喜欢抽雪茄,而不是每隔半个小时就换一根香烟吞云吐雾,那样更危害健康。

"真正的哈瓦那雪茄,"埃内斯托顺口说道,"前不久我去了趟古巴,从那儿带回来的。莫斯科的都是假货。"

马丁想,只有对雪茄一窍不通,既不会保存也不懂该在何处购买的人才会下这么庸俗的论断。不过这雪茄品质确实很棒,马丁也就没说什么。

"马丁,我的故事很平淡。我有个女儿,她十七岁——不得不说,正是最愚蠢的年纪。小丫头突然心血来潮,要去星际漫游。她穿过了界门。请您找到她,把她带回来。如您所见,就是这么简单。"

"太简单了。"马丁表示同意,"而且确实平淡又无聊。您说她是十七岁?"

埃内斯托点点头。

"什么时候离开地球的?"

"三天前。"

马丁点点头。如果这位父亲在事发之后马上来找他,情况就不一样

---

1. 该姓源自俄语单词полушка,意为一文不值。

了……不过,今天也还不算太晚……尽管来访者在周六那天就找过他了,但没太坚持。

"在做决定之前,我需要确认一些细节。"

埃内斯托没有反对。

"您跟女儿的关系怎么样?"马丁问。

"很好。"埃内斯托毫不犹豫地回答,"当然,有时候争吵也在所难免,您应该明白。我不是很在乎日常琐事。她想要多少新衣服,我就给她买多少。她想整夜整夜地听音乐,我也不会说一个'不'字……早在盖新房的时候,就预约安装了一套最好的隔音设施。至于她的休假、学业,也都一切正常。"

"我明白。"马丁问,"那父女间的正常交流呢?比如她会不会跟您谈心,去夜总会前会不会先征得您同意,带不带男友回家?"

"请您相信我,我是个好父亲。"埃内斯托颇为自豪,逐一作答,"我跟她谈心,允许她去夜总会,也允许她带男友回家。遇到矛盾时我虽会据理力争,给她提供一些建议和意见,但如果她实在不听,我也会妥协。"

"太好了。"马丁显然不太相信,"好吧……那她对您做的生意怎么看?"

"我的生意完全合法。"埃内斯托对这一点依然自信,"常言说,无奸不商,但我不是奸商。所以,我没让女儿蒙羞。我不是黑社会,既不卖白粉也不开赌场。我女儿并不以我为耻,不知您是不是想问这个。"

"那她在出发之前,有没有跟您商量过?"

"没有。"埃内斯托回答。

"您不觉得这很奇怪吗?"

"不觉得。我们谈起过界门的事情。我告诉伊琳娜,人要先积累一定的生活经验,对自身的力量建立起足够的自信之后,才能谨慎地使用管家们提供的服务。伊拉奇卡[1]不同意这个说法。她喜欢旅行,而最好

---

1. 文中出现的"伊拉奇卡""伊拉""伊琳卡"均为伊琳娜的爱称。

的旅行不就是去地球之外吗？说实话，马丁，我也不排除伊拉奇卡过两天就自己回来的可能，但我不想冒险。"

"我需要查看一下她的房间和私人物品。"马丁说。

埃内斯托皱起眉头，但还是点了点头。

"费用呢？"

"任您报价。"埃内斯托语气轻松，"我知道您的价位，我完全能接受。"

真够倒霉的！马丁本想随便找个令人信服的理由拒绝他，无奈一个借口都没找到。一个好人，有个冒冒失失的女儿，这钱好挣，很难说不。如果把这事搞砸，马丁的业内朋友们也不会理解。他们会说："马丁，这个男人事业有成，还知情达理。现在人家有难，应该帮帮啊。"

这些念头在他的脑海里一一闪过，汇聚成一团难解的困惑。他为什么要拒绝这个案子？他甚至能接受追捕一名会计杀手，不惜冒着挨枪子儿的风险，让双手染上鲜血。而眼下不过是带一个小姑娘回家而已。

"实话实说，"马丁坦言，"我总感觉有什么地方不对劲。"

埃内斯托摊开双手，"我该说的都说了。"

"令千金和您的所有信息，您都如实告诉我了吧？"马丁进一步确认道。

来访者的回答有一丝丝迟疑，但几乎可以忽略不计。

"与案子有关的一切，都告诉您了。您可以继续问，我会回答您的任何问题。"

马丁偃旗息鼓了，"我先去洗个澡，喝杯咖啡，您看可以吗？然后我们一起去您家里看看……"

"没问题。"埃内斯托立即表示同意，"我看会儿书……"

桌子上是本翻烂的卡尼尔和奇斯佳科娃合著的《宇宙生物名录》，翻开的那页是关于赫黎族的。作者认为这种外星生物是仇视其他种族的食人族。波卢什金看了眼书上的照片，脸上的表情没有任何变化。照片上，一只类似螯虾的巨大生物栖息在沼泽岸边。

马丁去了淋浴间。

"这里又寂寞,又凄凉。"管家说,"请给我讲点儿什么吧,游子。"

马丁从不提前准备故事。一方面是因为迷信,他觉得,已经编好的故事可能会以某种神秘的方式"物质化",从而被其他旅行者掌握;另一个原因来自他的经验和直觉——管家更喜欢即兴之作。

"我想讲讲一个男人和他的梦想。"马丁说,"他是个普通人,生活在地球上。他的梦想也很简单、很普通,平凡到你根本不会把它们当成梦想,不过是一幢舒适的小房子、一辆小汽车、心爱的妻子和几个可爱的孩子,仅此而已。男人不只会梦想,也会工作。他自己动手盖了房子,面积不算小;他遇到了一位姑娘,爱上了她,她也爱他;男人买了汽车,开车出去旅行时,就可以尽快回到家中;为了让妻子不寂寞无聊,他又为妻子买了辆车;夫妻俩有了孩子:不是一个,也不止两个,而是四个聪明可爱的孩子,孩子们都非常爱自己的父母。"

管家坐在莫斯科驿站一个小房间的小沙发里,专心致志地听马丁讲话。

"所以,当男人梦想成真的时候,"马丁继续说道,"他突然感到无尽的孤独。妻子爱他,孩子们崇拜他,房子舒适而温馨,世间所有的道路都对他敞开。但他就是感觉缺点什么。终于有一天,漆黑的秋夜里,当寒风吹落树上最后一片树叶,男人站在露台上,环顾四周。他一直在寻找自己的梦想。没有梦想,人会活得很痛苦,但当梦想中的房子已经变成了触手可及的一堵堵砖墙,拥有房子的梦想就不再是他的梦想了;当所有的道路都在他的脚下延伸,汽车不过是一堆涂了漆的铁片被焊接在一起;就连睡在他身边的女人,也变得庸俗又普通,不再是梦中情人的模样;他宠爱的孩子们也很平凡,绝非符合他梦想的孩子。男人不禁想,如果他离开舒适的房子,踹一脚豪车的挡泥板,对妻子挥挥手,吻吻孩子们,永远地离开……"

马丁停下,喘了口气。管家们喜欢故事中的停顿。但这并不是重点,因为马丁还不知道该如何结束自己的故事。

"他离开了吗?"管家问。马丁突然明白了该如何回答。

"没有。他回到卧室，躺在妻子身边，睡着了。虽然久久未能入眠，但最终还是睡着了。当秋风再起，树叶纷飞的时候，他尽量待在家里。男人悟到了一些事。这些道理有人在童年时就了解，但很多人到老都无法明白。他意识到，不能将能够达到的目标当成梦想。从那时起，他尝试为自己寻找真正的新的梦想。当然，他没有成功。但是，他从此便活在梦想真正的梦想中了。"

"这是个很古老的故事。"管家若有所思地说，"古老而悲伤的故事。但你驱散了我的忧伤，游子。请入界门，开始你的旅程吧。"

只要身体能坚持得住，不饿也不渴，访客花多长时间选择目的地并没有任何限制。有一回，马丁在计算机控制台前滞留了六个多小时。

此刻，已经过了40分钟，他仍然犹豫不决。

昨天，他去了趟伊琳娜家，跟她的两个闺蜜和被吓得半死的男朋友谈了谈。男朋友是个惹人生厌、一无是处的十七岁小伙子，对伊拉的父母大献殷勤，甚至极力讨好他们家的大狗——一条忧郁的马耳他牧羊犬。

顺便说一句，那条狗让马丁很不解。狗是伊拉养的。埃内斯托·谢苗诺维奇提供的照片和录像里几乎到处都有它的身影。这狗个性沉稳、勇猛无畏，就住在伊拉的房间里，现在非常思念主人。

她为什么不带它走呢？

无知的黄毛丫头离家出走时，可能不会和父母道别，但一定会带上爱犬：一来出于实用主义。她们通常天真地认为，狗是世界上最好的守护者；二是因为感情上的依恋，十七岁的女孩往往把动物的地位抬得跟人一样高，有时甚至比人还高。

但伊拉奇卡没有带狗。

她也没拿墙上的弩弓。这可是西班牙货，用碳纤维和钛合金精制而成，非常昂贵，也很实用。

她也没带卡宾枪，尽管这枪经合法手续在警察局登记注册过。并且，伊拉知道如何使用。

马丁脑海中突然冒出一个想法：这姑娘心思缜密，她的冒险计划十分周详。在所有标示为绿色的星球中，她一定选择了没必要携带武器的地方——无非是位于黄金之星上繁华的美利坚-欧洲公社、位于蔚蓝远方的旅游城、高度发达的阿兰卡星城，或者是迪奥·道庇护之下的自然保护区之一（迪奥·道是禁欲的种族，过着苦行僧一样的生活，极度循规蹈矩，奉公守法）。总之，她一定是去了最常出现在《时尚》或《家园》杂志上的某个星球，这些杂志上刊登的通常是游客们热情洋溢但狗屁不通的游记和五颜六色的风景照……

可这种行为和女孩子的性格相悖，这才是问题所在！放着父亲用财富堆起的舒适小窝不要，逃往另外一个舒适的世界，根本得不偿失。马丁脑海中闪过一丝狐疑：姑娘也许压根儿没去界门，而是跟自己的正牌男友去了巴哈马或者夏威夷。当然，父母对这位男友的存在还一无所知。

伊琳娜·波卢什金娜的闺蜜们跟她一样，都是些衣食无忧的小傻瓜。她们难掩内心的兴奋，假模假式地为她的命运担心，但又言之凿凿地形容莫斯科驿站的模样，讲述她们送伊琳娜进驿站的细节：她只提了一袋子衣服，还有些在那家"征程"商店买的小玩意，除此之外没带任何东西。管家们给每位旅行者两个小时的时间讲故事，女孩们在外面老老实实等了两个小时，伊拉最终没有出来——若是在别的星球，她或许是恳求管家让她去休息室休息了，但在地球，这是行不通的。

马丁翻阅了伊拉房间中的所有杂志；查看了各种影像资料，尤其是关于界门和管家的影音播放记录；破译了电脑的密码（这并没有占用他太多时间）；仔细查看了电脑日志文件、电子邮件、她天真又拙劣的小诗以及收藏的网络链接。他了解到很多有趣的东西，包括姑娘对性的好奇，以及让人意想不到的对足球的热爱。他还在最司空见惯的地方——床褥下面——找到了一本日记。日记本上了一把小锁，马丁轻轻松松就用小刀把它打开了。日记里写满了各种八卦、画着漂亮裙子的草图、对接吻和热恋的回忆，以及对婚前发生亲密行为是否妥当的焦虑，其间还夹杂着对生命的意义及人类命运的思考。根据这些内心独白，很容易就能猜出姑娘读了些什么书、看过什么电影。总之，这是一个好姑娘，近乎完美的十七岁女孩。

至于姑娘为什么去界门、去了哪个世界，这些材料中没有任何暗示。

马丁盯着屏幕，却找不出自己想要的答案。

生着一头红褐色秀发和绿色眼睛的小姑娘，出身于富裕的家庭，天性聪慧，因年轻而尚显稚嫩无知……她能去哪里呢？

"黄金之星""迪奥·道"……

不是。

莫非她去了管家们刚刚开放的边缘诸世界？人类和非人类最近都蜂拥赶往那里。那些地方环境艰苦，但幅员辽阔，尚未开发，目前无主。任何人都可以去淘金、种植小麦、伐木建房，甚至成为真正的贵族。那里是二十岁及二十岁以上的男孩们向往的乐土。

不是。

至于其他危险重重但异域风情浓厚的外星人母星？管家规定，任何星球均可自由出入，禁止设置任何限制，但还是有很多原因让外星人放弃自己的行星，比如高昂的房价和食品价格、各种签证障碍、政府对一般犯罪行为不闻不问……

不是。

"你不是因为脑袋发热才离家出走。"马丁看着屏幕说，"一定有什么东西吸引了你。"

他肯定忽略了什么，比如姑娘性格中难以发现的小细节。那才是她去界门的动机所在。

性？宗教？逃避法律制裁？都不是。她还没有性经验；对上帝的信仰也停留在"至高无上的智慧当然是存在的"；执法机构没有关于伊拉的任何刑事犯罪记录。

马丁闭上眼睛，将搜集到的所有信息在记忆里一遍遍回放：伊拉奇卡在海滩，戴着遮阳帽，拿着小桶；伊拉奇卡在弹钢琴；伊拉奇卡成了贵族大学的一年级新生……

马丁突然怔住了。贵族大学。学费三千五百卢布一年。舞蹈、演讲、心理学、自卫术……左手拿叉子,右手抠鼻子……

是的,深度语言学习。伊拉学习了英语和法语,然后又学了拉丁语、希腊语,再然后是德语和西班牙语……

最近两年,伊拉奇卡学习了很多不可思议的课程,甚至完成了旅行语的学习。试问,为什么要学习一种管家会自动输入你意识中的语言呢?这是管家送给每位星际旅行初体验者的一件小礼物。为了炫耀?仅仅为了证明她有超乎常人的语言天赋?

棘手。非常棘手!

马丁笑了,将光标向上移动——"龙多""卡拉桑""尤尔""耶日吉""维诺"……人口稠密的星球;外星人口稠密的星球……

"图书馆星"。

管家出现的最初两年,图书馆星是最受欢迎的世界;是每个有权访问界门的种族都迫不及待前往、又很快弃若敝屣的世界;是仅有一个界门的世界。

妙!

按下回车键的瞬间,马丁对自己的推理已深信不疑。


三


这是一个标准的驿站:两层的石块楼房,上有灯塔。很显然,这个星球尚未发展出自己的文明,所以管家对建筑没有做什么装饰。

深渊星的驿站是同样制式,显得荒凉而破败,而在这里,小小的驿站却充满了生机。在走廊里,马丁遇到了一对外星情侣,他们全身是毛,四条腿,狼一样的脸,眼神凶残。驿站二层传来各种不同的说话声,想来是在会客厅里休息的游客正在争论什么问题。

马丁总是隐隐感觉到身后有脚步声，不知是有人穿着软底鞋跟在他身后，还是对方天生就是无形态的外星人。马丁知道，在驿站，任何生物都不敢，也不能对其他生物造成伤害。尽管如此，这赤裸裸的监视行为还是令人愤怒。

他走到木制露台上，两位管家映入眼帘。年龄稍长的那一位，全身长满灰褐色的毛，抽着烟斗，将胳膊肘靠在栏杆上，欣赏四周的风景。一旁的桌子上摆着茶和点心。另一位管家正坐在桌前，专心倾听一个外星生物说话。那是个类人生物，身材高大，肩宽体阔，脑袋扁平，生有巨大的利爪，没穿衣服，只在臀部围着艳丽的天蓝色布条。

类人生物的声音像野兽的咆哮，马丁出现时，他投去狐疑的目光，但没有中断自己的讲述："我在开满鲜花的林间草地上漫步，摘下一朵又一朵的野花……但没有找到粉红色的心愿花花瓣……我决定回到我爱人的身边，于是顺着来路返回……但草丛合并在一起，挡住了我的道路……太阳逆位，黑色的光线笼罩了整个世界……我大声呼喊，但回答我的只有寂静……"

马丁强作欢颜，向楼梯走去。外星生物身上散发出刺鼻难闻的香辛味，让人感到不安。驿站前的石头广场上，灯塔的彩色频闪灯神经质地闪烁着，比正午的阳光还要耀眼。

"这里又寂寞，又凄凉，朝圣者，"只听桌边年轻的管家在他身后说，"我听过很多次这种俗套的故事……"

"你在取笑我，管家！"外星生物咆哮道，"我把自己被流放的秘密都告诉你了！"

"我听过很多次这种俗套的故事，"管家忧伤地说，"这里又寂寞，又……"

一声呼啸划破空气，马丁立即弯下身，跳到栏杆处抽烟斗的管家脚边。耳边响起沉重的撞击声、木头断裂的嘎吱声、茶具的碎裂声……马丁抬眼望去，看见管家正在清理烟斗。

马丁转过身。

桌子已经裂开，瓷茶杯横七竖八地散落在地板上。年轻的管家忧伤地看着面前的一片狼藉。暴躁的外星生物已不见踪影。

"不要害怕，"抽烟斗的年长管家对马丁说，"在驿站的范围内，没有人能给他人造成伤害。"

"我习惯了。"马丁站起身，"再见。"

外星生物的刺鼻味道还没有散去。马丁屏住呼吸，从裂开的桌子旁走过。头顶的灯塔向空中不断发射彩色的光波。

马丁来到广场上。

看得出来驿站建在一个直径半公里的圆形石岛上。岛上寸草不生，粗糙的灰色石头更像是混凝土，而不是天然材料。以石岛为中心，数条一两米宽的狭窄水渠呈放射状流向四面八方。水渠如蛛网密布，纵横交错，或连接细小支流，或又分成多股支流，或形成一个个小河湾……遍布整个星球，延伸至地平线，甚至更远的地方。

图书馆星死气沉沉，只有石头和水，宛若一座戏仿版的威尼斯城。马丁所在的小岛是星球上最大的一块陆地。此处最小的岛屿只有二十厘米见方，其余大大小小的岛屿面积从五平方米到两百平方米不等。每座岛上都有方尖碑，是高一米五的多面体石柱，约一只手臂粗细。有些岛上只有一根石柱，有些则有数百根之多。每个方尖碑上都刻着一个且仅有一个字母，整个星球共有六十二个不同的字母，当然，不排除其中有标点符号或数字的可能。

马丁站在原地，观赏着望不到边的石林。他没来过图书馆星，但闲暇时读过不少关于这奇怪星球的文章。乍一看，该星球弥漫着墓地和废墟才有的诱惑力。这里空气干净、新鲜，却缺少生命力。渠中的水流发出轻柔的哗哗声。小岛上某些地方能看见袅袅轻烟，透露出些许生命的迹象，石柱之间某些宽敞的地方还有帆布和帐篷。

马丁颤抖了一下，不是因为寒冷（这里很暖和），而是因为方尖碑阴森恐怖的气息。他从来不能理解废墟的魅力。他打开卡宾枪的枪套，迅速组装好武器，拉上枪栓，向岸边走去。岸边的水渠上有一座石桥，由三个倒地的方尖碑搭设而成。

三个身影迎面而来，一个地球人和两个外星生物。其中一个外星生物是格达人,另一个形似海豹,马丁并不认识。"海豹"将一只鳍状的脚伸在水里,在水渠边上爬行。马丁仔细一看,才发现水底还有类海豹生物在游动。

"愿你们平安。"马丁依然端着枪支,在桥前停下脚步,向来者致意。

格达人和身旁的地球人交换了个眼神。他们似乎是这里的大人物,这从格达人的剑和地球人手中的霰弹枪就看得出来。格达人将双手交叉在胸前,这是等待的姿势,也是最方便拿剑的姿势。

"也祝你平安。"地球人说。他身材清瘦,但看起来精力旺盛,像是欧洲人种,四十多岁。衣服虽旧,但不脏也没破,是个注意仪表的人。"我们代表图书馆星政府。"

马丁点点头。他知道图书馆星上并没有真正的政府,这个世界对有组织的社会生活没什么兴趣。但是,不管在何处,只要智慧生物的数量超过两个,就一定会出现某种形式的政权。

"您准备在图书馆星待多久?"地球人问。

"视情况而定。"

地球人笑了。不知何故,马丁有种强烈的感觉,这位"政府代表"一定有不少故事可以讲给管家听。

"我们这里有规定,"地球人继续说,"规定非常简单:反对暴力;禁止性骚扰;盗窃可判处死刑;鼓励您将部分私人物品捐赠给社会基金。"

"上帝要我们学会分享。"马丁表示赞同。他卸下背包的一条背带,将卡宾枪换到空着的手中,摘下背包,解开绳子,从背包里拿出一个大袋子,将其扔过水渠,袋子落在格达人的脚边。

三位图书馆星政府代表好奇地看着马丁。

"压缩食品、布、针头线脑儿、药品、固体酒精块、火柴、太阳能电池、整整三期最新出刊的《旅行者文摘》,"马丁说,"这些东西是我一半的装备。"

那地球人和格达人对视了一眼。马丁欣慰地看到,地球人的脸上出现了笑容,格达人放下了手中的剑,而类海豹生物发出轻微的咕咕声,接着转过身去,悄无声息地钻入水渠中。

"热烈欢迎经验丰富的旅行者。"地球人边说边走上小桥,向马丁伸出手去,"我叫大卫。"

"马丁。"

格达人只是点了点头,看来要想让他说出自己的名字,需要更多的信任和好感。

"地球上有什么有趣的新闻吗?"大卫问道。

马丁摇摇头。

"谢谢您的《文摘》,"大卫说,"很少有人想到带些报刊过来。马丁,您是做什么工作的?"

"您可以称我为监察官,"马丁微笑道,"或者邮递员。"

"或者侦探。"大卫若有所思地说,"您知道吗,我可是久闻您的大名了。"

马丁摇摇头,"您一定是搞错了。"

大卫笑了起来,"好吧,也许是。但我建议您还是小心为上。我和我的朋友,"他冲着格达人点点头,马丁顿时紧张起来,"我们是自愿生活在这里的,如果我们愿意,随时可以回去。但很多人被困在这里,回不去了。如果让他们知道'行者'在此出现的话……"

大卫意味深长地停顿了一下。马丁没有作任何反应。老实说,他对那个格达人更感兴趣。后者竟然允许一个地球人称自己为朋友,这两位一定关系非凡。

"马丁,我能为你做点什么吗?"大卫问。

"我在找一位姑娘,她三天前来了图书馆星,"马丁回答说,"十七八岁,很可爱,头发红褐色,身高与我相仿……"

大卫还未听完就点点头,"是的,我记得她。如果换作别人,我一定会要他支付信息费……这里生活不易,资源有限,但您是个大人物,而且我对您很有好感。姑娘往西走了。"

他抬手示意方向。

"那边是什么地方？"马丁问。

"科学家生活的三个村庄之一。"大卫哼了一声，"不怕您笑话，图书馆星还跟以前一样，居民都是些渴望揭开星球秘密的白痴。最大的村庄在这儿，驿站旁边。我们称其为首都。首都的智慧生命有七百三十二个，其中包括一百一十四个地球人，三十二个格达人及其他外星人。"

马丁再次注意到这个不寻常的细节：大卫一直在强调地球人与格达人之间的同盟关系。

"第二个村庄叫中央村，地处北部，有近两百个智慧生命。"大卫继续说，"那是个好地方，我们和他们关系很好。但姑娘去了最小的村子，英格玛村，在我们的正西方。英格玛村有一百多人。"

大卫顿了顿，然后用重复以示强调："不错，是一百多'人'，地球人。那里不欢迎外星生命。这令我们很失望，但我们不想跟他们发生冲突。"

马丁点点头。他虽知道图书馆星有三个村庄，但对其政治体制不甚了解。

"其他区域不存在生命吗？"

大卫耸耸肩。

"倒也不能这么说。有隐士、疯子、独行者……他们在附近定居，但几乎不与我们接触。这里既没有匪帮，也没有危险分子。您感兴趣的是这个，对吗？"

"是的。"马丁承认。

"总的来说，这里很安全。"大卫说，"星球上仅有的原生生命形式是水渠中的鱼、海藻和贝壳类动物。所有生命形式都无毒，无攻击性，可供人类食用……其美味简直令人无话可说。有时候——每两三个月——也会发生一起人口失踪案，但我一般将此视为不幸事故。水渠很深，能淹死人，本地的虾蟹会大快朵颐，吃掉尸首，就像你们吃掉它们一样……"

"还有什么有趣的事情吗？"马丁问道。

大卫微笑着摇摇头，"您不可能对我们的科学研究和学术辩论感兴趣吧？这个星球上的原生智慧种族比管家们还要古老，但除了水渠、岛屿和方尖碑，什么都没有留下来。每星期都有人声称自己解密了原生种族的语言，但每一次都被证明是错误的。不过，目前我们还没有失去希望。"

"您是语言学家？"马丁问。

"不过是个人爱好而已，"大卫摇摇头，"我是生物学家，来此的目的是研究当地的动物。这里有独特的生物群落，九种动物和三种海藻构成了独特稳定的生物系统。与此同时，任何蛋白质种族都能够以当地的生物为食。水渠中的水口感略咸，但非常解渴。这里有时会下雨，但从未发生过强风暴。温度一直处于12℃~29℃的范围内。"

"非自然系统。"马丁说。

"当然。"大卫绽开了笑容，"来过这个世界的远古生物，创建了适宜任何类人种族生存的环境，然后——就走了？"他摊开双手，"如果能够解密方尖碑上的文字，怎么说都是一项巨大的科学成就。"

此前一直站着不动的格达人弯下腰来，捡起地上装着物品的袋子。

"还有两个问题。"马丁快速问道，"这里离英格玛有多远？"

"二十三公里。有经验的人要步行五六个小时。您大概要走八个小时。"

马丁看了看天。大卫补充道："离太阳落山还有四个小时。这个星球没有卫星，太阳一落山立刻就会漆黑一片，但空气非常清新。我建议您最好还是在村子里过夜。只需一块巧克力或几包袋泡茶，任何一户人家都会让您住上一宿，还会款待您吃烤鱼。"

"第二个问题。"马丁无视此条建议，继续问道，"去英格玛的姑娘给您留下的印象如何？"

大卫突然犹豫起来。他看了看格达人，后者突然以人类的方式耸耸肩。

"很奇怪。"大卫说，"她特别年轻，说自己是第一次过界门。我相信了。但她行为举止非常自信，来了就问去英格玛的路怎么走……"

大卫沉默了片刻，补充道："而且，她像您一样预先将装备分了一半出来。马丁,我感觉,她只是出于礼节才提问的……实际上,她可能早就知道问题的答案了。"

"谢谢。"马丁若有所思地说,"我得冒个险,立即启程。"

马丁过了桥,将卡宾枪背在肩上,与大卫又握了握手。格达人礼貌地冲他点点头。

马丁出发了。

首都看起来确实像个大村子。每座岛屿只能容许几个人栖居,大部分居民组成了类似家庭的社会单位。马丁试图绕开带帐篷和帆布的大岛,只走小岛。一路上,他经常会遇到用不幸倒塌的方尖碑搭建成的小桥。某些小岛的方尖碑上挂着三角旗,充当临时招牌。一面面三角旗迎风飘扬。马丁看到了一个医疗站、两个小商店、一个理发店和其他一些店铺。用蚊帐搭起来的教堂看起来特别可笑,同时也让人想哭。

据马丁所知,这个世界没有蚊子。

有几处水渠宽达五六米,里面下着渔网;临河湾的一个小岛被当作海滩和浴场,三个胖乎乎、晒得黝黑的天体浴者在晒太阳。这里没人觉得裸体有何不妥;一个没穿衣服的小男孩在海滩上散步,浴场的水渠里有只类海豹生物,不时将蛤蜊扔到岸上,小男孩则将蛤蜊装进塑料袋中;天体浴者好奇地望着马丁,轻声说着什么;小男孩则满眼羡慕地盯着卡宾枪,直到类海豹生物发出一声长啸,分散了他的注意力。

这个星球给人的总体印象不错。同时被多个种族殖民的那些世界,都发展出了不同形式的民主制度,只有极为贫穷或特别富有的星球才实行君主专制,或有匪帮横行。图书馆星是个极简主义世界,在这里生存不难,但想要暴富是不可能的。

二十分钟后,马丁走到了村外。既没有人叫住他,也没有人阻止他。或许是因为他背着卡宾枪,也可能是因为大卫和格达人把首都治理得很好。赶路很容易,因为无须绕开住人的岛屿;困难的地方在于,桥越来越少,遇到狭窄的水渠,马丁就跳过去。小岛上的石头很粗糙,非常适合助跑。遇到宽一些的水渠,马丁则不得不绕行。大卫没有错判马丁的步行速度,甚至有些高估了他,但马丁并未因此感到不安。

如果无须担心从身后射来的子弹和凶禽猛兽的袭击，再没有比在陌生的星球上散步更惬意的事情了。作为一个经验丰富的旅行者，马丁没有因此放松警惕。他四处张望，但并没有被恐惧之感袭身。方尖石碑太细，想要藏身其后是不可能的。水渠中只有类海豹生物之类的智慧生命能栖身，但水中的生命体通常热爱和平，人畜无害。更令马丁担心的，反而是此次旅行的目的地，也就是那个地球人类沙文主义者的村庄。

只有在外星人出现的时候，地球上的各民族才会停止冲突，这真是咄咄怪事。人们所有的怀疑和敌意立刻会转移到长着獠牙、生着鳞片、遍体绒毛或通体溜滑的外星人身上。管家是唯一的例外，他们不言而明的强大实力赢得了所有智慧生命的高度尊重。

与管家接触之初，特别是他们对美国空军的航天运载器发起核攻击之后，人类是何等恐惧！但是，管家只是轻描淡写地对美国总统道了歉，匆匆忙忙地惩治了几个替罪羊，此次"令人遗憾的事件"就稀里糊涂地过去了。他们甚至帮助人类清理了感染区，还送给人类治疗放射性疾病的药物。对那些试图摧毁驿站但始终徒劳无功的恐怖分子，管家也不闻不问。

当然，管家向界门所在国家定期支付的驿站租金，也起了极为关键的作用。不管人们怎么吐槽莫斯科被砍掉了一小块土地，如何不满自由女神像周围因驿站而大煞风景，怎样对肯辛顿花园的面积大幅缩水而愤愤不平，或懊恼于北京千年古塔被挤至一隅……但建设驿站期间，确实不曾有过一例伤亡事故。管家聪明睿智，完好保存了每一件宗教圣物，甚至还慷慨地提供各种技术支持，终结了能源危机、饥荒和几次恶疾肆虐。

管家从不插手任何法律纠纷，只取自己所需——地球最重要的城市中的十四个地块，并为其支付相应的费用。管家要求驿站向所有人开放，旅行者只需讲述有趣的故事作为通行费用。仅此而已！若无必要，他们不签署任何官方合同。除购买必要的食品及烟草之外，他们不从事任何商业活动。管家从不谈论自己，也未透露过自己的能力，仅仅将自己认为必要的东西提供给人类。无论他们的星际飞船到达哪个星球，他们对那里的生物都一视同仁。

不，人们早就对管家们的存在毫无反应了，将其视为自然现象，学会了无视由于他们存在带来的不便，看重因其存在得到的利益。利，显然大于弊。其他外星种族的境况则更复杂，其中不乏比地球先进或落后的文明，几乎所有文明对其他文明都充满好奇，有一探究竟的冲动。人类对外星种族心存敌意，这些敌意有时有理、有据、有节，有时则完全是子虚乌有，空穴来风。

马丁习惯性地认为，所有的沙文主义者都喜欢生活在地球或者为数不多的几个地球殖民地上。与外星人混居则是奇怪而不合逻辑的现象。对那些受过教育、企图揭开宇宙秘密、崇尚科学进步的沙文主义者来说，更是如此。

图书馆星并不是冒险家和横征暴敛者的乐土，这里是纯洁的学术天堂、清心寡欲之人的桃花源。但沙文主义学者、狂热的学者、排外的学者共同生活在一起——这是多么荒谬的组合啊！世间有那么多奥秘，大到管家文明的真相，小到图书馆星的起源，大家为什么不能一起探究呢？

马丁并不是从理想主义者视角出发进行评判的。就他的职业来讲，理想主义性格有百害而无一利。他遇到过不少高智商的法西斯主义者，也见过很多极具忍耐力、通情达理却愚昧无知的普通人。马丁这样评判的目的只是为了让思维得以休憩，使内心保持安宁。毕竟，众所周知，当严厉谴责别人的缺点时，我们就变得与他们相仿，而单纯的惊讶有助于避免染上恶习。

过了两三个小时，马丁决定脱掉衣服。他摘下背包，将T恤放到背包里，卸下裤子的裤腿，厚实的旅行裤立刻变成了工装短裤。他没脱鞋，凸纹鞋底非常有利于弹跳。马丁可不想在滑倒的时候撞到方尖碑上，为失踪大军添加人头。

利用休息时间，他吃了午饭：芬兰黑麦饼干和微甜的瑞士埃曼塔尔干酪，喝的是水渠里的水。水的确略微发咸，但口感很好，像优质的矿泉水。

周围的方尖碑不再让他感到不适，也不再让人联想到坟墓，马丁现在只将其视为地形地貌的一部分。不远处的水渠中，一条黄腹大鱼将水溅得啪啪响，不知是想呼吸空气，还是想欣赏欣赏岸上的外星人。

马丁用手指沿着水渠壁刮下了一些绿色的水藻，放入口中尝了尝，一股腐败的气味，而且太咸，他虽不喜欢，但也不至于讨厌。马丁知道，该星球用水藻酿酒，但不太清楚究竟是哪种水藻，也许用的是长在水渠底部的褐藻类，或者是漂浮在水面上蓬松的小叶水藻。可以肯定的是，酒的口感一定平淡无奇，否则早就出口到地球上去了。或许这也是某个未知种族的用意，是他们将图书馆星变成一座遍布纪念碑的墓场。

管家知道谁是图书馆星的创建者吗？马丁思考了片刻，但没有得出答案，只好放弃徒劳无益的分析。大胆一点猜测，没准儿是管家亲自创造了这个星球。毕竟没有人知道管家在整个银河系创建运输网的初衷。也许是他们变态的幽默感使然？此举只是为了观察星际间蝇营狗苟的野蛮人，欣赏其尝试理解周围事物的蠢样？这也不失为一个合理的推测，且一点也不输给其他各种猜想。

马丁自认是个实干家，不打算让自己陷入胡思乱想中。他根据指南针调整了前进方向，继续赶路。太阳渐渐下沉，落到了地平线的后面，天立刻黑了下来。图书馆星的空气中几乎没有灰尘，所以不存在黄昏时分。马丁在一座稍大些的岛上歇脚。他搭起小帐篷，生起锅，在锅下放上点燃的酒精灯，给自己做了热腾腾的速食豌豆汤，往里面加了些黑麦面包干，又泡了一杯锡兰茶，虽算不上精致，但芳香浓郁——入睡之前有这些就足够了。

以防万一，马丁将卡宾枪放在身边。昏昏欲睡时，他心中想着那个名叫伊琳娜的少女。这姑娘怎么会在异星上表现得那么自信从容？想着想着，马丁终于在进入梦乡之前，弄明白了究竟是什么折磨了自己一整天。

在伊琳娜·波卢什金娜的房间里，他没有看到任何有违常理的东西。那些日记和信件也只记载着一个再普通不过的十七岁少女的小心思。她那位经商的父亲——姓氏是在俄罗斯极为罕见的"埃内斯托"——对女儿的生活了如指掌，描绘得准确无误。

但这太不现实了。

这太不可能了！

马丁咬紧牙关，悠悠地叹了一口气，试着挥去心中的烦恼。他们一定骗了他。虽然还不清楚他们是怎么欺骗自己，但如今，他已做好了将事情弄个一清二楚的准备。

心高气傲的马丁睡着了，与他一同进入梦乡的还有那些挥之不去的疑虑。

## 四

太阳从地平线上缓缓升起，马丁早已整装待发。在驿站时他就已将手表设置成图书馆星时间。日出以前，这款样式简单、性能可靠的卡西欧旅行家手表就把他叫醒了。

天大亮时，马丁已经上路。行走、助跑、跳过水渠……马丁不停重复这个过程。每次起跳时，影子在身前延展，总会惊扰水渠中的鱼儿，同时也是最简单安全的定向标。很快，影子越来越短，直至完全被踩在脚下。马丁开始频繁地使用指南针查看方向，感觉到村庄就在附近。

到达英格玛时，他还是有些吃惊。村庄很小，不到二十个帐篷。每个小岛上只有几顶，而且挨得很近。两名身着印花布长裙的妇女正在用晒干压实的水藻块生火，火堆上的汤正费力地咕嘟着。马丁的到来并没引起她们的恐慌，一个女人去了趟橙黄色的大帐篷，说了句什么，又回到火堆前。

马丁放慢脚步，向女人们走去。居住在图书馆星的所有地球人类居民的皮肤都被晒成了古铜色，但两位厨娘黝黑的肤色更像是天生的，而不是被太阳晒出来的。马丁认为，这些女人一定有北美印第安人血统。

"愿你们平安！"马丁举起双手问候。

"也愿你平安，"其中一个女人微笑着向帐篷方向点点头，"请到村长那里去吧，行路人。"

"旅途劳顿，您想不想吃点儿东西？"另一个女人补充道。

马丁摇摇头，向村长的住所走去。出人意料的是，帐篷里凉爽宜人。经历过了阳光的暴晒，进入帐篷让人心旷神怡。地面上铺着海藻块，应该就是生火用的那种。一个两岁左右、皮肤黝黑的黑发幼童在角落摆弄着色彩艳丽的塑料积木。在幼童眼里，马丁似乎是更加有趣的新玩具，于是将小小的手指塞到嘴里，聚精会神地看着这个外星来客。

村长坐在塑料折叠椅上，面前是同款的简易户外塑料桌，桌上有一台打开的笔记本电脑，地面上到处是手写或打印的纸张。村长应该有四十来岁，与女人们不同，他只穿了条短裤。看身材，他不像学者，更像田径运动员，但敲打键盘的手法极为熟练灵巧。

村长看马丁的表情与那幼童如出一辙，同样带着毫不掩饰的好奇，唯一的区别就是没把手指含到嘴里。村长向后仰去，堪堪靠住弱不禁风的椅背，优雅地等着来客开口说话。

马丁一言不发，只是微笑。

村长感觉到这场对话要由自己先开口，便站起身，伸出手去——

"克利姆！"

"马吉姆！"马丁同样精力充沛地回答说，"噢不，马丁！"

村长微微困惑，旋即欢快地大笑起来。他紧紧握住马丁的手，示意马丁坐到地上。马丁欣然接受。帐篷里只有一把椅子——这已不是件简单的家具，更是权力的象征。俩人面对面蹲下来。幼童悄悄地爬来爬去，从各个角度观察马丁。

"马丁，你是俄罗斯人吧？"克利姆问，"看过《Y行动》[1]这部老喜剧片吗？"

"看过。"马丁坦诚相告。

---

1. 全名《Y行动和舒立克的其他冒险》，苏联著名喜剧电影，1965年上映。

"电影中舒立克与女孩相识，自我介绍时却脱口把名字'舒立克'说错成了'别佳'，多荒唐，"克利姆哈哈大笑起来，"但是很好笑！"

马丁礼貌而不失尴尬地点点头。

"不错，"克利姆喃喃地说，"我承认，这个类比并不太恰当，但还是……你是刚来的吗？"

"昨天傍晚。"马丁回答。

"然后立刻就到我们这儿来了。"克利姆连连点头，"你不是学者。"

"没念过大学。"马丁模仿着他的腔调说，"念过三年教会学校。"

克利姆蹙起眉头，"别开玩笑了，你的脑门上写着呢，你受过高等教育。学的人文学科……"他陷入沉思，"不，不是医生……不是记者，也不是语言学家……大概是个很蠢的玩意儿。心理学家？不……"

"文学院毕业。"马丁说。

"噢，是这样！"克利姆惊讶道，"你是来找素材的作家？准备写一本划时代的小说？《图书馆星的秘密》？"

马丁决定坦诚相告，"我是私家侦探。"

"有执照吗？"克利姆好奇地问。

"有。要看吗？"

克利姆挥了挥手，"不用。我相信你。但你最好还是告诉我，你想在这里找什么？法西斯的老窝？沙文主义者的巢穴？还是变态科学家的度假屋？"

"首都村里的人说，你们不欢迎外星人，"马丁顾左右而言他，"这当然，让人不免想到……"

"有话直说，"克利姆突然改变了说话风格，"我们不是疯子，只会嚷嚷着保持人类血统纯正。我们尊重外星人，但图书馆星是打开古代知识宝藏的大门钥匙。任何种族，只要掌握这些知识，就能超越管家。因此，我们远离其他研究者，奥秘必须由地球人掌握。"

马丁想了想，问道："如果人类文明超过管家，你们准备怎么对待外星人？"

克利姆皱起眉头，"熊还没打死，干吗这么早考虑分熊皮的事？到时候，就不是你我能够决定的了……但我相信，人类不会压迫或消灭其他种族，只会和他们和平共处。可以通商，向他们提供人道主义援助……但我可不敢替外星人担保。您能为他们担保吗？"

马丁摇摇头。

"问题就在这里。"克利姆总结道，"所以我们不是法西斯，我们仅仅是谨慎行事。现在，如果我已经成功地消除了您的偏见，就请告诉我，尊敬的侦探先生，是什么原因让您来到了图书馆星？"

"找一个叫伊琳娜的女孩。"马丁说。

克利姆的脸瞬间扭曲了，仿佛马丁说起了一件令人极为不快和难堪的事情。他甚至移开目光，盯住爬到打印文件附近的幼童，利落地抱起来，把孩子的脑袋转到另一个方向，又轻轻拍了一巴掌，确认他已经得到了教训，向着与宝贵的科学文献相反的方向爬去，克利姆才又看向马丁，"她悲伤的丈夫支付了寻人费用？"

"这是职业秘密。"马丁回答说，"是她的父亲。"

克利姆叹了口气。

"他太坚强了，是个英勇的父亲。我表示尊重。"

"情况很糟糕吗？"马丁同情地问道。

"那姑娘是三天前来到我们这儿的，"克利姆回答，"我本以为是不值一提的平常事。姑娘年轻又漂亮，当然了，我们这儿男多女少……我跟她聊了聊，又跟我们的小伙子们聊了聊。起初一切正常，她卖弄风情，不过倒也不算轻浮。没想到后来在大家都意想不到的事情上出了岔子，小姑娘跟我们这儿所有的学者吵翻了天。"

"不会是因为学术问题吧？"马丁感叹道。

"正是学术问题。小姑娘三言两语就把我们这儿公认最先进的三个理论中的两个彻底否定了。如果您感兴趣的话——是关于宇宙统一方程和太阳周期读数的理论……"

马丁不解地挑了挑眉毛。

克利姆脸色痛苦，物理学教授给上小学的儿子讲解牛顿定律时也会露出这种表情。

"图书馆星的语言是拼音文字。"他说,"我们暂时还无法确定方尖碑上的符号与不同语音之间的对应关系。但这不是关键。我们面临的最大的问题是怎样将这些字母组合成单词,再将单词组合成句子。根据太阳周期理论,我们要从东面的某个方尖碑开始阅读。然后,当那块方尖碑的阴影正好落在另一个方尖碑上时,就添加一个隔断符号,再观察第二块方尖碑的阴影……"

"当太阳爬到天顶时,就画上一个句号。"马丁恭敬地补充道。

克利姆有些坐立不安,喃喃说道:"实际上比这复杂得多,但您大体上明白了……而宇宙统一方程理论指出,图书馆星的语言实际上是一些数学符号,这些符号会以一个统一的方程描述宇宙的所有运行规律——也就是所谓'神的方程式'。小姑娘将这些理论驳得体无完肤。但她对我的观点表示支持,即图书馆语与旅行语同源。您知道这种语言有多少个字母吗?"

马丁陷入了深思。不管听起来有多么可笑,但掌握旅行语并不需要通过学习其语法。任何生物,只要穿过一次界门,立刻就能掌握旅行语,且自由流利,如同母语。

"一个已经学会说话,但还没开始学习阅读和语法的孩子,也会陷入这种绝境。"克利姆说,"完全凭直觉,无须思考,人就可以学会计数。但要区分并系统梳理语言的所有发音,将其与字母相对应——这已经是科学研究的课题了。"

马丁举起手,双手合十,大拇指与其他四指呈90°角,用手语说:"我们其实了解旅行语的阅读方式和语法。手语就是旅行语的字母。[1]"

"正确。"克利姆同样用手语回答,"一切都非常自然,自然到我们都不曾想过这个问题。但我们已经掌握了字母。旅行语中有四十七个字母,十三个标点符号和两个数字——0和1,二进制代码。"

幼童疑惑地盯着大人,开始轻声抽泣,像是一种警告。

---

1. 本书用仿宋字体表示手语。

"他不喜欢别人用手语交流。"克利姆抱怨出声,"他懂俄语和英语,也懂旅行语,但还不懂手语。他是在这儿出生的,还没有进出界门的经历。"

"所以问题出在哪里?"马丁问道,"就连我这个百分百的门外汉都知道,图书馆星的语言与旅行语之间有某种联系。也许,每个手势与方尖碑上的一个符号都有关联之处?"

"难度还是在阅读方向上。"村长解释说,"我们试着解读附近的方尖碑,尝试从不同方向、以不同的组合方式解读,全部无功而返。得出的结论像孩子的胡言乱语和精神病患者的呓语。伊琳娜声称自己知道破译密码的方法。这会儿,大部分村民都跟着她去了'12点'——距此以北三公里远的一座大岛。"

"您怎么没去?"马丁惊讶道,"在伟大的发现呼之欲出的时候,也许……"

"伊琳娜的方尖碑阅读方法,我两年前就试过了,尽管我没有声张。"村长说,"把岛屿的面积与方尖碑上符号的数量简单地对应起来,但一无所获。"

"您居然没有告诉她,"马丁若有所思地说,"好吧,这也许是对的。过度的兴奋是病,的确需要治疗。"

"请您把她从这儿带走吧,"克利姆说,"求您了。如您需要,我甚至可以为您提供几个有趣的故事来应付管家。"

马丁看着村长的眼睛,"学术嫉妒心作祟?"

克利姆摇摇头,"不是。毫无疑问,这姑娘非常有才华,对'神的方程式'理论的批驳也非常漂亮,但她还需要学习,而且不是在这里。这里到处都是科学狂人和精神变态者,方尖碑总是挑逗着他们的神经。小姑娘今天就会知道,自己的理论纯属胡扯。她不会妥协,会继续研究破解方法,然而终究会迷失在海量的文献中,拿着卷尺翻山越岭,陷入无果的争论和无端的屈辱之中。请带她走吧,马丁!等她长大些再回来揭开图书馆星的秘密。"

马丁向村长伸出手,说道:"那就算谈妥了。但还有个麻烦:她本人想离开这里吗？难道要把她五花大绑，硬拖到驿站？您比我还清楚：只有自愿过界门者，管家才会放行。"

"我们会帮忙。"克利姆苦笑一声，"伊琳娜和我们友善的村民很快就要回来了。大家一定会尖酸刻薄地议论她，极尽挖苦之能事，尤其是那几个被她得罪的人。如果这还不够，我就动用自己的权力，命令她滚出去。我会骂她是蠢货。小姑娘心高气傲，一定会走的。"

马丁不知道克利姆的话中什么成分更多一些，是真正担心身负超越自身能力之重担的天才少女，还是一位科学家对强大竞争对手的嫉妒——但图书馆星的确不是十七岁任性少女的容身之地，若她再在这里过上五年，图书馆星的石头岛上就会多出一个身怀六甲、手里还拉扯着两个孩子的半裸女子。到那时，她不会再关心任何一种古老语言的奥秘，只会把所有时间都奉献给丈夫和孩子。对此，马丁深信不疑。伊琳娜青春年少，正应该好好学习，可以愤怒，可以路遇不平拔刀相助，也可以撼天动地改造世界；至于在高耸的废矿山上挖掘少得可怜的知识宝藏，那是成年人的特权。

"我们现在吃午餐如何？"克利姆建议，"您品尝过本地的鱼汤吗？"

没有和伊琳娜一起去探索宇宙奥秘的村民都聚拢过来。一起吃午餐的有克利姆和两个有北美印第安血统的厨娘（马丁有种强烈的感觉，这两位都是村长的妻子）、十几个小孩子和两位老人，显然，父母不在家的时候，这两位老者负责照料孩子。

"我们就是这样生活的，"克利姆愉快地说，"类似公社。不这样又能怎么办？资源短缺总会导致社会结构扭曲。"

马丁给每个孩子发了一块巧克力，年龄大一点的立刻开始狼吞虎咽，年幼的则小心谨慎地品尝，其中一个小孩流着褐色的口水边哭边吃。

"这里甜食短缺。"克利姆叹了口气，率先将汤匙送到嘴边，"我们正尝试用睡莲熬制糖浆……但实在不好意思让您品尝成品。甜食和面包在我们这儿一直是个问题……"

马丁将饼干分享给成年人,犹豫片刻,又将一半饼干分给了孩子们。所有人都默默地啃食着这罕见的人间美味,一时间竟只能听见咀嚼声。老人们小心翼翼地用饼干蘸着鱼汤,津津有味地吮吸。

鱼汤确实非常美味。汤很浓,上面浮着一层油,里面有鱼块、蛤蜊和海带,海带的口感很像卷心菜,咬在嘴里咯吱作响。马丁喝了两碗,谢过厨娘,又送给她们一小袋红辣椒和一小袋黑胡椒。

克利姆摇了摇头,"马丁,您多长时间去其他星球旅行一次?在我的记忆中,您是第三个想到带香料过来的人。"

"非常频繁。"马丁如实回答,"如果有人能送我到驿站,我就把剩下的物资都留给你们。不过要在管家接受了我的故事以后。"

"我们一定会送您的。"克利姆微笑,"您能帮我们带几封信回地球去吗?"

"没问题。"马丁点点头。

得到香料的印第安女人拿来一个三升的塑料桶,为每人倒了一杯浑浊的乳白色液体,分量不多,每杯五十克。马丁仔细观察克利姆如何饮用。只见克利姆满意地咂咂嘴,吃下一小块鱼,然后将白色液体一饮而尽。马丁闻了闻,自酿啤酒散发出鱼和酒精的味道,完全不像劣质酒。他一口饮下,上颚烧灼感强烈,一大团火顺着食道滚了下去,竟然在口腔里留下一股清新的回味。

"有薄荷和茴香的回味。"马丁吃惊道。

克利姆骄傲一笑,"虽不是白兰地,但还能入口。可惜,我们还没找到烟草的替代品……"

马丁态度恭顺地掏出一盒味道很冲的法国香烟,图书馆星的成年公民瞬间便将这盒吉坦[1]一抢而光——有人抢到了一支,也有人面露愧笑,抢走了两三支。一个年龄稍大的孩子刚要伸手,就被人打了一下。

出于礼节,马丁也点燃一支烟,尽管他更喜欢抽雪茄。雪茄就藏在背包里,以备不时之需,可是他并不想拿出来诱惑别人。

---

1. 法国卷烟品牌。

"有时候去驿站，就是为了等管家点烟斗，"一位老人开口说。他的嗓音沙哑，"我走上前去，开始胡说八道，只是为了闻一闻烟草的味道。好在管家们都很有耐心，能听你说很久，有时候还会请你喝口葡萄酒……"

"但他们从来不请人抽烟。"另一位老人忧伤地说。

"他们有时也抽大麻。"年轻印第安女人说着，看了眼马丁。

马丁无动于衷。

大家又喝了两杯五十克的自酿酒。马丁微笑着放下了杯子。没人再劝酒，本地人也都喝够了。孩子们四散跑开，有的在渠里扑腾水，有的警惕地看着其他孩子。除克利姆以外的成年人开始说着驴唇不对马嘴的酒话。他们早就彼此熟识，现在只想吸引马丁这个听众的注意。

马丁了解到，一位老者叫路易，是法国人，物理学家，丧偶后来了图书馆星，准备将余生奉献给科学事业。另一位是德国人，跟印第安女人们一样是语言学家。两位印第安女人是姐妹，的确都是克利姆的妻子。

一小时后，马丁已经有种在图书馆星生活多年的感觉。

醉话连篇中，有几个故事尤其引人入胜：去水渠边夜钓，结果打翻了自酿酒；格达人打赌输掉后，用自己的剑劈砍方尖碑；一个疯子来图书馆星寻找某种不存在的古法工艺——大家翻来覆去地讲这几件往事。而那对姐妹就一个标点符号展开了无聊但专业的辩论，那个符号的意思是"我在反讽，请不要太较真"。

"看，我们的人回来了。"克利姆终于开口说话了。

马丁站起身，朝北面望去。

确实，一群人正远远地走来。近一百人，有男有女，有老有少。整个游行队伍参差不齐，绵延近百米，看上去很是滑稽。人群中不时冒出个脑袋，那是有人在跳水渠。这群人看起来更像是癫狂的集体舞演员，或是疲惫的运动员在练习障碍跑。

"我们的伊拉奇卡在哪儿呢？"克利姆站在马丁身旁，嘲讽地说，"噢！她在那儿。走在前面。不过已经不像之前那样雄赳赳气昂昂了。"

马丁也发现了伊琳娜。他好奇地端详着越走越近的姑娘。伊琳娜比照片和视频中看起来要高些，在地球时留的一头披肩红褐色长发剪成了短发，浑身的穿着简单大方：脚穿旅游鞋，下身是一条迷彩大短裤，上身套着深灰色T恤。她在地球时的穿戴是多么精致……

但马丁最感兴趣的还是伊琳娜的脸。她双唇紧闭，目光炯炯，但满眼是泪，不用猜就知道，姑娘的确是被打败了。伊琳娜与众人之间明显拉开的距离也证实，她的偶像地位已然被推翻。

"'一日哈里发[1]'。"克利姆证实了自己的想法，"或者，哈里发的妻子叫什么来着？好吧，还是'一日公主'吧……"

"豌豆公主，"马丁说，"我希望村民没打她……"

克利姆愤愤地哼了一声："虽然人的野性在这蛮荒之地多少恢复了一些，但我们还算是些知识分子。至于豌豆，是过节才能吃上的美味。所以，这个典故在我们这里不算数。"

人群回到村子里，各自散去了。有的人钻进了帐篷，有的人停在了远处。十几个人满脸愧疚地朝克利姆走来，这些人因为先前选择追随新人而与自己的领袖分道扬镳，忙不迭地前来谢罪。

伊琳娜也过来了，径直走向村长，几乎要贴上后者的鼻子才停下，连珠炮似的说："你！你早该知道我的理论错了！"

马丁对姑娘的冲动行为和指控村长时的语调都颇为欣赏。

"伊琳娜，你从来没有问过我的意见，"克利姆冷静地回答，"你不是说，我们的脑子早就僵化了吗？不是说只有你一个人知道真相吗？好吧，我没有妨碍你。所以怎么样，成功了吗？"

女孩愤怒地盯着村长，一动不动。马丁轻轻叹了口气。在这种对决中，伊琳娜毫无优势可言。她没见识过阴谋诡计，不曾和谁明争暗斗；她没有参加过学年论文和毕业论文答辩，更不具备党同伐异的经验……而正是这些东西组成了学术之树茂盛的树干，只有在此树干之上，知识

---

1. 哈里发是伊斯兰政治、宗教领袖的称谓。"一日哈里发"出自《一千零一夜》中《睡着的国王的故事》，意为刚当上首领就被免职。

之叶才有羞答答变绿的可能。

"您等于杀了我。"伊拉奇卡噙着眼泪小声说。

克利姆立刻向前迈了一步，紧紧抓住伊琳娜的双肩，突然变了一副腔调说道："伊拉，你是个聪明的姑娘。你找到了非常重要的规律。如果真有人能揭开图书馆星的秘密，那个人一定是你。但这并非一日之功，你不可能只跳一下就跃过一条河流，而是首先要学会游泳。"

马丁不禁暗暗叹服。

只见悲愤交加的伊拉奇卡立刻失去了所有斗志，像个孩子一样看着村长。而村长像父亲一般温柔地抚摸着她的头，继续说道："我会给莫斯科国立大学外语系主任帕佩尔内教授写封信，他是我的老朋友。我请他让你免试入学……不过，以你的能力，通过考试根本不是件难事。伊琳娜，我非常希望你能够成为我们中的一员。五年后，我们就在这儿，在同一个地方等你。相信我吗？"

伊琳娜没有从克利姆身上移开视线，乖巧地点点头。

克利姆柔声款款地补充道："你无法想象，五年的时间转瞬即逝。而你，当你掌握了人类经年累月积累的知识之后，将会取得多么惊人的成就。"他将伊琳娜拥入怀中，温柔如父地吻了一下她的额头。但马丁留意到，克利姆的手在少女背上颤抖了一会儿后，以迥异于慈父的姿态，似乎全不由自主，向形状姣好的臀部滑去……

克利姆几乎立刻便清醒了过来，推开伊琳娜，笑着说："我们有客人来了！这是马丁，他刚刚从地球来，想跟你谈谈。"

少女下意识地朝马丁的方向迈出一步。好吧，克利姆确实非常出色地完成了自己的工作……

"你好，伊琳娜，"马丁既没有微笑，也没有显得过于热情，充满善意地说："你的父亲让我来找你。"

伊拉皱起眉头，沉默不语。她的眼睛里仍然闪烁着泪花，但没有哭出来。克利姆在伊琳娜身后训斥几个犯了错的科学家："昨天晚上下的渔网，到现在都没收。怎么？你们是想吃臭鱼是不是？凯瑟琳，你儿子肚子疼，已经上三次水厕了。所有想往地球寄信的人，可以到我这儿来领纸,每人不超过一张!"

克利姆可能不是伟大的学者,但绝对是个好头领。人群四散走开,村子又恢复了往日的生活节奏。

"我不会劝你回去。"马丁继续说,"但在我看来,克利姆的建议非常好。如果你决定照他所说的行事,我会帮你想出给管家讲的故事。"

伊琳娜叹了口气。她对周围事物的理解无疑要比同龄人深刻得多。她看着马丁,微微一笑,"我……"

伊琳娜身旁的水渠突然水花飞溅。马丁转过身,刚好看到露出水面的类海豹生物。黑色的皮肤在阳光下闪闪发亮,强壮的鳍状肢有力地一挥,一个小东西划破空气,呼啸而过。

伊拉·波卢什金娜颤抖了一下,如遭电击,挺直了身子,一言不发。一小股深黑色的血液从她张开的口中喷射而出,姑娘脸朝下地僵直倒了下去。马丁看到一根染满了鲜血的灰色尖刺,直刺入她脖子上的第七节颈椎。

马丁浑身战栗。

类海豹生物纵身钻入水中,溅起一阵水花。

四周顷刻间陷入混乱。大人喊,小孩叫。克利姆的手中不知怎么多出一把手枪,他沿着水渠奔跑,一枪接一枪地往水里射击。一个印第安女人俯身看向伊拉,另一个女人挥舞着巨大的厨刀,跃过水渠,拔腿便追。看来,她是朝着类海豹生物逃生的必经之处跑去。马丁紧随其后,事实证明,这是个明智的决定。

类海豹生物在水渠中急速逃生,像个真正的水生生物一样熟练自在。一缕黑色的烟幕紧随其后,如轻雾般弥漫开来——是克利姆的一发子弹射中了目标。马丁等了片刻,待双手适应了雷明顿[1]的重量,便立刻开了火。他瞄准了鳍,第三枪才击中目标。

类海豹生物全身扭曲,在原地转圈,想要舔舔伤口。

印第安女人快速脱下长裙,稍稍弯下身子准备起跳,同时换了个顺

---

[1] 雷明顿公司是美国的标准武器制造商。此处的"雷明顿"指的是马丁的卡宾枪。

手的姿势拿刀。她用目光询问马丁。马丁摇了摇头。等到类海豹生物企图继续向前游时,他一枪击中了它的第二个鳍。

几分钟后,大家终于将鲜血淋淋的外星生物拽到小岛的石头上。马丁将卡宾枪背在肩后,从挂在小腿的刀鞘中拽出匕首,朝受伤的生物弯下腰,叫道:"现在,你活下去的唯一机会,就是马上交代!"

"你疯了吗,马丁?"克利姆面无表情,拿手枪对准类海豹生物不断抽搐的头部,扣动了扳机。

马丁急忙闪开,擦了擦喷在脸上的鲜血,突然想起少女临终前对克利姆说的那句"您等于杀了我"。

"它是唯一的证人!"他伸手去夺枪,一边喊道,"你不希望它招认,对吗?"

克利姆叹了口气,将枪管伸入水里涮了涮,洗净上面的血污。头部炸开的类海豹生物轻轻抽搐着,空气中弥漫着鲜血和硝烟的味道。

"它不会说话。它只是条狗,马丁。"

"你说什么?"

"你不知道吗?它是畜生,叫肯南!对格达人来讲,它相当于地球上的狗,只是比狗要机灵些,会使用工具而已。管家们允许携带驯化过的动物过界门,所以格达人就把肯南带到图书馆星来了。在陆地世界中,它们无法生存,但这里水域辽阔……肯南还能帮助大家捕鱼,能哄孩子们玩儿。"

马丁回过神儿来,将手从武器上移开,喃喃说道:"对不起……我……"

"你以为,是凶恶的村长克利姆借外星人之手……之鳍,杀害了少女?"克利姆往水里吐了口唾沫,"算了,忘了吧。我们无法审问它,马丁。"

马丁往小岛方向看去,岛上的居民团团围在一动不动的伊拉周围。马丁下意识地拔腿便朝人群的方向跑去。

人们自动给他让出一条路。

姑娘还活着,但已经奄奄一息。她的目光消沉且空洞,身下的石头上满是鲜血。她张着嘴用力呼吸,鲜血从口中向外喷射。马丁惊恐地发现,一根尖刺刺穿了她的舌头。他坐下来,摸了摸伊琳娜的额头,试图缓解其临终恐惧。

但姑娘眼中并没有恐惧,只有懊恼和即将到来的梦——最后的、也是最长久的梦。

"一边儿待着!"有人在旁边大喊,驱赶着好奇的孩子。伊琳娜想说些什么……当然,什么也说不出来。她痛苦的脸上仍然写满死不瞑目的固执。马丁突然感觉到她的手轻轻触摸了一下自己。他看了看姑娘的手掌,她正慢慢地,但十分坚强地用手语比画着字母。

她只来得及比画出六个字母和一个数字。终于,她的手不动了,呼吸也停止了。

马丁将耳朵凑到她的胸前,想听听她的心跳。伊琳娜那年轻、健康、美丽的躯体还带着温度,富有弹性。这太荒谬,太不公平了。马丁仿佛被什么烫到了似的,向后退去。

伊琳娜·波卢什金娜,十七岁,地球语言学界未来的骄傲,死了。

克利姆走过来,盯着伊琳娜看了许久,"肯南掷来了一根削尖的鱼骨,非常硬,我们通常用它做小工艺品。"

"它会自己做飞镖吗?"马丁依然跪在死去的少女身边。

"当然会。肯南的鳍状肢非常灵巧,鳍的末端是退化的手指。吃完鱼,会在石头上磨尖鱼骨。也许一千年后,它们也会发展成智慧种族……"

"它为什么这么做?"马丁看了一眼克利姆,又看看四周默不作声沮丧的人群,"这些畜生袭击人类吗?"

克利姆摇摇头,"从来没有过。从来没有,但有几个肯南逃跑了,也可能是迷路了,后来恢复了野性。"

"然后攻击了人群中的一个女孩?"如果不是面对如此悲惨的场面,马丁会仰天大笑,"克利姆,它的表现像个职业杀手,或者说被人唆使的恶犬……像什么不重要,反正肯定是被谁派来的!"

克利姆双手一摊,喃喃自语:"让肯南称我们是法西斯吧,从今以后,对任何游进村子水域的肯南，我们格杀勿论。"

马丁站起身。他太心疼这个少女了。他还从未遭遇过如此惨痛的失败。

"我们会安葬她。"克利姆说，"我们这里有一条专门的水渠。图书馆星没有别的安葬方法，马丁。"

马丁点了点头。克利姆犹豫了一下，补充道："我们通常会把死者的衣服和遗物分给大家。毕竟这里资源短缺，但如果您想带走……"

"我想看看她的遗物，"马丁说，"给她的父母带些东西，其他的……"他看了眼身边打着赤脚的印第安女人，继续说，"我理解，就按你们的习俗来吧。"

马丁不想眼睁睁看着村民脱去她的衣服，即使他们真诚地为伊拉奇卡之死而难过。一想到这具美丽的躯体十五分钟前还活蹦乱跳，而今马上就要被人扒光，裸露在光天化日之下，马丁更加觉得无法接受。他的脸颊上依稀还能感到少女胸膛的温热——尸体的余温尤其令人震动。

马丁走到一旁，但又忍不住转过身来。

感谢上帝，男人们从伊拉身旁走开了。只有女人们留了下来，把尸体围了个水泄不通。她们没折腾太久，一个女人手中多了一条草绿色短裤和白色内裤，另一个女人拿着染满鲜血的T恤从人群中钻出来，匆匆忙忙去水渠边清洗。

马丁脑中闪过一个很消沉的念头，觉得这种财产分割颇似同类相食。但马丁也清楚，身处异星，要在秉持人性的同时生存下去是件多么艰难的事情。他转过身，蹲在水渠边，抓起一小把水藻疯狂地洗手擦脸，他要擦去的并不是血，而是皮肤对生命与死亡温度的记忆。

"马丁。"一位印第安女人走过来。她已经穿上了伊琳娜的旅游鞋。女人向马丁伸出手，潮湿的手掌上有一个旅行者号牌和小小的银十字架项链，"这个应该还给她的父母。"

"不，该让她戴着这个下葬……"马丁看着十字架，刚要说下去，又沉默了，"算了，好吧，谢谢。"

"请您不要生我们的气。"印第安女人说。

"我不生气。"马丁回答。

克利姆跟在印第安女人身后走过来,坐在马丁旁边,忧伤地看着他说:"她有没有留下什么遗言?"

马丁放下他的背包,去掏侧口袋里的肥皂,摇了摇头,"什么都没有留下。"


## 五


马丁回到首都时,天已经黑了。此行归来,灯塔功不可没,尽管它闪个不停,令人心烦意乱,但的确起到了定位作用。马丁躺在帐篷中,被迫感受一闪一闪的五彩光线,入睡变得很困难,然而也渐渐习惯了。况且,灯塔还有一个好处,就是可以替代手电筒,马丁快走到帐篷城时才深刻地感受到这点。适应之后,完全可以根据"红—绿—白"的频闪节奏一路前行。虽然完全没有节约电池的必要,马丁还是关掉了手电筒,以免引人注目。

夜色中的村庄看上去比白天更有人气。住在这里的外星生物习惯昼伏夜出,各色身影穿梭于帐篷之间,其中不乏地球人的影子,他们也更喜欢在烈日炎炎的白天睡觉。马丁看到,某座大岛上的方尖碑被无情地尽数摧毁,整座岛宛如一个如假包换的迪斯科舞厅。播放器响声震天,一群年轻人在跳舞,有地球人,也有外星人。机械生硬的舞姿、鲜明的节奏和灯塔的闪光汇成一幅离奇又迷人的画面。

马丁停下脚步,盯着舞者们看了一会儿,又继续前行。

他走过不久前目睹天体浴者晒日光浴的地方。女人们早已不见踪影,只有两位健壮的男士坐在水边谈笑风生。马丁隐隐约约地听到:"真的,廖瓦,是真的!"

再远一些,一座没有被破坏的小岛上传来叮叮咚咚的吉他声,有人在用西班牙语唱歌，歌词里有大帆船、海盗和暴风骤雨。马丁停下脚步听了一会儿。

是的，这里一派生机蓬勃的景象。

如果伊拉奇卡·波卢什金娜留在这个村子会怎么样？

可谁又能保证她免遭不幸？

马丁确信，类海豹生物的攻击是蓄意而为。肯南是有意识的，一定有人唆使这个半智慧生物杀害了女孩。下达命令让肯南杀死女孩，比自己扣动扳机更安全可靠。或许肯南也明白此举之后必死无疑，但又不能违抗命令。

是谁做的？为什么要这么做？只要能回答第一个问题，第二个问题也就迎刃而解了。

但马丁看不到答案。

唯一的嫌疑人就是克利姆，但杀人动机好像也不成立。假设真是村长下达的命令，那需要找到合理的解释——他如何驯服格达人的肯南？可如果雇凶杀人的是住在首都的格达人，那动机又是什么？担心少女会破解图书馆星的秘密？这并不符合马丁对格达人的了解。这个种族随身携带长剑是有理由的，他们从不使用其他武器。

在伊琳娜的行李中，他没能找到任何线索，无非是几件衣服、藏在几双干净袜子和手帕中的两条巧克力、五个空白小记事本和一盒铅笔。

虽然猜测没有意义，可马丁还是不停地猜。对姑娘的怜悯和受伤的自尊心互相拉扯，远比任何合同条款更能刺激他。

马丁任选了一顶帐篷，里面闪烁着微弱的灯光，隐约有说话声传出来。马丁走到紧闭的帐篷门旁，咳嗽了一声，没有听到任何回应。敲帐篷布不合礼仪，叫主人出来又显得多少有些不礼貌。最终，马丁在门边发现了小铜铃，便伸手摇了摇。

拉开门帘的是个女人，高大瘦削，面孔如男人般粗犷。马丁看到一个小男孩站在她身后的角落里。很明显，他的到来打断了女人教育孩子。

"什么事？"女人不客气地问道。

角落里的孩子像小狗一样哀怨地尖叫。女人头也不回地咆哮道："给我闭嘴，再叫我打死你！您有什么事？"

马丁很尴尬。他无意再做家庭纠纷的见证人，也许是因为私家侦探的工作迫使他窥探了太多隐私。

"对不起，我是新来的，"马丁开口说道，"我要找大卫，图书馆星的行政长官……"

"我可没给他投过票。"女人冷冷地说，但还是走出帐篷，用手朝一处指了指，"那边，褪色的红帐篷，旁边柱子上有蓝旗的就是。"

"不好意思，为什么您没有把票投给他？"马丁忍不住问道。

女人看看马丁，目光狐疑，"好心的先生，这与您有关系吗？"

帐篷中的男孩又哭了起来，女人果断地走回去，还不忘随手拉上了门帘。

马丁没得到问题的答案，只好朝女人指示的方向走去。他急于离开图书馆星，但要先去拜访大卫，哪怕只是为了捎上几封需要转交给地球人的信件。对旅行家来说，这是良好教养的体现。

大卫还没有睡，正坐在水渠前的方尖碑长椅上，就着手电的微光读平装小说。他穿着肥大的居家短裤，赤裸的上身只套了西装上衣。看到马丁，大卫只是默默换了个姿势，合上了书本。

"好看吗？"马丁好奇地问。书的封面是一对相拥的情侣，不用看内容简介就知道是浪漫小说。

大卫意味不明地耸耸肩。

"一般般。电子文档看烦了，我们这里的纸质书又太少。出什么事了吗？"

"为什么你会这么认为？"

大卫轻轻叹了口气，"哦，马丁，请别跟我来私家侦探这套把戏……您是一个人回来的。况且，您给人的印象，并不是个容易退缩的人。那姑娘出什么事了吗？"

"她死了。"

大卫小声骂了一句，摇摇头，说："匪夷所思。虽说我们这儿也常有不幸事件，但是……"

"她是被杀死的。"

两人面面相觑。

过了好一会儿，大卫点点头，"我就知道，这些疯子早晚会……"

"伊琳娜被杀时，我就在场。不是英格玛村的村民干的。"

大卫脸上的肌肉抽动了几下，"马丁，不要这么盯着我看，也不要这样挤牙膏似的透露信息！您不是在给管家编童话故事！在这颗星球上，我代表的是个文明政权……"

"她是被肯南杀死的。肯南扔了一个用鱼骨做的飞镖。姑娘的脊柱受损，喉头及舌头被刺穿了。死前她甚至连一句话都来不及说。"

实际上，大卫对这些话的反应才是马丁感兴趣的。装出吃惊的表情并不难，难的是掩饰轻松之情。然而大卫的表现可谓正常。管理来自不同星球的几千个智慧生命——这样的大人物往往都喜怒不形于色。

"您认为，凶手的目的是让她闭嘴？"大卫问。

"有可能。我不知道肯南一般是怎么杀人的。"

"它们从不杀人。"大卫说，"卡德拉赫！"

一名格达人从帐篷里走出来，他穿着肥大的橙色打褶裤，赤裸上身，背着一柄宝剑。暮色中，他看上去跟人类非常相似，但没有肚脐和乳头，这种生理特征表明他是异于地球人的生物。

"我听到了，"格达人简短地说道，"肯南不应该杀人。"

"不该还是不能？"马丁问。

格达人犹豫了片刻，仿佛暗自思忖是否该跟外来生物探讨这个问题，然后摇了摇头，"不应该。一切皆可能，但并非一切皆可为。肯南是伴侣、朋友和猎手。"

"守卫[1]？"马丁确认道。

"不是。当自己的朋友处于危险之中，肯南就会加入战斗。但袭击智慧生命的肯南，必须被杀死。"

---

1. "守卫"一词与"猎手"一词在俄语中发音相近。

"不仅是杀格达人？还包括其他任何智慧生命？"马丁再次确认。

卡德拉赫的脸上露出类似鄙夷的表情。

"当然。它们的智慧接近被唤醒的状态，比你们养的狗聪明多了。如果任凭肯南杀害智慧生命，会给我们的种族带来巨大的灾难。没有哪个格达人会允许肯南攻击智慧生命。"

"有一种例外情况，"马丁小心翼翼地说，"有人明知道肯南会死掉，但还是给它下达了命令。"

格达人沉默良久，久得马丁都开始后悔说这句话了，但格达人再次开口，"是有这种可能。格达人明知道肯南会死掉，但还是给它下达指令——这是犯罪，但不排除有这种可能。"

"只有格达人能下令吗？地球人或其他外星种族能否驯化肯南？"

"能。"格达人毫不犹豫地回答，他脸上的表情终于放松了些，"有这种情况。很多生物都想跟肯南做朋友，我们会把肯南幼崽带到这里来。"

"您得找到下达命令的人，"马丁不是在下命令，而是在陈述一件事实，"这困难吗？"

"肯南只认一个主人，"格达人说，"一个主人也只能拥有一个肯南。主人们的占有欲都很强。如果肯南失踪了，那么一定是主人的错……"格达人摇摇头，做出一个出人意料的结论，"很难找到这个杀手。"

"为什么？"马丁惊讶地问道："只要——检查……"

"我们村有一百三十个肯南，"格达人自信地说，"中央村还有十八个。我们村的，我会把它们召集起来，一个小时就能数清楚。明天我们会知道，中央村的肯南是不是都在。只有愚蠢的杀手才会让自己的肯南送死。"

格达人说完又摇摇头，总结道："我不认为杀手会那么蠢。我觉得所有的肯南都会在。"

"以前有过肯南逃跑的事件吗？"马丁问，"比如某个肯南野性突发……"

"即使有人类或其他智慧生命的野生居留地，"格达人说，"但那里也不可能有肯南。"

"肯南无法繁衍后代,"大卫向马丁解释,"离开格达星球的肯南都是同一种性别。"

马丁非常想知道,这条规则只适用于类海豹生物,还是对格达人自己也适用。但理智压制住了好奇心,马丁问了另一个问题:"那么,这个肯南杀手又是从哪儿来的呢?"

"一切皆可能,"格达人的回答充满哲思,"但并非一切皆可知。"

格达人退入阴影,消失在方尖碑之中。

"真是咄咄怪事,"马丁说,"一个爱好和平的星球,没有任何危险生物,却突然来了个莫名其妙的外星野兽杀死了无辜的地球女人!"

"您会有麻烦吗?"大卫同情地问。

"在这件事情上,我没有任何过错。"马丁想了想,回答说,"她甚至还没有决定是否跟我一起回地球,我还没来得及正式履行护送她的职责。如果姑娘的父母想要证实这点,会派其他侦探来彻查。但我替她难过。还有……这件事实在太荒谬了。大卫,您对此有何高见?"

大卫略带讥讽地看了看他:"我能有什么高见?如果姑娘真的快要解开图书馆星的秘密,势必会招来心怀恶意之人。您以为我们这里是一片安静祥和的学术净土吗?这里到处都是乱象。我们这儿酒精产量低得可怜,但大家仍然会借酒闹事!在寻求学术真理的过程中,打架斗殴的事屡见不鲜,重伤或者致残事件也经常发生;性暴力和各种变态层出不穷。对于常规的狂欢暴饮,我都懒得禁止了。不少人喜欢赌博,尤其是美国轮盘赌近期极为盛行,一些人为满足自己卑劣或危险的愿望不惜施巫蛊之术。还有更野蛮的行为,"大卫意味深长地拍了拍石椅,"更别说宗教纷争和阴谋诡计了……"

"您昨天还给我描绘了一幅非常美好的生活图景。"马丁指出。

大卫沉默不语。

"您是不是应该告诉地球人,说图书馆星根本不像很多人认为的那样,是一片安宁祥和的净土?"马丁问,"不谙世事的小傻瓜们就不会往这里跑了。"

"您自己也不年轻了，"大卫讽刺地说，"怎么还是这么天真……如果我那么做，他们反而会蜂拥而至。马丁，这里的种种事端，都是因为我们的工作漫无目的！到我们这里的都是些聪明、勤奋、心高气傲的人。他们耗费了人生的大好时光，在学术活动中挣扎拼命，最终却劳而无功，一点儿头绪都摸不到。接下来会发生什么，我就不用多解释了吧？只要您能给出解谜的线索，所有人第二天都会投入孜孜不倦的工作之中。"

"我不是语言学家。"马丁说，"而伊拉就算真有解谜的线索，也被她永远地带走了。以我的观察，她的理论已经彻底失败了。"

"她一定是想找到图书馆语与旅行语之间的联系吧？"大卫问，"她是不是尝试根据岛屿面积或者方尖碑数量来确定阅读方向？对此克利姆说了些什么？这个自以为是的总务主任因盗用公款而被赶出了大学校园，想必他会说这个假设已被自己验证过了吧？"

现在轮到马丁沉默不语了。

"克利姆来这里就是想等刑事案件诉讼期结束。"大卫越说越愤怒，"他召集了一些才华横溢的科学家，为他们提供了体面的生活条件，坐等收获红利。只管理地球人当然是再简单不过的事！你倒是让他试试处理包含四种性别种族的家庭纠纷！他们来到图书馆星后，第一性征为女性的生物拒绝与第二性征为男性的生物发生亲密关系，声称图书馆星没有月亮调节正常的交配周期！更别说食品问题了！欧乌鲁阿种族需要吃大量的双壳贝类，因为这些食物中富含他们身体必需的锰元素！但所有生物都爱吃这些水生贝壳类动物，这是当地动物群中最美味的食物！方圆五公里之内的贝类都被吃光了……而我，要么让欧乌鲁阿染病而死，要么让七百五十二个智慧生命为了七个傻乎乎的外星人而放弃生活的乐趣！"

"现在，我更了解你们的星球了。"马丁坦诚地说。

大卫满意地咧开嘴笑。他伸手进西装口袋，掏出一包烟，递给马丁。

"还是我请您吧。"马丁掏出吉坦。

"您要回地球了吗？"大卫会心地问。

"等您的朋友调查回来就走。我确信根本找不到凶手……但还是图个心安吧……"

两人边抽烟，边看着灯塔的闪光。一支由二三十个地球人和外星人组成的队伍从一旁跑了过去，边跑边喊："比赛了！大家都去比赛了！"

一行人纷纷跳入驿站小岛周围的宽阔水渠中。

大卫和马丁默默地看着水流中慢慢游动的参赛者——他们手中都拿着瓶子和水桶。

"我们这儿有各种娱乐活动，"大卫说，"我去过很多星球，马丁。我见过太多的怪事，所以肯南袭击人类女性的事情，对我来讲并不算什么谜团，哪怕它是个来路不明的肯南……"

马丁专注地看着大卫。

"我还记得伽列星的卫星是如何重生的，"大卫说，"先是伽列抛下一层石壳，行星在太阳的蓝色光芒中闪亮，仿佛悬挂于绿色天空中的圣诞树玩具。其白色表面呈现出黑色和红色的花纹，然后出现了光……一束光从伽列星旁穿过，光柱直径约为一千公里，光线如此强烈，即使在虚空中也能看得到。当地人拼命呐喊。在他们的传说中，月亮是颗龙蛋，早晚有一天会醒来，焚毁整个世界。管家们也从驿站中跑出来仰望天空。卫星游荡着，不断更换运行轨道……石壳的碎片在空中飘摇，大地在脚下颤抖；地平线上的一座死火山苏醒过来，红色的火焰柱直达天际。我没有夸张，真的是直达天际，直冲着飞快逃逸的月亮！管家们回到驿站，而我一直站着看天。我觉得世界末日真的来了。后来我意识到，卫星转变了方向，一束光子射线射向了伽列。高空的平流层中，稀薄的空气在燃烧……半边天都被染成了深红色。"

大卫笑起来，笑得有些羞涩，"真的非常漂亮，您无法想象，马丁！非常漂亮！"

"我相信。"

"接着，一切都消失了，"大卫说，"古老的光子飞船将反射镜转向伽列的前一秒，卫星消失了，火山也仿佛被人从山脉间拔除了，不见踪影。大地持续颤抖了几个小时,最后管家出手,灾难才得以控制。"

"我听说,管家造了个质心,以取代被摧毁的飞船,"马丁说,"他们往卫星轨道上发射了一个小型黑洞。"

"那里到底发生了什么,弄清楚了吗?"

马丁摇摇头。

"我并不认为那是古代飞船,技术太简单了。况且我压根不相信远古种族的传说,"大卫将烟头扔到水中,一条嘴唇肥厚的大肚子鱼立刻将其吞了下去。"管家们超越了所有的种族,他们就是唯一的远古种族。要我说,当管家抵达伽列的时候,当地文明本来就已非常发达了,足以在卫星上创建自己的基地。但不知何故,星球上的居民已逐渐退化,习惯了伸手即得的奇迹——总有一天,地球也会面临相同的命运。然而那些住在卫星上的居民没有放弃,他们从内部将卫星钻了个大窟窿,造出了巨大的光子引擎飞船。他们试图逃脱出去,在另一颗星球上复兴自己的文明……"

"射向飞船的火山是怎么回事?"

"那是管家的防护系统。"

"这不是他们的风格,"马丁摇摇头,"管家更倾向于让消失的过程无声无息。不过,这个猜想不比其他版本差。"

大卫点点头,"是的,当然……但从那时起,我只选择去没有卫星的星球。"

两个人露出微笑,正如所有分享过此类故事之后惺惺相惜的人那样。

"我还是走吧,"马丁说完,站了起来,"不等您的朋友了。您有邮件要送往地球吗?"

"有。"大卫跳起来,钻进帐篷,很快又拿着一个沉甸甸的袋子出来,"这里有信、软盘、死者的盒式吊坠,还有几个给大学的样品。没问题吧?不到三公斤。"

他的话音里带着恳求的语调。

"拿来吧。"马丁同意了。

他们握手告别，马丁向驿站走去。

露台上没有人，但马丁踌躇满志，像个约好会面时间的商务人士。

管家出现了。他走出来，随手掩上木门，坐到沙发上，点燃烟斗。他身穿厚厚的毛巾浴袍，可能是觉得冷，或者是刚刚起床。

马丁在台阶前停下。

管家喘着粗气，费力地吮吸着烟斗，一下又一下把打火机按得噼啪作响。终于，烟斗被点燃，冒起均匀的白烟，管家心满意足地仰靠在沙发靠背上。他看了看马丁，眼神中蕴含的不知是善意的讥讽还是微微的恼怒。

"你好，管家。"马丁说。

"你好，游子，"管家点了一下头，"进来休息一下吧。"

马丁登上楼梯，坐到管家对面，沉默了片刻，然后说："我想给你讲个故事。"

"这里又寂寞，又凄凉，游子，"管家说，"请跟我说说话，游子。"

马丁闭上眼睛。他不知道自己该说些什么。最好的故事永远都是自己还不完全了解的故事。马丁只了解一件事——现在，他要开始讲关于……

"人从出生那天起，心里就装着世界，"马丁说，"那是完整的世界，是全部的宇宙。他自己就是一个宇宙。而他周围的一切，仅仅是构建现实的砖瓦。滋养身体的母乳、振动鼓膜的空气、光在视网膜上绘制的模糊图像、渗入血液的宜人氧气……万物只有成为人的一部分，才是真实的。人不能只有不舍，而须以真实的粪便、眼泪、二氧化碳、汗水、鼻涕和哭泣来纪念自己在虚幻宇宙中迈出的第一步。一个啜泣的、活生生的宇宙爬过虚幻的世界，将其变成可触及的现实。"

管家沉默地吸着烟斗。马丁喘了一口气。

"人以自身为材料创造出自己的宇宙，世上再没有什么比自己的身体更为真实的东西了。随着人的成长，他付出得越来越多。在他说过的话、紧握的手中，在他膝盖上的伤痕和眼里的光中，在他的笑声和哭泣、他建构和破坏过的一切之中,他的宇宙不断生长。人付出精子,生下孩子;人创作音乐,驯化动物。他周围的布景越来越丰富,越来越鲜明,但虚幻仍旧未变为现实。人必须将最后的体温和最后一滴心血尽数贡献出来,直到彻底创建宇宙。毕竟,世界必须被创造,而人类除了自己,再无他物可以用来创造世界。"

管家放下烟斗。

马丁等待着。

"你驱散了我的忧伤和孤独,游子。请进入界门,继续你的行程吧。"

马丁对管家点了一下头,站了起来。

"我们可以认为,每个人都是一个宇宙。"管家在他的身后说,"也可以认为,每个人仅仅是短暂宇宙历史中的一个字母。这两者之间的区别并不大,马丁。我们死后会变成宇宙,或者仅仅成为方尖碑上的一个字母,对死者来讲,有什么意义?"

马丁以闪电般的速度转过身来。

椅子上的管家消失了,只有被遗忘的烟斗升起缕缕轻烟。

不过,在与不在又有什么区别?既然管家根本不回答任何问题,那么他们是坐在椅子上,还是被秒传去了一千光年之外,又有什么区别呢?

但马丁仍然说道:"谢谢你,管家。"

# 第2章

# 橙

"人们习惯于把自己的家当作城堡,
不喜欢没有礼貌的客人。"

Оранжевый 590~620nm

## 零

　　善猎者，以追求生活品位为要旨。换言之，每个养尊处优的人，都极为注重美食和养生，连下饭店这样的事情，也自有讲究——经典的老派餐厅，餐桌要铺上浆洗过的白色桌布，陶瓷和水晶装饰陈列其上；举止优雅的男服务生不时为顾客更换银餐具，无论如何不能是女服务生，因为他们认为善变而任性的女性不适宜染指食品制作和餐桌礼仪；相对简单的小饭馆也别有一番意趣，桌上铺着色彩鲜艳的格子布，大锅在半掩的厨房门后冒着热气，嗞嗞作响，面带微笑的姑娘和小伙穿梭于事业有成的职员、匆忙的律师和身上永远挂着摄像机的吵吵嚷嚷的游客中间，为您奉上独特的民族特色菜肴或地方风味小吃。但我们坚决不会在快餐店就餐，不论店名多么有异域风情，不管那些一次性餐盘里装了什么样的人工合成美味——不行，不行，还是不行，如果您珍视自己的健康和转瞬即逝的人间幸福，请务必不要给汉堡任何机会！

　　鸣钟列鼎的精髓和美味佳肴最大的诱惑均在于午餐，唯有亲手烹饪一顿家常午餐，真相才会一目了然——你是只发抖的畜生[1]，一味放任自己的胃对所有食物来者不拒呢，还是有权对自己的胃发号施令，宠爱它，呵护它，并且战胜惰性，不让食欲和汹涌的胃液影响烹饪的过程？

　　今天，叔叔会到马丁家做客。叔叔责备起人来虽不无道理，但往往过于严厉，所以马丁有些担心。留给马丁的时间不多了，他今早才返回地球，只来得及即兴发挥，临时安排一顿便饭款待叔叔。马丁看了看冰箱，突然就有些沮丧，甚至开始考虑去饭店买一只北京烤鸭冒充自己的

---

[1] 此为致敬陀思妥耶夫斯基。在陀思妥耶夫斯基的著作《罪与罚》中，主人公拉斯柯尔尼科夫对自己进行灵魂拷问时曾用此句："我是只发抖的畜生呢，还是我有权利……"

手艺。但对这种不体面行为的嫌恶终究战胜了一时的软弱,马丁决定亲自下厨。

他从冰柜取出冷冻的西伯利亚水饺。食品虽然简单,但大师的手可以点石成金。面粉和动物内脏做成的冷冻饺子蜷缩在超市货架上的塑料袋里,如同封装于尸袋中,样子粗鄙而颓丧。不要相信广告中演员饥饿的样子和他们虚假的微笑,哪怕是生的鸡汤块,他们照样能津津有味地吃给你看!也不要相信所谓的"手工制作",要知道,现在机械手就能操控机器,谁又能保证"手工制作"的手就是真的手?

不行,不行,真的不行!

真正的饺子必须自己动手,或者与亲朋好友一起包。饺子馅儿最好用到三种肉,但这还不是关键。最重要的是调料的配比,加黑胡椒时尤其要掌握分寸,红辣椒则可根据口味酌情增减。不过,真正的行家不会往肉馅里放红辣椒。摩尔多瓦的大地母亲慷慨馈赠给莫斯科人和圣彼得堡人的香草[1],是红辣椒极好的代用品。如果您居住在俄罗斯的欧洲部分,春天一到,就该考虑在别墅的菜圃中种上一些香草了;西伯利亚的居民更加幸运,只要走进菜园子,或者来到任意一棵雪松旁,总能找到原始森林的调料库。而那些童年时从未打过雪仗、定居在亚洲或克里米亚的家伙就更幸福了,他们脚下一望无际的神奇土地上,所有的无毒植物都可用作调料。无论何时何地,都不要滥用现成的混合调味料包,特别是波兰和法国生产的成品调味料!试问,波兰人和法国人怎么能领会我们俄罗斯饺子的精髓?

马丁爱吃饺子。他开始心情愉悦地用心和面。电视机的声音已经被调到最小;包饺子时,他总是播放优美的古典音乐做背景。听着摇滚乐包出来的饺子,外形线条往往过于生硬,而听流行音乐包出的饺子则奇丑无比,既像乌兹别克的包子,又似鞑靼的烤三角,或者如蠢笨的意大利方饺。

众所周知,好饺子的重要特征是面皮筋道,如此一来,煮饺子的过

---

[1] 指香青兰。

程对于包裹其中的肉馅而言，如同在原汁的浓汤中享受热水浴。而最可怕的情况莫过于煮饺子时面皮绽开，或因肉馅包得太满，导致宝贵的肉汤白白流到锅里。

马丁简单地摆好餐桌，往两个小碗中倒入浓稠的酸奶油。这可是正宗的俄罗斯酸奶油，而不是欧洲国家生产的添加了增稠剂、增味剂、抗氧化剂和其他毒素的仿制品。马丁特意将番茄酱藏到一边，虽然他很难抗拒这种调味料的诱惑，但他更怕遭到叔叔的嘲笑，何况那嘲笑也并非毫无道理。楼梯间传来老电梯的轰鸣声时，马丁意识到是叔叔来了，于是赶紧将饺子倒入沸水中，接着从冰箱里拿出一瓶俄罗斯斯丹达，这是叔叔生病的肝脏唯一能接受的伏特加品牌。这酒既非五百毫升的小瓶装（难免不够喝），也不是一升的大瓶装（备受不知节制的年轻人推崇），而是刚刚好的七百毫升装——不酗酒、有教养的俄罗斯人之不二选择，他们既不会在大半夜喝个没完，也不会在酒后鬼哭狼嚎扰邻。

叔叔对饺子很满意。虽然他细嚼慢咽默默吃饺子的样子让马丁有些难堪，但刚吃完第一盘，就又意味深长地看了看锅。所以，马丁立刻又煮了一份。

叔侄二人交谈起来，间或言辞激烈，但大体令人愉快。他们谈到了足球，马丁不是个狂热的球迷，但喜欢的球队取得意外胜利时他还是颇为兴奋。两人就管家的租赁费用进行了一番争论，又谈到食品安全——用木头合成食品的复杂工艺确实让人类摆脱了饥饿，但其背后也隐藏着巨大的隐患。叔叔对亚非各国限制生育的做法持过于激进的态度，其不得体的言论令马丁大为震惊，也颇为不悦。叔叔承认，自己有些措辞确实太过分，例如"兔子也会计划生育""现在木头可以吃了，他们更得从棕榈树上爬下来了[1]"，他适当表达了些许惭愧，同意将它们收回，但始终不肯改变自己的基本观点。

就在马丁设法将话题引向更为平和的轨道时，热尼卡打来电话，说自己刚好路过，想上来小坐一会儿。

---

1. 此处将文明程度低的人讽喻为野人或猴子。

弟弟的到访让马丁和他们的叔叔都很开心，虽然叔叔最宠爱的侄子是马丁。叔叔喜笑颜开、神气活现地对这位刚刚到来的侄子刨根问底：为什么很少打电话？为什么几乎不来探望自己？中了哪门子邪要去学新闻？有没有跟奥莉加和好如初？

对于所有的问题，弟弟都给出了合理的答案，只是他想了好久才记起叔叔口中的奥莉加，敷衍地说已经重归于好，但实在难以令人信服。不管怎么说，律师总是满嘴跑火车。不过叔叔今天心情不错，没有揭穿他的谎言。

马丁又包了一些饺子，从冰箱里拿出第二瓶七百毫升装的伏特加，因为他不仅不酗酒、有教养，更是个聪明的俄罗斯人。生饺子已经所剩无几，不够再煮一次。好在叔叔和热尼卡已经吃饱，没有再要。斯丹达、腌酸黄瓜和切得薄薄的熏肉片就足以让他们心满意足了。马丁几乎没有加入对话，只是开心地听着热尼卡的胡说八道和叔叔的反唇相讥，震惊于退休老人的辛辣老练和独特的幽默感。

临近午夜，叔叔有些疲倦，起身告辞。他拒绝了留下过夜的提议，也拒绝了马丁要送自己一程的好意，并且坚决不同意叫出租车，说只要往前走个五十米，到十字路口，就可以搭上顺风车，非常省钱。马丁本想反驳，但转念一想，十字路口处有巡逻的警车。他们发现喝多了的老人，一定会帮忙拦辆出租，命令司机送他回家。马丁放下心来，跟叔叔告别，然后从冰箱里又拿出五百毫升的小瓶装伏特加。他不仅是聪明而有教养的俄罗斯人，还是个懒人，懂得储备足够的生活必需品。弟弟拿出一盒上好的雪茄，振振有词地要求换首配得上高级雪茄的曲子做背景音乐。

十分钟后，兄弟俩将脏碗碟扔到洗碗机中，回到客厅坐下休息，手握厚重的宽口玻璃杯，喝着在马德拉酒桶中珍藏了十五年之久的格兰杰威士忌。他们抽着烟，听着二人都喜欢的野餐乐队[1]。

---

1. 野餐乐队是俄罗斯老牌知名摇滚乐队，1978年成立于苏联列宁格勒（今圣彼得堡），风格融合了艺术摇滚、前卫摇滚和原始俄罗斯摇滚。

歌词大意是，某人将来一定会有出息，因为他是"笑气的大行家"[1]……尽管马丁对此等简单粗暴的逻辑并不赞同，但还是晃动起穿着柔软拖鞋的脚，随着音乐打拍子，听到"这种幸福千载难逢"一句时甚至跟着旋律低声哼唱起来。

"马尔特，你最近在忙什么？"弟弟拿着雪茄的手晃来晃去，仿佛以烟为笔在空气中写字。

"各种鸟事。"马丁承认。弟弟是家中唯一知道他工作性质的人，但他们很少深入谈及具体案例，只聊好笑的或不会让任何人陷入险境的故事。

"你在办一件很大的案子吗？"弟弟开始刨根问底。

"办完了。"马丁说，"几乎算办完了。不是什么大案子。一个小姑娘离家出走，死在外星球，很不合情理。"

"还有什么事没办完？"热尼卡继续问道。

马丁想了想，觉得要说的话并不会给任何人带来伤害。

"姑娘临死前已经说不出话来……她用旅行手语告诉了我一些信息，可能没什么价值，但我想查个明白。在没有彻底查清楚之前，我不想去见她的父母。"

"有人找我问起你，"弟弟说，"他看似随意……但碰巧我对他有所了解。他在有关部门工作。"

"是条子吗？"马丁丝毫没感到惊讶。执法部门盯上埃内斯托·波卢什金这样的人物也在情理之中。

"国安局。"

"他们找我干什么？"马丁愤怒地说，"我按时上缴代役租，不从事间谍活动，碰到特殊情况都第一时间汇报了！"

马丁将管家可能喜欢的虚构故事称为"代役租"。权力部门暗中要求所有善于编写故事的人每年为国家编写三至四个故事，甚至会为此支

---

1. 笑气为一氧化二氮（又名氧化亚氮）的俗称，是一种无色有甜味气体，"笑气"得名皆因吸入它会令人感到欣快，致人发笑。"笑气的大行家"即指擅长制造快乐。

付一笔不大的费用。马丁从不逃避责任，也从未捣鬼作弊，每年四次，他都会诚实地坐到机关的办公桌前，努力编些像模像样的故事。有关部门每次都充满感激，饶有兴味地接受他编写的故事，从未有过其他要求。从这一点来看，他的故事至少有一部分派上了用场，但应该也有个别故事被管家否决了。不过，这也在常理之中。马丁还不定期地撰写报告，如果某个星球的实际情况与报纸或《指南》上的信息出入过大时，他就将此信息报告给银河探索研究所，该机构名义上是社会组织，但事实上是政府机构。

"这我就不知道了。"热尼卡啜饮着手中的威士忌，"但我觉得，他们感兴趣的，正是你现在手里的案子。看在上帝的分上，千万别卷入政治！"

马丁差点儿就要用尖酸刻薄的语气教训弟弟，诸如"不要教当爹的怎么生孩子"。但马丁转念一想，在这一方面，弟弟确实比自己强上许多，还真能给他上两堂课。总体来说，热尼卡整天游手好闲，吊儿郎当，但在与异性交往的问题上颇为用心，十分讨女孩们欢心。因此，马丁断然说道："兄弟，我不想卷入任何事情。倒是你，该收收心，别总没完没了地念大学，赶紧找份工作吧。"

遭遇如此背刺，热尼卡噘起了嘴，不再教训哥哥了。不过等到第二杯威士忌下肚，兄弟俩便已和好如初，又开始谈笑风生了。

二

马丁在地球上逗留了一天，并不仅仅因为与叔叔有约在先，还有一个重要的原因——要准备路上用的装备。当然，原则上讲，他本可以直接从图书馆星出发，但摆在他面前的任务非比寻常。所以，他宁愿花一个故事的代价返回地球。

马丁依然带着雷明顿。他并不打算狩猎，但这种卡宾枪非常适合自卫。马丁又从自己办公室的小武器库中挑了一把小巧轻便的史密夫·韦森M60左轮手枪。该枪有五公分的短枪管，弹膛内可装五发子弹，小口径，适于近距离对射。虽然近距离作战的情况不常有，可一旦有个万一，左轮手枪比步枪更能派上用场。

马丁又扩充了一些商品储备。虽然几乎所有星球上都有盐，但糖和甜点绝对是硬通货。烟草、辣椒、药品、几副扑克、一本新出的《文摘》……大体上说，跟平时没有什么两样。昨晚和弟弟喝到凌晨三点，马丁直到现在都头昏脑涨。不过中午时分，马丁已经准备上路了。

走到门口时，电话铃响了。他拿起手机，看到来电显示的是波卢什金的号码，便没有接听。不知是他回来的消息已经传开，还是波卢什金随意打了通电话……不管怎样，马丁并不想现在就汇报工作。

他锁上门，向楼下走去。


马丁有时觉得，管家对故事的态度取决于故事的讲述者，取决于心情、说服力、故事本身的趣味性，取决于众多稀奇古怪的因素。譬如，讲述者空腹状态比喝过一杯啤酒或饱餐后更容易获得界门的访问权限。

现在，马丁刚好有点饿，但脑袋剧痛无比，影响了他的发挥。

"'真的吗？'女人问道，'我还以为您第一天晚上就明白了。'"马丁结束了讲述，默默等待着"宣判"。

"这里又寂寞，又凄凉，"管家说，"我听过很多这样的故事，游子。"

这已经是被管家否决的第二个故事了。最让人难过的是，马丁自己觉得这故事还不错，有情节，有人物，有教育意义，绝对是个合格的故事！

管家等待着，一副又寂寞又凄凉的模样，是莫斯科驿站众多又寂寞又凄凉的管家之一。马丁叹了口气，苦苦搜寻着自己的记忆。那些他读过的、听过的、发生在自己或熟人身上的故事纷纷涌入脑中，又一一被他否决。

管家等待着。

"我的故事,是讲好奇心的。"马丁终于说,"好奇心是个奇怪的属性,您不觉得吗?"

管家当然没有回答。当然,这不过是个设问。

"出于好奇,人们会做出很多古怪而危险的事情。潘多拉辜负信任,打开了魔盒;蓝胡子的妻子走进了紧锁的屋子;科学家使原子裂变……我们视线所及之处,皆是好奇心带来的不幸。如果说在远古时代,好奇心只给好奇者带来危险,那近百年来,好奇心已经给全人类带来灾难。一个充满好奇心的科学家比整支军队还要危险。我甚至觉得,大自然已经苏醒,开始走回头路……人们的好奇心越来越弱。人们不再对科学感兴趣,更热衷于平庸的、习以为常的东西——一眼就能看透结局的电视剧、浅显无聊的书、色香味都乏善可陈的食品、无聊透顶的新闻……世界仿佛被按下了制动开关,停止好奇,停止寻找,停止思考!不如此,便去死。"

管家若有所思地看着马丁。

"我们跟平庸无奇的伴侣一起生活,听朋友讲老得掉渣的笑话,我们的上帝被教规紧紧束缚——而我们还挺享受这样的生活。但是,管家,你知道吗?前不久我见到了一位被好奇心害死的少女……我想……"马丁看了看管家的眼睛,"究竟是不是所有人都失去了好奇心,对万事万物习以为常了?也许,只有我按下了制动开关?为了我自己?也许,停下来的那个人是我,但我还是强迫自己相信停下来的是整个世界?管家,你们几乎戒除了我们的好奇心。要是你们总会把现成的东西白送给我们,那我们努力学习知识的意义何在?如果宇宙中不再有任何新事物,星际探索又有何意义?我思考过这些问题,但我不喜欢思考的结果。于是我暗下决心,高呼好奇心万岁!学识渊博太好了!而悲伤和忧郁不过是为此需要付出的代价而已。"

管家沉默不语。马丁敏锐地感觉到,这个故事又没有被接受。因此,他向桌子对面的管家探过身去,继续说道——

"可是,管家,你知道最重要的是什么吗?世界上根本就没有好奇心!智慧生命根本没有这个特点和属性。在数据有限的情况下寻求结论的努力和直觉——我们把这称为好奇心。我们渴望将一切系统化,用逻辑去解释万物,如果找不到答案,我们便会说一切只是好奇使然,为自己乖张又毫无必要的危险行为遮羞,'好奇'是一个再合理不过的解释,如此而已!"

"我在这儿又寂寞,又凄凉……"管家说。

"我还没讲完,"马丁说,"我甚至还没开始讲。这只是个序言。"

马丁这辈子第一次感觉到,管家眼含怒气。

"那就快讲吧。"

"很久很久以前,宇宙中生活着这样一个种族,被其他智慧生命称为管家,"马丁突然间莫名地愤怒,他甚至不清楚这愤怒是指向管家,还是指向没有能力支付路费的自己,或者只是纯粹的、莫名的愤怒,"该种族有个嗜好,乘坐巨大的黑色星际飞船在银河系飞行,在每个他们能够到达的星球上建立起超空间驿站。其他种族只需支付有趣的故事便可享受驿站的服务。除此之外,管家想不出任何办法让自己开心起来。地球上有一个小男孩,名字叫马丁·杜金。跟每个聪明的男孩一样,马丁梦想着揭开银河系的所有奥秘。这理想不大也不小,没办法,人的天性就是如此。后来,睿智的管家们遇到了这个好奇心很重的男孩。管家们一如既往地又寂寞又无聊。而小男孩,一如我们所知,认为自己是全宇宙最聪明的男孩。于是他想,是好奇心驱使管家前往不同的星球吗?可是,我们已经得出了结论,好奇心根本不存在。难不成管家真的以为能从那些故事里听到什么重要的信息?也就是说,问题的关键不在于故事。不是故事,而是讲故事的人!看来,银河系中有些极为重要也极为危险的秘密是不对管家开放的。被管家放行到其他世界的生物需要揭开这些秘密,但若有人接近谜底,就不会再得到管家的允许返回家园,他们的余生都要在能使管家受益的星球上度过。"

管家开始咳嗽,半天停不下来。马丁意识到,这个毛茸茸的长满鳞片的生物是在笑,笑得上气不接下气,似乎努力想止住笑,但力不从心。

"你……你驱散了……我的忧伤和孤独,游子。请进入界门,继续你的行程吧。"

马丁从椅子上站起来，嘴里嘀咕着："奏效了，太棒了……"

管家不再笑了，黑眼睛里已没有怒气。

"数十个种族，数百颗行星，数千种假说。有人说，我们偷盗灵魂；有人说，我们用游子制作食品；也有人说，我们不过是在拿其他生物取笑；但你的说法很新鲜。你驱散了我的忧伤。"

"你们从来都没有说过，我们的故事对你们究竟有没有意义。以后也不会告诉我们。"马丁喃喃自语。

"你好奇吗？"管家问道，"但你自己刚刚言之凿凿地保证，世上根本就没有好奇心这东西。"

"世上没有毫无意义的好奇心，"马丁断然说道，"没有毫无目的的好奇心。人类对你们的动机感兴趣，说明我们感觉被欺骗了，我们感觉到了无声的威胁、潜在的危险以及利益的损失。"

管家沉默不语，这让马丁有种微妙的胜利感。但就在马丁关门的一刻，管家再一次爆笑起来，将马丁胜利的喜悦一扫而光。

"你们尽管以此为乐吧，"马丁在走廊里自言自语，"继续在我们身上下注，赌谁能在外星世界存活得更久，继续在自己的电视上实况直播吧。我对此嗤之以鼻！"

莫斯科驿站有六个界门，走到最近的界门时，马丁已经冷静下来。他当然明白，管家是全能的，而且几乎永生，从他们的视角来看，自己的行为和猜想的确非常滑稽。

最重要的是，马丁根本不确定，纯粹的好奇心是否真的不存在，是不是一切好奇都被直觉、利益或者恐惧所驱使。试问，一个被拆成零件的破玩具对孩子有什么吸引力？只是好玩而已。或许，管家们也是这样，以活的生物为玩具。当玩具毁坏时，他们也只是略感失望。

马丁下意识地发现，这是个很棒的设定。管家很关心人类如何猜测他们的动机。那么，下次何不编这样的故事：管家是高维度文明的小孩子，来到太空中嬉戏。像所有的孩子一样，管家们对一切充满好奇，毫无怜悯之心，更喜欢倾听，而不是回答问题……

这绝对会是个精彩的故事！马丁甚至吹起了口哨。

界门前的队伍在大厅里等候过关，但马丁一点儿都没有焦虑不安。他冲一名神情严肃的中年女性点点头。她坐在小沙发上，怀里抱着一个巨大的格纹袋。我的上帝，难道"倒爷"这一职业已经发展到这种水平了吗？不过，也许这妇人只是去看望亲人？袋子里只是些礼物？一名男子站在大厅角落巨大的花瓶状烟灰缸前，一根接一根地吸烟，神色紧张，一眼就能看出，在旅行方面他还是个新手。男子无心交谈，马丁掏出烟，默默陪他抽了半支。

通往界门的小走廊里传来叮当一声。一个身材壮硕、体态臃肿的生物噔噔噔地走过等候厅，直奔出口。女人紧张地看了眼马丁，也向界门走去。过一分钟，又传来叮当一声，男子扔掉未抽完的香烟，抓起脚下笨重的袋子，急切地问马丁："过那个门……会不会很遭罪？"

"您不会有任何感觉。"马丁安慰他说。

男子在界门口站了很久，似乎难以下定决心。终于，叮当声再次响起，一个神色紧张但满脸幸福的年轻人从走廊走过。马丁走过闸门，进入界门的圆形厅。厅的正中央有一台计算机终端，温和地闪烁着。

马丁拿起鼠标，将光标移到星球列表上，划过"图书馆""尤尔""短铗"……最终停在了目的地——

"莽原-1"和"莽原-2"。

除了界门附近的地形地貌极为相似外，这两个世界毫无共同之处。莽原-1早就住满了外星人，马丁对此星球并不感兴趣。从前，他对人类殖民地莽原-2也不感兴趣，尽管它在绿色列表里……

但是，伊拉奇卡临死前用手势告诉他的，正是这颗星球的名字。

是什么让她认为此星球如此重要？甚至比自己的生死还重要？为什么她求马丁去莽原-2？除了求他去那个世界，她的手语不可能有别的意义。

也许是出于直觉，也许是出于刚刚还被自己嘲笑过的好奇心，马丁按下了确认键。转身离开大厅时，他已不在地球上。

烈日炎炎，尘土飞扬。驿站的门在他身后合拢，这，就是马丁对莽原-2的第一印象。

管家赤足在露台上坐着,脚搭在木桌子上。他面前大大的水晶壶中装着真正的自制柠檬水,里面的冰块闪烁着晶莹的光,托盘上还有几个带棱纹的高脚杯。

"可以吗?"马丁礼貌询问,见管家点了一下头,便给自己倒了满满一杯,喝了一口。柠檬水很好喝,酸酸的,凉凉的。管家们从来不食用化学食品,真是好样的。马丁拿着玻璃杯走到栏杆处,将臂肘支在栏杆上,一口接一口地呷着饮料。

莽原-2呈现在他眼前。

起初,马丁以为这片平原被火烧过。后来他才意识到,草原上高高的植被原本就是橙色的,茂密如同鬃毛。远处有一群黑白相间的奶牛,正悠闲地啃食着橙色的野草。

天空也是橙色的。确切地说,不是纯橙色,更接近于浊黄色。太阳因此显得不那么惹人注目。但这里的浮云依然是普通的白色。

"橙色的天空,橙色的原野……[1]"马丁喃喃低语,"哪个白痴给星球起名叫莽原?"

管家动了动脚趾,无声地笑了。

"再见。"马丁彬彬有礼地告别。管家点点头。

走下台阶时,马丁组装好卡宾枪,将其背到肩上,绕过牛群,向前走去。牛群附近并没有牛仔,但片刻之后,高高的草丛中突然钻出一个牧童,认真地打量马丁。

马丁对他挥了挥手,走了过去。男孩看上去很聪明,不妨跟他打听点儿什么。

"您好,先生!"男孩看起来十三四岁,赤脚,穿牛仔裤和格子衬衫,一头艳丽的红发,与莽原和天空的色调相映成趣。

"你好,"马丁问,"为什么叫我先生?"

"这是我们的习俗。"小男孩解释说,"您要在莽原-2永久居住吗?"

---

1. 歌词出自《橙色的歌》,又名《橙色的天空》,苏联时期俄罗斯著名的儿歌。

马丁注意到了这句话。永久居住?这倒是个少见的问题。通常人们会问"您来这儿要住多久"之类的问题。

"很难说,看情况吧。"

"您是来找人的吗?"牧童好奇地追问。

马丁摇摇头,"不是,已经没人可找了。这个给你!"

他将提前放在口袋里的一块小红帽[1]巧克力扔给小男孩。男孩兴高采烈地接过糖果,但只咬了一半,将另一半小心翼翼地包起来,放到口袋里。他细细咀嚼着这来自地球的美味,"嗯,你问吧。"

"城市离这儿远吗?"马丁笑了,暗暗告诫自己要小心眼前的男孩。

"纽霍普离这儿八公里,往南走。"小男孩用手指了指方向。马丁朝小男孩指的方向看去,什么都没有。小男孩解释道:"城市在低处。那儿有条橙河。没人在这儿定居,这里没有水。"

"你是故意将牛群赶到驿站旁边的吧?"

小男孩咧嘴一笑,点了点头。

"城里有很多人吗?"

"一万八千多个人类,"小男孩骄傲地说,"另外还有一千五百个非人类。"

"城里有些什么?"

"糖果真好吃。"小男孩若有所思地说。

马丁用手指做威胁状,但还是又给了他一块糖。

"两座教堂、一个祈祷室、一座体育场、一个市长办公室、一支国民警卫队、两所学校、一个服装厂、一两间肉铺、六个面包房、一个电影院、一家医院、四个药房、一家超市、一家报社、一座游艺场、一家印刷厂、一个机场、一间汽车修理厂……"男孩滔滔不绝。

"宾馆呢?"马丁问。

"一家驿车大酒店、一间小野马旅社,您也许会更喜欢酒店。"

马丁拿出第三块糖,是果仁糖。

---

[1] 俄罗斯红色十月糖果厂生产的巧克力,包装纸上印有"小红帽"这一童话形象。

"我今天可算是开荤了！"小男孩很开心，"先生，我是您的人了，请接着问吧。"

"给我讲讲这个星球的情况。"

"好吧，"小男孩弯下腰，抬起一只脚，用脚后跟挠另一条腿的膝盖，"也没什么特别的。莽原-2适宜生命居住，有三个大陆，其中一个有人居住；有两座城市和两个村庄，有石油和有色金属资源……这些我们一年级就学过。"

"本地智慧生命呢？"

"绿色土著，"小男孩认真地回答，"他们以捕食橙色的野牛为生。"

"哦哦。"马丁说。

小男孩哼了一声，"你去了城里就能看到他们。他们很蠢，但爱好和平，我们允许他们进城。"

"绿皮肤？"马丁确认道。

"他们喜欢绿色。"男孩解释道，"买绿色的布做衣服。肤色是正常的，黄皮肤。"

"城里谁管事？"

"市长。"小男孩认真地说，"还有一个警长和一名警卫司令。所以，千万不要随便开枪，他们会抓住你并处以绞刑！在这方面，我们这里管得很严，决斗也要取得决斗许可才行。"

"上帝，这里简直是孩子的天堂……"马丁喃喃自语，"地球上的小不点们怎么还没跑到这儿来呢？"

小男孩充满好奇地听着他的评论，但像管家一样没有作答。

"最后一个问题，"马丁又扔给小男孩一块糖，"这里通行什么货币？"

"莽原币。"小男孩犹豫了一下，从口袋里掏出一枚硬币展示给马丁，"就是这种。"

"我可以看看吗？"马丁接过金属硬币，仔细端详。

哈！硬币居然是银制的，上面有类似纸币的模压号码！看来沃尔特的《指南》所言不虚。

"据说只有地球和莽原-2才有货币，是真的吗？"小男孩没有将视线从硬币上移开。以年龄来看,他不可能是在莽原-2出生的,但很显然,他很小就来到了这里。

"不是。还有六颗星球也发行自己的货币……"马丁看着硬币回答,"但你们这里的钱看上去更像样儿……"

"山里有座银矿。"男孩解释说。

"这枚硬币值很多钱吗?"马丁把硬币还给小男孩。

"嗯。"男孩子点点头,"一杯饮料十个莽原分,住一夜宾馆一个莽原元。当然,这是好客房的价格。"

"我是不是应该去市里的某个部门,通报一下自己的到来?"马丁好奇地问。

"您的反应真快。"小男孩露出满嘴带豁口的小白牙,"您去见见警长吧,他会很高兴的。"

"谢谢你,孩子。"马丁点点头,"我去看看你们的纽霍普城……你不用不好意思,干你的活儿吧。"

"我有什么可不好意思的?"小男孩立刻警惕起来。

马丁笑了笑,"给警长打个电话汇报一下吧。过两个小时,我去找他。"

小男孩噘起小嘴,气鼓鼓地目送马丁离去。待马丁走出一百步开外,小男孩躺在草丛中,从牛仔裤口袋里掏出小小的无线电话。

莽原-2确实是地球最得意的殖民地之一。据官方统计,有很多单身志愿者来此定居。但所有人都知道,莽原-2原本是美国一个绝密的政府项目。去年,该星球坚定地走向了独立之路,可能是美国人制定的计划出现了意外,不过,也许殖民地的完全独立正是他们计划的一部分。

无论真相如何,马丁都对这里非常感兴趣。他认为疗养地性质的星球很可笑,能够开采到新奇宝藏的星球有一定价值,而一颗企图建立起地球文明飞地的星球,就非同寻常了。

管家从不干涉莽原-2的政治。他们唯一的要求是保障界门通行无阻。莽原-2上也并没发生过什么难堪的事。殖民者并没有欺凌星球原住民,他们对外星人有所警惕,但保持宽容的态度。总之,如果人类真的决定到其他世界定居,莽原-2绝对是最理想的选择。

带号码的银币,妙!马丁走在草原上,心中暗笑。为什么不使用纸币呢?还是在距离地球一百秒差距[1]的星球上?因为金属货币代表边界意识,是西方野性的象征?

有可能。

马丁略感忧伤地想到,从古米廖夫[2]时代开始,俄罗斯人的勃勃野心不是彻底丧失了,就是仅将野心之剑指向国内。试问,新穆哈斯兰斯克星和基捷日星[3]在哪里?开垦其他世界处女地的淡褐色头发的好汉[4]又在哪里?看来,他们在莫斯科驿站旁的示威队伍里,或是被剃光了后脑勺,在当局视而不见的训练场上训练。是什么样的诅咒高悬在人民的头顶?谈及精神,精神必有违常理;论及自由,自由意味杀戮和纵火;讲到信仰,信仰势必已被恶狠狠地阉割;每逢宴会,必宿醉一周……人们难免会想,管家在俄罗斯的领土上一下子就建了三座驿站(分别在莫斯科、新西伯利亚和克拉斯诺达尔)不无道理。这飞来横财确实改变了这个国家,纳粹分子彻底垮台,国家几乎有了欧洲丰衣足食恬淡安然的神秘意味。可是,官员们还没来得及偷光所有从天而降的馅饼,总得要给人民分一杯羹!

但是,那种鼓舞着克鲁森施特恩[5]和利相斯基[6]、别林斯高晋[7]和拉扎

---

1. 计量天体距离的长度单位。1秒差距约等于3.26光年。
2. 列夫·尼古拉耶维奇·古米廖夫(1912—1992),俄罗斯历史学家,欧亚主义历史哲学流派代表人物。
3. 穆哈斯兰斯克和基捷日皆为俄罗斯民间传说中的城市。
4. 指传说中的俄罗斯勇士。俄罗斯传说中的好汉都有一头淡褐色头发。
5. 伊万·费奥多罗维奇·克鲁森施特恩(1770—1846),俄国航海家,曾率两艘小型巡航舰从喀琅施塔得启航,进行俄国历史上的首次环球航行。
6. 尤里·费奥多罗维奇·利相斯基(1773—1837),俄国航海家,在克鲁森施特恩的率领下完成了俄国历史上的首次环球航行。
7. 法杰伊·法杰耶维奇·别林斯高晋(1778—1852),俄国航海家。1820年1月16日,他发现了南极大陆,并绕航一周。

列夫[1]、普尔热瓦利斯基[2]和维泽[3]、基瑟林格[4]和伊诺斯特兰采夫[5]一次次冒险的精神又在哪里呢？

"这个国家就缺伊诺斯特兰采夫[6]……"马丁沮丧地自言自语。当然，他知道自己是言过其实。问题并不在于民族特点。归根结底，俄罗斯民族因外来的维京人而强大，正如美国一样。一定别有原因。某种神秘的、摩尼教式的对生命的敌意，转而变成对生命的仇视，还有某种对贫乏和疯癫的崇拜。是气候的错吗？管家如果能为俄罗斯安装气候控制装置就好了，他们肯定有这种东西。

马丁往橙色的草丛中吐了一口口水。这与气候有何相干？哪怕在环境恶劣的西伯利亚，野心依然存在。也许，西伯利亚人能想出什么高招？马丁听说，有大批克拉斯诺亚尔斯克人和新西伯利亚人移居到某个寒冷、潮湿，但前景无限的星球去了。有机会的话，一定得去看看。

他站在橙色的山坡上，俯瞰美国人钟爱的莽原-2，俯瞰星球上最大的城市纽霍普。橙河河谷宽十公里，密西西比河也无法与其相提并论。河道十分宽阔，可以通航。城中有一个码头，码头上有——噢，不，请扶住我，请牢牢地扶住我，马丁内心呼号着——码头上居然停着带木头轮子的蒸汽船！再看这座小城，跟意大利西部影片中的一样，木板房和原木房错落有致，几栋砖墙建筑透露出一些现代气息，小型飞机场上无数天线和直升机的玻璃罩清晰可见。这一切的一切让人热血沸腾，恨不能立刻抓起柯尔特手枪，跨上烈马，在尘土飞扬的乡间小路纵马疾驰，高声呐喊，不时对着瓶子喝上一口龙舌兰，朝空中射上几枪。

---

1. 米哈伊尔·彼得罗维奇·拉扎列夫（1788—1851），俄国航海家，曾完成三次环球航行，建造了俄国首批装甲军舰。
2. 尼古拉·米哈伊洛维奇·普尔热瓦利斯基（1839—1888），俄国陆军军官，曾多次到中亚探险，是十九世纪著名的探险家和旅行家。普氏野马就是以他的名字命名的。
3. 弗拉基米尔·尤里耶维奇·维泽（1886—1954），苏联科学家，北极地区探险者。
4. 亚历山大·安德烈耶维奇·基瑟林格（1815—1891），俄国地质学家和古生物学家，被认为是俄罗斯地质学的奠基人之一。
5. 亚历山大·亚历山德罗维奇·伊诺斯特兰采夫（1843—1919），俄国地质学家。
6. "伊诺斯特兰采夫"这一姓氏与俄语中的"外国人"一词发音相似，此处有一语双关之意。

"他妈的。"马丁自己都不清楚是羡慕还是厌恶,"你们真是疯了,美国佬。"

他站在原地望着小镇,然后从背包口袋中掏出傻瓜相机,拍了几张照片。马丁拍照只是为了丰富个人相册。应该提前告知摄影工作室的人,橙色天空是该地的特色,否则照片冲印出来时,他们会疯掉的。

## 二

马丁遵守了对巡逻牧童的承诺,先去警长办公室报到。走在小城的街道上,他有一种奇怪的感觉,仿佛身边的一切都是幻觉的物化、生动的舞台布景和逼真的道具:小巷中木制的人行道、城市街心花园里带孩子散步的母亲、中央大街铺着沥青的路面、几位骑手肩背步枪骑着马沿街巡逻……所有事物都能以假乱真。一百多年来,好莱坞不断制造神话,现如今,神话反过来开始创造历史:药房的玻璃橱窗后,头发蓬乱的小男孩耐心等待售货员将冰激凌装进华夫蛋筒中;汽笛声声,码头旁的轮船冒出轻烟;一个牛仔打扮的男子醉得不成样子,跌跌撞撞地从自由酒吧里走出来,拍拍手枪皮套,检查了一下手枪是否还在老地方,费力地爬上温驯又无精打采的马……就差叼着雪茄的无名氏和埃尼奥·莫里康内谱写的背景音乐了。马丁想,即使跟好莱坞相比,这个微缩世界还是显得用力过猛了些,不过倒是和安德烈·米罗诺夫饰演的老古董费斯特[1]非常契合——背着放映机和电影胶片,四处拯救牛仔的灵魂。

但是,马丁没有看到枪击事件或者其他骚动。不时有人与马丁打招呼,马丁也礼貌地躬身致意。沉睡在记忆中的电影情节鲜活起来,马丁

---

[1] 电影《一个来自嘉布遣修会林荫道的人》(1987)中的角色,主演即安德烈·米罗诺夫。

情不自禁地开始模仿起安德烈·米罗诺夫或克林特·伊斯特伍德[1]。

警长在一幢两层楼的台阶上等待他的到来,莫名让人联想到管家。警长是个敦实的壮汉,双手叉腰,胸前的警徽闪闪发光,长筒镀铬的左轮手枪颇为引人注目。马丁在他面前停下脚步,后悔没带口琴过来,只能用口哨吹起莫里康内的曲子,但不太着调。

警长往尘土里吐了口唾沫,嘟囔了一句:"聪明人……你来自地球?"

马丁点点头。

警长皱起眉头打量着马丁,所有初来乍到者都逃不过他的怀疑,"记者?还是侦探?"

"侦探。"马丁如实作答。

警长急忙从台阶上走下来,身上强烈的炒洋葱味扑鼻而至,其中还混了一丝不易察觉的昂贵古龙水香气。

"莽原-2是主权领土。你可以参考一下美国法律,这样就不会犯太多错误了。"

马丁点点头。

"你现在一定觉得,见他娘的鬼,"警长接着说,"你觉得自己置身于一部经典西部片里。但是,你他妈的千万不要以为自己是在演电影,告诉你,你随时有可能挨枪子儿,绝对是真枪子儿,可不是电影道具。"

"人们真的喜欢这么生活吗?"马丁不确定地摇摇头,问道。

警长咧嘴大笑,"怎么?你不会认为我们是为你的大驾光临才精心装扮成这样吧?你来这儿要找什么人?你他妈的叫什么名字?"

"我叫马丁,我妈叫安东尼娜·彼得罗夫娜。我不找人……确切地说,我不知道自己要找什么人。我的客户死在了图书馆星,临终前说了贵星球的名字。我希望能找到一些线索……但具体是什么线索,我还不知道。"

警长的眼睛里流露出一丝好奇。不管怎么说,生活在好莱坞影片里

---

1. 克林特·伊斯特伍德,美国著名演员、导演、制片人,1964年因主演电影《荒野大镖客》而成名。

的人慢慢学会了按电影套路出牌，没什么比一个已故客户的神秘故事更能吸引他们的了。

"请进。"警长嘟囔道。

原木墙后面是一间完全现代化的办公室，有电灯、计算机、复印机、功率强大的无线电台，还有台巨大的咖啡机。警长先按下咖啡机的按键，然后一屁股坐到椅子上，盯着马丁。

"来一支吗？"马丁从背包口袋的铝筒中掏出两支雪茄。

"却之不恭，"警长开心地拔掉雪茄塞子，"我们这儿也产烟草……可惜，味道暂时还跟地球的没法比……没法比啊……"

他把雪茄放到鼻子下，深深地吸了一口气，满意地哼出一声，但没有点燃，而是把雪茄放到了桌子上，一只手掌压在上面，仿佛想把自己和这件礼物隔绝开来，"你到底要找什么？你到底会给我出什么难题？"

"我不知道。"马丁耸耸肩，"当时那女孩快不行了，已经说不出话来……只用手语告诉我'莽原-2'这几个字。也许，这对她来说非常重要。"

"她以前到过我们的星球吗？"

"据我所知，没有。"

警长摊开双手，"你很聪明，给我看看照片吧。"

马丁取出装在密封塑料套中的照片，递给警长。警长盯着照片上的伊拉奇卡，慢慢变了脸色。

"你在跟我开玩笑吗？"他终于问道。

"您认识她？"

警长打开桌子上厚厚的日记本皮套，读道："10月12日，星期五，14:30，伊琳娜·波卢什金娜，俄罗斯籍。当时，她就坐在尊驾现在坐的位置上！一个守规矩、有教养的女孩，刚来就到我这里报到了。"

"原来如此……"马丁困惑极了，"我真不知道。"

他突然意识到，在图书馆星时，甚至没问伊琳娜抵达图书馆星的准确时间，是星期五？不会是星期六吧？

"她做了自我介绍，问了一些关于我们星球的问题……懂礼貌的好姑娘……"警长似乎开始相信马丁的话了,"她立刻就走了吗?我还以为小姑娘会在我们这里待很长时间。"

马丁摊开双手,问:"她具体对哪些问题感兴趣?"

"星球土著,"警长哼了一声,"和废墟。"

"什么废墟?"马丁立刻警觉起来。

"大约三个月前,在距离银矿不远的小山上,一些探路人找到一处废墟。不知是星球原住民的废都,还是……"警长没有讲下去,似乎是不想再重复那些关于远古传说的陈词滥调,"请相信我,没什么要紧的。我们已经把这一发现告知地球,地球派了三位科学家过来,现在还在挖掘那座废墟,但希望越来越渺茫。废墟实在是太古老,毁坏太严重了,只剩下些石墙,连碎瓦片都很罕见。我本以为这女孩去了那儿。但看来她已经离开了……"

警长陷入沉思。

"她还跟别人有过交流吗?"马丁问。

"我们这儿不是村子,是城市。"警长语气严肃,"两万个居民,每天还有不少来访者!"

他没有将居民分为人类和非人类,这让马丁很欣慰。可警长接下来的话立刻破坏了马丁对他的好印象。

"除此之外,还有几百号土著晃来晃去地碍眼。谁有时间管这些闲事?"

"明白了。"马丁嘟囔了一句,"也罢,这是个死胡同。但如果您不反对,我想试着去了解一下伊琳娜跟谁有过接触。"

"我不反对。"警长含糊地说,"我不知道这么做对你有什么用……毕竟这姑娘都已经死了,不过……祝你成功。"

警长站起身,伸出一只手,表明谈话已经结束。马丁没再坚持,他现在需要找个地方静静地坐一坐,好好分析分析这一切。走到门口时,警长叫住了他。

"嘿,来自俄罗斯的马丁……我叫格伦。"

马丁点点头,笑了笑,走了出去。

现在，伊琳娜的临终遗言有了明确的解释，留在莽原-2已经没有意义。显然，波卢什金娜先来了莽原-2，想在这里揭开远古废墟的秘密，但在与警长交谈过后，姑娘对自己的能力有了清晰的判断，决定放弃挖掘远古时代的碎片，而去破解图书馆星的奥秘，于是她转身回到驿站。

这合乎逻辑吗？

当然。

他可以效法伊琳娜，在当地宾馆住上一夜，第二天就回地球。拖，也不是解决问题的办法，早晚都得告诉埃内斯托·波卢什金这个不幸的消息。

但某种原因让马丁拒绝了这种理所应当的做法。

他先去了一趟莽原-2第一国家银行。在两个警卫森严的目光之下，马丁与办事员交流了片刻，得知地球上的货币在这里根本就不流通。不过，如果有莽原-2驻纽约的常驻代表机构（这也是大使馆的委婉说法）出具的信用担保，情况就大不相同。当然，马丁没有什么担保，只能听从店员的建议，去了市立超级市场。人们在超市财务部门口排起不长也不短的队伍。几个愁眉苦脸的淘金者拎着又满又沉的皮袋；踌躇满志、身强力壮的女人带着两盒水果和干草；知识分子模样的年轻人居然是养牛的，为牛肉的价格跟人争论了好久。轮到马丁时，他将自己带来的一部分烟草、调味品、甜点、阿司匹林、避孕套、手电用灯泡、扑克和最新几期的《文摘》放到桌子上。对收购价格，马丁非常满意，这些钱可以让他在莽原-2衣食无忧地过上两周。其实，如果花点时间逛逛街边的小店，这些东西可以卖上更好的价钱，但他觉得无此必要了。

如果现在有人问马丁，为什么他打算在莽原-2小住，得到的答案肯定模棱两可。马丁会为自己纸醉金迷、挥霍无度的生活深深忏悔，大侃私家侦探的职业道德，说什么要在纽霍普彻查伊琳娜·波卢什金娜的所有接触对象，或者承认自己对这个人类最大的殖民地充满兴趣，而要研究它，非一两日之功。

但真正的原因，其实简单得多。

伊琳娜·波卢什金娜在他的脑海中挥之不去！从图书馆星返回地球，请叔叔吃饺子，和弟弟喝威士忌，前往莽原-2——过程中，他无时无刻不在想这个姑娘。这种感觉，他年轻时有过，那是第一次，也是最后一次。彼时，他还年轻，像所有十九岁的青年一样，貌似沉着冷静，但对生活失望透顶。他甫一坠入爱河，便爱得天昏地暗，死去活来，经常泪湿枕头。夜里，在已入梦乡的姑娘家附近徘徊，连续几个小时煲无聊的电话粥，甜蜜得恨不能殉情！与此同时，马丁的心里充满不安和诧异，因为他意识到自己无时无刻不在思念自己的恋爱对象，不论是坐在无聊的课堂上，还是正跟朋友们喝啤酒；不论是在坐地铁，还是在准备上床睡觉。

往事如烟。马丁渐渐淡忘自己的情伤，后来又有过几段不痛不痒的感情经历，对生活的态度更加偏颇、充满怀疑，再也不敢和爱情开玩笑。现在的马丁会尽力逃避情感的疾风骤雨，不碰任何年龄段的蛇蝎美人，更会谨慎地远离那些年纪尚轻、一旦恋爱就极端狂热忘我的小姑娘。

当然，马丁也曾对一些女士有过倾心的恋慕，有些长达数年之久，有些只延续了几个小时。马丁喜欢稳重的中年女性，她们往往有丰富的人生经验和性爱经验，对自己的家庭生活并无不满，同时将情人视为幸福家庭不可或缺的一部分，就像丈夫、孩子和养在温馨小厨房露台上的盆栽。并非马丁决意要步叔叔的后尘，打算一辈子单身，但他的确不急于成家，也没有从女友中挑选出做妻子的合适人选。恰恰相反，但凡某个情人尝试在他的住宅里制造舒适的家庭氛围，或开始不停抱怨自己不争气的丈夫，又或是在节日送他漂亮的丝绸领带（不可辩驳的是，这确实是一件非常暧昧的礼物），马丁总会迅速而巧妙地结束这段亲密关系。

另外，马丁也不想像很多男人那样，找个年轻姑娘，慢慢将其培养成自己未来的妻子。"养成实验"只可能在德高望重的作家、鼎鼎有名的指挥家、商界大佬和红极一时的节目主持人那里取得成功。任何理智健全的男性面对十五岁的年龄差，都会在许多方面对自己的能力产生深度怀疑。这种恐惧完全合乎情理。

但有些事，不是马丁想忘就能忘掉的。他一直在回想与伊拉奇卡有关的点点滴滴，执念难却，让他恐慌。消除这种执念最明智的办法就是继续调查。

马丁去了警长的少年助理推荐的驿车大酒店，对酒店设施甚是满意。乡村风格的客房虽然不大，但很舒适，里面摆放的是当地生产的家具，结实耐用。床上用品干净、整洁，房中有收音机，还好，纽霍普没有电视。尽管时近正午，但酒店还是给马丁提供了免费的早餐，有美味的煎荷包蛋、刚出炉的松软面包、软黄油和由当地苦味草熬制的茶。其中，马丁最喜欢的是茶，茶中自有天地之辽阔、放浪之人生、自由之味道。马丁暗下决心，离开时，一定要用剩下的钱买些这种茶叶带回地球。

吃饱喝足，马丁出门散步。天气晴好，温柔的暖意、宜人的凉爽和漫山遍野的橙黄色颇似晚秋时节的莫斯科郊外，几棵傲然生长的地球树种、几栋别墅前的绿草坪点缀其中。当地植物并不理会这些外星邻居，依然坚守自己的领地。

马丁的步伐缓慢，仿佛毫无目的。实际上，他正设想自己是伊琳娜·波卢什金娜。就像在众多星球里选择了图书馆星一样，马丁试图在众多名胜古迹中挑选伊琳娜可能感兴趣的地方。

他一路散步到码头，看了看渡轮时刻表，发现有早班渡船。马丁的内心平静如水，伊琳娜对游轮观光项目应该不会感兴趣。

接着，几家小商店也被马丁一一否决。那家杂耍剧场更是没有可能，何况马丁强烈怀疑，所谓剧场，不过是利用名字打掩护的普通妓院。

在城郊名为"临终堂"的酒吧前，马丁停下了脚步。也许是被酒吧诡异的店名吸引，也许是莫名其妙的装修风格让马丁痴迷：巨大的玻璃橱窗里，陈列着一整套长毛绒泰迪熊玩偶。马丁毫不犹豫地走了进去。

这里勉强能称得上是个牛仔沙龙。乡村风格的质朴木家具，历经岁月的沧桑变成了黑色。吧台上的酒不多，但其中几瓶还算说得过去。电视正播放节目。马丁瞪大双眼——这里怎么可能会有棒球比赛转播？怎么可能会有人山人海的体育场？他立刻就明白了，电视播放的是录像带。在地球人的殖民地星球，这种营造气氛的方法司空见惯……酒吧里人不多，几位戴着宽边帽、腰佩左轮枪的家伙令人瞩目，酒吧老板是位上了年纪的男子，胡子拉碴，郁郁寡欢。

马丁走到吧台旁，友善地笑了笑："下午好。"

"好。"酒吧老板兴味索然地跟马丁打了招呼，"村外，离这儿一百米，有个公墓。"

"我看上去有这么糟糕吗？"马丁吃惊地问。

酒吧老板叹了口气，"您刚到这座城市。现在您会跟我要啤酒，然后会问，为什么给酒吧起了这么奇怪的名字。我就会给您解释，顺着公路往前走，有一块城市公墓。而这里，是公墓前的第一个可栖身之所。"

"有道理，"马丁深表同意，"有啤酒吗？"

酒吧老板默默从啤酒龙头接了满满一大杯啤酒，看了看马丁，眼神中有几分不易察觉的忧郁，"只有窖藏啤酒。一个月后才开始生产黑啤酒。"

"我喜欢淡啤酒。"马丁轻松地回答，"但也不排斥异域口味。"

带着自然科学家一般的好奇心，老板看着马丁小心翼翼地喝下一小口啤酒。

"好喝。"过了几秒钟，马丁说道。

酒吧老板扬起眉毛。

"大麦是本地的吧？"马丁问，"啤酒花似乎来自地球……"

老板的脸色明亮了许多。

"三个月后才会有本地的啤酒花。我们种了酒花草，但那些土著人……"他挥了一下手。

"袭击了你们，烧了你们的庄稼？"马丁大吃一惊。

"不是烧了，是吃了，"老板愁眉苦脸地说，"他们过的是游牧生活，你懂吗？一个很大的部落四处迁徙，但绕过了城市，所以城市没受影响。但农田……他们的脑袋里没有农业种植的概念，根本想不到地里生长的东西也可能是有主人的。"

马丁同情地点了点头。啤酒口味不好不坏，但在地球之外，这样品质的啤酒也已经是很难得了。

"吃了不少，也踩坏了一些，"老板继续哀叹，"我们只是将他们从小麦和大麦地里赶走了。好在他们没发现土豆。但啤酒花、玉米和西红柿损失殆尽，我们正在地里安装栅栏。"

"土著人都长什么样？"马丁问。酒吧老板默默朝一边点头示意，马丁转过身去。

一位"印第安人"坐在酒吧最远的角落里，从外表上看，他长得跟地球人几乎一模一样，黄皮肤，眼睛狭长，长发扎成了辫子，穿着艳绿色的布裙，脚上是用皮子条编成的凉鞋。他勇敢地与马丁的目光对视，像地球上真正的北美印第安人。他面前的啤酒杯几乎已经空了，旁边摆着最简单的下酒菜，似乎是薯片。

"他叫吉姆。"老板说，"在我这儿生活很久了，很文明，是好土著人。我供他吃喝，他帮我干零活，如果有跑跑腿、取送东西的事，他也能做。他们很勤劳。"

沉吟片刻，老板又补充说："酒精对他们影响不大。他们自己也……酿制马奶酒。所以，您不要以为是我们教他们酗酒。"

"为什么您觉得我会这么想？"马丁有些意外。

老板叹口气，"您不是美国人。您会想当然地以为，美国人到了外星球，一定也会教唆土著酗酒。不是吗？"

"是有这样的说法。"马丁微微一笑。他喜欢这个酒吧老板，只是无法理解老板眼中的忧郁，"请恕我冒昧，您是遇到什么麻烦了吗？"

马丁听到一声长叹。

"您是解决麻烦的专家吗？"

"嗯……"马丁有些犹豫不决。

"好吧，"老板说，"您应该是个阅历丰富的人。离这儿不远的地方有个威士忌仓库，我自己没办法过去。仓库被独眼约翰的匪帮霸占了。如果您能从库里给我取一箱威士忌,我就送给您一件宝物,绝对有用。"

"什么?"马丁觉得他们两人中一定有一个疯了。

"一看您就不喜欢玩电脑游戏[1],"酒吧老板叹了口气,"我在开玩笑,好心人。别往心里去。这儿没有什么仓库,也没有什么威士忌和独眼约翰。"

"所以,您到底遇上什么麻烦了?"马丁彻底被弄糊涂了。

"我爱我的客人们。"酒吧老板解释道,"我热爱自己的工作,您相信吗?"

马丁点点头。

"您看,我能为顾客提供什么?"酒吧老板悲苦地喊道,"只有当地的啤酒!大麦威士忌根本算不上威士忌,倒是跟自酿酒差不多!我从地球运来了两箱酒,但谁能消费得起?谁能给自己点上一杯鸡尾酒?谁会给自己点上一杯'逃走的企图'[2]或者'淘汰品'?谁又会要一杯'暗黑之环'或'狼性'?即便是最普通不过的金汤酒,即便是'玻璃海洋'[3],对莽原-2来讲都是不可思议的奢侈品。这太可怕了,年轻人!上周有个傻蛋要了杯'幻想航线',我高兴坏了,因为我既有布索白葡萄酒,又有石榴糖浆,还有渣酿白兰地……结果,他居然掺着自酿烈酒喝了!"

"您不是美国人,"马丁说,"您一定是敖德萨人!"

"我来自赫尔松,年轻人。"酒吧老板骄傲地挺直了脊背,"那里可比敖德萨强多了!您从哪儿来?"

"莫斯科。"

"宇宙处处有同乡。"酒吧老板握着马丁的手,颇有深意地说,"有什么可以为您效劳的?"

---

1. 电脑游戏中,作为酒吧老板的NPC经常会派发类似任务,让玩家取物换奖励。
2. 《逃走的企图》是苏联著名科幻作家斯特鲁伽茨基兄弟创作的科幻小说。此处提及的鸡尾酒名均取自俄罗斯科幻小说的书名。
3. 《玻璃海洋》及《幻想航线》为本书作者的作品。

马丁掏出照片给老板看。

"我见过她，"老板看了一眼照片，立刻说道，"她来过……如果我没记错的话……是周五？要么是周六？"

"周五。"马丁说。

"不，好像是周六……"老板想了想，"或许是周日？您去问问坐在窗口的那位先生！姑娘跟他谈了很久。"

坐在窗口的先生个子不高，四十岁上下，瓜皮帽漫不经心地戴在脑后，肆无忌惮地露出自己的秃头——那是思想家才有的高额头和大脑门。男人体形偏瘦，但筋骨强壮，穿的是破牛仔裤，套着浅棕色麂皮上衣。如果说酒吧老板看起来有些忧郁，那么这位瓜皮帽先生瞧上去简直就是个集全宇宙不幸于一身的倒霉蛋，世界文明似乎对他犯下了滔天大罪，以致他不再相信任何人。他的腰带上系着夸张的手枪皮套，里面插着巨大的镀镍左轮手枪，桌子上是喝了一半的威士忌，外观和自酿酒没什么区别。眼下，瓜皮帽先生正酝酿着要再喝上一口。只见他眉头紧锁，疑惑地盯着玻璃杯，扭开脸，又面带嫌恶地闻了闻杯中物，终于还是喝了下去。一个被强行按在钉板床上的瑜伽士，也不会像他这般煎熬。[1]

"他叫什么名字？"马丁问。

"他吗？没人知道。"老板笑了，"您跟他聊聊，说不定他会告诉您。"

马丁感激地点点头，拿起啤酒走到还在品味酒精味道的牛仔身边。

"我可以坐下吗？"

"请坐。"牛仔面无表情，倒了满满一杯酒推到马丁面前。

为了工作，私家侦探有时得做出莫大的牺牲。

马丁没有用鼻子闻。这位神秘先生的样子并不像饮品推销员，酒吧也不太可能给客人上有毒的酒喝，他一饮而尽，接着便一头栽在了啤酒杯上。

---

1. 原文中，这段话由8个句子构成，每个句子的首字母分别是С、Е、М、Е、Ц、К、И、Й，连在一起即是"谢麦茨基"（Семецкий）。尤里·米哈伊洛维奇·谢麦茨基（1962— ），俄罗斯科幻俱乐部的组织人和出版商，深受科幻作家的爱戴。作者用这种方法来向谢麦茨基致敬。

不，这真的不是威士忌，就是自酿烈酒。质量还不错，一点儿不比俄罗斯的自酿酒差。

"好吧，有话就说。"看来，男人认为马丁顺利通过了考验。

"我叫马丁……"

"但我不能告诉你我的名字。"牛仔忧伤地回答。

"为什么？"马丁好奇地问。

"我会被当场打死的。"

牛仔的目光十分坚定，马丁便不再与之争论了。

"好吧，随意。我在找一位姑娘……"

"给我看看。"牛仔伸手拿过照片，研究了几秒钟，"是的，是个好姑娘，善良、可爱。我跟她聊过天。"

"这姑娘的家长雇了我，让我找到她。"马丁解释道，"您能不能告诉我，你们都谈什么了？"

"这样好吗？"牛仔问，"毕竟小姑娘是离家出走……"

"她死了，"马丁说，"我只是想了解一下她生命最后几天的活动轨迹。先生……"

牛仔摇摇头，"为什么酒吧老板认定我有俄罗斯血统呢？"

"因为他自己就是俄罗斯人吧？"马丁分析道。

"嗐，您还是别逗了！"牛仔挥挥手，"五岁就从乌克兰移民到这里，还自认为是俄罗斯人？好吧，随便你怎么称呼我，某先生、某君、某兄……都行。"

他往玻璃杯中又倒了一点威士忌，推给马丁，自己则拿起了酒瓶，"这杯敬那姑娘，愿她一路走好！"

还得再喝一杯，马丁忧伤地想，以这种速度喝酒，还不等问出任何信息，就会醉倒在桌子底下。

"她是怎么死的？"牛仔闻了闻袖子，问道。

"意外。"马丁犹豫了一下说，"被动物攻击。"

牛仔摇了摇头，"真想不到……我跟她是周日认识的。姑娘要了杯啤酒，闷闷不乐地坐着，看起来不太开心，我就去找她说话……"

马丁决定不去纠正牛仔记错的时间。

牛仔思虑重重,继续说道:"她是个好姑娘。我真想帮帮她,但以我的情况,怎么可能帮得上她呢?只会给她带来不幸。她想去研究银矿附近的那片废墟。我费了好多口舌,劝她不要去。我见过这个废墟,没什么特别的。但她有个奇怪的想法,说废墟实际上并不是废墟。"

"这是什么意思?"马丁很惊讶。

牛仔耸耸肩,"我也不明白是怎么回事,姑娘一直在笑,说她很走运,骗过了管家。她可能是用无聊的小故事就蒙混过关了吧?然后她说,我们大家都是瞎子,又说我们每个人几乎都是神,还说世界很快就会发生天翻地覆的变化。"

"你们这是喝了多少?"马丁轻声问。牛仔的讲述并没有让他惊讶,十七岁的少男少女都幻想自己能重塑宇宙,但伊拉显然是他们中较为冷静的一个。

"她喝了一杯啤酒……"牛仔支支吾吾地回答,"我是个很好的交谈者,女人和孩子都信任我。"

"她还说了什么?"马丁问。

"您也想改变世界吗?"牛仔苦笑了一下,"她好像还想说些什么,但忍住了,总之都是些胡说八道……"他看了眼窗外,"噢!你看!"

一辆小巴缓缓驶过酒吧,车窗中露出几张孩子的小脸,马丁略显惊讶,这么小的城市有必要设校车吗?

牛仔立刻解开了马丁的疑虑,"这是送农场孩子放学的车……伊拉也看到了它,还笑着问'这不会是市政的公交车吧?'我告诉她,可以这么理解,这儿的汽车很少,石油是大问题……油质差……姑娘就说'确实确实'。那兴高采烈的神情,像有了重大科学发现。"

马丁目送着公共汽车离去,耸耸肩说:"谢谢。那也就是说,您只在星期六见过伊琳娜一次?"

"星期天,"牛仔语气坚定,"那天我去了教堂。"听上去似乎只有做礼拜才能让他走出酒馆,"我刚从教堂回来,那姑娘就来了。前天我也见到她了,但只是擦肩而过,我们互相挥了挥手,都没说上话。"

马丁难以置信地盯着牛仔,"您弄错了。伊琳娜前天已经去世了。"

"那就是说,我在她死前见到她了。"牛仔处变不惊,"但还是没能说服她,她去了废墟。不信你问那个莽原人……他为她指的路。"

沉默了片刻,马丁站起身。牛仔讥讽地看着他,像是感觉到了马丁未说出口的不信任。

马丁走到莽原-2"印第安人"身边,点点头,"愿你平安,吉姆。"

"也愿你平安。"莽原人点了一下头。他的旅行语说得不错,但明显能听出是自学的。

"吉姆,你见过这个女人吗?"马丁掏出照片,问道。有些种族无法将图像信号与相应实物相对应,但莽原-2土著与地球人足够相似。

莽原人的目光滑过照片,不慌不忙地点点头,"是的。"

"什么时候?"马丁继续问道。

"前天我送她去的老城,"吉姆回答,"我们中午分开的。"

## 三

马丁很少有骑马的机会。毕竟,现代社会,还有几人能掌握这门高雅的技艺呢?但在莽原-2,马是最主要的交通工具。飞机跑道上停着几架直升机和两架塞斯纳[1],虽然是殖民者引以为荣的东西,但毕竟不能为日常交通所用;汽车,尤其是柴油车的数量要多于直升机,但主要的交通工具仍然是马。看来,当地的轻质石油馏分过少,难以保障任性的内燃发动机正常工作。马丁很好奇,殖民者是如何将如此数量众多的机械运过界门的?化整为零,用背包背过来,然后在当地组装起来?有可能。可这要讲多少故事,走多少趟界门,才能把那些飞机和钻井平台都

---

1. 赛斯纳是一家位于美国堪萨斯州威奇托的飞机制造商,以制造小型通用飞机为主。

运过来啊！况且，建什么钻井平台呢？还不如盖一间面包房来得实在！马丁莫名想起了叔叔。这位狂热的文学爱好者常常抱怨近十年来国内外作家的创作停滞不前。原因不言自明：但凡有些才华的创造者都在为管家们编故事，或直接投奔国家安全机构去了，有些人是为了钱，有些则是受爱国宣言的感召。只有乏味冗长的奇幻系列电视剧编剧和浪漫小说作者还在坚持写书——因为他们想出来的故事，管家们不感兴趣。

可惜，无论美国作家受金钱驱使的爱国热情有多强烈，都没能运送来一辆出租车供马丁乘坐。在城市中唯一一家出租马匹的马厩里，马丁看到了四匹可供租用的温驯母马，但他都不满意。想起自己有限的几次骑马经历，马丁摇摇头，放弃了租赁马匹的念头。

马丁徒步去了废墟。莽原人吉姆再次担任向导，他对步行没有提出异议。据马丁所知，莽原-2的土著居民几乎都不骑牲畜，只用它们来驮东西。原因也很简单：这里的牲口，诸如阉牛，都长着非常尖的脊骨，且性情多疑。硬要加上鞍鞯，对它们来说是一种挑衅行为。

马丁从不觉得徒步旅行是件难事，尤其是在如此热情好客的星球上。在橙色的野草中漫步是件美事。享受拂面而来的暖风，呼吸外星空气的异香，所有的感官仿佛都在提醒着自己：你在一颗远离地球和太阳、居民总数不到三万的星球上，你是为数不多的那些不受俗事拖累、生活中充满奇遇和冒险故事的人之一！

"吉姆，你确信你带去废墟的姑娘就是照片上这位吗？"两人走过河上的小木桥，准备登上右岸的缓坡。这里也有房子，城市虽然要往这个方向规划，但明显能感觉到，此处已经远离文明世界。

"很像她。"莽原人谨慎地回答。

"她叫什么名字？"

"伊琳娜·波卢什金娜。"莽原人清晰明确地说出了她的名字。看来，莽原-2土著的语言天赋很强。

马丁叹口气，放弃了这个话题。一定是有人搞错了。或者弄错的是他自己，把在图书馆星死去的女孩当成了伊琳娜……但是马丁家里确实有她的号牌，况且，怎么会有如此相像的两个人？应该是那位无名牛仔和这个莽原人记错了，或者根本是他们在说谎。

当然，还可以做些更有趣的假设。比如，伊琳娜有个孪生妹妹，波卢什金可能也不知道，或者觉得没有必要告诉马丁。姐妹俩一起旅行，但选择了两颗不同的星球……她们还共用一个名字……

这个精彩的版本让人联想到墨西哥电视连续剧，或者深受中年女性喜爱的长篇浪漫小说。马丁叹了口气，不，猜测毫无意义。吉姆都说了，他把伊琳娜带到研究废墟的科学家那儿了。现在只剩下四个多小时的路程，三十公里……甚至无须像在图书馆星那样，在石头上跳来蹦去，只需要在草原上漫步……

"吉姆，你喜欢地球人吗?"马丁问。

"不知道，没尝过。"莽原人的回答简洁有力。

马丁一脸惊异，莽原人笑了。

"真见鬼，没想到在这儿还能听到老掉牙的笑话!"马丁感叹道。

"我喜欢笑话，"吉姆不卑不亢，"地球人很擅长娱乐。是的，我喜欢地球人。我不是个好牧人，很难适应游牧生活。我喜欢住在一个固定的地方。"

马丁试图跟上吉姆的思路，摇了摇头。

"生活在人群里要好一些。"吉姆总结道，"地球人总有好吃的。啤酒也很好喝。"

他犹豫了一下，然后放低声音补充了一句："有些地球女人对本星土著很有'性趣'!"

马丁被这句话惊得叫出了声。虽然……这也没什么好吃惊的。从生理上讲，莽原-2土著跟地球人极为接近。繁育后代虽不可能，毕竟基因类型不同，但性爱……再说莽原人的样貌也并不让人反感。拿马丁自己来说，他就不反对与地球上的异国女人做爱，这种想法不仅不令人排斥，反倒令人兴奋。所以，生活在殖民星球的地球人为什么要排斥星球上的类人土著呢?

"你们跟地球人相处得这么融洽是件好事。"马丁说，"跟其他外星人关系如何?"

"有些外星人很可怕,"吉姆回答说,"有些,"他皱起了眉头,"味道太难闻,比警长的古龙水还难闻。但总的来说关系还不错。"

"跟管家呢?"

吉姆没有回答。只是步子迈得更快了,绿色布裙啪啪地拍打着他消瘦的、青筋突起的双腿。

"吉姆,你不喜欢管家吗?"马丁锲而不舍地问。

"他们……"吉姆犹豫了一下,仿佛在挑选合适的字眼,"他们是另类,跟大家都不像。"

"你怕他们吗?"马丁猜测,"难道他们……"

"吉姆不怕管家。谁都不怕管家。"吉姆断然回答说。

"那你为什么不想谈论他们?"

这个问题显然触动了莽原人。他没有停下来,只是放慢了脚步,然后说了句让马丁震惊的话:"你喜欢谈论不好的东西吗?喜欢谈论肚子疼、坏天气或者别人对你的恶作剧吗?"

"但管家为什么不好?他们来到不同的世界,自作主张设置界门,我们才能去很远的地方旅行……"

"我知道星球的概念。"吉姆骄傲地说,"我甚至知道,光线从我的太阳飞到你的太阳需要208.5年。"

马丁差点儿下意识地要去纠正吉姆,但他立刻意识到莽原-2的一年相当于三至四个地球日。吉姆说得完全正确。马丁顺势又问:"你不是喜欢地球人吗?就是因为有管家,我们才能到你们这儿来啊。"

"一切都不应该是这样的。"吉姆断然说道,然后就不作声了,完全无视马丁重启话题的种种努力。

当然,吉姆之所以如此敌视管家,还缘于莽原-2的本土信仰。马丁记得在哪本书中读到过,莽原-2创世说的一个版本,即世界由外星神灵所造——在所有宇宙原始文明中都有类似的记载。按土著人的说法,是外星人教会了他们生火和驯服牲畜,给他们挖井,帮他们规划游牧路线,打败了藏在地心深处的恶灵……总之,一切均来自上天的恩赐。接下来,不知是为了收取服务费,还是为给当地文明更多的恩泽,外星人将自己的精液播撒在土著女性的身体中，然后重返群星。外星人临走时承诺，等当地文明发展到一定程度，自己还会再回来。土著人便期望着，终有一天，他们会和外星人一起衣食无忧、幸福自由地共享宇宙与群星。所以，管家们初到莽原-2时，土著人对他们充满了热情。然而当管家拒绝扮演远古神灵的角色时，土著人便陷入了深深的失望。

对于他者的信仰，即便是简单的原始信仰，马丁也充满了敬意。因此，他不再用管家的话题折磨吉姆，只是默默向前走，欣赏周围的景色。前方出现一片低矮的山丘，看来是银矿的矿脉。身后，驿站的灯塔微微闪亮，隐约可见。

到达考古学家营地时，天色已近傍晚。

六个橙色的圆顶帐篷几乎与环境融为一体。地球上，帐篷的颜色通常很显眼，起标识作用，而这里的帐篷则是一种绝佳的保护性伪装。六个帐篷围成一圈，中间是篝火。有人正在篝火上做饭。不远处有个鞣制皮子搭成的小型掩蔽所，也是橙棕色的。一旁的吉普车谨慎地用帆布盖住，似乎在暗示聚集于此的人皆非等闲之辈。

然而，现场的挖掘工作看起来尚未取得太大的进展。挖掘坑深约一米五，某些地方的土壤中露出破旧的石墙。

五十名赤裸上身的莽原-2土著正在全神贯注地挖地。每个人都有至少一块绿色布料掩体，仅有基础工具如铁锹、丁字镐、抬筐，没有任何机械设备。他们看起来精神尚好，并不十分疲惫。看到马丁和吉姆，大家纷纷停下工作，冷嘲热讽地窃窃私语。

实际上，考古学家不只有三位，而是足有七人。显然，警长口中说的三位科学家指的是新近的地球来客。七人中有两位是年轻姑娘，还有一位面容坚毅、举止粗鲁的女士——说她是女人，真是有些困难；另外四位均为年轻男子。他们对马丁的出现很感兴趣，停止了挖掘工作，向马丁走去。

"愿你们平安！"马丁兴高采烈地跟科学家们打招呼。

七人中并没有伊琳娜·波卢什金娜，这让马丁放下心来。就算被合起伙来欺骗,就算自己精神错乱,也比惨死眼前的人突然冒出一个孪生姐妹更容易让人接受。

"平安!"女人回应道。她的嗓门很粗,有些像男人,但行为举止颇为得体,"你们是谁?从哪里来?准备住多久?"

"马丁·杜金,来自地球,俄罗斯人,时间不长。"马丁以同样的腔调回答,"研究有进展吗?"

"你是游客?"女人有些惊讶,并不恼怒,"欢迎,欢迎。遗憾的是,今天的工作已经结束,否则我立刻为您奉上刷子和镘子!"

她一边俏皮地威胁,一边握紧马丁的手,"安娜,"女人自我介绍道,"这是我的团队:彼得、西格蒙德、罗伊、加百列、列吉娜和周。"

马丁礼貌地向所有人微笑,与他们握手。安娜拥抱了吉姆,友好到让人感觉有些过分,马丁不由自主地想起吉姆曾提及那些对土著有"性趣"的女人。吉姆这会儿似乎对自己刚完成的向导工作非常满意,对伊琳娜的缺席没有表现出丝毫的关心。

"伊拉奇卡在哪里?"马丁问。

不知为何,这话让气氛一下子活跃起来。

"您是来找她的?"安娜问,"真了不起,她确实说过会有人来找她。您是私家侦探吧?"

马丁微微皱眉,点了点头。

"伊拉没留在我们这儿,她回城里去了。"安娜恢复严肃的口吻,"今天早晨走的。您刚好与她错过。"

"哦,又去市里了。"马丁点点头,"明白了。"

下一秒,他脸上的微笑僵住,化为了怒气。这太像荒唐愚蠢的玩笑了。是谁开的玩笑?又为什么开这样的玩笑?

"知道吗?您很走运,"加百列突然加入对话,"我正准备去城里,我们的物资用完了。我还劝伊琳娜等到晚上,可是她……"

加百列挥挥手,引起新一轮的爆笑。看来,伊拉奇卡给他们留下了非常顽固不化的印象。

"所以,如果您对挖掘完全不感兴趣的话,我开车捎您回去。"加百列很友善，继续说道。

"嗯，当然，我感兴趣……"马丁有些沮丧。

"城里是不是有人跟您说，我们在白白地浪费时间？"安娜又接过话题，"跟我来！"

马丁的双手被牢牢抓住，只得跟着她走向挖掘现场。

"看到了吗？"安娜挥挥手，"这是中央之环，以前可能是座神庙，或是某种对城市极为重要的遗迹。虽然经历过数次挖掘，但中央之环的结构几乎没有遭到破坏。"

"我以为，这是莽原-2最早出土的城市。"马丁说。

"在莽原-2是最早的。"安娜得意地笑了，"而且类似结构的城市废墟，已经在十八个星球被发掘出来。"

马丁思考了片刻，问道："它们到底是不是远古城市？"

安娜的热情锐减，"不知道。很遗憾，我们发现的，都是普通的陶器碎片、普通的墙、少得可怜的青铜或铁制品……没有任何高科技产品。这些墙体大约有六千年历史了，很少有什么建筑能与时间抗衡这么久。这里条件独特，地震活动频度极低，气候干燥，但墙体还是几近损毁。"

马丁不由得带着敬意看了看废墟，"那为什么没人听过你们的发现？十八座同样的古城在不同星球被发现，这可是爆炸新闻啊！"

"您这么认为吗？"安娜深表怀疑，"游客对这类废墟不感兴趣。军方也不感兴趣。这些信息早就公开了，请您看看《考古学通报》。这些发现无人问津，仅此而已。"

"这能证明不同世界之间是有联系的！"马丁脱口而出，"也就是说，银河系里所有的种族都有共同的根……"

安娜轻蔑地哼了一声。

"根……谁会关心这些根呢？如果我们挖出了爆能枪或者是星际飞船，每个无聊的小报都会大肆报道。况且有理论认为，类人文明都会沿着类似的路径发展。所以这些城市才极为类似：中间是圆形的神庙，街道以它为中心呈螺旋状向外分散……"

马丁静静地看着露出地面的石墙,听安娜讲话。这些石墙的年龄的确让他印象深刻……可惜除了年龄,再没什么特别的了。这些深沉稳重的好人为什么要对他说谎呢?背后的原因可比石墙要有趣得多。

"怎么样,我说服您了吗?愿意在这里多留一个星期吗?"安娜问。

马丁愧疚地笑了笑,摇摇头。

"那请跟我们一同吃点东西,再由加百列送您到市里,"安娜提议,"总不能让您一个人在大草原上走回去吧?吉姆会留下来过夜,他在这里有很多好朋友。"

"是的,当然。"马丁装作在看土著人将铁锹堆放在一起。

"顺便说一句,"安娜在肥大的防风衣众多口袋中乱翻了一气,"遇到伊拉时,请将这个转交给她,她忘记带走了……"

一枚旅行者号牌落在了马丁的手掌上。他浑身一颤。

"解下号牌,是不好的征兆,"安娜严肃地说,"那个帐篷是我们的淋浴间,伊拉把号牌放在了搁板上。请告诉她,让她一直戴着,万一……"

马丁来不及避开旁人,迫不及待地将号牌凑到手表上,打开了扫描模式。

识别码。年龄。姓名。最后一次通过的门牌号。

除了最后一项,所有信息都与地球上马丁书桌上的号牌相同。

路虎车在草原上一路疾驰,如履平地。只有一次,车猛地颠簸了一下。加百列解释说,这是"车轮陷进了洞里"。马丁没有看到任何小动物出没。这里生态系统十分健全,应该有本地的草原黄鼠。

"伊拉是个不错的姑娘。"加百列说,"只是性格太急躁了。她的想法很有趣……您想听听吗?"

"是的,当然。"马丁把玩着伊琳娜的号牌。

"伊拉认为,驿站所在的位置与远古城市有关。这想法并不新鲜,贝克尔也曾寻找其中的规律,但缺乏足够的数据。伊拉又有了更为奇特的想法,她强调废墟到驿站的距离取决于星球的直径。我们计算过了,的确存在这种联系，但伊拉的观点也并非无懈可击，尚需长期的工作和海量的计算来验证。也许还应考虑到另一个因素，那就是驿站所在大陆的面积；可能还要考量星球上驿站的数量以及它们之间的相对位置，也得在其他星球上找找类似的废墟，哪怕是地球。如果能成功挖掘出几座地球古城……您懂的。总之，这是个非常有趣的课题，我们和伊拉奇卡相谈甚欢，她好像也很喜欢我们这里……"加百列耸了耸肩。

"她说走就走了？"马丁确认。

"是的。她说不想把青春全部搭在计算和挖掘上，还说很高兴能为我们提供一个不错的想法。但我觉得，伊拉奇卡实际上是因为祭坛问题的错误而受到了打击，或者是因为灯塔的问题。"

"什么灯塔？"

"嗯……"加百列又耸了一下肩，"中央神庙的内部通常是空的。一般认为，那里应该是祭坛——用木头或其他不太结实的材料建成。伊拉提出了一个假说：那是放置高科技设备的地方，这种设备类似于星际灯塔，管家在其引导下在星球着陆。"

"但你们不是没找到任何文物吗？"

"对此，伊琳娜又提供了两个假说，"加百列回答，"第一个假说：完成任务后，灯塔就会被彻底销毁，不留任何痕迹；其次，设备被管家秘密回收了。尽管这想法天马行空，但既然废墟的位置与驿站确实有某种关联，此版本倒是可以接受。伊拉还确信，灯塔的辐射会留下痕迹，比如辐射感应、土壤结构的变化，还有些其他的……但我们测试了这些废墟，没有发现任何异常。"

"这并不意味着伊拉错了。"马丁指出，"谁知道管家建造灯塔的核心技术是什么。"

"当然，"加百列立刻表示同意，"但小姑娘很沮丧，说需要确凿的证据，既然我们不能提供给她，那挖掘工作就没有任何意义。"

"什么证据？谁需要这些证据？"

加百列耸耸肩，"这您就要问伊琳娜了。她总是欲言又止的，明白吗？"

吉普车沿着乡间土道向河的方向开去。

加百列将车开进一个用刺网隔离出的露天大停车场，停在一辆大货车旁边。亭子中的保安百无聊赖地瞥了他们一眼。

"我明天早晨回去。"加百列说，"如果您突然想加入我们……"

加百列笑了，这是真正醉心于某事的人才能露出的可爱笑容。他根本不需要别人理解他的热情。

马丁现在做的事情非常荒谬，且毫无意义。他在生者中寻找死者。

他的口袋里放着伊琳娜·波卢什金娜的号牌，那些看起来诚实可信的人也口口声声说她还活着。马丁亲身经历过各种各样的怪事。有时候一个人会伪装自己已死；有时候恰恰相反：人虽已死去，其亲属却怎么都不肯相信，总会用无数个荒谬却有说服力的理由，要求马丁继续寻找死者。

马丁在纽霍普的大街小巷徘徊奔走，在各个酒吧和小饭店寻踪觅迹。他找到一间电话亭，欣喜若狂地给驿车大酒店和小野马旅社打去电话。但伊琳娜并没有出现过。

日落时分的中央大街上，讨人喜欢的复古街灯亮了起来。马丁又来到临终堂。他感觉嗓子干得冒烟，想马上干一杯啤酒——哪怕是当地啤酒，还想吃上一块鲜嫩多汁的炭烤里脊，更想在结实的木椅上坐下来，伸展一下快累断的双腿。

马丁推门走进小酒馆。

祖籍赫尔松的酒吧老板仍站在吧台后面，只是不再像上次那样愁眉不展。他正忙不迭地为客人倒啤酒，穿梭在厨房和大厅之间，忙乎着酒吧老板单调乏味的工作，嘴里不时喊着女服务员的名字。店里客人很多，有地球人，还有几个外星人和几个莽原-2土著。马丁环顾四周，寻找空座，很快看到了不愿意透露姓名的牛仔身旁的空位。

坐在牛仔另一边的正是伊拉奇卡·波卢什金娜——下身着灰色的牛仔裤，上身穿灰色紧身T恤，头发扎成马尾，头上戴顶半大孩子都喜欢的颜色鲜艳的鸭舌帽。健康阳光，充满活力，手里握着一杯啤酒。

## 四

出乎意料的是,马丁瞬间感到一阵轻松。女孩还活着,任务还没有失败。他不必目光闪躲,也不必向客户讲述荒诞的阴差阳错和自己回天乏力的痛苦。

轻松之后,还是有点恼怒。不管怎么说,是伊琳娜·波卢什金娜居心叵测地策划了这场阴谋,让他的工作任务远远超出了"找到并带回"的范畴。

"晚上好,伊琳娜。"马丁坐到桌旁,打了声招呼。

姑娘好奇地看了他一眼,但没有表现出难堪或不安,"你好。我们见过面吗?"

"几天前。"马丁盯着伊琳娜说。女孩一脸真诚,微蹙眉头,眼望天花板,仿佛在努力搜索记忆。

"您看到了吧?马丁,她什么事儿都没有,"牛仔毫不掩饰内心的得意,"身体健康、毫发无损。"

"对不起,我不记得了。"伊拉对马丁说,"马丁,我们在哪儿见过吗?"

"在另一颗星球。"马丁努力地刻薄她,"我理解,您是绝对不可能记起来了。"

伊琳娜紧咬双唇,往牛仔方向瞟了一眼,叹口气,"明白了。在阿兰卡?"

"在阿兰卡?"马丁一下子没反应过来,"啊……不是,我们在图书馆星见过。"

事情变得越来越有趣了。这一来,关于孪生姐妹的精彩猜想不攻自破。当然,也有可能是三胞胎……

"图书馆星。"伊琳娜理解地点点头,"当然。你们成功解密了吗?"

"不比这里的情况好多少,"马丁回答,"理论不无道理,但还需要学更多的知识,做大量的工作和实验……"

越看伊琳娜,马丁越觉得图书馆星的伊拉奇卡和莽原-2的伊拉奇卡是同一个人。同样的性格,同样的说话方式,同样皱着眉头,同样聚精会神地看着讨厌的对话者。

"您是谁?"伊拉问,"为什么跟踪我?"

"我是私家侦探,"马丁不卑不亢地回答,"您的父母要我找到您,看看您是否安然无恙。"

"只是找到我,看看我,这么简单?"伊琳娜立刻警觉起来。

"如果可能,说服您回家,"马丁笑着说,"如有需要,为您提供相应的帮助。伊琳娜……家长担心是很自然的事。我的年龄虽比您大一倍,但请相信,我也常常遇到同样的问题。"

"我还有事,"伊琳娜露出可爱的微笑,"不想回家。怎么办?您要把我拖回去吗?"

马丁摇摇头。

"不,不会的。伊拉,在图书馆星的是谁?"

姑娘笑了,像个在某件事上终于赢了成年人一回合的孩子,一脸扬扬得意的顽皮。

"我。"

"您的姐妹?"马丁毫不让步。

"不是,是我。"

"伊拉奇卡。"马丁语气温和,"这绝不可能,因为一个很简单的原因:那个跟您长得一模一样、自称是伊拉·波卢什金娜的姑娘,死在了我的怀里。"

伊拉脸上的笑意渐渐消失,"您在说谎。"

马丁摇摇头,"出了个荒唐的意外。有动物袭击了她。"

"动物袭击?在图书馆星?"伊拉大喊,声音中透露出明显的不信任,"您在骗人!那地方……"

"是格达人带到图书馆星去的宠物。有一只野性大发，结果……"马丁沉默了。

伊拉浑身一颤，怕冷似的耸起肩。她瞅了瞅身边的牛仔。对方正饶有兴趣地旁听他们的谈话。牛仔赶紧问道："谁被杀了？"

"一个跟伊琳娜长得一模一样的姑娘，"马丁重复，"我不会坚持让伊琳娜回地球。但我想知道，我该怎么转告她的父母。说她平安健康，在莽原-2上喝啤酒？还是被葬在图书馆星的水渠里，任凭当地的虾蟹啃食尸骨？"

伊拉像被打了一巴掌，浑身剧烈颤抖，不发一言。秃顶牛仔拉长了声音："原来如此。好了，不如意事常八九，宇宙里比这诡异的事多着呢……"

马丁拿出口袋里的号牌，递给女孩，"这是您的。您把它忘在考古学家营地的淋浴间里了，安娜要我转交给您。"

伊琳娜伸出手，默默接过号牌。

"我家里有一个同样的号牌，"马丁补充说，"是我从死去的伊琳娜尸体上摘下的。我还拿走了银十字架。您也有条同样的项链吧？"

伊拉依然沉默。

"您要知道，"马丁继续说，"我并不准备强行将您拖走，也不想侵犯您的隐私。但我明明亲眼见到您死了，可现在又看到了活蹦乱跳的您。刚刚您还说起了阿兰卡星。那儿也有个伊琳娜·波卢什金娜，是吗？"

"我无法信任您。"伊琳娜坚定地说，"很抱歉，这件事情与您无关。"

"还是有关的。我答应过要找到您，但我已超额完成任务，找到了您两次。这让我不安，伊琳娜。"

"我给父母写封信，"伊琳娜说，"好吗？您将信转交给我父亲，就会拿到自己的赏金。对吗？"

"恐怕这个答案并不能让我满意。"马丁承认道，"伊拉，您卷入了一场危险而诡异的游戏之中。请您试着信任我。"

"凭什么？"姑娘语气决绝，"我不知道您是谁。我甚至不知道是谁杀死了……图书馆星的那位。您想给我父母带信吗？这是唯一的解决办法。"

马丁深深叹了口气。一时间，他恨不得将伊拉按倒在地，揍她的屁股，或者给她几个大嘴巴，以示训诫。马丁被自己的攻击性吓到了……

姑娘就是不愿意透露自己的秘密。他又算她的什么人？有何权利对她提出要求？

"算了，"马丁极力控制头脑中极不绅士的想法，"那就随您的便，伊拉。请您写信吧，拿到信，然后我就不会再打扰您了。"

"他说的是正事，"牛仔发表意见，"伊拉奇卡，听他的话……你实在有些不顺。"

"谢谢您的建议，"伊拉冷冷地说，同时将手伸进桌子下面的袋子中，拿出记事本，撕下一张纸，洋洋洒洒地写起便条来。看到熟悉的记事本，马丁丝毫没动声色。

马丁和牛仔对视了一眼，牛仔眼中闪过一丝不知是忧伤之情，还是谦卑之色。

"女人啊……"牛仔意味深长地叹了一声，问道："马丁，来点儿威士忌吗？"

马丁摇了摇头，望向窗外，只看到木板路沐浴在凄冷的灯光中。

他和伊拉的谈话以失败告终。

女人啊，刚刚告别童年，立刻就变身为世界上最冥顽不灵的生物。

酒吧里的客人没有注意到适才发生的戏剧性场面，或者应该说，大家都刻意不去关注。在这方面，美国人非常理智而有分寸。当然，欧洲人也很尊重他人的隐私……马丁至今还记得自己在巴塞罗那火车站遇到过的事情。

那是一个闷热难耐的晌午，火车站里开着空调，凉爽舒适，他悠闲地喝着鸡尾酒，等候电气火车。顺带一提，巴塞罗那的电气火车车厢也很好，跟车站一样装有空调，座椅很干净，扬声器里播放古典音乐。这时候，一个游客模样的姑娘走进小小的候车厅，她显然还不太习惯西班牙的气候，刚向前走了几步，就痛苦地翻着白眼，缓缓倒在了地板上。

要是在俄罗斯，这立刻会勾起人们病态的好奇心！可是在文明的欧洲，所有人都温文尔雅，面带微笑，小心翼翼地绕过挡住通道的姑娘，就差为打扰到姑娘而道歉了。出于骨子里那令人恼火的俄罗斯性格，马丁没能尊重姑娘躺在水泥地上的权利，立刻拿出鸡尾酒中的冰块，擦拭女孩的鬓角和后脑勺，将她的脑袋放在自己腿上，让她躺得更舒服些，还对售票员大发了一通脾气。售票员站在窗口里，看不到外面的兵荒马乱……这姑娘叫埃达，来自德国。几天后，她坦言，当她睁开眼睛，第一件事就是想报警。不过因为中暑，姑娘一时半会儿没能说出话来，马丁才逃过一劫。

这会儿，马丁脑袋里全是些不良企图，恨不能悄悄给伊琳娜点穴，让她失去知觉，再将其拖到驿站去。可惜的是，即便连同牛仔在内的所有人都瞬间失明，这个方法也毫无用处。管家严格按照一对一的原则提供通道，只有特别小的孩子才获允与父母同行。但伊琳娜早已不是不会讲故事的小女孩了。况且，马丁的年纪也无法扮演她的父亲。

"你就是欠点儿教训。"他忍不住说道。

伊拉斜眼看着他，笑了起来，"对啊。从来就没人打过我。别生气，侦探。带上你的信，回地球去吧。我老爸会给你好多钱的。"

她开始小心地折叠纸条，然后到处找信封。看来是不希望马丁读到写在纸上的那十几行字。无所事事的马丁向窗外看去。

街灯亮了，蚊虫成群地飞向灯光，跟地球上一模一样。木板路上，几个客人正向小酒馆方向走来……

马丁脑中警铃大作——

他们有问题。来酒吧喝威士忌的人不会这么走路。

马丁瞟了眼靠在桌旁墙上的卡宾枪，又将目光转向来者。

有四个人。

一个已近中年，面色红润，身材肥胖，剪着短发，唇上蓄着小胡子；第二位肤色黝黑，看起来年纪不大，但脑袋上已经冒出了几缕白发；第三个人脸刮得很干净，一头长发扎成马尾，束在脑后；第四个人年纪最大，个子很高，有些弯腰驼背，一脸络腮胡子。

一群怪人。

最让马丁不安的是,他们每人手里都拿着武器。

"市区发生过枪击事件吗?"他问秃顶牛仔。

牛仔摇摇头。

"看起来,马上就要发生了。"马丁朝窗外示意。牛仔扭过头,仿佛石化了一般。

此时,四人停下了脚步。白发男子懒洋洋地举起双筒短枪,枪筒朝向小酒馆的屋顶上方。马丁全神贯注地盯着他。

枪声响了。

一时间,仿佛什么都没有发生。角落里的电视依然在播放棒球比赛录像,酒杯叮当作响,与单调嘈杂的人声融合在一起。渐渐地,杂音越来越小。最后消失的是电视的声音。酒吧老板找到遥控器,按下了暂停键。

一片寂静中,小酒馆的门被拉开了。白发男人双手推开门,但没有走进来,只是往里面看了看——

"先生们!向你们致以最美好的祝福!请各位原谅,我们是来找人的,他现在就藏在这里。只要他出来,大家就不会有事。"

没有人说话。马丁不时看一眼卡宾枪。还好,他有足够的时间,强盗虽握着短筒枪,但懒散懈怠,似乎认定了没人会反抗……

"你们是谁?"酒吧老板愤愤地喊道。

男人摇摇头,"这与任何人无关,我们也是秉公办事。我们给他三分钟,"他笑了笑,"三分钟后,我们就进去。"

门在合页上摇摇晃晃,男人退了回去。马丁透过窗户玻璃看到,四人站在离门五六米远的地方,仿佛认定受害者一定会自投罗网。

"伊琳娜,您认识这些人吗?"马丁问。不知为什么,他觉得这些人是来找她的。但伊拉奇卡只是惊恐地摇摇头。

"不要慌,先生们,不要慌,我给警长打电话!"酒吧老板掏出电话大喊,仿佛客人们已经吓得惊慌失措,其实所有人都安安静静坐着,困惑地观望。看来,没有一个人准备上演西部片《小酒馆枪战》的经典一幕。酒馆里坐着二十个带武器的地球人、十个莽原-2土著和一个沉默寡言、面色凝重、身负宝剑的格达人,但没有谁伸手去拿武器。

"把我们从这里逼走可没那么容易。"马丁边检查卡宾枪边说。窗口是好位置,可以试试解决一个。

"不要开枪。"牛仔说,他将杯中的酒一饮而尽,摇摇晃晃地站起身来,"这与您无关……完全与您……"

这时,酒吧老板放下了听筒。看来,拨通警长的号码后,还未等他说话,就有人向他做了解释。这位来自赫尔松的公民惊慌失措地环顾四周——

"先生们,这些人是赏金猎人。他们确实有许可证……可是,他们要找谁?"

"找我,"牛仔摇摇晃晃地说,"请原谅。我这就出去。"

马丁没能忍住,赶紧抓住他的手,"您确定吗?我可以……"

牛仔摇摇头,"不,这是我和他们之间的问题。但还是谢谢您的好意……"

"伊拉奇卡。"他绅士般吻了吻姑娘的手,又向吧台走去,对老板说,"给我来杯鸡尾酒吧,快点,要烈性的!"

老板咽了咽口水,显然想拒绝,但看到牛仔已经站不稳了,便把刚要说出口的话生生地咽了回去。他决定满足死囚的临终愿望。

"'吃水线'可以吗?"

牛仔懊恼地挥挥手,"快做吧!"

酒吧老板丝毫不敢拖延,倒了半杯醇樱桃花蜜神酒,又加了半杯首都牌伏特加。牛仔一饮而尽,掏出钱包,漫不经心地扔到吧台上,向门口走去。

"马丁,我们不能让他……"伊拉站起身。

马丁一把抓住她的手,"对不起。在某种程度上讲,我对你的安全负责,我不能让你出去。"

女孩看着他的眼睛,无助地坐到了椅子上。

"他是什么人?为什么有人追捕他?"马丁问,"你似乎很了解他。"

"我不知道……他是好人……"伊拉茫然无措,"他很少讲自己的事情……"

马丁点点头,望向窗外。他们的座位离门口很远,无须担心被流弹击中。马丁觉得,随时观察事态发展是他的职责所在。对于以美国为代表的很多国家,以及大部分殖民星球来说,法警或赏金猎人在银河系范围内抓捕罪犯是一种合法制度。坦率地讲,马丁从事的工作有时也带有此类性质。

小个子牛仔做过什么已经不再重要。人们现在也只能静待这场悲剧的落幕。马丁希望赏金猎人能遵守游戏规则,给牛仔投降的机会。否则的话……马丁紧握住了卡宾枪。他对这个牛仔很有好感。

受难者向猎人们走去。

牛仔停下脚步,看了看他们,突然问道:"才四个人吗?"他出人意料地清醒。

"我们是最先找到你的,"是胖子在说话,"你知道我们是谁……走吧。"

马丁暗暗希望牛仔能够屈服,谁知他却回答说:"我一个人走。"

"你确——确定……"络腮胡子猎人有些口吃。

突然传来一声枪响!

原本屠弱无力的牛仔,突然朝马槽方向闪身,铁制空马槽架在几根高高的立柱上,不知是真的用它喂马,还是放在这里应景。牛仔一边闪躲,一边开枪射击。马丁甚至没发现牛仔手中何时多了一把左轮手枪。

持枪的长发男子开了几枪便应声倒地。身材笨重的胖子也倒了下去——他手里的冲锋枪,射出一长串子弹,但没能击中牛仔,落在马槽上,又反弹回来击中了自己。白头发的年轻人熟练地掰开枪管,装入子弹,开枪便射,但牛仔瞅准时机从掩体中站起来,连开几枪。第三颗子弹击中了白发猎人的头部——在此之前马丁一直蓄势待发。大胡子坚持的时间最久,一手端着卡宾枪多发连射,一手从腰间拽出一枚手榴弹,灵巧地往铁槽方向甩去。马丁赶紧回神,抓住伊琳娜的肩膀往下按。藏身的瞬间,马丁瞥见手榴弹又飞了回去,正好滚到了大胡子的脚下。

轰隆一声巨响中夹杂着清脆的叮当声。片刻之后，一切又安静下来。

马丁率先探出脑袋。奇怪的是，所有的窗户居然都完好无损。

同样完好无损的还有牛仔。他坐在铁槽边上，双腿悬空，正给左轮手枪装子弹。马丁想，他其实只需要一弹仓的子弹。

"真不赖。"马丁没有多说，"你还好吗，伊拉？"

"嗯。"姑娘从桌子下爬出来，回道。她没有对马丁擅自救她表示抗议，这到底值得感谢。

马丁向门口走去。临出门，朝牛仔喊道："我是马丁！别开枪！"

"我压根儿就不喜欢开枪。"牛仔回答。

马丁走出来，花几秒钟检查了一下战场。弹片打在路灯柱上，球形灯罩被打碎了，碎玻璃的声音正是从这儿传出的。可灯泡竟然完好无损，依然亮着，白色的光洒在四具一动不动、血迹斑斑的尸体上。

"真厉害。"马丁说，"你还好吧？"

"不好不坏。"牛仔的回答似乎饱含哲理。他全身是血，看起来受了伤，而且不止一处，但站得很稳，仿佛酒劲儿已经散去。牛仔忧伤地环顾四周，说："没什么意义。这一波走了，下一波就来。"

马丁犹豫不决，不知该如何是好。这个人是罪犯，但马丁不知道他犯了什么罪，自己也没有逮捕证。

"你应该离开这个星球。"马丁建议。

"当然。"牛仔从皮衬衣上取下弹片，"真想不到，居然被流弹打中……"

伊琳娜出现在马丁身后，大叫一声，朝牛仔飞奔过去。

"您需要包扎……"

"姑娘，请离我远点儿……"牛仔试图拦住她，但伊琳娜已经从口袋中拿出备用的急救包。这姑娘很懂得未雨绸缪。马丁叹口气，心中暗想，经历此事之后，她是否会改变自己的决定？未必。她可能更愿意跟着牛仔行走天涯。这个年龄的姑娘都爱浪漫。

这时，黑暗中竟又走出来一个人。不高不矮，身材瘦削，一副知识分子模样，手里也拿一把左轮手枪。

"你跑不了了。"男人瞄准牛仔，轻声说道。

"你也是？"牛仔惊慌失措。看来，他们认识。

"我也是。"知识分子扳动了扳机。

刹那之间，一切天翻地覆。

秃顶牛仔以难以置信的速度躲起来，同时从枪套中抽出左轮手枪，抬手便射。赏金猎人的子弹已经打穿了他的身体。马丁看到，从牛仔背部飞出血迹斑斑的弹片，可牛仔仍然在射击。伊琳娜挡在二人之间，伸开双臂哭喊："不要开枪！"

一切发生得如此迅速，如此突然，马丁甚至来不及举起卡宾枪。当他终于瞄准的时候，目标已经倒下了——

牛仔和伊琳娜·波卢什金娜并排躺在地上。知识分子模样的赏金猎人躺在另一边，位于光明和黑暗的交界地带。

"靠！"马丁低低骂了一声，拔脚向伊琳娜跑去。

姑娘死了……确切地说，姑娘正在死去。她后背中了三枪，前胸中了两枪，血沫在唇边翻涌，生命正从她眼中渐渐消失。既视感如此强烈，马丁甚至害怕碰到她。

马丁俯身看向牛仔。他还活着，正忧伤而痛苦地看着自己，低声说了句什么。马丁弯下腰，轻轻扶住垂死者的头，听到一句话——

"是……是我打中了姑娘吗？"

"不，"马丁毫不犹豫地说谎，"是猎人打的。"

牛仔眼中闪过一丝安慰，低声说："可是……可惜她……马丁，我要死了……"

"好好躺着，"马丁命令道，"我马上叫医生。"

"让人……在坟墓上……写上……这里埋葬着……"他大口大口急促地喘着气，浑身颤抖着，最后瘫软下来。

马丁站起来，手上沾满鲜血，心中一片空白。

怎么会这样？怎么会如此荒谬？一个逃犯与伊拉奇卡成了朋友，这些固执的赏金猎人，这场可怕的枪战……

可是自己，自己才是最荒谬的那个！居然放松了警惕，让需要保护的人离开了自己的视线！

"站住，扔掉武器，双手抱头！"背后传来一声命令，马丁认出了警长格伦的声音。是的，美国骑兵马队向来很及时。

马丁顺从地高举双手，毫无缘故地，被枪托重重打在肋骨下。但他欣然接受了。

## 五

马丁是第二天一早被放出来的。

格伦把钥匙弄得叮当作响，打开关了马丁一夜的囚室栅栏门，嘟嘟囔囔地说道："走吧……"

警长看起来很放松，而且毫无防备地任后背对着马丁。马丁明白，指控已经撤销。

他们穿过一条短短的走廊，走廊两侧是被栅栏隔成的四间囚室。囚室都是空的，很显然，莽原-2 的犯罪率不高。两人来到格伦的办公室，警长呼哧带喘地为马丁摘下手铐，"有什么意见吗？"

"说实话还是良心话？"马丁问道。

"你们俄罗斯人都有毛病。"格伦一脸不解，"这有什么差别吗？"

马丁笑了，"说实话是有意见。但凭良心讲没有。如果换我是您，我也会这么做。"

警长试着理解他的话，然后摇了摇头，"好吧。没意见就没意见吧。要投诉吗？"

"不。"马丁摇摇头，"我说过，凭良心讲没意见。"

格伦挥挥手，"请坐……侦探。"

这是马丁第二次坐到警长的桌前。格伦按了一下咖啡机，按键却弹了回来。警长骂了一句，打电话要人送水。一个容貌丑陋的年轻女人进来，用玻璃瓶往咖啡机里加水。

马丁耐心等待着。

"你是没开过枪，我的手下检查过枪管了。"格伦说。马丁昨天无数次陈述过这个事实，但警长不肯信，"而且你似乎跟这些混账也没有一点儿关系……所以，莽原-2的人民对你也没有任何意见。"

"他们都是谁？"马丁问道。

格伦闷闷不乐。他折腾了半夜，是想让马丁交代这个问题的。警长不情愿地回答——

"职业赏金猎人。生活在地球，但主要效力于殖民地……这很常见。他们先到了我这里，出示了证明……完全合乎程序……"

"您就不能阻止他们吗？"马丁问道，"五个全副武装的职业杀手……在傍晚大开杀戒，而警察局一个人都没有……"

格伦的脸涨得通红。

"我不是怪您，"马丁温柔地说，"事实证明您是正确的，这场争端以最低程度的流血牺牲结束了。"

警长陷入沮丧，给自己和马丁倒上咖啡，点上马丁前一天送给他的雪茄，说道："谁知道事情会变成这个样子？那个牛仔……让他——让那牛仔见鬼去吧！我根本不想知道他犯了什么事儿！真是个怪人，在莽原-2生活了两年，几乎从不跟人接触。只是那小姑娘实在可怜。对莽原-2居民来讲，这是多么生动的一课……我们星球可千万不要开始流行这种牛仔风！该死的好莱坞！"

马丁点点头。

"怎么，那姑娘的事，是你弄错了？"警长问，"之前你说她已经死在图书馆星了……"

马丁警觉起来，刻意愤愤不平地说："不，我没有错！她的父母十五年前就离婚了，一对双胞胎被分开抚养，一个跟爸爸，一个跟妈妈。"

"他妈的!"警长很是同情。

"父母甚至没跟女儿们讲过,她们有个孪生姐妹,"马丁继续亢奋地说,"后来,她们知道了彼此的存在,见了面,成了朋友……然后决定报复父母。姑娘们很聪明,制订了惊天计划……决定揭开宇宙的全部秘密。一个去了图书馆星,解锁方尖碑的密码;另一个来到莽原-2,探索废墟的秘密。两人计划一周后在另一个星球见面。"

"人们常常过于乐观……"警长指出。

"可不是嘛,"马丁点点头,"简直让人怀疑姑娘们是不是被厄运诅咒过,一个被发疯的畜生杀死,另一个死于流弹。"

"有些人不能离开地球,"警长说,"上帝啊。我一点都不羡慕你,伙计。"

"一想到我还得将这一切告诉雇主……我自己也不羡慕自己。"

两人静静地喝了会儿咖啡,警长又掏出一个酒壶,往两个小银杯各倒了一口威士忌,不无骄傲地解释:"自己酿的……"

分别时,他们几乎已经成了朋友。马丁没再提昨夜挨耳光的事情,格伦也不去回忆提审过程中马丁大放厥词的场景。所有的个人物品如数归还,警长甚至提议要送他回酒店,以便于监督店家退还马丁预付的房费。马丁挥了挥手,拒绝了警长的好意。

走到门口时,警长特意提到,可以提供交通工具送马丁到驿站去,因为他的助手正巧也要去那个方向。马丁感激地笑纳。两人相谈甚欢,握手告别。

没有人请马丁往地球带信。这里的人只信任自己的邮政体系。但当地人热情地把泡茶用的苦草卖给了马丁,而且没有征收出口税。至少,贸易自由在这里还是神圣不可侵犯的铁律。

马丁很好奇警长到底是什么官阶,又隶属于哪个部门,因为中央情报局、国家安全局和联邦调查局一直在争夺美属殖民地的控制权。但是提出这样的问题实属不智之举,尤其是对一个连简单任务都执行失败的私家侦探来说。

既然莽原-2星球上的美国居民已经接受这样的社会,就让他们继续假装这片殖民地已完全独立，从此听天由命，自生自灭吧。毕竟还有几个以俄罗斯居民为主的殖民地，即使那里的发展不尽如人意，但已有相当一部分居民戴上了肩章。

马力强大的路虎载着马丁，半个小时就到了驿站。畜群依然在驿站不远处吃着牧草，一个牧童警惕地目送他进城，不过已经不是上次那个孩子了。马丁很想知道，他们是非官方助手，还是"警长的少年朋友"？

"如果姑娘的父母想来扫墓，"警长派来给马丁送行的壮小伙儿说，"我们也将非常乐意接待他们。"

这话听起来有些没脸没皮，但马丁没去理会。事实上，小伙子的确为年轻美丽的女孩之死感到惋惜。

"我一定转告。"马丁说。

"我们这儿很少发生这样的悲剧。"小伙子继续说道，"偶尔会有些疯子骑马来草原上乱枪扫射，不过我们很快就能将其制伏。"

"这样的事情还会发生的，别着急，"马丁说，"还会有人骑马扫射，抢劫邮政驿车；星球原住民也会搞袭击。人口一过十万，什么事情都会发生。"

小伙子不满地嘟囔道："莽原-2土著爱好和平，我们跟他们一直相处得很融洽……"

马丁抓起背包下了车，脑海中浮现出各种行动计划，但首要任务，是洗个热水澡。

"您要回家吗？"警长助手在马丁身后问道。

"当然。"马丁轻快地说着谎，向台阶走去。

这位管家显然滴酒不沾，可能是莽原-2的管家都遵循戒酒令。昨天他喝的是柠檬水，今天喝的是鲜榨橙汁。

马丁并没有拒绝管家礼貌递来的饮料。他将果汁一饮而尽，点燃香烟，坐了片刻，努力集中思想。管家坐在藤椅上，善意地看着他，似乎做好了等到晚上的准备。

"窥视别人家的窗户很有意思。"马丁说。

管家在椅子上折腾了一阵儿,为的是坐得更舒适些,又给自己倒了杯果汁,从保温瓶中取出几个冰块扔进杯子里。

"那不是随便瞥一眼,"马丁继续说,"而是认真地看。人们习惯于把自己的家当作城堡,不喜欢没有礼貌的客人。或许,这也是我们不太喜欢你们的原因,因为你们不请自来,从未想过要征求别人的同意,虽然我们根本不可能拒绝你们……但是,每座城堡都有自己的旗帜。哪怕仅仅是挂在窗口的窗帘,也是一种旗帜——对走在街上抬眼往上看的路人来说,对住在对楼的邻居来说,甚至对坐在窗前、将望远镜对准窗帘缝隙的变态狂来说,它都是一面旗帜。旗帜可以是任何东西,可以是带花边的窗纱和高雅的窗帘、玻璃砖或是百叶窗;可以是新年前用牙膏在墙上画的圣诞树;可以是窗台上的毛绒玩具或花盆里的花;可以是养着鱼的鱼缸或者插着干玫瑰的花瓶;甚至是又脏又破的壁纸和没有灯罩的电灯泡。一切的一切,都是旗帜,即使是向生命举起的白旗……我喜欢不怕高举旗帜的城市,但那都是别人的城市……俄罗斯早已抛弃了自己的旗帜。然而,我喜欢不羞于自傲的人;我乐于向他人的旗帜致意。"

他停下来,稍稍喘息,然后看着管家继续说——

"我很好奇,在别人眼中,我的旗帜是什么样的。有时候,我会在露台上放一盏漂亮的老台灯,灯上有磨砂的灯罩,让它一亮就是一夜。我想让看到灯光的路人以为屋子里的人正在读一本好书,正在为了证明一个复杂定理而苦战,或者是在做爱,又或是在床前照料生病的孩子……他们怎么想都可以,重要的是,不要让别人觉得,我没有自己的旗帜。"

马丁不再说话,给自己倒了杯果汁。

管家在椅子里动了动,懒洋洋地哼唧了一句:"你驱散了我的忧伤和孤独,游子。请进入界门,继续你的行程吧。"

马丁根本没想到这么快就能结束故事,不禁被果汁呛了一下。他企图掩饰尴尬,点点头,说:"谢谢,管家。我觉得自己还有很长的路要走。

我还不敢保证阿兰卡星就是终点站。"

"旗帜……城堡……要塞高墙，池宽深堑……"管家嘴里念念有词，"还没有旗帜，并不可怕。重要的是，你已在寻找。"

马丁等了片刻，管家却不再说话。他点点头，向门口走去。

"银河系中有一个不需要旗帜的种族，也是唯一一个。"管家突然又开口了，"就是阿兰卡人。一群高度理性、几近完美的生物。但他们不懂得生命的意义。他们没有宗教信仰，甚至没有神的概念。他们有自我保全的本能，但不惧怕死亡。他们很有幽默感，他们仁慈友爱，对事物充满好奇，魅力无穷。但该种族中从没谁质问过生命的意义。从没有过。他们将此概念视为其他智慧生命有趣的特性，但他们从不为自己在这方面的欠缺……或者说独特性而感到自卑……"

管家沉默片刻，又补充道："他们的房间窗户上从来不挂窗帘。"

马丁在门口又站了五分钟，管家却再未发一言。


浴缸是一项伟大的发明。

马丁在石浴缸中躺了几乎一个小时，一会儿将水调热，一会儿进行水力按摩，一会儿又打开喷射器注入凉水，一直洗到神清气爽。客房中，他找了两本书，看来是好心人留下的，分别是史蒂文森[1]的法译本和《幽暗的林荫道》[2]英译本。这两本书同时出现，很令马丁惊讶。他拿起布宁的书。虽然英文看起来很是吃力，但太久没有看到字母的眼睛还是如饥似渴地感受着阅读的喜悦。

管家的话让马丁警觉，甚至令他有些羞愧。他从前就听说过关于阿兰卡人独一无二的心理特质，但在跟此种族有限的几次交流中，马丁没发现什么性格缺陷。对生命意义的追问是所有智慧生命固有的特性，从某种程度上讲，宗教情感也同样是智慧生命的属性。如果没有目标，找

---

[1] 罗伯特·史蒂文森（1850—1894），苏格兰诗人、小说家，也是英国文学新浪漫主义代表人物之一。
[2] 俄罗斯诺贝尔奖获得者伊万·布宁（1870—1953）的小说集。

不到地球和宇宙存在的意义，又该如何生存下去？

这个问题让马丁思考了很久。他甚至试着寻找自己生命存在的意义，但立刻陷入了无边的沮丧。生命的意义似乎并不在珍馐美味中，也不在借管家界门之便进行的星际漫游中！也许，是在爱情之中？但此刻，马丁并没有恋爱，甚至很享受独身状态。也许生命的意义在于虚荣心，在于青史留名？可这样的人非得是真正的天才不可，否则就是极端自恋、自以为是的蠢货。或者，应该在宗教承诺的永恒生命中寻找意义吗？尽管自己也算是个教徒，但对永生的前景，马丁却持怀疑态度；对自己的虔诚度，他更是深表怀疑；对自己死后能否保全身躯，他也不抱任何希望。所有的宗教，如果不算中世纪画作对天堂的美妙描绘，许诺的不过是融入永恒的不同方式而已。

就这样，马丁最终也未能总结出自己存在的意义。恰恰相反，他感到自己是如此嫉妒阿兰卡人，他们无须受此问题困扰和折磨。他们可真行！也许，正因此，阿兰卡人才被视为继管家之后高度发达的种族。

最后，他放弃了徒劳的哲学思考，爬出浴缸，用毛巾擦了擦皮肤，赤条条地坐在桌前，好晾干身体，彻底放松。桌上放着一张纸和一支笔——要全面评估目前形势，这些就够了。

马丁先在纸上画了两个圆圈，分别写上了"伊琳娜-1"和"伊琳娜-2"，又全部划掉，在旁边画上第三个圆圈，写上"伊琳娜-3"，又加了一个大大的问号。

马丁陷入了深思。

图书馆。莽原-2。阿兰卡。

三个星球。

前两个星球都藏有各具特色的远古宝藏，所以伊琳娜·波卢什金娜想去一探究竟。但阿兰卡世界本身就是远古文明，阿兰卡人早就弄清楚了自己星球的秘密。伊琳娜还去那儿干什么呢？

最主要的问题是，一个伊琳娜·波卢什金娜如何变成三个乖张任性的姑娘？马丁决定暂时不去想了。给警长讲的所谓孪生姐妹的故事，马丁当然没有当真。事实上，这件事很可能出自管家之手……是管家复制了姑娘。可他们的动机是什么呢?

两场意外死亡让马丁大伤脑筋。其实,到目前为止,还可以把两次意外当成不幸的巧合,但又让人忍不住猜测其中暗藏着某种规律,一种阴险的、令人不快的、人类智慧所不能理解的规律。

马丁叹了口气,又在图上画了一个小方块,突发奇想地用它来代表自己。小方块没有别的选择:回到地球——马丁向下画了根粗线——给埃内斯托·波卢什金汇报结果;或者去阿兰卡星,寻找假想的第三个伊琳娜,保护她,让她免遭可能出现的所有危险……再劝她回家……或逼她签署拒不回家的文件。

说到文件,马丁立刻想起伊琳娜临终前十分钟在酒吧写的信。警长非常仔细地把信研究了一遍,才交还给马丁,允许他将信转交给伊琳娜的父母。现在,马丁拿出信,皱着眉头读起来,随即感觉自己受到了公开侮辱。

"亲爱的妈妈、爸爸!"伊琳娜写道,"我一切都好,也希望你们一切安好。这位可爱的年轻人,"这话居然出自一个十七岁黄毛丫头之口,真是放肆无礼!"转达了你们的问候,问我是否准备回家。不,我不准备回家。这儿太好玩了。荷马现在怎么样?有没有想我?替我亲亲它,很快它就能吃到美味的骨头了。就说到这儿吧。爱女伊琳娜。"

马丁并不认为自己是家庭关系方面的专家,但信中调侃的口吻加上亲亲小狗的请求,还有"爱女伊琳娜"的签名都让他感到隐隐的不安。看来,这姑娘根本没把父母放在眼里,觉得自己可以为所欲为,根本就是个内心冷酷的家伙。

那个高喊"不要开枪"并且为了制止枪战而投身于弹雨中的姑娘,和这封信的口吻确实太不相符。也许,这封信是对家庭矛盾的回应?埃内斯托说不定打过自己的爱女,或者使用过其他形式的暴力,而这绝对能伤到一个十七岁姑娘的心……

马丁唉声叹气地把信放回信封,又收进背包里,同伊琳娜的号牌放在了一起。这次,他并没有拿走她贴身的十字架。当地人答应以基督教的方式埋葬伊琳娜。

"不，你肯定从小就没挨过打。"马丁若有所思地说。他发觉自己并非在跟死去的伊琳娜说话，他笃信自己还会遇见她。

那就没有必要拖延时间了。

马丁穿好外衣，扔掉了脏袜子和内衣。他可不打算带回去洗。要不要眯上几个小时，以弥补昨夜睡眠的不足呢？但血液中的肾上腺素过多，眼下睡意全无。

马丁朝界门走去。

# 第3章
# 黄

"选错神要比不信神更加危险,不是吗?"

WWWW
Жёлтый 560~590nm

# 零

有意也好，无意也罢。人生在世，总会有一些无伤大雅的小怪癖和小弱点。它们能让人暂时忘却生活里的一地鸡毛。整日忙于阴谋诡计的严肃政治家，可能酷爱种花养鱼，能为鱼儿得了鳍腐病而痛哭；油嘴滑舌的花花公子会精心保存女同学的照片，而那女孩从未正眼看过他；一个愁眉苦脸的厌世者也会温柔地抱起婴儿车里的婴儿，奶声奶气地跟婴孩说话；看起来无趣刻板的军人，居然在维吾尔文化或印度尼西亚民间手艺方面有极高的造诣……

马丁认为自己对美食的迷恋只能算是无足轻重的癖好。只要是人，就会沉溺于口腹之乐，连一生隐居修行、只以面包和水为食的禁欲圣人，临终前也会泪流满面地忏悔自己的贪食之罪——只爱吃黑麦面包，嫌弃小麦面包；偏爱泉水，而不喜河水……

同时，马丁也从不认为自己是个圣人。他虽不沉湎情色，却经常深陷于某些嗜好中不能自拔。星际旅行不仅给他留下深刻的回忆，还留给他大量胶片（电子相机是对艺术的亵渎，只有含银底片才配记录瞬间），以及无数的调味品。马丁不太喜欢亚洲菜。即使是备受追捧的中餐，也只有北京烤鸭和橙皮鸡[1]能让马丁垂涎。而马丁最排斥则是那些美国食物——被夸上天的巧克力酱火鸡和深受欢迎的枫糖薄饼，还有用苯丙氨酸与正磷酸制作的混合饮品（美其名曰"可乐"）……相比之下，墨西哥餐要好上很多，马丁自己偶尔也会做杏仁烤肉或鳄梨酱烤肉。

马丁最为推崇的还是欧洲美食。他大度地将西伯利亚和远东地区在

---

1. 国外最受欢迎的中国菜之一，脱胎于陈皮鸡，将陈皮替换为新鲜的橙子皮，或直接淋上橙子汁做成的酱汁。

内的整个俄罗斯都归为欧洲。有什么能与纯正的匈牙利炖肉相媲美呢？不是那种俄罗斯饭店寒酸的土豆炖肉，而是烫人嘴、暖人胃、用红辣椒和甜椒做成的辛辣美味的浓汤炖肉。

马丁从六号驿站出来，抵达阿兰卡星时停下了脚步，一边嗅着空气中的味道一边四下环顾。倒不是因为外星的气味刺激了嗅觉，毕竟他不是第一次来阿兰卡。真正的原因是——空气中居然飘来红辣椒的香味！

六号驿站位于该星球一座大都市的中心。以人类的眼光看，这里甚至称得上世界之都。驿站周围的摩天大厦看起来很熟悉，跟地球上的大楼形态相差不远。无数小型飞行器平稳无声地在空中飞行，人行道在脚下缓缓移动，运送无数行人……总之，阿兰卡的城市与地球未来主义者的梦想不谋而合，让人不禁想起"巨环"[1]和"正午世界"[2]，想起二十世纪六十年代苏联科幻小说中的那些城市，还有那些人类星际飞行的梦想……

但此刻，马丁无暇欣赏异星美景，甚至无暇回头看看阿兰卡星的驿站。这座传统风格的驿站由金属、玻璃和混凝土建造而成。阿兰卡星的边检验放速度快，服务态度好，马丁谦恭地通过了安检。阿兰卡人非常喜欢玩警卫队游戏。警察在他的护照上加盖了签证，然后笑眯眯地取出一个块状物——看起来很像已经嚼了很久的口香糖——又用它塞住了马丁的卡宾枪和左轮手枪枪口。只有用一种特殊溶剂才能把枪口打开，而如果在封闭情况下射击，枪膛百分之百会爆炸。一切结束后，马丁才被允许通过栏杆。他挥手轰走了驿站旁热情的当地导游，从人群中走了过去，这里几乎跟莫斯科一样，熙熙攘攘，鱼龙混杂……

马丁欣喜地发现，驿站对面有一家名为"地球风味"的小饭店。迷人的香味正是从那儿飘出来的。

---

1. "巨环"出自苏联科幻大师叶菲列莫夫的《仙女座星云》，是高度发达的不同文明之间的无线电信息交换系统。
2. "正午世界"系列是苏联著名科幻作家斯特鲁伽茨基兄弟最负盛名的作品。作者所描绘的"正午世界"中，社会与科技水平高度发达。

阿兰卡人允许自己的星球开办地球风味餐馆,并不奇怪。据马丁所知,阿兰卡人是类人生物,不论是外貌还是生理结构都与人类极为相似。在宇宙已知的种族中,几乎有三分之一是类人生物,其中有些种族相似度少些,譬如格达人;而有些种族第一眼看上去几乎跟地球人没有任何区别,譬如莽原-2的土著或者阿兰卡人。大概地球风味的食物非常合他们的胃口。

饭店里的确都是阿兰卡人,有穿鲜艳长袍的男性,有穿针织紧身衣和宽大短衫的女性。阿兰卡服装的时尚设计表现为颜色变化,其他细节都可以忽略不计。可是,也许是为了配合地球餐馆的异域情调,几个阿兰卡男人穿起了西装和裤子,几位女士则身穿长裙,脚踏高跟鞋。不管怎么说,地球文化的扩张痕迹确实无处不在……

马丁的出现引起了一番小骚乱。他在大厅里寻找空位的时候,食客们纷纷开始评头论足,交头接耳,还有人向他打招呼……但很快,大家便不再理会了。

一名服务生走了过来。这是个来自地球的年轻人,穿一身经典的服务生制服。他帮马丁找到一张空桌,随即递上一张写着"地球来客五五折"的优惠卡。马丁看了眼菜单上的价格,暗暗感叹店主的精明,赶紧和服务生做起了小型易货贸易。

服务生对两袋一百克装的红辣椒粉颇感兴趣。

马丁低声与他讨价还价,过程中很快意识到,这个人正想方设法地占便宜,俨然把自己当成了冤大头。马丁不得不掏出钱包,刻意趾高气扬地拿出一张银白色金属磁卡,那还是他上回来阿兰卡时办理的信用卡。

服务生立刻像霜打的茄子一样,将调料的价格几乎往上翻了一番,接了马丁点好的菜单就跑开了。马丁笑了笑,信用卡上的钱所剩无几,根本不够吃一顿饭的,但这张卡还是以其他方式发挥了作用。

饭店的菜品混杂了各种口味。当然,大量从地球运送蔬菜或肉的确不太现实……一大锅炖肉里只有几个可怜的土豆和甜椒;当地蔬菜做成的菜汤里飘着几根甜菜;而在"本店特供"栏中,"来自地球的纯正鸡肉"价格高到离谱，说是鸵鸟肉或克隆的渡渡鸟肉都不奇怪。不知是阿兰卡人禁止在自己的星球上养鸡，还是鸡在这里无法存活。

厨师平时都不得不用当地食材，再按地球的烹饪方法加上地球的调料烹制食物。因此，匈牙利和墨西哥美食在菜单上占了绝对的优势，毕竟辣椒称得上是地球的美食名片。

炖肉端了上来，马丁尝了一口，赞许地点了点头。肉的味道不大寻常，但还算不错。马丁没有足够的勇气购买从地球运来的啤酒，所幸当地啤酒的口味也不赖。令人欣慰的是，所有类人种族都发明了低度酒精饮料，有些以牛奶为原料，有些以植物为原料。总之，目前还没有任何一个已知文明能完全离开酒精而存活。

当地面包也很好吃，因为使用的是"来自地球的酵母"，这在菜单上写得很明白。马丁酒足饭饱后心满意足，发现桌子上有烟灰缸，便点燃了一支雪茄。

在阿兰卡星的搜寻任务并不复杂。这个星球的文明能让人想起共产主义光明世界，它不仅是未来之城的样板，还倡导居民以善为本，有许多服务都是免费的，甚至对星球的访客也免费。此外，阿兰卡信息中心能瞬间提供此星球上所有智慧生命的实时地理位置——不论是当地居民还是外星来客。马丁毫不怀疑，如果现在用信息终端机查询自己的信息，一定会得到这样的答案："此人位于'地球风味'饭店，坐标是……"

所以，任务难点只有一个：确定三号伊琳娜·波卢什金娜是否真的在阿兰卡星。如果在，她究竟是活着，还是已经死于意外？

马丁突然发现自己居然特别害怕登录信息终端，害怕得知自己又来迟一步。

他匆匆忙忙吃完炖肉，付了款。确切地说，信用卡里打进了很多钱，是卖红辣椒的收入减去午餐费用的差价。

他起身去寻找信息终端机。

一

马丁是在国际大都市中出生长大的，以技术控和大都市主义者自居，并真诚希望地球会沿此路径发展下去。

但阿兰卡星的城市还是让他产生了轻度恐慌，也许是不习惯？站在移动的人行道上，马丁有些不知所措，路边史诗般恢宏的建筑总是会分散他的注意力。这些建筑完全颠覆了人类对材料力学和建筑学的理解。究竟为什么要把五百米高的摩天大厦建在一根根立柱上呢？若是有主要街道从大厦下通过倒也罢了……可下面不过是被灯照亮的绿草地。为避免有人误入，草地还被栅栏围起来；在另一座巨型建筑里，马丁看到一座超大的拱门，不时有飞行器从拱门中飞过。毫无疑问，阿兰卡人是高度发达的种族，但以地球人的标准来说，对技术信任到这种程度，确实有些过分。

或许正因如此，很少有地球人前来拜访这颗热情又宜居的星球。阿兰卡人对生存环境的态度与地球人大相径庭，让人印象深刻的同时，不免心生恐惧。

终于，马丁发现了一间公共信息亭，外形很像欧式电话亭，很宽敞，可供残疾人轮椅出入。实际上，阿兰卡星已近百年没有残疾人了。亭中有把舒适的座椅。马丁欣然坐下，随手关上门，亭壁玻璃随即变暗，将他与外面的世界隔开。可能是距驿站太近的缘故，终端机上有包括旅行语在内的两种语言选项；又或许阿兰卡人所有的机器系统都提供双语服务……

"我想知道，"马丁对着亚光的信息显示屏说，"一位来自地球、名叫伊琳娜·波卢什金娜的姑娘是否在阿兰卡星。"

"伊琳娜·波卢什金娜，女性，来自地球。没有相关数据。"机器的回答没有半分迟疑。

但马丁在网络搜索方面的经验极为丰富，深知提问方式是何等关键。他拿出有些磨损的伊琳娜照片，对准屏幕问："这个智慧生命是否在阿兰卡星？"

"可用于精确分析的数据不足，如去除可变的外貌因素，下列智慧生命的外形与此照片的相似度超过92%……"终端机回答。同时，屏幕上清楚地列出一长串名字，每个名字旁都有个极小的照片图标。

马丁长叹一声。屏幕上女人们的面貌都与伊琳娜相似。毕竟，阿兰卡星有一百多亿居民。如果抛开诸如头发、眼睛颜色、胖瘦和肤色等"可变的外貌因素"，可以找到几千个跟伊琳娜几乎一模一样的人。

"下一个问题。"马丁说，"近七个地球日内，有多少地球女性来到阿兰卡？"

短暂的停顿后，终端机给出了确切回复：

"四十四人。"

"请出示所有人的照片。"马丁要求。

屏幕上出现访客的照片。马丁浏览片刻，微微一笑，点了其中一张。

"请将这张照片放大。"

伊琳娜·波卢什金娜的照片占据了整个屏幕。终端机搜索时考虑了"可变因素"的确非常明智——伊琳娜将头发染成了黑色。

"这是谁？"马丁问得直截了当。

"在三号驿站检查过关时，该个体自称来自地球，名为加林娜·格罗舍娃。"终端机说，"据间接数据分析，该女性的年龄在十六至二十岁之间，来阿兰卡的目的是旅游。"

"她现在在哪儿？"马丁继续问道。

"该问题的答案是加林娜·格罗舍娃的隐私。"机器语气严肃，"请陈述您提此问题的理由，顺便通知您，测谎仪已开启。"

马丁沉思片刻，说道："姑娘的父母请我找到她，确认其是否安然无恙。为人父母者关心自己生育的年轻个体之命运，是人类的特点。我想满足她父母的要求，找到姑娘，并确认她返回地球是否有困难。我不会给她带去任何不必要的麻烦，也不会引发她任何的负面情绪。"

"您说的是实话。"终端机说，"您的提问被视为合理提问。关于该智慧个体所在位置的信息为收费项目。"

"好。"马丁表示同意。

"最近两天，加林娜·格罗舍娃位于全球研究中心，该中心位于吉利安特城。附路线图一张。"

伴随着沙沙的声响，一张塑料纸从屏幕下掉了出来。

"谢谢。"马丁说。

"八个货币单位。"机器提示说。

马丁将信用卡放到读卡器上，屏幕上闪过交易数额。

"非常高兴能为您提供帮助。"终端机客套地说着瞎话。

马丁拿起信用卡和路线图，打开门走到街上，快乐地吹着口哨。他看了眼路线图，不知何故，阿兰卡星没有将旅行语作为书面语言，图上标注的是阿兰卡语。马丁没学过阿兰卡语，好在象形文字并不特别难懂。依图所示，顺自动人行道可抵达高架单轨列车车站，再坐车到飞机场，乘飞机到吉利安特，再乘车到全球研究中心……

可以出发找人了。

马丁离开信息亭二十米左右时，亭子爆炸了。

说是"爆炸"，其实并没发出什么声响。亭子只是晃了晃，然后迅速变形、塌陷，仿佛热锅里的一小块黄油。两三秒后，信息亭就化为一堆塑料，终端屏幕和椅子从塑料堆里探出头来，歪歪斜斜，上面覆满了熔化的塑料。想到自己刚刚就坐在这把椅子上，马丁不禁倒吸了口凉气。

路人们对这起事件的反应相当得体，大部分人快速后退，只有几个好事者向前几步想一探究竟。马丁感觉有一团东西堵在了喉咙里，他使劲咽了咽口水，向后退去。

"您好，我应该跟您用旅行语交流，对吧？"一个孩子的声音从身后传来。马丁警觉地转过身，身后果真站着个七八岁的小男孩。男孩举止得体，一看就是很有家教的孩子，头发梳理得很整齐，戴着天蓝色的小帽子，穿着干净的亮黄色长袍，长袍下露出红色连体袜鞋。马丁一时想不起这个男孩更像"小无知"[1]还是更像"小矮子穆克"[2]。还是像穆克多些：长睫毛、杏仁眼、皮肤黝黑，尤其是那一身阿拉伯风格的衣服。

"可以，我说旅行语。"马丁回答。

孩子满意地点点头，继续说："我一猜就是。看服装，看动作，您都像地球居民。请问，您没把热能枪忘在亭子里吧？"

马丁摇摇头。

"那就是有人要害您。"小男孩断定，"对不对？要不就是有人想吓唬您。您有很多敌人吗？"

马丁又一次摇摇头。

"我们离开这里吧，"小男孩说，"警察很快就到，他们会问您很多问题。您想回答他们的问题吗？"

"不想。"马丁坚决地回答。

"走吧。"小男孩说着，将自己的小手递到马丁手中。

从路人的视角看，是马丁牵着小男孩的手，而实际上，是小男孩牵着马丁往前走。他们快速通过自动人行道，穿过连接几个房子的装饰拱门，来到一条与人行道平行的大街，在一家露天咖啡馆前停了下来。稀稀落落的几位顾客坐在花伞下的小桌子旁。

"真不好意思，"小男孩说，"我没有信用卡，所以不能请您喝咖啡。但我们还是在这儿坐坐吧，好吗？"

"我请你喝。"马丁说。信息亭刚刚被烧，又出现了一个与年龄完全不符的老成孩子，彻底把他的头弄大了。

"不——不！"小男孩连连摇头，"孩子吃东西是免费的。您的世界不是这样的吗？"

"我们那里完全不是这个样子。"马丁找了一张远离所有顾客的桌

---

1. 苏联作家尼古拉·诺索夫（1908—1976）所著"小无知历险记"三部曲（《小无知游绿城》《小无知漫游太阳城》《小无知漫游月球》）中的主人公。
2. 德国童话作家威廉·豪夫（1802—1827）所著童话《小矮子穆克》中的主人公。

子,沮丧地说,"但这里的恐怖分子跟我们那儿一样猖獗。"

小男孩爬上椅子,马丁努力克制住想要扶他的冲动。他拿不准这个男孩会如何看待成人的帮助。这不,自己刚刚说的话,就遭到"穆克"无情的反击——

"不!您别这样想!这是特例,我决定帮您,因为我无意中成了目击证人!"

马丁长叹一口气,开口问道:"孩子,你们这里所有的娃娃都这么聪明吗?"

男孩子眼中似乎闪过一丝忧伤。

"您说什么呢……我是阿兰卡星最聪明的三百个孩子之一,不过排名靠后。请原谅,我忘了做自我介绍,我叫加蒂。这是我名字的爱称,叫我的小名能够拉近距离,对吧?"

"我叫马丁。"

加蒂一本正经地伸出手,马丁也伸手握了握。

"地球人的习俗?"小男孩确认了一下,"我记混了,银河系中的智慧种族太多……"

服务生走过来,可惜他不懂旅行语,加蒂便做起了临时翻译。

加蒂给自己点了冰激凌,为马丁要了咖啡和白兰地。当然,咖啡是当地产的,与地球上的咖啡完全不同,但味道类似,含大量刺激性的生物碱,甚至可能含咖啡因。而白兰地,确切地说,是类白兰地的当地饮品,是加蒂特意推荐给马丁的——

"您现在受到了惊吓和刺激,喝一点儿烈性酒对您有好处。"

马丁点点头,将一切视为理所当然,"加蒂,你出现在我身边,纯属偶然,是吗?"

小男孩腼腆地转移开视线,"不,我早就注意您了。对不起。您刚从驿站出来时,我就注意您了。"

"为什么?"

"我有任务。"小男孩解释道。即便这孩子说自己服务于阿兰卡安全部门,马丁也会相信,但小男孩继续说道,"明天我们有个外星心理学研讨会，我要作报告，题目是《有关初次到阿兰卡的类人生物行为方式研究》。"

"你错了，我来过阿兰卡星。"马丁回答说，"真的，但不是这座城市。"

"我猜到了，因为您非常自信……"加蒂叹口气，看了看卡宾枪的枪套，"那是您的武器吗？"

"是的。"

"是放射性的吗？"

"不是。是爆炸性的，但已经被密封了。小朋友，请问，信息亭到底怎么了？"

"我猜测，"小男孩说，"在1500 ℃ ~2000 ℃的高温下，聚合物的分子会失去……"

"不，你没明白。我想知道，为什么会有这么高的温度？有炸弹？还是有人开枪了？"

"复杂的问题，"小男孩叹了口气，"我想是有人开枪。激光枪能够发射功率极强的高温射线。起初我以为是一次卫星撞击，但信息亭在建筑物的遮檐下，而遮檐并没有损坏。看来，射手藏身在那栋摩天大楼里……"

马丁转过身，将目光转向玻璃和金属建造的墙上——正是有飞行器从拱门间穿梭的那栋大楼。

"或许子弹是从飞行器里发射的……"小男孩继续分析，"总的来说，这更像是恐吓，而不是真的想杀了您。您真的没有敌人吗？"

"我已经说过了，没有，"马丁断然回答，"不比任何一个人的敌人多。更何况即使有，也不可能在你们星球！"

服务生为加蒂端来冰激凌，一个装满各色球状物的小碟子，又给马丁端来一杯咖啡，咖啡杯与地球上的几乎没有区别，还有一杯浓浓的琥珀色液体。

"但还是有人在追捕您，"服务生刚一走开，小男孩就继续说道，"您需要帮助吗？"

"你能帮我?"马丁已经见怪不怪了。

小男孩羞涩地笑了,"不,您说什么呢,我还是个孩子!我可以求父母,让他们帮助您。我爸爸是个令人尊敬的人物,在市政厅工作,他能保护您的安全。"

"你为什么对我这么感兴趣?"马丁很疑惑,眼前与他对话的似乎不是高等文明社会中一个天真无邪的孩童,而是来自荒蛮星球的老奸巨猾的恶棍。

"首先,"小男孩一点儿也不吃惊,"我们两个星球的关系是友好的,可是发生了如此不愉快的事,我想将此事压下去;其次,我觉得您是好人,我有很强的同理心,在评价精神品质方面极少犯错……优秀的智慧生命就是要互相帮助,不是吗?第三,虽然这个动机不是最重要的,但如果我能帮上您,您就会给我讲自己的冒险经历,我便能在外星人心理学研讨会上做个精彩的报告。"

"加蒂,"马丁沉默片刻,"你能不能说得稍微简单一些?就像……就像一个孩子那样?"

"可您不是听得很明白吗?"小男孩吃惊地说,"啊?是不是我让您难堪了?"

"有点,"马丁点了点头,"不过,算了吧。你想怎么说就怎么说吧。我准备接受你的帮助,但我不敢保证能给你讲多少。"

小男孩高兴地笑起来,"太棒了!请允许我吃完冰激凌,我非常爱吃冰激凌。然后我们去找我父亲,把发生的事情都告诉他。"

马丁点点头,一口干了白兰地。

白兰地很好喝。

据马丁分析,加蒂的父亲列尔卡西·汗的职务,应该相当于市长助理或大都市政府的部长。奢华气派的大办公室位于一座带私人飞机库的大厦顶层,透过半透明的墙,就能看到川流不息的飞行器。办公室里有一位可爱的女秘书和几个不苟言笑的年轻人,他们可能是顾问,也可能是保镖。马丁绞尽脑汁想厘清阿兰卡星的社会体制,但记忆里只剩下些毫无用处的记忆碎片。他恍惚记得,自从有了全星球管理机构,都市政府的权力也变得极大,不仅可以管辖城市,还兼管毗邻的领地。也许这是某些旧制的延续?无论如何,这位身穿朴素灰长袍、面带微笑的先生真是高高在上,大权在握。

"令人发指。"听完儿子如同工作报告般详细而精确的描述,他开口说,"我看看现在有什么消息。"

马丁坐在官员对面的椅子上耐心地等待。列尔卡西·汗没有使用终端机,而是将弹性弓形波发射器戴在后脑勺上,目光呆滞,一动不动。马丁恭敬地点了点头。即使在阿兰卡星,大脑与计算机网络直连也没有深度普及,因为这需要思想高度集中以及严格的自律。地球的某家大型公司想方设法购买了阿兰卡的高科技,但很快就意识到,使用普通终端和键盘要方便得多。

"什么乱七八糟的!"列尔卡西·汗摘掉发射器,一脸愤怒。他严厉地看了眼儿子,后者正踮起脚尖,好奇地看着父亲办公桌上的文件。

"吉尔加蒂·肯[1]!举止要得体!"

小男孩泰然自若地离开办公桌,一边问:"什么叫禁欲式婚姻?"

"一种下流行为,我们不会允许这种情况出现。"官员简短地回答,又将目光转向马丁,"我代表城市权力机关,向您表达真挚的歉意。的确有人企图攻击您。在对您发动攻击的前十分钟,有人租用了一架飞行器。飞行器电脑失灵,所以恐怖分子的特征不详。在驾驶舱里发现了整整一瓶除臭剂,所以未能提取到现场气味。罪犯将武器扔在了案发现场,现在会有人给您送过来……"

"不好意思,您是说?"马丁没听懂。

列尔卡西·汗惊讶地抬起眉毛。

"他来自别的星球……"小男孩责备父亲说。

"那又怎么样?"官员皱紧眉头,"啊……是啊……这是一次极其恶劣的敌对行为,您作为受害者,凶手的全部财产、名誉及尊严、知识

---

1. 加蒂的正式名字为"吉尔加蒂"。

产权、孩子和性伴侣都将归您所有。"

"你们这里太严格了。"马丁说道。

"当然,"列尔卡西·汗表示同意,"不过,您有权拒绝您不需要的赔偿部分。譬如说,不好的名声对您有什么用处?但如果罪犯在艺术上有很高的造诣,或在慈善事业方面名扬四海,您的前途就不可限量了。我记得有过这样一个案例,一位发明家……"

"爸爸。"加蒂轻声说。

"是的,对不起。"官员点点头,"因此,我们暂时只能将罪犯弃置的热能枪送给您。此案例有些特殊,您是外星来客,按理说无权拥有高科技武器,但个体权利高于国家法律……我会为您出具许可证。"

"我需要做些什么?列尔卡西·汗先生?"马丁问道。

"不需要那些繁文缛节,"官员皱着眉头,"您是我儿子的朋友,也就是我的朋友。叫我列尔卡西就可以。说起来,您需要什么帮助,马丁?"

"眼前就是个麻烦。"马丁提醒道,"有人要杀我。我担心自己的生命安全。"

"有道理,"列尔卡西·汗点点头,"我可以为您提供安保服务。当然,只限于在我们城市管辖区和毗邻地区,不过这些地方都非常不错,有秀丽的拉茨维克湖和阿丹诺瀑布,那里每天都会有令人震撼的远古仪式表演;还有白垩悬崖、古老的原子试验场和全银河系驰名的度假海岸……"

"我要去另外一个城市。"马丁说了实话。

官员皱起眉头问:"具体是?"

"吉利安特。"

列尔卡西·汗先生叹了口气,"非常糟糕的选择。别的城市我还能帮上忙,但吉利安特……"他蹙起眉,"您确定想去这个阴沟?"

"我从地球来到阿兰卡星,就是为了寻找一位姑娘,她在吉利安特。"马丁回答说,"所以,我必须去吉利安特。"

列尔卡西·汗看看儿子,摇了摇手指以示教导,然后用训诫口气说:

"加蒂！这是生活教给你的关于如何正确行事的一课。爱情让人忘掉危险，忽略自我保护的本能！我不会评判我们客人的决定是否合理，但你应该记住这种行为！"

"一定，爸爸。"小男孩点点头。

"我能为您做什么呢……"列尔卡西·汗若有所思地说，"武器……是的，没错……您看起来是个勇敢的人……您杀过智慧生命吗？"

马丁哆嗦了一下，但诚实地回答说："是的。"

"太棒了！我不是说杀人有多棒，而是说您有自卫的能力。您需要市政府提供资金补偿吗？这是否违背您的道德准则？"

"并不。"马丁说。

"加蒂！"官员又转身面向小男孩，"这是得体行为的又一实例！在危急关头，智慧生物必须摒弃传统道德标准，以生存下去为己任！"

"我记住了，爸爸。"小男孩说道。

"还需要什么？"列尔卡西想了想，"在市内安排保镖……但如果有人在飞机上对您实施攻击……好吧。还是秘密护送您单独前往比较好。"

"我想跟马丁先生同去。"加蒂说。

"不行！"官员摇摇头，"我明白，这是一场非常有趣、能增长见识的冒险，但你会成为我们客人的负担。"

小男孩祈求地看着马丁，马丁只好装作看不懂这眼神。

"这些就差不多了……"列尔卡西说，"好吧，非常高兴能帮到您，尊敬的客人！"

接见结束，马丁站起身，突然鬼使神差地问了一句："请原谅我的好奇，列尔卡西·汗先生……可以问个私人问题吗？"

"当然。"官员微笑道。

"我们两个种族在生理上非常接近，但在心理上有很大差异……"

列尔卡西·汗赞同地点点头。

"请问，"马丁继续说道，"您真的能接受自己年幼的儿子跟陌生外星人去另一座城市，而且这个外星人刚刚遭受不明罪犯的猎杀？"

"您想带他前去吗?"列尔卡西·汗吃惊地问,"好啊,我觉得,这将成为一段美好的、牢不可破的友谊之开端……"

"不,不!"马丁注意到加蒂已经咧开了嘴,急忙反对,"我认为这太不理智了……而且……还……不算是得体行为!人对生命和危险要有天生的敬畏和恐惧……"

"嗯……"列尔卡西·汗点点头,"当然,我会很担心。加蒂是我的独子。但这种冒险对他教育的益处要大于潜在的生命危险。因此,问题还是在于您是否同意他与您同行。"

马丁摇摇头。

"不,我还是没有解释清楚……在地球上,任何一位心理健康的父母,都会尽力保护他的后代,使其免遭任何潜在的危险。"

"生命何处不危险?"列尔卡西·汗的回答充满哲理,"飞机自动装置失灵,您会从高处坠落;去打猎,您可能遇上比您更狡猾的猎物;若医生没能及时发现病毒毒株的变异,您也会死去……怎么能为可能存在的危险担心呢?我们只需要对现实问题采取预防措施!"

"列尔卡西,请问,你们的种族真的没有'生命的意义'这种概念吗?"马丁小心翼翼地问。

列尔卡西·汗大笑起来,女秘书也嘿嘿窃笑。身边那些顾问显然听不懂旅行语,只是惊讶地看着上司;就连被马丁拒绝而闷闷不乐的加蒂,这会儿也笑得清脆而响亮。

"马丁……"列尔卡西·汗将手放到他的肩上,"您犯了一个很多种族都会犯的典型错误……生命本身就是存在的意义和实质。那生命的意义又是什么呢?"

"也许是意义的意义吧?"马丁回答,"如果冒犯到您,还请您原谅……"

这些话引起了新一轮的哄堂大笑,女秘书的声音尤其悦耳。她将对话转述给了顾问们。三个壮汉在墙边的沙发上坐成一排,此刻也无法抑制地哈哈大笑起来。

"不,马丁,您在说什么啊……"列尔卡西·汗说,"我们一点儿都不生气。您大概觉得我们的种族有性格缺陷？认为我们丧失了非常重要、非常神秘的品质？"

马丁羞愧地点点头。

"但我们觉得……"列尔卡西·汗开口说道，转过身，对儿子说，"捂上耳朵，不要偷听！"

小男孩听话地捂上耳朵，列尔卡西·汗继续刚才的话题："但我们觉得，有缺陷的反而是你们。是你们多出了一个令人羞耻的东西，就像额头上长出了阴茎。"

"您是不是很好奇，额头上长阴茎是种什么感觉？"马丁有些愤怒地问。

"我想会非常不舒服。"列尔卡西·汗微笑着回答。

## 二

去往机场的路上，马丁一直回味与列尔卡西·汗的对话。官员为他提供了一架飞行器，并指派一位顾问做他的驾驶员兼保镖。小加蒂虽无法掩饰委屈和失望，但还是决定为地球人送行，只是一直没有率先开口说话。

当然，列尔卡西·汗的话的确表达了阿兰卡种族的心理特质。虽然这种心理看起来奇怪，但站在疾驰的飞行器上放眼望去，这个异星之城是如此美妙——它只是阿兰卡星众多城市中的一个。这里高楼林立，花园遍布，绿意葱茏；这里，为居民提供的大部分日常服务都是免费的；这里的犯罪率极低，人民安居乐业……就连刚刚发生的袭击事件，都没有影响马丁对这个种族的尊重。

看着这个平和安静、充满自信、生活幸福的兄弟种族，地球人还有什么值得骄傲的呢？骄傲自己拥有几千年来积淀的思想？这些思想的意义何在？当阿兰卡人建设家园的时候，这些思想洒下了多少鲜血？骄傲自己是崇高的灵性动物，能够信仰上帝，参透不可思议的万物之秘密？试问，这崇高的灵性又有什么了不起的建树？

如果阿兰卡人麻木不仁、冷酷无情倒也罢了；如果他们不懂爱情，缺乏同理心，不交朋友，没有理想倒也罢了……可是，这些情感他们都有，而且一点儿都不比地球人少！地球上的技术控在阿兰卡星找到了实现梦想的可能；自然主义者对未被开发的一望无际的自然生态环境和农业地区的古朴民风赞不绝口；学者看着阿兰卡星先进的实验室羡慕不已；共产党人不停聒噪，认为阿兰卡是发达的社会主义制度取得胜利的实例；冒险家更是把阿兰卡星的太空计划看作发展的样板，在管家抵达地球之后一反常态地鼓吹不能缩减太空预算。阿兰卡人对管家带来的礼物则持谨慎的态度，就连地球上形形色色的孤立主义者和仇外主义者对此都大加称颂。

这样一来，银河系中所有其他文明的历史都是错误的吗？恰恰是从来不追问意义的阿兰卡人找到了生命的意义？阿兰卡人的理念中不乏罗马斯多葛派的观点，也有希腊犬儒哲学的主张……但阿兰卡人仿佛永远停留在无忧无虑的人类童年时期，他们不相信死亡，不问未来，不忆过去，只活在当下的幸福之中……

"加蒂，"马丁叫道，坐在他和飞行员之间的小男孩疑惑地抬起头，"既然你对异族心理学感兴趣，那你应该知道宗教的存在吧？"

"是的，当然。"小男孩立刻活跃起来，"对造物主的信仰，是非常奇特的现象。除了管家和我们的文明，其他所有种族都有此特征。我们所掌握的关于管家的信息不足，所以不能妄下结论，而我们的文明的确具有一定特殊性。"

"你对此有什么看法？"马丁问。

"非常有趣！"加蒂兴奋地说，"当然，信仰与生命意义的概念紧密相连，因为这个原因，我们的种族从未有过自己的神学。我们必须承认，如果从科学的角度看待这个问题，我们基本上一无所知。既然问题无解，深入探究这门学科就是多余的。对大部分种族来说，信仰具有强大的心理治疗和教育作用,因此信仰是一种正面现象。"

"你不相信神,那你死后会怎样呢?"马丁谨慎地说。

"如果我死后还能作为有意识的个体继续存在,那对我来说,这个问题就不再是问题了。"加蒂安静地解释道。

"所以,也许应该有自己的信仰……"马丁犹豫片刻,推敲措辞,"以防万一不好吗?如果神真的存在,你得到的好处也会更多!"

"是的,我有过这种想法,"加蒂高傲地承认道,"但问题是有太多不同的宗教,不是吗?光是在你们的星球上,就有基督教、伊斯兰教、佛教、格车尔教……"

"格车尔是格达人的信仰。"马丁面无表情地纠正道。

"噢,我又忘了……"加蒂羞愧地说,"所以,如果有那么多宗教存在,而且每个宗教都宣称它是唯一的正教,那势必要面临选择。选错神要比不信神更加危险,不是吗?每一种信仰对异教徒都比对无信仰人士更有敌意。不是吗?"

"是的。"马丁悲观地承认。

"所以我不再深入研究这个课题,"加蒂总结道,"否则一辈子信仰真主阿拉,遵守所有清规戒律,死后却赤脚站在泰格达[1]的剑尖上!那该多让人沮丧!或者相信了基督教……"

"够了,我明白你的大体想法了。"马丁打断他。

"我冒犯了你的信仰,是吗?"加蒂猜测,"噢,对不起。"他思考了一秒钟,突然用甜甜的语气请求道,"马丁,多给我讲讲你的信仰,好不好?我想弄明白,真的!"

马丁情不自禁地哈哈大笑,"不。你是个小机灵鬼,加蒂……但我还是不能带你去。"

加蒂噘起小嘴,久久不再说话。飞行器飞出大都市边界之后,他才又开口说:"反正你还是我的朋友。要不,我教你使用热能枪?"

顾问瞥了一眼小男孩,轻声说:"注意别拔掉枪的保险。"

---

1. 格达人的神。

马丁打开列尔卡西·汗交给他的椭圆形袋子。热能枪看起来很像长筒手枪，或者是锯掉后枪托的短步枪。枪体密封性很好，像是用灰蓝色的金属整体浇铸而成，就连枪口上也覆盖了一层金属膜片。扳机很宽，指示器闪烁着红白光点，枪尾处有个椭圆形按钮。

"这是保险。"加蒂手指悬空指着按钮，"这是扳机。武器会产生高频振荡，能燃烧两公里内的任何物体。射击目标应在视线范围内。任何障碍物，即使是玻璃或者树枝，都会妨碍其能量发挥，并首先遭受损害。指示器显示武器工作的剩余时间。现在这里的弹药……"他想了想，"够两三分钟的。"

"射击强度不能调节吗？"马丁问。

"五级调控，取决于扣扳机的力度。你的手指会感觉到扣下扳机的不同程度……"

说完，加蒂冷静地将手指伸进扳机护环，缓缓按了下去，枪口正对着自己。马丁吓呆了。

"就这样，"加蒂平静地解释说，"听到轻微的扳机声了吗？"

"你这白痴！"马丁大叫，"为什么扣扳机！"

飞行员吓得一哆嗦，吃惊地看向马丁。加蒂也非常困惑，"可这枪处于保险状态啊！我看着呢！"

"即使是未填装弹药的武器，每年也会发生一次走火事故！"马丁一脸愤怒，急急忙忙地用柔软的塑料包装纸把枪包了起来。

"怎么会这样？"加蒂吃惊地问。

马丁看了看飞行员，"您怎么不给他讲讲！他会烧死自己的，还有您！"

飞行员兼顾问惊慌失措，又有些尴尬。他将目光从加蒂身上移开，看向马丁，然后不自信地笑道："可是保险不是没有打开吗？加蒂是个非常理智的孩子，他明白用热能枪射击的危险。"

"你们就这么相信自己的机械吗？"马丁沮丧地问，"但是……毕竟任何意外……"

"上了保险的武器无法射击。"加蒂像安慰病人一样解释，"那儿有多重保险装置，非常安全。我大概没给您讲明白，对吗？"

"对。"马丁随口回答小男孩口头禅式的提问。与其给孩子讲解地球人对武器的态度,顺坡儿下显然要轻松得多。这一切可能皆源于莫名其妙的生命意义和地球人的古怪想法。到达机场前,马丁一直紧张,满身大汗,因为惊恐而一言不发。他的两位同伴显然也被刚刚发生的事情惊到了,都没再说话。

他们先送马丁去办理登机手续。总体来说,这里与国际大型机场极为相似,并没有什么特别之处。大家给马丁买了一张普通的客机机票——目的地不是吉利安特,而是另一个城市——又送他过了安检。在阿兰卡,送机者甚至可以上飞机。

在停机坪上,加蒂和顾问不约而同地将马丁从摆渡车上拽下来,在跑道上跑了大约一公里,完全无视周围行驶的飞机。马丁不得不一次次安慰自己,阿兰卡人并没有丧失自我保护的本能。

一架敞着机舱门的窄翼小飞机停在起飞跑道上。

"这是市政厅的公务机,"顾问解释说,"您会被送至吉利安特。听说您在为爱情而战,祝您成功!"

顾问的嗓音中饱含理解和同情,充满对勇敢恋人们的钦佩。马丁决定不去反驳,只是紧紧握了握他的手。

"您能不能……还是让我……"加蒂可怜巴巴地说。

马丁笑着摸摸小男孩的头,然后转身钻进了舱门。舱门立刻关上了。驾驶舱很小,与机舱连为一体。一个成熟稳重的中年男人从驾驶舱探出身来,用蹩脚的旅行语说:"请坐好,我们起飞!"很显然,他的旅行语是自学的。

飞机上只有六个巨大的沙发椅,座位之间有小圆桌,地球上的头等舱乘客见了都会羡慕不已。马丁将背包和卡宾枪连同枪套扔到行李架上,坐到舷窗旁,对送行的人挥手。加蒂闷闷不乐地站在原地,握着顾问的手,似乎在抽泣。顾问对马丁挥挥手,然后神情严肃地安慰起小男孩来。

马丁向后靠在椅子上,闭上眼睛,将包着热能枪的包裹放在邻座。

飞机开始加速前行。飞行器在空气中靠某种场力支撑，仅能在城市上空飞行，而飞机是更传统更完善的交通工具。这架飞机很棒，装有超音速直流喷气式发动机。

"他们怎么可以过没有意义的生活？"马丁嘟囔着说，"这怎么活？"

即便宇宙中真的存在无所不知者，想必祂也不会比管家更愿意回答这个问题。

机身轻轻一震，飞机向上一蹿，直冲天空。半分钟后，星球就已被远远地抛在下面，又过了几分钟，天空变得异常平滑，仿佛一台优质电视失去信号时显示的蓝色屏幕。马丁想，这种类比蕴含深意，这片天空的确没有向阿兰卡居民发送任何信号……接着，深蓝变成了玄青色，马丁甚至觉得自己看到了满天的星辰。过了一分钟，他才恍然大悟，这并不是幻觉。

机尾的发动机发出让人安心的低吼。

"可以起身活动了！"飞行员走进机舱快乐地告知。

马丁朝他身后瞥了一眼。是的，只有一个飞行员，驾驶舱中再无别人。奇形怪状的驾驶操纵盘轻轻地摇晃着，飞机处于自动驾驶状态。

当然，如果马丁告诉飞行员自己对安全问题的看法，那么后者有可能会回到驾驶舱，不过仅仅是出于对不信任机械设备的外星客人的同情。

"谢谢，起飞很顺利。"马丁礼貌地说，"这里有厕所吗？"

机尾的小隔间里不仅有厕所和小淋浴间，还有一个小房间，里面有张柔软、宽大到令人生疑的大床。马丁从机尾返回时，飞行员已摆好餐桌。桌上是各种各样的食品，一瓶阿兰卡红酒，甚至还有一盏小玻璃灯，三个灯芯分别冒出红、蓝、绿三色火焰。

"真温馨。"马丁说，"谢谢。"

"还要飞很久。"飞行员解释说，"三个小时。吉利安特……"他想了想，"是离这儿最远的城市。"

"在另一个半球吗？"马丁明白了，"我登陆的地方太奇怪了……"

会一门外族语，意味着拥有巨大的力量。一旦弄懂异族人的语言，你就能理解其思维方式。有些种族虽不反对学习外语，却拒绝教会异族人学习自己的语言。

阿兰卡人对异族的态度并不像有些种族那样过于谨慎和偏执。地球上有卖阿兰卡语自学教材的，甚至还有阿兰卡语学习班。马丁知道，该语言的学习难度并不大。阿兰卡语的结构逻辑严谨，语法简单，广受地球人称赞。

然而，任何生物只要过一次界门就能自动掌握的旅行语，让其他语言都失去了成为银河系通用语的机会。诚然，旅行语颇为复杂，却无须后天学习……

"我一定要过界门，"飞行员边无忧无虑地喝着红酒，边给马丁讲，"一定。那样我就懂旅行语，能跟所有人说话了。真好。"

"您不担心讲不出返回界门时的第二个故事吗？"马丁问。对所有种族而言，第一个故事都是大同小异的自传，往往总能得到管家们的青睐。

飞行员紧锁眉头，随后点点头，"不，不。不担心。我可以选一个有趣的星球。看一看，聊一聊，想一想。想想，然后再想想，就会有故事了。"

"是的，我同意。"马丁点点头，"第一次去异星旅行的印象都特别深刻，将这些印象编成故事讲出来并不困难。唯一困难的是选择一颗有趣的星球，可惜，有趣的星球通常都很危险。"

但阿兰卡人从不为尚未发生的危险担心。

飞机飞行了两个多小时。横跨大洋的时候，马丁久久欣赏着远离大陆数千公里的无数小岛。飞行员试图给马丁讲解这片群岛闻名于世的原因，但苦于词汇量有限而表达不清。马丁只明白了大概——很久很久以前，这里曾是一片大陆，现在水面露出的只是曾经的山峰。好吧，每颗有自尊心的星球都应有自己的亚特兰蒂斯……

那座熔化的信息亭早已从记忆中消失了，新鲜的印象迅速覆盖了过去的悲剧。也许，阿兰卡的处世哲学是有感染力的。马丁决定不让未知的危险来困扰自己。再说了，他现在拥有一把极其强大的武器，而且自己也谨慎了很多……但如果两千米外飞过来的飞行器都能致人死亡，谨慎又有何用？只能寄希望于自己的行踪足够隐蔽，让暗处的敌人找不到自己。

没过多久，飞行员说了声抱歉，便钻进了驾驶舱。马丁看了看俩人喝掉的红酒，甚至不知道是否该为谈话结束而高兴。不过，飞机看起来还可以自动降落，飞行员要做的事其实和空乘区别不大。

飞机驶向地面，速度和起飞时一样快。直到距离地面五十米左右，发动机才发出怒吼，飞行终于平稳下来。混凝土跑道一闪而过，迎面一架大型客机腾空而起，是个没有舷窗的大块头，看来是货机。无数飞机不停地起起落落，银白色的雪茄形飞行器在空中穿梭，颇似水族宫里的鱼群。

被列尔卡西·汗轻蔑地称为"阴沟"的吉利安特市，看来以令人羡慕的航空运输业驰名于阿兰卡星。

临近市区，马丁终于坐上了一辆小公共汽车，是阿兰卡星上最为简陋的那一种。吉利安特市被嘲笑的原因变得一目了然。

吉利安特确实是座工业城市，也许还是该星球最大的工业中心。马丁手边既没有实时更新的《小聪明旅游指南》，也没有卡尼尔和奇斯佳科娃合著的《宇宙生物名录》——这本册子虽已过时，但内容详尽。阿兰卡人非常关注生态环境，沿公路延伸的厂房上空并没有升腾的黑烟，但人类的鼻子还是能嗅出空气中那股轻微的酸味。

马丁一屁股坐在宽大柔软的安乐椅上，看着飞驰而过的工厂，心里想着伊琳娜·波卢什金娜。

她在这里寻找什么？这里有阿兰卡全球研究中心……但十七岁的小姑娘去那儿做什么？

做什么都有可能。

不要忘记，这姑娘同时出现在三个星球上；不要忘记，两个伊琳娜已经死去，即使表面上看来是死于意外事故；不要忘记……马丁眉头紧锁——她从地球的消失甚至引起了国家安全部门的兴趣。

有那么一瞬间，马丁特别想放弃寻找。他想返回地球，将号牌交给波卢什金，把所发生的一切，包括有人杀他未遂的事情，都告诉波卢什金，然后断然拒绝下一步的搜寻工作。

波卢什金一定对他隐瞒了什么。对此，马丁从未怀疑。对侦探隐瞒重要信息的客户，可一律被视为自动放弃客户资格。但不知何故，马丁改变了主意。也许是出于对姑娘的担心。不论她如何乖张任性、蛮不讲理，一个十七岁的女孩子都不该惨死在枪战中射向牛仔的子弹之下，也不该被骨制的飞镖射中脖颈……

又或许是一种强烈的、莫名的欲望不断推动着他，而这种欲望只存在于思考生命意义的落后种族智慧生命的身体中。马丁的生活中出现了一个秘密——一个真正的秘密、一生才会遇上一次的秘密，而且，只有极个别的幸运儿才能遇到这个秘密。

马丁并不认为自己是幸运儿。所以，他不想错过一生中最大的冒险机会。

三

俄罗斯通常将这种地方称为科学城。可爱的植物篱笆之内，建筑物一直延伸到很远处，未经许可，外人无法进入内部。篱笆遮掩住了内部的科研所、小公园、灌木丛和类似水上乐园的建筑；一排矮矮的住宅楼看起来相当低调。马丁在玻璃展厅形状的出入口向内张望，对从未见过的建筑赞叹不已：滑水道、游泳池……阿兰卡星的科学工作者们生活得真是惬意！

"我们绝不可能放您进去。"保安看了一眼放行说明书，对他说。这是第三个试图帮马丁解决问题的阿兰卡人,也是唯一会说旅行语的人,另外两个都自信地用手语与马丁交流,但效果很不理想。

"我要找自己心爱的女孩!"马丁重复着这个曾经感动过列尔卡西·汗的浪漫叙事。

科学城的阿兰卡人看起来缺乏温情和浪漫,或者只是不允许自己在工作时间有所放松。

"不可能,"保安叹了口气,"您在妨碍科学工作的进度。请晚上再来,那时您就可以进去了。"

身体的生物钟告诉马丁,现在无疑就是晚上——也许是深夜,或者是凌晨——可那又能怎么办?时差不仅在地球上有,在阿兰卡星也有……

典型的官僚主义!马丁走南闯北至今,从没有遇到过如此聪明智慧的文明。当然,官僚主义的巅峰还得是迪奥·道种族,但他们不是类人生物。所以,马丁对他们没有太多要求。

"好吧,"马丁居然有些小小的兴奋,作为一个俄罗斯人,而且是莫斯科人,他深谙官僚主义的各种形式、表象和伪装,"我明白了,晚饭前,您不能放我进去。"

保安立刻面露微笑,放松下来,以为在与马丁的战斗中已取得了胜利。

"完全正确。"

"请问,什么情况下可以在白天进去?"转身作离去状的马丁突然问。

"如果有极为重要的信息需要转达,或者当生命体处于危险、紧急情况时。"阿兰卡人说。

马丁强忍了好几秒,才没有说出自己因急性精子中毒而生命垂危,需要距离最近的女人加林娜·格罗舍娃来帮他解决问题——如果这样说,保安就得将马丁来访的目的告知姑娘,这必然会增大他与伊琳娜的见面难度。

或者,也可以说自己和加林娜急需举行某种特定的宗教仪式。譬如说，两人要一起向伊万·普洛维茨祈祷，因为伊万·普洛维茨是能赋予信徒身体以正浮力的圣人，是能漂浮于水上的远古人类庇护者[1]。如果是对付地球的官僚，这招就会好使，有一次在西班牙，马丁就曾使用此计成功脱险。

但面前的这位保安可能没有小加蒂那样聪明，马丁势必要花很长时间给他解释什么叫宗教。

因此，马丁选择了最简单的方法——

"太棒了！"他说，"那请您忘记我刚刚跟您说的话吧！"

保安眨起眼睛，不自信地反问道："我怎么忘记？"

"我只是打个很形象的比方。"马丁微笑着说，"问题不在加林娜·格罗舍娃身上。重要的是，我揭开了银河系每个星球都存在的远古废墟之谜。"

保安张开嘴，不知该说什么。

"我必须尽快与我的同事加林娜·格罗舍娃就此问题进行探讨。"马丁乘胜追击，"您可以联系她，告诉她有位来自莽原–2的先生，想与她探讨管家驿站的位置与远古废墟之间的关联。您还可以提一下'祭坛上的空地'。我急需与她进行学术探讨，这可以激发我的创造性思维！"

保安拿出了电话。

听到保安和电话那头的伊拉奇卡用阿兰卡语沟通，马丁很惊讶。尽管保安明显是尽可能地在挑选简单的词汇，有些地方还重复了马丁的用词。

真了不起，伊拉奇卡！

"格罗舍娃女士会在自己的实验室里等您。"保安收起电话。

马丁扬了扬眉毛，在"自己的实验室"里！已经不是在石头岛上跳水渠了！真了不起，伊拉奇卡！

"请您带上电子向导！"

马丁接过透明的小磁盘，上面的指针像出了故障的指南针一样不停

---

1. "普洛维茨"一词在俄语里意为"游泳者""航海家"。

旋转。保安在终端触摸屏上按了几下之后,指针剧烈转动了一下,瞬间固定在一个方向上了。马丁忍不住来了个一百八十度的转身,指针没有上当,依然转回到正确的位置。

"中途请不要偏离方向,"保安叮嘱,"您的位置会记录在操纵台上。除非有人与您联系,否则尽量不要与人交流。"

"一定。"马丁愉快地答应了。

"但您的武器需要留在这里,"保安看了看显示器,补充道,"我不知道您是如何弄到热能枪持枪许可证的,在研究中心,这种武器反正也用不上。"

也许是心不在焉的学者们为了保持体形,又或是出于其他审美诉求,科学中心的领地上没有自动人行道。这里没有街道,甚至连小路都没有,只有富有弹性、苍翠欲滴的草地。这青草并不会被脚步压倒。

"生命力顽强的野草,"马丁很满意,"风也吹不倒……"

马丁已走了十多分钟,其间不时拿出电子向导核对方向。事实上,只要他偏离设定的路线超过十五度,电子向导就会发出轻轻的吱吱提示音。

一路上能见到很多有趣的东西,但马丁牢记保安的教导,没有跟任何人说话——

在灌木丛中,他看到了连柏拉图都会为之动容的一幕:白发苍苍的阿兰卡老者在给一群年轻人讲着什么。若脱去他们的长袍,换上希腊长衫,绝对可以拍摄一部有关古希腊时期地球生活的电影。

他路过的"水族宫"实际上并不是娱乐场所,而是一幢宏伟的科学院,只不过稍有些古怪。沟槽里流淌的不是水,而是闪光的黏稠蓝色液体,直径一米左右的透明泡泡不时从沟槽中滚过,气泡内部白雾缭绕。这些泡泡在水池中停滞一段时间后就会破裂,将气体释放到空气中。"水族宫"附近,有三十多个阿兰卡人正悠闲地散步。

总之,在研究中心里漫步十分惬意,只是需要克制自己的好奇心。走到一幢建筑物门前时,电子向导终于发出一声尖叫,停止了工作。马丁甚至有些小失望。

与周围建筑相比，加林娜·格罗舍娃的实验室很是低调——一幢小平房，房顶铺着绿瓦，窗户很少，没有任何附属建筑。要知道，中心的其他建筑附近往往有许多巨大的厂房、机库、高耸的塔楼，或是一些看起来斥巨资建成的、有具体研究用途的小楼。

嗯？伊拉奇卡在这里的工作不会是将各种颜色的液体从一个试管倒入另一个试管吧？或者，难道是紧锁眉头，伏案研究那些能揭开全宇宙所有秘密的古老手稿？

马丁敲敲门，等待了片刻，又推了推门，门没有上锁。

长长的白色走廊里寂静无声，空无一人。

"喂，女主人，有客人来访！"马丁拿腔拿调地叫道。

鸦雀无声。

马丁立刻想象出伊拉奇卡被静静吊在绞索上的样子；或者是被冰冻起来，双眼睁大，僵硬的手中还握着刚刚合成的毒药试管；她也可能被机器人杀掉了，而那个疯狂的机器人决定自己去揭开宇宙的秘密……

马丁从刀鞘中拽出"大黄蜂"。这种刀虽不适合作战，但若握在合适的人手中，其威力也不可小觑。他将背包和卡宾枪扔在门口……唉，要是能把"口香糖"从枪口掏出来就好了……

他走进走廊，依次打开房门。

厨房——干净又舒适。

卧室——被子皱巴巴，散乱地堆放在床上。

马丁明白了。伊琳娜就住在这里，这解释很合理。

另外两个房间是实验室。一间里有各种试管和恒温器，跟马丁想象的一模一样；另一间有各种仪器和电脑，甚至还有一台正在运转的自动车床，车刀正沿复杂的弧线切割被固定住的配件。马丁观察了一会儿，明白了这是在用塑料毛坯件制作类似于长柄汤勺的东西。真有趣，但伊拉奇卡依然没出现。

还有一个房间显然也与科学研究有关，但看不出具体属于什么学科。房间空荡荡的，墙体是黑色的镜子，光线湮没于其中。房屋正中的天棚上垂下一些细线，线上绑着直径两米左右的白色圆盘，圆盘上空无一物。

马丁关上了门。不知何故，这个房间让他有一种不好的第六感。

走廊尽头的木块方格门后，他看到了伊拉·波卢什金娜。

这是一间小办公室，很雅致，让人有立刻投入研究的欲望，至少身在其中可以迅速进入工作状态。精美的书柜里装满了书，一张巨大的木桌上放着一台巨大的电脑显示器，旁边是蒙着绿色灯罩的台灯和圆形的鱼缸，几只色彩斑斓的鱼儿懒洋洋地在里面游来游去。脚下铺着柔软的地毯。窗外是开满鲜花的小花园，掩映着对面的建筑。一切中规中矩，庄重高雅，马丁甚至开始为自己的不修边幅感到羞愧……而最让他羞愧的，是紧握在手中的"大黄蜂"。

伊拉·波卢什金娜站在窗边，看着马丁，她一直在等自己……马丁几乎可以肯定，走廊里装有隐形摄像头。

"马丁。"女孩开口了。这不是欢迎语，也不是问题，只是在陈述一个事实——来者为马丁。

"你好，伊拉。"马丁回答。他收起刀，笑了，"对不起，这里的环境……有点儿吓到我了。"

伊拉奇卡·波卢什金娜看上去状态很好。她身上穿的不是阿兰卡服装，而是一件朴素的短袖小领口白长裙，活脱脱是地球上任意一个准备跟父母散步的乖巧女孩儿……马丁不由自主地露出微笑。

"马丁，"伊琳娜又一次说，"请问，您为什么跟踪我？"

"我不知道您是如何知道我名字的。伊拉，"马丁回答，"但您搞错了，我没有跟踪您。我是个普通的私家侦探，有人雇我，雇主的要求很简单：找到您，问您是否需要帮助。"

"谁雇你的？"伊琳娜紧张地问。

"您的父亲。如果您不想见我……我马上就走。但请您至少给他写张字条，告知您还不想回家，告诉他，您一切安好。"

伊拉的眼中满是怀疑。她哼了一声，问："莽原-2怎么样了？"

"这个问题应该由我来问，"马丁反驳道，"虽然这与我无关，但那个姑娘是谁？您又是谁？"

"她出什么事了吗？"伊琳娜没有理会这个问题，接着问道。

"她真不该加入牛仔的枪战。她企图制止争端……结果被交战双方各射中几枪……"马丁直白地说出了事实。

不，伊琳娜脸上并没有丝毫变化。看来她早已知道莽原-2那个伊琳娜的死讯。

"您想说，不是您杀死了她？"

这回轮到马丁睁大了双眼，"我为什么要那么做？我只是个侦探，您明白吗？我不是世上最善良的人，也不完全是奉公守法的公民，不得已之下开过几次枪……但我从未杀害过小姑娘，不论她们对我怎么蛮横无理！"

"有人对您蛮横无理过吗？"

"嘲笑挖苦过，"马丁纠正道，"冷嘲热讽过，尖酸刻薄过，您怎么说都可以。"

伊琳娜离开窗边，坐到大桌子旁。马丁注意到，她迅速将攥在手里的东西藏进了打开的抽屉中。

好险！刚才绝对是命悬一线！

"如果您没有说谎，那么，请您原谅我，"伊琳娜说，"但据我所知，她……伊琳娜死的时候，您也在场。"

"是的，而且已经两次了。"马丁嘟囔着说，"我可以坐下吗？"

现在轮到伊琳娜方寸大乱了。

"怎么会……两次？"

"一位名叫伊琳娜·波卢什金娜的姑娘死在图书馆星……被野兽袭击。"马丁坐在伊琳娜对面的椅子上。

"那里没有野兽！"伊琳娜愤怒地说。

"有。确切地说，至少有一个。一个被格达人带去图书馆星的肯南野性大发，袭击了……"马丁犹豫了一下，坚定地说，"袭击了您，您死在我怀里。临终前，您只说了'莽原-2'几个字。我本可以当作任务失败……但我去了莽原-2，就是想弄清楚，您与那个星球有什么关系，然后，我在那儿重新遇到了您。"

"我没有去过那儿。"伊琳娜懊恼地反驳。她的眼中出现恐惧。

"您去过！是您，就是您！或者是您的副本，那又有什么区别？我跟您谈过话，拿到了您写给父母的信，然后突然就发生了一场意外的枪战。您企图保护一个秃顶的小个子牛仔——在莽原-2的那些日子里，你们成了朋友……"

"秃顶的小个子牛仔？"伊拉失魂落魄地问。

"是的！秃顶！小个子！牛仔！俄罗斯血统！据我所知，您没跟他睡过觉，但成了朋友。您企图从司法警察和赏金猎人手中救下他，结果自己死于非命。因为此前您曾问我，是否在阿兰卡遇到过您，所以……"马丁摊开双手，心平气和地总结道，"所以我到了这里。也许，您可以给我一个解释？"

"您是怎么到这里的？"伊琳娜问。

"费了不少周折，"马丁有些懊恼，"刚到这儿不久，就有人向我开枪，但我命大，毫发无损……"

"我本来已认定您就是凶手！"伊琳娜不知是在挑衅，还是觉得懊悔，"您到底是怎么来的？"

"遇到了好人……好阿兰卡人……用私人飞机把我送来的。"

伊琳娜无助地环顾四周，然后将显示器往自己的方向挪了挪，开始打字。

"我的脚下不会是爬满毒蛇的地下室吧？你不是要把地下室的盖板打开吧？"马丁问。

"别说话。我在设法救您……"伊琳娜轻声道，"天啊，我多傻啊。"

"也就是说，袭击我的事，是您的手笔？"马丁问道。

"是我的朋友……助手，众多的助手之一。当我们得知莽原-2出事时……"伊琳娜犹豫了一下，"我们以为您就是杀手。我的朋友们去了阿兰卡所有驿站设伏，等待您现身。"

"谢谢您改变了自己的看法。"马丁说。

"我还没有改变。"伊琳娜默默地从桌子上拿起一张纸，揉皱，朝马丁扔了过去。马丁不禁抽搐了一下，弯腰欲闪，但见纸团飞到桌子中间便掉落了。

"我们是被力场隔开的，"伊琳娜解释说，"我以为您会攻击我。"

"疯子！"马丁忍不住说。他眯起眼睛，上下打量，企图看清楚隔在他们之间的屏障，但什么都没有看到。

"您过来我这边……"伊琳娜轻声说。

"请您给我一个解释，我得知道出了什么事，我才能过去。"马丁说。

女孩继续摆弄电脑，然后摇摇头，"糟糕，他的电话无人接听。"

"他是谁？"

"向您开枪的那个。顺便说一句，他不过是想吓唬吓唬您……警告您一下……"

"他做到了。"马丁承认道，"您在阿兰卡做什么，伊琳娜？"

女孩犹豫了一下，仍然摆弄着电脑，只是看了眼马丁，"寻找不存在之物。"

显然，马丁的脸上此时浮现出了对于谜题的巨大热情，因此伊琳娜急忙解释道："马丁，您是否知道，世上存在一种很奇特的理论……在神学和心理学相交的地带……您知道阿兰卡文明的独特之处吗？"

"我明白了。"马丁说，"您在寻找阿兰卡人的灵魂？"

伊琳娜涨红了脸，但还是坚持说了下去："是的，您可以取笑我，但人们从未停止寻找智慧最微妙的组成部分。"

"有成果了吗？"马丁煞有介事地问道。

"没有，因为我还不知道要寻找的东西到底是什么。但有一种理论表明，阿兰卡人是没有灵魂的智慧生命。"

马丁兴高采烈地问："伊拉奇卡，您的研究有没有得到教会的资助？还是只是您的个人行为？"

"个人行为。"伊琳娜的脸红得更厉害了。

"怎么样？"马丁继续问道，"在这方面有什么成果吗？"

"我们还没找到活体阿兰卡人和其他种族之间的区别。"伊拉回答，"也许，研究濒死的阿兰卡人会有意想不到的进展……更确切地说，这需要比较濒死的阿兰卡人和濒死的地球人之间的区别。"

"已经有志愿者了吗?"马丁好奇地问。

"是的,我们与当地的医院签订了协议……阿兰卡人在对待研究死者的问题上非常宽容。"

"也有很多地球人在这儿治疗吗?"

伊琳娜沉默了。

"这么不寻常的荣誉,不会要落在我身上吧?"

伊拉移开了目光。

"让我来猜一猜,"马丁继续说,"应该有一间奇怪的房间,墙是镜子做的……镜子都是大型传感器吧?它们会记录下发生的一切。你们准备将濒死的阿兰卡人放在里面进行研究,然后,再对濒死的地球人重复此过程。如果在人的死亡瞬间有某种射线波动,譬如'咻!'的一声,"马丁挥挥手,"就表示灵魂飞走了。是这样吧?"

"如果您攻击了我……"伊琳娜低声说。

"您会在力场的保护下向我开枪,而且会让我受到致命伤害,接着将我抬到实验室,打开仪器……"

说到这儿,马丁浑身一颤,看了眼伊琳娜,暗暗希望她能反驳。

但伊琳娜沉默不语。

"真是个无耻的姑娘,"马丁说,"请原谅,我很怀疑您也没有灵魂。"

"我本来以为您是杀手,"伊琳娜重复道,"派来杀我的职业杀手。"

"谁派的?"马丁问道,"您的父亲吗?"

伊琳娜用力摇摇头。

"为什么有三个伊琳娜?"马丁穷追不舍。

"可能不是三个……我觉得有七个。"伊琳娜羞愧地笑了起来。

越来越复杂了!马丁在椅子上坐立不安,"是七宗罪的数量?"

"难道是七宗,不是十宗?"伊琳娜好奇地问。

"对于一个试图寻找灵魂的人来说,您懂的实在是太多了。"马丁沉默片刻后说道。

"我是学者,不是神学家!"伊拉愤怒地说。

"您根本不是什么学者，伊拉！"马丁提高了嗓音，"学者不会轻易放弃有研究前景的假说，即使这个假说无法立即被证明。学者们会做大量的工作，而您……从银河系里的一个星球跳到另一个星球，提出一个又一个不成熟的想法！伊琳娜，您算是学者？"

不得不承认，马丁对姑娘的态度过于严厉了。但是，很少有人在知道自己即将成为实验室解剖台上的小白鼠时，还能一如既往地保持镇静。

"我在试图拯救银河系！"伊琳娜莫名其妙地提高了声音，"您什么都不明白，您是无意中卷进此事的，所以，请不要让局面更加恶化……阿杰阿斯，不要！"

马丁转过身。

门口站着一位阿兰卡年轻人，看起来比伊琳娜大不了多少……此刻正用热能枪对着马丁的胸口。

"力场保护打开了吗？"阿兰卡人问。

"不要开枪，阿杰阿斯！"伊琳娜跳了起来，"他不是凶手！那是误会！"

"他穿越整个星球找你。我弄清楚了，他是职业雇佣兵，曾杀害过智慧生命。"阿杰阿斯声音低沉。

"我是个私家侦探。我保护无辜者，有时候开枪，但只是自卫！"马丁快速解释说，"请听我讲完，然后再做决定，阿杰阿斯。"

"力场打开了吗？"阿兰卡人依然不动声色地问。

"阿杰阿斯，我相信他，他是无辜的！"伊琳娜向阿兰卡人迈出一步，然后突然停住了，仿佛撞到一面看不见的屏障，"住手！"

"打开了。"阿兰卡人笑了。

马丁旋即跳起来，一脚将椅子踢到阿兰卡人的脸上。后者扣动了扳机，椅子冒出耀眼的白色火焰。办公室的空气瞬间变得跟桑拿室里一样炽热。

阿兰卡人重新将武器对准了马丁，他站得很远，马丁够不到他。没时间考虑了，马丁一把抓起桌子上的鱼缸，向阿兰卡人甩去。阿兰卡人刚好在此时再次扣动了扳机……

玻璃碎片立刻迸裂开来，扎在书上、墙上和身体上。马丁转过脸，耸起肩膀保护脖子，这么做不无益处——他的后背已经被几块玻璃碎片刺中了。办公室，更确切地说，是半个办公室，充满了热蒸气，桑拿房瞬间变成了俄罗斯的蒸汽浴室。阿兰卡人大叫起来——爆炸的鱼缸离他比离马丁近一些，扩散的热气朝他扑面而去。

马丁冲向敌人，一拳打掉了他手中的热能枪，又猛地将其推翻在地。旁边的伊琳娜吓得尖声大叫。砰的一声，力场消失了，热气迅速在整个房间蔓延开来，呼吸变得容易了一些。

"你是个很强大的对手。"阿兰卡人说。他的瞳孔奇怪地跳动着，仿佛配合着急促的脉搏在打节拍……马丁瞥了眼阿兰卡人，哆嗦了一下。一根又细又长的玻璃碎片刺进了阿兰卡人的左胸。

据马丁所知，阿兰卡人的心脏长在右边的概率跟地球人一样微乎其微。马丁站起身，摇了摇头。不管怎么说，这不幸的小伙子真可怜。

"阿杰阿斯·汗，你不该开枪的，"伊琳娜弯下身，低语道，"坚持住，我叫急救车……"

"来不及了，我要死了。"阿兰卡人轻声说，"伊琳娜·汗，跟你一起工作真的很开心。"

马丁颤抖了一下。

"护心膜已被剖开，大脑将在两三分钟后死亡，"阿兰卡人平静地说，"你看看我是否有灵魂。"他突然又笑了，"如果真有灵魂，就请在你们的神面前为我祈祷。"

"阿杰阿斯！"

"快把我送到检测室……"阿兰卡人的声音弱了下来，"还有……这是最后的……礼物……"

他抬起手，马丁看见那掌中有个很小巧的金属物体，带小喷嘴。马丁愣愣地看着……

一秒钟仿佛突然变成了永恒。马丁看着窄小的枪膛想，死亡究竟像什么。

"不!"伊琳娜突然紧紧握住阿兰卡人的手,"不!"

"完了……"阿兰卡人低声说。他的眼睛缓缓合上,手无力地滑落。那个小小的、根本不像武器的金属物体,滑落到地上。

伊琳娜站起身。她脸色苍白,但声音恢复了坚定:"请您帮助我!"

"什么?"马丁不解地问。

"您听到他的话了吗?我们只有两分钟的时间!这是死者的遗愿!"

她的声音很奇怪,透着出人意料的力量和刻骨的忧伤……马丁顾不上拔出插在肩膀上的玻璃碎片,迅速和她一起将阿兰卡人抬到有黑镜子的房间里,把他放在白色圆盘上,然后回到走廊中。伊琳娜关上门,手掌在墙面轻轻一滑,墙上立刻现出屏幕。

"他还活着。"伊琳娜低声说,"大脑正在死亡,但他还活着……"

墙体仿佛在微微颤抖。伊琳娜看了看马丁,解释道:"好了,力场保护已打开。这个房间与整个宇宙都隔离开了……尽可能地隔离开……如果世界上有能够捕捉到灵魂的技术……我们会捕捉到他的灵魂。"

"请先把我背上的玻璃拔掉。"马丁请求道。

"请转过身。"伊琳娜没有争辩。

马丁强忍住了几秒钟的疼痛。伊拉一把扯下尖尖的玻璃碎片。无论是对自己,还是对马丁,伊拉都未表现出丝毫的怜悯之情。鲜血顺着她的手指不断流下来。

"没有人会指控您犯了杀人罪……这里所发生的一切记录在胶片上了……"伊琳娜说。她仿佛没有发现流血的手。

"谢谢。"马丁回答。伊琳娜在朋友生命最后一刻表现出的镇定和麻木,让他大为震撼。

"结束了,他死了。"伊琳娜看着屏幕,"为保险起见……再等几分钟。"

"您是个浑蛋。"马丁忍不住说道,"为什么阻止他?为什么不让他开枪打我?这样你们不就有濒死的地球人当试验品了吗?"

"他开枪了。"伊拉看着屏幕回答。

"怎么，"马丁全身发冷，"怎么开枪了？"

伊琳娜默默地伸出了手，一枚小小的金属钉在她的手掌中闪闪发光。

"致死毒素十分钟后会进入血液，"伊琳娜解释说，"我用手捂住了枪膛。"

"您疯了！"

"也许是的。"伊琳娜苦笑着，"现在我们把尸体运出去，然后我躺到阿杰阿斯·汗的位置上。请您按下这个按键。所有设备都是自动的，如果我的死和阿兰卡人的死有什么区别，屏幕上就会有信息显示。您懂他们的语言吗？"

马丁摇了摇头。

"我将屏幕调成旅行语……"

"伊琳娜，请叫医生来！"

"没有解药，"伊琳娜静静地回答，"请相信我，真的没有。"

马丁看着她的眼睛，明白她没有说谎。

"伊琳娜，为什么有七个您？其他的都在哪儿？"

"马丁，我什么也不能跟您说。"姑娘坚定地回答，"您没必要卷入其中，您都看到了，这会导致什么结果。"

"伊琳娜，我应该……"

"您什么都不应该，马丁。"姑娘耸了耸肩，"我是个傻瓜，我是无意中卷入这件事的。我自己什么都不懂，却做下这么多蠢事。现在收手已经晚了。但您不要卷进来！请您原谅我，不要重复我的错误。"

"我原谅您。"马丁发自肺腑地说，"傻姑娘，你都做了什么啊！"

伊琳娜朝马丁的方向晃了晃，仿佛想要依偎在他身边，又急忙躲开了。她的眼中充满了恐惧。

"我已经有感觉了……但是听说，这个过程不会疼……请您帮帮我，马丁，求您了！您说得没错，我算不上什么学者……但我至少要完成这个实验！"

马丁和伊琳娜从检测室抬出阿兰卡人的尸体。伊琳娜躺到了白色圆盘上。马丁关上门，按了一下屏幕上的按键。

墙体又一次开始振动，将房间隔离起来。马丁一动不动，等待伊琳娜死去。这次不止十分钟，而是将近一刻钟。到最后一分钟时，姑娘轻轻呻吟起来。

计算机给出了报告，阿兰卡人和地球人的死亡之间不存在任何显著差异。

结果证明，伊拉·波卢什金娜的第三个科学假想比前两个失败得更惨烈。

马丁将姑娘的尸体搬到卧室，又将阿杰阿斯·汗的尸体也放在了那里。

然后，他走进办公室，摆弄了好一阵子电脑，终于联系上了保安。

## 四

尽管列尔卡西·汗当初对吉利安特不屑一顾，但在当地的市政厅，他却表现得举止得体、谦恭有礼。

马丁安静地坐在一旁，等待欢迎仪式结束。两位官员——列尔卡西·汗和他的吉利安特同僚——握着对方的手，满口都是曲意逢迎的恭维之词。至少在马丁眼里，他们都在极尽恭维之能事，虽然他们说的是阿兰卡语。最后，列尔卡西·汗和吉利安特官员亲吻了一下对方，才心满意足地落座。

马丁一直在等待。

"请您过来！"列尔卡西·汗愉快地叫道，"一切正常，您的嫌疑已被解除。"

马丁用手探了探面前的空气，确认将他与世界隔断的力场已经消失，这才站起来，走到列尔卡西·汗身边坐下，小心问道："我涉嫌什么罪?"

"非法持有热能枪。"列尔卡西·汗解释说,"我们查看了视频资料后,认为您在实验室里的行为是合理的,且正确的。"

马丁点点头。好吧,他并不生当地警察的气。他们甚至没有对他提起控告,仅仅是强烈要求他在事件真相查明之前留在本地。

"真是悲伤的故事,"列尔卡西·汗友好地拍了拍马丁的肩膀,"对知识的追求有时会导致道德的沦丧……你们那里不也这样吗?"

"完全一样。"马丁承认。

列尔卡西·汗频频点头,然后问了同事一个问题,后者用旅行语回答:"是的,毫无疑问是的。我方做法有欠妥当……马丁,您受阿杰阿斯·汗冲动行为所害,是受害者。您有权得到他的妻子……"屏幕上立刻出现了位可爱的短发姑娘,"和女儿,"计算机上又出现了一个幸福微笑的两岁婴儿,"以及他的财物,包括一架运动型飞行器和郊外的一幢房子。另外,阿杰阿斯·汗还拥有四项颇有前景的科学发明、'徒手搏斗大师'称号和神枪手的橙色奖杯。这一切都是您的了。"

阿兰卡人沉默下来,好奇地等待马丁的答复。

马丁叹了口气,又摇了摇头,试图挤出一个微笑,"我觉得,徒手搏斗大师的称号和神枪手的橙色奖杯没给阿杰阿斯·汗带来任何好处。我放弃这些……当然,我也放弃他的寡妻和他的女儿……当然还有他所有的动产和不动产,这些东西都给他的寡妻和孩子。"

两位官员点点头,露出微笑。看来,他们已经预料到了这个回答。

"至于死者的科技成果,"马丁继续说,"我请您将其转交地球,给俄罗斯领事。"

阿兰卡人对视了一眼。吉利安特官员瞥了瞥屏幕,说道:"我不觉得三羧酸纤维加工专利技术对你们有用。至少近五十年,你们要它们没用。这需要生产设备和相应的技术。但这是您的权利……"

"当然,"马丁表示同意,"这些技术对你们有用,我们会非常愉快地将其出售给你们。"

两位官员高兴地大笑起来。

"你相信了吧?"列尔卡西·汗问同事,"他是个非常理智的人。完美的解决方案!马丁,我不认为你们国家会因此发财。可惜的是,阿杰阿斯·汗并不是个天才,但你们多少还能卖些钱,至少够负担领事馆的经费。"

"能为自己的祖国效劳,我非常高兴。"马丁谦虚地说。

列尔卡西·汗做出威吓的手势,指着马丁说:"这种话还是请您跟自己的政府说吧。好了,我很高兴,您能如此智慧地分配自己的权利。请您签署同意接受科技发明专利及拒绝其他所有权利的文书。"

马丁签了几个表格,然后应列尔卡西·汗的请求,为阿杰阿斯·汗的寡妻拍摄了一段视频。他在视频中简短解释说,之所以放弃继承她,与她的个人品质没有任何关系;自己惊艳于她的美丽,欣赏她的性格,但不敢因自己的存在而令她时时陷入对阿杰阿斯·汗的悲伤回忆中。

"这都是因为,"列尔卡西·汗解释道,"为得到某位男士或女士而引发的竞争及三角恋在日常生活中时有发生,而这也直接促成了性伴侣继承法的出台。您不解释原因就拒绝列尔卡西女士的行为,会被视为对她的羞辱,将对她造成严重的心理伤害。而且,她并没有引起您的反感,是吗?"

"一点儿都没有。"马丁表示赞同,"但我想,我会引起她的反感。即使我同意做她的丈夫,她也会立刻要求离婚。"

"当然,"列尔卡西·汗点点头,"那样一来您就得支付她女儿的抚养费。所以,您做了非常智慧的决定!"

一个年轻小伙子端着托盘走了进来,将小茶杯、几个小茶壶和装着甜点的高脚盘摆放在众人面前。

"请尝尝我们的茶,"列尔卡西·汗推荐道,"我喝过地球的茶,所以有发言权……这个品种的口味与地球茶叶最接近。"

马丁喝了一些青草味的茶水。味道的确不错。

"格罗舍娃女士的尸体怎么处理?"吉利安特官员问。

"是波卢什金娜。她是冒名来到此地的……她的真实姓名是伊琳娜·波卢什金娜。请让她入土为安,不要火化。"

"可以，"官员慷慨地答应了，"她的坟墓将成为全球研究中心的一处风景。我们市有个地球人，是一种地球宗教的传教士……"他瞥了一眼屏幕，"天主教的教士。你觉得合适吗？"

马丁耸耸肩，"我觉得应该可以。他会告诉你们葬礼的仪轨。"

"伊琳娜女士的同事会参加葬礼，"官员点点头，"她的思想吸引了很多年轻人……真遗憾，她的假说失败了。"

"您想知道，你们与银河系其他种族的区别是什么吗？"马丁问。

阿兰卡人互视了一眼。

"说实话，"列尔卡西·汗说，"伊琳娜的理论我们很难接受。我读过她的理论……感到很害怕。事实上，实验一旦成功，就表示存在着某种……原则上我们无法理解的东西……"

"上帝。"马丁提示说。

"是的，正是。那就表示，我们是全宇宙唯一没有灵魂的智慧生命。"官员摊开双手，"多么可怕的发现，不是吗？"

"确实有点儿可怕，"马丁坦言，"但我认为伊琳娜毫无成功的可能。我甚至不明白，她怎么会想到要做这个实验。她个人对宗教的理解非常浅薄。"

"不管怎么说，我很高兴她错了。"列尔卡西·汗说，"至少，以现在的科技发展水平，我们可以认定她的理论是错误的。"

"如果实验成功了呢？"马丁好奇地问，"如果仪器记录到，伊琳娜死亡时确实发生了某种变化……如果她的尸体分离出了某种阿兰卡人死亡时没有的微妙物质呢？"

阿兰卡人又互望了一眼。

"明白了。"马丁说，"您可以不必回答。"

"不惜任何代价掩盖这一发现就会成为我们种族的终极使命。"列尔卡西·汗说，"对不起，马丁。那时，我们会保全您的性命，但会将您隔离于世……譬如说，将您送到某个热带小岛上去。"

"接着，为了避免信息泄露，"吉利安特官员补充了一句，"我们不得不自我了断。再说，一旦知道自己的生命有限，而其他种族的生命是永恒的，我们活着又有什么意义？"

"太利己了。"马丁点点头。"但我理解你们的担心。可怜的伊拉奇卡啊，她甚至没有想过自己的发现可能会带来怎样可怕的后果。"

喝完了茶，几个人又就不同话题进行了交流，从天气谈到地球与阿兰卡的友好发展前景。伊琳娜的号牌被交到马丁手里，这已经是他收集到的第三个号牌了。他明白，到了该道别的时候了。马丁请列尔卡西·汗向小加蒂转达问候，并将这里发生的一切转告他。列尔卡西·汗和他的同事（该同事一直未肯屈尊告知自己的姓名）亲切友好地与马丁道别，并请他常来阿兰卡做客。

马丁欣然应允。


管家设在吉利安特的驿站颇具大都会风格，那是用玻璃和金属建成的金字塔，透明的墙体上灯火通明，一座灯塔在百米高的位置闪烁。虽说在这样的文明星球，灯塔似乎并没有存在的必要，但管家们仍固执地在每个驿站都设置了灯塔。

马丁顺着螺旋状的移动坡道来到驿站的一个入口处。空气中弥漫着温暖怡人的气息。半透明地板上的地面指示灯指引马丁来到一位空闲的管家面前。此地的驿站规模宏大，热闹非凡，奢华气派的大厅仿佛酒店的大堂，摆满了两人位的小桌子。每张桌子后都坐着寂寞的管家，每位管家都在等待有趣的故事。

亚光地板上的指示灯在一把椅子旁像精虫一样打着转，马丁走过去，舒服地坐下来。他看着管家忧伤的双眼，开始了常规的讲述。

"很久很久以前有一个人……"

"我一直都喜欢这样的开头，"管家赞许地说，同时将干净的高脚杯和红酒往马丁的方向推了推。

马丁给自己倒了杯红酒，重复了开头："很久很久以前有一个人，他活着，然后死了。他看着死后的自己，感到非常惊讶。他的尸体躺在床上，开始慢慢地腐烂，只剩下灵魂。赤裸裸的、完全透明的灵魂，一眼就能被看穿。这个人很伤心。失去了身体，他郁郁寡欢。他的所思所想似色彩斑斓的鱼群在自己的灵魂中游动。他所有的记忆都沉积在灵魂的深处，看哪——其中有那么多不忍忘却的美好记忆，但也有连自己都觉得恐惧厌恶的碎片。他试图从灵魂中抹去那些不美好的记忆，但怎么都做不到。于是，他又企图将温馨美好的记忆放在灵魂的最表面，譬如他的初恋；譬如他如何照料生病的老阿姨；譬如他的狗死去时，他是怎样痛哭流涕，以及在漫长而可怕的暴风雪后，他在山上看到日出时的欣喜。

"之后，他向他该去的地方走去。

"上帝瞥了他一眼，什么都没说。他便以为上帝匆忙之中没有发现他的其他回忆：他如何背叛了自己的爱人；老阿姨去世后，将一套住宅留给他时，他是如何得喜不自禁；他如何借着酒劲将凑到他身边撒娇的狗一脚踹开；在又黑又冷的帐篷里，他又如何趁忍饥挨饿的朋友们熟睡，偷吃美味的巧克力……还有很多，很多他自己都不想回忆起的东西。他快乐地奔向天堂，因为上帝没有将他拒之门外。

"过了一段时间，甚至很难说过了多久，因为他现在所处的地方与地球上的时间流速完全不同。他回到上帝身边。'你怎么回来了？'上帝问，'我并没有给你关上天堂的大门啊。''上帝，'他说，'我在您的天堂里感觉并不好。我寸步不敢前行，因为我灵魂中的美好太少了，根本掩盖不住别的不美好。我怕大家看到我有多么坏。''那你想怎么样？'上帝问。上帝是时间的创造者，有足够的时间回复任何人。'您是万能的，您是仁慈的，'他说，'您一眼看透了我的灵魂，但当我试图掩饰自己的恶时，您却没有阻止我。请您垂怜，将我灵魂中所有不好的东西拿走吧！''我一直以为你会求我另一件事，'上帝回答，'但我仍然会满足你的要求。'

"于是，上帝取走了他灵魂中所有令他觉得羞愧的东西。他取走了所有出卖与背叛、怯懦与卑鄙、谎言与诽谤、贪婪与懒惰。但是一旦忘记了恨，人也就忘记了爱；一旦忘记自己跌落过低谷，也就忘记了自己登上过顶峰。他的灵魂站在上帝面前，但已经空空如也，比呱呱坠地的那一刻还要空虚……"

马丁喝了口红酒。

管家耸耸肩,说:"我在这儿又寂寞,又凄凉,游子,我听过很多这样的故事。"

"我还没有讲完,"马丁回答,"灵魂站在上帝面前,空空如也,比呱呱坠地的那一刻还要空虚。但上帝是仁慈的,将取出的全部记忆又还给了灵魂。于是这人又问,'我该怎么做,上帝?如果善恶在我身上已融为一体,我该何去何从?难道要去地狱不成?''回天堂去吧,'造物主回答,'因为除了天堂,我没有创造别的地方,背负着地狱的是你自己。'"

马丁看了一眼管家。

管家犹豫了一下,转动着手中的高脚杯,然后说:"我在这儿又寂寞,又凄凉。"

"我还没有讲完。"马丁又说,"'回天堂去吧,'造物主回答,'因为除了天堂,我没有创造别的地方,背负着地狱的是你自己。'于是,这人回到了天堂。但过了一段时间,他又来到了上帝面前。'造物主!'他说,'我在您的天堂里感觉并不好。您是万能的,您是仁慈的,请您垂怜,原谅我犯下的所有罪恶。''我一直以为你会求我另一件事,'上帝回答,'但我仍然会满足你的要求。'

"于是上帝原谅了他犯下的所有错,这人重回天堂。但过了一段时间,他又来到了上帝面前。'现在你又想要什么?'上帝问。'造物主!'这人说,'我在您的天堂里感觉并不好。您是万能的,您是仁慈的,您原谅了我,但我无法原谅自己。请您帮帮我!''我一直在等你求我这件事,'上帝回答,'但这是块连我也无法搬动的石头。'"

"我很好奇接下来发生了什么。"管家说。

"我也是。"马丁表示同意,"但这也是块我无法搬动的石头。"

管家点点头,"你驱散了我的忧伤和孤独,游子。请进入界门,继续你的行程吧。"

"谢谢。"马丁将杯中红酒一饮而尽,站起身。

"阿兰卡的生命哲学给你留下了某种印象。"管家微微笑了笑。

马丁耸耸肩，"是的，当然。但我很高兴，他们和地球人一样是有灵魂的。"

"你想没想过还有一种可能性，那就是你们地球人也没有灵魂。"管家好奇地问。

马丁摇摇头，"不。这个说法太让人沮丧了。"

管家笑道："你的信仰中有个古老的传说，神的众子从天国来到人间，娶人类女子为妻，生下很多孩子。这使很多神学家左右为难，因为只有天使才被称为'神之子'，但通常认为，天使是没有性别的。那么一个有趣的问题就出现了：人与天使是否会有后代。"

"我很想知道你的看法。"马丁小心翼翼地说。

管家只是笑了笑。

"你们有没有给过哪怕一个人哪怕一个问题的答案呢？"马丁喊道。

管家笑得更灿烂了。

马丁没有立刻返回地球。脑袋昏昏沉沉的，他决定在驿站好好睡上一觉。真没想到，管家居然接受了他这种状态下的即兴创作。醒来时已是凌晨，他匆忙吃完早餐，坐在窗前，欣赏起吉利安特的夜景。

飞行器在高空闪烁着五彩的灯光，摩天大厦灯火通明。这里没有广告，很合马丁的心意。马丁打开窗，吸了一口温暖洁净的空气，下方的街道传来欢声笑语。这里不管白天黑夜都热闹异常。如果吉利安特被称为阴沟，那星球上的其他城市该是什么样子呢？这是他第二次到阿兰卡星了，看到的和了解到的却依然很少……

在这片霓虹闪烁、万家灯火的夜空中，遥远陌生的繁星隐约可见。这些星星中，有些他已经去过，有些可能以后会去，有些则是他永不会踏足其上的。

他的胸口隐隐作痛。他很痛心，人只有经历过重大失败后才会如此痛心。他对伊琳娜·波卢什金娜的寻迹追踪结束了。他不可能踏遍所有星球。被管家接入星际网络的每个星球各具特色。另外四个伊琳娜可能出现在哪里？在古老的伽列星？生物学家大卫已经观察到它的卫星正在苏醒；在疯狂的迪奥·道星？在没有生命的荒芜星球，与喋喋不休的科学家挖掘另一件文物？究竟如何才能推导出图书馆星的语言秘密、莽原-2的考古挖掘和阿兰卡人灵魂之间的联系呢？

他不可能走遍所有的星球。

最可悲的是，马丁已经毫不怀疑：某种厄运已降临到了伊琳娜·波卢什金娜身上。连续发生三起死亡事件——这三起荒谬的死亡已经不可能是意外了。

还会有第四起。

他凭什么认为其他的伊琳娜依然活着呢？

马丁看了看伊琳娜的号牌。好吧，是时候去找埃内斯托·谢苗诺维奇交差去了。自己未能完成任务，但此类任务，以人类之力又怎能完成呢？

马丁坐在窗前，直到天亮。他呼吸着外星世界的空气，思考着关于管家、阿兰卡人和伊琳娜·波卢什金娜的问题。

## 五

马丁返回莫斯科时已是深夜。比起从一个时区到另一个时区的地球飞行，星际旅行更让人疲惫，空气不同，重力变化……昼夜颠倒不过是众多痛苦中最微不足道的一部分。

没精打采的边防战士不慌不忙地检查他的证件，签盖入境签证，没有向他提出"您这么频繁旅行是怎么做到的"之类一成不变的问题。谢天谢地！

马丁突然心生厌倦，他甚至没心思叫出租车，只是随便坐进离驿站最近的一辆车里，二话不说便支付了司机索要的高昂车费。

受到鼓舞的司机一路上热情地向他通报地球的新闻。

没有什么特别的。马丁不算球迷，对政治也没有兴致。至于美金对欧元的汇率再次急跌，他不仅毫不担心，反而有些窃喜。

马丁在单元门口翻找了好久，才在背包底部找到了钥匙，这可不是他收拾行装时放钥匙的地方。也许在阿兰卡星，甚至更早在莽原–2被搜身的时候装错了？毫无疑问，这次旅行实在称不上顺利。

终于到家了。马丁急忙冲进浴室，脱下衣服，好好洗了个澡。他穿上宽大的浴袍，瞥了眼镜中的自己，简直是翻版的阿兰卡人，如果再戴上绣花小圆帽……阿兰卡是不是只有孩子才戴小圆帽？马丁回忆片刻，认为确实如此，成年的阿兰卡人都不喜欢戴帽子。

从浴室走出来，马丁直接去了厨房，用面包、奶酪和煮肠为自己做了个三明治，又往三明治上涂抹了大量甜第戎芥末——最简单最平民化的早餐。接着用开水冲了杯茉莉花香型的川宁[1]袋泡绿茶，然后前往办公室。马丁不想睡觉，这会儿可以读读积压的邮件，浏览网页，适当了解一下主要宗教派系对外星人是否有灵魂的看法（马丁隐约记得，基督徒，特别是东正教徒对待该问题的态度极为谨慎）；也可以通宵打即时战略游戏[2]，此类游戏旨在解决全球问题——发动太空战争，创建并摧毁各大企业，殖民外星世界。总之，应该过上正常人的正常生活，把被复制了七份的少女和不为生命意义而操心的阿兰卡人抛于脑后。

然而，一个意想不到的惊喜正在办公室里等待着他。

这个"惊喜"正坐在访客的位子上，四十岁上下，外貌平庸无奇，毫无特点，但若是按照费利克斯·埃德蒙多维奇[3]的准则来判断，来访者的头脑应该很冷静；他的双手——为表示对捷尔任斯基和谢尔盖·波特

---

1. 英国茶叶品牌。
2. 即时战略游戏（Real-Time Strategy Game），简称RTS。游戏即时进行，而非策略游戏多见的回合制。另外玩家在游戏中经常会扮演将军，进行调兵遣将这种宏观操作。
3. 费利克斯·埃德蒙多维奇·捷尔任斯基（1877—1926），俄国革命家，波兰裔白俄罗斯贵族，全俄肃反委员会（简称"契卡"，也是后来闻名世界的超级情报机构克格勃的前身）的创始人。

金[1]的尊敬——是洗干净了的；而他的心是火热的，完全符合伟大的契卡分子特征和生理法则。

"晚上好。"马丁忧伤地打了招呼，坐到了桌旁。不速之客没有反对，不仅如此，还面带愧色，微笑着摊开双手，仿佛在说，工作如此，自己也毫无办法……

"马丁，欢迎回来。"客人说，"请叫我尤里·谢尔盖耶维奇。"

"愿为您效劳，尤里·谢尔盖耶维奇。"马丁表示同意，"我能为您做些什么？"

"对不起，影响您休息了。"客人道歉，"您看这个……"

马丁瞥了一眼红色的小本子，甚至没有去翻开它。他不在时，公寓里设置了报警装置，墙上运动感应器的红色信号灯到现在还不停地闪烁着，而保安没过来查看，也就是说，有人已经提前跟警察局打过招呼了。

"你明白我这次来访的目的吗？"客人问。

"不妨让我听听您的说辞吧？"马丁反问。

尤里·谢尔盖耶维奇没有反驳。

"伊琳娜·波卢什金娜。您一直在找她。"

"不错。"马丁点点头，"到昨天为止。"

"不，我们并非要求您放弃寻找！"尤里·谢尔盖耶维奇惊慌地说。

"我这么说不是因为您，而是我的工作已经结束了。"

"您找到她了？"客人很高兴。

"在某种意义上讲，是的。明天一早，我就去见她的父母。"

尤里·谢尔盖耶维奇点点头，"很好。但请您先讲给我听听。"

"这侵犯了我作为私家侦探的权利。"马丁说。

客人非常伤心，"马丁，您在说什么啊，说什么权利……难不成真的要我拘留您？要我出示立案侦查文件吗？难不成要我找您的黑材料，

---

[1] 谢尔盖·波特金（1832—1889），俄国著名的临床医生、治疗师和社会活动家，是现代俄罗斯医学科学和教育的奠基人之一。

提醒您偷漏税和走私的小把戏，对您防卫过当的行为立案吗？您可是经常触犯这条法律啊。您在西方银行是否开了外汇账号？这已经是犯罪行为了。与客户签订的合同文件是不是加密了？又触犯了一条！法律有很多条，马丁，法律为每个人都设置了适合他的法条。如果需要，在我们这儿，对修道院都可以定罪。而且请注意，完全是有法律依据的！"

马丁耐心听完，然后说："您没听明白。我并不拒绝与您合作。我只是想说，将机密信息透露给您，我就侵犯了客户的权利。这让我很不舒服。"

"您应该直截了当地说出来，"尤里·谢尔盖耶维奇微笑道，"不舒服是当然的，不过这只是在小事上牺牲原则。谁不想在邪恶灭绝、美德获胜的世界里生存呢……但您是个明白事理的人，应该是愿意与人合作的。"

"我顺从。"马丁说。

"不好意思，您说什么？"尤里·谢尔盖耶维奇没听明白。

"我说我顺从，但不愿意。因为我是个明白事理的人。您的录音机是打开的吧？"

"嗯。"客人点点头，"请讲吧。"

"我不认为这个案子会令您所在的机关感兴趣。"尤里·谢尔盖耶维奇微微一笑，不置可否。马丁继续说道，"是埃内斯托·谢苗诺维奇·波卢什金请我帮忙的。他是个非常成功的商人。在我掌握的信息中，没有找到他任何犯罪记录……是的，是的，我明白，总有法律条款可以给一个人定罪……他的女儿离家出走了，女儿十七岁，进了莫斯科的界门，一去未回。开始时，我以为这只是个再普通不过的案子……"

马丁将自己如何去图书馆星，如何目睹伊琳娜的死亡，如何决定去莽原-2，又如何见到了第二个伊琳娜，如何再次目睹她离奇死亡，又如何去了阿兰卡星……一五一十又简明扼要地讲给了尤里·谢尔盖耶维奇。尤里·谢尔盖耶维奇兴趣盎然地听着，讲到紧张处，他忧伤地直摇头；在某些地方，还恰到好处地提了一些问题。

马丁讲述了阿兰卡人送自己热能枪的事，并将自己在阿兰卡星球内务部门填写的申请一同拿给客人看。在申请中，马丁详细描述了得到武器的经过，并特别强调自己还从未使用过该枪。

"您非常谨慎。"尤里·谢尔盖耶维奇满意地说，"我想，如果我将武器带走，会是正确的决定。"

"那您要写收条。"马丁说。

"当然。"

眼前的客人对热能枪并没有表现出过度的兴趣，由此，马丁意识到这种武器在地球上已经出现过了，并且已经被研究过——该武器以地球现有的技术水平是无法仿造的。

"您对这一切有何看法？"尤里·谢尔盖耶维奇问。

马丁沉默了片刻，像在管家面前一样，尽量用精确的语言来表达自己的想法："我觉得，伊琳娜·波卢什金娜不知通过何种途径获得了有关图书馆星、莽原-2、阿兰卡星等地的信息……看来，她还搞到了其他几个星球的情报或某些相关部门的研究成果，成果里记录了将人体复制出多个副本的方法。伊琳娜是个年轻气盛、天资聪慧的姑娘，但做事韧性不足，流于表面。她去了那些自以为能迅速实现梦想的星球。唉，破解宇宙的秘密哪可能是一日之功？与此同时，信息泄露的消息已为人所知，因此……"马丁笑了，"您才对我感兴趣。"

"差不多。"尤里·谢尔盖耶维奇点点头，"但我跟您分享一个细节：我们并不知道怎样将自己复制七份。"

"居然……"马丁小声说，"好吧，至少小姑娘有了重大发现！"

"您能猜到她是怎么做到的吗？"客人问。

"很显然，这是管家的杰作。我们甚至不知道界门工作的原理。也许我们的身体在其他星球能够被复制和重塑？如果是那样的话，复制一个还是七个，还是七百七十七个，都不会有任何问题。"

"如今，管家的星际网络中有四百零九个星球，"尤里·谢尔盖耶维奇低声嘟囔了一句，"然而事实上，他们可能并没有向我们展示完整的星球列表……怎么可能说服管家复制某位客户呢？"

"不可能。"马丁摇摇头，"他们从不回答问题。他们有时会说一些有趣的话，甚至送你可爱的小礼物，但这只出于个体的好恶。看来，伊琳娜一直犹豫不决，不知道自己该去哪个星球，而管家觉得将这小姑娘复制成七份是件很好玩的事。"

"畜生！"尤里·谢尔盖耶维奇骂道。

马丁觉得，他是因为管家的刚愎自用而愤怒，而不是因为管家们用年轻姑娘做实验的残忍事实。马丁决定不去点破。

"马丁，您对这几起……"客人犹豫了一下，"死亡，有何高见？"

"也许是谋杀。"马丁说，"我不知道。从表面上看都是偶然事件。如果谋杀背后真有主谋，靠我们现有的能力，我们无法破案。"

"管家？"尤里·谢尔盖耶维奇若有所思地推测道，"他们给了她生命，又取走了她的生命……您确实没有参与其中，是吗？"

"请您重读一遍克利姆的报告。"马丁忍不住说。

"您是怎么知道……"有那么几秒，尤里·谢尔盖耶维奇失去了镇定，但很快摇摇头，说，"您实际上比您表现出来的更加聪明。"

"您也是如此。"马丁低声嘟囔一句，自责不已，为什么要挑衅契卡分子呢？这哪像大智慧之人所为。

尤里·谢尔盖耶维奇叹了口气，他语气真诚，但话里有话："我相信您，相信……您是个心智健全的好人，而且您也没有犯过大错。像您这样的人多一些就好了，我们就能迅速赶超欧洲了。所以，没有人要逮捕您……谢谢您提供的信息……"

他在椅子上不安地调整姿势，但没有急于起身，一副犹豫不决的样子。马丁按捺住逞口舌之快的冲动，静观其变。

"马丁，该去哪儿寻找剩下的四个姑娘？"

"我想过这个问题，"马丁说，"因此才决定放弃继续寻找。当然，如果能得知在伊琳娜搜集到的信息里还有哪些未解之谜，那么寻找的范围就会缩小。否则……您刚刚讲过一共有四百零九个星球？那现在还剩下四百零六个。"

"数据库中有所有星球的信息。"尤里·谢尔盖耶维奇不知何故变得非常恼火。马丁觉得，他的话值得一信。

"问题就在这儿。银河系中有那么多未知事物,任何一个星球,目光所及之处,随手一指都能发现奇迹!您去过深渊星吗?"

"是的。"马丁点点头。

"听说过杰里朗吗?"

马丁想了想,"是那里的海藻汤吗?听说可以延年益寿……"

"没错。可以延年益寿……实验用的老鼠对照组已经活了六年了。灵长目动物的实验结果虽不那么明显,但至少可以多葆十年的青春。请注意是青春!恢复性能力,提高精子活力,恢复排卵,改善视力,牙齿重新长出,马丁!牙齿和头发!情感知觉焕发生机,创作水平才能提高……诺贝尔奖获奖者被授予支票的同时,也会得到一碗杰里朗。但问题甚至并不在此……吃了杰里朗的人,能看到光谱的紫外线部分,听到无线电的长波信号!"

"噢!"马丁啧啧称奇。

"这是完全公开的信息……只不过淹没在了众多科学杂志中。吃了杰里朗的人开始听到无线电波,他们听到的不仅仅是噪声……他们还能解码,能听到音乐和广播员的讲话。与此同时,人体却没有任何可见的变化。他们难道是用脑子捕捉无线信号吗?到处都是这样,只要有星球,就有未解之谜。"

尤里·谢尔盖耶维奇沉默了一会儿,又补充说:"伊琳娜得到了获取信息的渠道,您的分析完全正确。但在其他方面你搞错了。这些信息不是机密,对信息的研究工作也谈不上专业,不过是对街谈巷议、坊间传闻、科普及大众刊物报道的简单排查,过滤掉了胡说八道的'内参'和'最高机密',仅此而已。因此,您也没必要为这些东西绞尽脑汁。随便买一份街头小报,您就有了一部分档案文件。"

"我明白了,"马丁说,"您感兴趣的,并不是伊琳娜想解开的秘密。"

尤里·谢尔盖耶维奇点点头。

"一旦我搞清楚伊琳娜复制自己的方法,我会立刻通知您。"马丁说。

访客将一张名片放到桌子上(名片上只印有姓名和电话号码),紧紧握了握马丁的手,默默走出办公室。马丁意识到,他并没有开前厅里的灯。不愧是拥有惊人视觉记忆的专业人士！

　　马丁又坐了一会儿，回想着刚刚的对话，想到自己甚至没能试用一下热能枪，叹了口气，坐下检查邮件。

第 4 章

绿

"世界上不存在不给人选择自由的奇迹。"

〰〰〰〰〰
Зелёный 490~560nm

## 零

知晓烹饪之精髓,精通厨艺之奥义,是真正的贵族必备之技能。而真正的贵族血统可以追溯至几个世纪前,即使今天贵族已经没落,但他们的封号,也绝不是美国百万富翁或俄罗斯贪官污吏能花钱买得到的东西。

翻看印刷精美、色泽光亮的烹饪书时,你会很容易相信书中美丽的谎言:自古以来,古罗斯的沙皇、大贵族和地主们只吃薄饼卷鱼子酱、夹馅儿脆皮鹅、古里耶夫斯基馅饼和白鲑鱼。而彼得大帝对大麦粥的热爱,除了将其视为伟大君主的怪癖,更是没有其他合理的解释了。

因此,俄罗斯新贵吃的食物虽美味可口,但太过油腻,又难以消化,晚上更是无酒不欢,还天真地为自己辩解说,俄罗斯富人自古以来都是饕餮之徒,还不是又长寿又幸福,没听说他们有什么不好的。

多么可怕的误解!而且是足以引起消化不良、脂肪肝和腰部丑陋赘肉的天大误解!

千万不能把"赏胃悦目"、山珍海味的节日大餐和相对单调的、对健康有益又不失美味与珍贵的日常便餐混为一谈。真正的贵族知道这个真理,因此常常能活到耄耋之年。

马丁站在电灶旁,煮粥当早餐。

并不是所有人都喜欢吃撒拉逊麦[1]。从童年时起,人们对大米粥的爱就不断被消耗。它是食堂的必备餐食。幼儿园孩子们见到它会伤心痛哭,小学生们见到它则满面愁苦,不甚挑食的士兵见之也忍不住破口大骂;被生活击败的父亲替任性的孩子吃掉难以下咽的剩粥时更是充满无

---

1. 古代俄罗斯对大米的叫法。

助和绝望。盘中黏稠的白粥——有时里面还会放些烤煳的面包干——简直是丑不堪言、惨不忍睹。是的，它的确能唤醒灵魂中某种美好的感觉，譬如，对每天从早到晚都以大米为食的东南亚人民无限的怜悯和同情，但也仅此而已。这样的粥，既不好吃，又无益于健康。

袋装方便粥和速食米糊多少好一些——这些东西在进入我们的口腔之前就已经是垃圾了，因此情况也不会变得更糟。

不！我们不需要这样的大米粥！

马丁量出两百毫升普通伊比利亚中粒大米，这是每个劳动者都吃得起的大米品种，价格亲民。该品种大米在煮制过程中容易粘连，但如果烹饪方法正确，完全可以避免这个问题。

马丁煮粥的方法就是正确的。

马丁往放了米的锅中倒入三百毫升开水，当然不是自来水，而是五升瓶装的饮用水。只有在遥远的星球，在尘土飞扬的小路上，马丁才会不得已去喝山羊蹄坑中的水。在自己家里可不能堕落至此！英国绅士们去履行白人的使命之时也奉行这条真理，而且在大部分情况下，只要没死于痢疾，他们也都是活得又长寿又幸福。

马丁用厚重密实的锅盖盖上小锅，将锅置于大火之上。只有美国人才喜欢使用看不到明火的电灶，因为电灶和各类合成材料的餐具更为搭配。

粥在大火上刚好煮了三分钟。马丁不时警觉地看上一眼，以防锅盖被顶起来，更不能让宝贵的蒸汽冒出来。但小锅质量很好，蒸汽并没有流失。

三分钟后，马丁改用小火，将计时器设为七分钟。粥不再剧烈翻滚——真正的煮粥过程开始了。

最后两分钟，马丁用极小的小火让粥咕嘟了一阵，不再加热，只是保温。

一共用时十二分钟。并不复杂，不是吗？

马丁把火关掉，但没有将粥锅从灶上取下来，也没有打开锅盖。他不慌不忙地泡了杯绿茶。绿茶对吸烟、睡眠不足和生活方式不规律的人有好处。况且，比起西方"文明世界"中人们习惯饮用的酽酽红茶，绿茶与大米更相配。

沏茶，尤其是冲泡绿茶，似乎并没有太大的讲究：要用水质好的饮用水，取壶形正确、大小相宜的茶壶；用开水洗壶，按喝茶人数，每人一茶勺茶叶，再另加一茶勺茶叶，于茶壶中静置片刻。重要的是，泡茶的时间要适中，万万不可泡得太久，尤其是绿茶。接着便可以饮用了。

但泡茶要比冲咖啡难掌握得多，茶汤的好坏很大程度上取决于冲泡者。茶壶中，除了放入必要的原材料，还应注入一点点灵魂——这才是点睛之笔。马丁的一些朋友，即使跟他冲泡同样品种的茶叶，使用同样的开水，浸泡相同的时间，但从未冲泡出过清幽沁香的茶汤！这就是生活的残酷真相。在这种情况下，不如喝口立顿袋泡茶，别指望太多……

粥关火后，又焖了刚好十二分钟，马丁才揭开锅盖。他面带微笑，看着米粒蓬松的粥，仿佛看着亲密的老友，接着切下一块士兵口粮大小的黄油，刚好三十克，将其倒入粥里，用勺子小心翼翼地搅动，确保在搅动的同时，没有揉搓到米粒。

可以开吃了。

马丁面带心满意足的微笑，吃光了一整盘粥。毕竟，安安静静地吃顿可口的早餐，对马丁来说绝非平常之事。他请求内心允许自己再来一盘粥，他的心竟然慷慨应允。吃完之后，他喝了一杯芳香扑鼻的茉莉花茶，接着又倒了第二杯。他转身面对窗户，准备一边静静地品味香茗，一边俯瞰小院里的人生百态。

窗外的景色阴沉晦暗。近几年来，地球气候不断恶化，有些人迫不及待地将之归罪于管家——冬天变暖，夏天更热，而六月变成了阴冷多雨的月份。

此刻，雨虽未来，但已风聚云起。几个愁眉苦脸的孩子在秋千旁玩耍。一位年轻的妈妈一边推着婴儿车散步，一边观察玩耍的孩子们，似乎在提前为自家的宝贝挑选未来的玩伴。几个老太太走进院子，互相数了数人数，然后占据了单元门口舒适的长椅。隔壁单元的一位老先生打开小型移动汽车库,挑剔地端详着自己的扎波罗热老爷车。马丁下意识地和老者一起端详起来。他喜欢有兴趣爱好的人,即使自己并不一定赞同他们的兴趣爱好。这位邻居花了很长时间给古董老爷车的发动机加热——一般来说并没有这个必要——然后将车驶出车库,绕着院子转了一圈,又将车停在原位,爱不释手地擦了擦车窗玻璃,关上车库门,随后打开隔壁车库,开着全新的菲亚特出去了。

马丁悠闲地品着茶,享受眼前的生活。

十分钟后,他准备给埃内斯托·波卢什金打个电话,约定会面时间。

马丁知道,十分钟后等待自己的将是一场漫长而艰难的谈话。这场谈话势必会在很长一段时间内破坏他的心情,但他已为此做好了心理准备。

但此刻,马丁依然喝着茶,略带感伤地看着楼下年轻的妈妈,玩耍的孩子们好奇地将小婴儿车团团围住,女人正热情洋溢地给他们讲着些什么。

离通话还有十分钟。

一

每一次类似的拜访都会让马丁感到内疚。客户会在他面前歇斯底里,痛哭流涕,还进行毫无道理且有失公允的指责。但最让人无力的是自己的爱莫能助,对这些得知亲人或朋友死讯的人来说,安慰没有任何作用。

马丁走进埃内斯托·波卢什金的办公室,脸上看不出任何悲伤的情绪。他的汇报虽然枯燥,但精确。他最先通报的是伊琳娜被复制成了七份的消息。

商人强忍悲痛听着马丁的讲述。当马丁轻描淡写地讲到他女儿的第一次死亡时，他的眼皮才跳了跳。

随着故事的推进，马丁逐个掏出旅行号牌，一一放在桌上。每个号牌都有一个小标签："图书馆""莽原-2""阿兰卡"……讲述接近尾声时，马丁突然意识到，他走了一步并不高明的棋。他的话很可能会误导波卢什金，使其做出错误的判定，以为马丁的口袋藏着所有七个号牌。但商人没发怒，没吼叫，也没有对侦探动手发泄不满，只是静静地倾听，倾听，倾听……

"其他的伊琳娜呢？"他终于开口，犹豫了一下，还是问完了这句话，"其他四个伊琳娜在哪儿？"

"不知道。"马丁摇摇头，"我不知道，埃内斯托·谢苗诺维奇。请原谅。我无法走遍银河系所有的星球。"

波卢什金一言不发，把弄着手里的号牌，一遍又一遍地看着伊琳娜从莽原-2写来的简短字条，眉头紧锁，仿佛信中的某些内容使他不安，然后问道："那您是要放弃寻找了？"

"这件事已远远超出了我们起初达成的协议，"马丁小心措辞，"况且，此事已惊动了国安局。"

埃内斯托·谢苗诺维奇的眼皮又跳动了一下，无奈地说："我知道。"

马丁等了片刻，但对方并没有请他透露国安局的信息。埃内斯托·波卢什金是个沉着内敛的人。

"您对我隐瞒了一些信息，"马丁鼓起勇气说，"非常重要的信息。您女儿不知以何种方式获得了国安局的某些官方文件，其中包括人类已知的银河系之谜，因此才离家出走……"

波卢什金看了眼马丁。侦探几乎可以肯定，对方眼中有一丝轻蔑，但波卢什金的声音仍然平稳、温和、彬彬有礼。

"我对您没什么可说的，马丁。对您隐瞒信息一事，还请您原谅。当时我还不能确定伊琳娜是否看到了文件。而有关文件的话题最好不提为妙……能不讲便不讲。我请您原谅。"

马丁不知所措地耸了耸肩，"好吧，我明白。请原谅，我没能……救下姑娘。"

"您不想继续寻找了吗?"波卢什金又问了一次。

马丁点点头。

"您希望以哪种方式给您支付酬金?支票?现金?还是转到您的账户?"

"当然是现金。"马丁回答。

"卢布?美金?欧元?"

"最好是欧元。卢布也行。"

"请稍等。"

埃内斯托·谢苗诺维奇宽阔的后背挡住了嵌在办公室墙壁内的保险箱。他打开了厚厚的小金属门,随后传来沙沙的数钱声。

一沓钱摆在马丁面前的桌子上,明显比他预想的要厚得多。马丁满腹狐疑地抬眼看向波卢什金。

"这里是我们商定价格的三倍,"波卢什金的声音没什么起伏,"您完成了三倍的工作量。"

"谢谢。"马丁想了想,又瞬间说服了自己,这些钱是自己依靠诚实的劳作赚到的。

"祝您好运。"

马丁心烦意乱地离开办公室。波卢什金留在原地,只对走廊喊了句:"拉丽萨,送客!"

表情冷峻的老年女佣应声出门,领着马丁向门口走去。波卢什金的住宅完全符合他的身份和地位,三百多平方米,跃层。马丁没有拒绝女佣的帮助。能看得出,女佣知道他的身份,也很为伊琳娜的命运担心,但她始终一言未发。真是位受过良好培训的女士……

在门口,马丁看到一条悲伤的马耳他牧羊犬。它将马丁上上下下嗅了个遍。也许是因为他身上还隐隐散发着伊拉奇卡的气味?

"荷马,别难过。"马丁想起伊琳娜写的纸条,像是安慰小狗,更像是安慰女佣,"你的主人一定会回来的,还会给你好吃的骨头。"

"它叫巴特,不叫荷马。"女人抚摸着狗的后颈说。她略带感激地看了眼马丁。至少,侦探让她明白了伊琳娜尚有生还的可能,女人对此深表感激。

"您说它叫巴特?"马丁一边穿鞋,一边轻声问。与欧洲流行的风气不同,在波卢什金家需要换鞋。这么做不无道理,因为莫斯科的大街与干净整洁的欧洲街道根本不可相提并论……

"再见。"

女佣拘谨又不失礼貌地点点头。小狗在他身后忧伤地吠叫。

"巴特,"电梯门在他身后合拢时,马丁说,"哈!这与那个伟大的盲人[1]毫无关系。"

马丁很喜欢看美国动画片《辛普森一家》,认为这部作品是美国人民对政治正确及假仁假义的深刻反思及非公开抗议,所以他立刻反应过来伊琳娜给小狗取名的出处[2]。

难以理解的是,伊琳娜怎么会在信中写错了自己小狗的名字,将小辛普森的名字(巴特)误作老辛普森的名字(荷马)。

那埃内斯托·波卢什金呢?难道他也忘记了狗的名字不成?

还是小狗有两个名字?

或者在这封普通的信中,另有一番只有知情者才懂的深意?

"我的合同已经结束了。"马丁拍了拍装着厚厚一沓钞票的上衣口袋,"荷马也好,巴特也好,丽莎[3]也罢,都随风去吧。"

电梯在一楼停了下来。

看门人是个肩宽体阔的中年男子,一双职业杀手般犀利的眼睛聚精会神地盯着马丁。马丁像自己进屋时那样点了点头。看门人也点了一下头作为回礼,幅度几乎无法察觉。他可能是个前特种兵,甚至可能是前阿尔法[4]战士,毕竟在这样的豪宅中,一切皆有可能。看门人判定马丁并不是危险分子,但值得警惕。

---

1. 这里指《荷马史诗》的作者荷马,传说这位古希腊诗人是盲人。
2. 美国动画片《辛普森一家》中的父亲名叫荷马·辛普森,儿子名叫巴特·辛普森。
3. 丽莎·辛普森,《辛普森一家》中的小女儿,巴特·辛普森的妹妹。
4. 阿尔法特种部队隶属于俄罗斯联邦安全局,主要从事国内反恐活动、解救人质和各种应急事件。

走到室外，马丁在遮雨檐下站了一会儿，忧伤地想起家中的雨伞。他与埃内斯托·谢苗诺维奇谈话时，城市下起了雨，是瓢泼大雨……人行道的水洼里溅起无数泡泡，天空阴云密布，远方的闪电在苍穹中一次次无声地划过。路上一个人都没有。

马丁不想淋雨，可又有什么办法？试试用手机呼叫出租车？那要等好久，他可不是唯一一个聪明人，况且现在的人都喜欢打车……

"给您。"有人在马丁身后冷冷地说了一句，门轻轻地打开了。

马丁很感动，连忙从看门人手里接过一把好看的男式雨伞。伞盖很大，把柄光滑，伞骨是碳纤维的。相比之下，马丁自己的伞要差多了……

他问："怎么还给您？"

看门人挥了挥手。

"随您的便。您也可以留着自己用。这把伞是一年前不知谁忘在电梯里的。"

马丁叹了口气，想象着究竟是什么样的人，竟然无暇来取回如此精致的雨伞。不过，世间有一种病——健忘症。

"谢谢。雨至少还得下两个小时。"

保安瞥了一眼天空，想了想，说："一个半小时，只少不多。但下得可真够大的……这种天气，狗都不会出门。"

马丁笑了笑，感觉自己简直像个畜生，"请问，您对狗应该很有研究，就像对天气很了解一样，对吗？"

看门人紧张起来，"为什么您会这么认为？"

"您看我的时候，手放在了兜里。我听到了咔嚓一声……您用的是训练响片[1]而不是狗链吧？"

很难想象，如此正颜厉色的人居然也能笑出来！

"正确！"看门人拿出训狗用的响片，展示给马丁看，"我有三条狗。

---

1. 响片训练是一种训练动物的方式，它使用制约增强的方法来标记动物当下正在做的行为是正确的。

你也按卡伦·普赖尔[1]的方法训狗吗?"

"训过,可惜狗死了……"马丁说。但他并没有讲那条善良温驯的寻回犬是他父母养的,而且它固执地不肯接受任何训练,五年前就老死了。"我刚刚去做客,"马丁冲单元门点了一下头,"他们家有条很可爱的狗,我还在想自己要不要也养条那样的……"

"马耳他犬?"保安冷笑了一下。看来,他小屋里的监视器不仅能监视到单元入口的小台阶,还能看到每个楼层。"巴特是条可爱的小狗,但马耳他犬太难伺候。所谓的新品种都没什么优点。如果你不怕麻烦,还是养条高加索牧羊犬吧,怎么说都比马耳他犬强。"

"巴特?"马丁确认道。

"是的,狗叫巴特。好像出自某个动画片。"

马丁和保安又各自抽了支烟,讨论了各个品种狗狗的优缺点,双方达成一致意见,马耳他牧羊犬只适合有钱有势的假绅士或对此品种情有独钟的人。马丁承诺自己会考虑养条高加索牧羊犬,并将该品种爱狗者俱乐部的电话号码保存到了手机通讯录里,然后友好地跟看门人道了别。

完全正确。他们并没有骗他。狗的确叫巴特。波卢什金家只有这一条狗——这个信息很容易就从多话的看门人嘴里套了出来。

"这与我无关。"马丁小声嘟囔了一句,朝地铁站走去。穿着湿透的鞋和溅满泥浆的裤子拦车实在有些不太体面,"一切与我无关。啃你们自己的骨头去吧!"

可是,他的眼前总是闪过手捂枪口的伊琳娜的脸。

尽管纸质书有众多优点,但百科全书多媒体数据库使用起来更为方便。马丁喜欢躺在沙发里,拿本旅游指南或卡尼尔和奇斯佳科娃合著的《宇宙生物名录》,面带微笑地浏览他曾游历过的风景照片,审慎地研究未知星球的风光,阅读那些或真实或可疑,甚至有明显错误或过时的描

---

[1] 卡伦·普赖尔是响片训狗法的创始人,狗狗操作性条件反射训练领域的先驱者之一。

述。毕竟，三年前人们还认为黄金之星上没有飓风，相信特罗巴的土著是智慧生命，却将欧乌鲁阿当成动物。但不管怎么说，读纸质书让人有种虚荣的满足，纸质书是真正的精神盛宴，仿佛是大剧院[1]的门票或挂在墙上的巡回展览派[2]的画作。

但现在，马丁没有心情享受或放松。他打开电脑，启动微软公司开发来专门给外行人看的愚蠢的"世界百科全书"，在搜索栏中输入"巴特"。

什么有用的信息都没检索到。稍作思考，马丁又输入"荷马"一词进行搜索。

结果如出一辙。

马丁走进厨房，冲了一杯浓咖啡——速溶咖啡，因为他不是在休息，而是在工作。然后，他回到电脑旁，点燃雪茄，若有所思地看着屏幕，期待茅塞何时才能顿开。

伊琳娜故意写错狗的名字，到底想要表达些什么？

荷马——不对。巴特——也不对。

如果换成《辛普森一家》里荷马妻子的名字呢？

马丁输入了"玛姬"。

百科全书愉快地抛出了一个链接。

"真他妈见鬼！"马丁惊呼。这声尖叫不知问候的是马耳他牧羊犬，还是动画片中的人物，抑或是百科全书里的诸世界。

由于工作需要，马丁去过很多星球，对很多世界颇为了解。很显然，"玛姬"是那种谁都不感兴趣的星球……

马丁单击链接，打开文章，不由得更加吃惊，禁不住大叫一声。

百科全书居然将迪奥·道人的星球称为"玛姬"。马丁对这个星球非常熟悉，它被当地人称为"法克"[3]。即使是笨蛋也能猜到：说英语的

---

1. 莫斯科历史悠久的著名剧院。
2. 俄罗斯十九世纪绘画流派，代表人物有伊利亚·列宾等。
3. 英语中的骂人话"fuck"的音译。

公民一定会给它取另外一个名字来替代这个不雅的名字,况且这还是一本面向广大儿童和清教徒的百科全书。

的确,文章中有个不起眼的小字体链接,链接中写道:该星球在当地方言中还有其他名字,但编撰者选择了更为和谐的名称。马丁急忙去查阅一向客观公正的卡尼尔和奇斯佳科娃对此问题的看法。在《宇宙生物名录》中的某个备注里,马丁看到这样的文字:在流行的英语读物中,迪奥·道人的世界被命名为"玛姬"——在迪奥·道语中,"玛姬"就是"星球"的意思。马丁以前可能读到过这个备注,不过很快就抛诸脑后了。

马丁仔细思考了一会儿语言问题。在管家出现以前,人类就有各种各样类似的问题。难怪保加利亚第一位宇航员,勇敢的加加洛夫,在苏维埃联邦被更名为伊万诺夫[1];而阿塞拜疆的学校从不学习德国伟大诗人歌德的作品,因为在阿塞拜疆语中"歌德"是"屁股"的意思……

好吧,玛姬就玛姬吧。与迪奥·道人交流时反正也是说旅行语,所以并不会产生任何不必要的联想。

马丁面临的问题是,他猜对了吗?相关信息找到了,但接下来该怎么办?马丁毫不犹豫地坚信自己没猜错,伊拉奇卡是想向父母暗示自己的另一个副本在哪个世界。但接下来该怎么做……给波卢什金打电话告诉他玛姬星的信息?或者给尤里·谢尔盖耶维奇打电话,挣个最佳线人的声誉?

"我暂时还不能确定。"马丁关上百科全书的页面,自言自语道,"这全是我的臆测。"

马丁去过两次玛姬星,一次是在刚刚工作不久,那次访问给他留下了特别糟糕的印象;第二次是在两个月前,那次旅行倒是很有趣,马丁顺利完成了任务——找到了一个以极端方式离婚的女人,成功说服其返回地球。不仅如此,他还结交了一位挚友……不,不是挚友,这个词太有分量了,但至少和一个当地人成了好友。

---

1. 加加洛夫在俄语中与"排便"一词的发音很相似。

有一说一，这能让很多事简单化……

马丁翻开日历，若有所思地看着日期。与迪奥·道人交往时，时间观念非常重要。

现在动身，也许还能赶得上。

"为什么我像个傻瓜一样没完没了跟狗过不去？"马丁反问自己，然后去收拾背包。他将还没喝完的那杯咖啡放进水槽，毫不留情地熄灭雪茄，扔进垃圾桶。

还来得及，但时间已所剩无几，要以小时计算了。

"这里又寂寞，又凄凉，"管家喃喃地说道，"我听过很多这样的故事，游子。"

马丁点点头。他讲给管家的第一段故事并没有什么特别之处，不过是关于失明隐形人的好笑童话。如果是几年前，马丁一定会绞尽脑汁继续往下编故事。有时候，一个平庸的笑话就能让管家满意……也许，是管家们变挑剔了？

马丁叹口气，给自己倒了杯茶。这位管家不喝酒。

"前不久我去了阿兰卡星球，"他说，"那是一个很有趣的世界。阿兰卡人不懂什么是生命的意义，但这没给他们造成任何困扰……我一直在思考关于他们的事，管家。他们跟我们几乎一样，同是有智慧的物种。甚至他们的缺陷也不会引起我们的不安——这些缺陷，也正是我们的缺陷……他们拥有一切……除了意义。相比之下，我们呢？什么都没有。就连生命的意义也不是每个人都能找到的。管家，这让我想起地球上的一个年轻人。他曾是个普普通通的小男孩，有点小聪明，时常淘气嬉笑，也会因恐惧哭泣。到了要与童年挥手作别的时候，男孩第一次开始思考生命的意义是什么。他原是个博览群书的孩子，于是，开始在书中寻找答案。那些声称生命意义是为祖国或理想而献身的书，他会立刻弃之不读——死亡，即使是最英勇的死亡，都不可能成为生命的意义；小男孩认为，生命的意义在于爱情——这样的书也有不少，它们更容易让人相信，也更容易让人接受。男孩决定谈场恋爱。他看了看周围的人,选择了一位合适的少女,认为自己恋爱了。也许他真的很擅长说服自己,也许只是时机已到,总之,他真的恋爱了。一切进展顺利。但爱情最终还是逝去了。那时,男孩已经长成了青年,但他还是发自内心地感伤,就像童年时一样。他认为这是一场错误的爱情,于是坠入另一条爱河。从那以后,每一次面对爱情的逝去,每次说出'爱'这个字,他都坚信自己确实在爱,没有欺骗任何人。但当爱情之火熄灭时,青年也不得不相信:爱情不过如此。于是他认为,生命的意义在于才能。他开始在自己身上寻找才华,哪怕是最不起眼的才华。因为青年已经知道,连爱情的星星之火都可以燎原,那也就是说,天赋也能够日渐增强。他真的在自己身上找到了天赋,一丁点少得可怜的才华。他开始小心翼翼地呵护它,培养它,就像当初培育自己的爱情一样。他也取得了成功。人们因为他的能力开始热爱他,他成了被需要的人,他的生命又有了意义。随着时间的流逝,青年变成了成年男子。他明白了,他获得的意义,只是拥有才华的意义,而不是生命的意义。他又一次陷入伤心和沮丧。他开始在享乐中寻找生命的意义,但享乐只能使身体愉悦,使胃得到满足。他又向神灵寻求生命的意义,但信仰仅仅能给灵魂带来愉悦,成为灵魂的意义。他意识到,那种微妙的、可怜的、质朴的,既不是身体的、也非灵魂的、亦不是天赋的,却能使人之所以为人的意义,自己始终未能找到。他试图总览全盘:信仰、爱情、享受生活并且创造,但依然没有找到意义。不仅如此,男子终于悟到,在不多的寻找生命意义的人中,没有一个能够找到它。"

"这个故事的意思是,生命没有意义,对吗?"管家问。

马丁摇摇头,"不是。"

"有一次,你讲过关于人和梦想的故事,"管家说,"我没看到这两个故事的深层区别。"

"这是因为,你们几乎是全能的。"马丁说,"你们的生命有意义,却没给梦想留一席之地。阿兰卡人有梦想,但没意义。而地球人——地球人既要梦想,也要意义。"

"马丁,那些永远不能实现的梦想和无法找到的意义能给你带来快乐吗?"

"我有梦想,也在寻找意义,这让我快乐。"

"好吧,你走吧。"管家若有所思地说,"你的故事还没有讲完,马丁。"

"不可能讲得完。"马丁回答,"永远不可能。"

管家摇了摇头,"每个故事都该有结局。这里又寂寞,又凄凉,游子。"

马丁叹了口气。

管家继续说:"这次你讲的故事,姑且算通过。请进入界门,继续你的行程吧。但下一次,如果你不能讲完这个故事,界门就不会为你打开。"

马丁一时呆住,摇摇头,愚蠢地又问了一遍:"你接受了自己不喜欢的故事?"

管家沉默不语。

"如果我讲不出它的结局,就再不能从玛姬星回来了吗?"

管家沉默不语。

"你想让我给你一个答案,一个全人类都还没找到的答案?"

管家给自己倒了一杯茶。

马丁站起身,环顾了一下房间。这不过是莫斯科驿站中众多用来讲故事的房间之一。也许是最后一次看到这个房间了。马丁拿到了一张单程车票。他冒冒失失地讲给管家的故事,根本没有续集!

马丁看了眼管家。

管家抬起双眼,露出了微笑。

"我一定能给你讲完这个故事,"马丁说,"在迪奥·道人的世界里,坐在我面前的将是另一位管家。但我知道,听故事的,会是你。再见,管家。"

"再见,马丁。"管家说,"去寻找自己的意义吧。"

今天,等候大厅里人头攒动,满屋子是烟味。几乎所有的椅子和沙发都坐满了人。一群年轻人占据了整个沙发,说着蹩脚的俄语,不时夹杂几句更为蹩脚的希伯来语。马丁非常了解这类人。这是狂妄的小年轻们近来新染上的癖好。对面角落里坐着一位犹太人模样的男子,他强忍着不往年轻人的方向看,显而易见,这些年轻人激怒了他。当然,只是言语上的激怒——在驿站的范围之内,严禁给他人造成任何身体上的伤害。从其他旅行者脸上紧张的表情来看,这几位年轻人激怒了所有人。

马丁默默地站在烟灰缸旁抽烟。

当然,这些年轻人也注意到了他。其中一个立刻站起身,走过来,粗鲁地跟马丁要了一支烟点燃。

马丁没有开口说话。

"亲爱的,请问,"小伙子大声说道,"宁(您)知道'蔚蓝远方'吗?"

"我去过这个星球。"马丁冷淡地回答。

"他们是不是真的干了宁(您)[1]?"小伙子拙劣地模仿着犹太口音。

"年轻人,别耍活宝了!"犹太人忍不住说。

小伙子笑嘻嘻地转身面向他,反问:"宁(您)说什么?宁(您)是反犹太分子吗?还是通(同)性恋?"

沙发上的一伙人肆无忌惮地放声大笑起来。这些年轻人主要通过两个话题激怒旁人——犹太人问题和同性恋问题。而他们自己绝对不是犹太人。

角落里的男子站起身,快速朝小伙子走去。他看上去很强壮,如果不是在驿站里,他肯定能好好教训教训那个小狗崽子……不过,小伙子身边还有三个同伙……就在男子距离咧着嘴的年轻人还有两步远的时候,马丁拦住了他的去路,紧紧抓住了他的手,"给您香烟。"

---

1. 此处为双关语,也可以理解为"是不是真的很远"。在俄语中,"远方"一词的发音与动词"дать"过去时的复数形式发音相同,该动词在俄语中既有"打"的意思,也有发生性关系之意。

"我不吸烟。"男人缓缓开口,但仇恨的目光并没有从小伙子身上移开。

"您还是抽一支吧,"马丁请求他,"就算是为了我。一旦在驿站做出攻击行为,您就会消失。我不知道您会消失到哪里去,但任何人永远都不会再见到您。"

男子咽了口唾沫,点了一下头,拿起马丁手里的烟。两个人一起朝烟灰缸走去。

"那宁(您)到底是不是通(同)性恋?"年轻人继续矫揉造作地说。

马丁此刻才弄清楚一切是怎么回事。这些年轻人是在挑衅!挑衅马丁、犹太人和所有其他等待过界门的人!这群人就是想看看,人会怎样从驿站消失。

"驿站禁止使用武力。"马丁重复了一遍,但更像是劝自己,而不是劝那些年轻败类或败类们的挑衅对象。

"真丢人。"犹太人言简意赅,笨拙地深吸了一口烟,"真为他们……感到羞愧。"

"您不用羞愧,"马丁说,"也不要生气,还是可怜可怜他们吧。他们早晚得从这里出去,早晚会碰上不理解他们那种特殊幽默感的人。在殖民世界里,解决问题的方式很简单。"

"宁(您)在说什么,通(同)性恋?"小伙子继续说道。

"看到了吗?他开始重复了。"马丁说,"这种行为方式只存在网络上,因为那里不会有被揍的危险。现在他们觉得又找到了一个即使嘲弄旁人也不会有任何危险的地方——驿站。但是进驿站是要交费的。语言游戏对他们没有任何帮助。"

"宁(您)是反犹太人!"小伙子愚蠢地重复道,"是吗?"

马丁又看了他一眼,像平常看客户照片那样,试图想象出这个人的灵魂,他的内心世界、梦想、他生命的意义,以及脆弱之处。想象出所有那些能够驱动一个人的无形的弹簧。

马丁做到了。他在片刻之后开口了。就像在管家面前讲故事一样,他极具说服力地讲起自己刚刚为小伙子量身定制的说辞。他没有说一句脏话，甚至没有像对方期望的那样玩语言游戏。

很显然，马丁的心理攻势成功了。小伙子气得面红耳赤，嘴里不清不楚地骂骂咧咧，挥拳便要打……

拳头虎虎生风，直奔马丁的脸而来，然而忽然就消失不见了，连同拳头的主人。

坐在沙发上的三个人呆住了。

"人就是这样消失的。"马丁热心地解释道，"没有提前预警。该说的，早就跟你们讲清楚了，亲爱的年轻人。"

"见鬼，"男人额头上布满了汗珠，"见鬼……"

"应该消失的本来是您，"马丁说，"或者是我。"

"是您捣的鬼。"男人小声说。

"是的，是我捣的鬼。"马丁坦言相告，"我觉得这很公平。"

"你这浑蛋！"失踪者的一个伙伴大叫，一时间竟然忘记了拿腔拿调地糟蹋语言，那种矫揉造作的口音消失了，"浑蛋，浑蛋！"

"那你打我啊。"马丁提议道。

"我们会找到你的，不论你去哪里！"小伙子高喊着。他滑稽地在沙发上连蹦带跳，却没有站起来。

"我要去'法克'，"马丁说，"也叫'玛姬'，迪奥·道人的星球。随时欢迎你去。但你最好记住，他们的法律规定，杀害性成熟的生物不算犯罪。而我从来都是遵守法律的典范。"

"您准备杀了他们吗？"犹太人低声问。看来，尽管他非常气愤，但还是不希望小伙子们真的死于非命，所以一时之间竟不知该怎么与马丁相处了。

"如果是出于自卫，我会的。"马丁承认。

"杀死敌人不是什么可耻的事。"门口传来一个人的声音。

马丁转过头。

一个格达人站在门口。他身材高大，耳朵呈半圆形，眼睛分得很开，一身非地球人的深灰色皮肤……外星人的脸都没什么区别，但马丁觉得，这张脸很面熟。

"我们见过吗？"马丁问。

"在图书馆星。"格达人简短地答道。马丁终于认出了他——是格达人卡德拉赫，大卫的朋友。当然，虽然知道这位格达人的名字，但也并不能成为当众叫出名字的理由，于是马丁仅仅点了一下头，"是的，我记得你。"

格达人步履轻盈地走到马丁身边，蓬松的橙蓝两色盛装沙沙作响。喧闹的大厅瞬间安静了，年轻的蠢蛋们和普通的旅行者都不再出声。

"有人以言语侮辱你时，没有必要拔出宝剑。"格达人继续说，"应当以言语杀死敌人。你成功了。我很欣慰。"

"没有人知道失踪者的命运。"马丁说。

"对于宇宙来说，他死掉了。"格达人像地球人一样耸了耸肩，"杀人也有很多种方式……我们需要谈一谈。"

"你们认识吗？"犹太人轻声问了马丁一句，"这是格达人吧？"

看来，他没听懂他们的谈话。也就是说，这犹太人尚未成功通过界门，还没来得及掌握旅行语。

"是的。"马丁回答说，"祝您成功。我看这些年轻人今后不敢再胡作非为了。"

"我们得离开这儿，找个没人能听到我们谈话的地方。"格达人说道。

在一片寂静中，马丁和格达人卡德拉赫走出了等候大厅。卡德拉赫自信地走向某个目的地，马丁默默地跟在他身后。他们完全可以去会客室，但卡德拉赫将马丁带进了驿站众多卫生间中的一个，问道："选这个地方谈话您不会介意吧？"

马丁环顾了一下卫生间：四个孔洞被高至天花板的隔断隔开，其中两个明显不是为人类设计的。有两个小便池。还有一个奇怪的装置，明显是为双手或者触须间距过大，而且需要通过孔洞解决生理需求的生物设置的。

生命的外在形式居然如此千差万别，真令人拍案叫绝。

"不，不介意。"马丁说，"在厕所里谈重要的事情，这是间谍小说和侦探小说的传统。"

"我尊重传统。"卡德拉赫表示同意。马丁认为,格达人不单单是尊重传统,他们完全就是传统的秉承者,但他没有将这话说出口。

"我花了很多心血才在地球上找到你。"卡德拉赫继续说,"找到你后,我又差点儿跟丢了。好在莫斯科驿站有这么多人绊住你。"

"我洗耳恭听。"马丁说道。

"那是我的肯南。"卡德拉赫说,"在图书馆星杀了姑娘的,是我的肯南。"

## 二

格达人会吸烟,烟草对他们的影响与对地球人略有不同,但仍然算是轻型毒品。马丁递给卡德拉赫一支烟,然后同他一起在卫生间里吞云吐雾起来,仿佛两个逃避考试的、不听话的中学生。

"肯南是半智慧生物,"卡德拉赫尝试向马丁解释格达人知识体系中的一些基础知识,"半智慧生物通常会将自己的主人奉为神明。它们从不背叛,对它们来说,死亡不过是小事一桩,因为它们的大脑并不理解死亡是存在的终止。但它们绝不可能背叛!"

"像狗一样。"马丁点点头。

"你们的狗刚刚发展到半智慧的边缘,"卡德拉赫纠正道,"我们见过狗,所以知道。但我们与肯南生活在一个世界已达数万年之久,它们多多少少会获得些智慧。虽然对我们来讲,那不过是智慧的萌芽。"

"为什么你的肯南要杀害那个姑娘?"

"肯南有了新神。"卡德拉赫脸上露出了微笑。马丁觉得这个微笑很诡异,背后另有玄机,"估计是有人逼它违背了我的训诫。"

现在轮到马丁苦笑了。一个动物叛徒违背了其守护神的圣训……

"我不知道谁有这个能力。"卡德拉赫说。

"你知道。"马丁反驳道。

卡德拉赫的脸上闪过一丝痛苦。

"是的。请原谅,我在说谎。我知道谁能做到。但管家们不回答我的问题。"

"他们不回答任何人的问题。"马丁附和,"但是没有其他可能。只有他们能唆使你的肯南伤害伊琳娜。"

"我要复仇,为名誉而战。"卡德拉赫轻声说道,"我答应过肯南,要保护它,给它幸福。我没有兑现诺言。我必须报仇。但管家对格达人来说太强大,就像我比蚜虫要强大不知多少倍。我没有机会。"

马丁双手一摊。他早就认为,在图书馆星……或许,在莽原-2和阿兰卡星的事都有管家染指。但没有人能逼管家回答问题,没有人能恐吓或欺骗管家。

"那你决定怎么办?"马丁问。

"在驿站,我无能为力。"卡德拉赫安静地说道,"但如果管家要借他人之手杀害小姑娘,那也就是说,在驿站外,他们并非无所不能,我们可以试试与他们一战。请问,马丁,为什么你还在宇宙中旅行?你还在找什么?"

马丁思考了片刻,将伊琳娜·波卢什金娜被复制了七份的消息告诉了卡德拉赫。格达人点点头,"我想过类似的可能性。"

"为什么?"马丁好奇地问。

"你不像是个已经完成搜寻工作的人。"

马丁耸耸肩,"也许我有别的事情做呢……"

"在我的世界里,我的工作是寻找失踪者、惩罚违背圣训的格达人和教育青少年。"格达人说。

"私家侦探?"马丁吃惊地问。

"侦探,"格达人点了一下头,特意忽略了"私家"两个字,"侦探、刽子手和青少年导师。"

马丁等待了片刻,他在等待一个微笑,但忽然意识到,格达人不会笑。

"我第一次见到外星同事。"他说,"非常高兴认识你。"

格达人伸出手,马丁热情地握了握,问道:"但是教导青少年……与刽子手或侦探的工作有什么联系?"

"泰格达的仆人教人向善,"卡德拉赫解释说,"而刽子手教人施恶。我给青少年讲违背圣训的格达人的命运,给他们讲我们平时是怎样工作的。他们被吓得心惊胆战,然后就会心甘情愿地聆听关于善的训诫了。"

"有道理。"马丁表示同意,"也就是说,你知我的调查还没有结束,所以就跟着我来了?"

"是的。我到了地球,但迟到了。你又去了界门。当你再次返回地球后,我想去你家,但你的房子被你们的刽子手盯上了。"

"他们不是刽子手。"马丁安慰说,"只是……有点儿像侦探的导师。"

格达人点了一下头,"值得尊敬的人。好在我没有杀了他们。姑娘还活着,寻找她的工作还没有结束,真是太好了。马丁,我恳求你的恩典。"

"什么?"马丁迅速问道,"恩典"一词对格达人来说,可能意味着非常古怪的事情。

"请你做我的朋友。"

"为什么?"马丁问。

"肯南被利用了,导致你无法带姑娘回地球。不管这个罪犯是谁,管家也好,其他未知的敌人也罢,他们害怕她返回地球。你说过,姑娘还活着。如果我帮你救了她,就相当于我报了仇。"

格达人不再说话,等待马丁的回复。

事实上,马丁已别无选择。格达人向他伸出友谊之手。也许,这是个非常开明的格达人,在图书馆星也没见他以与地球人交友为耻。

如果拒绝他的友谊,马丁便会成为他的敌人。可是身后若有个受了委屈,甚至不惜要报复管家的格达人跟着,可不是与地球上的三个小流氓为敌这么简单。更何况自己刚刚不小心说了要去玛姬星，格达人听到了，所以知道去哪里找自己……

"我很荣幸成为你的朋友。"马丁说。

"卡德拉赫·萨岗·泰·萨拉赫。"格达人拥抱了马丁。

要知道自己该如何做，并不难。

"马丁·伊戈列维奇·杜金。"马丁拥抱着外星人，回答说。格达人身上散发着普通地球人的汗味。

"接受你的友谊，我并非出于真心，只是为了履行职责。"格达人退后一步，说道，"这是我的错，但我会像真正的朋友那样，做我应该做的。"

"接受你的友谊，我也不是出于真心，只是因为恐惧。"马丁坦白道，"这是我的错。但我会做一个真正的朋友。"

"好在我们两个都有错。"格达人点点头，"泰格达权衡我们的罪时，会认为功过相抵，并宽恕我们的。"

"好在我们两个都有错。"马丁表示同意，"泰格达权衡我们的罪时，会认为功过相抵，并宽恕我们的。"

卡德拉赫眉头紧锁，"你在重复我说的话。"

"你在重复我说的话。"马丁说。

卡德拉赫似乎有所期待。

"你在重复我做的事情吗？"马丁问。

格达人哈哈大笑，"马丁，仪式已经结束了！我们的祖训是：互相许诺，放下眼前的所有成见，成为真正的朋友，到此为止，仪式就完成了。好了！现在可以像平常那样聊天了！"

马丁苦笑，"我怎么会知道这种仪式？格达人并不常与地球人交朋友。我只知道，你们的社会非常重视誓言和信条。"

"哈哈，也不像你们说的那么夸张。"格达人反驳，"上路前我们先休息一下，还是马上就走？"

"现在就走。"马丁说，"我们要去的地方可是迪奥·道人的家园。而且，我还有可能见到我的一个朋友。"

"迪奥·道人?"格达人似乎十分震惊,"他们并非宇宙里最优秀的种族。但如果需要……"

"你进等候大厅时,我已经说过了要去迪奥·道人的星球啊。"马丁提醒说。

"你说的是地球的语言。我听不懂。"格达人愧疚地耸耸肩。

马丁第一个走出驿站大门。格达人紧随其后,仿佛毫无异议地接受了从属角色。

迎接他们的,是玛姬的严冬。

在须奥间穿越宇宙,很容易让人忘记季节的变化。碰巧的是,在命运驱使之下,马丁所到的地球殖民地,皆为温暖的甚至炎热的世界。在地球时,马丁也喜欢去温暖的地区过冬,譬如雅尔塔、法国南部和摩洛哥等地,只有"从圣诞到圣诞"[1]的两周时间才回到阴冷的莫斯科。与每位俄罗斯知识分子一样,他热衷于庆祝所有东正教、天主教和世俗的节日。但这种休闲舒适的生活节奏也有不足之处。

"你知道这里很冷,连水都会结冰,对吗?"卡德拉赫问。

马丁摇摇头,"我忘了。我来过这里两次,但两次都是夏天……"

格达人沉默不语,将橙色衬衫裹得更紧了一些。这衣服与其说是衬衫,更像多层夹克。马丁不能确定是自己的衣服更暖和,还是格达人的更暖和。

"我们可以在当地找一家服装店。"他安慰新交的朋友。

"信仰比布料更能温暖我们。"卡德拉赫回答,"这就是迪奥·道世界吗?"

马丁点点头。

玛姬星驿站是传统的迪奥·道建筑风格:吊脚的球形建筑群以游廊相连,黑色石头的围墙将驿站围于其中,只留下两个门洞作出入口。灰绿色的天空低低压下来,浓云密布于驿站上空。围墙很高,看不到城市

---

[1] 指从12月25日的西方圣诞节至1月7日俄罗斯东正教圣诞节这段时间。

的景象。迪奥·道人不喜欢高层建筑。

"跟着我。"马丁简短地对格达人发号施令,"我怎么做,你就怎么做。"

"如果冒犯到泰格达,我就不会重复你的动作。"卡德拉赫警告说。

"这里的人对泰格达、耶稣和穆罕默德都漠不关心,"马丁摆摆手,"这些都不是问题。迪奥·道人对信仰持宽容态度,他们举止得体,很有分寸,但非常官僚。"

"我知道。"卡德拉赫点点头。

"不,你还不知道。"马丁笑了笑,"这需要亲身感受……走吧。"

海关和边检的球状建筑比管家驿站占地面积要大得多。当然,迪奥·道人不能违背管家的唯一要求:保障所有过界门的生物自由通行的权利。但他们还有自己的规定,并且要求过界门的生物必须遵守。

"这些都是边防关口吗?"格达人惊讶地问。他们走出围墙,向球状建筑方向走去。新雪在脚下嘎吱作响,附近看不到一个活物,但监控镜头在落满白雪的边防哨所上警惕地闪着亮光。任谁都休想逃离此地。

"边防关口、宾馆、商店和乞丐收容所……"马丁点点头。

"这儿建宾馆和收容所干什么?"格达人迅速发现了可疑元素。

"你不会以为,所有人一天之内就能办完所有通关手续吧?"马丁笑了笑。

格达人沉默不语,只是夹紧了耳朵,然后又将其张开。这看起来颇为古怪,但马丁知道,这种反应类似于地球人困惑茫然时瞪大双眼的表情。

在第一个球状建筑中,在成排的马蹄形桌子后面,十个迪奥·道官员正在等候访客。这里很暖和,房间中轻声播放着陌生但悦耳的音乐,墙边铜鼎中的熏香烟雾缭绕,散发着芳香。

"向您问安,"马丁鞠躬问好,"好好活着!"

格达人精准地重复了他的问候方式。

"好好活着!"迪奥·道人的回应声连成了一片。

此种族不是类人生物。卡尼尔和奇斯佳科娃的《宇宙生物名录》谨慎地将他们定义为"直立行走的伪袋鼠类生物"。事实也的确如此,迪奥·道人与地球上的袋鼠更为相像,只不过前肢更发达,全身无毛,皮肤呈古铜色,仿佛被阳光晒黑的一样。他们牙齿外露,很明显,迪奥·道人至少是杂食性生物。迪奥·道人并不排斥服装,但在室内,他们只穿能遮盖住性器官的小短裙。长长的裘皮外套整齐地挂在墙边的衣架上。

"到我这儿来。"一个迪奥·道人简短地命令道。

马丁和卡德拉赫从他手中接过一本厚厚的小册子和一支透明的橙色碳素水笔。看得出来这个迪奥·道人处于妊娠的最后阶段,连动都不想多动一下。

"我协助朋友填表,"马丁说,"这不违规吧?"

"协助不违规。"官员想了一会儿后说。所有智慧生命说旅行语都像说母语一样自然,而他的口音有一种奇怪的金属质感,"但表格需要亲手填写。去六号桌。"

马丁将卡德拉赫带到六号桌,坐到桌旁。马丁长叹一声,打开了小册子。

"表格在哪儿?"卡德拉赫问。

"这就是。"马丁拍了拍小册子,"请仔细填写,这里不允许有四次以上的修改,第二份表格要收费……价格不菲。"

格达人咬牙切齿地骂了句什么,打开了小册子,看了一眼,然后困惑地抬眼看了看马丁,"问这个干什么?"

"你是指第一个问题?"马丁问,"如实回答就好了。"

"为什么?"格达人锲而不舍地问。

"如果你已经到了性成熟期,那么你有权在星球上自由行动。否则,他们会配一位向导随时跟着你,当然,收费昂贵。"

"第二个问题呢?"格达人紧张地问。

"玛姬星球禁止在非指定场所解决生理需求,星球上相距最远的两个厕所之间有三个半小时的路程。因此才会有'您能否保持三个半小时不排便'这样的问题。"

"为什么要问这些？"格达人扩大了问题的范围。

"前八页都是些故意让人尴尬、惹人恼怒的问题，"马丁解释说，"目的是判断旅游者自制力的强弱和心态是否平和。"

"我会回答所有的问题。"格达人下定决心，"但迪奥·道人都有病。"

"后面有个问题，问你是否认为迪奥·道种族有智力缺陷。"马丁安慰道，"你最好回答'是的'。总之你要诚实作答。迪奥·道人做这个问卷的目的并不是为了阻止某些人进入他们的世界。"

"那是为什么？"

"为了掌握更多信息，分析什么人会做出什么样的事。"马丁微笑，"你可以表明自己恨他们，但如果你的仇恨并不会转化为实际行动，迪奥·道人就不会介意。他们甚至不会给旅行者施加任何限制，仅仅是想全面了解你而已。"

又一个小时无声地过去了。调查表并不需要写很多字，大部分情况下，只需要在答案旁边打对钩就可以了。卡德拉赫感到特别困惑时，就会问马丁——

"如果我不知道自己肠子的长度怎么办？"或者"我不知道自己母亲的性伙伴数量该怎么办？"

第一种情况，马丁建议他将肠子长度标注为"小于一百米"，而第二种情况，则填写"不少于一位"。

又过了两个小时，马丁礼貌地请迪奥·道人给杯水喝。迪奥·道人为他们拿来托盘，托盘上有一玻璃瓶清水、两个锥形塑料杯和一小碟深灰色的棍状饼干。

"好东西。"马丁将一份棍状饼干送到嘴里，向卡德拉赫推荐，"这不是普通的食品，而是温和的兴奋剂。"

"可你并没问他们要这个啊。"卡德拉赫怀疑地说。

"客人要喝水时不给些食物是不尊重客人的表现。"

格达人笑了。

"最好笑的是，他们尊重我们，"马丁告诉格达人，"并且会尽其所能。顺便说一句,在这个星球,我建议你只在极端情况下才吃肉,而且只能是煮熟或煎透的肉。这里的生物体内的活性物质太多了。"

又过了一个小时,马丁终于填写完调查表。卡德拉赫很快也填写完成,而且只有两处修改:第一个问题是"您计划何时死去",第二个是"在没有其他食物来源时,您能否以智慧生命为食"。卡德拉赫犹豫不决,不知该如何作答。对第二个问题,卡德拉赫先回答了"不能",但听从了马丁的建议,将答案修改为"不知道"。

"这简直就是侮辱。"格达人掂量着手掌中刚刚填写完的《塔木德》[1],故意大声说道。

"请你想一想,这些迪奥·道人三个月前还没有出生,"马丁朝着那些沉着冷静的"袋鼠"点点头,"也请你想一想,三个月后,他们将不复存在。寿命如此短暂的生物必须严格遵守某种行为规范,这在所难免。"

卡德拉赫甚至愧疚起来。

他们将调查表交给了迪奥·道人,顺着小走廊朝下一个球形建筑走去。在这里,细心的海关官员吹毛求疵地查看了他们的所有装备。海关人员并没有为难他们,但他们带来的所有东西,就连马丁背包里的袋泡茶和卡德拉赫口袋中的坚果都一袋袋一粒粒地记录在了报关单上。马丁和卡德拉赫还被要求在报关单副本上标注所有物品是自用还是用于交易。最后,海关郑重其事地向他们发放了精美的证明文件。在迪奥·道人的领土,该文件可用作临时护照,若文件丢失将面临巨额罚款并有可能被驱逐至驿站。

在第三个球形建筑里,入境手续进展最为顺利。一群医生先确认了他们对各种检验方法的敏感度,之后进行了X射线和超声波扫描。马丁和卡德拉赫都拒绝了伽马射线和内窥镜检查。迪奥·道人也没有强迫。

这里几乎所有工作人员都大腹便便,只是程度不同而已。某些迪

---

1. 犹太教口传律法的汇编,涵盖了犹太教律法、传统习俗、祭祀礼仪等方方面面。此处意在讽刺迪奥·道人的表格问题覆盖面之广。

奥·道人胸前的袋子已经张开，不时有小幼崽从里面伸出头来，好奇地扑闪着水汪汪的眼睛。马丁以为卡德拉赫会再次提出天真的问题，譬如：为什么会有这么多女性在这里工作？但卡德拉赫一言未发。他可能知道迪奥·道人是雌雄同体生物。

手续很快结束了，没有必要住宾馆或收容所了。

最后一个球形建筑是贸易中心。马丁卖掉了一些迪奥·道人感兴趣的商品。他们最感兴趣的是印有地球风景的漂亮彩色明信片和红辣椒——其他外星人也非常喜欢这种稀有调味品。卡德拉赫则卖掉了"行军口粮"中的部分坚果。据马丁所知，这种坚果只生长于格达人的故乡，在整个银河系都非常有名。虽然坚果的味道没有什么特别之处，但保存期限很长，几乎可以无限期存放，营养价值极高……除此之外，任何以蛋白质为生命基础的种族均可食用。能与其媲美的，只有合成食品了，但合成食品永远无法和天然食品相提并论。

两人口袋里揣着迪奥·道人的货币离开了边境。卡德拉赫还是给自己买了件裘皮上衣，他很明智，知道只靠灵魂的力量取暖是不够的。马丁在外套里面加了一件毛衣，觉得自己带来的衣服足以应付这里的冬天。

"这里的建筑真搞笑。"卡德拉赫环顾了下四周，说。

马丁对这一讽刺极为认同。天已经黑了，漫天飞雪，城市的整体风格却不难捕捉，到处都是建在低矮桩脚上的球形建筑，有些以通道相连，有些茕茕独立。最高的建筑也不超过四层。狭窄的街道铺着六角形的石块地砖。每个房子上都有只小灯笼，这些灯笼就是街道的全部照明。

"极简主义风格，"马丁附和道，"我认为，这也与他们短暂的寿命有关。"

"我知道迪奥·道种族的特点，"卡德拉赫冷淡地说，"不要把我当成不学无术的门外汉，朋友。但我仍然非常震撼，他们究竟是如何生存下去的？究竟是如何发展自己的文明的？"

"你会明白的。"马丁安慰道，"我们要先找到个过夜的地方，卡德拉赫。"

"宾馆？"

"太贵了。"马丁坦白说，"海关附近的酒店都比这儿的宾馆便宜得多。我认识一个迪奥·道人。如果他还活着……"

"走吧，"卡德拉赫二话不说就同意了，"不要耽搁时间了，因为他随时可能会死去，是吗？"

"正确。"马丁说，"上路吧。"

## 三

面前这个又小又简陋的穹顶房就是孤单的迪奥·道人的典型住所。短寿的种族不愿意被情感束缚，因此只有少数迪奥·道人组建了家庭。

"应该是在这里。"马丁研究了一番门上复杂的几何图案，"他们不习惯给街道命名，给房子编号，但是……"

"在如此规范的社会，房子居然没有编号？"格达人惊讶道。

"也许正是因为太规范了？"马丁以问作答，"是啊，看来就是在这里。"

他拽了一下探出墙外的木手柄，门内传来了洪亮的锣声。

"就算你的朋友去世了，他的孩子也应该认识你。"卡德拉赫说道。

"这就另当别论了。"马丁摇摇头，"最好是下一代还没出生。那样我与他们家族就有了世交之谊了。"

已经三四分钟过去了。街上几位裹着裘皮上衣的迪奥·道人走过，好奇地瞥了几眼外星人，没问任何问题。

"真冷，"马丁在原地跺着脚，"唉，他在干吗呢……"

门开了。

站在门口的迪奥·道人很老了。即使在家里，他也披着长裘皮斗篷，看来屋里很冷。但是斗篷无法遮住他巨大的肚子。他推着低矮的小拖车，将巨大的肚子放在上面。

"我很高兴看到你，秋生[1]。"马丁说，"好好活着！"

话一说完，马丁惊讶地发现自己的声音竟然因激动而颤抖了起来。与年轻的迪奥·道人短暂的交往，没有也不可能产生真正的友谊。与寿命仅有半年的生物怎么可能成为朋友呢？

"相信我，我也非常高兴见到你，马丁。"迪奥·道人回答，"好好活着！"

然后，他向前伸出双手。

马丁毫不犹豫，向前迈出一步，与秋生拥抱在一起。迪奥·道人的大肚子在中间颤抖——还未出生的小生命也想看看马丁。

穹顶房分为两个房间。小房间是迪奥·道人的卧室，大房间既是客厅，也是厨房和浴室，卫生间仅仅用木屏风简单地隔开。所有的东西都很简单朴实……而且坚固，经久耐用。

"我本想给他起名叫冬生[2]。"秋生说着，慢慢地向桌子方向移动。他不时蹦跳一下，步态滑稽好笑。年轻的迪奥·道人确实能像袋鼠一样蹦蹦跳跳，但妊娠带来的影响还是非常明显的，小拖车上的肚子旁边放着装热茶的玻璃瓶和盛着各种美食的高脚盘，"但我现在改主意了。他的新名字叫友达[3]。你同意吗，孩子？"

斗篷摆动了几下。斗篷的褶皱处露出一个毛茸茸的小脑袋。迪奥·道人出生时全身长满毛发，到性成熟时期毛发才开始脱落。幼崽羞涩地看着马丁和卡德拉赫。

"别害羞。"秋生说，"回答我。"

"是的，双亲。"幼崽轻声回答，然后又藏到斗篷后面。

"他懂旅行语？"马丁惊叫，"你怀孕时带他走过界门？"

---

1. 俄语为 Рождённый Осенью，意为秋季诞生的人，故译为"秋生"。
2. 俄语为 Рождённый Зимой，意为冬季诞生的人，故译为"冬生"。
3. 俄语为 Дождавшийся Друга，意为等到故人来，故译为"友达"。

"没有。我只是将语言的记忆共享给了他,"秋生微笑地回答,"请帮帮我,马丁……"

大家将玻璃瓶和高脚盘摆到桌子上,然后秋生缓缓地向房间的厨房区走去,去取其他食品。马丁没有刻意去帮忙,怕那样会冒犯到迪奥·道人。

"我的时间不多了,"秋生从小储物柜中往外拿东西,平静地说道,"我觉得,今晚,我的生命就会走到尽头。但我很高兴、非常高兴再次见到活了几十年的你……"

马丁嗓子又一紧,想说些什么,却无言以对。

卡德拉赫提出了问题:"请恕我唐突,秋生。我可以问一个无礼的问题吗?"

"可以。"迪奥·道人简短作答。

"你们的繁殖一定要以上一代的死亡为代价吗?"

"孩子的肉体将独立于我而存在,"秋生回答,"而且我们星球也有足够的食物,使孩子们无须再遵循家族相残的传统。但是,他出生后,我的生命之钟就停止了。"

"这受制于某种生物机制吗?"卡德拉赫问,"譬如激素、酶……如果能找到它们……"

"那你们找到让你们衰老的机制了吗?"秋生问,"为什么你们的身体会衰弱、老朽和死亡?"

"但如果你不怀孕……"卡德拉赫喃喃地说。

"那我就能多活几天。一周或一个月左右……"迪奥·道人的声音中露出一些犹疑,"我们星球中有药物和草药。几千年来,我们的种族都在不断寻找长寿的秘诀。无数伟大的学者和英雄都曾拒绝繁殖……大成之夜来临时,他们要其他迪奥·道人将自己捆住,更有甚者,还有割除自体繁殖器官的疯狂举动。但这无济于事。这是我们的天性,格达人。"

"迪奥·道人的身体一生中会产生三个卵子和一份精子,"马丁解释,"有可能受孕的时间段被称为大成之夜。这一夜会有十至十二小时的性行为。体内荷尔蒙急剧变化，几乎无法抗拒。但如果迪奥·道人找不到伴侣，或者成功克制住了自己……那表示他的家族就后继无人了。别无选择。"

"我可不想为多活一个月，就不把自己的记忆传给孩子，"秋生返回到桌旁，说，"我这一生真的非常有趣……你喜欢用鱼做的这道菜，对吗，马丁？"

"是的，谢谢。"马丁接过他手里的碟子，"你已经活了六个月了吧，秋生？"

"六个月零八天，"迪奥·道人点点头，"我肚中的孩子明白……他也尽可能不让自己着急。我已经尽我所能，几乎将所有的东西都共享给他了。他是个很好奇、很聪明的孩子。"

"那么，胎龄不计入年龄之内吗？"卡德拉赫问。

"一般来说不计入。"秋生笑了，"何时开始与孩子分享智慧，主要取决于双亲。很多家长将这一过程留到最后一天。而我差不多是在怀孕后立刻就开始这项工作了。"

"真是又奇怪又令人恐惧，"卡德拉赫说，"请原谅我的无礼，迪奥·道人，我只能试着想象，还在母亲肚子里的孩子就获得自己先祖的记忆是什么感觉，他既是独立的个体，又是世世代代的一部分……"

"记忆的传递是有选择的，"秋生坐在马丁身旁的小沙发上说，"我尽力将我生命中最美好、最有趣的记忆传递给孩子，而留下错误的、存疑的和不成功的记忆。毕竟，这也是生活的一部分。你知道我们只能将自己一半的记忆传递给孩子吗？"

卡德拉赫点点头。

"我身上有一半双亲的记忆，"秋生继续说，"四分之一来自祖辈，八分之一来自曾祖辈，以此类推。但关于古老的先祖，以及他们所言所行的记忆，都没有保存下来，只有些缥缈的印象而已。总有一天，我的记忆也将只剩下模糊的瞬间，也许就是我此刻的感受，我不知道。我也不确定祖先的哪一部分记忆会传递给我的孩子。我的孩子也无法自由决定将我哪部分记忆传递下去。但我希望，我的后代能记得我幸福的模样。当我回想祖先的时候，总觉得，他们都是幸福的，一直是幸福的，一辈子都是幸福的。那就像一股温柔的暖流，流过了多少个黑暗的世纪。铭记这些温暖，并知道自己也会被后代记住，这太美妙了——'我'是世代相传链条上的一个环节。'我'大于独立的个体，'我'是一个家族。我是幸福的。"

卡德拉赫摇摇头，似乎不太同意，但什么话都没有说。

秋生拿起玻璃瓶，为每人各倒了一杯茶。这饮料的味道与地球上的茶没有任何相似之处，但马丁还是习惯性地将其称为茶，就像称呼任何星球上的任何植物饮品一样。

"我非常高兴见到你。"秋生又说道，"但我还不至于天真到认为我长寿的朋友马丁只是为了在我濒死的时候来探望。更让我难以相信的是，骄傲的格达人造访此地，"迪奥·道人笑了，缓和了自己话中的讽刺意味，"只是为了要弄清我们的生物学特性。有什么是我能效劳的？"

马丁和卡德拉赫对望了一眼。看来，就连"骄傲的格达人"都不忍向垂死者寻求帮助。

"我已经奄奄一息，这是无法改变的。"秋生说，"与你们交谈是我生命最后几个小时的一大乐事。但是如果我真能帮上你们，对我来说就是更大的快乐。请讲吧。"

"你还记得我是做什么工作的吧？"马丁问。

"雇佣警察。"秋生点点头。

"嗯……就算是吧。不久前，就是一周前……"马丁一时语塞，意识到在一个只有半年生命的生物面前说这样的话是多么不妥，但话已出口，想要收回为时已晚，"有人求我找一位穿过了界门的姑娘……"

"你们星球的女性拥有智慧和自由意志吗？"迪奥·道人很惊讶。

"当然。"

"噢，对不起，我把你跟格达人弄混了……"秋生笑了。

马丁看了眼卡德拉赫。格达人的脸一下子红了，呼吸也变得急促起来，但没有提出异议。

"就这样，我上路了……"马丁急忙继续讲道。

故事讲起来很容易。马丁简明扼要地把伊琳娜·波卢什金娜的三起死亡事件告诉了迪奥·道人，也讲了姑娘掌握着宇宙奥秘的清单，还说了自己关于玛姬星的猜测，也向他介绍了为向管家复仇而与自己结盟的格达人。

最后的信息似乎最让秋生感兴趣。

"还从来没有任何生物能够向管家成功复仇。"他说，"也许这是件好事。如果管家的利益确实受到损害，他们会有什么样的反应？他们的力量足以摧毁无数星球，而他们的道德观却没有任何人能够了解。他们也许会因为某个个体的行为而惩罚整个种族。"

"我必须报仇。"格达人异常严肃地说，"我的每位同胞都会理解我的行为，不会谴责我。"

"你太莽撞，竟然置自己的物种于不顾。"迪奥·道人提出批评。

"如果我的尊严由敌人的力量来决定，那还能称其为尊严吗？"格达人冷冷地说，"况且我们还不确定，管家是否参与其中。如果没有，此次拯救姑娘就不会冒犯到他们，但如果他们参与其中，那我一定要帮助马丁。"

秋生点点头，不知是表示同意，还是决定不再争论下去，"请把电话给我拿来，马丁。在卧室里。"

马丁拿来了电话，那是一个沉重的设备，由粗糙的深棕色塑料制成，连着长长的螺旋状橡胶电话线。电话没有听筒，麦克风的喇叭口和扬声器固定在单独的电线上；也没有按键和拨号盘。

"地球人的电话设计更为合理。"卡德拉赫评论道，"麦克风和扬声器一体，而且——"

"我知道，"秋生点点头，"等这个电话坏了，就会换成新型电话，但它暂时还能用，换它有什么意义呢？如果每件新物品都是用来更换未到使用期限的旧东西，那不过是盗取个体生命中的一部分时间罢了。"

卡德拉赫低下头，仿佛赞同他说的话。

"你们的电话工作原理是什么？"马丁问。

"没什么原理，"格达人坦言，"我们不久前才开始重视电力带来的各种可能性。"

秋生对着麦克风说了些什么,然后又重复了一句。

"你们的通信到现在还要通过电话接线员实现吗?"卡德拉赫又忍不住问道,"明明可以按键拨号……"

"通过计算机,"迪奥·道人问答,"第十七代计算机。"

"电话却依然是老式的?"卡德拉赫确认道,"你们教会自己的机器识别语言,只是为了保留老一代的电话机?"

"大家发现这样更方便。"秋生点点头。

马丁好奇地听着这段对话。格达人的社会制度荒唐古怪,不乏繁文缛节,宗教仪式也过于花哨夸张,法律条文特别诡谲怪诞,但大体上而言,与地球上的人类社会很接近。他们心甘情愿以地球文明为榜样,试图仿效人类社会,以促使技术进步。虽然他们更喜欢阿兰卡人达到的成就,却坚决不赞同阿兰卡的世界观。

迪奥·道人则完全不同。

短暂的寿命并没有阻碍他们发展科学。科学家父辈将知识传授给孩子,研究就可顺利进行。迪奥·道人几乎总会将专业知识传授给一个孩子。孩子无权放弃继承该职业……况且,还从未有迪奥·道人想过要放弃。其他的兄弟们(通常,迪奥·道人会怀两个孩子,有时是三个)有更大的选择自由,但通常也会选择延续家族的传统。

但迪奥·道人并不急于将自己的科学成就应用于实践中。很多迪奥·道人的家中都有电视机,同时也有很多迪奥·道人认为电视机根本没有存在的必要;迪奥·道人的宇宙航天事业极为发达,每隔几年就会发射一次宇宙飞船,成功访问过所在星系中的全部四个行星,但这在迪奥·道人的社会中并没有引起任何轰动;迪奥·道人毫不犹豫地接受了管家们提供的服务,创建了许多殖民地,但并不急于扩张,仿佛移民至荒芜世界的目的只是在向别人施与恩惠;核反应堆已经在他们的星球上运行了数百年之久,但大部分能源依然来自火电站和水电站。他们似乎已经研究出了绝对安全、环保并且功率非常强大的热核反应堆,但从不急于着手建设此类项目;拥有计算机的家庭极为罕见,但地球上任何一台计算机都无法与该星球现有的计算机相提并论,据说,就连阿兰卡的计算机都无法与之媲美。

当生命如此短暂,匆忙便失去了意义。

如果你甚至来不及将一件旧衬衫穿得服帖,你就不会再关心时装的款式。

迪奥·道人与地球人的差异如此巨大,但马丁依然能够理解他们;而格达人理解他们的难度就大多了。

秋生在通电话,用的是旅行语,不知是出于礼貌,还是为了省去翻译,以免浪费时间。

"好好活着,沉谋[1]。我是秋生。是的,我还活着。今天夜里,大概。谢谢。我的外星朋友,地球人马丁来看望我。是的。他向我寻求帮助,我只好求你。大约一周前,有个地球女人可能到了我们的星球,她的名字叫伊琳娜·波卢什金娜。有这事吗?"

谈话中出现了极短暂的停顿。秋生看了眼马丁说:"没错,她在我们这儿……谢谢,沉谋。地球女人什么时候过的境?她现在在哪儿?这么久?是吗?这么快?谢谢,沉谋。再见。"

秋生将麦克风和扬声器放回电话机机座上的小洞里,"地球女人伊琳娜三天前过了边检。马丁,她的办事能力很差。"

"完全正确。"马丁表示同意。

"过关后,她立刻去了神谷。"

"这是什么意思?"

"那是我们宗教崇拜的本源地。"迪奥·道人不动声色地解释道。

"显然,姑娘对宗教的兴趣被唤醒了,"马丁说,"她先是在阿兰卡那里寻找灵魂,现在又关心起了你们的神学……我不熟悉你们的信仰,秋生。你曾经说,你们尊重他人的宗教,但从没讲过自己的宗教。"

"我可以告诉你,"格达人出人意料地开口了,"他们根本不是奉行宗教宽容原则,只不过是多神论者,同时相信所有的神。这真让我

---

1. 俄语是 Думающий Долго,意为长时间思考,故译为"沉谋"。

生气。"

"不是这样的。"秋生温和地说。

"那你纠正我啊。"卡德拉赫咧着嘴笑了。

"我们相信统一神,宇宙创造者,"秋生骄傲地说,"但我们认为神是不确定的。"

"你是想说不可知的?"马丁确认道,"这在任何宗教里都——"

秋生摇摇头,"不。诸神都是不确定之物。我们认为神是宇宙中智慧生命发展的最终阶段。简单地说……"他迟疑了一下,"在遥远的未来,智慧生命不再受到身体的束缚。所有智慧种族都是统一的、多样性的,同时任何生物都可以自由选择自身的存在形式。在不丧失个性的情况下,个体的智慧整合在一起,形成了一种不受时空限制的超意识。这就是神,是一切的创造者,是始也是终,是首也是尾,是整体和统一。祂将一切存在容纳于一身。祂创造了整个宇宙。"

卡德拉赫轻蔑地哼了一声。

马丁清了清嗓子说:"但所有宗教呈现的神都有所不同……"

"因为神是不确定的,"秋生坚定地说,"是的,祂一直存在,祂创造了世界,祂是永恒,是超越时间的存在。但对我们来说,对于生活在时间中的生命来说,神还是不确定的。如果地球人的信仰胜利,那么你们的神就是真神,神就是你们看到的样子。如果格达人的信仰传播开来,那么神就是他们的神。"

"如果阿兰卡的意识形态取得了胜利呢?"马丁问。

"那就没有神了。"秋生点点头,"你抓住了问题的关键。"

"胡说八道,"卡德拉赫喃喃自语,"神是存在的,我知道。近一千年前生活在我们星球的先知泰格达就是祂的影子。神太伟大了,我们难以理解祂,因此泰格达才来到我们的世界。泰格达是我们能够理解和崇拜的光之子,是光投射在现实之墙的投影,祂是格达人也是神。祂创造了神迹,而且曾被目击者证实,祂的无数预言有些已成真,有些继续在应验中。世上只有一个神,而泰格达就是祂的影子!"

秋生点点头,"是的,泰格达是神的影子。泰格达之剑劈开了时间与空间，劈开了秩序与混乱。泰格达之剑剪断了我们的生命之线，我们又沿着它的剑锋，走向新的现实。人类也有神，神子也到过地球，还有欧乌鲁阿人的神和祂的梦之温水……"

"住嘴！"卡德拉赫喊道，"你可以相信任何胡说八道，但我不允许你亵渎神灵！"

"我闭嘴，"秋生同意，"反正你们也已经明白了我的大致想法。"

"你们有自己的信仰吗？"马丁问。

秋生点点头，"当然。我已经讲过了。"

"没有。"马丁摇摇头，"你讲了你们信仰的哲学基础。我明白，你们允许任何宗教的存在，并承认其正确性。但在管家、界门和外星人出现之前，你们总该信仰过什么吧？"

"是的，当然，"秋生迟疑了一下，"可是你真的对细节感兴趣吗？你想接受我们的信仰？"

"不是很想，"马丁承认，"换句话说，我当然非常感兴趣，但现在不必浪费时间了。以后有时间我一定会弄清楚。你最好先告诉我，神谷是什么？"

"是山中的一个大山谷，那里有银河系所有大型宗教崇拜的神殿，"秋生微笑地解释说，"如你所见，很简单。"

"你能猜出为什么伊琳娜要去那儿吗？"

迪奥·道人思考片刻，然后说："她可能决定去接受某种罕见的宗教信仰。如果很难与笃信该信仰的星际种族取得联系，那么最容易的方法就是去神谷。"

"那里也有相应宗教的神职人员吗？"马丁惊讶地问。

"当然，神不居于空殿之中。"

"嗯，是的。"马丁喃喃自语，伊琳娜·波卢什金娜做出任何出乎他意料的举动都不算意外，但他还是无法相信她对宗教的狂热到了这般程度，"还有别的可能吗？"

"她可能对神学感兴趣，"秋生分析道，"而神谷是研究不同信仰最方便的去处。"

"我们必须去。"卡德拉赫皱着眉头对马丁说,"可是,我不想去,我的朋友。非常不愿意。"

"为什么?"

"这个……"卡德拉赫犹豫了一下,"这几乎算是亵渎神灵的行为。迪奥·道人,请问,在这个……山谷里……有泰格达的以弗所[1]吗?"

"以弗所,是你们对神殿的称呼吗?"秋生确认道,"我的一位祖先曾研究过你们,但那是很久以前的事了,我仅仅继承了这方面微乎其微的知识……应该是有的。我没有去过那里,但是有超过七百种宗教崇拜在神谷安家。"

卡德拉赫长嘘一声,吐出一口气,用手掌托住下巴,陷入了深思。

"情况很复杂,"秋生同情地抚摸着肚子,"马丁,告诉我,如果在神谷遇到自己的教友,你会感到震惊吗?"

"你说的教友是迪奥·道人吗?"马丁确认道。

秋生点点头。

"在某种程度上,会的。"马丁想象着一只穿着圣衣的袋鼠站在祭坛前,彻底陷入了困惑,然后瞥了一眼卡德拉赫,"当然,我也不会高喊他们犯了渎圣罪,拿着剑去跟他们决斗……"

卡德拉赫长叹一声,"我的朋友,请不要劝我学会宽容,我可以容忍很多东西,但总有我无法逾越的底线。如果我看到迪奥·道人歪曲我们的信仰,嘲弄泰格达的丰功伟绩,讽刺神圣的宗教仪式……我的职责就不会允许我对他们有任何宽容和理解。"

"请相信我,"秋生低声说道,"在神谷,没有谁会嘲弄他者的信仰。你见到的事物可能会让你觉得奇怪或受到侮辱,但如果你肯花些精力研究一下,你的愤怒自然会平息。"

"好吧,"卡德拉赫点点头,"我会努力让自己保持客观。我们怎么去那个山谷?"

"你们自己去不了。你们需要向导。"秋生说,"我想,友达会做这

---

[1] 原意是古希腊时期的城市,此处用以指代格达人所信仰的神之居所。

个向导。是吧，孩子？"

友达的小脑袋从迪奥·道人斗篷的开口处钻出来，羞涩地说："我听到了，双亲，我会帮助外星人进入神谷。但我不想再等了。"

秋生的手温柔地抚摸着孩子毛茸茸的小脑袋，"我知道，孩子，再忍耐几分钟，你出生的时间就到了。"

小脑袋频频点头，又藏到了袋子中。马丁全身哆嗦了一下，这也没有逃过迪奥·道人的眼睛。

"马丁，我生孩子时不需要帮助。"秋生说，"但如果这个时刻你能在我的身边，我会非常高兴。如果你能帮助这孩子安葬我，那将是给我的最大帮助。"

"我会帮忙的。"马丁搜肠刮肚地想要说些什么，却只喃喃道，"你知道吗？我以认识你而骄傲。现在，我感觉自己正在失去一件很重要的东西。"

秋生点点头，笑道："请你扶我去卧室，我越来越虚弱了。"

马丁扶着秋生走向卧室。迪奥·道人的确已经步履蹒跚，他的体力正迅速消失。门洞上一片密实厚重的帘子将两个屋子隔开。秋生转过身说："永别了，格达人，好好生活，好好铭记。"

"永别了，迪奥·道人。"卡德拉赫显然觉得有些难为情。一个强大的、健壮的、好战的、骄傲的格达人，正面对一个心平气和走向死亡的迪奥·道人。在生与死之夜，所有格达人的原则都变得那么不合时宜，天真幼稚，就像在战火熊熊的战场上，一群儿童在玩打仗的游戏。

四

友达的诞生过程并不像秋生想象的那么容易。妊娠时间过长导致新生儿过大，迪奥·道人的育儿袋显得太小了。友达的头很容易就出来了，肩膀也顺势而出，躯干却怎么都钻不出来。秋生勇敢地忍受着疼痛，或许，荷尔蒙的爆发抑制了他的痛楚，有那么一瞬间，马丁都想拿刀给这外星人做一次剖腹手术。

好在友达成功完成了自己的任务。

友达看上去与地球上五六岁的孩子一般大小，他在秋生身边躺了几分钟。秋生低声说着些什么，温柔地抚摸着脐带还跟自己相连的后代。也许他们此刻仍然能共享记忆，但马丁不敢提问。

脐带自行脱落了。友达用湿毛巾擦干自己的身体，继续坐在秋生旁边，直到后者闭上了眼睛。之后，他才转身看向马丁。

"我去洗个澡，吃些东西。"他说，"然后你能帮我安葬尸体吗？"

马丁点了一下头。与一个刚刚出生、但行为已完全独立的生物进行交流真是奇怪甚至可怕的事情。

至少迪奥·道人的文明进步值得肯定——而今，他们的孩子不需要吃掉双亲的尸体。

友达走进客厅，冲卡德拉赫点点头，进了淋浴间。格达人至少在表面上保持着镇静，这让马丁很欣慰。孩子洗澡的时候，马丁用薄薄的裹尸布包裹住秋生的尸体，这种布甚至不能算布，只是灰色的厚纸。他想合上这个迪奥·道人的双眼，但秋生固执地凝视着已永远静止的未来。

"我不知道该说什么，"马丁喃喃地说，"嗯……你是个好小伙子……当然，你不是人类，甚至不是个男人，而是雌雄同体……但在三个月前我遇到麻烦事时，你帮了我很大的忙……你也很有幽默感……你对地球人的态度很友好。"

马丁沉默了片刻，脑海里一片空白。

"安息吧，"他蒙上秋生的脸，最后说，"愿你安息。"

一小时后，吃饱第一顿饭的孩子决定着手送走死者，马丁才明白自己作为一个地球人有多天真。迪奥·道人并不埋葬死者。友达虽然年轻，但身体出乎意料的强壮，马丁和友达将尸体抬到郊外。卡德拉赫默默地跟随其后，没提供任何帮助，只是好奇地看着眼前的一切。大家在高高的栅栏旁停下了脚步。友达在栅栏上找到一个窄小的围墙门，门上插着结实的门闩,他们将尸体抬进栅栏内,放在地上,就离开了。

身后的栅栏里立刻传来一阵骚动,还有令人讨厌的咀嚼声。

"那是什么?"马丁努力抑制住想要呕吐的冲动。

"牲畜。"友达简短地答道。他看了看马丁,点点头,"是的,我们将死者的尸体给动物食用。我们这里的死亡现象太过频繁,将尸体掩埋在地里转化成有机肥料的周期过长。"

"然后你们再吃这些动物?"卡德拉赫确认道。

"不,我们把它们喂给更大的牲畜。"小孩子回答,"你们吃的草和坚果,不也是生长在你们先人尸骨上的吗?我们吃的肉,是以自己祖先的尸体喂养出来的。格达人,这有什么区别吗?"

格达人并没有争辩,有些出乎马丁的意料。

"生活是残酷的。"卡德拉赫说。

"只有死亡是残酷的。"友达补充道。

他们回到了秋生家——现在已经是友达家了。

他们躺下睡觉了。已经过了午夜,大家都累了。

睡觉前,友达又吃了些东西。

马丁睡得很不好。前些年,他读过一篇有趣的文章,那是一位心理学家写的研究界门旅行者的论文,其中列举了游客常遇到的典型问题,如抑郁、时空迷航、自杀倾向、性无能、强烈的攻击性、对语调及手势判断失误等。此外,心理学家还给出了自己的一些建议,最重要的建议是:访问两个不同世界,中间要间隔一周,当然最好是一个月。对那些从一个星球直接去另一个星球,中途不返回地球的游客,作者不赞同的态度非常明确,认为一周之内访问三个外星世界会引起巨大的心理压力,那是人类理智所无法承受的。

当然,心理学家就像医生,言辞不免有些夸张,吓唬患者要比用虚假的乐观哄骗患者强得多。马丁有丰富的星际穿越经验,他自认比大部分旅行者更加训练有素。

但他依然睡得很不好。一夜的噩梦。

梦中,他与友达一起用秋生的肉做节日午餐。他们需要给迪奥·道人撒上调味料,用铝箔纸包好,直接坐在床上烧烤。卡德拉赫站在一旁,不断地提问:"马丁,调料是不是太多了?""老迪奥·道人的肉是不是太硬了?"后来,不知何故,年轻气盛的卡德拉赫对外星犹太教的饮食教规突然有了兴趣,多次出言挑衅……接着,伊琳娜·波卢什金娜出现了。她面色苍白,动作迟缓,待她走近时,马丁意识到,女孩已经死了。他大惊失色,问她到底发生了什么事,伊拉奇卡愧疚地回答,她想看到神,但这种尝试不幸以悲剧告终。然后,她也坐下来与大家一起共进节日午餐。当马丁拒绝吃东西时,她拼命摇晃着他的肩膀,要求他立即吃掉眼前这可怕的食物。那力气之大,非女性所能及……

马丁一醒来就看到友达站在自己身边。卡德拉赫已经起床洗漱。桌子上摆好了早餐,空气中弥漫着煎肉的味道。

"起床,我们该出发了。"友达说,"去神谷的火车一小时后发车。"

"你会送我们吗?"马丁彻底从梦中醒来。

"我已经说过了,你们自己是去不了那里的。"

"这是你双亲说的。"马丁低声说道,"是秋生,而不是友达说的。"

迪奥·道人笑了,"刚出生的前几天,我们很难区分自己和别人的记忆……是的,这是双亲说的话,但我答应了。"

"确实,"马丁点了点头,一边站起来。他和卡德拉赫是在地板上睡的觉。两人都不约而同地拒绝了迪奥·道人让他们睡床的美意。

"顺便说一句,你可以叫我吉吉,"友达说,"这样我会更开心。"

"格达人呢?"马丁问。

"让他也这么称呼我吧。"友达稍稍犹豫片刻,同意了。

一夜之间,友达明显长大了不少。现在,他已经跟七八岁的小孩子一样高了。迪奥·道人的童年很短暂。他们的身体发育期算童年吗?地球人成长的本质不在于体形的增长和第二性特征的出现,童年的意义在于认知世界……但是迪奥·道人在出生前就已经认识并了解世界了。

他们吃了饭。桌子上是煎得很嫩的肉,并配有浓稠的辣酱,还有类似软奶酪和炖豆角的食物。还有茶——很多茶,浓浓的、甜得腻人的茶。

只有迪奥·道人吃了肉。

"我弄清楚了,"吉吉吞着一份又一份的早餐,一边宣布说,"地球女人伊琳娜是坐普通火车去的神谷。这种火车价格便宜,也很方便,但是火车今天下午才能抵达目的地。我们坐快车去,今天深夜就能到。女人不会有太多时间做傻事。"

"什么傻事?"马丁警觉地问。

"我想了很多,"吉吉谦虚地说,"双亲大限之前,一心想着自己即将到来的死亡,没有时间认真思考。而我似乎琢磨明白了伊琳娜此行的目的。"

"请讲!"马丁鼓励他。

"你说过,女人伊琳娜得到了宇宙奥秘的清单,"吉吉开始说,"所有的文明世界都有这样的清单。当然,很多人都在尝试解开其中的奥秘。但女人伊琳娜想要独立完成这样或那样的发现。也就是说,对某些普世性问题,她想要得到迅速而精确的答案。让我们来看一下,她都做了些什么。

"首先,破解图书馆星之谜。这确实是个很重要的问题。不管那个星球是属于管家,还是属于某个已经消失了的种族,那里的方尖碑一定都保存着来自远古的秘密。那或许是宇宙编年史的秘密,或许是来自上天的、暂时还无从知晓的启示。不过,她没能迅速解开图书馆星语言的秘密。

"接下来,女人伊琳娜想解开远古神殿的秘密,这些神殿都存在于管家造访过的星球上。这同样是个不容小觑的问题!如果这些神殿确实存在过,并且殿中有无人知晓的宝物,那么管家选择造访的世界就绝不是随机的……而是冲着神殿发射的信号而来!这表示什么?是不是意味着远古文明依然存在?所有智慧种族都是同根同源的?在被遗忘的前历史中,有过类似管家界门的交通网络吗?这个信息很有意思,与全宇宙事态息息相关……可惜,这个谜团也没能解开。

"第三个伊琳娜造访的星球……毫无疑问,有个能够颠覆所有哲学的巨大秘密！是否存在非物质的精神载体？是否存在灵魂？也就是说，死后是不是还有生命？很糟糕，伊琳娜试图以物理手段发现神秘力量，这是自相矛盾的……第四个世界，就是我们的世界。我和我的双亲都认为，这个世界的独特性在于对不确定之神的信仰。"

卡德拉赫有些坐立不安，但没有插话。

"伊琳娜到底想在我们星球达到什么目的呢？"吉吉继续说道，"揭开秘密的秘密！要了解神是否真的存在——在事实的层面而非在信仰的层面。用哪种方式呢？即使存在神迹，神的存在仍无法证明，这是所有大型宗教的共同特征。有些神迹无法被记录下来，只有某些个体亲证过；有些神迹被证明是伪造的，可以用自然规律来解释；有些神迹已湮没在久远的过去，无从考证。神子是否到过地球？泰格达是否附身于格达人之体？所有这些问题都是信仰，而非科学。"

马丁察觉到卡德拉赫马上就要按捺不住了，急忙说："那当然了。如果神的存在能够被证实，智慧生物的自由意志就会被剥夺。很大一部分的自由意志就——"

"当然，"迪奥·道人不动声色地点点头，"对于我们自己的宗教，我们也无法提供令人信服的证据。是的，我们保存着祖先的记忆，但随着一代又一代迪奥·道人的更替，记忆也渐渐模糊……当我通过先祖的眼睛看着站在悬崖上的迪奥·道人智者时，我看到的究竟是谁？也许是希望的使者，也许是触及神灵的先知，也或许是某个等待敌军到来的侦察兵……或是眼望迷失畜群的放牧人。我的记忆尚且只能保存很多个瞬间，无法看清真相；我的后代连这悬崖和智者都不能看到。因此，对女人伊琳娜来说，唯一有意义的，只有那种能为信众提供神之存在明确证据的宗教。"

"有这样的宗教吗？"马丁挖苦道，"如果真有这样能够预订奇迹的宗教，它早就征服宇宙了。"

"所以我们要检验一下，"吉吉安静地说，"我们去神谷，然后再去趟神学院，将此行目的告诉他们，并寻求他们的帮助。"

"说起来可真简单。"格达人哼了一声，"我们过去问问他们就能有分晓。也就是说，你们的学者早就知道这种可能性，却没有做过这方面的尝试。"

"我们拭目以待，"吉吉笑了，"走吧，朋友们！离发车只剩二十分钟了。"

不同种族之间荒谬可笑的相同之处远远多于种族之间的差异。马丁敢对天发誓，世上最好笑的东西，莫过于他曾经在外星小饭馆里看到过的一个多加尔小茶壶；外星的电视节目（至少在那些有电视机的星球）也给他带来过不少快乐时光；而那些外星的商业广告片（不少文明都有此恶习）多年来也一直忠实充当着幽默搞笑的角色。

迪奥·道人的火车荒谬且怪诞，不是火车本身，而是其与道路形成的对比。

迪奥·道人秉承将传统坚持到底的原则：更换新的之前，先改进旧的。他们的星球还保留着数千年前建造的交通网络。古老的乡间小路先铺了石子，然后浇筑水泥，又安装了三个宽铁轨，有些是金属的，有些是用极坚硬的木材制成的。一百年前，运行于轨道之上的是蒸汽机车，后来，其中一部分被闪闪发光的电力机车车头取代。而现在，一列特快列车停在火车站球形建筑前，列车之先进，不比阿兰卡星的逊色。

车身是半透明塑料材质，三节长雪茄形的车厢并非停在铁轨上，而是悬浮于铁轨上。每节车厢由类似于褶皱玻璃纸的透明材料制成的连廊相接。看起来，三节车厢都有马达，且彼此间没有任何差别。几位迪奥·道人穿着朴实而雅致的黑斗篷站在敞开的门前。

车站旁的轨道是木制的。

卡德拉赫停下脚步，"列车悬浮在空气中。"

"是的。"吉吉确认。

"磁场？"格达人满怀希望地问。

"反重力。"

格达人摇摇头，又发出了咝咝声："我听说过，但不敢相信……你们知道如何控制重力？像阿兰卡人那样？"

"方法不同，但我们的确会控制重力。"迪奥·道人不无骄傲地回答，"快走吧，朋友们。"

吉吉向站在最后一节车厢门口的列车员出示了证件，马丁和卡德拉赫则出示了自己的临时护照。手续出奇的简单：不过是五六个与饮食偏好及超载耐受性有关的问题。此外，地球人和格达人各收到一份出行前需要填写的调查问卷。问卷不是很长，不过是区区八页纸而已。

手续结束后，大家进了车厢。

迪奥·道人显然从不乘长途火车旅行。车厢里没有包厢，也没有卧铺。中间是宽阔的过道，两旁是两排展开的座椅，类人生物坐起来不是很舒服。车厢厢体似乎是由一种不透明的烟色塑料制成，只有个别地方随意设置了几扇窗。地面铺着毛茸茸的地毯，均以柔和的米色为主色调，就连灯泡上也罩着淡褐色的玻璃灯罩。

"我们要从这里出发了。"迪奥·道人宣布，"请随意些，像在自己家里一样，朋友们！"

马丁困惑不解地环顾了一下四周。车厢中除了他们居然再没别的乘客。

"这节车厢是专门为你们加挂的，"迪奥·道人略带羞涩地说，"请原谅我的同胞。他们虽然对外星来客礼貌有加，但毕竟没有与其亲密交往的欲望。或许，如果其他车厢的位置不够，也会有迪奥·道人过来坐……"

"你花了多少钱？"马丁直率地问。

"很多。"吉吉移开视线，坦白承认，"别担心。这是我的职责。不过这一定会是场有趣的冒险经历。"

"你有秋生这样的朋友，真是我们的幸运，"卡德拉赫点点头，"谢谢你，小迪奥·道人。"

"袋鼠"吉吉垂下头。

"很快就要发车了吗？"马丁好奇地问。

格达人轻轻拍了拍他的肩膀，"开什么玩笑，朋友。你回头看看！"

马丁回过头。

车厢已经在轨道上方飞驰，而且速度越来越快，可身处其中丝毫察觉不到火车在运行。速度足有每小时三百公里……或许比这还要快些。

"友……吉吉，请问，火车为什么要在轨道上飞？"马丁问，"它竟然不接触轨道。"

"非常简单，"迪奥·道人解释，"是为了安全起见，既能避免列车在行驶过程中撞到树木、大型动物或粗心的市民，也能跃过凹凸不平的地面。"

"但是，如果干脆把轨道抬高到离地面十到十五米，是不是更安全？"

"我们不是很喜欢高空飞行。"吉吉承认。

"你们都能在太空里飞。"马丁不依不饶。

"这是完全不同的两件事，"迪奥·道很惊讶，"完全不同！"

卡德拉赫加入了对话："他们的星球上没有鸟类和飞虫，我的朋友。迪奥·道种族都患有恐高症。"

"卡德拉赫，"马丁说，"我有种感觉，你对迪奥·道人的了解似乎不比我少。但你了解到的都是片面的，而且是负面的信息。"

卡德拉赫轻声笑起来，"但愿这不会冒犯到我们的小向导，但这是事实。管家到我们的星球后，格达人便开始探索宇宙，我们寻找了好久，研究应该以哪个星球作为学习榜样。不管是类人生物还是怪异的生命形式，我们都一视同仁。结果，我们最喜欢的还是地球人和阿兰卡人。而对其他种族，我们所了解到的，基本上都是会阻碍我们合作或交好的因素。"

"我不生气，"迪奥·道人说，"人类，尤其是格达人，也不是我们喜爱的种族。但也有特例。我们吃饭吧，朋友们。还有很长的路要走。"

火车向北疾驰。他们原先处在迪奥·道人星球的南半球。随着时间的流逝，窗外变得越来越温暖。雪消失了，露出布满石头的平原，然后是大片的田野。田野上生长的是精心修剪过的低矮灌木。天空中阴云散尽,晴空万里,棕绿色的天空变成了清澈的蓝绿色。火车在大城市停靠过三站,窗外不时闪过小村庄。

但没有谁进入这节车厢。

吉吉几乎一直在进食。马丁觉得,迪奥·道人简直就是在不停地长大。刚把视线移开一分钟,他就又长大了一些。这个种族没有童年,事实上,也没有老年。马丁不止一次听过有人将生命比作燃烧的火焰,那迪奥·道人的生命不是在燃烧,而是在爆炸。

窗外的气温越来越暖。

灌木丛不见了,取而代之的是种着某种谷物的庄稼地,然后是牧场,很多膘肥体壮的双足动物在牧场漫步,让人想起后腿站立的奶牛。玛姬星上的所有生命都遵循着统一的存活原则:生命不超过六个月;在育儿袋里长大;记忆世代传承。

真是让人悲伤的星球……

马丁调整姿势,尽量让自己坐得舒适些,然后闭上眼睛,想小睡一会儿。座椅对面,小迪奥·道人一边嚼着类似薯片一样的食物,一边读书。那是一本最普通的纸质书,形制与地球上的图书非常类似。

"在读什么呢?"马丁忍不住问。迪奥·道人大概不喜欢浪费时间,马丁想,如果友达继承了秋生的遗志,继续从事执法工作,那就必须迅速掌握浩如烟海的迪奥·道法律。

"嗯……拿了一本小说在路上读……"吉吉羞愧地说,"是虚构文学,都是杜撰出来的。"

"关于什么的?"马丁好奇地问。上次来玛姬星时,他没有过多关注迪奥·道人的文化,只着重研究了当地的法律和风俗习惯。

"这本书讲的是一个名叫志高远[1]的迪奥·道人的故事。他想要长寿,就与魔鬼签订了协议。每隔半年,他都要杀死并吃掉一个年轻的迪奥·道人,好让自己重新变得年轻,再假装自己是自己的儿子。但有

---

1. 俄语为 Желающий Бо́льшего,意思是想得到更多,故译成"志高远"。

位警官,名叫念往昔[1],在与志高远偶遇之后产生了怀疑。念往昔警官保留了家族记忆,因此能认出这个和自家父辈和先祖斗了一辈子的罪犯……"迪奥·道人说完沉默了片刻,问道,"看来,对于寿命达数十年之久的生物来说,这种情节听起来过于幼稚,是吗?"

"为什么这么说?"马丁反驳道,"我们星球也有类似的故事情节,不过我们的罪犯想要的不是长寿,而是永生。"

"真难以想象,"吉吉若有所思地说,"请给我讲讲你们人类关于这个主题的故事,好吗?"

马丁想了想,开始给他讲起《道林·格雷的画像》[2]。迪奥·道人是个非常好的倾听者。很快,当马丁讲到可怜的道林画像开始替道林变老时,友达的眼泪夺眶而出。他看起来勇敢、平静地接受了小说的结局,但很明显受到了巨大的情感冲击。

"非常深刻的哲学思想。"吉吉说,"非常深刻。这本书没有被翻译成旅行语吗?"

"我从未听说过有哪本书被翻译成旅行语。"

"真可惜,"吉吉态度坚定,"真是个让人震撼的故事!这本书的作者一定深受大众喜爱,准是道德的导师吧?"

马丁一时语塞,"怎么跟你说呢?如果说实话,在爱和道德的问题上,他都不很走运[3]……我想,你很难理解这种情况,但是……"

好在迪奥·道人不再关心不幸的王尔德,转而关注起其他扣人心弦的故事。马丁又讲起了《驴皮记》[4],迪奥·道人对这个故事的评价比

---

1. 俄语为 Помнящий Былое,意思是记住过去,故译成"念往昔"。
2. 英国著名作家奥斯卡·王尔德创作的长篇小说。小说写的是美少年道林·格雷在画家朋友亨利勋爵的蛊惑下,向自己的画像许下永葆青春的心愿,而所有岁月的沧桑和处世的罪恶都由画像承担。许多年间,道林容貌依旧,画像却一日日变得丑陋不堪。十八年后,基于对自己丑恶灵魂的反感,他举刀向丑陋的画像刺去,结果自己离奇死亡。他的面容变得丑恶苍老,而画像恢复如初。
3. 1895年,王尔德因同性恋行为而被捕入狱,并在狱中宣告破产,两年的监禁生活让他身败名裂,健康状况也随之恶化,最后英年早逝,贫病交加死于异乡。
4. 法国著名作家奥诺雷·德·巴尔扎克创作的长篇哲理小说,作品别出心裁地用一张驴皮来象征人的欲望和生命的矛盾,并借此概括主人公的生活经验和哲理思考。

《道林·格雷的画像》稍微差一点点。接着,马丁开始讲科幻小说。

听科幻小说时,迪奥·道人大受刺激。他心平气和地接受了虚构文学作品及其理念,却无法理解虚构的未来是什么。迪奥·道人认为故事只能书写过去,无法想象未来会成为科幻作品中的实验场。马丁极其谨慎地以"近景科幻"为出发点,勉强举出发明原子能锤的例子,才终于让他明白了什么是地球人的科幻文学。

"但是,这些故事大多数都没有实现!"吉吉激动地辩驳,"难道,地球上有人预见过管家的到来吗?"

马丁耸耸肩。

"那么这些小说的价值在哪里?简直是白白浪费时间!"

马丁耻于承认,地球人有时候不知道该如何打发时间,只好用游戏、书籍、电影和一些完全没有任何意义的爱好来充实自己的生活。"虽没预言准,但扩大了认知的范围。"他说,"阅读不同版本的未来,人能看到其各自的利弊,也就是说,可以采取一定的措施促进或阻止这种或那种未来到来。"

吉吉闻言陷入了深思。

"还有,虚构的未来能让人们更深入、更清晰地思考当下,就像别的文艺作品一样。"马丁彻底说服了他。

"得好好考虑考虑,"迪奥·道人点点头,"这么说也不无道理,我觉得你们喜欢这样的书,是因为希望能活到虚构的未来,哪怕这个希望很渺茫。对我们来说,这就很困难了。我们知道自己的死期,我们的寿命比较短暂……当然,相对来说比较短暂……但终究……"

他放下自己手中的小说,沉默不语。

马丁决定还是小睡一会儿。

马丁在傍晚醒来,觉得神清气爽。火车此时正在海上疾驰。天空似乎蒙着一层玄青色的薄纱,远处有耀眼的闪电划过,火车下方有海浪翻滚。

"说真的,为什么在海上建轨道呢?"马丁看着窗外问。

"普通列车会沿着海岸行驶,但反重力快车会走捷径,"吉吉解释说,"马丁,我等不及要告诉你一个消息。我决定要当作家!"

"真的吗?"马丁赞叹道,"我毫不怀疑,这是个非常严肃的决定。"

"非常严肃。"迪奥·道人随声附和,"我要在警察局工作一段时间,目的是将自己和祖先的专业知识传授给一个儿子。但我计划生两到三个孩子,其中一个会成为科幻作家。他负责告诉我的同胞们,未来可能是什么样子的。"

马丁好奇地看着热情洋溢的迪奥·道人。太惊人了。自己居然让外星种族多出一种新兴的职业!

"我已经知道该写什么内容的小说了,"友达继续说,"十年后……"他煞有介事地停顿了一下,"一项伟大的发明使迪奥·道人的生命延长到了数十年之久,并且每隔半年繁殖一次!起初,大家都以极大的热情接受了这项新发明。但很快,星球上就出现了一场严重的粮荒。饥饿和同类相食卷土重来。政府不得不对这项天才的发明加以限制,于是长寿成为特权,只有少数人可以享用。长寿许可证又引发了可怕的阴谋和犯罪。本书中年轻的主角名叫如意[1]。听我讲……"

吉吉拿起邻座座椅上一本厚厚的蓝皮笔记本,打开扉页。马丁惊讶地发现,至少四分之一的笔记本已经写满了字。吉吉读了起来:"这已经是他生命中的第二个秋天了。今天,是他的生日——整整两年前,如意离开了双亲温暖、安静的育儿袋……"

吉吉意味深长地停顿了片刻,"我可以想象,读到这句话时,读者会多么震惊!"

"不错,出其不意的开头是成功的关键。"马丁表示同意。

"专有名词'生日',是尊敬的格达人提示我的。"吉吉坦言,"刚开始我是这么写的'如意出生后,星球已经绕着太阳旋转了两周……'我认为,'生日'这个意想不到的专有名词赋予了文章极强的张力,更能博得读者的信任……"

---

1. 俄语为 Окрыленный Мечтой,意为因梦想而欢欣鼓舞,故译为"如意"。

"有可能。"马丁点点头。他看了眼卡德拉赫,后者正听着迪奥·道人讲话,心满意足地微笑着。

"这里是我最满意的地方,"迪奥·道人往后翻了几页,"芳草。蓝天。平静。空空如也……'空空如也'真是个奇怪的词语。虽然空无所指,我们却那么喜欢这个词语。虚空迟早都会到来——我们那么痛恨这个想法,却又那么容易将其说出口。空空如也。眼前只有野草的圆锥花序,只有飘浮的云……云不知道什么是'空空如也'。蓝天中的白云……虚空中的气体……一缕缕轻烟升腾,那是我们信仰的轻烟。小的时候,你用白色的雾建造起魔法城堡……空空如也。你可以随着薄雾升腾而起,也可以停留在迪奥·道人星球高高的青草之上。有什么变化?空无自性。水蒸气。$H_2O$……为什么你如此不情愿从浓烈的草香、颤动的圆锥花序、童年时意外收到礼物的刹那中站起身来?反正万事皆空,万物皆无,不过是水蒸气,不过是$H_2O$……是蓝天白色的面纱,是教室黑板上怯懦的粉笔线条……

"童年已经过去,但飘在地面上空的浮云还在。它们不知道,你早已经长大成人。云还是一年前的云,而你已长大。你走向衰老,走向死亡……云还是会在地面上飘浮。小男孩还会躺在草地上,茫然地望着天空,不知道他的白云也曾飘浮在我的头上,也不知道任何一种梦想在岁月的长河中都会不断重演……空无一物。但是,只要天空中还有白云飘浮,我就是活着的。我就是那个一千年前眼望天空的小男孩。我也是那个一千年后仰天长笑的老者。我活在永恒中!我会永远活着!$H_2O$,构成云彩和海洋,构成我的肉体和草汁。我是水,是火焰,是土,也是风。云飘在地面上空的时候,我就是永恒。青草……天空……平静……谢谢这天空,这青草,这云朵,这属于每个生命的永恒。只需要将手伸向天空……"

"吉吉,你真是个诗人。"马丁说。

迪奥·道人表现出不好意思的样子,古铜色的皮肤明显变红了。

"我在尽力。我的一位远祖是写故事的作家,我有些他的记忆,这对我有所帮助。"

"你的小说想表达什么?"马丁问。

"从这个片段中你可能会明白,如意经历了无数艰辛的考验之后,终于意识到,长寿并不能让智慧生命变得幸福,他自己在任何方面都没有超过只活了半年的先祖们!"

"我理解。"马丁点点头。

"对于这个理念,我还并不太确信。"吉吉坦言,"但如果不这么写,读者们会很难过。"

"你说得对。"马丁说,"大多数地球上的作家也有同样的伦理观。他们怜悯自己的读者……当然,也怜悯自己。"

吉吉忧伤地说:"那我再想想吧。或许,我会写成另一种结局。"

"海岸,"卡德拉赫低声说道,"我们快到岸边了。"

奇怪的是,虽然格达人的星球上海洋覆盖率很高,格达人却对水充满了恐惧。在卡德拉赫的声音里,马丁明显听出一丝放松。格达人站起身,伸了个懒腰,开始活动筋骨,一边看看窗外。

远方真的出现了连绵的青山。

"我们快到了。"吉吉说,"从岸边到山上不会超过半个小时。我先吃口东西……"

吉吉又犹豫了一下,然后拿起笔记本和已用掉了一半墨水的水笔,"算了,我最好还是再多写一些。马丁,请将那袋蛋白质饼干递给我。"

## 五

火车已经远离了冬天。即使已近傍晚,即使在山上,依然风和日暖。马丁脱下外套,只穿衬衫。卡德拉赫也松开衣服的系带,吉吉则脱掉风衣,只剩下缠腰布。

火车站坐落于神谷前的岩石高地上。一个居民数量不足六千的小城,紧依铁路而建。在众多普通的球形建筑中,马丁发现了一些风格迥异的房子,突然觉得心中一暖。看来这里生活着很多种族,其中也有地球人。不管怎么说,这地方非常特别。

"这里有格达人。"卡德拉赫灵光一闪,"我觉得,最明智的做法是我们分开行动:我去找格达人商量商量,马丁找地球人帮忙,而你,吉吉,你去找迪奥·道人的神学家。"

"好主意。"吉吉表示同意,"你们看到神谷的入口了吗?"

大家都看到了入口——在距小城一公里远的地方,山崖仿佛被山谷一劈两半,彩虹色的拱门高耸入云。对于偏爱柔和色彩和低层建筑的迪奥·道人来说,这简直是极不寻常的建筑。

"那里有守卫。"吉吉继续说,"不过任何时间都可以自由出入。只是武器要存放在守卫那里。"

"我不会把剑留在那儿!"卡德拉赫断然回答。

"剑可以随身携带,"吉吉安慰道,"毕竟,这是你们宗教信仰的一部分。我们在拱门那里见……一个小时后,好吗?"

"两个小时后吧,"马丁请求道,"我觉得两个小时后,天应该还亮着。"

"好,那就两个小时。"吉吉慨然应允,"我们要设法了解所有与伊琳娜·波卢什金娜有关的消息,要确定她将利用哪种宗教实现目的。"

"再去各个酒店查看一下。"马丁提醒,"你可以吗?"

吉吉点点头。大家便开始分头行动。

马丁朝着一幢明显有地球特色的两层石砌小楼走去;卡德拉赫自信满满地走向一排长长的木板平房,房子中间耸立着一座木板守望楼;吉吉则走向一幢单体穹顶房,这座穹顶房比当地住宅要大得多。

这座小城的确有别于普通迪奥·道人的居民点。一路上,马丁遇到过几次异星人——一对大长腿、羽毛立起来的舍阿丽情侣;一个愁眉苦脸、胖墩墩的类人生物或伪类人生物,马丁一时无法确定其种族;还有一个面似猛兽、身强力壮的类人生物,他的一位同族曾在图书馆星无意中冒犯过管家。马丁跟舍阿丽人用旅行手语打了个招呼——舍阿丽人的语言能力很差；跟类人生物也互致了问候；就连那个脾气暴躁的兽人也很友善。所有种族在外星球上都会不由自主地相互吸引。

这城市中还有许多其他银河系文明的痕迹。

一家小商店的橱窗里摆着各种奇奇怪怪的食品，马丁在其中发现了两盒罐头焖肉、一罐白俄罗斯生产的西葫芦酱和一罐炼乳。一个空旷的小体育场里摆放着各种奇怪的运动器材。一幢穹顶房的门上挂着旅行语公告：

"修剪羽毛、毛发、指甲。断尾、断耳手术。鳞片、蹄子护理。犄角加长及上光。技术高超，价格便宜。"

马丁觉得稍后有必要冒险在这里做一次美甲，理一次发。毕竟，这将成为生命中最特别最刺激的体验。

但现在，他要做的是找到一个地球姑娘。于是，他继续向独幢小楼走去。

马丁的直觉果然很准。这确实是地球人的房子，红砖建成，瓦屋顶，窗户宽敞明亮，二楼有舒适的敞廊。房前有个小花园。令马丁大为感动的是，透过小花园的塑料大棚，他居然看到了绿油油的洋葱叶和泛红的西红柿——更令人拍案称奇的是，院子里还有几株盛开的苹果树！

一个头发斑白、身穿鲜艳黄色长裙的老妇人坐在入口的小长椅上安静地织着什么。她透过厚厚的眼镜片看了看马丁，微笑着起身迎接他的到来。

"晚上好，弗劳乌[1]。"马丁向她问好，几个简单的德语单词也忘得一干二净，真是丢人。

"噢，晚上好，赫尔[2]！"老妇人也跟他打招呼，"请原谅，我是荷兰人，很久没说德语了。您不反对我跟您说旅行语吧？我叫伊丽莎。"

"当然。"马丁高兴地说。

"克劳斯！"老妇人喊，"克劳斯，来客人了！"

---

1. 德语中的"女士"一词音译。
2. 德语中的"先生"一词音译。

一个老者溜光的脑袋瓜应声从二楼敞开的窗户里探出来。看到马丁,克劳斯笑逐颜开,身影随即消失于窗口后。

"您请坐,请坐。"老妇人手忙脚乱地招呼着,"是什么风把您吹到法克来的,赫尔?"

"我……和朋友们来旅行。"马丁有些不自在,"刚刚下了火车……我们在找一位姑娘,她去了神谷……"

"赫尔,恐怕我帮不上您什么忙。"老妇人语气诚恳,"没有什么姑娘来我们这儿。不过,我微波炉里香喷喷的薄酥卷饼马上就要好了,如果您能坐下来喝口茶……"

"非常高兴。"马丁说。当然,他的目的并不在于薄酥卷饼。

快乐的克劳斯出现了。他匆匆忙忙地擦拭着满是油漆的双手。马丁跟他握手打招呼。

克劳斯说自己是画家,在这里已经生活七年了,因为这地方能给他带来灵感,他对神学不感兴趣,但非常高兴能跟同乡聊天。

此时此刻,"同乡"一词听上去的确有些特别,既隆重又庄严。

马丁好奇地询问小城里是否住着很多地球人,随即很高兴地获悉自己的猜测正确。小城里还有一位意大利植物学家,用当地植物做各种实验;一位美国社会学家在这里研究迪奥·道人的习俗;一对中国夫妇经营着一家小商店、一家理发店和为外星人服务的洗衣房;一位阿拉伯诗人和一位躲避日本黑社会追踪的日本小伙子也在这里居住。

正如马丁所料,此地没有俄罗斯人。对外情报局长期经费不足,俄罗斯的东正教教会又没勇气效法梵蒂冈,哪怕是派人到迪奥·道神谷"研究植物"——马丁并不想同地球上的各间谍机关或不同宗教信仰的代表打交道,能结识这对代表欧盟驻扎异星的荷兰老夫妇就足够了。

"您一定特别了解这个地方,不是吗?"马丁边喝茶边问。餐桌就布置在楼前的小花园里,薄酥卷饼确实很好吃,茶也浓郁芳香。"神谷居民真的崇拜所有银河系已知宗教吗?"

"所有大型宗教。"克劳斯纠正道。

马丁点点头,"我是个私家侦探。"

老夫妇一个劲儿地点头表示理解，但是，很显然，他们一点儿都不相信马丁的话。

"来这儿的那个姑娘对神学感兴趣，"马丁半真半假地胡说一气，"她想证实造物主的存在。很显然，她需要找到一种能公开而明确地展现神迹的宗教。她可能会去找谁呢？"

"那明显不会是我们地球的信仰。"克劳斯若有所思地说。他对这个问题很感兴趣，尽管对马丁的话深表怀疑，"不好意思，我去买点儿烟……"

"送给您！"马丁打开背包，慷慨地送给他一盒荷兰产的麦克巴伦[1]，克劳斯立刻喜形于色，露出真诚的微笑。他甚至递给马丁一个款待访客的"来宾烟斗"。很快，男人们满意地点燃了芳香的烟草。伊丽莎稍做犹豫，从房子里拿出长烟袋杆的小烟斗，也加入了抽烟的行列。她仿佛一只小老鼠，安静地坐在那里，认真地听着他们谈话。

"奇迹，真是奇迹……"克劳斯大声感叹，"您知道吗？就连迪奥·道人那种奇怪的信仰都反对神迹的可重复性和可预测性。实际上，通过举行这样或那样的仪式来获得神迹，为任何宗教所不容，这等同于将宗教、巫术和妖法混为一谈！造物主不可能是为实现信众的祈祷而不断完成这样或那样任务的机器。摩西得到了神杖和创造奇迹的才能，但仅仅是为了完成上帝的意愿。基督能够完成任何奇迹，但作为神，祂为自己设置了藩篱……如果听从了圣徒的请求，就会降临在犹太人的王国……再拿佛教来说，我们没有任何期盼神迹的根据，如果深入思考伊斯兰教……"

"我明白，不会是地球上的宗教。"马丁说，"但姑娘认为，自己找到了某种信仰的缺口。我相信，她现在一定就在神谷中，正在说服某个神殿中的神职人员帮助她。我没有时间满山谷地找她……请给我一个建议，求求你！"

克劳斯和伊丽莎对望了一眼。

---

1. 麦克巴伦烟草公司于1887年在丹麦的斯文堡成立，是世界知名的高级烟草生产商。

"非常招人喜欢的年轻人，"伊丽莎说，"您是基督徒吗？"

马丁点点头。

"克劳斯，也许你可以帮他一些小忙，对吗？"伊丽莎以揣测的口气说，"哪怕是一点点？"

克劳斯虽是个画家，但对神学也颇有研究。思考了大约二十秒钟后，他一字一句地说："格车尔。"

"什么？"马丁大叫道，差点儿没弄翻茶杯。

"是格达人的信仰。"克劳斯解释说，"这种信仰中有弥赛亚形象——泰格达，"克劳斯做沉思状，"不能说他就是上帝，但他又不只是先知……我换种说法，泰格达是……我想说的是，泰格达是造物主能够被人——不，不是地球人——而是被格达人感知到的部分，不是部分，而是方面。类似于一种模型、一种物体的模拟或投影……"

"光之子，存在之墙上的投影……"马丁喃喃地说。从克劳斯的眼神里，他意识到，现在的自己看起来更不可能像个私家侦探了。

"您看，您什么都知道。"伊丽莎微笑道。

"我有个朋友是格达人，曾给我讲过……"马丁试图为自己辩解。

当然，他们并没有相信。

"难道格达人的信仰中有可预知的奇迹吗？"

"他们的宗教比较年轻，也很活跃。"克劳斯回答，"格达人的社会关系极为复杂，规则繁多，他们的阶层固化甚至比我们地球上的日本更加严重。很多规则和义务也部分体现在他们与神的关系上。有几个泰格达神谕是格达人信仰的核心，譬如说，任何一位泰格达的仆人，若为证明自己侍奉和笃信泰格达的决心而献出生命，必将在新的肉身中复活。"

马丁笑了，他对此深表怀疑。

"而且立刻就能起死回生。"克劳斯委婉地补充道。

"格达人的历史上曾发生过多次宗教战争。"马丁说，"但我从未听说过有死去的格达人大规模复活的事。"

"当然。"克劳斯点点头，"这理所当然地被解释为：死去格达人的信仰还是不够真诚。但确实有肉体死后立刻重生一说。而且格达人声称，这种事情确有发生并被多次记录在案。"

马丁突然有些魂不守舍。

"小姑娘可能会到神殿去，请求以己之身献祭泰格达，"马丁说，"既然她的智商足够……"

"当即就会被证实，她不够笃信，"克劳斯微笑道，"还是老一套。"

"他们还有一种净化仪式……"伊丽莎皱着眉头说。

"仪式之后，石头结出果实了吗？"克劳斯冷笑了一下，"你再想想舍阿丽人的火焰舞……不，既然想做一场实验秀，格达人的信仰当然是上上之选。当然，如果结局不理想，实验秀也没有用处，但如果结局很理想……"他笑了笑，随即又变得忧郁起来，陷入深思。

"我走了。"马丁起身说，"谢谢你们的款待……"

"你确定自己要去那里吗？"克劳斯出乎意料地问。

"您觉得这很危险？"马丁反问。

"我不认为这对身体有危害，"克劳斯说，"但在灵魂层面……"

"权当我到这里来，就是为了拯救她的灵魂吧。"马丁说。

去往神谷入口的途中，马丁有些后悔没将背包和卡宾枪留在欧洲间谍[1]那里。像他现在这样带着它们跑起来很辛苦，况且这里的空气非常稀薄。

跑到彩虹拱门时，马丁已浑身湿透，呼吸急促。他咒骂着刚刚抽过的那些雪茄和烟斗，以及吃下去的各种食物。马丁同时意识到，喝茶聊天时忘记了一件极为重要的事情——草率地对待这件事可能违反当地法律。马丁实在是太着急，甚至没有精力好好看看拱门。他只知道，拱门是用某种合成材料建成的，表面看上去至少有三十种彩色条纹，而非七种。

几个迪奥·道人从中走出来，站在拱门前等待马丁。

---

1. 指克劳斯和伊丽莎。

"禁止携带武器入内。"一个迪奥·道人盯着马丁枪套中的卡宾枪。

马丁默默地将背包和卡宾枪放到地上，又将口袋中的所有东西全部掏了出来，包括一把瑞士小折刀。

"现在没问题了，你可以进去了。"迪奥·道人说。

马丁摇摇头，问道："您的穹顶房里有卫生间吗？"马丁觉得自己简直像是某个下流段子中的主人公，同时也清楚地明白，这么问实属迫不得已。

马丁生平第一次制造出效果如此震撼的哄堂大笑。那些没有怀孕的迪奥·道人笑得缩成一团，怀孕的则抱着沉重的肚子浑身轻颤，还有几个小毛头从迪奥·道人的育儿袋中探出头来。

"你……是因为这个原因才跑的？"迪奥·道人问，"是吗？"

"我是在遵守你们愚蠢的法律！"马丁大喊，"你们有厕所吗？"

"跟我来，"一个迪奥·道人轻笑着，对他点点头，"跟我来，朝圣者……"

一分钟后，马丁便以闪电般的速度跳出了球形建筑。

他的再次出现引发了新一轮的骚动，虽然这次是迈着悠闲的脚步靠近，但也已改变不了迪奥·道人对他的印象了。

"是否有一位与我同族的女人过了拱门？"他问，"就在今天，几个小时之前。"

几个狂笑未定的迪奥·道人点了点头。

"她去哪儿了？"为保险起见，马丁问道。

他的怀疑得到了证实。

"地球女人问去泰格达以弗所的路怎么走。"他们回答。

马丁走近拱门，眼前的景象让他大吃一惊。

山谷绵延十到十五公里，宽不足三公里，其中建满了稀奇古怪的建筑。马丁的眼睛开始不由自主地寻找自己熟悉的建筑形制，尤其是金色的圆顶教堂，哪怕是天主教大教堂、宣礼塔、佛塔或者犹太教堂也好。马丁看到了建在人造小沼泽地上的圆形石头建筑、伸向苍穹的银塔尖顶、矿井上起重机的轮子、挥舞爪子的巨型龙虾雕塑，还有螺旋状的临时栈桥。顺着栈桥,河流蜿蜒曲折,平缓流淌。有一个大圆樽中燃烧着熊熊火焰,而更小型的建筑物则被夜幕掩盖了。

"泰格达以弗所在哪里?"马丁大叫道。

一位迪奥·道人走到他身边,默默向右边指了指。马丁随着他的手望去,看到了一座仿佛从山坡上生长出来的建筑。该建筑由石块堆砌而成,外形如紧握的拳头,拳头握着类似刀头或剑柄之类的东西,不过此剑柄之上不是剑身,而是射向天空的一道狭长光束。

"这简直是太……"马丁喃喃地说,"谢谢你,迪奥·道人。"

马丁拔腿便跑,身后是大笑不止的神谷守卫们。


傍晚,神谷渐渐热闹起来。看来,大部分种族的习俗都是如此——举行神秘仪式迎接并送别太阳。巨樽中的火焰开始变幻颜色,闪烁跳跃,仿佛有无形的设备在下方鼓风一样。某些地方的喷泉开始喷水。一群飞鸟在一座没门没窗的阴森建筑上空盘旋,从大小和动作来看,它们类似鸽子,但颜色一如蜂鸟。

还有声音!

鼓乐声声,锣鼓喧天,小号怒吼,键琴长啸,小提琴垂死残喘,丝竹管弦齐奏。远方传来的钟声、风琴声、簧风琴伴奏下的歌声、玻璃破裂声和涡轮机的嗡嗡声连成一片……

还有说话声!

千百种语言的说话声——有谦卑的和骄傲的、有温存可爱的和咄咄逼人的、有祈求的和命令的、有祝福的和诅咒的……还有令人反胃作呕的、令人头皮发麻的、令人心痛的、安抚焦虑的……

还有气味!

熏香的芬芳香甜、野草燃烧时的呛人烟雾、有机肥料令人恶心的恶臭……令人陶醉的气味、引人不安的气味、刺鼻的气味、安神的气味、熟悉的气味和非人的气味……大自然的气味、腐蚀性化学品的气味、仿佛一条直线般平稳的气味、如同弥漫在空气中的污点一般模糊而混杂的气味……

还有那些站在庙堂殿宇门前的迪奥·道人！

身穿长袍和法衣的、肩披斗篷的、西装革履的、插着羽毛的、披着兽皮的、赤身裸体的、画满彩饰的、一动不动的、随着奇怪的节奏跳舞的、迈步前行的、蹦蹦跳跳的、盯着马丁的、凝望着天空的……

马丁在众多神殿间沿着狭窄的混凝土小路奔跑。小路有无数个分岔，不断地变化方向。泰格达的以弗所越来越近，但通往他的路被一条水渠挡住了，几个赤身裸体的迪奥·道人站在水渠中间默默地洗手。马丁跳进冰冷的水中，蹚过深可及胸的水渠。那些迪奥·道人看着他，但一句话都没说。

往上走已经没有路了，马丁只能顺着石坡向上攀爬。马丁跑到通往泰格达以弗所的通道。通道上没有门，只挂着细金属线制成的门帘。红色的光线在轻轻摇摆的门帘后闪烁迷离，有说话声从门帘后传来——说的是旅行语！

"住手！"马丁跑进格达人的神殿，大声喊道，"请住手！"

并没有谁要动手。两个穿着格达人服装的迪奥·道人，仿佛是恶意丑化的讽刺漫画在现实中的再现；还有个地球女人——伊琳娜·波卢什金娜。她全身赤裸，脚下是一小堆衣服，而身边的迪奥·道人握着用陶瓷线熔炼的格达之剑，整个画面立刻让马丁联想到某本低俗幻想小说的封面，对，是《美女与野兽》的故事改编。

"不要碰她！"马丁再次大吼。这时他才发现，并没有谁挟持伊琳娜，两个迪奥·道人手里握着的是剑刃，而不是剑柄。除非他们是想用剑柄殴打姑娘，否则伊琳娜并没有任何生命危险。

"看看你，太激动，太草率了。"一位迪奥·道人将目光移向马丁，非常平静地说。他的剑随即滑入了背后的剑鞘，"什么事让你如此慌张？"

"请你们不要听信姑娘的话，她在犯傻。"马丁走到伊琳娜身旁，迅速说。

"马丁，我没有征求您的意见……也没有寻求您的帮助！"伊琳娜愤怒地喊道。

姑娘认出了自己，这并没有让马丁惊讶。他默默地抓起她的手，将其拽到离迪奥·道人两步远的地方，又对迪奥·道人重复道："听信她，会铸成大错。不可以……"

"你怎么知道我在想什么？"伊琳娜问。

"你又怎么知道我是谁？"马丁反问。

姑娘一时语塞。马丁又转身向司祭说："姑娘是一时冲动，泰格达不会复活她……"

"当然不会，"一位身穿天青色服装的迪奥·道人点点头，又对旁边穿淡绿色服装的同事点点头。后者默默走到了一边，"没有谁要杀她。别紧张。请你默数到十二，并且在每个数字后都要加上'泰'！"

尽管迪奥·道人的要求荒谬至极，但马丁还是照做了。他开始默数："一——泰，二——泰……"

伊琳娜似乎直到此刻才意识到自己居然全身赤裸地站在同族男性跟前。她企图挣脱，但马丁紧紧地抓着她。于是，伊琳娜一动不动地僵立在原地，像个搔首弄姿地为《花花公子》杂志拍照的模特。没有什么比一个裸体女人试图用手掌遮住自己更可笑的了。

"三——泰，四——泰……"马丁一边数着数，一边四下里张望，湿衣服的水滴落在马赛克石头地面上，但迪奥·道人礼貌地装作没看到。

格达人的神殿内部空间逼仄，呈不规则的圆形，墙壁上装饰着猩红的天鹅绒，既没有祭坛，也没有圣像。在不高的穹顶上，马丁看到一幅壁画，画面很抽象——光线、阴影、模糊的轮廓……几乎不可能猜出画的内容。

"五——泰，六——泰，七——泰……"

马丁将伊琳娜的手腕握得更紧了。他直视着她的眼睛。姑娘并没有躲开他的目光，甚至还蔑视地对他忽闪了一下睫毛。

"八——泰，鞭打！九——泰，不食甜食！十——泰，十一——泰，放弃所有化妆品！十二——泰！"

"你为什么光着身子？"马丁欣慰地看到，伊琳娜听到这个问题后脸红了。

"女性无权穿着衣服进入泰格达的神殿。"穿天青色衣服的迪奥·道人回答,"确切地说,女人没有穿衣服的权利……脱光衣服是我们要求的。不要担心,我们严守贞洁的誓言,不会侵犯你的女人。"

"我不是他的女人!"伊琳娜喊道,但迪奥·道人对她说的话充耳不闻。这也不足为奇。在这座神殿中,大家都遵循格达人的信仰,而这一信仰赋予女性的权利极为有限。

"什么贞洁?"马丁忍不住问道,"你们拥有遗传的记忆,难道真的愿意就这样死去,不将继承到的先祖记忆传递给后代吗?"

"泰格达不允许女性侍奉他。但迪奥·道人不是女性,而是雌雄同体。"司祭骄傲地回答,"侍奉泰格达者禁止亲密的身体行为。但我们可以使自身怀孕——泰格达经书中对此没有禁令。"

马丁重重地呼了一口气。是的,对泰格达来说,这也许是被允许的,但几乎可以肯定的是,对迪奥·道人来说,这显然是极端伤风败俗的行为。但既然这些疯狂的迪奥·道人侍奉的是格达人的神,就必须像格达人一样生活。

"伊拉,拿着衣服出去,在外面等我。"马丁命令她。

"不!"伊琳娜断然回答。

马丁没有再坚持。他脑海中突然浮现出一幅画面——刚刚走出以弗所的伊琳娜被另一些半智慧的迪奥·道人捉住,拖进……譬如说,拖进燃烧着的大圆樽里……

"她想要你们做什么?"马丁问。

"这位不幸的姑娘,"迪奥·道人满怀悲悯地开口,伊琳娜的手颤抖了一下,"她想体验一下泰格达。她要为泰格达死去,并遵照古老的泰格达神谕复活。"

"但你们拒绝帮助她。"马丁说。

"当然。"迪奥·道人点点头,"泰格达神谕不适用于女人,雌性生物无权侍奉他。"

马丁大笑起来。伊琳娜看着他,目光如炬。迪奥·道人静静地等待着,而马丁笑得越来越大声。这就是所谓的政治正确!这就是所谓的男女平等!想要用他者的哲学和宗教做实验,至少得先确保自己的身体拥有所有必备零件!

马丁笑个不停。与此同时,伊琳娜哭了起来。她哭得很安静,几乎没有声音,就像被整个骠骑兵团嘲弄的近卫骑兵杜罗娃[1]一样……

"伊拉,请原谅。"马丁止住笑,说,"请原谅。但我像个白痴一样往这儿跑……我一直担心找到你时,你已经死掉了……又一次死掉。"

"你这个傻瓜!"伊琳娜一边哭,一边愤怒地看着他,"你总是碍我的事!"

"我哪儿碍着你了?"马丁生气了,"因为我在图书馆星杀了那个害你的野兽?因为我没有阻止你在莽原-2冲进枪战战场?因为我在阿兰卡星差点被你的同伴杀死?你不是要解开这个谜题,就是要揭开那个秘密。你想轻轻松松解决人类绞尽脑汁也未能参透的谜!你到底想要干什么?你是个年轻、漂亮、聪明的姑娘,为什么要像个傻瓜……像个女学究一样……"

"你不明白!"伊琳娜咬紧嘴唇,低声说,"时间不多了,你们都不明白……"

马丁安慰地拍了拍她的肩膀,又突然意识到,自己想做的并不是安慰这个女孩……

"伊琳娜,我们马上离开这儿,你给我讲讲发生的一切,"他说,"好吗?我会相信你。真的。我会帮助你。你看到了,在泰格达这件事上,你没有成功,而且与我没有一点儿关系,对吧?"

姑娘不情愿地点点头。

"这样吧,"马丁笑了,"看看我们还有多少时间,然后决定我们该做什么。我相信,一切都会好的。"

他转身向迪奥·道人鞠了一躬,"谢谢你们,泰格达的仆人!谢谢你们对我同族女性的宽容。"

---

[1] 出生于1783年9月17日的骑兵少女娜杰日达·杜罗娃,被称为"俄罗斯的花木兰"。

"她压根儿就没有机会，"仆人重复道，"更何况，只有那些真正信奉泰格达的人才能被复活，而不是那些对泰格达好奇的人，也不是那些立志为科学实验而死的狂热学者。"

"有道理。"马丁点点头，"我们可以走了吗？我的意外出现没有冒犯到你们吧？这地球女人没有触犯到你们的宗教情感吧？"

"泰格达对恶毫不留情，对错误却大度宽容，"迪奥·道人的脸上露出一丝微笑，"你们走吧，请保持理智的清醒，请区分善与恶，请三思而后行。"

"以后我会十二思后再行动。"马丁点头称是。

看来，自己终于开始走运了……

他冲伊琳娜点点头，后者难为情地蹲下身（而不是弯下腰），收拾自己的衣物。马丁绅士地转过头去。伊琳娜刚刚站起身，他又紧紧地抓住了她的手。

"再见，尊者，"马丁说完便向出口走去，"请原谅，我们在地上留下了不少脏脚印。"

这时，马丁本已不再担心的意外突然发生了。

随着金属丝线发出的微弱叮当声，格达人卡德拉赫一掀门帘，走了进来。他的脸色苍白如纸——灰色的皮肤居然能苍白到这种程度，真让人吃惊。

"卡德拉赫，一切正常。我赶上了。"马丁迅速地说。

格达人略微点了点头，面无表情地瞥了一眼裸体女孩，然后走到大厅中央，轻轻说道："这一切亵渎神灵。"

马丁心中暗叫不好，但也只是在心中暗叫，脸上不敢表现出丝毫异样。

"卡德拉赫，他们没做错什么！"马丁大喊。

穿天青色服装的迪奥·道人走到格达人身边，轻声说道："你怒气太盛，我的兄弟。请允许我为你洗涤灵魂。"

"沙可林·汗！"卡德拉赫大喊着，举手去够剑柄，但立刻又缩回了手。卡德拉赫一下子如泄了气的皮球，他弯下腰，回头看了眼马丁，沮丧地说："真是垃圾……请原谅我，我的朋友。我说过，有些事情触碰了我的底线，是我无法容忍的。你最好离开这里。"

"你这是怎么了，兄弟？"司祭依然温和地问。

卡德拉赫哈哈大笑起来："我怎么了？泰格达之剑在我心中！我看到了邪恶，我正站在邪恶之中，我要清除邪恶！"

迪奥·道人的声音中似乎充满了愤怒："说话要谨慎，导师。这里没有愚蠢的生命需要你来教训！这里是泰格达的以弗所，是光之影！"

"你了解色彩，你读过泰格达的经书，你给自己买了宝剑，但这些都不能让你成为真正的格达人！"卡德拉赫咬着牙说道，"你站在异教徒多神教的神殿中，你嘲笑我的信仰，你践踏泰格达的影子！"

"我懂得这袍子上的语言，我了解经书，我给自己用陶瓷线熔炼了宝剑！"迪奥·道人的声音响彻整个神殿。他站起身来，个子跟卡德拉赫差不多一般高。看得出来，他已怀有身孕，"这是真正的泰格达的以弗所，为了荣耀他的名，泰格达的影子就在我的肩膀上！难道泰格达说过，他只给格达人带来真理吗？他说过：'谁都不配侍奉我，谁都有权侍奉我！'"

"'孕育生命者不可立于我的影中，夺走生命者无权走进我的以弗所！'"卡德拉赫反驳道，"你怀孕了！"

"我不是女性！"迪奥·道人扯开嗓子喊，"我是三线剑仆，我叫科尔甘，我为荣耀泰格达而活！"

"你还不如女性，因为你是伪智慧的产物！"卡德拉赫喊道，"你怀着孕，你雌雄同体，你亵渎了以弗所！"

"别生气，卡德拉赫！"

"什丹！"说时迟那时快，卡德拉赫咆哮着拔出了自己的宝剑。

马丁大叫出声。不过，这并没妨碍他一把将伊琳娜搂在怀里，往神殿最远处的一个角落奔去。

卡德拉赫和自称科尔甘的迪奥·道人对峙着。科尔甘也拔出宝剑，因为无端受到不公的指责而眼中喷火。

现在，卡德拉赫和科尔甘都顾不上说旅行语了。不过，他们并没有聊太久。

"阿什卡尔扎赫拉泰，安热尔什丹，卡德拉赫！"[1]司祭喊道。马丁认为，直呼格达人的名字是他最大的错误。卡德拉赫的愤怒在此时达到了顶点。格达人不能——无论如何也不能接受"假司祭"与自己平等对话……

"阿什什丹罕！"卡德拉赫咆哮。

伊琳娜在马丁怀里动了一下，轻轻地说："完了……既然他称对方为魔鬼的狗……"

双剑相交。

或许，作为泰格达司祭的迪奥·道人确实擅长使用武器，或许他真的深谙使用熔炼的陶瓷线制成的宝剑，但与格达职业杀手相比，他没有任何机会。事实上，迪奥·道人不擅长使用切割类武器，他们的手型更适合用诸如锤或流星索之类的重物和投掷武器。

第三个回合，卡德拉赫就将迪奥·道人的剑击飞了。迪奥·道人呆立一秒钟，眼睁睁地看着剑刃飞到墙上，似乎在惊讶自己怎么没能砍断对方的宝剑。解除了武装的科尔甘没有试图逃跑，而是骄傲地扬起头，直视着格达人的脸，双唇无声地念叨着什么……

剑在空中尖啸一声，鲜血染红了迪奥·道人天青色的长袍。马丁觉得，卡德拉赫原本是想砍下他的头颅，但最终改变了主意，只是重重地在他的胸口刺了两下。看来，在格达人眼中，这是魔鬼的帮凶应得的死法——最可耻的死法。

"你的以弗所已被清洗干净，泰格达！"卡德拉赫喊道。他拿剑在科尔甘的衣服上迅速擦了两下，将剑擦干净，然后插入剑鞘。另一个司祭一动不动地站在一边，没参与战斗，仿佛对发生的一切视而不见。看来，他的镇定是因为没有怀孕。

"你都做了什么啊，卡德拉赫，"马丁站起来，轻声说道，"你做了什么……"

---

[1] 此处为外星语，意义不详。

格达人严肃地看着他,"请原谅,朋友。你该离开的。我不能不惩罚亵渎以弗所者。"

他走到马丁和伊琳娜身边,向姑娘伸出手,"起来吧。我是马丁的朋友,非常高兴能救你。"

"凶手。"伊拉低声嘟囔着,"你是个心狠手辣的凶手!"

格达人叹口气,收回手,语气生硬地说:"你们地球一族的雌性生物看来也并没有什么智慧……请你把她从这儿带走,给她穿上衣服吧,马丁朋友。我还要在已经清洗干净的神殿里祈祷一会儿。"

马丁没有说话,只是看着已经一动不动的科尔甘——一个幼崽从染满鲜血的衣服褶皱中爬了出来。

他是那么小。马丁觉得,如果按人类婴幼儿的标准来看,他也就两岁左右。

他身后还连着一根很粗的脐带,仿佛一根拧得过紧的琴弦,以疯狂的节奏颤动着。幼崽的眼睛睁得大大的,一眨不眨地看着卡德拉赫。

卡德拉赫仿佛感受到了他的目光,转过身去,伸手拿出宝剑,却又无力地把它扔到了地上,低语道:"神殿被彻底亵渎了……"

伊琳娜欠了欠身,看到迪奥·道人幼崽,立刻尖叫出声,用手捂住了脸。眼前的景象的确不太美丽——

幼崽挺直身体,用两条有力的后腿站起来,若有所思地将目光转向脐带。脐带渐渐停止了跳动。最后,几大块凝结物似乎顺着灰蓝色的脐带挤进了幼崽的体内。

迪奥·道人幼崽轻启双唇,声音虚弱地说:"泰格达的神谕应验了……我死了,又在新的肉体中得到新生。"

穿着淡绿色长袍的司祭跪倒在地。

"你没有复活!"卡德拉赫怒道,"你只是把自己所有的记忆传递给了你的孩子!你嘲弄信仰,你又在嘲弄信仰!"

卡德拉赫拔出双剑。

"住手!"

马丁没有注意到伊琳娜何时从地上捡起了司祭的宝剑。他试图拦住她，但手掌滑过了她光滑裸露的肌肤，让女孩挣脱了，然后他在染满鲜血的石头上一滑，摔倒在她的脚下。

伊琳娜的攻击毫无章法，笨手笨脚，如同在挥舞着一根棒子，而不是宝剑。格达人当然感觉到了挥向头顶的剑刃。他转过身，咧嘴笑了——马丁感觉到格达人正强压怒火……最终还是忍住没打伊琳娜，只是将自己的宝剑挡在她的剑刃下方。

司祭的剑滑过卡德拉赫的剑，将其中一把剑在剑柄处砍断。剑刃刺进了格达人的肩膀，轻易便劈开了他的衣服和身体。

"妈呀……"伊琳娜轻呼一声，松开了手中的宝剑。

剑身还插在格达人的身体里，鲜血从伤口喷涌而出。格达人若有所思地看了看伤口，又看向掌中的断剑，松开手，剑柄应声落地。

"我没想……"伊拉小声说。

"你不过是泰格达的剑……"格达人说完，扑通一声，双膝一软，跪倒在地。

"对不起！"伊琳娜脱口而出，向卡德拉赫俯下身去，"请原谅我！"

马丁眼睁睁看着这一切的发生，却无力回天。

伊琳娜的双脚在鲜血中一滑，一只手拄地，摔倒在格达人身上。

格达人的手没来得及松开第二把宝剑[1]。

只见伊拉的后背突然多出一个肿块。不一会儿，肿块突然爆裂，锋利的剑尖露出来——伤口渗出一点点血。姑娘微弱地叫了一声。

"不……"格达人呻吟着。他用尽最后的力气将剑从伊琳娜身上拔出来，满眼祈求地看着马丁，喃喃低语："我没想……不是我干的！"

地上满是鲜血，湿滑不堪，马丁干脆放弃了站起身的打算，匍匐着爬了过去，从格达人手中接过伊拉。

"救救……我……"姑娘低语。

马丁用手掌按住她的伤口。任何救助都为时已晚。格达人的剑刃穿透了她的心脏。

---

1. 格达人使用双剑。

"我们还有三个。"伊琳娜仿佛看透了马丁未说出口的想法，看着他的眼睛，说，"至少有……一个……应该……管家……他们没有权力……"

"她们在哪里？伊拉，她们在哪里？"马丁喊道。

"去找……找……"姑娘低声说。她可爱地轻咳了一下，然后闭上了眼睛。

"我辜负了你，朋友。"格达人说。他也要死了，鲜血正从身体中汩汩涌出，"他们太强大……他们利用了我……利用了我的愤怒。我错了。"

小小的迪奥·道人走了过来。这位刚刚出生的司祭忧伤地看着姑娘，用尚且稚气的嗓音问："需要为她办泰格达的葬礼吗？"

马丁摇摇头，轻晃着腿上一动不动的尸体，仿佛在哄她入睡。

迪奥·道人转身对奄奄一息的格达人说："泰格达的心是仁慈的……请接受命运的安排吧，卡德拉赫。"

卡德拉赫跪在地上，身体微微晃了晃，马丁以为格达人将在最后爆发的怒火中扑向刚刚出生的迪奥·道人，但卡德拉赫只轻轻问了句："你能原谅我吗……科尔甘？"

"遵照泰格达的旨意。"迪奥·道人稚气地答，温柔地将双手放在格达人血流不止的肩膀上。

马丁抱起伊琳娜，站起来，向出口挪动。垂死的格达人跪在刚刚出生的迪奥·道人面前，而迪奥·道人轻轻地在他耳边说着格达语。卡德拉赫时而回答，时而摇头。接着，年轻的司祭在卡德拉赫身旁跪了下来，将自己的宝剑递到了他的手中。

马丁听到金属门帘再次叮当作响。

"走吧，马丁。"有人对他说，"他会按要求处理好尸体的。"

马丁转过身，看到站在身后的小吉吉忧伤地望着奄奄一息的卡德拉赫和面前已经死去的伊琳娜。

"他相信了，"马丁跟着吉吉从泰格达以弗所走出来，轻声说道，"他相信了！"

"他们给我指了路,但我到得太晚了。司祭已经死而复活了吗?"吉吉忧伤地问。

马丁点点头,脑袋里一片混乱。

"世界上不存在不给人选择自由的奇迹。"吉吉轻声说道,"如果存在,这种奇迹就并非来自神。"

"你在说什么,吉吉?"马丁问。

"关于原地复活的神谕是格达人的教条,"吉吉回答,"可是对迪奥·道人来说,根本无法解释……这种事情在我们的历史中曾经发生过。"

"发生过?"马丁惊呼,"这么说,你们甚至能把自己的所有意识传送给新生儿?再造整个个体?"

吉吉点点头,补充说:"这个……不可以刻意为之。不然诱惑就太大了。但这确实发生过,虽然并不常见。如果即将死去的迪奥·道人深信自己的生命比延续种族还要重要……如果这么做非常有必要……如果新生儿尚未发育完全,尚不具有个体性……这其中有很多的'如果',马丁!"

"奇迹从没有发生过。"马丁小声说道。他自己都不明白,这一刻自己的真实感受是轻松还是悲伤。

"没有发生过。"吉吉更准确地补充道,"但同时也发生过。司祭确实信仰泰格达。司祭确实也在新的躯体中复活了……是卡德拉赫杀死了他吗?"

马丁点点头,"他无法忍受司祭怀孕。在他们的种族中,雌性个体一律被视为没有智慧的生物。"

"愚蠢,"吉吉说,"教条居然超越了理性。是教条杀死了卡德拉赫,并让司祭得以重生……"吉吉将目光移向伊琳娜,"谁杀死了她?"

"是意外,"马丁回答,"她滑倒了,摔倒在卡德拉赫的剑上。而在此之前,是她给卡德拉赫造成了致命的伤害。"

吉吉垂下头,"我真该提前联系一下神学家,了解一下是否有万全之策。该提醒你安抚好格达人的……可怜的女人啊。"

马丁点点头。他双手沾满鲜血，身上也满是鲜血，只觉得背上的尸体越来越沉重，往地面坠去——第四个伊琳娜·波卢什金娜又死于非命，而且又是发生在自己眼前。又一次，他什么也没来得及做。

这一次，他没能得到任何寻找伊琳娜的线索。

余下的三个伊琳娜还不知徘徊在银河系的哪个地方，她们也许会安详地、孤零零地客死他乡。马丁·杜金再也不会给她们带去不幸了。

"我觉得，我是造成她们死亡的原因。"马丁说，"每一次，我都来不及救下她。我……我太无能了。"

他用手勾住伊琳娜的号牌，猛地拽下来，放进口袋里。

他想，这样的事情已经发生过，但以后不会再发生了。

"不要自责，"吉吉安慰他，"你已经尽力了。我会写一本书，书中就写你付出的努力，写比智慧和信仰还要强大的教条。"

"吉吉，如果你写其他内容的书，我会更高兴。"马丁说。

"我可以写一个幸福的结局，"吉吉说，"但我怎么可能虚构出另一种生活？"


两天后，马丁来到了管家的驿站。

玛姬星官方对这一事件的调查已经结束。这还要感谢吉吉。作为秋生的独子，友达继承了负责外星人犯罪侦查的高级侦查员职务。

伊琳娜·波卢什金娜的葬礼已经结束。九霄天体圣像大教堂的自封神父为伊琳娜做了追思弥撒。低矮的木钟楼上敲响了悲伤的丧钟，姑娘被埋葬在神殿后的乡村墓地里。泰格达神殿的司祭、圣痕大教堂的迪奥·道人、几个新教徒和身披橙色袈裟的佛教徒参加了葬礼。

阿姆夫罗西神父，俗名晨悦[1]，在弥撒之后进行了简短的布道。他精通教会斯拉夫语，对伊琳娜的死非常痛心。

只有一件事让马丁颇感为难。阿姆夫罗西神父简短地表达了想将伊琳娜·波卢什金娜的尸骨做成圣尸的愿望，称九霄天体圣像大教堂欲奉

---

[1] 俄语为 Ежеутренняя Радость，意为每天清晨的快乐，故译为"晨悦"。

其为圣徒，并把圣体保存于教堂内。马丁非常不信任这一提议。

马丁随后去了附近一座有驿站的城市。吉吉为马丁送行，他们热情道别。这位迪奥·道人虽然还很小，但肉眼可见日渐强壮，发育也日趋成熟。

马丁知道自己可能再也见不到吉吉了。他的心情异常沉重，这种感觉，就像刚刚去探视过垂死的朋友。

这种情绪很复杂，那是本不该有的愧疚和真挚的怜悯之情交织的产物，这种情感将迪奥·道人的世界与其他生物的世界隔绝开来，这情感之复杂远甚于烦琐的过关手续、新旧技术的反差和古老的习俗……马丁甚至认为，这种感觉无法克服。即使你以平常心对待迪奥·道人，把他们当成可以与之正常共事、交往的人，你也永远无法适应他们飞快的生活节奏。

马丁走进管家驿站后，在心中暗暗与吉吉道了永别，也暗自与伊琳娜·波卢什金娜道别。

"这里又寂寞，又凄凉，"一个弯腰拱背、身材瘦小的管家说。此前，马丁并没有遇到过残疾的管家，但凡事都会有第一次，"请跟我说说话吧，游子。"

"我还欠着债。"马丁说。

出乎意料的是，他内心中对管家既没有仇恨，也没有嫌恶。或许，他并不确定这是他们的过错；也或许，生管家的气就像跟台风或者瘟疫置气一样，同样荒谬而没有道理……

管家点点头，"我知道。你没能找到那种意义——那种微小的、可怜的、质朴的，既非身体的，也非灵魂的，亦不是天赋的，却使人之所以为人的意义。人类总试图统揽全局：去信仰，去爱，去享受生活，去创造。但依然没有找到意义。不仅如此，他终于悟到，在为数不多的寻找生命意义的人中，还没有谁能够找到它。"

马丁点点头。身材瘦小的管家用高脚杯喝着某种疑似牛奶的液体，对他笑了笑。

"这个人不得不再多走一些路，"马丁说，"所有他认为有意义的东西，都义无反顾以身试之。他尝试过战斗，也参加过建设。他爱过，也恨过；创造过，也摧毁过。当他的生命如夕阳般西落的时候，他才明白了重要的真相——生命没有意义。意义是自由的缺失；意义是我们画地为牢，再将彼此驱赶入牢中；我们说金钱是生命的意义，我们又说爱情是生命的意义……但所有这一切，不过是地上的牢。生命没有意义，这就是它最大的意义和最高的价值。生命没有命中注定的结局。这，比成千上万个虚构的意义更为重要。"

"你驱散了我的忧伤和孤独，游子。"管家点点头，"请进入界门，继续你的旅程吧。"

"这只是上个故事的结尾。"马丁提醒道，"我本以为，入门时还得再讲一个。"

不知是马丁的错觉，还是事实如此——管家似乎笑了笑。

"很多人终其一生都讲不出一个这样的故事。他们每天重复着同样的故事，却始终不知道故事的结局……请进入界门，继续你的旅程吧。"

管家算是回答了他的问题吗？

"当时，我有救下卡德拉赫的可能吗？"马丁问。

管家看着眼前的虚空，喝着牛奶。

"我不喜欢欠债。"马丁说，"我想讲讲关于寻找生命意义之人的故事，讲讲格达人——一个未能拒绝意义的导师和刽子手；讲讲迪奥·道人，他背弃了自己种族的生命意义……"

"请停下。"管家打断了说到一半的马丁，"停下吧，马丁。你暂时还不能结束这个故事，请继续你的旅程吧。"

马丁站起身，点点头。突然间，他大汗淋漓——似乎……也许只是一种感觉，他差点跨越了一道未知的、更加危险的界限。

"谢谢，管家。"马丁说，"我们还会再见面的。"

# 第 5 章

# 青

"不正常的智慧生命形态
怎么可能是自然进化的结果。"

Голубой 450~490nm

## 零

何时有乡愁？人在旅途中。

旅行中的游客往往不会有甜蜜的思乡病，因为旅途中有太多强烈的感受让人应接不暇：太多的名胜要游历，太多的美酒需品尝，有温暖的大海在召唤……而工作之旅，尤其是不成功的工作之旅，会令人心底对故土深沉的爱无端发芽、成长，绽放成一束束爱国的矢车菊或者亲俄的小雏菊。

除了"失败的出差"，马丁实在找不出另一种合适的措辞来定义这次玛姬（法克）星之旅。他失去了所有线索，眼看着伊琳娜又一次死去。最终也没弄明白，自己到底是宗教神迹的目击者，还是外星人奇特生理现象的见证人。

落叶是该归根了。他想深吸一口祖国的炊烟，想饮一盅伏特加，想吃上一撮潮湿的故土[1]，当然，最重要的，是要在莫斯科心无旁骛地待上几个月。

也许可以去温暖的地方度假，但最好不要太远，雅尔塔、敖德萨或者塞瓦斯托波尔都挺合适的。马丁想象着自己的雅尔塔之行，那画面很生动：在通往海边的小巷里漫步，山下缆车站台旁有一家小餐馆；海水虽已变凉，但身强体健的游泳好手仍能享受嬉水的乐趣……去岸边散步前，先在小餐馆喝上一小杯玛哈拉奇散装葡萄酒，那绝对是人间乐事……马丁苦笑了一下，心情也放松了很多。他需要将伊琳娜抛在脑后。

如果能有一小段假日恋情就更完美了，当然，对方一定得是来此度

---

1. 在古罗斯，土地一直被视为神圣之物。古罗斯人认为，泥土是大地母亲的化身，有诸多神奇。比如带上一小撮泥土长途跋涉，会带给人力量；吃土可以得到上苍的保佑。

假、不打算建立长期稳定恋爱关系的已婚女士。他要痛饮当地的烈酒，抽物美价廉的、老式的、烟袋杆上镶着银环的史丹威石楠木烟斗；他要从高加索摊贩那里买趁热吃才够美味的烤肉串。一定要在夜里裸游，在露台上用干烤饼喂贪嘴的海鸥，给面容清秀的南方小乞丐零钱，为孩子们买冰激凌。到了晚上，他可以看看电视，或去看场电影，或听一场过气流行歌星的演唱会。

好好享受两周的假日，再如释重负、神清气爽地返回莫斯科，将诡谲的外星世界、无尽的麻烦和恐惧全部抛诸脑后。

排队等候海关检查时，马丁已经在脑子里把一切安排得明明白白。墙后便是莫斯科驿站。驿站里熙熙攘攘、摩肩接踵，大部分是地球人，但也混杂了一些有趣的外星人。马丁一反常态，没有观察他们，没有尝试研究外星人的心理特性，而是梦想着去雅尔塔，幻想着金秋转瞬即逝的喜悦……十月，还算不算是金秋呢？管他呢，他一门心思只要去雅尔塔！要喝乌克兰雷米诺夫伏特加和尼古拉啤酒，抽喜欢的烟斗，结识性感火辣的美女，还要潜入冰凉的海水中……

今天，边防检查的时间长得让人难以忍受。马丁被扣留了二十多分钟，因为电脑死机，他的护照被转到了另一个检查台，而这里同样排着长队。但马丁像所有置身于谢列梅捷沃二号机场候机的俄罗斯人一样，耐心等待，毫无脾气，对延误没有丝毫怨言。

护照终于检查完毕，入境章也已加盖。马丁走过小门，环顾四周寻找出租车。

无须寻找车辆，更无须讨价还价。以尤里·谢尔盖耶维奇为代表的祖国已在门外等候。他穿着件单薄的灰风衣，用手指转动着老式灰色伏尔加轿车的钥匙。

"去哪儿？"尤里·谢尔盖耶维奇脸上带着严肃的微笑。

"您说了算。"马丁二话不说钻进轿车，将背包和装在枪套中的温切斯特式猎枪放在汽车的后座上。

"这是标准答案。"契卡分子点点头。

轿车在小巷子里七拐八拐，非常巧妙地拐到基督救世主大教堂，然后向市中心疾驰而去。

"您怎么这样，马丁？"尤里·谢尔盖耶维奇率先打破难堪的沉默，语气中透着责备，"我们这么做都是为您好。上次我们谈得那么愉快。我向上级保证过，但凡有任何有趣的事情发生，杜金同志一定会第一时间通知我们。可是您呢？"

"可是我不知道该通知您什么。"马丁忧郁地回答，"您把我当成什么人了？千里眼吗？我只不过有了一个猜测……而且是很愚蠢的……"

"说来听听！"尤里·谢尔盖耶维奇鼓励道。

"伊琳娜在写给父亲的信中转达了对狗的问候……将狗称为荷马。可实际上，他们的狗叫巴特。"

"我没听出有什么玄机。"契卡分子说。

"这和一部动画片有关。"马丁解释说，"讲的是一家人……"

马丁将自己的猜测，将吸引他去玛姬星的所有细节都一一讲给了尤里·谢尔盖耶维奇听。

"其中的联系比较模糊。"尤里·谢尔盖耶维奇说，"我得承认，联系不明显。找出其中的端倪比登天还难。不过，您还是该给我打个电话。"

"我决定先去查探一下，"马丁坚持，"结果我深陷泥潭。格达人硬要跟我交朋友……"

"居然有这事？"契卡分子一下子来了精神，"您把这事儿单独讲讲，格达人是我们在银河系的天然盟友。"

"尤里·谢尔盖耶维奇，"马丁忍不住了，"我会把一切都讲给您听。请相信我，除了我自己的愚蠢和霉运，我真没有什么好隐瞒的！但现在，我太饿了。"

"然后呢？"契卡分子笑了，一脸纯真。

"您是怎么回事？是在非工作时间对我'敲诈勒索'，还是在执行公务？"马丁问，"如果是前者，我们就找个小餐馆聊聊。"

"现在我是在执行公务。"尤里·谢尔盖耶维奇没有生气，"那么，马丁·伊戈列维奇,我们就去有冷面大叔守卫的灰色大楼。"

马丁叹了口气,暗下决心,以后不再戏弄契卡分子。

车在一幢气派的灰楼旁停下来时,马丁的心情立刻变得愉快起来。大楼对面是名为"天球图书"的温馨书店,他每个月都会来此采购一批新书。他伸手去拿钱包,同时困惑地看了眼契卡分子。

"为何您对我们这么不满,还心存恶意?"尤里·谢尔盖耶维奇忧伤地问,"怎么,您的曾祖父曾被狠毒的安全局迫害?还是您的祖父是持不同政见者,曾把索尔仁尼琴[1]藏到你家阁楼里了?要么就是您父亲因生态间谍罪被关过监狱?又或者,您认为国家用不着设立反间谍组织就能安然存在?如果您真想知道,马丁,我有时候的确会去敲诈勒索——在非工作时间。因为我的工作收入比您少十倍……当然,我指的是您的实际收入,而不是您上报的纳税收入。"

马丁确实有些惭愧。他收起钱包,迟疑了一下,坦率地说:"请原谅,是我太冲动了……刚出驿站就遇上了您。我排队办手续,被人故意拖延,也是您干的吧?"

"没错。"尤里·谢尔盖耶维奇点了点头,"不过,如果正式传唤,您会乐意吗?"

马丁想了想,摇了摇头。

"不过,我可以请您吃顿饱饭。"尤里·谢尔盖耶维奇的语气里依然透着不悦,"要不然,从我们这儿离开后,你就会跑去附近的人权组织告状,说安全局让被拘留者饿肚子。"

契卡分子没有说谎。虽然门口站着的不是冷面大叔,而是几个目光锐利的阿姨。过了检查口,他们乘坐老式电梯来到了卢比扬卡[2]地下部分,出乎马丁意料的是,地下室竟不是阴森恐怖的刑讯室,而是一条颇有些压抑的标准走廊,尽头就是温馨舒适的食堂。

---

1. 亚历山大·索尔仁尼琴(1918—2008),苏俄著名作家,诺贝尔文学奖获得者,苏联时期著名的持不同政见者之一,因出版描写极权主义的巨著《古拉格群岛》被驱逐出国。
2. 卢比扬卡广场11号的卢比扬卡大楼原是俄罗斯保险公司,苏联时期情报机构的所在地,契卡、内务人民委员部、克格勃都曾在此办公,现为俄罗斯联邦安全局总部。

他们端着缺角的褐色托盘，排在不长的队伍后面，按照固定的路线鱼贯前行：起点是装着叉子和勺子（已洗净但未擦干）的塑料槽，终点是装在玻璃杯中的水果糖水和收银台后穿白围裙的小姑娘。

马丁突然被这久违的食堂气氛所感染。他拿了一盘蛋黄酱煮蛋——盘子里一切两半的煮蛋上抹了一勺蛋黄酱；接着拿了鲱鱼甜菜沙拉——虽然，他相信鲱鱼刺一定没去干净；又取下一小碗看上去既新鲜又美味的红菜沙拉做开胃菜。

接下来，马丁拿了一盘乌克兰罗宋汤当第一道菜，配以几个形状可爱的小馒头，罗宋汤中漂浮着好几块肉，馒头上也慷慨地撒着大蒜末和蔬菜末。走在前面的尤里·谢尔盖耶维奇是这里的常客，同样毫不犹豫地拿了一盘罗宋汤。

第二道菜的种类并不算多，有波尔塔瓦肉饼卷心菜——肉饼还是平常的肉饼，不过是裹在卷心菜叶里；还有公共食堂通常都有的一成不变的炖牛肉，虽然跟正宗的炖牛肉毫无关系；此外，还有煎牛排配炖卷心菜。马丁拿了一份煎牛排。

选择甜品时，马丁依然沉浸在久违的节日氛围中，他拿了块复活节蛋糕、一杯水果糖水和一小碟果冻。

"您的饭量可真不小。"尤里·谢尔盖耶维奇看了一眼马丁的托盘，不乏揶揄地说——他自己只选了罗宋汤和卷心菜卷肉饼。然后他回头对收银员说："柳多奇卡，我们两个的账一起算。"

马丁本想反对，伸手去口袋里掏钱，却看到自己这顿午餐的价格还不到一美元，觉得有些尴尬，于是顺其自然地接受了尤里·谢尔盖耶维奇一起结账的好意。毕竟，契卡分子有权对他进行报复性嘲弄。

用餐时，两个人很有默契，都没谈论工作。他们一起喝了罗宋汤，然后吃沙拉。马丁就自己的贪嘴进行了深刻的忏悔，将餐盘里的鲱鱼甜菜沙拉送给了契卡分子。煎牛排味道还不错，干果做的水果糖水冰冰凉凉，很好喝。

马丁用叉子拨弄了几下果冻，"每次都这样，饿的时候……眼大肚皮小……"

尤里·谢尔盖耶维奇笑了笑，伸手到邻桌，灵巧地从花瓶状餐巾纸架中抽出几张裁成三角形的餐巾纸。

"那您得克制自己，马丁。能消化多少就吃多少，让自己别多吃。"

马丁还心存愧疚，所以没有回应这一嘲讽，但他暗下决心，如果对方再嘲讽自己，他一定不会再忍让。见鬼的契卡分子，现在可不是1937年[1]了！

午饭后，尤里·谢尔盖耶维奇带他来到一间办公室。根据蛛丝马迹，马丁判断，此房间并非办公场所，而是专门用来传讯被拘留者的。契卡分子没把他领去自己的办公室，让马丁深感遗憾——那样，他就可以根据办公桌的材质、总统挂像的大小、地板上是否铺地毯、电话机的数量及窗外的景色等细节分析出更多关于尤里·谢尔盖耶维奇的身份信息。此刻，在这个光秃秃的房间里，马丁无从确定契卡分子的职位和官阶，这让他很恼火。不管怎么说，如果是面对大尉和上校（马丁认为尤里·谢尔盖耶维奇的军衔应在此等级范围内），应该有不同的表现方式。

"我是中校。"尤里·谢尔盖耶维奇仿佛猜出了马丁的心思，"今年四十二岁。恐怕要等到快退休才能晋升到上校。我有三个孩子，可平时很少能见到他们。老婆对我工作时间太长心怀不满；年迈的父母住在奔萨，我已经有两年没去看望他们了。我喜欢自己的工作，这工作很蠢，可我喜欢，具体来说就是寻找银河系中的宝物……换言之，寻找奇迹，能为国家带来利益的奇迹。我是爱国者，您懂吗？不是光头党，不是纳粹分子，不是极左分子，也不是极右分子。我热爱自己的祖国，这就是我的全部。"他停顿了一下，好奇地问，"您觉得很好笑吗？"

马丁惭愧地垂下了眼睛。

"管家，"尤里·谢尔盖耶维奇不急不忙地继续说道，"慷慨地为地球提供各种技术。多亏他们，地球基本上消灭了饥饿。人民的生活变得更安全，更富足，更丰富多彩，这也真是离奇！俄罗斯很幸运——我们有三个驿站，因此收取的租金也非常高……这一切你应该比我更

---

1. 1937年正是苏联大清洗时期。

了解。"

马丁当然了解。

"但我不相信世间有免费的蛋糕,"尤里·谢尔盖耶维奇继续说,"打死我也不信!哪怕这些蛋糕不过是管家餐桌上的面包屑。马丁,他们一定是有目的的。他们对我们、对格达人、阿兰卡人……对所有类人和非类人生物,都有所图。总之,他们早晚会和我们算总账。"

"也许,他们在拿我们做实验,"马丁发表意见,"就像娱乐活动。和我们养狗、养猫一样……管家饲养了一群未完全开化的文明生物,自娱自乐。"

"这也是一种可能,"契卡分子赞同,"但早晚有一天,他们会对游戏感到厌倦。那时候,驿站会在刹那间莫名消失,就像它们突然出现一样。从没有谁向我们承诺星际网络会永远存在下去。已知最古老的驿站建于八十六年前,在漫长的历史长河中,这不过是弹指一挥间。"

"我猜……"马丁刚要开口说话。

"这八十六年的时光是真实的,其他的都是谎言。"尤里·谢尔盖耶维奇打断他的话,"因此,我们其实是生活在非常不稳定的、尚未成形的、完全受管家支配的世界中。他们是善是恶?是高智慧生物?抑或只是在借用他者的技术?我们没有答案,所以我们要做好最坏的准备。"

"如果有硫黄味飘来,说明有人在生产圣水……"[1]马丁开始引经据典。

"您的博学令我刮目相看,"尤里·谢尔盖耶维奇点点头,"此言甚妙!这比喻非常到位。顺便说一句,我们的确曾做过此类实验,观察圣水或圣酒对管家是否有影响……"

马丁瞪大了双眼。

"但他们没有任何反应。"契卡分子叹了口气,"此举毫无意义。管家的能力是我们无法企及的……需要联合其他星球的智慧种族。我们也多少取得了一些小突破——与阿兰卡联合政府达成了非官方贸易协

---

1. 该句出自斯特鲁伽茨基兄弟所著科幻小说《蚁巢里的甲虫》。

定，签署了非正式的合作公约；与格达人的长老建立了联系；收集了很多新奇的文物……虽然暂时还不清楚是来自哪个种族……我们做了很多很多事情，马丁，更觉得发生在伊琳娜·波卢什金娜身上的事大有文章。"

"如果是这样，那您对她的训练太马虎了，"马丁说，"不是吗？"

尤里·谢尔盖耶维奇避开了他的视线。

"她不会是风险自负吧？"马丁问，"不成功就成仁？"

"如果我能说了算就好了，"尤里·谢尔盖耶维奇突然激动起来，"那样我就会派所有在银河系有工作权限的特工去找那姑娘！您当真以为我是占着茅坑不拉屎吗？"

马丁一言不发。这个中等身材、其貌不扬的人也一言不发，直到马丁摇摇头，无奈地认输。

"有一种意见，"尤里·谢尔盖耶维奇，"来自最高层的意见……让此事到此为止。"

"为什么？"

"伊琳娜是通过她父亲看到档案的。她父亲曾是我们的首席分析师之一，甚至现在有时候也还会接手一些这方面的工作。伊琳娜失踪前，他已就局面给出了自己的论断，大部分领导也都同意他的观点。"

马丁专心地听着。

"埃内斯托·谢苗诺维奇认为，"尤里·谢尔盖耶维奇疲惫地说，"管家并非真正的先知……不是人们假想中曾统治银河系的古老种族。他们只是继承者，只是偶然获得了宇宙真正主人的现成设备或数据库的访问权限。真正的主人不知所终。猜测他们的去向如今已毫无意义。但管家们找到了……"尤里·谢尔盖耶维奇思考片刻，"仓库？图书馆？学术中心？纪念碑？还是他们研究星球时乘坐的'黑色星际飞船'舰队？说法太多，您可以任意选择。如今，管家们自己都不知道，面对如此强大的力量该如何是好。一方面，他们在完成真正先知们的计划，将银河系联成一个星际网络；一方面是在消遣取乐；而另一方面，他们是在寻找远去的超文明。他们谨慎、小心，且诚惶诚恐，仿佛住进空房子里的人,随时担心真正的主人会回来一样……档案中列举的所有我们所知道的谜团,不过是管家们对先驱者的强大技术使用不当造成的后果而已;是对远古知识的错误理解,以及失败的实验……如果现在专注于揭开这些奥秘,会造成管家的恐慌,其后果不难想象……"

"他们会毁灭地球?"马丁确认道。

"最仁慈的做法是断开地球与星际网络的连接。隔离之后,随之而来的便是混乱。您能想象,如果管家离去会发生什么事吗?会比他们出现时造成的恐慌还要大!"

"那就是说,埃内斯托·谢苗诺维奇建议不再研究这些……谜题?"马丁再次确认道。

"是的。不是禁止研究,而是不再专门研究。如果哪位独立的研究人员要探寻秘密,纯属个人爱好。但若是国家机构去研究档案里的秘密,势必会招来麻烦。领导们同意了波卢什金的结论。甚至欧洲和美国政府也通过了类似的决议……与往常一样,法国人又和所有人唱反调,不过有谁会在乎他们的意见呢?谁能想到,决议通过后,伊拉奇卡·波卢什金娜看到了其父的报告,她非常愤怒,对局面做出了自己的论断,与其父背道而驰——她决定维护正义。"

"这是事实吗?"马丁问。

"不,这只是我的看法。那晚与您谈过话后,我拜访了埃内斯托·谢苗诺维奇……我们开诚布公地谈了话。他雇用您时,还指望一切会平安无事。但第三起死亡事件后,他的希望破灭了。他认为伊拉奇卡成功地骗过了管家……复制了自己,只是不清楚她究竟用了什么法子。这之后,管家开始警觉……所以要将姑娘一个一个杀死。当然是借刀杀人。"

"接下来他准备怎么办?"马丁问。

"不干涉。"尤里·谢尔盖耶维奇简短地回答。

"噢,"马丁淡淡地说,"可这是他的独生女。"

"他希望管家在将六个'多余的'姑娘消灭后,会让第七个返回地球。这是伊琳娜唯一的机会。"

"七个伊琳娜中的一个。"马丁说。

尤里·谢尔盖耶维奇点点头。

"这多少有些无耻,"马丁说,"就像一场赌博。而且不知道是否有赢面。"

"您有更好的主意吗?"尤里·谢尔盖耶维奇问,"据我所知,您是真心要保护那姑娘的。可是结果呢?四个伊琳娜都死在你怀里。"

"我在想,"马丁低声说,"这是不是我的错?每次都是在我找到她之后,她才死掉的。每一次都是!"

尤里·谢尔盖耶维奇对马丁丝毫没有怜悯之心,"有可能。管家们不会允许七个姑娘都返回地球。但她们本有机会活得更久一些,直到管家发现您正在接近谜底,这让他们感到恐慌。"

"应该通知她们,"马丁低语,"让两个姑娘永远生活在殖民地。也许这样一来,管家就不会动她们了,然后让其中一个回到地球……"

"我正有此意。"尤里·谢尔盖耶维奇点点头,"这是我能力范围内的事。所有我们的人都已经收到了有关伊琳娜的行动指南。而您,马丁,请您不要再介入此事了。这是官方的意思。即使您靠自己天才的智慧又猜到小姑娘去了哪个世界。"

马丁点点头。

"有必要让您留个字据吗?"尤里·谢尔盖耶维奇问,"还是您已经全明白了?"

"我全明白了。"马丁低声说道,"请原谅。我真的很……不好意思。"

尤里·谢尔盖耶维奇点点头。

"您知道,我在担心什么吗?"马丁问,"我觉得,她并不是这么想的……她很想让我帮助她。她说,她们还有三个。还说哪怕有一个'应该'。我不知道,她说的'应该'是什么意思……她还说,管家'没有权利'……我也不知道,管家没有权利做什么。她还说,她要拯救银河系。"

"所以呢?"契卡分子嘲讽地问。

马丁点了点头,"是的,请原谅。这都是孩子气的愚蠢幻想。我明白。但伊拉奇卡说得很认真。"

"我七岁的儿子非常认真地说,他要当整个地球的总统,"尤里·谢尔盖耶维奇说,"而我的大女儿……她比伊琳娜大一点点……深信自己会成为好莱坞电影明星。"

"可是您会去寻找伊琳娜,不是吗?"马丁问,"如果您说了算的话,您会冒险一试,对吗?"

尤里·谢尔盖耶维奇没有立即作答。

"我也非常希望我的儿子能成为地球的总统,但他现在考试才得三分[1],发不好颤音,有时候还尿床。而我女儿完全没有演戏天赋。我们的希望与现实之间是一道深渊。马丁,这个道理,您应该懂的!"

"请开个通行证吧。"马丁请求道,"我全明白了。"

尤里·谢尔盖耶维奇点点头,"希望如此……非常希望您是真的明白,"他看着马丁的眼睛,"如果您再去找伊琳娜,就会被逮捕。"

"我明白。请问,您是从何得知迪奥·道星球上发生了什么的?"

"是欧洲盟友与我们共享了情报……"契卡分子阴郁地回答,"顺便说一句,他们非常不满,以为您是我们的谍报人员,而我们却没有将行动计划告知他们。"

"以后不会了。"马丁满脸歉意。

一

当一个人知道是自己的过错导致四个无辜的女孩死于非命,会有什么感受?

---

1. 俄罗斯考试实行5分满分制。

马丁不知道答案。也许因为有过开枪杀人的经历，他才得以幸运地跨越这个可怕的心理鸿沟，而这种经历，只有为数不多的人才有过。与真正的谋杀相比，这一连串导致伊琳娜死亡的意外事件又算得了什么呢？难道是他的过错吗？或许可以将马丁看成开急救车的司机，因救人心切，在将垂死的病人送往医院的途中不小心撞到了行人。但马丁身边从未出现过拥有如此惨痛经历的司机。他顶多认识一位可爱的、总让老太太们厄运不断的姑娘——每隔半年，准有倒霉的老太太与她的车轮狭路相逢，不是胳膊就是大腿被撞折。

马丁没敢给这位"老奶奶杀手"打电话。他越思考自己的处境，越是心情沮丧。

但没有一丝一毫的负罪感。

只是灵魂（如果灵魂真的存在的话）备受煎熬……

当然，如果能去教堂把挣扎苦痛讲给睿智的神父听，是再好不过了，神父会轻描淡写地斥责他几句，安抚他的忧伤……可是马丁从来就不是一个俄罗斯信徒口中"常去教堂的信徒"[1]，况且，他完全能够想得到神父会怎么说——"不是你杀的她们吧？你并不知道自己的行为会导致她们的死亡，对吗？所以，祝你平安，别自责了。"

可马丁还是想自责，还是渴望触摸痛苦，渴望忏悔并净化心灵——这是俄罗斯知识分子们永恒的愿望。自十九世纪以来，伟大的俄罗斯作家就一直致力于将俄罗斯知识分子塑造成这个样子，这也解释了为什么俄罗斯的中高级知识分子总是酗酒，心血管疾病高发，爱闹革命。

因此，马丁在屋子里走来走去，与睿智的神父、"马路杀手"和费奥多尔·米哈伊洛维奇·陀思妥耶夫斯基进行了长达半小时的精神层面的隔空对话，然后毅然拿起电话，拨打了埃内斯托·谢苗诺维奇·波卢什金的号码。

出乎意料的是，这位"多个女儿"的父亲立刻就接听了电话。

---

1. "常去教堂的信徒"与普通信徒的区别在于他们同教会的联系更加紧密，积极参与教会活动，定期参加礼拜、圣礼以及履行教会诫命和仪式，经常向神职人员寻求神指引。

"我是马丁，"渴望净化灵魂的受难者简短地自报家门。与司空见惯的谢廖沙、安德烈、季马和瓦洛佳[1]等名字不同，取一个罕见名字的优点就是不需要一再向人重复姓氏和父称。

"您去过玛姬星了。"波卢什金同样简短地说。

"是的。"马丁承认，"我可以去拜访您吗？"

一阵短暂的沉默后，埃内斯托·谢苗诺维奇回答："马丁，我不怪您。我知道，您是为了伊琳娜好。但请别再出现在我眼前了……好吗？"

马丁能想象得出波卢什金怒火中烧的样子，点点头，"是的，当然。但我想告诉您在玛姬星发生了什么……"

"您的监督人……已经给我打过电话了，"埃内斯托·谢苗诺维奇微微停顿了一下，说，"因此，我已经知道发生了什么事。我想，您也应该知道。我承认，请您帮忙，同时向您隐瞒了一些信息，这是我的错。"

马丁在心里暗暗"问候"了一番尤里·谢尔盖耶维奇中校，开口说："我非常对不起您……"

"这不是您的错，"波卢什金断然说，"请忘了这一切吧。我会等待我唯一的女儿回来。再见了。"

电话被挂断了。

"他是钢铁侠再世吗！"马丁放下听筒，自言自语，"见鬼！这神经，简直是钢筋混凝土做的！"

为了安抚自己相较而言脆弱的神经，平复糟糕的心情，马丁走进厨房，面色凝重地给自己做了一杯金汤力鸡尾酒。制作鸡尾酒本身就是放松的过程，其工艺并不复杂，最重要的是——一定要选对奎宁水。要用真正的奎宁水，而不是附近柠檬水工厂生产的化学毒剂。只可惜，一份上好的饮品并没有起到安慰作用。

马丁拨通了叔叔的电话。

"终于还是想起我这个老头子了。"叔叔话里有话地打着招呼，似在

---

[1] 谢廖沙、安德烈、季马、瓦洛佳均为常见的俄罗斯人名。

找碴,"你疯到哪里去了?人不在家,手机又打不通。我还以为你跑到银河系里去了!"

"我是去工作。"马丁赶紧转移开危险的话题,"对不起,我太忙了。叔叔,我需要您的建议……"

叔叔立刻变得友善起来。他非常喜欢给侄子提各种建议。

"什么事?"

"情况是这样的,"马丁犹豫不决,"有个人,因为我的原因……死了。"

"你是白痴吗?"叔叔沉默了一秒钟,咆哮道,"怎么能在电话里说这种话?你不是用手机打的电话吧?"

"不是,你别担心……"马丁说。

"给电话安上小玩意儿了?"叔叔的语气立刻温和下来,"那玩意儿叫什么来着,反信号干扰器?"

叔叔对各种精巧的技术手段有着单纯的热爱。马丁非常清楚这点。

"叔叔……"

"当务之急,赶紧处理尸体。"叔叔不再东拉西扯,而是直奔主题,"你能弄到十升高浓度硝酸吗?"

"叔叔,别说了!我没有杀人!你想什么呢!"马丁惊慌失措地喊道。他甚至觉得听筒中似乎传出轻微的咔嚓声,但他知道,在新电子电话交换机上,窃听设备开启时应该是完全无声的,"完全是另外一回事。嗯……我不过是举个例子……我本来想帮她来着……我没干蠢事。但她没听我的。我想说的是,那个人就在我眼前……"

"那你为什么说是你的错?"叔叔很生气。

"我……我没能救下她。"

"前几天法国的一列高铁脱轨了,你没感到自己有错吗?"叔叔一本正经地问。

"那完全是另一码事!"马丁生气地说,"但这事儿就发生在我眼前,我却无能为力。"

"你有救下她的可能吗?"

考虑了一秒钟,马丁坚定地回答:"没有。"

"那就没事了,别再怪罪自己了!"叔叔作出了判决。

马丁意识到,自己还是受到了训诫——来自一位思维健全、自学成才的野路子神父的训诫。

"叔叔,"再度开口的马丁试图引起舅舅的同理心,"你遇到过这样的事吗?有人死了,似乎不是你的错,可你就是感觉内疚?"

"任何一个活到我这么大岁数的人,都会遇到好多次这样的情况,"叔叔语气温和,"唉……我在跟你说什么呀?难道你以前就没有经历过这样的事吗?你也不是个小男孩了。"

"经历过,"马丁承认,"可是,你虽不觉得自己有罪,但心里就是难受,该怎么办呢?"

"是个漂亮的姑娘吧?"叔叔很敏锐。

"嗯。"

"你还会找到这样的姑娘,甚至比这个还好。"叔叔预测,"你不会认为她是全宇宙的唯一吧?"

"至少还有三个。"马丁承认。

"你看看,这不就没事了嘛!你这么说,明显不是小男孩的口气,完全体现了年轻人的思维方式,"叔叔高兴起来,"我给你个建议,喝个酩酊大醉。如果你愿意,我马上过去,不过,我不该这样糟蹋自己的身体……或者,你给弟弟打个电话。不然叫上个朋友。如果没有自杀倾向,最好一个人喝个大醉!伏特加会越喝越苦闷,葡萄酒没什么用……还是来点儿干邑白兰地!或者金汤力酒——喝闷酒就得喝这种容易入口、略带苦涩、带汽儿的……"

马丁瞥了眼空杯子,摇摇头。是的,叔叔体内那个沉睡的先知,今天终于苏醒了!

"谢谢,就照你说的做。"马丁说。

"然后,看在上帝的分上,找个地方好好休息放松一下!"叔叔再次展示了自己的隐藏天赋,"去敖德萨,去雅尔塔!啤酒、女人、干邑白兰地,都是你最好的朋友!"停顿一下,叔叔补充一句,"此刻不动,更待何时?"

这是一个健康的男人,一个对酒精有持续稳定好感的男人,一个有些闲钱又恰巧心情不佳的男人,一个得到长辈(也是人生导师)的建议可以狂歌痛饮的男人,一个单身的男人——试问,有什么能阻止他大醉一场呢?

没有。

马丁清楚,自己别无选择。

马丁觉得,喝酒是需要认真对待的事。他完全无视叔叔让自己喝金汤力酒的建议,从小酒柜里拿出一瓶干邑白兰地——虽不如"节日"或"纪念日"讲究,但也相当不错,毕竟这是亚美尼亚阿尼白兰地。

马丁不大喜欢法国干邑白兰地。那些傲慢自大的法国佬将干邑省以外生产的白兰地都不屑地称为不正宗的白兰地。明白人会知道,真正的白兰地,不是亚美尼亚的,就是格鲁吉亚的。就连温斯顿·丘吉尔爵士都知道,至少,没人会指责他这是虚假的爱国主义!不,马丁可不是个只喝拿破仑干邑[1]的高傲假绅士!

他决定先做个冷盘。用咖啡研磨机将糖磨成糖粉,将其倒入小碟中,再将十几粒咖啡豆磨成粉尘状(那精细度甚至已不适合做速溶咖啡),与糖粉搅拌在一起。接下来,只需将柠檬切成小薄片,撒上刚刚混合成的粉末,超级棒的白兰地下酒冷盘——著名的"尼古拉什卡"就制成了,这也是俄罗斯末代沙皇在烹调史上做出的最重要的贡献。

然而,打开冰箱的那一刻,马丁失望了。冰箱中没有柠檬,只有两个可怜巴巴的孤儿一般的青柠——这是龙舌兰的必备搭配,但对于白兰地来说,青柠的味道过于浓烈。马丁摇摇头,关上了冰箱。就算他不是个假绅士,也不是个美食家,但规矩岂容破坏!

傍晚时分,夜色降临莫斯科。据天气预报,今天可能有雨,至少会有刺骨的秋寒。他披上外套,走出家门,跑到街角一个卖果蔬的小玻璃

---

1. 法国著名白兰地。

亭，买了三个厚皮大柠檬。以防万一，又顺带买了两个苹果和一个他特别爱吃的熟透的牛油果。一位正在挑选梨子的公民礼貌地给他让了个位置，看来，此人一时拿不定主意，还要挑选很久。

回家之前，马丁将堆积在邮箱中的邮件取出来扔进了装水果的袋子中，准备空闲时看看。

马丁在水龙头下把柠檬冲洗干净，又用开水浇了一下，切成小薄片，撒上咖啡糖粉。某些唯美主义者建议，品尝酸、甜、苦时应佐以咸味，如果用一小撮盐或一小份鱼子酱来调和的话，口感极佳。但马丁认为这不免多余，而且矫情。

至此，独自买醉的准备工作终于完成了。

马丁坐在电视前的椅子里，打开专门播放老电影的小众频道，将声音设置成静音。小茶几上是已经打开的白兰地和"尼古拉什卡"冷盘，还有烟斗、烟灰缸、打火机、装烟丝的荷包……马丁把电话也放在了茶几上，这样就不需要起身接电话了。他把袋子里的邮件一股脑倒在桌子上，往大肚高脚杯底倒了大约三十克白兰地，晃了晃杯子，吸了口酒香。

白兰地的酒香可以让人安逸地坐在电视机旁，独享夜晚的美好；也可以随手从书架上拿下一本读过很多遍的好书，进一步体验阅读的快乐；也许，这酒香还能刺激马丁再开一瓶，并在酒后美美地睡一个好觉。

可是，他心里始终放不下那四个已然死去和三个尚且活着的姑娘！

"叔叔，你骗了我……"马丁喃喃自语，"你把我当猴耍了！"

但马丁还是心满意足地喝光了白兰地，回味着齿颊留香的醇味。

喝白兰地时，他并没有配着水或饮料喝。这说明酒还不错，至少是五年以上的陈酿……这是马丁评判白兰地最可靠的标准。

"好吧，好吧，"他惬意地给烟斗填满烟叶。荷包里的烟丝已经变干，按常理，该打开一袋新的烟丝，而旧烟丝要用水浸润一下，但马丁决定今天一切从简。打火机吐着火舌，蜂蜜和樱桃叶的味道弥漫起来。

"好——吧……"

马丁这么说着,又给自己倒了一杯白兰地,但并没急着喝,先让它温一温,醒一醒。他自顾自翻看起邮件来。

只需要看一眼信封,马丁就将半数邮件随手丢掉了。有经验的人一眼就能看出,那都是时下流行的个性化广告宣传。用"手写字体"打印的信封与活生生的人手工书写的信封还是很容易区分出来的。马丁知道信封里会有什么:半页看似热情洋溢却又不知所云的胡说八道,让人不禁回想起所有你认识的女人,结尾却通常是:"顺便说一句,前不久有人送给我了一件好东西——'微景观生态瓶',小玻璃瓶中有活着的小蜘蛛,漂亮极了,而且价格也不高,你可以在以下地址购买……"

邮件中还有几张账单,马丁慎重地把账单留在最后,以免破坏自己的心情。朋友寄来了两张明信片和信。两周的时间居然累积了这么多邮件!

有一封信差点儿被马丁同广告一起丢到垃圾箱里。

寄信地址栏只写了一个名字:伊琳娜。

马丁胸口一痛,将第二杯白兰地一饮而尽,却完全不知其味,只专注地盯着信封。他虽然看过伊琳娜的日记,却不太记得她的笔迹。

寄信地址……寄信地址出自另一个人。非常奇怪的笔迹……字母仿佛是临摹或描绘的,而非写出来的。

从信封上的戳记来看,信是昨天早晨从邮电总局寄出的。真该表扬一下大国首都莫斯科邮局的办事效率。

"你到底在搞什么名堂?"马丁喃喃低语着,打开了信封。

信纸上的笔迹有些熟悉——

马丁!

首先,请不要相信任何人!

他们会对你说,是你的错;他们会对你说,我是个冒险家。

请不要相信!

所有的事情,都不是我预想的样子。从我们变成七个那一刻起,所有的事情都不对劲儿了。当我意识到这一切时，已为时太晚。是我太愚蠢，太孩子气了。开始时，我还怀疑过你，差点在阿兰卡酿成悲剧。但好在还来得及补救。

拯救世界永远不晚。

马丁，我需要你的帮助。我们冒的风险太大，后退已为时太晚。我需要一个冷静的人陪伴在我身边。而我觉得，你是个沉着稳重、老成练达的人……

马丁将白兰地一饮而尽，强忍住把高脚杯摔到墙上的冲动。

他又仔细研究了一番信纸。事实上，这并不是一张纸，而是适合写字的薄薄的白色物质，但不是纸。

马丁，你清楚，所有的悲剧都源自一个错误！除了你，我没有人可以求助。父亲不相信我，对他来说，我还是小女孩。我本可以向自己的朋友求助，但他们也都是孩子，帮不上我……

马丁轻声笑了起来。女人总是前后矛盾，让人啼笑皆非，但如此让人惊异的女子还是很少遇到。

我不知该如何说服你。我不能将自己知道的东西见诸文字……

"见诸文字……"马丁饶有兴趣地说，目光跳到最后几行。

我觉得，你能懂我的暗示——既然你想起了语言学家荷马·海费茨是第一位访问玛姬星并与迪奥·道人成为朋友的人。所以，我请你到我等待你的星球来。你明白在哪儿能找到我。这封信能抵达地球实属不易。求你，快来。

伊琳娜

马丁从没像此刻这样感觉自己像个白痴。

"荷马·海费茨。"他嘿嘿笑着，给自己倒了杯白兰地。

伊琳娜高估了他。是机缘巧合才让他找到了那个俄语和英语叫法不同的星球。但奇迹之所以为奇迹，是因为它不可能再现。

马丁将双腿支在茶几上伸直，看了眼电视。电视正在播放《傲慢》——一档非常火的电视真人秀，只有最自信、最傲慢无耻的选手才能夺冠。游戏刚刚开始，三对玩家就开始了相互间的人身攻击。谁首先忍不住说出不堪入耳的脏话，或动手打人，就会被淘汰出局……实际上，这也是节目的亮点所在。

"奇迹不可能再次发生。"马丁自言自语，说出了自己的想法。

事实上，如此不可思议的巧合也不可能再次发生！

伊琳娜的信，就像她写给父亲的纸条一样，一语双关。

马丁不想起身，便拿起电话，使用VAP协议进入Yandex搜索引擎[1]，输入"荷马·海费茨"，开始浏览排在前列的链接。

是的，确实有位叫荷马·海费茨的语言学家——

他去过迪奥·道人的世界（玛姬、法克，随便怎么叫都好）——但他绝非首位造访该星球的人。相反，他是以身犯险造访红名单星球的第一人，并因此名扬天下。红名单中的星球都是绝不适合人类生存的地方。确切地说，他是第一个从那种星球活着回来甚至跟当地居民有过短暂接触的人。

该星球叫作巴扎尔，当地居民被简单地称为巴扎尔人。马丁的大脑里出现了一些关于该星球的模糊记忆……马丁浏览了各种不相关的网站，故意混淆上网痕迹，又研究了一番荷马·海费茨在迪奥·道星球游历的过程，才关掉了电话，站起身取出卡尼尔和奇斯佳科娃合著的《宇宙生物名录》，打开红名单，很快就找到了巴扎尔星。

很巧的是，名录中也提到了荷马·海费茨，并将他描写成幸运的冒

---

1. Yandex搜索引擎是俄罗斯第一大搜索引擎，创建于1997年。

险家和自以为是的"半瓶醋",对于一本枯燥的《宇宙生物名录》来说,这种说法不啻最粗野的骂街。不过,就连卡尼尔和奇斯佳科娃也认可海费茨在研究巴扎尔星方面的贡献。

马丁仔细研究了一会儿名录上成年巴扎尔人和地球人的图片,不得不赞同自己喜爱的作者的观点:荷马·海费茨的确是个自以为是的白痴。马丁从来没有去过红名单里的星球。黄名单里的星球他也只去过两次。两次短暂的造访,都给他留下了极为不悦的印象。

马丁又拿起信封,仔细查看信封上的地址。看得出,这是某种非地球生物刻意照着印刷体文字临摹下来的,而且这生物并没有适宜书写的眼睛和双手。

当巴扎尔人真好。对他们来说,应该根本不存在红名单星球。

"不,不。"马丁边说边站起来,伸个懒腰,又摇摇头,"看来我还需要再来点儿白兰地……"

空荡荡的房间里一片寂静。

马丁从办公室的书桌里拿出沉甸甸的小袋子,袋子早就放在那里,很久没动过了。他将小袋子藏到上衣的左边口袋里,然后又往右边口袋中放进一把左轮手枪和多发子弹,虽然这有违法律。至于出境护照,马丁一直是随身携带的。

马丁没有关灯。他用软木塞盖上白兰地酒瓶,而"尼古拉什卡"就只好任其风干了。马丁一手拿了个空袋子,另一只手拎着垃圾袋,走出家门。

一个酒兴正酣的男人出门再买一瓶酒,然后顺路扔垃圾——没有比这更正常的事情了,不会引起监视者的任何怀疑。

马丁来到附近24小时营业的商店里,挑剔地看着店里的白兰地品种,昧着良心把上好的格鲁吉亚白兰地说得体无完肤,又为亚美尼亚品牌白兰地品种太少而伤心难过了一会儿,接着就法国葡萄酒酿造工艺发表了一通慷慨激昂的评论。当然,这番评论不免有违事实。跟在马丁身后进来的市民仔细地挑选着香烟,津津有味地听他发表高论。和上次在马丁身边仔细挑选梨子的人相比,这人的神情更加专注——马丁心中暗谢尤里·谢尔盖耶维奇，他居然派出这些蠢货以如此明显的方式监视自己。

马丁空手走出商店，拦了辆车去"第七大陆"连锁超市。快到超市的时候，马丁突然改变了主意，请司机将车开到克鲁泡特金地铁站，因为那里有家名叫"棒极了"的葡萄酒专卖店。

这里距离驿站很近，有被逮捕的风险。因此，马丁不再假装自己是个喝得大醉、任性地要找稀有白兰地的美食家。他钻进"棒极了"，买了瓶阿赫塔马尔，然后迅速向灯塔闪烁的驿站走去。在璀璨的首都霓虹中，灯塔的光显得黯淡而微弱。按照管家的规定，每个有穿行界门意愿的人类都能畅通无阻地进入驿站，但在驿站之外，总有一群身着便衣的特工，在人群中搜寻潜在的罪犯。马丁是否会被抓，取决于马丁的肖像是否已经上传到通缉者名单之中。

当然，马丁并不希望在枪林弹雨中进入驿站。他的左轮手枪中压根儿没有子弹上膛。

尤里·谢尔盖耶维奇没有让他失望。马丁畅通无阻地进入了驿站，没有身材强壮的年轻人上前来把他架走，也没人提出占用他一分钟时间的要求。这说明，就算暗中尾随自己的监视者们已经发出了预警，但节奏迟缓的国家安全机制还没有来得及启动。

马丁顺利穿过围墙，走进驿站。

眼前的房间过于简朴，只有十到十二平方米，简直像是尼基塔·谢尔盖耶维奇·赫鲁晓夫亲手设计的一般。管家半躺半坐在包着米色丝绒的小沙发上，旁边有张小桌子和为访客预备的椅子。桌子上有几瓶啤酒、一些咸面包干和一个烟灰缸。

管家礼貌地等候着。这是一个胖乎乎的、满身绒毛、眼睛略有些斜视的管家——这样的管家还真挺少见。但马丁还是觉得自己在跟一位老朋友聊天。

"我想谈一谈信任的话题。"马丁说，"不是那种令人类对彼此敞开心扉、一起拿生命冒险、手拉手上刀山下火海的感情，而是那种人类从孩提时代就开始学习的最普通的信任。有时我真搞不懂，孩子们在玩'信还是不信'的游戏时，究竟是在学习什么：是学会了信任还是学会了说谎。童年时，你至少可以凡事都信任父母，虽然你们不免会争吵、辩论，但是你信任他们。可是稍稍长大之后，这种信任就不翼而飞了。当然，也有人一生都能保持这种对人的信任，有人将信任转移至心爱的女人身上，或将其寄托于一种信念、寄托于上帝或某种标语口号上……但人类的生活说到底不过是不断选择的过程。就像玩'信还是不信'的游戏。我知道答案，你信吗？我知道她不爱你，你信吗？我知道正确的道路，你信吗？我知道，这一点儿都不危险，你信吗？我知道，我们会很快乐的，你信吗？我们仿佛在给每一个与自己交往的人打信任分。有些人在各方面几乎都拿到了中等成绩，另一些人只在张量微积分计算或者意大利歌剧方面得到了高分。没有别的方法，很可惜。没有人能掌握绝对真理。于是，我们也只是选择有限度地信任他人。这样，被辜负了的信任也不至于给我们带来太大的伤害。

"整个人类历史，实际上就是信任需求不断下降的历史，我们以社会的法律和习俗取代了个体的信任；我们建立了国家，虽不是万事都信赖它，但大体上对国家持信任态度；我们试图安排并规范我们的一切生活，对每一种情况都制定出规范的行为准则……怎样都好，就是别寄希望于信任，因为它欺骗我们太多次了。那些要求别人相信自己的人，往往会出卖信任他们的人。

"我们玩着民主和自由选举的游戏，因为我们怀疑独掌大权的人一定会很快就掏空这个国家；我们签订婚姻合同，在法庭上分割家里的破烂和孩子们，因为我们不敢完全信任自己最亲近的人；我们借给朋友们钱时，要他们写字据；我们签署一纸又一纸文件；我们培育出了特殊品种的人类，他们不信任任何人，他们怀疑一切。我们努力不让自己陷入信任之中，我们将信任留给了孩子们，留给了过去——那时候人们还信仰上帝，人民还信奉沙皇，朋友还信任朋友……"

"上帝还信任亚当,亚伯还信任该隐,参孙还信任大利拉[1],多马[2]也还信任耶稣……"管家提示道,"不信任,此乃人之天性,马丁。信任不会带来风险——从没有那样的黄金时代,过去没有,将来也不会有。法律的双拐是律师和警察,字据与合同都是你们进步的代价。马丁,你有什么好难过的?这是你们种族的天性,也是银河系中很大一部分种族的天性……信任不仅仅是比谁知道得多,也关乎个人的想法,你不仅要承认有人比你学识广博,你还要相信你们的目标是相同的。如果目的很单纯——黄金、肉、美酒和美人,人们确实会信任他们的领袖。但如果想得到更多东西,信任就会彻底崩塌。你们想要乌托邦,要异想天开的远景规划,要梦想和幻象,要灵魂中的上帝、心中的爱情、书籍和绘画,要成为先知和殉难者……这就是你们贪心的代价。你在为消失的信任而悲伤吗?只有最简单的真理才可以毫不迟疑地信任——母乳、金币、敌人的鲜血和女人的体温。当人不再向往母亲的乳房,当敌人不需要消灭,当镀金的偶像被推翻,当人选择了爱情而非欲望时,那他就离绝对真理越走越远了。不要为盲目的信任而忧伤,马丁!将它留给过去那些残忍的英雄们吧,留给还在玩残忍的英雄游戏的孩子们吧,你已经长大了,知道何时才能给信任一席之地了。"

"如果我无力解决这个问题呢?"马丁问,"如果理智说一,而心灵偏偏要说二呢?如果所有的人都希望被信任,你却只能相信一个人呢?"

管家笑了。

"也就是说,我不必急着解决这个问题?"马丁问,"我是不是应该回到永远不会辜负我们的朴素真理之中呢?回到海边的肉串摊、烈性葡萄酒和寻欢作乐的女人身边?"

管家笑了。

---

1. 参孙和其情妇大利拉的故事见于《圣经·旧约·士师记》,少女大利拉利用美色诱使希伯来英雄参孙泄露了自己战无不胜力量所在的秘密,彻底丧失力量,身陷囹圄。
2. 多马,《圣经》中记载的耶稣十二门徒之一,常常被称为"多疑的多马",因为他在耶稣复活后对其复活表示怀疑,直到自己亲眼见到复活的耶稣并触摸了伤口才相信。

"我不能。"马丁说,"我想得到更多。管家,我已经厌倦了相信这些无可争辩的朴素真理,因为它们太无聊了。"

管家点点头。

"你驱散了我的忧伤和孤独,游子。请进入界门,继续你的行程吧。"

马丁叹了口气,站起来。他迟疑了一下,又说:"为什么我自以为是地以为,我已经得到了答案?为什么我总想去信任别人?"

但管家从来不给人任何答案。

马丁虽然时常做出让人意想不到的轻率举动,但他并不喜欢愚蠢的冒险。所以,看着计算机的欢迎界面时,他没有在其上选择"巴扎尔",而是选择了"阿兰卡"。

阿兰卡驿站旁有个旅游用品商店,那里的商品让下至五岁,上至老年痴呆的男子都心驰神往。该商店是为阿兰卡本地游客开设的,但也不禁止地球人去购物。马丁有阿兰卡货币,甚至还记得一件可爱的金红色太空服的价格。那种太空服是专门为去红名单或者黄名单星球旅行的极端分子制作的。根据制造商的说法,即使在最神秘、最可怕的星球上,太空服都能正常使用,在那些星球上,最危险的不是有毒气体或者尖牙利齿的贪食猛兽,而是与我们习以为常的太空物理截然不同的宇宙法则。从前,马丁听说过 π 值等于四的世界,也听过 π 常数改变对人体造成的可怕影响,他对这些传闻一直嗤之以鼻,但他从不怀疑的确有这样的星球——从土壤到生物均为超导体,或普朗克常数[1]与地球不同,或真空中的光速非恒定,又或者酸和碱都不存在,甚至已经出现了第二代永动机……总之,人类最好不要贸然闯入这些世界。与这些地方比起来,巴扎尔的危险程度简直不值一提。

举起的手指就要按下"确认"键的瞬间,马丁犹豫了。

从前,他从未想过重返一颗星球要讲什么样的故事。他信奉船到桥头自然直……无论怎样也能给管家编出更有趣的故事。

---

1. 普朗克常数是一个物理常数,用以描述量子大小,是原子物理学与量子力学中的重要常数。

而现在，马丁充满了忧虑。这种毫无来由的忧虑让他感到难过。

到阿兰卡驿站时，该讲些什么呢？

要不讲讲公主和刽子手的故事？可是，半年前已经讲过这个故事了。虽然故事讲得马马虎虎，但好在蒙混过关了……

或者讲不爱唱歌的鸟？但马丁暂时还不知道这个故事该如何结尾。

关于玻璃和玻璃吹制技艺的寓言？前往世界之初旅行的传奇故事？还是隐士和万花筒的传说？马丁自己都没有发觉，这一刻，他经历着作家和诗人们常常遇到的危机：十几个故事在脑海中盘旋，却觉得每一个都平凡无奇，不甚完美。或许是因为最近几天压力太大了，也或许是一小时前喝的白兰地在隐隐作祟。马丁陷入惊慌失措之中。

不过，如果不能得到巴扎尔人的帮助，阿兰卡最先进的太空服又有什么用处呢？不过是让自己多苟延残喘几日罢了。

不管怎么说，所有的问题归根结底会幻化为"信还是不信"的魔咒。

"不得不信。"马丁自言自语道，将光标由"阿兰卡"移到了"巴扎尔"。

毕竟，在驿站里，他不会受到任何威胁。

除了管家。

## 二

最令马丁震惊的，莫过于柔软的地面。

他有过类似的设想，因为管家们善用在地元素设计驿站。但他的想象力最多只停留在注水床垫或柔软的地毯上，怎么也想不到，铺在地上的是一层凝胶状的蓝色基质。

在体重的压力下，胶质如弹簧般微微震颤、弯曲，表面微微泛起层层波纹。马丁忍不住跳了一下，胶质被压出一个旋涡，又在脚下慢慢舒展开来。马丁蹲下来，将手伸进胶质中。

触摸这种冰凉的凝胶并不让人难受。这胶质不仅没有弄湿他的皮肤，反而有种干爽的感觉，仿佛是精制面粉或滑石粉的粉尘颗粒——不错，如果戴上沾满大量滑石粉的橡胶手套，再把手伸到凉爽的果冻中，就会有类似的触感。

马丁站起身，甩了甩手，虽然手上没留下一点儿胶质的痕迹。然后，他顺着走廊向驿站走去，脚下的地面颤抖着泛起蓝色涟漪。

墙面很粗糙，似乎是用木头，而且是那种风化的，或者用喷沙机处理过的奇怪木头装饰而成，表面有很多向外凸出的细微纹理。天花板下巨大的灯球发出有别于阳光的强烈蓝光，让眼睛非常不适。空气中弥漫着奇怪的气味，味源不知是木墙，还是地面的蓝色胶质。

这里的一切都不像人间。

这里的一切都不适合人类生存。

在类人生物世界中的驿站里，往往都有管家们迎送游客的传统游廊，这里却没有。马丁只看到一条巨大的坡道。坡道通向巴扎尔世界的表面——一望无际的胶质海洋。

巴扎尔的驿站仿佛是个巨大的、有许多突起的果实，漂浮在富有弹性的蓝色果冻上。坡道也是用同样的木材极随意地铺就，与驿站的出口相连接。蓝色果冻被这坡道压出了一片洼地。

目力所及之处只有胶质。在微微泛着蓝色的阳光下，胶质看上去明亮又澄澈，下方十至二十米处别有一番天地。底部的石头上生长着巨型树木，树叶是黑色的。某种活物的阴影在胶质中缓缓游动。从胶质底部难以分辨的建筑里，射出几道明亮的人造光束，穿透蓝色果冻的部分区域。

马丁踏上坡道，驻足原地，环顾四周。两个管家坐在形状怪异的桌子后好奇地看着他。

"这个世界对地球人很危险。"其中一位管家说道，"一旦你的身体开始按巴扎尔星球的自然规律生活，你就会死掉。"

"你的身体无法承受如此大的表面张力。"第二位管家说道。

"谢谢,我知道。"

他确实知道人类在巴扎尔星球会面临怎样的危险。他可以无所顾忌地呼吸当地的空气,但绝不能超过一天的时间,而且必须保证不吃不喝。他脚下的胶质其实是最普通不过的水,但表面张力巨大。该星球是个岩石球,只是表面平均分布着一层水,这里的生命体要么生活在水底,要么生活在张力很大的水面。究竟是什么原因改变了星球的表面张力,至今仍是个谜,众多学者倾向于认为是某种化学试剂所致。如果马丁的身体吸收一定量的化学试剂(根据另一种假说,身体会受到某种未知辐射),体内的水分也会发生化学反应,继而引起一系列后果。

但伊琳娜·波卢什金娜五号已经在这颗星球待了一周多了,如果马丁没理解错她的暗示的话。

马丁走到坡道边缘,用鞋尖踢了一下胶质,脚轻轻地弹了回来。如果施加足够的力量,例如沿着斜坡起跑,然后以头撞地,表面张力巨大的基质膜将会破裂,将他吸入水底世界。

极为有趣的自杀方式。

也可以不选择这种极端方式,只需要在巴扎尔徒步旅行——穷极无聊地漫步在这无尽海洋之上,时而孤身一人,时而与浮出水面的动物为伍,陪伴他的还有缓慢的日升或日落……

然后,血液表面的张力会突然改变。他会死去。

"喂——!"马丁向晴朗的天空伸出双手,用力大喊。这个星球没有云,也不可能有云,"伊琳娜!"

管家在他身后好奇地等待着。

马丁也在等待着,虽然他自己也不知道自己在等待什么。他的疑虑越来越重,他觉得自己解错了谜题,伊琳娜·波卢什金娜根本没有叫他来巴扎尔。

"喂——!"马丁再次对着淡蓝色的天空、天蓝色的胶质和水底黑色的轮廓大喊。他走下坡道的边缘,脱掉上衣,将其扔在坡道的木板上,盘腿坐在衣服上,开始耐心地等待。

天气很热。马丁很想喝水。他极不情愿地想象着尤里·谢尔盖耶维奇中校和他的同事们在地球上会怎么迎接自己。

想到那位契卡分子,马丁下意识地舔了舔干裂的嘴唇。

烈日灼人,一个小时之内,太阳几乎没有动过地方。

事情终于出现转机——

极富弹性的水面上突然泛起了涟漪,坡道也微微颤动起来。

马丁站起身,活动了一下酸麻的大腿,尽量让自己显得平静、自信,看起来天不怕地不怕的样子。

距坡道边缘十米远的水面上浮出一个玻璃状透明气泡,大小如一辆小公交车。气泡表面与水几乎没有任何区别,看上去像是一个巨大的、充满透明气体的气泡从水底升起。

气泡里有两个身影,其中一个是地球人。

马丁等待着,直到气泡沿着水面滑到坡道旁,裂开来,变成半透明的蓝色碟子。他向伊琳娜·波卢什金娜挥挥手。

伊琳娜的身边是一个身高两米多的巴扎尔人。

巴扎尔人的身体是纯透明的,没有星球基质那种微蓝的色调,完全是巨大的活水滴而已,一大团细胞自由漂浮在液态身体内,它们甚至没有结合在一起。

巴扎尔人的身体是水,血液也是水。

巴扎尔人是变形虫,是唯一拥有智慧的单细胞生命形态。

"祝你们平安!"马丁的目光一刻都无法从巴扎尔人身上移开,心中充满莫名的恐惧。强烈的恐惧中还夹杂着厌恶和嫌弃……

透明的皮囊动了动,又向前流淌,巴扎尔人在行动过程中并没有改变直立的姿势。黑色的视觉感受器聚集在身体表面,面向马丁。感受器之间露出一个黑色的圆形共振膜,外星人用它说道:"也祝你平安,多细胞生物。汩——汩——汩。祝你平安,被俘的非智慧菌体兄弟。汩!"

他的声音柔和有礼,音韵铿锵……水汪汪的。

变形虫向马丁方向伸出一只伪足……确切地说,应该是伪手吧?

马丁咬紧牙关，也伸出手，碰到了变形虫。

与触摸胶质的感觉并没有什么区别，同样是凉凉的颗粒感。

"祝你平安，我的单细胞核兄弟。"马丁急忙把问候调整成巴扎尔人的方式。他瞥了一眼伊琳娜——她还活着吗？

姑娘暂时还没打算死。她微笑着看着马丁。

"你没有抑制构成你身体组织的细胞活动吧？"变形虫继续说，"汩，同志？你没有服用消灭变形虫的化学毒剂吧？汩？"

"约翰牛[1]才是你的同志！"马丁忍不住说道，"你们这是在演哪出戏？"

变形虫轻轻颤抖起来，共振膜传来一阵笑声，笑声中夹杂着咳嗽声。巴扎尔人解释道："这招通常很管用。人类与拥有智慧的细胞核谈话时，特别容易焦虑。"

"我读到过关于你们幽默感的文章。"马丁解释说，"是的，我感觉很不愉快，我还是第一次与单细胞生物交谈。"

"你在说'单细胞'一词时没有嘲讽的情绪吧？"变形虫担心地问道。

"没有，这是纯生物学概念。"

"那就请您进入水滴巴士吧，"变形虫说，"你的同志已经恭候你多时了。"

马丁看了看"同志"。姑娘看上去非常迷人……马丁很久没有见过如此俊美的同志了。伊琳娜穿着在图书馆星时穿的草绿色短裤和灰T恤，赤着脚。头发上天蓝色的丝带让这位同志看上去朴实无华，性感又迷人。

是的，让变形虫理解人类的性别差异未免过于强求。况且，对马丁

---

1. 约翰牛（John Bull）原是十八世纪苏格兰作家约翰·阿布斯诺特在《约翰牛的生平》（The History of John Bull）中所创造的矮胖鲁钝的绅士形象，用来讽刺当时辉格党的战争政策。由于"bull"在英文中是"牛"的意思，故译为"约翰牛"。随着《约翰牛的生平》一书的畅销，人们使用"约翰牛"来称呼英国人。后来"约翰牛"渐渐变为英国的代名词。但此处由于布尔（Буль）的发音与变形虫发出的"汩汩"声同音，故马丁才有此一说。

来说，现在也不是欣赏女人的时候。时间和地点都不对。

"你好，伊琳卡。"他边说边迈步走上半透明的蓝色碟子。与星球基质相比，这水滴巴士密度更高，也更温暖。

"你好，马丁！"伊琳娜哽咽着，一把搂住他的脖子。这举动如此突兀，马丁惊慌得手足无措，笨拙地轻抚姑娘的肩膀，嘴里念念有词地说着些蠢话，还不好意思地回头看了看巴扎尔人。

变形虫做了个"鬼脸"——马丁实在找不到别的词来形容了。变形虫在管家面前手舞足蹈，伸长自己的双手、双脚和尾巴，全身长出透明的绒毛和鳞片，刹那间变成了玻璃状的管家模样。变形虫发出低沉的汨汨声，就差用伪足做出不雅的手势来了。发现马丁的目光后，变形虫不再耍活宝，向前流去，一边涌动一边将发音膜搭在自己的"后背"上——

"我特讨厌管家们！我有权利讨厌他们吗？"

"噢……是的。"马丁依然搂着伊琳娜，表示赞同。

"你们要进行有丝分裂吗？"巴扎尔人瞬间评估了一下形势，说道，"我不妨碍你们吧？"

"帕夫利克，闭嘴！"伊琳娜猛地后退一步，离开马丁，"真不知道我的朋友会怎么看你！"

"那又怎样？我无所谓。"外星人边回答，边滑进"碟子"中，"人家不过开个玩笑……"

"帕夫利克？"马丁问伊琳娜。

"是啊，不然怎么叫他呢？"伊拉反问，"他有自己的名字，但那个音太难发了……对不起，我没想到你真能来。毕竟出了这么多事……"

说这些话时，她有些闷闷不乐，但并没有表现出经历沧海桑田的人应有的痛苦。

马丁环顾四周。

"你在找什么？"伊琳娜问。

"在找可能置你于死地的东西。"马丁解释说。他从口袋里掏出左轮手枪，开始上子弹。

"我认为没有这个必要。"伊琳娜看着武器说。

"谁知道呢？在玛姬星，我的好朋友杀死了你。"

"格达人？"这时，伊琳娜脸上才流露出真正的痛苦，"他……也死了？"

"是的，"马丁没有细说，"还有，我已经厌倦了不停地安葬你。"

"我不会杀害伊琳娜的，"巴扎尔人在身后说道，"不要对我开枪。会很疼的。你们准备好了吗？"

马丁明白这问题的意思，点了点头说："准备好了。"

"出发了！"变形虫快乐地喊道。"碟子"的两侧渐渐隆起，在头顶合成一个透明的圆球。同时，水滴巴士开始潜入水中。

巴扎尔文明不使用金属和塑料。当然，该星球的技术设备究竟以什么为动力，确实引发过很多争议，大家纷纷猜测巴扎尔人使用的设备究竟是机器还是生物。很多人使用诸如"生物计算机""生物机车""生物塑料"等专业术语来描述这些技术。但在马丁看来，这些单词听起来太缺乏想象力，是将不相容的东西硬凑在一起。他更愿意将水滴巴士视为训练有素的动物，是与活脑相连的生物体机舱。毕竟，除了个别祭祀用的建筑，巴扎尔人从不建造任何设施。他们更喜欢培育自己的世界。

"我的信吓到你了吗？"伊琳娜问。

马丁好奇地看着巴尔的水下世界，笑了一下，"那还用说……这是什么？"

一个黑色阴影掠过水滴巴士，大小与一条幼鲸相仿。

"是动物吧？"伊琳娜不自信地猜测。看来，她对巴扎尔的了解也颇为有限。

"是孵化器。"巴扎尔人礼貌地解释道。

"孵化什么？"马丁好奇地问。

"不知道。也许是小孩子。也许是生活用品。"帕夫利克干巴巴地回答，看不出是在说真话还是在开玩笑。

"为什么它会动？"马丁刨根问底。

"孵化器总要吃东西的吧?"帕夫利克很惊讶,"它游一会儿,就会回到原地。"

帕夫利克的话不无道理,马丁不再追问。现在,他感兴趣的是伊琳娜·波卢什金娜。

活着的伊琳娜!

"我有好多好多问题想问你,"马丁说,"一时不知从何说起。"

"我们马上就到地方了。"伊琳娜打断他的话,"去我那里谈?"

马丁听懂了她的暗示,决定暂缓提问,但又实在忍不住,"去你那里是什么意思?"

"他们给我提供了住处。顺便说一句,那地方非常舒适可爱。"

马丁只是摇摇头,"我真的很佩服你和外星人交朋友的能力。"

伊琳娜毫不犹豫、十分严肃地回答说:"这并不难,只要拥有一个共同的目标就足够了,帕夫利克,对吗?"

"对!"巴扎尔人快乐地附和。

"那此时此刻,你们有什么共同的目标?"马丁问道。

"打管家的屁股!"巴扎尔人很愉快,"伊琳卡,对吗?"

"正确!"姑娘回答。

马丁心中一紧。他从小就热爱那些单枪匹马向神灵宣战、谈笑间拯救世界的孤胆英雄。但他还没有鲁莽到自己也成为英雄的地步。他也希望伊拉奇卡能放弃反抗管家的行动。

"怎么打?"他好奇地问。胶囊还在凝胶层中运行,看不见路的尽头。

巴扎尔人将部分细胞器转向马丁,组成了一个类似脸的怪异形状。

"呸!"马丁看着似乎代表牙齿的一串线粒体,"有必要这么做吗?"

巴扎尔人满足地哈哈大笑起来,"这是为了促进沟通,建立友好的联系。"

"你上面晃来晃去的蓝色东西是什么玩意儿?"马丁问。那团东西像是被卷得很紧的线球,又像一团丝状水藻。

"这是我用来思考的东西。"帕夫利克说。

"蓝色迷宫?"马丁想起卡尼尔和奇斯佳科娃书中的专业术语。这是巴扎尔人体内唯一有别于地球原生动物的结构。

"正是。"巴扎尔人满意地说,"蓝色迷宫、大脑、头、识海、灵台……随你怎么称呼。"

"请问,这个结构是如何思考的?"马丁忍不住问,"我们人类的大脑由很多细胞组成,而你那个仅仅是个单体细胞结构……"

"你知道什么是布朗运动吗?"帕夫利克问。

"知道。"

"就是这种运动维持着我的思维活动。"

"唔,"马丁又说,"也就是说,周围环境越温暖,你的思维速度就越快?"

"在一定的范围内是这样,"帕夫利克彬彬有礼地解释,"温度达到40℃以上时,该结构就开始失常或损坏;到50℃时,我就会失去理智!"

"好吧,我们不谈你的生理现象了。"马丁说,"你们准备怎么痛打管家?为什么?又凭什么?"

"怎么做取决于事态的发展。凭什么?就凭他们不给大家平等的权利。为什么?为了宇宙的和平!"

马丁专注地审视着变形虫,认为对方还是在开玩笑。幸运的是,伊琳娜加入了谈话。

"还是我来说吧,"小姑娘不客气地打断外星人,"你知道,巴扎尔是管家第一个登陆的世界吗?"

"不知道。"马丁坦然承认,他突然想起尤里·谢尔盖耶维奇的话,补充了一句,"八十六年前吗?"

"是的。"伊琳娜有些困惑,"巴扎尔人推算得绝对精确。其他星球都是稍晚才接通星际网络的,虽然不过晚半年或一年而已。从这些信息中,我们可以得出什么结论?"

"管家母星的位置……"马丁轻声说。

"正确!"伊拉叫道,"我们有理由相信,管家是同时往不同方向扩张的，且飞船的飞行速度大致相同。那样的话，我们就能够得到一张地图，一个天球仪。"

"管家的母星是？"马丁问。

"御夫座 α 星。离这里有 3.5 光年。"

"这……这是非常重要的信息。"马丁表示赞同，"如果我们有很多飞船的话……"

"我们有飞船，"帕夫利克谦虚地说，"确切地说，有一艘飞船。"

马丁心中默数到五后，才调整好情绪，平静地问："飞到伽马星要用多少年？发动机的工作原理是什么？是生物原理还是机械原理？"

"你不相信……"帕夫利克语气悲伤，"不过，你的怀疑不无道理。我们暂时还无法建造出完善的宇宙飞船……只有些能在轨道上运行的小玩意儿。但我们成功溜进过驿站，并成功研究了管家的技术。你信吗？"

马丁想起蓝色胶质的地面，点点头，开始仔细倾听。

根据帕夫利克的说法，管家的飞船只能在正常空间以十分之八到十分之九的光速运行。或许船上也有界门，这使旅行变得舒适而安全，但他们还达不到超光速。巴扎尔人没有仿造管家的星际飞船——打一场游击要花四年的时间，实在是太久了。

"我们利用星际网络，"帕夫利克解释说，"每次旅行者到另一个星球旅行时，就会发生空间扭曲——两个点的位置会改变。你是否知道，与你一同旅行的，还有驿站的一部分？就是那个安装着界门控制终端的大厅。"

"猜到了。"马丁说，"我甚至测试过一回。把一张小纸片扔到大厅入口，另一张纸片扔在终端旁。第一张纸片消失了，第二张却安然无恙。也就是说，被空间传送的不仅仅是旅客。"

"不错。"帕夫利克说，"不过，这已经不是秘密了。但我们已经掌握了空间转换机制的原理。不仅仅是旅客所在的大厅，某个位于特定位置的物体也会被转移。而这个物体，就是我们发射至固定轨道上的宇宙飞船。从星球上发射飞船很危险，因为管家母星的一小部分物质会被传送到飞船所在的位置。"

"但是管家的母星并不在界门控制终端的星球名单里！"马丁说。

"完全正确。"帕夫利克满意地说，"管家是不会冒这样的风险的。但他们自己也使用界门。我们已经做了以下几件事：我们的公使去了名单中的所有星球。每一次，我们都会记录下空间发生的变化，找出每颗星球的服务代码。"

"真不赖！"马丁赞叹道。

"然后我们等待。我们注意到，驿站基本上每周都会开启一次通往某颗星球的传送通道，这颗星球并不在目前所有已知星球的范围内。而传送开始前，并没有任何生命体进入驿站，传送之后，也没有任何生命体从驿站出来。那么就有了一个合理的猜想：驿站正是以此方式更换驿站工作人员，或者是往管家母星运送货物。"

"很好。"马丁赞同道，"也就是说，飞船在一个固定的轨道上……好吧，我们有办法到达御夫座α星。然后呢？这可是管家对全宇宙展开扩张的星际系统！那里一定有多如牛毛的飞船，像莫斯科的特维尔大街上川流不息的汽车一样多！我们立刻就会被发现！"

"或许吧。但我们认为管家并没有想象中那么强大。他们是自封的远古种族的后代……"

"等等！"马丁眉头紧锁，"非常不错的假说，地球上也有不少这种假说的支持者。只是支撑这种说法的证据在哪里？难道不是因为我们自卑心理作祟，不想承认管家是超级生物吗？"

"我有间接证据，"伊琳娜说，"你知道管家是他们的自称吗？"

"嗯，好像有此一说……"马丁表示同意。

"而且，他们在各个星球都用当地的语言这样介绍自己！马丁，请问，管家到底是什么人？钥匙是在他们手里，但他们是门的主人吗？"

"见鬼！"马丁说。伊琳娜的话是那么出乎意料，又是那么合乎逻辑。

"他们不过是管家。"伊琳娜重复道，"保管钥匙的看门人而已，是仆人！驿站和界门不属于他们。而如果我们取得胜利……"

"就可以上诉至银河系法庭。"马丁说道。

伊琳娜蒙了,"什么法庭?"

"银河系法庭,那里负责审理不同文明间的纠纷。所有科幻小说里都是这么写的。"

"我喜欢你的讽刺风格。"变形虫大声说着,将伪足放到马丁的肩上,"但我们可以用另外的途径表达我们的不满。譬如,把管家的母星变得像巴扎尔星球一样。我们可以从轨道上发送指令,让管家们接受我们的条件。"

"我不想卷到这件事里。"马丁断然回答,"就算管家们利用了他者的成就,这也不该成为他们种族灭绝的理由。他们没给任何人带来伤害,甚至完全相反!而我们的自尊心……不过是自尊心而已。生活是一张彩票,头奖永远是独一份。"

变形虫将细胞器移到一起,转向伊琳娜,"你说得对,同志。他是个可用之人,他身上没有无意义的侵略性。"

伊琳娜愧疚地对马丁笑笑,"对不起。我知道你对管家们没有盲目的敌意,但巴扎尔人坚持要确认一下。"

"还有什么需要确认的?"马丁疲惫地问,"对外星生命的宽容度?智力水平?"

"对于我幼稚的行为,你已经展示了足够的宽容,"帕夫利克说,"而你的智力水平高低根本不重要。"

## 三

请想象一下被一分为二的大海,不管是先知挥手分开的,还是威力无比的爆炸使然,总之,海浪腾空而起,露出海底,我们会看到圆形的海底峡谷。

现在，请继续想象，不要急于让渴望聚拢的海浪合二为一，任由它们在原地定格！不妨想象，在干涸的海底，离静止的深蓝色海墙不远的地方，有一座座线条凌乱、房角尖锐的奇妙木建筑……这是达利[1]梦寐以求的几何图形；接着想象，在建筑物之间，是无数身高超过人类、形态一言难尽的变形虫在慢悠悠地散步。确切地说，不知他们是在行走，还是在流动。

您的头顶有一轮大太阳，明亮、微蓝、比地球上的太阳要大一些；太阳光透过凝固的海浪，将蓝色的凝胶海照得透亮；请想象巨大而忧伤的细菌在海水中游来游去，用鳍上的鞭毛用力分开胶质。

"简直像是教学影片。"马丁离开窗户，"这些最简单的生命形态。这些变形虫的生活和习俗。"

"这些原生动物在许多方面要超过人类。"伊琳娜说。

"是的，我明白……"马丁走到姑娘身边。他们此时置身于金字塔形木制建筑顶层的一个小房间中。生活在流动型态世界中的当地居民为什么会有角度的概念？难道他们真觉得这些拙劣的、线条清晰的轮廓很有吸引力吗？看来是这样，否则此建筑不可能用于祭祀。

"伊琳娜，这些木头是当地产的吗？"

"当然。"

马丁狐疑地用手指去抠木板。管家驿站的内部装修材料取自于何处，现在已经很清楚了。

"他们的树木是多细胞的吗？"

"是的。"伊琳娜点点头，"植物已经进化了，而动物只是体形变大。真奇怪，不是吗？"

马丁点点头。毕竟，他见到过太多诡异的事物，所以对当地奇特的生物并没有特别惊讶。

"我更惊讶的是，你居然还活着。"

---

1. 萨尔瓦多·达利（1904—1989），西班牙加泰罗尼亚画家，因其超现实主义作品而享誉世界。他喜欢描绘梦境中的景象，以一种稀奇古怪、不合情理的方式，将普通物像扭曲或者变形。

"事情已经糟糕到这个地步了吗?"姑娘问道。

"是的。不过,我们在莽原-2时有过短暂的聊天……"

"我记得。"姑娘打断了他,皱起了眉头。

"你怎么能记得?"马丁直截了当地问,"伊拉,让我们开诚布公好吗?"

女孩轻轻笑了。当然,她全无恶意。她身上有普通女人没有的特性,马丁甚至不知该将这种特性称为什么,或许,是"非女性化"?

这么说不仅显得拙劣,也并不完全准确。当男人暗暗说出"婆娘"一词时,总是充满恶意和嫌弃,跟女人说男人是"大老粗"一样,有厌恶之意。"婆娘"和"大老粗"又是完全不同的两种人。"婆娘"通常指爱哭鼻子、歇斯底里、卖弄风情、挑拨是非、对世间一切完全没有好奇心的女人……同样,酗酒、拈花惹草、粗鲁而没有教养、连指甲都修不齐的男人才被定义为"大老粗"。

必须承认,伊琳娜身上也有卖弄风情、歇斯底里以及一些其他女人都有的缺点,虽然这些缺点在她身上体现得不太明显。或许是因为这些缺点彼此和谐共存了?任何人都有优缺点,但偶尔会出现神奇的意外,就是一个人的缺点恰好有些招人喜欢,即使不招人喜欢,也达不到令人反感的程度。几乎所有少女都经历过与缺点和谐共存的短暂阶段,但是这种和谐会迅速消失,直到巴尔扎克年龄阶段[1],那种和谐才会重新出现,也可能永远丧失。但也有美好的例外,即在任何年龄段都能与自己的缺点和优点和谐共存。

马丁认为,伊琳娜身上就有这种他喜欢的、难得一见的和谐。

"让我们开诚布公吧,"伊琳娜同意了,"你想知道,我们怎么变成了七个,对吗?"

"是的!"马丁大吼一声。

天没被震裂,门没被声音炸开,并没有怒气冲冲的变形虫冲进房间,

---

1. 巴尔扎克的小说《三十岁的女人》问世后,"巴尔扎克年龄阶段"被用以指代女性年届三十岁至四十岁之间。

伊琳娜也没有以手捂住心口，被吓到心肌梗死。

"非常简单。"姑娘说，"Ctrl 键。"

"什么？"

"键盘的 Ctrl 键。选择目的地时，我一直迟疑不决，不知道该去哪个星球。我至少有六七个星球想去……选择第一个目的地时，我想先用鼠标在总列表中标出我选的星球名称，所以习惯性地按下了 Ctrl 键。"

"结果它们被同时选中了？"马丁愚蠢地问。

"是的。我又按下了回车键。我并不是想复制自己。我本来以为，这么做，我可能会被随机送往任何一个被选中的星球。"

"是漏洞。"马丁很困惑，"程序的外部漏洞。使用人类终端机居然给管家们带来了这样的事故！"

"嗯。"伊琳娜笑了。

"这还得感谢微软公司！"马丁非常感慨，"漏洞补丁打上了吗？"

"我怎么知道？大概已经打上了吧。"

不知何故，有那么短短的一瞬，马丁心想：伊琳娜被复制的事，会把那些就界门工作机制争论不休的人搞得更糊涂。管家们究竟是直接将生物体传输到了另一个星球，还是消灭了智慧生命的真身，然后在新的世界中创造了一个生物体的精确副本？用帕夫利克的话来说，被传输的是整个房间，以及房间中的智慧生命。但是，如果伊琳娜被复制成了七份，那么……

或者，人类的普遍认知在这里根本不适用？传送至一个点与传送至七个不同的点之间没有根本区别？马丁不是物理学家，但即使是最杰出的地球物理学家，想必也很难回答这个问题。地球人与管家的差别还是太大了。

"那你是怎么知道自己有副本的？"马丁不由自主地将眼前的伊琳娜视为原初的伊琳娜一号。

"我感觉到了。"伊琳娜说完，又立刻改口，"我们感觉到了彼此。这就像……"她懊丧地皱起眉头，动了动手指，仿佛在被要求解释"涟漪"是什么意思，"这就像……"

"思维？梦境？对话？"马丁提示。

"是所有这些感觉叠加在一起，但又是全新的感觉。开始时，我觉得自己疯了。"伊琳娜笑了，"精神分裂患者大概会非常理解我……我们能够对话，"她又犹豫了一下，"不，不是对话……是一起思考……"

"一直是这样吗？现在在这里的不是你一个——而是你们全部三个？"马丁惊呼。

"现在只有一个。这种情况时有发生，但最近越来越频繁。当那些伊琳娜去世时……"伊琳娜的声音颤抖了一下，"我都跟她们在一起，感同身受，所有那些我们分开的日子，我都能感受到。所以，在某种意义上讲，她们还活着。马丁，我去过图书馆星，去过莽原-2，也去过阿兰卡和玛姬。我知道，我现在这副躯壳没有离开过巴扎尔……但我也一直经历着她们的生活，直到她们死去。"

马丁没再问别的问题，而是伸手到口袋里，掏出白兰地，喝了一口。

"也给我来一口。"伊琳娜求他。

姑娘勇敢地喝了一大口，强忍住咳嗽，把酒瓶还给马丁。她的耳垂瞬间变得绯红——她还不太会喝酒。

"听说人在临死的时候，一辈子的事情都会在眼前闪过。"马丁说，"是这样的吗？"

"嗯。"伊琳娜还没能缓过气来。

"或许，我们并不是好好活着，"马丁问，"而是正在死去？我们的生活在眼前闪过……只是有时候，记忆会在耳边低语：这已经发生过了、发生过了、发生过了……说不定现在我们正衰弱无力地躺在医院的病床上，或者胸口中弹倒在外星的沼泽里，而我们眼前播放的都是过往的片段……"

"呸呸呸！"伊琳娜颤抖了一下，"我可没有病倒在任何地方。我在巴扎尔。我想看看管家们在自己的老巢里是怎么生活的。我想把我们七个已经开始做、还没来得及做完的事情……做个了结……然后回到家，找个好男人，在禁止生育的法律出台之前，在人类能够真正永生之前，为他生个孩子。"

"这是最低要求?"马丁问道。

"是的!"伊琳娜用挑衅的口吻回答。

马丁点点头,认真问道:"的确是不错的待办清单。我尤其喜欢'在永生之前为他生个孩子'这条。伊琳娜,既然已经有了这么严肃的计划,你干吗还要激怒管家?"

"我们已经解释过了。"伊琳娜回答。看来,她指的是自己和巴扎尔人。

"除了你们怀疑管家在使用其他种族的技术,我什么都没听到。"

"管家正在改变世界和银河系。"伊琳娜叹口气,"马丁,请你设想一下,如果有一天,人类第一次踏上火星,在那里发现一个巨大的航天发射场,停放着大量星际飞船。每个飞船上都有备用驿站。还有一大堆独一无二、强大无比的设备。这些东西都可以研究、可以使用……我们可以用它们在地球上建一座天堂,并征服宇宙……"

"我们也会像管家一样,"马丁说,"想方设法去征服宇宙。愿上帝保佑,赐给我们足够的智慧和善良,不与任何外星种族开战,并且尽可能帮助落后的那些……"

"可是,这些飞船和驿站的建造者去了哪里,你不感兴趣吗?为什么他们自己不利用自己的发明?是什么阻止了他们的扩张?"

马丁想了想,耸耸肩,说道:"流行病、战争……不知道。"

"对这么强大的种族来说,疾病和战争根本算不得什么。实质上,是他们自己放弃了扩张,认为扩张是危险或不必要的。而管家……"

马丁两手轻轻一拍,"伊琳娜,请原谅我这么说,但这不过是你青春期的反叛精神在作祟!管家的到来只给地球带来了好处。你现在正是叛逆期,只想着反抗一切权威——政府、法律、信仰、管家……"

伊琳娜哼了一声,说:"谢谢你的恭维。你知道,我到莽原-2是为了寻找什么吗?"

"远古神殿。"马丁相当有把握。

"不错。看来,她都讲给你听了?"

"她讲了考古有关的事。"

伊琳娜叹了口气,"即使拥有管家的能力,也很难梳理出所有的星际系统。有这么一种假设——这种假设很合理,不无根据——他们只朝着有灯塔信号的方向飞。五千至六千年前,星际网络就已经存在了。而到了我们这个时代,星际各智慧生命之间的交往就只留在神话和民间传说里了……"

马丁想仰天长啸。他想到了苏美尔人、埃及人、腓尼基人和多贡人……想到地球上所有关于远古接触和外星来客的壁画、巴勒贝克神庙[1]、沉没的亚特兰蒂斯、金字塔和湮没在热带丛林中的城市[2]……为什么人类如此害怕自己先祖的创作,非要把一切都算在外星来客身上?

"马丁,在很多星球上都有远古神殿!"伊琳娜显然注意到了马丁脸色的变化,急忙说道,"这是真的!每片废墟里都有块空地,是远古时期某种设施被摧毁后形成的……"

"好吧,就算那种由灯塔构成的系统曾经存在过,而管家的飞船现在正朝着灯塔发出的信号飞来。"马丁屈服了,"那又说明什么呢?"

"说明驿站以前的确存在过!然后,所有星球上的驿站同时被摧毁,随之而来的是巨大的破坏和饿殍遍野,星际文明退回到原始初民的水平。银河系所有智慧种族的传说都描述过不同形式的大灾难。你读过《圣经》吗?"

马丁清楚地知道,《圣经》的引文几乎能给任何论点提供佐证,诸如基督来自外星,用催眠术为犹太人治病;又如摩西是亚特兰蒂斯唯一幸存的居民……想到这些,他沉默了。一旦一个人开始援引此类论点,就没致幻剂什么事儿了。

"大洪水。"伊琳娜的话再次打消了马丁开口说话的欲望,"天使来到地球后,娶地球女子为妻。神在盛怒之下,几乎摧毁了所有文明。这

---

1. 巴勒贝克神庙位于黎巴嫩的贝卡谷地,是腓尼基人在公元前2000多年为祭祀太阳神巴勒而修建的庙宇。
2. 指玛雅遗址。

说的就是第一次建设驿站的情景!那时候,地球第一次被接入了银河系星际网络……怎么样,你明白了吧?还有关于巴比伦塔的……"

"那是后来的事了!"马丁痛苦地喊道。

"很明显,那些在洪水中幸存下来,试图与其他种族重建联系的文明残余遭到了毁灭。"

"应该以寓言的方式来看待《圣经》。"马丁喊,"你难道真的相信上帝反对星际旅行?"

"为什么一定就是上帝?"伊琳娜也提高了嗓门儿,谦虚地补充说,"我甚至不确信祂是不是真的存在,我只是在推断……星际网络遭到破坏,文明倒退回蛮荒时代——这才是最主要的,马丁!而这,到底是出于谁之手,上帝?星际网络的建设者?还是他们的敌人?其实这已经不重要了。重要的是,历史还会重演。所有未经许可就接入网络系统的星球将会面临新一轮的打击,而这种打击将来自比管家更强大的种族!"

"嗯……"马丁犹豫起来,确实,伊拉的话不无道理,"那么,请告诉我,我们该如何改变这种局面?你也说过,管家从来都是一意孤行。任何威胁对他们都无济于事,你的单细胞朋友们以为可以通过恐吓得到所需的东西,这实在不算聪明……"

"你不想查明真相吗?"伊琳娜问。

"我?"马丁愤愤地摇摇头,"你还希望我弄清楚什么?金融寡头的账面上有多少钱?政府官员跟谁睡觉?谁杀死了肯尼迪?还是谁下令轰炸了世贸中心双子塔?你知不知道,为了不切实际的好奇心,要付出的代价有多恐怖、多具体!"

"怎么?你不会是个懦夫吧?"伊琳娜惊讶地问。

马丁很生气。他并不认为自己是个懦夫,而且自信从未给人留下这种印象。或许他算是个小心谨慎、不铤而走险的人,但也不至于……

"有必要吗?"他喊道,"反正我们也无力改变,弄清楚又有什么意义?"

伊琳娜的眼中明显闪过一丝遗憾,"那你为什么来找我?"

"我想帮你……想救你。"马丁尴尬地笑了,"好吧,也许是因为我喜欢你。"

"仅此而已？"

"我没有不切实际的好奇心，不可能无缘无故对你在哪里做什么事感兴趣！"

伊琳娜似乎很困惑。对她来说，世界如此美妙，人正值青春，做任何事情都不需要理由，犯任何错误都能被原谅。

"很遗憾，"她说，"请……原谅。我真不该把您弄到巴扎尔来。"

"伊拉，我希望你能回地球。"马丁说。

"到时候我会回去的。"伊琳娜说，"但现在……对不起。明早我们会去管家的世界。"

傍晚，蓝色的太阳缓缓落向地平线，马丁坐在木制金字塔入口旁——他和伊琳娜被安排在金字塔里过夜。阳光穿透汹涌的波浪，看上去像是一面播放巴扎尔生活风光片的奇特屏幕。模糊的阴影依旧在蓝色胶质中浮动。不过此刻，在一束光线的照射下，能清晰地看到它们长着一束鞭毛。是野生动物？还是家养的宠物？是饲养的牲畜？还是养殖的鱼类？不管是什么，一定是巴扎尔原生动物……在这片水底，在胶质层下面，遍布着与地球上的树木惊人相似的植物。还有微生物在树枝间游来游去，它们是在吃东西吗？

瓶里的酒已所剩无几。马丁又郁闷地喝了口白兰地，想起童年时读过的一本流行小说，讲的是进入人体内的少年英雄，与白细胞成为朋友，同微生物作战，在人体内旅行——连肠道都没有落下……总之，是一次有趣又益智的旅行。

感谢上帝，这一次总算不必投入战斗。

他想都没想过要和巨大的变形虫打架。这真算得上是一次非常有趣的旅行。

"没打扰到你们吧？"身后传来近乎谄媚的问话。巴扎尔人走路悄无声息。马丁转过身，看到帕夫利克，于是挥了挥手。

"酒精？"变形虫好奇地问，"为了刺激大脑思考？"

"也可能是为了抑制思考。"马丁承认,"来点儿吗?"

"说什么呢,我们有自己的方法!"变形虫激烈地反对,"用其他介质,其他成分……"透明皮囊缓缓降落在马丁旁边,补充道,"如果你不反对,我要提高蓝色迷宫的介质数量。"

"请吧,请吧!"马丁说。他对外星人的小怪癖向来持宽容态度,毕竟自己也有不良嗜好。

马丁用白兰地快速地润湿嘴唇,与此同时,变形虫不时轻轻发出汩汩声。不知这是生产介质而发出的声音,还是有其他生理原因。

"你的含酒精液体剩得不多了,"帕夫利克说,"你过来时几乎没带任何东西。"

"事发突然。"马丁承认。

"把容器给我。"变形虫向他伸出伪足。

马丁犹豫了一下,还是把酒瓶子递了过去。

一根透明的细探针滑入瓶口,甫接触到里面的液体,又缩了回去。变形虫思考了一会儿,说:"这根本不是纯酒精,有很多杂质。这些杂质也是必需的吗?"

"能让酒更好喝。"马丁回答。

"有点儿难度,"帕夫利克承认,却没有立刻把瓶子还给马丁。他无色的身体颤抖着,细胞器间冒起混浊的旋涡。旋涡直抵触须,经触须流入瓶中。马丁入迷地看着这个活体自酿酒机,接过帕夫利克伪足中的瓶子,不信任地嗅了嗅,又看了眼变形虫。

"成分没有任何变化。"变形虫说,"请喝吧。"

马丁犹豫起来。

"你嫌弃它吗?"变形虫惊讶地说,"但是,你们吃生物的身体、植物的汁液、昆虫的分泌物……比起它们,这种液体也不差啊?"

"你说得有道理。"马丁脸色僵硬,"但这……有点儿……像是在吃人……"

"相信我,损失两百克体重,对我没有任何影响。"变形虫说,"顺便说一句,你们不是喝汤了吗?"

马丁回想起午餐时喝的浆状汤，味道类似煮熟的优质新鲜牛肉和豌豆，汤中还有脆脆的粒状物，不知是干面包块还是蔬菜。第二道菜是肉，虽然有点肥，但肉质软嫩，像是一块没有筋的里脊……

"噢，我的天啊！"他无语了，"这么说，你们用自己的身体合成食物？"

"这是最简单的办法。"帕夫利克哈哈大笑起来。

也许是因为听了这笑声，马丁把酒瓶拿到嘴边，喝了一大口。

是阿赫塔马尔，是那种连亚美尼亚葡萄酒酿酒师都垂涎不已的好酒。

"我无法根据你的描述合成某样食物或饮品，"变形虫说，"不过有样品就非常容易了。"

"伊琳娜知道自己吃的是什么吗？"马丁问。

"她当然知道。况且，只有用这种方式才能保护你们，让你们免受我们星球的水的侵蚀。"

马丁不再坚持，又喝了口白兰地，"我无所谓。明天我就回家了。你们轰炸管家去吧。"

"我们根本没打算轰炸他们。"帕夫利克生气地说，"不过……如果有必要的话，我们会轻微惩戒他们一下。但首先要摸清情况。"

"愚蠢。"马丁宣称，"又愚蠢又荒谬。你们凭什么认为星际网络以前存在过，又被摧毁过？你们怎么知道历史会重演？"

一只伪足温柔地拍了拍他的肩膀。

"请你看看我们的世界，马丁。"

马丁环顾四周，然后说："我整晚都在看。我应该看到什么呢？"

"请你想想。你觉得这里有什么诡异的、不正常的东西吗？"

"你们。"马丁毫不犹豫地回答。

"为什么？还有别的吗？"

"原生生物不可能是智慧生物！"马丁脱口而出，"它们……你们是不可能存在的！何况，你们的星球上有多细胞植物！"

透明皮囊摇了摇上半身，"完全正确。我们不可能自然形成。我们是被创造出来的。"

马丁放下酒瓶,看了眼帕夫利克,想读懂变形虫的面部表情,问:"这又是个笑话吗?"

"不是。"

"那是谁创造了你们?管家吗?"

"不是,是另一个种族。大灾难前,他们就生活在我们的世界,直到天上燃起大火,下起了火雨;直到极地坚冰全部融化,群山沉入水底,水的成分开始改变。他们知道自己无法幸免于难,便创造了我们……新的自然环境成了原生生物的天堂,却是高等生命的地狱。"

"你们是怎么知道的?"马丁喊道。

"是传说,马丁,都是传说。很久很久以前,久远到他们的文化已经湮没。我们沿用了他们的方式:改变生者,而不是改造死者。只有房子是用死去的树木建造的,不知为什么,他们喜欢这么做。然而,就连死亡之物也不是永恒的,还说什么生者呢?最后仅仅剩下神话和语言,语言比生者和死者更加永恒……"

说到这里,帕夫利克沉默了。

"你憎恨杀害你们造物主的家伙吗?"

"憎恨已经过去的事?"帕夫利克很惊讶,"我们不恨。有那个必要吗?仇恨也许只是多细胞生命形态固有的特性。我们对过去不存怨念。我们只考虑未来。"

"你们的创造者是谁?"马丁问。

"如果传说不假的话,他们不太像地球人。比地球人要高一些,瘦一些,多手、多足——在我们的语言里,两个及两个以上都可以称为多,所以我无法给你一个准确的数字。我们从他们手里继承了这颗星球。我们在这颗星球上共同生活了一段时间——那时候他们还能够忍受已经改变的生态环境。或许,他们的文明后来彻底沦陷,便把地方让给了我们;或许,他们创造了星际交通工具,已经飞去寻找新的家园。"

"所以,您相信了伊琳娜说的话?"马丁问道。

帕夫利克轻声笑了，"我们本来就了解她说的。我们相信自己的传说，除此之外也没有别的可信了。但这位来自地球的姑娘让我们开始留意一些其他因素。"

"譬如说？"

"几乎每个世界都有关于大灾难的传说。"

"原始初民总是倾向于将地域性的悲剧描绘成全球范围的灾难。"马丁断然回答，"由于地域性的灾难太多，所以世上总会留存下一些。哪怕一次普普通通的春汛，在经过数代人的演绎之后，都可能演变成席卷全球的大洪水。"

"所有星球都有远古崇拜，膜拜的对象都是天外来客……"帕夫利克没有争辩，继续顺着话题往下说。

"神还能住在什么地方？只能住在能够俯瞰众生的高处。"马丁打断他。

"所有管家抵达的星球上都发现了远古废墟，而且废墟中的受祭拜之物都已不翼而飞。"

"这是当然！"马丁哼了一声，"祭坛一般都用昂贵的材料制成。盗贼不可能偷墙上的砖头，当然会拿贵金属制品。"

"银河系中有无数种族，且差别巨大，这个问题不会困扰到你吗？"

"差异的确很明显，"马丁进一步辩驳，"可种族差异大又能说明什么？所有星球上的生命都是同一种形态才可笑。"

"你说得不完全正确。"变形虫说，"银河系近三分之一的种族是类人生物。而且这些种族非常相似，甚至在DNA里都能找出同段的基因密码。"

"好吧，就假设这是我们曾与某种远古文明接触的论据……"马丁承认。

"还有五分之一的种族诞生于非类地行星。大气成分不同，地心引力不同，"帕夫利克哼哼了一声，"我且不做赘述。我们对他们本来就不感兴趣……另外还有一半的种族是前类人生物，类似我们。"

"什么？"马丁呆住了。

"类似我们，巴扎尔人！"变形虫坚定地说，"我们的创造者是类人生物。我们的星球也曾与你的世界非常相像。后来一切都变了，所以才出现了我们。还有些其他种族也变成另外的样子。你不是去过迪奥·道人的世界吗？"

"去过。"

"那些不正常的智慧生命形态怎么可能是自然进化的结果？"变形虫愤愤地问道，"转瞬即逝的生命，代代相传的记忆，技术高度发展却禁欲克已，过着苦行僧一样的生活……你没发现他们对生物污秽有种病态的厌恶吗？"

"要求必须在卫生间里大小便？"马丁笑起来，"也许不过是普通的卫生习惯，或者只是嫌脏……"

"排泄方式只是一种外在表现。"帕夫利克指出，"他们还实现了零废料工艺生产；还限制需求，也是因为担心污染周围的环境。迪奥·道人的世界也经历过全球性生态灾难。幸存的生命形态——顺便说一句，幸存者非常少——在整个星球不超过五百个，他们的新陈代谢加速，可以遗传记忆。这种进化很惊人，不是吗？"

马丁耸耸肩。

"至于尤尔人，他们双足双手，非常像人……"

马丁暗想，只有变形虫才会觉得尤尔人与人类长得像，但他没提出反对意见。

"他们通过脐带与母亲拴在一起！终身如此！"变形虫提高了声音，"这有违物种保全的目的！这不正常，太恶心，太不方便了！但他们从出生到死亡都与母亲生活在一起！这种生命形态又是怎么产生的？"

"不知道。"

"我——知——道！"帕夫利克一字一顿地说，"他们的星球遭遇了特殊灾难。灾难改变了生活环境，只有共生身体才能活下来。"

"你非常了解外星种族。"马丁对这一点很服气。

"这是我的工作。我毕竟是与类人种族交往的专家。"变形虫谦虚地说，"所以说，马丁，远古星际网络的破坏只对我们这种星球文明造成了影响——主要成分是水、呼吸氧气的碳基生命都发生了改变。有些星球的生命形式变化少一些：阿兰卡人、地球人和格达人几乎没变；有些种族变得多些；而我们巴扎尔的情况比较特殊，灾难刚一开始，创造我们的高等生命就惨遭灭族，只来得及创造出我们……"

"你想说，这一切都被干预过？"马丁大叫起来，"不仅仅是星际互通网络被毁坏的后果，而是针对智慧种族做的实验？"

"当然。"

"胡说八道。"马丁说，"怎么可能？如果是高度发达的技术突然消失，战争、野蛮行径和流行病导致了大混乱，我还可以理解……如果说是刻意的实验，本人不敢苟同。"

"怎么不可能？数十亿年前，大量生物迅速出现在我们的银河系，"帕夫利克说，"我不想去猜测，谁或者什么是这一切的起因。我想你自己也明白：无论你怎么照射污浊的温水，无论你怎么用电流电击，无机物都变不成生命。复杂的细胞绝不可能是偶然出现的！但它还是出现了……然后就有了生命。生命获得了智慧，开始了解世界。这一切都是为什么？"

"这是智慧发展的必然趋势。是对周围世界的求知欲……"

"胡说！"变形虫断然否定，"对智慧生命来说，唯一符合自然规律的意愿就是尽可能长久地延续自己的存在。了解世界仅仅是保障安全的方法之一。问你另一个问题，智慧是用来做什么的？我指的不是原始的、动物的智力，而是智慧。我希望你能区分这两个不同的概念。"

"能，"马丁回答，"智慧是保障安全所必需的。能够提出抽象问题的生物，生存机会更大。"

"长远来看是这样。我们假定，一系列意外事件使我们的祖先在提升智力的同时也拥有了智慧。然而大部分智慧生命通常反被智慧所困，他们完全适应了只依靠智力活动而生存下来，比如做简单的工作，遵守社会生活法规，享受美食、繁衍等各种生理上的乐趣。原始动物喜欢群居，注重感受生存之乐，体验不到智慧带来的负面影响。"

马丁苦笑，"好吧，你说得对。其实大部分的人类都只靠智力活动生存，而让智慧沉睡。我想，大部分类人文明也都是如此。所以呢？"

"要智慧有什么用？"

"那是生存的手段……"

"要智慧有什么用？"帕夫利克嚷道。

"为了提出各种愚蠢的问题！"马丁大叫着反唇相讥，"为了饱受生命意义的折磨！为了惧怕死亡！为了虚构出上帝！"

"已经很接近了。"变形虫温柔地说，"如果生物间交流的第一套信号系统足以满足智力的需要，那么智慧就必须利用抽象概念，创建出第二套信号系统——语言。我们怎么传达自己的思想并不重要，可以通过空气振动、电子脉冲或者皮肤上的彩色图案。信息脱离了媒介，成为智慧最重要的工具，成为了解世界，同时也是影响世界的手段。

"但我们还要再往前迈一步，马丁。智慧之后是什么？继智力和智慧之后，第三个阶段是什么？超智慧生物使用第几套信号系统？思维与行动、信息与活动之间是否存在界限？本质之上的本质是什么？是神吗？还是依旧是普通人？还需要经历几个生命阶段才能彻底摆脱落后？又是什么让我们打破了平衡，获得了不必要的属性？先是智力，然后是智慧，再然后……再然后是尚未命名的东西。

"是什么将我们拉出动物队伍，打破了我们作为动物的平静，又逼迫我们不断发展进步？是谁的手里拿着蜜糖饼干，又握着皮鞭？祂是谁？是伟大的实验者？平静的破坏者？造物者？破坏者？还是神？还是如我们一样饱受欲望折磨的超智慧生物？

"拥有智慧就会幸福吗？拥有超智慧就会幸福吗？以智力为起点的阶梯到底有多少级台阶？野兽没有获得智慧的欲望，倒是我们，时不时想要把动物从温柔的美梦里拽到智慧的痛苦中。而智慧生命不急于迈出新的一步。我们体内获得智慧时的远古恐惧依然存在，即便智慧是来自上天的意外馈赠。我们对世界的了解水平让我们感到舒适而满意。我们不需要那些想象无法企及的知识。"

变形虫沉默了一瞬，发出一声嗤笑。

"祂们用意味着终极美好的蜜糖饼干引诱我们——绝对的安全、永恒的生命、丰富的知识。仅仅需要迈出一步,就可以比智慧更高一级!但我们不想失去我们的平静。我们不无道理地怀疑,超智慧会给我们带来新的悲伤,就像当初智慧给我们带来忧伤和痛苦一样。我们在肮脏的星球表面蠕动着,运用自己还不太完善的智慧,试图培育出天堂中的智慧树。我们不想努力,却想得到一切。

"我们希望自己成神,但依旧是虫。于是,我们之上的存在就会藏起蜜糖饼干,拿起鞭子,天空开始燃烧,海洋开始沸腾,智慧已不足以保障生存……你们的神为什么用大洪水惩罚人类?因为傲慢无礼吗?不是,是因为停滞!因为你们不尊重自己得到的智慧,因为你们试图停留在智慧动物阶段。神灵的礼物是不容拒绝的,马丁!如果智慧又为自己建起舒适的小窝,想要停留在原地,灾难也就指日可待了。我们注定得越跑越高,从污泥升到天空。"

"但是……管家们……"马丁说。

"不论管家的礼物有多诱人,都是在诱惑我们停滞。他们将本应属于超智慧生命的东西送给了智慧生物——控制空间、意识和生死的能力。作为安闲舒适、丰衣足食的智慧生物,我们会很高兴地接受管家的馈赠,停下发展的脚步。但超智慧生命会如何看待此事?会用新的蜜糖饼干来引诱我们,让我们放弃管家的馈赠吗?还是再一次拿出鞭子?"

变形虫站起来,像条落水狗一样抖了抖身子,"这就是我们对管家不满的原因,虽然他们为银河系带来了和平与繁荣,虽然我们的不满非常牵强,毫无根据。但我们做好了冒险拜访管家老巢的准备。"

马丁又坐了一会儿,望着那个怪诞的、难以置信的婀娜身姿渐渐远去。在陡立的水墙旁边,变形虫伸出伪足,向他挥了挥,潜入蓝色胶质之中。天已经黑了,巴扎尔人几乎瞬间没了踪影。

"蜜糖饼干还是鞭子,"马丁喃喃低语,"为什么永远都是这么无聊的选择?我不喜欢甜食。"

他把白兰地酒瓶藏到口袋里,走进木金字塔。各种楼梯、螺旋梯、垂直人字梯、坡道,以及最普通的阶梯式楼梯纵横交错,通向二楼。一楼像是阶梯展览厅,是电子游戏里才有的场景。马丁顺着坡道上了二楼。在分配给自己的房间入口处，他迟疑了片刻。地板上是塞满了干海藻的柔软褥子，旁边放着叠成一摞的三个毯子、一个装着食用水的瓶子，还有一个散发着柔和光线的玻璃球。金字塔内部没有统一照明，也没有门，房间的门框上只挂了条毯子作为门帘。

马丁突然觉得自己异常孤独。他向隔壁小房间走去。

门帘里有光线透出，或许伊琳娜·波卢什金娜还没睡。这时候，"我可以进去吗"应该是世上最愚蠢的问题了，所以马丁只是咳嗽了一下。

"我还没睡。"门帘后传来伊琳娜轻轻的声音。及至他走进去，她又补充了一句，"我在等你。"

姑娘裹着被子坐在褥子上。

马丁坐到旁边的地板上，从口袋里掏出白兰地，"来点儿吗？"

伊琳娜点点头。

"我跟你一起去。"她喝了一口酒后，马丁说，"我的生命只有一次，而且我非常热爱它。但我要跟你一起上巴扎尔人的飞船，因为有些东西比生命更宝贵。"

伊琳娜把自己包裹得严严实实，默默地看着他。马丁突然清晰地意识到，被子中的伊琳娜全身赤裸，而且——她脱光了衣服，并不是因为喜欢在没铺床单的褥子上裸睡。

"到我这儿来。"姑娘轻声说。

马丁还在一股脑儿地重复着："我会跟你一起去的。你不用……"

"傻瓜。"伊琳娜说着向他探过身去。她的唇上还有白兰地的味道。

裹在她身上的毯子滑落下来。有那么几秒钟，马丁眼前仿佛分别闪过两具身体——沉入水渠、全身赤裸的第一个伊琳娜·波卢什金娜，和赤身裸体跪倒在泰格达面前的第四个伊琳娜。

但眼前是一具鲜活的、渴望生命的身体，这一点和马丁别无二致。

死亡之殇，没有发生。

## 四

马丁从未去过太空。他造访过七十多个星球，接触了上百个智慧种族，但从没使用过古老的实体交通工具。此前在阿兰卡星的亚轨道飞行算是最接近太空的一次。

像同时代每个出身于知识分子家庭的爱读书的小孩一样，马丁在童年时阅读了大量关于航空航天的书籍，其中大部分是美国作家的作品，他读的大多是译本，但有时候也会读一些俄罗斯作家的书。马丁从这些书中了解到，第一个进入太空的人是尤里·加加林，第一颗进入太空的卫星也是俄罗斯发射的，尽管当时俄罗斯还不叫俄罗斯。有好几次，马丁在跟同学的争论中胜出，因为他们都认为第一个进入太空的是尼尔·阿姆斯特朗——直接乘坐航天飞机登月的人。

但马丁从没做过当宇航员的梦。小时候，他虽然是个小书呆子，但特别善于思考。他清楚俄罗斯现代宇宙航天学的本质。他可不想为傲慢自大的美国人往轨道上运输货物。所以，当进入太空轨道的美好机会突如其来地出现在眼前时，他没有一丝一毫的喜悦。

更何况，巴扎尔的宇宙飞船与地球的火箭相差甚远。与当地交通工具一样，它是个凝胶平台，只是规模大了很多，直径足有二十米，厚度高达十米。小圆顶下的圆盘中央是船员座席：地板上的两个人形和两个深井形的凹坑。两个巴扎尔人已经把自己流进了深井形的凹坑中。

"这位是别坚卡，"帕夫利克向他们介绍第二位巴扎尔机组人员，"他非常年轻，但已拥有非常强大的蓝色迷宫结构，可确保信息处理的速度。"

年轻的别坚卡有一副一米半左右的透明皮囊，腼腆地说："很荣幸跟您一起工作。"

出于习惯，马丁握了握他冰凉的伪足。

"别坚卡是我们项目负责人安德留沙的后代，将门虎子。"帕夫利克说，"安德留沙本想亲自参与此次飞行，但他的工作太重要，不允许他冒此风险。于是，他分离出别坚卡，亲自培养他身上的开拓精神。这难道不是解决困境最好的出路吗？"他哈哈大笑起来，声音响亮。

帕夫利克今天话特别多，语速偏快，情绪过于兴奋……这样的行为举止让马丁感到奇怪，如果站在他面前的是个人，而不是变形虫，他一定会怀疑对方是饮酒过量了。

"你们会将自己的记忆分享给自己的后代吗？"马丁想起迪奥·道人，好奇地问。

"当然不能。"帕夫利克有点儿痛心，"但在某些方面，别坚卡青出于蓝而胜于蓝。好样的，别坚卡，好样的。"

"帕夫利克，请告诉我，为什么你们只使用小名[1]？"马丁忍不住问道。

"为了获取好感。"帕夫利克诚实地回答，"如果你叫我的大名，大致发音应该是'普夫汗尔克'，那么你对我的态度就会完全不同。即使是帕维尔那样让人肃然起敬的名字也容易使人紧张。但帕夫利克……听上去就显得温柔、天真、可爱。我对你够坦诚吧？"

"非常坦诚。"马丁承认。

现在他们无事可做，只有等待。飞船计划在一个多小时后起飞。对机组成员，尤其是对地球人，不需要进行任何检查。活体宇宙飞船连同乘客静静地躺在蓝色胶质层多石的底部，一边等一边聊天……如果能避开巴扎尔人，哪怕很短的工夫，马丁都能想出更有趣的方式打发时间。

他看了眼坐在"座位"中的伊琳娜。姑娘笑了，马丁回以微笑。

马丁还是有些害怕与伊拉奇卡进一步发展关系……当然，如果这

---

[1] "帕夫利克"是俄罗斯男名"帕维尔"的爱称，而"别坚卡"是"彼得"的爱称，故马丁有此一问。

次针对管家的冒险行动还能给他们留一线生机的话。昨晚,一切都顺其自然地发生了:孤男寡女,置身于陌生星球,前途莫测……除了克罗马农人[1]时代就已存在的最简单的语言,别的任何言语都是多余的。

此刻,马丁绞尽脑汁琢磨着自己该跟姑娘聊些什么。聊聊管家、遥远的世界和鞭策文明进化的悲伤神灵?尽是令人生厌的话题。要不还是谈谈伊琳娜?谈谈她前不久刚刚毕业的中学以及大一的生活,谈谈魔鬼教师、讨厌的学业和愚蠢的同年级同学?太搞笑了。又或者说说马丁自己?他不太敢涉及这个话题,那等于走钢丝,等于把玩一个搽满肥皂的、易碎的水晶花瓶。该给姑娘讲些什么,才能引起她的兴趣?鸡尾酒调制技艺?烹调的秘诀?胡扯!女人要到了一定的年龄才会对这些东西感兴趣。不然讲讲自己在其他世界的冒险故事?追捕逃犯,寻找逃妻或离家出走的孩子?不过,和伊拉·波卢什金娜的四次死亡相比,这些冒险又算得了什么?简直是"幼儿园,背带裤"[2]……涂着肥皂的水晶花瓶脱手落地,碎成齑粉。

马丁有些恐慌,意识到除了昨晚的一夜激情,他们之间根本没有共同的话题。

当然,这也无所谓。如果只有灵魂伴侣才可以做爱的话,地球上的居民早就灭绝了。

"马丁,请坐。"伊琳娜叫他。

马丁坐到她旁边,柔软的地面陷下去,形成非常舒适的座位,可以让人半躺半卧。伊琳娜抓起他的手,轻声说道:"谢谢你。"

马丁挤出一个礼貌的微笑。他本想问问伊拉奇卡对巴扎尔社会制度有何高见,好在姑娘继续说道:"我坐在这儿,就像个傻瓜,一直在想该跟你说些什么好,总不能给你讲大学的事吧……也不能讲其他星球,因为你比我更了解它们。我给你讲点儿国家机密,想不想听?"

马丁准备好的问题到了嘴边,又被憋了回去。

---

1. 距今约三万年前生活在欧洲大陆上的早期人类,寿命不长但智慧较高,属于晚期智人。
2. 俄罗斯著名儿童歌曲《幼儿园,背带裤》,此处指比起伊拉的经历,这些冒险太小儿科了。

"我的父亲是问题分析专家,至今还在为某些国家部门工作。"伊琳娜说,"如果你对我们与美国人达成协议的事情感兴趣的话……"

"停!"马丁迅速制止,"我对这个完全不感兴趣。建议你也最好把知道的都忘掉。知道得越少,睡得就越安稳。"

姑娘并没有生气,但也没把他的话当真。她继续微笑着说:"可是我喜欢秘密。从小就喜欢。所以才会卷入这一切……"

"你想向你父亲证明,你比他还要酷?"马丁猜想,"他处理国家机密,而你要揭开银河系的秘密。"

"是啊,"伊琳娜点点头,"我读到了巴扎尔人的理论,关于智力、智慧、超智慧,关于进一步进化的必要性……关于管家的礼物会给全宇宙带来灾难。我父亲还在那里做了批注,说明为什么不会这样,为什么不能轻信'智慧变形虫的臆断'……他的评语非常……非常有道理,但对巴扎尔人的观点没有进一步加以阐释,没有说清为什么任何智慧生命都不想过渡到下一个发展阶段。我父亲突然拿出了各种论据……似乎所有的智慧生命都喜欢寻找各种各样的观点来唱反调……我气不过……"

马丁想起埃内斯托·波卢什金,这个男人早晨去拜访私家侦探还不忘随身带上止痛药。他摇了摇头说:"伊拉奇卡,你父亲不傻也不瞎。他非常清楚自己在做什么。"

"那他为什么……"伊琳娜生气了。马丁没容许她说完,接着说:"因为已经有人拍板决定'不干涉'了。像他这样有经验的专家清楚地知道雇主想听到什么样的信息、会做出什么样的决定,知道哪些信息会遭到他们的批驳。他所能做的,便是留下有问题的批注。如此一来,论据不足的缺陷就有可能被明眼人注意到!"

伊琳娜沉默了片刻,问:"那它是偶然落到我手中的吗?"

"这,你应该比我清楚。"马丁说。

"打印件就放在父亲的办公室里。"伊琳娜继续说,"也许……不是。我不这么认为。"

她的语气中还是有一丝怀疑。

"知道我是怎么想的吗?"马丁小心翼翼地说,"有这么一群人,他们的职责就是研究那些不被官方所认可的问题……那些……我们称之为'不干涉'的政策。"

"鸵鸟政策。"伊琳娜忧伤地说。

"看来，你父亲就是其中一员，还有在国家安全部门工作的、监督我的人，"马丁推测，"还有些人……不重要了。他们的目的并不一定是让你去解开这些宇宙的秘密。不，当然不是因为你没有解开秘密的能力。"马丁迅速改口说，"这件事太危险了。我无法想象你的父亲会同意这么做。还有一种可能，就是他们想鼓动的本是对外情报部门的人……但是，你阅读了文件，去了界门，所以他们决定利用这一机会，雇用了我。"

"你那么有名气，那么有本事吗？"伊琳娜嘲讽地问。

马丁犹豫了起来，"嗯，他们的确觉得我是个不错的专家……见鬼！我不知道。毕竟我没有那么厉害，能让国家安全部门把赌注押在我身上！"

"如果除了你之外，还有别的侦探和特工也参与了呢？"

"那我至少会碰上一个，"马丁说，"但格达人不可能被俄罗斯国家安全局招募！我不知道，伊琳娜。我总感觉有什么地方不对头。"

"我喜欢你这么称呼我。"伊琳娜突然转变了话题。

"还有一点。"马丁迅速说道，"尤里·谢尔盖耶维奇最后一次跟我谈话时提起过，最古老的驿站是管家在八十六年前建成的。他并没有说那颗星球的名称，但是……难道这纯属巧合？还是他在暗示我什么？另外，我觉得，他嘴上说让我别再卷进此事，不许我再找你，但行动上却一个劲儿地推波助澜，促成我来找你……伊拉，你出发时，选择目的地的依据是什么？"

"星球清单里有一份爸爸对各个星球状况的评估。"伊琳娜说，"他对其中的七个星球分析得最详细……"

"七个？"马丁吃惊地问。

"七个。对每一个星球都写了很多……很蠢，而且毫无水准，譬如，在关于图书馆星的论述中，他说古老方尖碑只是类似石头花园的艺术作品,根本没有储存任何信息。而这种理论,早就被人驳斥过……他对所有星球的评估大体如是。关于阿兰卡,父亲干脆是这样写的:争论阿兰卡人是否有灵魂简直就是无稽之谈,因为就算是在地球上,也只有传教士才拥有灵魂。"

"那又怎样?"马丁困惑地问。

"他是基督教信徒,经常去教堂,"伊琳娜解释说,"他写的绝不是真心话!关于莽原-2,他写的是……"

马丁已经不再听她讲话。他仰身向后,地板上随即便随着他的动作长出了舒适的靠背。

马丁陷入沉思。

首先,自己被雇用寻找伊琳娜并非偶然事件。他并不是最有才华或者最成功的私家侦探,但为什么被选中的人偏偏是他?

其次,埃内斯托·波卢什金和尤里·谢尔盖耶维奇非常清楚伊琳娜在哪个星球。或许在一开始他们并不知道,但当他们获悉姑娘将自己复制了七份,应该立刻就清楚她们分别去哪里了。那为什么模范父亲埃内斯托·波卢什金或者关心祖国命运的尤里·谢尔盖耶维奇没有去找她们呢?他们为什么没有雇请新的侦探,没有动用国安局的在职特工……是的,最起码,为什么没给马丁提供准确的情报呢?

结论只有一个——马丁必须亲自寻找伊琳娜,只依靠自己的力量,借助于仅有的信息碎片、猜测和直觉。不知道为什么,这一点对密谋者来说非常重要。

"他妈的!"马丁骂了一声,"见鬼的间谍瘾!"

如果在一天前就了解到事情的真相,他断然不肯按别人的规则玩游戏,而是立刻停止寻找伊琳娜。不,把人当作傀儡来操纵,真够卑鄙无耻的。诚然,特殊部门惯用这些卑鄙无耻的手段,这是无可厚非的事实,但弄明白这一点也无法减轻马丁的愤怒。

现在为时已晚。他深受巴扎尔人理论的影响,同时也觉得对文明的命运负有不可推卸的责任,而且,他已经与伊琳娜同床共枕过,他认为自己有义务保证她的安全。

马丁被套牢了。

现在唯一需要弄清楚的是,他们为什么偏偏选择自己做傀儡……

当然,马丁确实有一定的知名度,他的绰号"行者"人人皆知,破案率之高也无人不晓。但这一切,实际上不过是因为他擅长东拉西扯骗过管家,能在不同的星球间畅行无阻。仅此而已。而论及近身搏斗、射击,甚至是观察和逻辑演绎等私家侦探必备的技能,他不过是中上之资。如果有一天与某位真正的职业选手不期而遇,马丁也就只配倒在热情好客的外星土地上,以自己地球人的有机物质之身去毒害无辜的外星蠕虫了。孩提时代,像所有读了大量艾拉斯特·方多林[1]冒险小说的小男孩一样,马丁用氧化氢漂白过鬓角的头发,拿着放大镜到处乱逛,总想要揭开一些可怕的秘密,比如,锁在教研室里的班级日志为何失踪(因此还被八年级的孩子们打了一顿)。成年后,侦探游戏便不再那么有吸引力了,尤其是,这已经成了养家糊口的工作。

让国家安全局感兴趣的是马丁与管家沟通的能力吗?或许是。这说明,在马丁所经历的一切背后,一定有他暂时还不了解的内幕。

"世界末日就在眼前,而我们还身处黑暗之中!"他大声说。

奇怪的是,伊琳娜居然一下子就明白了他的所思所想。

"也许在阳光之下,我们反而会陷入恐惧?"她说,"总的来说……如果世界真有末日,那么暗黑也应该有尽头。"

这些话虽有些天真且夸张,但不无道理。马丁看着伊琳娜,笑了笑,紧紧握住她的手,"有一件事我无法理解……为什么你父亲会放你离开。我不相信,他为了拯救世界不惜牺牲自己的女儿。地球人毕竟不是阿兰卡人。"

"阿兰卡人确实很奇特。"伊琳娜点点头,"但他们也爱自己的孩子。"

"爱,但爱得与众不同。"马丁不禁想起,加蒂的父亲居然允许小加蒂跟一个陌生人到另一个世界去,"他们相信宿命论……但我还是情愿相信,阿兰卡人在灵魂方面有问题……伊琳娜,还有哪些世界里有你

---

1. 俄罗斯著名侦探小说家阿库宁作品《艾拉斯特·方多林的冒险经历》中的主人公。

的副本?"

"你担心我会突然死去,是吗?"姑娘问。

"担心。"马丁承认,"而且我也想弄清楚你父亲选择这七个世界的逻辑。"

"塔丽斯曼和舍阿丽。"

马丁陷入深思。塔丽斯曼确实是个奇怪的星球,马丁还从未去过,但关于这个世界的奥秘常常是各种无聊小报的头条。但为何还有舍阿丽?不会飞的鸟人的母星……

"为什么会去舍阿丽?"他问。

"资料里有一篇关于舍阿丽人各种怪异行为的文章。"伊琳娜皱起眉头,"你知道吗?文章里记载着与舍阿丽人接触过程中的各种繁文缛节,他们的行为举止怪异乖张。在文章的结尾,父亲用粗体字写下了'智慧'这个词,还画了三个问号。"

"智慧。"马丁重复道,"明白了。"

伊琳娜崇拜地看着他。不过,这是无功而得的崇敬。其实马丁还什么都没弄明白,舍阿丽是非常非常普通的智慧种族,只是鸟类血统让他们在某些方面与众不同。

"朋友们!"帕夫利克打断了他们的谈话,"我们要起飞了!"

"飞吧。"马丁表示同意。

宇宙飞船黏糊糊的船体泛起波纹,罩住他们的座椅,只让他们的头露在外面。马丁不知何故想起装小宠物狗的手提袋,吉娃娃、西施犬和约克夏毛茸茸的小脑袋正是这样从手提袋里伸出来的。他不禁悲从中来。不过,他和伊琳娜依然牵着手,飞船没有干涉这一点。

平静地度过几秒钟之后,蓝色胶质在飞船上方裂开,飞船随之腾空而起。飞行非常平稳、没有任何加速度。马丁弯下腰,看向下方——半透明船底迅速远离巴扎尔表面,看不到动力推进的装置喷火……不过,马丁也没指望能看到它喷火。

"飞船运动的原理是什么?"虽然舱内绝对安静,马丁还是不由自主提高了嗓音。

"相对点的宇宙矢量位移运动!"帕夫利克同样高声愉快地回应。

"吉里亚姆移动[1]。"马丁总结。

"不是,比那简单!"帕夫利克回答,"我们去除了飞船的惯性因素,这样一来,飞船就成了绝对静止的点……而此时,银河系却在继续运动,我们就能停在原地,改变自己相对于其他客体的位置!最重要的是,选择正确的起飞时间!"

"真漂亮……"伊琳娜小声说。

起初,马丁以为伊琳娜指的是飞船运动的方式。但当他转过头去,才发现天空出现在了头顶上方。

巴扎尔的蓝太阳那种纯净的淡蓝色正渐渐变淡。天空中没有一丝云彩,肉眼无法判定飞行的速度。天空中无边无际的深蓝色越来越浓郁,但太阳那淡蓝色的光芒始终没有消失。不一会儿,蓝色的太阳融入深蓝色的天空,进入黑暗,只有太阳圆盘的碎片继续发着光。知觉发生了微妙的变化——现在,外星的太阳仿佛去了他们脚下,而快速离去的星球却挂在头顶。马丁意识到,飞船进入了失重状态。

"我们正在靠近静止卫星。"别坚卡宣布。以旁观者的眼光来看,别坚卡根本就没有操纵飞船,船上连个遥控装置都没有。或许,巴扎尔人触碰船体的任何地方都可以操纵飞船,凝胶基质既是遥控装置,也是外壳,同时也是发动机。"到达指定点,运动停止。"

"好样的!"帕夫利克热情地赞扬他,"真聪明,别坚卡!我们为你感到骄傲。"

"我尽力了。"别坚卡谦虚地说,"真的很好吗?我可以吃点儿好吃的东西吗?"

"当然,"帕夫利克表示同意,"真棒,好孩子!"

别坚卡的身体泛起了涟漪,他的体内有些东西变得混浊起来。看来,"好吃的东西"取自于飞船船体。

---

[1] 在斯特鲁伽茨基兄弟的著名科幻小说《正午世界》系列中,提及了"吉里亚姆移动"这一概念,指的是一种星际飞船的运动原理。

马丁和伊琳娜面面相觑,不论他们多想相信这一切——他们现在的确正处在外星轨道上,乘坐着一架外星宇宙飞船,而飞船的驾驶者是个非常孩子气的聪明的变形虫。

"祝贺你首次太空飞行成功!"马丁说,"我们应该要求他们授予我们宇航员的称号吗?"

伊琳娜轻声笑起来,笑得很合时宜。

"过一两分钟,管家们就会行动,"帕夫利克说,"请做好准备。"

"如果管家发现了飞船,知道了我们的行动计划,该怎么办?"马丁问。

帕夫利克发自肺腑地大笑起来,"那又怎样?你们应该知道管家解决问题的方式。真要是那样,我们也不会察觉到任何异样!"

## 五

诚然,清醒地等待死亡是件非常痛苦的事,但若你知道死亡来临时,自己不仅觉察不到,也不会有任何感受,相信这种痛苦会成倍增加。

虽然那些被判处死刑的人可能对此有不同意见……

马丁曾身陷险境,当时的生还概率可能只有百分之五十,甚至是百分之三十。因此,此刻他还算从容,虽然大汗淋漓,还特别想骂人。幸运的是,伊琳娜的手先出了汗,马丁能从她脸上的表情猜出,就算她听到脏话也无暇分心。当他意识到这一点时,爆粗口的欲望立刻消失,恐惧感也不翼而飞——陷入恐惧的男人发现身旁有受惊的女人,瞬间勇气大增。

幸运的是,等待死亡的过程并不长,他们甚至没有觉察到——超维通道就像死亡本身一样,说到就到,且没有任何戏剧效果,只有飞船周围的天空繁星闪烁。星星的位置发生了并不很明显的变化,星座图也有轻微改变。三光年，相对于银河系的浩瀚，根本算不上什么。

"我们跳过来了！跳过来了！"别坚卡快乐地喊道，"我捕捉到了一颗星球，它在逃逸！"

飞行员所言不虚，那颗星球确实在逃逸。相对于他们的目标星系，小小的活体飞船拥有自己的脉冲，整个管家的星系正飞向远方。当一颗蒙着白云的星球从飞船的透明壳子（很难找到别的词来形容）外面一闪而过时，马丁屏住了呼吸。偌大的星球飞速远去，几乎在瞬间变成了一颗远去的小球，就仿佛巨人奋力掷出的网球。

无论发动机多么奇特，变形虫飞行员多么幼稚，两者同样值得肯定和赞扬。星球猛地一动，渐渐逼近。别坚卡高声解说着自己的操作。帕夫利克很高兴，不停地大笑。飞船虽没有超载，但马丁感觉到几次奇怪的跳动。过了几分钟，也许仅仅是几秒钟，飞船又悬浮于轨道上了。

现在，位于他们脚下的已经是另一颗星球了。从星球后方探出来一小块太阳的边缘——金黄色的、温暖的、跟地球上一模一样的太阳。御夫座 α 星——管家正是从这颗星球出发，开始了自己的星际扩张。

"我们暂时还都活着。"帕夫利克兴奋地总结道，"真奇怪，这里一片荒凉，既看不到轨道上有卫星，也没有驿站和飞船……"

马丁意识到，巴扎尔人使用的并不是个体视觉，而是使用飞船的观测系统在看。

"我们可以看看吗？"马丁问。

"哦，可以。请原谅。"帕夫利克没再开玩笑，"我这就把合成影像传送到穹顶上。"

他们头顶透明的穹顶瞬间变成磨砂质感的乳白色，然后，影像出现了。影像逐渐变亮，对比度也在变高……那画面有种难以觉察的人造感，仿佛是画质极佳的电脑游戏或特效昂贵的动作片（例如《星球大战》第七部）。马丁仔细端详了一会儿，发现有类似瞄准器或焦点一样的东西在穹顶屏幕上滑动。在瞄准器范围内，图像精细了许多，上面还有一些小图标、小箭头和其他彩色标注。图像的焦点在屏幕上以惊人的速度滑动着。

"你看的速度太快了,我们跟不上。"马丁实话实说。

"我将蓝色迷宫加热到了最高许可温度,"帕夫利克解释道,"再加温半度,我就要开始胡说八道了……我的朋友们,这里什么都没有!这个星球——是荒漠!"

图像上的焦点放缓了速度。巴扎尔人似乎安心要给马丁他们展示飞船的优越性,娴熟地将焦点次第落在星球的若干区域内,焦点内的图像随即被放大,可以清晰地看到岩石、灌木丛、蜿蜒的小溪,甚至还有一大群飞禽或类似鸟类的生物在海边盘旋。

"这里有生命!"马丁大叫。

"是的,有生命,富氧大气,适宜类人生物生存。"帕夫利克表示赞同,"不过没有任何文明痕迹。完全没有!没有工厂,没有城市,没有任何强大的能源。"

"你们的星球上也没有工厂……"马丁并不妥协。

"不错,但管家的文明是技术文明!"帕夫利克很生气,"我们被骗了!这个星球不可能是管家的母星,上面连一艘黑色星际飞船都没有。"

"你说过,这里会有很多飞船……"别坚卡伤心地说,"你骗了我?"

"我们都被骗了,"帕夫利克忧伤地回答,"别坚卡,我们真的在御夫座 α 星附近吗?请查看一下星际坐标。"

"我已经检查过了,"飞行员回答,"我们是在御夫座 α 星的其中一颗星球[1]附近。"

"被骗了,"帕夫利克总结道,"彻头彻尾地被骗了。难道管家发现了我们的计划,把我们送到了这个如此荒凉的世界?太卑鄙了!"

"请问,我们怎么回去?"伊拉突然问道,"用你们的发动机吗?"

"别傻了,亲爱的。"帕夫利克忧伤地说,"飞船已经无法达到回程

---

1. 御夫座 α 星是御夫座最亮的恒星,也是全天第六亮星,在北半球仅次于天狼星、大角星和织女星,是北天第四亮星。它是恒星而非双星系统星座,称"其中一颗星球"是作者误写,他在接受记者采访时曾谈到过这一点。

所需的速度,我们的动力储备也不够。"

"那你们计划怎么回去?"马丁问。

"说实话,能成功返回的可能性微乎其微,"巴扎尔人坦诚以告,"所以我们从未认真考虑过这个问题。如果运气好的话,我们想请管家把我们送回故乡。"

马丁沉默了。现在还能怪谁呢?他本该在行前问一下是否有返程计划的。

"别坚卡,请将我们送到星球白昼的那一面。"帕夫利克下达命令。

空间又一次旋转起来,过了几秒钟,飞船下方出现了阳光普照如天堂般的世界——除了"天堂",再没有别的词可以形容了。这里的水域比地球上的面积要小,马丁看到一片面积稍大的海洋,此外,星球上河流密布,湖泊星罗,处处都是森林。两极面积不大,有冰雪覆盖,几条平坦、巨大、林木遍布的山脉绵延其上。看得出,这是一颗久经风霜但地质状况稳定的星球。

"温度指数不错。"帕夫利克说出了自己的想法,"宜人的温带气候,山体运动已经结束,植被繁茂……真搞不懂。这里本可以成为管家的世界,却没有文明的踪影。"

"至少,我们在这里不会死去。"伊琳娜勇敢地说。

帕夫利克轻声笑了起来,"你们不会死。此外,你们性别不同,能够繁衍后代,想不想在这里登陆,殖民这个世界?"

"你俩能在这里活下去吗?"伊琳娜问巴扎尔人。

"行前,我们无法排除被挟持的可能,"帕夫利克犹豫了一下说,"所以我们携带了大量试剂,可以改变水的属性,为自己建立一个封闭的生态环境,能维持很久。但我们可能没有能力改变整个星球……而且,这也会威胁到其他正常生命形态的生存。还是你们在这里生活吧!如果当地的动物可以成为你们的食物的话……"

"帕夫利克,我们并不准备扮演太空鲁滨孙!"马丁说,"冷静,我得让自己冷静下来,好好想一想。这里的确是通往管家界门的那颗星球吗?"

"我们曾经深信，就是这个。"帕夫利克审慎地说，"可是你们也看到了……"

"这是度假胜地，"马丁看着屏幕上的风景说，"森林、河流、湖泊，都是度假和放松的地方。管家们工作结束后会到这里休假！这颗星球的某个地方一定有驿站。"

"我们能找到驿站吗？"帕夫利克对此深表怀疑，"此外，这对我们此行的重要使命没有任何帮助。如果这个世界不是管家的母星，那……"

"御夫座α星只有一颗星球吗？"马丁问。

帕夫利克沉默了片刻，然后喊道："带您一起来是多么正确的决定啊！在我们那里，太阳只是单星星球。我甚至没想到……别坚卡！"

"我扫描一下空间！"别坚卡兴奋地喊道，"发现一颗气态巨行星，行星表面不可能有生命存在。又发现一颗小行星，更接近恒星，但表面温度过高，大气中有害成分较多。又发现一颗行星，大小与上一个差不多，但大气构成为中性气体……不适合生命生存……被小行星带包围……"

别坚卡沉默了一会儿，总结道："没有别的了。"

"搞砸了。"帕夫利克说，"要登陆吗？"

马丁沉默了。

他们盘旋其上的这颗星球，看上去真的非常神奇。地球上至少有几百万人愿意买一张通往此处的单程票。

但马丁不在这数百万人之列。

他必须继续思考。

如果人类变得全知全能，或接近全知全能，在终结了饥饿、战胜了疾病、远离了战争之后，人类会做些什么呢？

也许，人类可能会尝试将地球改造成想象中的伊甸园：打造郁郁葱葱、色彩明丽的大自然，建起与风景融为一体的小房子；没有大都市，没有工厂；然后把邻近的星球——譬如火星或者金星——作为工业基地。

"帕夫利克,知道吗,管家就在附近。"马丁说,"说不定就在那颗大气为中性气体的星球上……那里应该有他们的工厂和城市。"

"那这里呢?"帕夫利克问。

"这里是管家的天堂。他们在这里的小河里跳舞,在这里品尝美食、嬉戏和繁殖,就像几千年前一样。"

"为什么?"帕夫利克愤慨地说,"消灭自己星球上所有技术文明的痕迹,为什么?先建设,然后再摧毁?"

"你不明白技术文明有多么想毁掉自己的技术。"马丁说。

"我们赌一下吧!"帕夫利克没再争论,"别坚卡!你怎么看?"

"从这个距离,我无法仔细观察其他星球。"飞行员尖声说道,"起飞吗?"

"飞吧。"

"乌拉!"巴扎尔人喊道,"我在计算航线。很复杂……可以再稍微加热一下蓝色迷宫吗?"

"不行,孩子。"帕夫利克严厉地说,"你现在已经够热的了。努努力。"

飞船在星球上空转了一会儿。马丁凝视着屏幕,试图在一闪而过的森林中找到哪怕一位管家。唉,可惜,图像不够清晰。

"你相信管家在另一颗星球上?"伊琳娜轻轻问道。

"是的,"马丁小声回答,"我试着像他们那样思考。很少有人能懂管家……但我感觉到,在这个问题上,他们与地球人很接近。"

"如果那里一个管家都没有呢?"伊琳娜继续说,"如果也没有驿站呢?"

"没办法,那我只好以打猎为生,而你——你负责看管火种。"马丁回答。

"还有一个出路,"伊琳娜诡秘地小声说,"如果我死掉,那我的……"她结结巴巴地说,"我的……姐妹们就会知道我出了什么事。她们会来帮忙。"

"怎么帮?"马丁摇摇头,"说服巴扎尔人到这儿来搜救?免了吧,别搞得那么复杂。"

"我准备上路了!"别坚卡兴奋地宣布。看来,能再次操纵飞船让他心情大好。

"飞吧。"帕夫利克说。

脚下宛如天堂的星球仿佛一下子被风吹得无影无踪。巴扎尔小飞船又开始向宇宙进发。

"不管怎么说,这是一条艰难而特殊的道路。"帕夫利克大声说,"如果文明已经发展到了像管家文明一样的高度,就不会将自己的星球初始化到最原始的状态。我理解思念大自然的感受,但那是欠发达智慧生命的思维特征,他们将自己的生态环境彻底污染,但又没适应城市生活。譬如阿兰卡人,他们将自然恢复了原貌,但同时并没有摧毁城市和工厂!他们有自然保护区,但也有大都市集群……"

"在文明自然发展的情况下,是这样的。"马丁说,"但如果文明只发展到地球水平呢?河流被污染,森林被砍伐殆尽,连空气都是有毒的,那该怎么办?如果在发展到这种程度的时候,突然拥有了无所不能的力量呢?"

"这就是我喜欢外星人的地方,他们的逻辑思维都很奇怪!"帕夫利克满意地说,"现在我们就可以看到了,朋友。就要看到了。"

"还要飞很久吗?"马丁问道。

"七个小时。"帕夫利克兴高采烈地说,"所以我们有足够的时间探讨各种假说。"

他们确实探讨了许多,还吃了饭,甚至还小睡了一会儿。不过,飞船的卫生间设施虽然功能强大,但不太适宜地球人使用。

离目标星球还有两小时路程。别坚卡告诉大家,星球附近没有小行星,只有非自然生成的环。马丁脑海中立刻浮现出科幻小说里经常描绘的环形世界,那里应该就是崇尚技术的管家们居住的地方。

但事实上,一切比马丁想象的更为简单。

这颗星球冰冷又不起眼,被灰蓝色的圆环围绕着。环绕在高速轨道上的黑色飞船也形成一个圆环，船与船之间相隔仅数十公里。此外，这个荒芜、死气沉沉的世界上空还悬浮着成千上万颗巨大的黑色圆球……圆球分为几层，在几个不同的轨道上，仿佛在跳圆圈舞。这星球宛然一颗戴着黑珍珠王冠的青紫色头颅……

"我们没有错。"帕夫利克说，"我们一点儿都没有猜错！我的朋友，你在我们慌张犹疑的时刻支持了我们，谢谢你！"

"什么没有错？"马丁没明白。

"管家没有能力建立起如此规模的舰队！"巴扎尔人兴奋地说，"这至少需要若干个完全都市化星球的全部资源！管家们一定是找到了已消失的远古种族的舰队！你明白吗？很久很久以前，管家建立了城市和工厂，然后发现邻近星球周围有很多奇怪的东西，便派出考察队，找到了飞船仓库，也可能找到了那颗星球上的某种建筑设施。他们果真不过是'管家'而已！马丁！界门不是他们建的。他们不过是非法使用者！"

"他们也可能是继承人啊？"马丁问，"你可能不知道，地球人普遍认为，无主的财物属于找到它的人。"

"典型的多细胞思维。"帕夫利克称，"无主的财物属于大家！"

马丁最终都没有弄明白，巴扎尔人是在开玩笑，还是一反常态地认真起来。飞船此时已经驶入了这个死寂世界的轨道。帕夫利克兴致勃勃地扫描着灰色星球的表面，然后说："没有任何文明迹象。看来，管家只是找到了飞船，弄清了飞船的运行机制，将自己的星球整顿得井然有序，无忧无虑地生活在上面，又派部分管家去征服银河系。真高明！"

不知何故，马丁突然觉得有些不适，"你想干什么，帕夫利克？"

"必须制止他们扩张的脚步。"帕夫利克说，"你同意吗？"

"应该先与管家们探讨一下你们的猜测。"马丁固执地回答，"他们毕竟是有智慧、有责任、有能力的生物……"

"一语中的，他们是智慧生物。"帕夫利克哼了一声，"我的朋友，他们只会不断在银河系扩张，直到最后一刻。没有任何智慧生命能拒绝神灵的礼物！"

"好吧，你想怎么办？"马丁妥协了，"劫持一艘飞船？攻击管家们用来休假的和平星球?"

"我们是否有能力劫持哪怕一艘飞船,我对此深表怀疑。"帕夫利克对自身实力的评估还是相当客观的,"想必管家已经花了几百年去研究这些技术。而我们,连几天时间都没有。况且,夺取眼前这些飞船,就意味着我们也将面临空前的诱惑……马丁,难不成你以为我们真的不想掌握这些知识吗?难道我们就不想在银河系里自由遨游,去宇宙的中心,了解空间、物质和时间的秘密吗?这诱惑太难以抵御了,马丁!"

"至尊魔戒[1]。"马丁看着环绕着星球的黑环,忧伤地说,"很明显,精神正常的人是不会拒绝的。"

"因此我们需要摧毁所有的黑色飞船,"帕夫利克得出结论,"我们或许无须对管家生活的星球发动攻击。种族灭绝不是我们的方式!但如果我们能一举摧毁管家的舰队,扩张的浪潮自然就会平息下去。目前,他们启用的飞船可能都不超过一千……而这里的飞船足足有几万几十万个!"

"你蓝色迷宫的温度是多少?"马丁彬彬有礼地问。

"比临界值高一度。"巴扎尔人诚实地回答,并且将部分视觉感应器转向地球人的方向,"你知道吧?精神正常的时候我真不敢做出如此疯狂的举动。我必须让自己陷入一种有限的、可控的狂热状态。"

马丁捕捉到伊琳娜惊恐的眼神,尽可能平静地问:"你准备如何摧毁几十万艘直径一公里的飞船?楔形冲击?"

"马丁!"帕夫利克愉快地说,"难道你不知道每个发动机都可以当武器使用吗?我们将移动这些飞船的相对宇宙位置。不用移太多……只需让它们进入恒星内部。就算这些机器再强大,也承受不了这样的力量。"

"还可以分批次移动飞船!"别坚卡支持帕夫利克的想法,"先移动一半的飞船,再移动另一半!"

"真是个聪明的好孩子。"帕夫利克温柔地说,"天才的孩子,不

---

[1] 英国作家J.R.R.托尔金作品《魔戒》中具有巨大诱惑力的宝物。

是吗?"

"帕夫利克,我们反对!"马丁喊道,"既然你带我们来考察……"

"我没有承诺过你们有决定权!"巴扎尔人提醒他,"我们对地球人有好感,我也尽量关心地球人……甚至不惜牺牲自己的生命。但黑色的飞船必将被摧毁。"

"帕夫利克!"伊琳娜喊道,"你从来没有说过这个行动计划!"

"我神智正常的时候,的确觉得这种想法很卑鄙,"帕夫利克忧伤地承认,"请不要担心!这个计划会持续很久。"

马丁慢慢将手伸进口袋,掏出左轮手枪,扳起扳机,然后将手从弹性膜中伸出来,把手枪按在座椅上,"帕夫利克,住手!"

变形虫叹了口气。

"马丁,你是否能意识到自己坐在一艘活体飞船上,只有我们才能操控它?"

"是。"马丁说。

"那你能明白,飞船可以接受我的思维指令,将你压扁或者撕成两半吗?"

"明白。"

帕夫利克笑了起来。

"我敬佩你的勇敢!不,我不会伤害你们,我的两位朋友!我仍然将你们视为盟友。不过你们受理智所束缚。马丁,你可以开枪,子弹会穿透我的身体,但这种动能不会对我的身体造成任何伤害。"

"即使我击中你的蓝色迷宫也不成?"马丁进行确认。

"是的。"帕夫利克嘿嘿笑了一下,"子弹会穿透迷宫结构,但迷宫会继续工作。"

"好吧,反正我指望的也不是手枪的动能。"马丁说完,扣动了扳机。

枪声在小小的舱室里听起来柔和而沉闷。巴扎尔人透明的身体里出现了一道沸腾的痕迹,仿佛一根烧红的针伸进了水中。马丁没有打偏,沸腾区域刚好穿过蓝色迷宫。

穿过巴扎尔人身体的子弹啪一声穿透飞船穹顶，进入了虚空，消失在黑色飞船的方向，而穹顶上什么痕迹都没有留下。

"嘿嘿嘿，"帕夫利克说，"脆皮、王冠。女王箴言！香精。"

他沉默了片刻，又接着说："痴呆——痴呆！嘿嘿。阴影的作用。应答祈祷！"

"我指望的是将动能转化为势能。"马丁又开了两枪。

几条沸腾的热浪贯穿了帕夫利克的蓝色迷宫。

巴扎尔人发出细微的尖叫声："啊。赭石啊。啊啊啊啊啊。喽喽喽！"

飞船船体轻轻振动起来。

马丁看了眼伊琳娜。小姑娘尖叫着，奇怪的是，马丁甚至没有听到她在叫喊什么，意识似乎自动屏蔽了不必要的声音。

"我把他弄疯了。"马丁说，"对不起，伊琳娜。不能让他们摧毁管家的舰队！"

"帕夫利克现在的想法多么有趣！"飞行员别坚卡气冲冲地说，"为什么只有他会有？我也想要！"

"请让我们在管家的母星着陆。"马丁说，"就是那个我们一开始路过的星球。到那儿之后，我也让你拥有很多有趣的想法。"

"那飞船呢？"别坚卡生气地问。

"飞船，"马丁如此温柔，仿佛在哄一个人类婴儿，"然后你就把飞船扔到太阳上。但请先把我们送过去。"

"你没骗我？"别坚卡问。

伊琳娜的喊声终于进入马丁的意识。但与此同时，姑娘停止了喊叫，问道："为什么？到底为什么？你们两个都是白痴！"

马丁看了她一眼，如实解释："为了防止管家用剩下的飞船把巴扎尔和地球炸成灰。变形虫无法理解多细胞生物，也不懂什么叫复仇。"

伊琳娜闭上眼睛，点了点头，小声说："我想离开这里。马丁……好像出事了……"

"地球人！"别坚卡担心地说，"我大概不能带你们去那个星球了。对不起。你发射的一小块金属碎片打中了那些黑色飞船的外壳。飞船正在苏醒。"

马丁瞥了一眼穹顶屏幕,屏幕上刚好有一串黑色飞船发出的幽灵般的白光。帕夫利克快乐地咯咯笑着。焦点在屏幕上不停乱转,仿佛还未开蒙的婴儿的目光,不肯停留在某个点上。

这里毕竟不是墓地,无论撞到船侧的子弹威力有多么微不足道,都被神秘的机械判定为袭击了。

"哦——耶——耶!"别坚卡喊了起来,"我们要战斗!然后我们会死去,我们的种族会被灭绝。姑娘不会死,她还有好几个分身,可我们没有……"

巴扎尔人的飞船被甩到一边。移动的未必是宇宙——超重感让马丁极为不适。他们正被拽往发出致命光芒的黑色飞船。马丁似乎看到其中一艘飞船被整整齐齐地切割成了两半,两半各自飞往不同的方向。这是错觉吗?

"马丁!马丁!"

他看了眼伊琳娜,已经猜到后者会说什么。

"我好害怕。"姑娘喊道,"我怕这些飞船!"

"不,"马丁说,"别怕!我们还有机会!"

"我不想!"伊琳娜在厚实的茧中大叫,"我不想去那里!救命!求求你,做点儿什么!"

"需要我帮你戒除恐惧吗?"别坚卡快乐地问,"永远不再恐惧?"

"是!"伊琳娜大喊。

马丁瞄准了别坚卡,但飞船晃动得太厉害,他无法一枪击中巴扎尔人的蓝色迷宫。

伊琳娜尖叫起来。

与此同时,飞船受到重击,马丁失去了知觉。

# 第6章

靛

"恐惧会扼杀智慧。"

〰〰〰〰〰〰
Синий 420~450nm

## 零

人类对于黑暗的恐惧可追溯自鸿蒙之初。有些人从不曾惧怕黑暗，有些人则成功克服了对黑暗的恐惧，还有些人一旦陷入黑暗就惊慌失措，方寸大乱。

马丁只是不喜欢黑暗而已，他从不会无端在黑暗的角落中寻找潜伏的强盗和怪兽。他喜欢在沉睡的城市漫步，喜欢在夜色下怒号的大海中游泳——尽管海上漆黑一片，唯一的参照物是惊涛拍岸的怒吼声和夜空中的繁星点点——他不喜欢的仅仅是黑暗，因为黑暗本身就是一种否定，否定人"看见"的权利。

此刻，马丁坐在伸手不见五指的黑暗中，不知身在何处，也不知等待自己的是什么，但他没有惊慌，并将自己的牢房（这封闭的小黑屋不是牢房又是什么？）摸索了一遍。柔软的墙壁，富有弹性的地面，伸手够不到的天棚，墙壁上没有接缝，更没有门。

囚犯只确信一点：柔软的墙壁后面，是管家。

现在，马丁想起了伊琳娜，想起了那个遭遇黑色飞船袭击后陷入歇斯底里的女孩。说实话，这种歇斯底里来得颇为诡异。理智告诉马丁，虽然成千上万艘巨大的飞船向他们逼近，每艘都足以摧毁整颗星球，但他并未感到丝毫害怕——皆因双方力量太过悬殊。

对准头部的枪口、疾驰而来的汽车，或者子夜时分遇见一个极具攻击性的危险分子……即便它们都是恐惧生成的理由，也都是一种积极的恐惧，能调动精神和力量的恐惧。而上万艘直径一公里的飞船？那可不是闹着玩的。力量方面没有任何可比性。很多女人见到老鼠或者蜘蛛会陷入恐慌，但马丁确信，此类宇宙级别的巨物反而吓不到女性。

伊琳娜陷入疯狂，结果也如其所愿。半疯半癫的巴扎尔飞行员别坚卡满足了她的要求——如蚕茧般柔软的座椅的确能将其中的蚕蛹压成饼。

好吧，对伊琳娜来说，死亡从某种意义上讲是不存在的，至少暂时不存在。还有两个副本（如果她们还活着的话）会获得死去的伊琳娜——他的伊琳娜——的记忆。但是，难道这能成为自杀的理由吗？

五起伊琳娜·波卢什金娜死亡事件的画面在马丁脑中不断浮现。

第一起死亡事件的肇事者是精神错乱的肯南。尽管肯南本性善良，几乎可以算得上是智慧生物——在图书馆星，孩子们将肯南当成狗狗，跟它们一起玩耍。

第二起死亡事件和一场偶然的枪战有关。她死于神秘的星际牛仔枪下，即使这个牛仔显然对伊琳娜颇有好感。

第三起死亡事件还是因为偶然的枪击事件，枪杀她的人恰好还是伊琳娜的朋友和志同道合的同志。

第四起——再没有比这起死亡事件更荒谬的了——她在血泊中滑倒，身体刚好插在格达人的剑上！

第五起，她歇斯底里地请变形虫了结自己，而发疯的变形虫满足了她的要求。

最开始，马丁怀疑这中间有恶毒的阴谋，好吧，就假设始作俑者是管家。然而第三起，特别是第四起死亡事件动摇了他的想法。管家怎会有能力控制偶然事件，让小姑娘滑倒且摔在外星人的剑尖上？如果真是这样，管家们已经不是无所不能那么简单，而是至尊无敌的生物！若真有这等能力，还有什么必要唆使肯南伤害姑娘，或者在和平的殖民星球制造枪战？

"厄运。"马丁说，"命运。定数。巧合。不幸。"想了想，他又补充道："劫数。"

俄语中有"大限将至之人"的说法——通常用以指代身患重病的人，但有时，一个身体非常健康、充满活力的人也会让人有这样的印象。少数有极端宗教情感的传教士，以及自诩能通灵的人，喜欢吹嘘自己能识别出此类行将就木的人。马丁每次听到类似"那艘沉船的船长刚一进来,我立刻意识到他大限将至"的说法时,总会持怀疑态度,甚至对这种事后诸葛的表述方式颇为反感。但现在,他甚至承认"大限将至"的感觉确实存在。或许,有人真有过大难临头的体验。

可惜啊,马丁是那种复习五遍才能学会功课的学生。

尤里·谢尔盖耶维奇可能是对的,马丁本人才是这场劫难的催化剂,尽管他百般努力想要保护伊琳娜。

或许……

马丁把脸埋在膝盖上,双手抱头,苦苦思索。他绞尽脑汁,考虑接下来该怎么办,虽然他非常怀疑是否还有"接下来"。

忽然,透过指缝,马丁发现了一线微光。他抬起头,看到囚室对面的墙上出现一个狭长发光的小小矩形,很像一扇虚掩着的门。

囚室是可以打开的。

马丁站起身,跺跺脚,活动一下发麻的双腿,走到亮光处,摸索了一会儿,却没找到把手。他用力一推,门乖乖地向外打开了。

走廊。未上漆的浅色木墙。木地板。天花板上挂的不知是日光灯,还是磨砂玻璃天窗。马丁检查了一下自己——他穿戴整齐,但不知何故打着赤脚。当然,左轮手枪也不在身上。

"我可以出去吗?"马丁的问题没有得到回应,"好吧。要是谁没藏好,可不是我的错[1]。"

他穿过走廊,发现尽头还有一扇门,但这扇门上有个圆形的木把手。

"当当当。"马丁用指关节轻轻敲了几下门,"我可以进来吗?可以吗?"

马丁打开门,走到洒满阳光的露台上。露台没有装玻璃,微风径直拂过脸庞。

不远处流水潺潺,那不是大海,不是小溪,而是一条河,石滩众多的山间小河发出稳定有力的嘈杂声。树木品种虽与地球上不同,但也长

---

[1] 苏联经典动画片《玛莎与熊》中,主人公们玩"藏猫猫"游戏时的经典台词。

着绿色的叶子，树干和枝条也与地球上的树木结构相仿。树木挡住了马丁的视线，让他看不清不远处的小河。

露台中央有个大圆桌，桌子上摆放着各种食物。旁边有两把形状怪异的木椅，一把椅子是空的。

另一把椅子上坐着一个又高又瘦的管家。

管家看着马丁，目光深邃。马丁不由得在门口停住了脚步。

管家没有让难堪的停顿持续太久，"这里又寂寞，又凄凉，"他说，"跟我说说话吧，游子。"

马丁并不感到惊讶。

无论怎么看，管家都不像是要刑讯逼供，更不像是要判处他终身监禁或处决他。

"我可以吃点儿东西吗？"马丁问，"我最后一次吃的东西，还是用变形虫做的煎牛排，而且那已经是很久以前的事了。"

当然，管家没有回答，只是从玻璃瓶中给自己倒了杯橙色的液体。

马丁坐到桌旁，下定决心不再提任何问题，反正提问也没有用处；出于对管家的反感，他也不想回答任何问题。

管家仿佛并没有谈话的意愿，仅仅是坐在那里，不时喝上一口橙色的液体，观察着吃东西的马丁。

虽说此刻气氛紧张，吉凶难测，但马丁很喜欢桌上这些食物。他是个固守传统的人，对外星食物向来敬而远之。当然，万般无奈之时，他也能吃下怪异的贝类、变形虫做的煎牛排、颜色无比丑陋又难以下咽的水果等等。毕竟地球上也有耸人听闻的餐食：楚科奇半岛上放了半年之久的发臭的海豹鳍、贝都因人的油煎蝗虫、泰式活猴脑、中国著名的皮蛋以及其他各式小菜。

通常，最普通、最简单的菜式乍看之下都不会让人很有食欲。马丁到现在还记得他的一位外国友人看到荞麦粥和调味肉汁时不可思议的表情，也没有忘记一位他认识的姑娘看到黑鱼子酱时惊恐的模样；而他亲爱的叔叔——一位资深美食家兼爱国者——每次看到俄罗斯传统食品燕麦粥，都会露出嫌弃的眼神。

然而，管家的这桌饭菜却做到了集异域风味与赏心悦目于一体。鲜嫩的粉红色肉块——马丁觉得是煎得很嫩的鱼肉——上面淋着略带酸味的酱汁。小小的块茎，似乎是煮马铃薯，但味道有点像新烤出来的面包。一旁透明的汤看上去也令人很有食欲，汤水中漂浮着炖得熟烂的不知名的蔬菜块，又特意加入了有嚼劲的肉丝，使汤汁更加浓稠美味，口感也更加醇厚。橙色的液体是果汁，但不甜，反而略带咸味，有些像咸番茄汁。

马丁深知表象具有欺骗性。所谓"果汁"有可能根本不是提取自植物果实，而是某种巨大的长着许多小肉刺的软体虫；汤里硬质的肉丝可能是某种煮了很久的幼虫包衣；至于发酸的酱汁，没准儿是经过浸泡的蛆虫酱。但他强迫自己不去胡思乱想，津津有味地吃起来。

管家的话让马丁大为宽心："这些食物的外观、口味及取材都尽可能地接近地球人的饮食习惯，我自己也很喜欢。"

马丁感激地点点头。有时候，管家还是会给出一些答案的……但只针对那些你没有问出口的问题。他们的行为举止更像是被宠坏的孩子，永远不会满足你直白的要求，与此同时，只要他们愿意，也能够表现得可爱、友善。

"这里又寂寞，又凄凉，"管家似乎为自己流露出的善意感到难为情，立即回到正题，"请跟我说说话吧，游子。"

马丁放下果汁杯，点点头。

"我想给你讲讲孤儿的故事。"他说，"知道吗，这样的事情并不罕见……"

管家等待着。

"我不知道孤儿的父母为什么会消失，"马丁继续说，"但这种情况确实存在。或是因为灾难，或是由于某人的恶意行为……总之，孩子们成了孤儿。他们一点儿也不像自己的父母。世界始终在变，父母唯一能留给孤儿的，是在新世界的生存能力，大概还有记忆——关于消失的世界和消失的先祖；同时，要让孩子们记住：必须做出改变——变好变坏并不重要，重要的是变得不同于现在。于是，孩子们心存怨念。

"管家，这是多么可怕的事情啊——孩子们心存怨念！揭开图书馆星的秘密都比揭开孩子们心中的秘密容易得多。骄傲的格达人要将肯南培养成智慧生命，不惜一切全力保护它们，唯恐它们受一丁点儿委屈；勇敢而睿智的阿兰卡人不会拒绝孩子们的任何要求……也许，他们不知道该如何面对孩子们的眼泪？莽原-2的居民对背弃了他们祖先的凶恶神灵心怀怨念，但也仅仅是怀恨在心……而这些成了孤儿的孩子们决定向邪恶的神灵挑战。迪奥·道人拥有遗传记忆的能力，却失去了自己的历史，只保存下一些古老的仪式，他们所有的孩子都能记得那场带走其父母的哈米吉多顿[1]……"

管家专心地听着马丁的话，不安地动了动，"我明白这些事件发生的先后顺序，无须多言。"

"那我就不说舍阿丽人和塔丽斯曼人了，"马丁的话含报复意味，"巴扎尔幼崽是最有能力的孩子和够格的继承人。他们创建了全新的文明——低调的、不显眼的文明，却有能力挑战银河系最强大的居民。他们有幽默感，不是普通的幽默感，而是罕见的、富有智慧的幽默感。他们能力无限，唯一不足的是，他们不会长大。他们成了永远被遗弃的孩子、热切地渴望为父母复仇的孩子。他们有时冲动，常常好斗，总是充满自信，甚至不肯承认自己也会死去。他们时刻准备着为数千年的委屈而复仇，却不明白冤冤相报何时了，复仇永远无尽时。我并不认为这是巴扎尔人的生物属性，更可能是一种社会思维定式。那些生育了幼崽的巴扎尔人，没来得及教育自己的孩子。"

"地球人或者格达人就受过教育吗？"管家问。

"我们的时间要多得多，"马丁回答，"我们走过漫长的道路，然后长大……费尽千辛万苦，但总算能长大；而巴扎尔人暂时没能做到。我也不知道现在他们是否还有长大的机会。"

---

1. 哈米吉多顿是希伯来语וה רה מגידו的汉语音译。根据《新约·启示录》记载，全能者会降临观看"天下众王"的最终世界大战，并引申出"伤亡惨重的战役""毁灭世界的大灾难""世界末日"等含义。

"你在为巴扎尔人担心？"管家说。

"是的。"马丁承认。

"一个智慧变形虫的文明是灭绝还是继续存在，对你来讲有什么区别吗？你属于人族。这对你有什么好处吗？"

"我爱上了他们酿造的白兰地。"马丁苦笑了一下。

管家沉默了，摇摇头，"这里又寂寞，又凄凉，游子……"

"我还没讲完，"马丁迅速说，"巴扎尔幼崽都是天才儿童，有着各种青春期情结。与他们相比，我们地球人，还有格达人、迪奥·道人和阿兰卡人，都没有什么值得自豪的。在宇宙尺度上，我们都还在摇篮里。就算学会了在婴儿围栏里爬行，摇拨浪鼓，但我们仍然处于起步阶段。"

"你们已经不在摇篮里了，"管家说，"你们已经迈出了第一步。"

"好吧，就算我们已经爬上通往二楼的第一级台阶，"马丁改口道，"有了自豪的资本，但如果总被抱在怀里，我们能学会走路吗？如果火柴都被藏了起来，我们触碰火时会知道要缩回手吗？如果插座口一直被堵住，我们能搞懂什么是电流吗？如果总有食品送到嘴边，我们还会拿起勺子吗？如果永远喂我们泡软的面包块，我们还会咀嚼吗？"

管家轻声笑起来，"如果一开始就送给孩子三轮车，他还能学会保持平衡吗？如果他想飞，我们就会让他爬上屋顶吗？冷静些，马丁。我不过顺便说说……任何类比都有两面性。你们不是孩子，我们也不是教育家。没有谁要监护你们，没有谁要拿走你们的玩具，没有谁要嚼碎你们的粥。你们把核武器当作摇铃相互敲击，在沙堆上挖宝藏，重组自己的基因……我们禁止过你们做这些事情中的任何一件吗？我们难道不许你们拆开礼物？我们禁止你们将尖木棍做成标枪了吗？"

"但是……"马丁欲言又止。

"是的，反感父母监管过多，是孩子们的本性，"管家继续说，"但大多数情况下，孩子感到被监管之处，压根儿就不存在监管。"

马丁看着管家，徒劳地试图捕捉他的面部表情……一丝微笑……一丝嘲笑或者蔑视……但什么都没有。浓密的黑毛下是一张没有表情的面具般的脸。

"好吧,"马丁说,"在孩子们的危险玩具还没被统统没收之前,我们继续玩我们的火柴吧。"

"你就那么确信,火柴游戏一定会以火灾告终吗?"管家问。

"我只确信,玩火会以大洪水告终。"马丁回答,"无须我向你证明这件事情……我只求你们不要因为孩子们报了火警,就惩罚他们。"

"他们没有报警,马丁。"管家说,"他们想将所有的火柴一下子点燃……他们没意识到,瞬间集中爆发的火灾就等于爆炸。"

管家沉默了。他陷入深思,双手托着头,跟人类的姿势一模一样。马丁有种感觉:管家是在跟谁交谈……正在讨论自己说的话……正考虑着该做什么样的决定……

管家终于抬起头,说:"你驱散了我的忧伤和孤独,游子。请进入界门,继续你的行程吧。"

马丁一言不发,一动不动,没提任何没用的问题,但也没有起身的打算。

"父母会打淘气孩子的屁股,"管家小声说,"更何况还是一些被遗弃的孩子。曾经,万般无奈之下,他们遗弃了这些孩子……父母虽没有忘记他们,却任他们自生自灭。父母有权教训孩子,但并不会扭断他们的脑袋。不要为巴扎尔人担心,马丁。"

"真见鬼。"马丁长出了一口气,"您……"

"那些将智慧之水注入新容器的生命,自行选择了自己的道路。"管家继续说,"他们不想让巴扎尔变成没有生命的蓝色荒漠。他们遗忘了很多东西,但也学会了很多东西。不要为好嘲弄人的巴扎尔居民担心,马丁。继续自己的旅程吧。"

"伊琳娜,"马丁的头脑里一片混乱,他清楚提问毫无用处,但又不能不问。伊琳娜五号对他来说,比其他所有客户都更为重要,比先前四位同名的姑娘更为重要。

管家没有回答,而是低下头,看着地面。

"你们也不是万能的。"马丁说,"不是吗?现在,你们也遇到了连管家都无力解决的问题……那为什么还要扮演万能的上帝呢？为什么不向我们伸出手来——好吧，就算不是向地球人——向阿兰卡人……向迪奥·道人……哪怕是向自己的后代伸出手也行啊！如果你们既不是保卫者，也不是导师，不是监视者，也不是向导……难道你们就不能跟我们做朋友？或兄弟？"

管家沉默了，然后看了眼马丁。后者在其目光中捕捉到一丝嘲讽，那是一种智者在被傻瓜包围时会产生的痛苦，以及身心疲惫的嘲讽。

再然后，管家消失了。

"谒见结束。"马丁有些惊慌失措。管家还从未用这种方法结束谈话。

马丁没有立即返回走廊。不知何故，他确信界门就在囚禁自己的地方。他走出小房子，环顾四周，这是一间舒适的木屋，与森林完全融为一体，就连草皮覆盖的房顶上也生长着小树。十步开外，覆满青苔的墙壁与周围的森林别无二致，难以区分。管家完全没必要在自己的星球如此伪装……但恰恰是这种伪装误导了巴扎尔人。

最大的可能是：管家喜欢这种生活方式。

马丁走到河边，欣赏着从山上汹涌而下的河流。河水清澈见底，小鱼游速飞快，一闪而过。岸边有个毛茸茸的小动物在清洁身体，丝毫没有因为马丁的出现感到难为情，打扮妥当后才钻入水中。

这里真的非常好……

马丁回到小木屋，穿过空旷的走廊，站在控制台前。终端机跟地球上的一样，非常普通。出于好奇，马丁同时选择了几颗星球，但此操作已被禁止。

于是，马丁习惯性地选择了"地球"。

一

马丁抵达莫斯科时，正赶上滂沱大雨。斜雨如注，砸在地上的小水坑里，喷溅出无数水花，雨水从房檐落下，就像排排瀑布，甚至赶走了几乎所有的纠察队员。只有举着"回来吧，佳洛奇卡！"标语牌的男子仍固执地、可怜巴巴地站在驿站前，他的黑雨伞又破又旧，几根伞骨已经折断，雨水顺着被遗弃的丈夫（不过，为什么一定是丈夫呢？）的衣领和横幅流下来。橙色记号笔书写的无望而空洞的请求被雨水冲刷着，突兀的文字变成了稀奇古怪的书法。

马丁向一个无人排队的检查口走去。管家最终也没把鞋子还给他，所以他尽可能让自己显得自信而独立，迈过一个又一个水坑。毕竟只有地铁才会禁止赤脚。

马丁在悲伤的男人面前停了片刻。他们的目光相遇了，男人轻轻点点头，幅度很轻，似有赞许之意，仿佛和马丁已经认识很久了，熟到不需要任何语言，一个友好的目光就已足够。

"祝你好运。"马丁用唇语说。

"谢谢。"男人同样无声地回应。

马丁走到站在透明雨篷下的边检人员旁，出示了护照。

边检人员看都没看护照，而是瞥了一眼自己办公桌的下面。

"是的，我是马丁·杜金。"马丁承认。

"您不准备反抗吗？"边检人员问。他还太年轻，举止有些慌张，或恰恰相反，他只是想让整个逮捕流程更加戏剧化？

"您想什么呢？"马丁回答，"我为什么要反抗？"

边防战士犹豫起来。他按下了办公桌下的按钮，但保安似乎不打算冒着大雨前来抓捕。真混乱……就连地球也这么乱……

"武器呢？"边检人员问。

"被管家没收了。"马丁抱怨，"多精巧的左轮手枪啊，是我最喜欢的一把。还有鞋……您能想象吗？"

边检人员乖乖地垂下视线，研究起马丁的赤脚。马丁的脚上已均匀地沾上一层污泥。这是敲碎对方的脑袋然后逃跑的最佳时机，如果马丁想那样做的话。

"这群丑八怪。"边检人员真诚而吃惊地问，"没收鞋子干什么？"

"我也正奇怪呢。"马丁随声附和。

保安终于到了。边检人员似乎有些羞涩，刻意粗鲁地命令道："请跟他们走吧，公民。放聪明点儿！"

"我可是最听话的。"马丁笑了一下。以防万一，他还将双手放在背后，在押送者的护送下向边境警卫局走去，警卫局设在附近的居民楼，占了一层和二层。

傍晚，马丁吃过牢饭，尤里·谢尔盖耶维奇就来了。

说是"牢饭"，只是因为这个词有美感而且具有悲剧性。其实，从驿站出来的被拘留者住得还算体面：一间欧洲标准的干净小单间，有抽水马桶，一张床和带栏杆的小窗户。饭菜也马马虎虎，跟公务员食堂水平差不多。不管怎么说，被拘留于此的人良莠不齐：有回家途中想顺便参观一下异国情调十足的俄罗斯，却忘了办理签证的西方游客，也有在遥远星球尘土飞扬的小路上丢失了护照的俄国公民——他们可都不是穷人。

因此，马丁吃了寡淡无味而营养丰富的鱼肉饼，准备将通心粉配菜留给垃圾桶，又吃了三勺夏季沙拉（植物油拌黄瓜和西红柿），喝了颜色和味道都让人匪夷所思的速溶咖啡。喝到最后一口时，他看到尤里·谢尔盖耶维奇愤怒的目光。后者灵巧地钻入半掩的房门，大声告知警卫，要他"确保私密性"。

"唉，我刚刚把饭菜都吃光了。"马丁一脸悲伤，"配菜还剩了一口，想来点儿吗？监狱现在是晚餐时间，通心——"

尤里·谢尔盖耶维奇一把抓住他的衣领,用力摇晃——

"你他妈到底在干什么,蠢货?"

契卡分子真的很生气,马丁不知该说什么,只能回答:"尽我所能拯救宇宙。外面怎么样?天还是漏着的吗?"

尤里·谢尔盖耶维奇一下子松手放开了马丁,他安静下来,一屁股坐到铺着整洁床单的床上。马丁向来有先见之明,一进屋就把床铺好了,虽然他希望能在更体面的地方过夜。

"不,没漏。不过是夏天一场普通的大雨……虽然雨很大,但不过是局部地区大雨。莫斯科郊外阳光明媚。"

"别的驿站上空呢?"马丁追问。

"检查过了,一切正常。新西伯利亚天气晴朗,克拉斯诺达尔小阵雨,马上就会放晴,美国……"尤里·谢尔盖耶维奇犹豫了一下,生气地说,"我为什么要向你报告?你去哪儿了?都干了什么?"

"我去了管家建的第一个驿站。"马丁一脸无辜,"就像您暗示我的那样。"

"我没暗示你什么。"尤里·谢尔盖耶维奇迅速回答。

"别这样,我又不是你们的……"马丁安慰他,"没暗示就没暗示吧。那我什么地方也没去,什么都不知道。"

尤里·谢尔盖耶维奇叹口气,"巴扎尔星出了什么事?"

"已经天翻地覆了,"马丁回答,"巴扎尔人建造了一艘宇宙飞船,然后利用管家的技术,将其传输到了御夫座 α 星。"

"为什么要去那里?"契卡分子惊讶地问。

"那是管家的母星,变形虫想要摧毁它……确切地说,是想将星球上所有的水变成巴扎尔星球上的形式。这绝对是有意而为之的破坏行动,不是吗?"

尤里·谢尔盖耶维奇瞬间面无血色。

"您不用担心,"马丁不免心生怜悯,"阴谋已经败露了。我们找到了那支黑色飞船的舰队,它们就在邻近星球上,但我开枪射击巴扎尔人的时候——"

"我们？您？"尤里·谢尔盖耶维奇喊道。

"我、他、他和她。"马丁天真烂漫地说，"两个变形虫，我和伊拉奇卡。怎么样？我们换个更舒服的地方接着谈吧？还是我开始以头撞墙，要求律师来，然后给海牙国际法庭[1]写请愿书？"

"您是个聪明人。"尤里·谢尔盖耶维奇并非在威胁，而明显是在暗示马丁。

"您不会拿我怎么样的。"马丁说，"既不会打我，也不会给我注射毒品。知道为什么吗？"

尤里·谢尔盖耶维奇决定扮演一次管家——不回答任何问题。

"因为您也是聪明人。"马丁说，"请相信我说的话。问题的关键是，看起来只有我能拯救银河系。事情不知怎么走到了今天这般地步……"他谦虚地补充，同时突然意识到自己牛皮吹大了。

"您想要什么？"尤里·谢尔盖耶维奇沉默片刻，问道。他甚至从口袋里掏出了一个小笔记本。

"新左轮一把，真正的军刀一个，红领带一个，牛头犬崽一只……"马丁开始列清单，"我还要结婚……"

尤里·谢尔盖耶维奇停止记录，盯着突然出现的汤姆·索亚[2]。

"我现在想回家！"马丁提高了嗓门，"凭什么拘留我？好像您真的没唆使我去巴扎尔似的！我怎么了？我藏起来了吗？我去纽约的界门寻求政治庇护了吗？我武力对抗检查站的男孩了吗？我只是想回家，想洗个澡，喝杯又热又香的咖啡，再来杯白兰地，然后再跟您认真地交谈。"

"马丁，您真该领教一下什么是官僚机构和权力游戏，"尤里·谢尔盖耶维奇满脸嫌弃，"为了释放您，我花了四个多小时，走吧！见鬼的天行者[3]……"

---

1. 联合国国际审判法院，因位于荷兰海牙，又名"海牙国际法庭"。
2. 美国作家马克·吐温代表作《汤姆·索亚历险记》中的主人公，小男孩聪明、爱动又调皮，喜欢冒险。
3. 《星球大战》系列电影中拥有着强大原力的家族的称号。

每个人都知道，长途跋涉之后在自己的家里洗个澡是件多么惬意的事情——只要他没有水过敏这种罕见怪病，也不是《小邋遢鬼》[1]中不讲卫生的小脏孩儿的粉丝。

什么样的浴室并不重要。无论是只有掉漆的小浴缸、瓷砖在斯大林时期及北水南调[2]时期就已损坏的小浴室，还是装有按摩浴缸、壁挂式坐便器、坐浴盆，可以洗蒸汽浴的现代宽敞浴室。好吧，如果你家的浴室是第二种，那你很走运，但得到的快乐是否会比第一种多一些呢？当你站在强劲的热水水流下，毫不吝惜地把全身涂满沐浴液，再用冰水冲一下身子，然后在浴缸里坐上一会儿，看着自己的双腿陷入沉思，你能感觉到疲倦正从皮肤上一点点地溜走。相信我，这两种幸福是相同的。

不过，让马丁高兴的是，他的浴室更接近第二种规制。尽管淋浴室比较简单，没有各种复杂的喷嘴往你身体最意想不到的部位喷水，水力按摩浴缸也不是爵士牌的，小巧精致，不大适合与女友进行爱情游戏。但不管怎么样，返回家中，钻进浴缸，或站在淋浴下，马丁觉得灵魂和身体都得到了休息。

但是，今天他没有折磨尤里·谢尔盖耶维奇太久。他没有钻进浴缸，只是洗了淋浴，虽然没有简化平时淋浴的过程——淋一遍冷水，再冲滚烫的热水，然后用毛巾擦拭身子，穿上浴袍，走进办公室。

"我已经开始担心您是不是在里面淹死了。"契卡分子阴森森地说。

现在是时候为社会做点儿贡献了！

"我已经够快了。"马丁说，"您难道不知道个人卫生有多重要吗？"

让马丁惊讶的是，尤里·谢尔盖耶维奇哈哈大笑起来，一边举起双手，以示妥协，"好吧，我投降。您都对，您有理。"

"尤里·谢尔盖耶维奇，您来决定，我们是用'你'还是用'您'来称呼彼此。"马丁说。

"用'你'称呼吧。"契卡分子思考了一秒钟就做了决定，"您……

---

1. 苏联著名儿童动画片。
2. 苏联时期一项将西伯利亚部分河流调往哈萨克斯坦及中亚的未施行的计划。

你还想要什么？要吃晚餐吗？我看了一眼你的冰箱，找到了一个苹果、几个青柠檬、一个烂牛油果，五颗鹌鹑蛋和几个洋葱。我没敢用这些食材做饭。我们订晚餐吗？"

"不用。"马丁皱了皱眉头。不难猜到，如果尤里·谢尔盖耶维奇利用自己的下属提供服务，晚餐只可能是汉堡包，最好也不过是批量生产的比萨饼，"我还有白兰地、柠檬和烟斗，这就够了。"

"用管子[1]喝白兰地？"契卡分子吃惊地问。

"用管子吸烟，"马丁温和地加以纠正，一边坐到桌子旁，往烟斗里装烟丝。此时，尤里·谢尔盖耶维奇拿来了白兰地和切好的青柠片。

"怎么样，我从头开始讲？"

"是的，"尤里·谢尔盖耶维奇煞有介事地拿出录音笔，打开开关"我会录下我们的谈话。"

马丁挥了挥手，一五一十地讲起来。

从倾听方式就能判断出一个人是不是专业人士。尤里·谢尔盖耶维奇有时也会提一些问题，但都很恰当，不失时机，丝毫没有打乱马丁的叙事节奏，反而为叙事增添了新的色彩。尤里·谢尔盖耶维奇只在得知伊拉奇卡如何一个人分身为七个人时才骂了句娘。就这样，马丁用不到一个小时的时间就把整个事件讲完了，且没有错过任何重要的细节。

"也就是说，管家并不是导师。"尤里·谢尔盖耶维奇终于说，"并不准备崛起？"

"崛起？"马丁好奇地问。

"这是……科幻小说中的专有名词……"尤里·谢尔盖耶维奇皱起眉头，"好吧，就是进步……"

"噢，明白了。"马丁点点头，"谁知道管家是怎么想的。但从他们的话中能听出，他们根本不在乎我们如何使用得到的技术，也不在乎那技术会不会毁灭我们自己……"

"他们说谎，"尤里·谢尔盖耶维奇做出判断，"这种目的性极强的

---

1. 俄语中，"烟斗"与"管子"是同一个单词，故此处产生了歧义。

行为不可能毫无意义。他们是在完成自己或者他人的某种计划。别无其他可能。"

"请你讲讲。"马丁费了好大劲才把"您"换成"你","问题出在哪儿？你们有什么想法？"

"你是问一切的真相吗？"契卡分子冷笑一声,"那我们得先……"

他从口袋里掏出一张纸,展开,放在马丁面前。马丁读完,抬眼看了看契卡分子,"我不是少校。我是预备役上尉。"

"现在是少校了。"尤里·谢尔盖耶维奇忧伤地说,"否则你的权限不够。来,跳级晋升吧……加加林[1]。"

"可我不打算为国家安全部门工作。"马丁勇敢地说。

"不为我们工作,那你最近几天都在做什么？"尤里·谢尔盖耶维奇的话入情入理,"你看,上面注明了'因国家利益及其他特殊情况临时授命'。"

"如果我不签名呢？"马丁问。

"没有人请你签署总统令。"尤里·谢尔盖耶维奇安慰他,"不过是在入职合同上签字。"

"那如果……"

"那就是叛国罪。"尤里·谢尔盖耶维奇嘟囔一声,马丁没明白他是否在开玩笑。

以防万一,他暂时将此话当真,在三份合同上签上了自己的名字。

尤里·谢尔盖耶维奇小心翼翼地收起文件,"明早你的工作证就能做好。制服对你来讲狗屁用都没有……哦对了,还有。"

尤里·谢尔盖耶维奇伸手去拿公文包,从里面取出一个纸包,马丁模糊地记得这个纸包。

"这是什么？"刚被任命的少校谨慎地问。

"外星人送给你的热能枪。"尤里·谢尔盖耶维奇很嫌弃,"这点儿破事……费了那么多唇舌才……这种东西在军械库里至少有二十

---

1. 在太空绕地飞行的时候,加加林被苏联军方晋升为少校。

把……不过,你拿着吧。暂时给你用。"

"我要它有什么用?"马丁不解地问,"地球上用不到啊?"

"谁说你会留在地球了?"尤里·谢尔盖耶维奇惊讶地说,"来吧,少校……肩章加星了,按规矩得喝酒庆祝一下。"

马丁和尤里·谢尔盖耶维奇喝光了白兰地,在喝酒前,马丁将阿兰卡人送给他的热能枪藏到了武器柜里。克格勃叹了口气,吃了片柠檬,"上次见面时,我对你说的话都是事实。没有人陷害伊琳娜。小姑娘看了父亲写的报告,一怒之下去了界门……这就是真相。"

"谎言是从哪里开始的?"马丁轻声问。

"不是谎言……只是语焉不详。没错,我们并不是害怕管家会突然有一天切断地球与星际网络的连接。我们总会活下去的,这毫无疑问!我们自己也有能力进入太空,因为我们从他们那里得到了很多好处……但我们的确认为,管家是第一次星际扩张种族的追随者,他们有意无意地正在接近新一波的灾难……"

"是谁?"马丁直截了当地问,"谁搞出的灾难?"

尤里·谢尔盖耶维奇叹口气,"如果我们能知道就好了……所有人都参与研究……所有人都在研究这个问题——我们雇的外星文明专家和所有宗教的神学家。是的,我们也不排除有神灵干涉的可能!巴别塔-2的报告里就是这么写的!"

"神的仆人怎么说?"马丁好奇地问。

"什么有用的都没说。现在的新教徒几乎跟佛教徒一样,他们相信上帝的存在,但也承认上帝不会以任何方式现身,也不会再制造大洪水。天主教徒似乎已经破罐子破摔了,甚至开始为外星人施洗,不知你听说过没有,他们居然与格达人和乐克斯人在阿西西[1]举办了联合祈祷仪式!穆斯林倒是立场坚定,认为所有外星人都是撒旦的产物。"

"那我们的东正教呢?"

"我们的东正教到现在还没有明确意见。《圣经》里的记载含糊不清,

---

1. 意大利翁布里亚大区佩鲁贾省的一个城市,位于苏巴修山的西侧。

神父没有明确的指示……总之，尚未出台统一的方针政策。"尤里·谢尔盖耶维奇笑了笑，"不过，总的来说，他们在一件事情上是统一的：只要外星人消失就行。他们将外星来访称为妖术……"

"犹太人呢？"马丁满怀希望地问。作为血统纯正的（没有被鞑靼蒙古混血的）俄罗斯人，他坚信，至少犹太人会不辱使命，一定能将一切纳入正道。

"犹太人更不用提了。"尤里·谢尔盖耶维奇叹口气，"他们宣称所有外星食物都是符合教规的，对外星人要平等友好，应该与他们进行贸易，甚至准备迁居另外的星球……"

"怎么？全都去吗？"马丁哼了一声。

"是呀。难道你没听说过？他们给自己选了一颗无人居住的星球，从所有指标来看，都称不上最好的……但后来人们才恍然大悟，原来迦南星藏有好多资源，有许多铂和铀，那里的土壤肥力十足。他们准备将一半耶路撒冷都迁过去，甚至打算将以色列厚度达十公分的土层也都运过去。"

"不可能！"话虽如此，马丁头脑中不禁浮现出拿着古老砖块、石头，背后还背着一袋土的以色列人排着长队走进耶路撒冷驿站的画面。

"犹太有很多作家，足以向管家支付门票。"尤里·谢尔盖耶维奇认为，"好吧，现在叹息有什么用？（让那些反犹太者哭去吧，恐怕十年后他们连自缢的机会都不会有了。）最重要的是，神学家帮不上我们，即便他们中最聪明的人。因为信息不足，你懂吗？"

"那让我们把神灵干预的理论放在一边。"马丁建议，"简单地理解，就是存在另一个种族——一个在进化阶梯上比管家走得更远的种族。"

尤里·谢尔盖耶维奇点了点头，"看来是的。但管家是谁？集体与个体智慧的样本？"

马丁咬了咬牙，急忙给自己倒了杯白兰地。

"是啊，是啊，"尤里·谢尔盖耶维奇同情地点了点头，"你还不明白吗？只要你对一个管家说过任何一件事，这件事立刻就会成为共享信息，并且是即时的。我们试验过……而与此同时，管家还保留着个体差异性……除了他们与所有种族打招呼时使用的标准用语,每个管家的言语都是有差异的。我们的心理学家也不是吃白饭的……你可以相信这一点。"

"所有管家都同步思考吗?"马丁问。

"谁知道呢?很显然,如果有此必要,他们是可以做到的。但究竟如何做到——是意识融合在一起成为超智慧,还是个体之间共享某种庞大到可怕的数据系?我们不得而知。对我们而言太复杂了。但不论管家比我们先进多少,他们都保留了个体差异性……在某种程度上,这能表明管家还保留着人性。"

"然后呢?形成了统一智慧?"

尤里·谢尔盖耶维奇双手一摊,"也许是吧。就算这个超智慧种族拥有无限的可能性,也不可以将之定义为神。神应当是万物的开始及结束,是宇宙的创造者。"

"但如果相信迪奥·道人的说法……"马丁说。

"神是不确定的?"尤里·谢尔盖耶维奇点点头,"怎么说呢,这也是一种说法。或者是一种我们可以相信的粗略理论。但我们没必要想那么远,死后就什么都知道了。还是让我们想象一下——一个强大到难以想象的超智慧种族,期望其所有邻近文明都能在进化梯上取得相同的进步:从个体智慧发展到'个体—集体'智慧,然后再到集体智慧。"

"那么宇宙间就会有两个超智慧,"马丁皱起眉头,"或者有几百个。唉!难道所有的超智慧会联合为一个统一意识?然后呢?然后又该去向何方?为什么这样?我不想这样!"

他们不约而同地举杯碰了一下,将杯中的酒一饮而尽。尤里·谢尔盖耶维奇醉醺醺地说:"电线接通电流之前,谁知道它是一根电线呢?喂,马丁,不会有人征询我们的意见。我们没有选择。"

"所以我才不喜欢。"马丁说,"算了,别再空腹喝酒了。去吃东西吧。"

"去哪儿?"尤里·谢尔盖耶维奇好奇地问,"吃饭的地方你可能比我要了解得多。"

"我先换衣服,你打电话订个桌。"马丁下达命令,"2455112,说话严厉点儿。如果座位已满——"

"我就说自己是代表某个组织的。"尤里·谢尔盖耶维奇冷笑一声,"得了吧,你可别把我当成个大傻子。那这家店……"

"我请客,"马丁态度坚决,"今天是庆祝谁升官加星呀?"

尤里·谢尔盖耶维奇皱了皱眉,"超智慧才知道谁升官加星。但目前,所有的星球都在管家的口袋里……"

尤里·谢尔盖耶维奇勇敢地坐到方向盘后面,煞有介事地解释说,只要小本本在手,在任何状态下开车都没问题。夜里十一点的大街空荡荡的,老伏尔加车压过水洼,水溅得老高。车子咆哮着绕过新圣女修道院,在三环路上疾驰,最后终于在一栋挂着"警察局"牌子的不起眼建筑旁停了下来。

"你怎么?准备把我交给条子吗?"尤里·谢尔盖耶维奇好奇地问,"因为勒索和……噢!我们是去那儿吧?"

他冲着远处米米诺餐厅的广告牌子点了一下头。

"不,格鲁吉亚餐适合在另一种心情下享用。"马丁郑重其事地说,"现在适合吃西餐。走吧。"

雨仍旧淅淅沥沥下着,马丁和契卡分子没拿雨伞,大踏步绕过几辆嘎斯牌警车,走进挂着"老阁楼"招牌的大门。

"里面有电梯吗?"尤里·谢尔盖耶维奇很感兴趣。

"我们去地下室,不坐电梯。"马丁笑了笑。

"不是阁楼吗!"契卡分子惊讶地问。

"是老阁楼呀!"马丁效仿着他的口气说,"文化层[1]不断增厚,城市开始向下发展……"

他们走到半地下室,便真的置身于"阁楼"中。木梁老旧,墙上绘

---

1. 考古术语,指在古代遗址中,因为人类活动而遗留下的遗物、遗迹和其他物件形成的堆积层。

有乡村生活的图画，还挂着生锈的铁器，从铁锁和马蹄铁到锄头和铁锹，应有尽有。夜色如此深了，却有日光不合时宜地透过镶着磨砂玻璃的小窗户照射进来。

"好创意。"尤里·谢尔盖耶维奇哼了一下，"让人根本弄不明白外面是白天还是黑夜。"

"这就是设计者的初衷。"马丁的语气充满了哲思。

马丁说不上是老阁楼的常客，但他很喜欢来这儿，因为这里的氛围和谐，食品美味，食客风趣幽默，有商人，有艺人，也有刚刚在隔壁健身俱乐部里甩掉几克体重立刻又来长膘的美少女。

他们订的餐桌在舒适的角落里。马丁带着询问的眼神看了眼尤里·谢尔盖耶维奇，后者明白了他的问题，耸耸肩说："啤酒。"

他们订了两杯黑鲜啤，在马丁的推荐下又订了两份猪肘。啤酒很快就送了上来。

"为健康干杯！"尤里·谢尔盖耶维奇说，"你需要健康。"

马丁咽了一口啤酒，问："为什么是我？"

"不明白你想问什么。"

"为什么埃内斯托·波卢什金偏偏找到了我？"

"我推荐的。"尤里·谢尔盖耶维奇坦白了。

"为什么？"马丁固执地重复，"当然，我受宠若惊……但是明明有安德烈·库兹涅佐夫，也有廖沙·菲利波夫……"

"还有布舒耶夫兄弟，有赛斯卡里，有塔霞·马克西莫娃……"尤里·谢尔盖耶维奇点了点头，"他们的工作的确让人印象深刻，这点我没有异议。"

"更何况那段时间塔霞和安德烈都有空，"马丁加以补充，"我查过了。而彼得·巴图林采夫，我敢打赌，他早就在你们那儿任职了。为什么你偏偏向埃内斯托·波卢什金推荐了我？"

尤里·谢尔盖耶维奇叹了口气，一口喝干了半杯啤酒，又用恳求的眼光看着服务员，小心地擦拭着嘴唇，"马丁，因为那段时间，你比别人发展得都要好。"

"请解释一下。"马丁有些生气。

"容我不能。马丁,这是为你好。"尤里·谢尔盖耶维奇忧伤地摇摇头,"杀了我也好,吃了我也罢,打死我都不会说的。这只会增加你的麻烦,却带不来任何好处。"

"你们监视所有经常进出界门的人。"马丁喃喃地说,"我明白,你们都做了报告,记录了所有被讲述的故事……你们挖掘到什么了?"

尤里·谢尔盖耶维奇沉默不语,痛苦地皱起眉头,不敢正视马丁。

"见鬼的管家。"马丁忍不住说。

服务员给尤里·谢尔盖耶维奇拿来了啤酒,把桌子上的餐具摆好。

两人沉默了一会儿。

"我救下伊琳娜的机会更大一些,是吗?"马丁试图从另一个方向打开突破口。

"不,"尤里·谢尔盖耶维奇犹豫了,"不过……也对,也不对。现在我们得知伊琳娜竟然将自己复制了,我甚至感到很自豪。你真的是最完美的人选。但我期望的本来是另外的结果,马丁。我原本期待你走遍这几颗星球,紧随着她的脚步,却总会落后一步。总的来说,我想象的要比现在简单得多。"

"问题不仅出在伊琳娜身上,也在我身上。"马丁说,"这么说,你们想让我和小姑娘产生感情……所以就没有用马克西莫娃和布舒耶夫兄弟……"

尤里·谢尔盖耶维奇哼了一声。

"我一定要弄个水落石出,否则我决不甘心!"马丁忍不住说,"我非常讨厌暗示和吞吞吐吐!"

"这正好。"尤里·谢尔盖耶维奇安慰他说,"好了,别再谈你的与众不同了。你没有多特别,只是在正确的时间出现在了正确的地点。如果事情发生在一年后,我说不定就会派库兹涅佐夫寻找姑娘了;如果是一年前,我会派'急性子'去。"

"你是指沃洛佳·斯别什科吗?"马丁吃惊地问。他记得那个戴眼镜文质彬彬的小伙子。小伙子在很短的时间里为自己赢得了良好的声誉,惯用的口头语是"快点儿",但半年前他突然不再工作了。"我没听说过有人这么称呼他。但有人叫他'急先锋'……"

"在我们的研究报告里,他被称为'急性子'。"尤里·谢尔盖耶维奇承认,"但他已经不工作了。"

服务员端来猪肘,祝客人们用餐愉快,然后便离开了。马丁满意地看着自己点的佳肴:白色哑光大圆盘里摆着鲜嫩的熏猪肘,配以蒸熟的蘑菇荞麦饭和植物香油煎的洋葱以及煮熟的鹌鹑蛋末。

马丁说:"每道菜都应该有独特之处,你知道吗?譬如这鹌鹑蛋末是整道菜的亮点!"

"我发现你很喜欢吃鹌鹑蛋。"尤里·谢尔盖耶维奇伸手去拿刀叉,表示同意。

"当然,还有啤酒!新鲜的黑啤酒。在你们的研究报告里,对我的别称是'行者'吗?"马丁决定炫耀一下自己的博学。

尤里·谢尔盖耶维奇津津有味地咀嚼着一小块肉和荞麦,含混不清地说:"噢……果真好吃……要听实话吗?"

"实话。"马丁不假思索地说。

"不是。你在我们那里,绰号是'假绅士'。"

马丁还从未有过如此屈辱的感觉。即便尤里·谢尔盖耶维奇一掌把自己的脸按到煮熟的荞麦粥、香油、洋葱和鹌鹑蛋末上,马丁都会感觉自己受到的屈辱比听到这句话要少很多。

"别生气。"尤里·谢尔盖耶维奇请求道,"那还是我入职之前的事……"

"如果是你,会选择另外一个名字吗?"马丁问。

"说实话?"契卡分子问。

马丁盯着眼前白色哑光的大圆盘子,摇摇头。

"别人怎么称呼我们,有那么重要吗?"尤里·谢尔盖耶维奇问,"我们怎么称呼自己才是更重要的。当你独处的时候,当只有上帝和魔鬼能听到你说话……"

马丁抬眼看着尤里·谢尔盖耶维奇,问:"你确信,你的家族中没有管家的血统吗?"

"心理医生、牧师、盗用公款的会计……"尤里·谢尔盖耶维奇开始列数自己家族成员的职业,"顺便说一句,心理医生是个酒鬼,牧师临终前被免去了教衔。我的祖辈们都很不走运。跟大多数人一样,他们有鞑靼人和犹太人的血统。一百年前甚至出过一位红色拉脱维亚步兵,但没有管家。"

马丁不由自主地笑了,"那你会给自己起什么代号?"

"啄木鸟[1],"尤里·谢尔盖耶维奇毫不犹豫地说,"不是因为我好打小报告……而是因为我会锲而不舍地凿树洞,有时从中掏出美味幼虫。但更多的时候,只是木屑……"

他小心翼翼地切开一块肘子,用叉子送到嘴里,咀嚼完咽下,然后说道:"说实话,真好吃。谢谢你。做个假绅士是非常快乐的事情。"

"你以为我就没有挨过饿?你知道我曾经整整三天只有一块干面包果腹吗?"马丁问,"我喝过水洼里的脏水,吃过野果子充饥,你知道吗?你能想象吃完那些东西以后,要么就是腹泻一个星期,要不就是蹬腿死去吗?"

"我知道,"尤里·谢尔盖耶维奇简短地说,"我又没说我会给你起名叫'假绅士'。"

"那你会取什么?"

"绅士。"

马丁耸耸肩。

"'贵族'这个单词太长了,而且本身就有点庸俗。"尤里·谢尔盖耶维奇解释说,"英国的绅士并不总穿燕尾服。如有需要,他们会为了女王的荣耀不惜冒着得疟疾的风险远赴印度;他们既可以举止文雅,有礼有节,又能够不畏流汗流血……喝水洼里的脏水……你知道什么是'举止文雅,有礼有节'吗?"

马丁点了点头。

---

[1] 俄语中啄木鸟有"告密者"的含义。

"我们俄罗斯的不幸是,"契卡分子突然开始高谈阔论起来,"我们喜欢走极端,要么是整天醉醺醺、满嘴酒气、肮脏邋遢、愚不可及的莽汉;要么是连手指都怕弄脏、瞧不起'大老粗'且自以为是的暴发户。而欧洲人很久很久以前就懂得,只要有一线机会,就要努力成为绅士,若没有机会,全力以赴创造机会也要成为绅士。所以,精致的英国绅士们才得以建立起他们伟大的帝国……"

"东是东,西是西,东西永古不相期……[1]"马丁低声说。

尤里·谢尔盖耶维奇喜出望外,"正是如此!听起来虽有些愤世嫉俗,但这就是事实。世界丰富多彩,怎么可能一成不变呢?我们没有这种权利!这还得感谢我们十九世纪的伟大作家,感谢陀思妥耶夫斯基和托尔斯泰、库普林和蒲宁等不计其数的思想大师。说起人道主义,便该包容一切,说起公平性,立刻就该做到人人平等。让厨子当国君[2]……亚历山大·谢尔盖耶维奇[3]早就警告过,满足厨娘的需求会带来什么样的后果[4]……但我们就是不听!统治阶级腐化堕落,基层民众道德破坏……那些作家也因此客死异乡,成了革命的镜子或者镰刀和铁砧之间的阶层。这就是他们的命运!马丁,我很高兴,如今我们几乎已经没有作家了,所有人都为管家编故事去了。"

马丁皱起眉头。

"我说得太尖锐了吗?"尤里·谢尔盖耶维奇喝了口啤酒,问道,"这残忍吗?我们——爱走极端的俄罗斯人——成了自己的掘墓人。多亏了管家,现在我们多少还能喘口气。否则,国家就要完蛋了……根据预测,我们2015年就彻底玩完了。所以,我非常赞同你对锦衣玉食的热爱,也理解你只用昂贵的发烧级音响听音乐。因为这是你的权利,花的是你不畏肮脏、紧绷神经、用血汗赚来的钱。当然也赚来了……肘子

---

1. 英国诗人约瑟夫·鲁德亚德·吉卜林的名句。
2. 出自列宁的《国家与革命》:"每个厨师都应该学会管理国家。"
3. 指普希金。
4. 指普希金的叙事诗《科洛姆纳的小屋》中的情节,女主人为贪便宜,阴差阳错雇了一位男扮女装假厨娘的荒唐故事。

和鹌鹑蛋……"他低头看了看盘子,"马丁,我们改喝点儿烈酒吧?"

马丁想了想,又点了瓶塔拉莫尔威士忌。

他们又坐了很久,天南地北地聊了许多,但没再谈工作。

在太空深处,管家的黑色飞船朝着神秘灯塔发出的信号飞去,将一颗又一颗新的星球接入银河系星际网络;最后两位伊拉奇卡·波卢什金娜还在寻找拯救宇宙的方法;与此同时,俄罗斯国家安全局的办公室里,值夜班的工作人员正为新任少校——曾用编号为"假绅士"的马丁·伊戈列维奇·杜金整理卷宗。

马丁和尤里·谢尔盖耶维奇喝着顶级爱尔兰威士忌。尤里·谢尔盖耶维奇承诺下次带马丁去一家真正开在阁楼里的小饭店——这回不是骗人,那家餐厅在中国城白俄罗斯领事馆楼上的阁楼里。

马丁前言不搭后语地说,在这个世界上,他最喜欢做的事情莫过于在自家厨房里小坐,而来饭店吃饭不过是为了放松或者满足好奇心。契卡分子说起自己在地球外的历险经历,当然,他尽量不提具体任务,只是津津有味地讲起外星的风俗习惯和有趣细节。私家侦探则隐去了主人公的姓名,讲了许多新奇的职务见闻:一位盲人旅行者总是和他的导盲犬一起穿越界门,马丁敢打赌,在选择目的地星球时,做出决定的是导盲犬;一个小学三年级的小男孩离家出走,马丁追上他时,男孩已经去过五个星球了,最后马丁不得不许诺送他一双轮滑鞋才说服他回家。话题从轮滑鞋又自然地过渡到白兰地的品牌。

一直到饭店关门,他们才走进又凉又湿的黑夜,雨还在淅淅沥沥地下。尤里·谢尔盖耶维奇一坐到驾驶位置上就立刻清醒过来。马丁想问他要几颗神奇的克格勃防醉药丸,但尤里·谢尔盖耶维奇保证说,自己能瞬间醒酒仅仅是长期训练的结果,以及出于对职务的忠诚,根本就没有所谓的"克格勃防醉药丸"。

根据纵酒惯量(俄罗斯的一个机密公式:醉酒时间等于谈话的真挚度除以饮酒的数量),他们又去了名为"据点"的夜总会,而这家古老的莫斯科夜总会也即将打烊:一群小年轻喝了大量自己勾兑的能量鸡尾酒,已经作鸟兽散;热恋的情侣也跳舞跳累了。大厅混凝土地面上还剩四五十人,有人忧郁地打着小型台球,有人在吧台后喝着杯中的剩酒。马丁和尤里·谢尔盖耶维奇在高脚转椅上坐下来,各自要了一份威士忌——真不该混酒喝,更何况马上就要天亮了。

舞台上,一位已经不年轻的男子边弹吉他边唱——

这本书来得真不是时候,
就像绳索上涂满了肥皂,
一口气读完斯蒂芬·金,
故事果然与现实没有不同。
我用秋天灰色的丝线
和特拉法尔加广场的焦土,
拼凑出一个福尼特[1],
将它置于吉他之中。

尤里·谢尔盖耶维奇用手指点了点马丁,威胁道:"你把自己的福尼特藏到了哪里?"

"它早就逃走了。"马丁懒洋洋地回答说。

尤里·谢尔盖耶维奇摇摇头,"骗人,你骗人……每个会讲故事的人,都有自己的福尼特。以前是缪斯女神,可惜她们已碎成齑粉……变异成福尼特了。"

"如果给人类讲故事,那是这样,"马丁回答,"但为了博得管家欢心,我把福尼特都扔给管家了……"

"你知道,为什么管家要听故事吗?"尤里·谢尔盖耶维奇诡秘地问。

"为什么?"马丁警觉起来。

但契卡分子立刻又清醒了,微笑着摇摇头。

---

[1] 斯蒂芬·金的短篇小说《变形子弹之歌》中的角色,是一个生活在打字机里,给作家提供灵感的神奇生物。

歌手依旧拨弄着琴弦,在简单的伴奏下边弹边唱——

有时候他聪明又勇敢,
有时候他又性情大变,
生世界上所有人的气,
喝酒喝到涕泪横流。
但当邪雨恶风来临,
他第一时间伸出援手,
我记得他的名字,
希望你也不要将他忘记。[1]

马丁有些醉了,但还是热情洋溢地鼓起掌来。掌声在空荡荡的大厅里回荡,显得那么无助,仿佛有人放了几声空枪。

## 二

如果第二天还有要事亟待处理,千万不能喝到烂醉如泥。

马丁静静地躺了好久,脑袋里是高贵的唐·鲁玛塔·埃斯托尔斯基[2]与潘帕男爵[3]酩酊大醉后同时醒来的场景。他强忍头痛,想象着斯波拉明片[4]的药用原理。他认为,这种神奇的药片可以大大加速身体的新陈代谢,所以既可以治愈伤口,也能快速分解体内的酒精。他呻吟着,勉强站起来,走进厨房,用矿泉水服了镇痛片,往办公室看了一眼——

---

1. 俄罗斯歌手奥列格·梅德韦杰夫的《福尼特之歌》片段。
2. 斯特鲁伽茨基兄弟的科幻小说《上帝难为》中的角色。
3. 斯特鲁伽茨基兄弟的科幻小说《上帝难为》中的角色,唐·鲁玛塔·埃斯托尔斯基的朋友。
4. 斯波拉明片是臆想出的一种药片,广泛见于苏联及俄罗斯科幻小说中。

英勇的契卡分子在没展开的沙发上香甜地睡着，阿兰卡人的热能枪就放在旁边的地板上。

马丁摇摇头，向浴室走去。

当马丁走出浴室时，尤里·谢尔盖耶维奇已经神采奕奕地在厨房里忙活上了。他一边把锅碗瓢盆弄得叮当响，一边哼唱——

> 他在第一个世界看电视，
> 读卡斯塔尼达的书，晾干自己的袜子，
> 清冷孤寂而露出钝滞的獠牙，
> 弹奏起撕心裂肺的旋律。
> 第二个世界里那些飞蛾和群星，
> 就像踩在脚下的砂糖一样发出清脆的声响。
> 一切都毫无意义——毫无意义，
> 不论在第一个世界还是第二个世界。
> 在第三个世界他咬紧了牙关，
> 不惧危险进入无人区。
> 他穿越地平线的火海，
> 脱下冒烟的大衣……[1]

马丁在门口停下脚步，打量着契卡分子。后者看起来很快乐，正微笑着用刀小心翼翼地敲一下鹌鹑蛋，将蛋液打进平底煎锅中。

"哪来的鹌鹑蛋？"马丁有气无力地问。

"昨天你不肯离开饭店，非让人家卖给你一包鹌鹑蛋。"尤里·谢尔盖耶维奇停止演奏锅碗瓢盆的交响乐，说道。

"你唱的是什么歌？"

尤里·谢尔盖耶维奇很惊讶，"这首歌昨天你点了两次，难道忘了吗？"

---

1. 俄罗斯歌手奥列格·梅德韦杰夫的歌曲《太阳》（Солнце），但作者对歌词略有改动。

"想起来了。"马丁嘟嘟囔囔,"以后我要是再跟契卡分子一起喝酒……"

尤里·谢尔盖耶维奇一点儿也没因为"契卡分子"的称呼而生气,国家安全部门永远保持良好的教养及传统。

"行了,你的表现已经够好的了。请用吧……煎蛋配番茄酱、柠檬茶。"

马丁坐在桌前,忧伤地看着盘子,深深叹了口气。他想告诉尤里·谢尔盖耶维奇,鹌鹑蛋只有生吃时才能保留营养成分,但想起"假绅士"的绰号,就默不作声地吃起来。

茶还不错。因为昨天饮酒过量,马丁的脑袋至今一跳一跳地痛着。

"宿醉反应?"尤里·谢尔盖耶维奇一针见血。

"宿醉难醒……"马丁说,"你把热能枪拿出来干什么?准备对谁开火吗?"

"是你拿出来的。"契卡分子说,"你给我演示了阿兰卡孩子拿着武器漫不经心的样子。"

"噢!我的上帝……"马丁小声说。

"没关系,一切都在我的掌控之中。"尤里·谢尔盖耶维奇同情地看了马丁一眼,掏出一包药片,安慰他,"五片,嚼服。你会好受些的。"

"你还说没有神秘的小药片!"马丁很生气,以此表示昨天发生的一切他还没有全忘光。

"药片不神秘,就是普通的琥珀酸,随便哪个药房都有卖的,五卢布一盒。"

马丁吃光了煎蛋,又服用了琥珀酸,顺从地接过尤里·谢尔盖耶维奇递过来的香烟,哆哆嗦嗦地点燃——他连抽烟斗的力气都没有了。

"准备去哪里?"尤里·谢尔盖耶维奇问,"舍阿丽还是塔丽斯曼?"

马丁不寒而栗,"一定要去吗?"

"你准备半途而废吗?"尤里·谢尔盖耶维奇很吃惊,"你忘记……发生过的事情了?"

马丁想了想,觉得他说得不错,便问:"我跟谁一起去?"

"你一个人。"尤里·谢尔盖耶维奇郑重其事地说,"但以防万一,你可以携带武器。你准备先去哪儿?"

"还不知道,"马丁承认,"到了计算机终端前再做决定……尤拉[1],我该做什么?"

"你以前做什么,现在还做什么。想办法救伊琳娜。"

"我们都已经知道事情会如何发展了……"马丁说,"为什么我得一个人战斗?埃内斯托·波卢什金不想找回自己的女儿吗?"

"你真的想知道?"尤里不无嘲讽地问道,"他已经做了选择,哪儿都不去,因为只有一个伊琳娜能活下来。任何行动都无法改变这种结果。所以,他不想无助地看着自己的女儿死去……"

"那你呢?"马丁直截了当地问。

"怎么?你想跟我并肩战斗?"国安人员兴奋地问,"不,马丁,我不能。我很想,但不能,总得有人给你擦屁股。你自己也明白,上级并没有批准我们的行动。"

"尤拉,我们敞开天窗说亮话吧,"马丁提议,"你们想让我做什么?"

"说服管家。让他们明白自己的星际扩张计划太危险。"

"说服管家?"马丁笑起来,"真够简单的……你试过说服一种不回答你任何问题却有能力将整个星球磨成齑粉的生物吗?"

"马丁,没有别的选择。我们可能还有几百年的时间,可能只剩几十年不到,也可能……大限已在眼前了。如果管家继续将所有星球联成一个网络,世界准会灭亡。"

"他们自己不这么认为……"马丁若有所思地说,"这才是症结所在……他们有充足的理由相信自己是对的。但他们从不展示自己的论据!如果不知己又不知彼,如何说服他们呢?"

"你需要做的就是知彼。"尤里微笑。

"就算我知道了……"马丁吞了口茶,祈求地望着折磨自己的人。

---

[1]. 尤里的昵称。

尤里·谢尔盖耶维奇从桌下拿出一瓶未喝完的白兰地，放在马丁面前。

"谢谢。"马丁感动地说，把白兰地慷慨地倒入剩下的茶里，"尤里，你该明白，知识并不是保障谈判胜利的唯一因素。最终，一切都取决于权力。"

"因此，你要成为比管家还要强大的存在。"国安人员不动声色地说。马丁差点没被"海军上将茶[1]"呛到。

尤里看了看表，又说："汽车已经在等你了，穿衣服吧。"

"你不给我解释解释？"马丁好奇地问。

"不。"

马丁叹了口气，"好吧，关于塔丽斯曼的传说我听过很多。但舍阿丽有什么特殊之处吗？"

"我们的很多分析员……"尤里说，"也许不能说很多——是分析员埃内斯托·波卢什金认为，舍阿丽人是非智慧种族。"

"什么什么？"马丁哈哈大笑起来。

"他是个聪明人，"尤里说，"他得出这样的结论，必有他的道理。但发生了伊琳娜的事情后，他拒绝继续与我们合作，也不肯对自己的结论做任何解释。"

"你们就不能命令他解释吗？"

尤里·谢尔盖耶维奇摇摇头，"马丁，在我们这样的部门里工作的人，非常容易管理。但凡事都得把握分寸。"

"他知道得太多，所以不能对他施加压力，是吗？"马丁心领神会，"还有些间谍的小花招……譬如在瑞士银行有一个装有文件的保险箱？"

契卡分子沉默了。这时候沉默胜于雄辩。

"没有人能彻底摆脱你们而苟活于世。"马丁低声说。

"也有例外。"尤里承认，"据我所知，波卢什金认为舍阿丽人没有

---

[1] 俄罗斯士兵喝酒的方法：倒满一杯茶，喝一口，加入白兰地，再喝一口，如此重复，直到杯中只剩下白兰地。

智慧。你到了舍阿丽以后，也要考虑一下这个因素。"

"都是胡说八道。"马丁说着，又伸手去拿瓶子。

但尤里轻轻将他从桌子旁拉开来，"是时候了，男爵，伟大的事业正在等你完成。我已帮你收拾好了行囊。四号检查口是我们的人，不用担心携带武器。走吧。"

"我现在还想不出一个像样的故事！"马丁哀求，"至少给我几个现成的故事，你们不是有储备吗！"

"不可以。"尤里将马丁拖出厨房，断然说道，"对不起，但不可以。"

走进莫斯科驿站的走廊，马丁才让自己放松下来。他停下脚步，揉了揉皱巴巴的脸，像刚从水里上岸的狗，抖动了几下身子，又咧嘴笑了笑，仿佛和蔼可亲的国家安全局中校尤里·谢尔盖耶维奇还在他眼前。

"你妈的。"马丁小声骂了句，"见你个大头鬼去吧……"

不，为什么俄罗斯情报机关就不能好好说人话，总爱用这种皮鞭加蜜糖饼干的做法呢？

马丁并不讨厌尤里·谢尔盖耶维奇，甚至对他的大多数观点完全赞同。他对国家安全部门也并无反感。小时候，马丁读过很多关于侦探和特工的小说，对夏洛克·福尔摩斯、尼禄·沃尔夫[1]、艾拉斯特·方多林、伊萨耶夫-施季里茨[2]都崇拜不已。马丁是爱国分子，所以不喜欢詹姆斯·邦德。后来有很长一段时间，博格丹·卢霍维奇·奥乌扬采夫-修和巴特尔·罗博[3]成了他的偶像。他只是一直举棋不定，不知该成为单纯质朴但勇敢坚强的巴特尔，还是该以有点神经质但明达敏锐的博格丹为榜样。

尤里·谢尔盖耶维奇跟马丁讲了好多，似乎唤醒了他心中的爱国主

---

1. 美国侦探小说家雷克斯·斯托特（1886—1975）创造的私家侦探角色。
2. 苏俄作家尤利安·谢苗诺夫（1931—1993）笔下的英雄人物，苏联高级间谍的首席代表。伊萨耶夫和施季里茨都是该角色用于伪装而起的假名。
3. 两者均为俄罗斯科幻小说《没有恶人》中的人物。

义热情，同时也在一定程度上开诚布公地介绍了当下的情况。但马丁深知，国家机关的人不是傻瓜。短暂的牢狱经历、纵酒狂欢、半遮半掩的威胁恐吓和荒唐地提升他为少校……这一切的一切都蕴含着某种隐晦的含义。

这种直觉应该没错。去见管家之前，马丁将昨晚以及夜里发生的事情仔仔细细地回忆了一遍又一遍，包括自己说过的话、做过的事、每一次情绪起伏和所有可能被克格勃关注的词不达意的言论。

如果一个人血液中的醇脱氢酶含量偏高——不论是天生的还是遗传的——都是件幸福的事。那样，人就不会喝到失忆了。

在酒量方面，尤里·谢尔盖耶维奇倒是的确有自吹自擂的资本。他什么话也没说——除了他想说的，什么都没说，既没有透露有关部门为何偏偏选择了马丁，也没有告知马丁该如何巧妙行事才能说服管家。

难道根本无须说服管家？也许他们的目的并不在此？

马丁叹了口气。猜测暂时没有任何用处。他要做的，是找到伊琳娜，跟她商量一下。

为此，他需要穿越界门，尽管他此刻头疼欲裂，生不如死。


"我们觉得生命是无限的。"坐在管家面前的椅子上，马丁说，"也许，光子也认为自己是个粒子，但我们知道，它还是波。"

"真有趣。"管家坐立不安地说。这一位管家很小，可能是个孩子，或者天生矮小。不知为什么，管家眼中闪烁的光芒就让马丁觉得他还很年轻。

"那个想把沙子堆成大楼的小孩是我吗？"马丁继续说，"那个第一次脱女人衣服，却怎么都解不开胸衣搭扣，狼狈地草草结束的少年是我吗？那个挑灯夜读，拼命往脑袋里塞这辈子都用不上的知识的人是我吗？现在坐在你面前的人是我吗？

"我体内的原子已经更换了无数次。我过去深信不疑的东西，却是不值得相信的；我曾嘲笑过的，居然是最重要的；我忘记了一切，也记得一切……那么，我是谁？是粒子还是波？旧照片上那个卷发男孩极不友善地盯着我看，他是谁？我身上还有多少他的影子？学校里的朋友还能认出我吗？邻班的女孩还记得我的双唇吗？再见学校的老师时，我们还能找到共同的话题吗？

"以五岁的我为例，他与任何五岁孩子的共同点都比和现在的我要多！以十八岁的我为例，他也跟任何一个十八岁小伙子一样，只知道用下半身思考问题！以二十五岁的我为例，他还自以为生命是永恒的，还没有呼吸过外星世界的空气。那么，为什么我们会认为自己的生命是连续不断、从始至终的呢？我们深信死亡从未降临——这是生命最精巧的陷阱！但我们其实已经死过很多次了。

"那个长着无辜大眼睛的男孩，那个通宵达旦恣意狂欢的年轻人，甚至是那个为生命中的一切贴上标签、找到归宿的成年马丁——他们都死了。他们葬在我的身体里，被吞噬、被消化，然后化为粪便，被排出体外，被遗忘殆尽。那个小男孩想做侦探，但他的理想与我现在的生活哪怕有一丝一毫的相似吗？那个小伙子想要爱情，但他明白自己想要的不过是性吗？那个成年人曾将自己的生活一直规划到死亡，但他的规划实现过哪怕一点儿吗？我已经成了另外一个人……每分每秒我都在成为别人，一连串的墓碑在我身后延伸到过去，每个死去的马丁都有一座自己的方尖碑，多到连图书馆星都容纳不下。这是真的，管家。这是不可避免的。

"年迈智者的世界是令人沮丧的不毛之地；成人的世界全是实用主义和无聊琐事；那些长不大的孩子的世界愚蠢又荒谬；而那些拒绝了童年，急匆匆奔向成年生活的孩子让人忧伤，也让人内疚……可能是因为我们的世界对童年太过残忍；还有些成年人像孩子们一样互相追逐，甚至四十岁时仍沉迷于重金属音乐，他们令人尴尬，令人心生怜悯，真的又尴尬又同情……似乎在我们的世界里根本不值得成长；装嫩的老年人和老成的少年都是对世界的责难——责备这个太过复杂、太过残酷的世界，责备这个不知死亡为何物的世界，责备这个每分钟都在埋葬我们的世界。

"如果我拥有人类最梦寐以求的理想，如果我拥有不死之身，但代价是永恒不变,我该如何应对?如果拥有永恒的同时,我注定只能一成不变,我该何以自处?如果只能听同样的音乐,喜欢同样的书籍,认识同样的女人,跟同一批朋友探讨同样的话题,思考千篇一律的问题,从不改变口味和习惯?我不知道自己的答案,管家。但我觉得,这个代价太大了,大到超越了永恒本身。

"管家,我们的不幸在于:我们就像光子一样,有二元性。我们是粒子,也是波……意识的小火苗在时间的石油波上跳舞。但我们没有能力拒绝任何一种特性,就像光子无法停下来,或者无法失去任何一种组成成分。这也是我们的悲剧,是我们跳不出去的闭环。我们不想死,但我们又不能停下来,因为停滞不过是死亡的另一种表现形式。信仰告诉我们:生命是永恒的……但它指的是谁的生命?或许,是那个小男孩,那个最纯真无辜的我?还是那个浪漫而天真的青年?是那个实用主义的、枯燥无味的我?还是反应迟钝、老年痴呆的我?毕竟,那就是我的未来……

"但是,哪一个我会永生?总不会是无助又痴呆的那个我吧?如果我能在头脑健全、记忆强健的躯体内永生,那个迟钝痴呆的老人又犯了什么错?如果我在每一个'我'中复活,天堂中是否有足够的地方,哪怕只容得下我一人?"

马丁停顿了片刻,希望管家能说些什么。

但管家从不回答任何人的问题。眼前的小个子管家在椅子上动了动,聚精会神地看着马丁,沉默不语。

"只有源源不断的幻想能给人活下去的力量,过去的我们每走一步,每呼吸一次,都仿佛如影子一样倒在脚下。要无视他们。"马丁说,"我们不断死去,又不断重生,我们让死者埋葬自己的尸身。我们不断前行,知道自己是粒子,同时又希望自己是波。我们别无选择,就像从一颗星球飞至另一颗星球的光子一样别无选择。或许,我们应该感谢自己别无选择。"

马丁不再说话。

"你驱散了我的忧伤和孤独,游子。请进入界门,继续你的行程吧。"

马丁点点头,仍然坐在那里。

"从超新星逃逸的光子或许也以为自己是粒子。我从未想过光子是否会思考这样的问题。"管家说完便笑了,露出一排平整洁白的牙齿,"但是,总有一天,光子也会结束它的旅程,无论是消失在你的视网膜中,还是消失在另一颗恒星的光球层都不重要,反正它不会消失得无影无踪。"

马丁点点头,站起来。

"我喜欢你的类比。"管家说,"请永远不要忘记,你不仅仅是粒子,还是波。"

"管家!"马丁吃惊地喊道。管家从椅子上站起来,继续说着什么。他看起来非常矮小,只到马丁的肩膀,是有趣的毛茸茸短腿生物,有一双黑色的眼睛……

"生命最精巧的陷阱是确信死亡存在。"管家没有将目光从马丁身上移开,继续说道,"如果知道自己总有一死,活起来是多么容易,多么简单啊!做一个穿越永恒黑暗的基本粒子,是件多么激动人心的事!而做一个永恒的波,不论在时间维度上,还是在空间维度里都一成不变,又是多么肤浅无聊!但任何极端都必遭灭亡,马丁。否认永恒性,我们就失去了存在的意义,但否认可变性,我们又失去了永恒的意义……"

管家走到马丁身边,用毛茸茸的小手抓住马丁的手腕。马丁感到一阵寒流传遍全身。

"恐惧是智慧的外壳,智慧害怕不可知物。"管家低声说,"恐惧是每个个体的属性。但有时候,恐惧也会成为整个社会的属性……你不应该害怕,马丁。因为恐惧会扼杀智慧。恐惧是小小的死亡之灵,会使人彻底迷失……"

马丁皱紧眉头,继续说道:"我将正视恐惧,让它通过我的躯体消失[1]……"

管家满脸笑容,"去舍阿丽吧,马丁。做你注定该做的事。"

管家说完,瞬间消失得无影无踪。马丁一下子无法接受他消失的事实,不得不垂下目光,努力驱散管家的小手还在自己腕上的幻象。

"老天啊,"马丁终于意识到发生的一切,低声喃喃道,"这怎么可能?"

他刚刚收到了管家的指令!

一位新鲜出炉的俄罗斯国家安全局工作人员,受到了万能的管家的招募!

"我的妈呀,为什么我要接那个电话?"马丁小声说,"为什么我没留在深渊星,为什么我没进城去喝稀有的海藻汤?"

但这些话中有太多的恐惧,马丁不想再继续思考下去。

## 三

市中心是座神殿。

这里应有尽有。闪闪发光的玻璃和金属高楼让人联想到阿兰卡建筑;有被栅栏围起来的温馨舒适的别墅;还有功能类似体育场、超市、银行和学校(至少是非常类似)的公共建筑。但神殿才是城市的中心、轴心、核心,是城市的基石。城市所有的道路都通往神殿——一座高达一两百米、高耸入云的灰色石头圆锥体。神殿使人联想到中世纪油画中的巴别塔:不论是整幢建筑的坚实基础,还是环绕锥体的通往神殿顶

---

1. 管家与马丁对话内容出自美国科幻小说家弗兰克·赫伯特的《沙丘》系列小说,原文为"害怕是思维的杀手。恐惧是小小的死亡之灵,将使人彻底迷茫。我将正视恐惧,让它通过我的躯体消失。当恐惧逝去,我的心和眼将目睹它的消亡。恐惧踏过的地方将万物不存,唯我将完好无损……"

端的螺旋状道路，抑或是难以觉察的不规则和略带残缺的感觉，都有巴别塔的格调。天然气火苗在神殿顶端和墙面的壁龛中均匀地颤动，白天几乎难以察觉这些火苗，到了夜间，一定会是盛大壮观的景象。

马丁掏出照相机，拍几张照片留念。他觉得舍阿丽的神殿与管家驻阿兰卡的驿站非常相像。唯一的区别是：舍阿丽神殿不是用现代材料，而是用天然材料建造的。

驿站建在当地的一座小山丘上，建筑倒是平庸无奇，不过从山丘放眼望去，景色非常优美。蔚蓝天空的背景下，巨大的灰色锥体火光闪烁……太阳刚好从马丁身后照耀杰尔克城——舍阿丽首都。站在山丘上，景色尽收眼底。神殿周围是蛛网一般纵横交错的街道和绿色花园，街上奔驰的车辆与路上的行人很小，小得像个小黑点……但从它们蹦蹦跳跳的步态中，依然可以看出舍阿丽人身上鸟类祖先的特征。

一道阴影缓缓地落在马丁身上，显得很是庄重。一艘雪茄状货运飞艇掠过头顶——舍阿丽不太喜欢快速的交通工具。悬挂在飞艇下闪闪发光的金属网中有几根原木。这也让马丁想起一幅古老荒诞的油画，画面内容是征服西伯利亚。在二十世纪，"征服"只不过是"掠夺自然资源"的代名词，譬如人类对第聂伯河说的那些……[1]

马丁在脑海中暗暗将专家埃内斯托·波卢什金拽到了舍阿丽星球，强迫他仰起头，看看天上的飞艇，再看看城市的方向，看看汽车、神殿和摩天大楼。然后朝他大喊——当然是在心中呐喊："你说他们是非智慧种族？见鬼的理论家！"

热浪袭人。风偶尔吹来，立刻带来一丝清凉。此时舍阿丽星正是早春天气，一般来说很少有风，太阳酷烈地炙烤着大地。等公交车时，马丁已热汗淋漓，脱得只剩下一件衬衣，把外衣放进背包里。当马丁开始思考要不要脱掉衬衣赤裸上身的时候，通往市内的柏油路上驶来一辆精致的六轮公交汽车。在马丁看来，除了两个多余的轮胎，这辆公交车和

---

1. "人类对第聂伯河说"，引自苏俄诗人萨穆伊尔·雅科夫列维奇·马尔夏克的《与第聂伯河的战争》一诗。

典雅的老式奔驰或大众没有太大区别。

公交车在马丁身旁停下来，车门打开。一个瘦弱的舍阿丽人盘腿坐在类似于栖架的椅子上，举起双手，比画着问："你好。坐车吗？"

"你好。我坐。"马丁用旅行手语比画。

当然，舍阿丽文明中也存在有声语言，与宗教仪式上使用的手语同样重要。

但是，强大的旅行语在舍阿丽人这里失去了用武之地，这些不会飞的鸟类无法掌握口语。他们听得懂旅行语，却不会说，或许这是发音器官的独特结构造成的，但可能还有更加深层的原因。不管怎么说，只能把他们当作不会说话的种族，使用旅行手语交流。

马丁上了公交车，环顾车厢。车厢里空无一人，但形状各异的座位让人觉得很有趣。几乎一半的座位都是适合舍阿丽人坐的栖架，其他的座椅适合任意种族乘坐：既适合人形生物，也适合小型或巨型类人生物；此外，还有几张不同规格不同硬度的板床和三个浴缸，其中一个浴缸装满了水，盖着透明盖子；另外还有一个由圆环和绳索构成的奇特结构——除了巨型蜘蛛，还有哪个种族的生物会选择此位置，马丁不得而知。

马丁坐在普通的人类座椅上。公交车转了个弯，不疾不徐地向城市方向驶回去。

唉，如果舍阿丽人会说话就好了！马丁肯定会站到司机身旁，跟他东拉西扯地聊天，譬如问问他前不久是否送过一个女人进城……空荡荡的车厢和缓慢的车速最适合长谈了！

但与司机用手语交谈会妨碍驾驶，是不理智的行为。

马丁乐天知命地欣赏起窗外的景色，努力回忆自己所了解的关于舍阿丽的知识。

说实话，除了起源于鸟类外，舍阿丽种族毫无特别之处。技术水平在某些方面领先于地球，而在另一些方面则落后于地球。舍阿丽种族英勇好战，但很有分寸，从不觊觎他人之物，但会誓死捍卫自己的权利。他们没有仇外心理，与所有种族都有小型贸易往来，在一颗偏僻的星球上有个衰败的殖民地。他们喜欢旅游；双性别卵生；近百年来，孵化器得到广泛应用，但个别舍阿丽人恪守原则，仍坚决按老传统自行孵蛋；这里原则上实行一夫一妻制，虽然也有离婚事件发生；在求偶期间，更强壮的雄性有权与其他雄性决斗，去争夺任何一位雌性……但这对未来的家庭关系不会有任何影响。人类社会也常有类似情况发生。想想伊万·库帕拉节[1]这样的多神教节日就明白了。舍阿丽人从未有过入侵太空的计划，他们不喜欢快速交通工具，但对界门持友善态度，与管家相处友好；他们信仰一神教，但有几个教派并存，各教派之争比外星信仰之争要激烈得多，但也有不少无神论者；政治制度方面，这里有六个国家，每个国家各有一些规模不大的属国。舍阿丽人内部还分出了三个不同民族，不同民族之间没有对抗；不过在人类眼中，这三个民族并无区别。就社会制度而言，勉强可以认为这里实行的是国家资本主义制度。

总之，几乎方方面面都与地球人无异。

为什么波卢什金认为舍阿丽人是非智慧种族呢？

马丁在舍阿丽星需要做什么呢？什么是他"注定该做的事"呢？

公交车终于驶入市内，马丁的大脑高速运转，现在感觉很累。马丁跳出了车厢。这趟行程不需要支付车费，驿站至杰尔克这条线路在舍阿丽是免费的，不知出于什么考量，舍阿丽人不想在市外设立货币兑换点。不过从实用主义角度出发，杰尔克至驿站的线路应该收取双倍路费……

马丁做的第一件事就是来到一家当地银行。他并不想满城寻找最合适的汇率，所以，在跟收银员打个招呼之后，立即问道："我的这些东西里，哪些可以用来换你们的钱？"

对面这个舍阿丽人头上的羽毛剪得别出心裁。他扫视了一眼桌子——桌上摆放着马丁从背包拿出的商品——回答说："每件都可以。"

舍阿丽人要烟丝或者阿司匹林有什么用处，马丁还不明白，但也不

---

[1] 俄罗斯古老的传统节日。伊万·库帕拉节以爱情为主题，年轻人用各种浪漫的方法占卜爱情。

太在意。几轮问答之后，马丁终于弄清楚了每件商品的准确价格。他将自己一半的调味料和烟丝（看来，烟丝被他们当作调味料使用）换成了当地货币，把其他东西又装回背包。至于结束舍阿丽之旅后，自己还能否直接返回地球，马丁非常怀疑。

从收银员手中接过一小串细银条之后，马丁说："谢谢。"

"这是我的工作。"舍阿丽人谦虚地回答。

从银行出来后，马丁在附近寻找供外星人下榻的宾馆。大部分外星人都无法忍受舍阿丽人的工作效率，宁愿在郊外落脚。

在与门房简短交谈了几句之后，马丁拿到了二楼客房的钥匙，顺着宽阔平缓的楼梯走上二楼。与其说这是专为人类设计，倒不如说是为类人生物设计的客房。马丁把其中一个房间当作卧室，那里有张宽大的双人床，床边是装床上用品的床头柜；又把另一个房间当成客厅：这里有一张硬沙发；一张镶嵌着铜或黄铜台面的椭圆形木桌，周围摆放着四把三脚凳；一台电视机，又大又重，屏幕是圆形的，让人觉得共产主义建设已经成功，还能让人联想到示波器和地球至火星的光子飞船。在镶嵌着铜线编织的抽象图形的木柜子里，马丁找到几件餐具。他暗笑了一下，想象着自己来这颗偏远的星球出差，专门安装和调试新型离子孵化器或原子打捆机。他忽然想读斯特鲁伽茨基兄弟的科幻小说，想在晚上和其他出差的同事用带棱的玻璃杯适度喝些白兰地，然后脸红脖子粗地争论星际飞船飞到麦哲伦星云的方案是否可行，或者讨论银河系里数不胜数的悬而未决的问题……

马丁忽然很难过。他强忍住忧伤，打开行李，把左轮手枪挂在皮带上，又将热能枪背在身后，看了眼窗玻璃中模糊的自己——客房中没有镜子。

他一人分饰两角，自问："主人，去打猎吗？"然后自答："去打猎，亲爱的。去猎山鸡。"

离开酒店前，马丁卸下了装备，费了好一番气力才找到卫生间。门太小了，这一定是尼基塔·谢尔盖耶维奇·赫鲁晓夫[1]的仰慕者设计的。他打扮妥当，洗了脸，刷了牙。卫生间也没有镜子，他不得不从收纳包中拿出小镜子。下巴上的短髭似乎暂时还没长出来。

不过，刮胡子又给谁看呢？给鸟人吗？他们根本就分辨不出刮不刮胡子的区别。给伊琳娜看？那得先把她找到才行……

马丁再次检查武器装备，然后下楼，给门房看了一张伊琳娜的照片，得到了意想之中的答案："我不认识这位。"

他只好在杰尔克市内转悠。

说实话，伊琳娜不一定非在这里登陆。舍阿丽有十三个驿站，杰尔克虽是该星球最重要的城市，但其他五个国家的首都也有与之一较高下的资本。但是，马丁不知是相信了自己的直觉，还是相信了逻辑——如果伊琳娜来此的目的不是找寻具体的宝物或珍品，只是想来查明舍阿丽人是否拥有智慧，那最好的地方非此地莫属。

马丁在街上漫步，舍阿丽人完全无视他的存在，这种教养让他多少有些感动。他一路走到市中心，来到神殿旁，站了一会儿，欣赏着这座建筑，小声说："螺旋锥体……外星人智慧的结晶。"

可惜，周围没有谁为他丰富的联想而鼓掌。马丁穿过环绕圣殿的林荫大道，选了一处自己喜欢的地方——一个巨大的喷泉对面。喷泉喷出的水柱足有十米之高。他找了个小长椅坐下来，装上烟斗点燃。

马丁感觉心情大好，真的非常好，甚至不再想光子飞船、质子中耕机和北极地区香蕉大丰收之类的热点话题——爱产多少就产多少吧。如果我们自己将《正午世界》中的美好未来换成《不锈钢老鼠历险记》[2]中黑暗的现在，那就不该抱怨。

不过，成为老鼠也绝不是个小罪过。

长椅上方的几株老树枝叶相连，圆盘般的叶子遮住了太阳，让人

---

1. 赫鲁晓夫当政时期，苏联各地兴建了一大批五层楼高的小户型简易住宅楼，以节省空间、简易著称。
2. 美国著名科幻小说家哈里·哈里森（1925—2012）的作品。主人公不锈钢老鼠作为银河系最伟大的星际窃贼和犯罪艺术家，在众多的星球上都留下了潇洒的身影。

不觉得酷热难耐。这里气候温暖，景色宜人。阿兰卡人的武器压着马丁的后背，让他觉得很踏实。灰蓝色烟丝燃烧的青烟袅袅上升，迅速在头顶消散开去。从喷泉方向传来一阵轻柔的、不同寻常的旋律，与水流的节拍和谐地融为一体。旋律优美动人。舍阿丽人在林荫大道上蹦蹦跳跳，样子很滑稽，完全无视马丁的存在。不过没多久，一小队旅行团——几个成年舍阿丽人领着一群绿色的小鸟人——出现在马丁对面的喷泉旁边。说绿色其实不准确，小鸟人身披明亮的黄绿色羽毛，仿佛金丝雀一般，羽毛滑稽地向各个方向竖着，能看到大羽毛下翠绿色的细小绒毛。与成年舍阿丽人低调素雅的色调有别，且区别不止于此。如果说成年的舍阿丽人让人想到长着鸵鸟般肌肉发达的长腿精瘦企鹅，那么小鸟人看上去就像小鸡雏一样稚嫩，毛茸茸的。他们的翅膀感觉比成年舍阿丽人要大，不是相对大小，而是绝对大小。也许小鸟人会飞？与成年舍阿丽人相反，雏鸟脸上的喙并不明显。看来，他们的身高与性成熟有关。

小鸟人对马丁表现出浓厚的兴趣。他们聚成一堆，喧哗着，尖叫着，不时辅以翅膀动作配合着聊天。马丁借此机会，好奇地看着舍阿丽小鸟人。

他们的外形中最有趣的部分还是翅膀。马丁不想将之称为翼手，这个词太容易让人联想到蝙蝠。舍阿丽人的每个翅膀上都长有两只爪子——中间的爪子不够发达，但有些小鸟人还是能够灵巧地使用，爪子末端有些像人类的手掌，完全没有羽毛。小鸟人富有弹性的翅膀上长满羽毛，成年舍阿丽人翅膀上则没有羽毛，而是下垂的蹼，所以翅膀看起来像是过于宽大的袖子中露出了一只手。

羽毛是随着年龄的增长脱落的，还是被拔掉的？比如在首次交配仪式上羽毛会脱落，那是童年与青年的分水岭？自此，小鸟人就拥有了工作能力、责任感及风度教养？

马丁明白，他想这么多完全是做无用之功。只需打开《宇宙生物名录》看一眼就一目了然，关于舍阿丽大大小小的仪式，书中应该都有记录。但是，刊载舍阿丽、塔丽斯曼以及银河系其他星球趣闻轶事的

《棕榈》杂志，被他忘在了宾馆里。再说，现在要这些多余的信息又有何用？

虽然信息永远不嫌多，尤其是在受管家之命执行任务的世界里——"做你注定该做的事……"

他得坐下来研究研究文件。

在叽叽喳喳尖叫的一群小鸟人中，有一个特别引人注目。这个小鸟人在同伴的尖声鼓励下向马丁跑来，尖声尖气地说了些什么。

"可惜，我听不懂你们的语言。"马丁不失尊严地说，然后笑了笑。他谨慎地没有露出牙齿，因为对很多种族来说，露齿微笑是一种威胁。

以防万一，他又用旅行手语重复了一遍自己所说的话。

小鸟人回头看了看同伴——很明显，同伴们都在怂恿小鸟人继续跟马丁接触——稍稍蹲下些身来，笨拙地用旅行语比画："您讲旅行语吗？"

"我会讲，"马丁惊喜坏了，"你自学了旅行语？"

"我在蛋里时，妈妈穿越过界门，我是那时候学会的。"谈话顺利展开，小鸟人更为自信了，又靠近了马丁一些。

"你是个小女人吗？"马丁问。

"我是小女孩。"小鸟人骄傲地说，"实践太少，我说得还不好，可以跟您聊一会儿吗？我想巩固一下。"

"可以。"马丁同意，"你能坐下吗？"

"好的。"

小鸟人很不自信，费力地爬上长椅，坐下来。动作既不像地球人，也不像成年舍阿丽人。她的同伴们看不懂旅行手语，显然失去了兴致，叽叽喳喳地叫她。她尖叫着回答了些什么，小鸟人们失望地四散跑开了。

马丁微笑地注视着黄绿色冠毛竖起的"小姑娘"——或许用"冠毛娇羞地竖起"来形容更合适。

"你叫什么名字？"

"我暂时还没有名字。我还是个小姑娘。"

"在我们的世界里，小姑娘一出生就有名字。"马丁回答。

"那男孩子们呢?"

"一样。"

小鸟人陷入深思,然后说:"你可以只叫我'小姑娘'。我们这里很少有小姑娘懂旅行语。"

"好的。你可以叫我马丁。"马丁努力将自己的名字转译为旅行语。

"麻丁。"小鸟人尖叫一声。

"马丁。"马丁大声说。

"马丁。"小姑娘重复道。

"你的发音非常准确。"马丁夸赞,"你是可以开口说话的。"

"这很难,也非常不舒服。"小姑娘做了个表示悲伤的手势,"大鸟们都很懒。"

马丁笑了。在这样的环境里,小鸟人的形象以及彼此之间的谈话,都让他突然有种不真实感,似乎身处卡通世界。应该是唐老鸭和他的侄子们坐在自己的位置上,跟外星"鸭子"交谈。

"什么事情让你这么开心?"小姑娘好奇地问。

"在我们星球,鸟类不是智慧生物。"马丁如实回答,"但在给孩子们虚构的故事里,它们就成了智慧生物,会说话,会建设城市……我突然觉得,自己像虚构故事里的角色。"

"这很好笑,"小姑娘表示同意,"我们这里也有有趣的故事。你是跟父母一起到我们这儿来的吗?"

"不是。"马丁略感惊讶。

"他们允许你一个人过来?还是你离家出走了?"小姑娘显然很担心,"那些离家出走的小朋友,会遇到各种各样的危险……但这样的故事读起来很有趣。"

"我不需要别人的允许,"马丁说,"毕竟我是成年人。如果我是孩子,我的身高应该跟你差不多。"

小鸟人沉默了一会儿,不信任地看着马丁,然后挥了挥翅膀,用手语表示:"对不起,我不知道。"

舍阿丽小姑娘跳起来,奔向其他的小鸟人。

马丁叹了口气。真是的！本来聊得好好的。难道她被外星成年生物吓到了？看起来似乎不是……

是不是违反了某种鸟类礼仪？譬如，小鸟人不可以跟成年生物说话？这倒真有可能……

刚刚小鸟人走近时，马丁像绅士一样，将烟斗放在了一边。现在，他又往熄灭的烟斗里装上烟丝点燃，盯着在喷泉旁蹦蹦跳跳的孩子们，试图分辨出刚刚跟他对话的小姑娘。

徒劳无功。这么多黄腹小鸟人，怎么能区分得清……

孩子们蹦蹦跳跳，你追我赶地嬉闹着。舍阿丽人不穿衣服，只扎腰带，腰带上有很多可以收纳各种小物件的口袋，而且扎腰带是成年舍阿丽才有的特权。小鸟人们一丝不挂地追逐嬉戏。不过，是否能用"一丝不挂"来形容长满羽毛的生物还有待商榷。他们在喷泉的浅水池中嬉戏，在水流下玩耍，欢呼雀跃，用翅膀拍打着水花，样子很滑稽，仿佛准备起飞似的……

"他们的祖先也许是水禽，所以……"马丁喃喃自语，惊讶于自己灵光一现的猜想。对于地球科学家来说，舍阿丽人的起源问题早已不是新闻了。马丁对自己的机智佩服不已，吐出一缕烟，伸手去拿口袋里的白兰地，喝了一小口。

今天算是不错的一天，可以忙里偷闲地喘息片刻。可他马上要去寻找伊琳娜，而且对早已预测到的结局感到隐隐的恐惧。他还要完成管家交付给自己的神秘使命。

但现在，他可以尽情欣赏外星神殿的"螺旋锥"造型，闲看外星孩童嬉戏玩耍，抽上好的麦克巴伦，品亚美尼亚白兰地。

"假绅士，"马丁重复了一遍人们对他的评价，又伸手去拿酒瓶……

从那天起，马丁已决定与自己的命运全面和解。

一个走在林荫路上的舍阿丽人漠然地瞥了马丁一眼，然后停下脚步，一动不动。他蹲下来，拍打起短短的小翅膀，仿佛身体就要失去平衡。马丁困惑地看着外星人，不知到底发生了什么事。

舍阿丽人伸直身子，蹒跚地向前迈了几步，又看了一眼马丁，目光变得越来越疯狂。

接着，舍阿丽发出一声激昂的嗞嗞声，只有巨大的蟒蛇或者伤风的老虎才能发出这样的声音。他合上翅膀，两双手摸索着腰带，解开了口袋……

马丁还没弄明白发生了什么事。但其他舍阿丽人显然意识到发生了什么。几个舍阿丽人拔腿就跑，另外几个急忙将小鸟人从喷泉池中往外赶，但为时已晚——水的巨响淹没了发疯的舍阿丽人的尖叫声。

毫无疑问，这个舍阿丽人疯了。他张开翅膀，每只手中都有个闪闪发光的、锋利的金属物……

此刻唯一阻止马丁犯罪的，是舍阿丽人并非冲他而来，否则，马丁一定会掏出左轮手枪，射向外星人。只见发疯的舍阿丽人纵身一跳，跳进了游泳池中。翅膀扇动了几下，又垂了下来。尖叫声传来，一个血迹斑斑的东西应声落入水中。

舍阿丽小鸟人的血也是鲜红的，跟人类一样。

马丁向水池跑去，那疯狂的舍阿丽人在四散逃窜的小鸟人中挥舞着自己的武器——几把像三棱匕首一样的薄薄的小刀，几乎每次都能命中目标。绿色和黄色羽毛在空中飞舞，水变成了粉红色。大屠杀时，喷泉水柱依旧在喷射，外星音乐依然若有若无地播放着……

"住手！"马丁大叫一声，跳进喷水池。他顷刻之间就违背了几十条"青苔法则"——该法则严格禁止旅行者干涉外星人的冲突，"住手，啄木鸟！"

举刀向小鸟人刺去的舍阿丽人当然不明白他说了些什么，但听到马丁的声音后迅速转过身来。

马丁蹲下，转过身，后背冲着舍阿丽人，双手却不由自主地出卖了他，"你个臭鸡蛋！我扭断你的头！"

这些手势等同于用俄语骂人，不知是否被管家纳入了旅行手语系统，或者只是自己的即兴创作。

但作为即兴创作，效果还不错。

舍阿丽人仰起头，发出一声嘶吼，将未来得及伤害的小鸟人扔在一边,挥舞着翅膀,向马丁扑去。刀光闪闪,舞成两个模糊的圈。

马丁举起左轮手枪,将弹巢中的子弹尽数射向舍阿丽人,违背了旅行者行为法则的其余条款。

射出第四发子弹时,舍阿丽人才应声倒地,浑身抽搐着,大头朝下倒在水里。刀片一个接一个从他手上滑落到喷泉水池的沙底上。

被打得半死的小鸟人微微颤抖着,站在飞溅的水流中,呆呆地一动不动。其他小鸟人被成年舍阿丽人从水池中拽了出去。

"你还活着吗?"马丁下意识地打手势问小鸟人。

小鸟人恢复了一丝理智,慢慢地挥起翅膀说道:"我还活着,我已经告诉过你了,我叫小姑娘。"

马丁摇了摇头。自己鲁莽地救下这位富有求知欲的谈话者,真是件非常值得的事。

身后的舍阿丽们唧唧呱呱地叫唤着。马丁转过身,发现了两个警察……至少是配备着枪械的舍阿丽人。

"收起武器,跟我们走。"一位舍阿丽警察笨拙地比画道,看得出来,他并不懂旅行语,是死记硬背的。

马丁慢慢走出水池。好在警察没有让他扔下武器,这给了他一线希望……

跟着警察离开喷泉相当长一段距离后,马丁转过身来。

几个奄奄一息的小鸟人从水池中被拉了出来。舍阿丽疯子的尸体也被弄了出来,此刻,至少十几个成年舍阿丽人正残忍地用喙和手将其撕成碎片。

而舍阿丽小姑娘仍然站在喷泉的水流下,目送着他远去。

## 四

审讯时间并不长,更像是在完成某种仪式。舍阿丽警察彬彬有礼,举止无可挑剔,他们请马丁详细说明自己的所有行为,从马丁看到"心智受惊者"那一幕开始。警察用这个略显夸张的专有名词来定义那个实施了大屠杀的疯子。

马丁本想解释自己行为的动机,比如最初对突发情况感到困惑茫然,为无助的小鸟人担心恐惧,又试图分散凶手的注意力……但警察明确表示对这些细节完全不感兴趣。他们关心的只是"事实,唯一的事实",即行为确凿发生的前后顺序:站起,跑过去,跳进水池,大喝一声,开枪射击……

"看到,听到,仇恨……"马丁嘟囔一声,然后不断比画着陈述起"事实,唯一的事实"来。警察善意地点点头。老实说,马丁没感觉到恐惧。也许是因为警察局的小办公室舒适温馨,摆满了鲜花。办公室的窗户很宽敞,而且对着神殿的方向,怎么看都不像阴森森的牢房。

"完全正确,有证人作证。"看完马丁的比画后,警察表示,"舍阿丽人民对您没有意见。"

马丁点头对此表示理解,他甚至认为舍阿丽人民应当感谢他,因为他制伏了疯子。

"'心智受惊者'是病了吗?"他问。

"是的,"警察确认,"他脑子出了问题。"

"好在当时我在旁边。"马丁若有所思地表示。

"坏就坏在你在旁边,"警察断然反对,"'心智受惊者'来自偏僻的小山村,从未见过外星人。看到您像个真正的舍阿丽人一样坐在长椅上的时候,'心智受惊者'的内心世界彻底坍塌。他不知道遇到这种情况该如何处理。他身上携带辟邪匕首,但认为您太过危险,没敢与您对战。远古的本能让他在这种情况下选择了错误行为模式,杀死几个小鸟人,想趁外来者吃尸体的时候,迅速逃跑。"

马丁觉得自己无端受辱,倒抽了一口凉气。

"您没有错。"警察说,"错的是村长,他们未对'心智受惊者'进行教育就允许他进城。村长会因此受到处罚。"

"我真不知道……"马丁说。

"当然,不是您的错。"

可是马丁还是感到内疚。他想起喷泉水流下纷飞的黄绿色绒毛、粉红色的水、呆立不动的舍阿丽小姑娘……摇摇头,将回忆从脑海中赶走。算了吧。结束了。一切都过去了。生活还要继续。马丁继续说:"您能帮帮我吗?我在寻找一个我们种族的女子,她一周前来了舍阿丽。这是她的照片……"

"这需要些时间,"警察对这一要求丝毫没感到奇怪,"请您晚上过来一趟。"

马丁点了点头,说:"我走了,晚上再过来。谢谢您。"

"请不要忘记拿小鸟人的文件。"警察递给他一个写满小字的圆形纸板。

"这是什么文件?"马丁惊讶道。

"你的干预拯救了本该死去的小鸟人。现在,这个小鸟人已经不属于我们的城市。她是你的鸟群中的一员了。"

马丁举起双手表示抗议——在旅行手语中,这手势代表欣喜若狂——可惜等他意识到这点时已经太晚了。

"请等一下!我不需要舍阿丽小鸟人!"

"她已经不属于我们的城市。她是您的。"

马丁跟警察争执了足有十分钟之久。不过,这种双方各说各话的行为能算是争执吗?马丁解释说,人类文化不允许蓄奴,也不允许领养自己救下来的生物;警察则解释说,舍阿丽的文化基于传统,被从死亡中拯救出来的生物会"加入新的鸟群";马丁试图说服警察,自己从未将

"拯救某个小鸟人的生命"当作自己的任务；警察说，很多目击者证实，正是因为马丁的干预才保住了小鸟人的生命；马丁断然拒绝将小鸟人带回地球，更不同意在舍阿丽照顾小鸟人；警察则承认，马丁有拒绝的权利，但这样一来，小鸟人就会孤零零地死去；马丁讥讽地问，他是否可以对小鸟人做任何他想做的事。警察说，"刚出巢的"未成年个体不受法律保护。

马丁气得面红耳赤、满嘴脏话地从警察局跑出来。

舍阿丽小鸟人！"他的鸟群"中的一员！

他想象一只巨大的金丝雀在他莫斯科的住宅里走来走去，想象小鸟人兴奋地挥动着翅膀说："爸爸，爸爸，院子里的男孩们说，我不是你亲生的！"

"浑蛋！"马丁号叫着，"白痴，精神病！"

小鸟人的文件真的很烫手。马丁神经质地冷笑，恨不得将其撕成碎片，但突然想起那句："我还活着。我已经告诉过你了，我叫小姑娘。"

如果他没有主动跟小舍阿丽人说话该多好……

不过，如果没有跟"小姑娘"聊过天，他还会去救小鸟人吗？

"傻瓜……"马丁神情落寞地嘟囔着。

毕竟，旅行者法则可不是闹着玩儿的……

马丁将纸片放回口袋，向喷泉方向跑去。不知为什么，他觉得小姑娘现在还呆呆地站在喷泉水流下，浑身湿透、瑟瑟发抖、孤苦无依、孱弱无助……

一个小鸟人坐在长椅上，浑身湿透，绒毛乱蓬蓬的，孤苦又无助。马丁明白，这就是她——小姑娘，因为其他小鸟人都被带离了喷泉，血战的痕迹消失殆尽。

马丁变跑为走，在小姑娘身边坐下来，看着她。

"这一切简直太荒谬了。"小姑娘说，"现在我属于你的鸟群了吗？"

"是的。"马丁回答。

小姑娘问："你们也有鸟群吗？"

"没有。我们有家庭……种族……国家……但那是另一种东西。"

"我也是这么想的。真糟糕。"

"我该怎么办?啊?"马丁仰天长问。

"你在说自己的语言吗?"

"是的。"

"对不起。当你说别的语言时,我听不懂。如果你带我走,接受我加入你的鸟群,我会试着学会你的语言。我有天赋。我还有时间。"

"你觉得,我有可能会不接受你吗?"马丁好奇地问。

"是的,你们没有鸟群……我属于不同的生物种类……我会成为你的负担。"

"警察甚至没有关心一下,我们是否有鸟群……"

"警察已经成年。他已经不会思考了。"

马丁点点头,听到她的话,不禁浑身颤抖,连忙问了一句:"不会思考是什么意思?"

"不会思考,就表示不会思考。"

"你会思考吗?"

"当然。"

"别的孩子呢?"

"会的。"

"成年人呢?"

小姑娘叽叽叫了几下。看来,在当地语言中,这表示笑声,"对不起,我以为你知道。当然不会。"

"所以,当你知道我是成年人,就跑掉了?"

"是的。我慌了。我没有意识到你是外星人,你是会思考的,即使你已经成年了。"

"但人们都说,你们的成年者,"马丁想起来,"能够工作,能穿越界门,能驾驶汽车……"

"他们会做这些,这都是因为……"小姑娘沉默了。

"智力?"马丁提示道。

"智力。正确。他们也是从小孩子长大的,也曾经会思考。他们学会了生活所需的所有技能,然后就停止了思考。思考很难。思考很痛苦,也很危险。但如果世界上没有未知的危险,你根本不需要思考。"

"那个凶手因此……才发了疯?"

"他没有发疯,而是智慧回归了。"小姑娘耐心地解释,"他遇到了新的存在——你。童年时,他没有接受过遇到外星人应该如何应对的教育。你的行为举止像舍阿丽人,可你又不是舍阿丽人,这超出了他的智力范畴,他不得不重新思考,所以心智受到了惊吓,生病了。他来不及领会新的事物,只能像舍阿丽原始人那样行事,为保全自己而杀掉弱者。我很同情他。"

"舍阿丽人是如何失去智慧的?"马丁问,"我很想知道。"

**小姑娘聚精会神地看着他。**

"对不起,我到现在才相信,你是有智慧的。你立刻就接受了新事物。对不起,我怀疑过你。"

"没关系。你能告诉我,舍阿丽人是如何失去智慧的吗?"

"是的。那你接受我加入你的鸟群吗?"

"我怎么能把你自己扔在这里呢?你会死的。"

"我会试着活下去。我是个聪明的小姑娘,我会想出办法的。我可以到森林里去,像野人那样生活。虽然那里有野兽,但我会——"

"你饿了吗?"马丁问。

"非常饿。"女孩迅速回答。

"我真是傻瓜……我们走吧。"

谢天谢地,小姑娘是用类似汤匙的东西吃服务员端上来的粥,而不是啄食。要是小姑娘用喙啄盘子的话,下一个"心智受惊者"就会是马丁了。

舍阿丽小姑娘的行为举止跟饿了好久的普通地球女孩一样,见到美食立刻大快朵颐起来。她卖力地用勺子吃着粥,不时幸福地喝上几口浆果汁。马丁本想尝尝粥的味道,但出于谨慎,还是先问了问服务员熬粥用的食材。毕竟,像舍阿丽人这样的大型生物,不可能只吃谷物!

马丁的怀疑不无道理。除了谷物,粥里还有用"生活在地里的生物"做成的肉馅。或许,这种动物不过是当地洞穴中的兔子,但马丁立刻做出明确的判断——蠕虫也是生活在地里的生物——不再追究肉馅的原始形象,只给自己点了杯果汁,没有要粥。

小姑娘用餐巾纸仔细将喙擦干净,看了眼马丁,"谢谢你,非常好吃。"

"我真不知道该拿你怎么办好。"马丁承认。

"你的星球会把我当作成年人吗?"

"人类是没有羽毛的双足动物。"马丁忧伤地引用亚里士多德的话,"我不想骗你,地球人永远会用异样的眼光看你,防备你。但他们不会欺负你。地球上有很多外星游客。"

"没有关系,"小姑娘说,"我会习惯的。我会培养自己新本领。"

"你一定会失去智慧吗?"

"我还没有想过这个问题,"小姑娘承认,"既然你们人人都有智慧的话……不,不一定。虽然这应该很难。"

"做真正的人类绝非易事。"马丁又引经据典,"可是,难道你真的想失去智慧吗?"

"这并不痛苦。"小姑娘像个哲学家,"这种事迟早会发生在每个舍阿丽人身上。我有时会想,我们可不可以一生都保留智慧,但这个问题让我感觉到恐惧。活着并且思考,永远思考,直到死亡,这怎么可能?难道你不想活得简单、轻松些吗?难道你不希望生活中没有恐惧、怀疑、痛苦、失望、犹豫和悔恨吗?"

"我曾经看过一位老人的节目,"马丁说,"一个电视的真人秀节目……那里有很多逗观众开心的怪人……"

"但我们这里没有这样的节目,"小姑娘说,"我们舍阿丽没有成年怪人。对不起,我打断了你的话。"

"这位老人声称,地球上所有的痛苦都源于爱情,"马丁继续说,"你总该知道,什么是爱情吧?"

"知道。这是令人不安的情绪状态,是智慧属性之一。我也爱着一个男孩子。"

马丁笑着说:"你懂就好。那位老人列举了所有源于爱情的痛苦。他说,爱情会让人做出各种荒唐的、不合逻辑的举动,会让人失去生活的平静,甚至失去生命本身。他建议我们永远不要去爱,即便爱了,也不要生育或者人工繁育。他说自己曾经尝试过性……"

"我知道什么是性。"小姑娘平静地说。

马丁轻笑一声,"嗯。总之,他不喜欢做爱……真是个可笑的小老头。他说的那些话,有些听起来甚至还挺符合逻辑。如果从旁观者的角度来看,人的确经常被爱所伤……我边看节目边想,他好像有哪里说得不对。有时候就是这样的,有些人说得明明不对,可究竟哪里不对,你又无法立刻意识到。我可以反驳他,爱情也会带来快乐。可是我们不可以将快乐与痛苦对立起来!这两种情绪会构成一种天平,用来权衡爱情的利与弊。后来我才意识到,这位可怜的小老头不明白最重要的一件事:当你因爱受苦时,这种痛苦也是美好的。那痛苦也是一种快乐,即使是充满悲伤和忧郁的单相思。生命中有爱——这才是最重要的。而那个小老头……他的基因可能有问题,我不知道。他可能已经失去了所有的感觉——除了味觉和躺在柔软的沙发上时的愉悦感。总之,跟他解释这些如同对牛弹琴,就像给盲人描绘彩虹的颜色……智慧也是如此,小姑娘。当然,智慧是阴险狡诈的东西,它也会给我们带来很多苦难。但是,智慧本身就是一种幸福。只有拥有它的人才能理解个中滋味。"

"那个小老头——他跟成年舍阿丽人说的一样。"小姑娘说,"你们那里估计也有人停止了思考,认为只需要智力就足够了吧?"

"或许吧。"马丁表示同意。

"你有爱着什么人吗?"

这真是一场诡异的谈话。在外星的一家小餐馆里，顾客们视马丁为无物，而和自己对话的，是外星小鸟人，话题是智慧与爱情——是一切谈话的终极命题。

"爱过，"马丁坦率地说，"我想我爱过。但现在……"他犹豫了片刻，又诚实地回答，"我不知道。"

"那就是说，你在爱着。"小姑娘做出判断。

马丁笑了。

"你白天睡觉吗？"

"过去的三十年里，没在白天睡过。"马丁专注地看看小姑娘，拍了拍自己的额头，"我真是个傻瓜。你困了吗？"

"我们还小，白天睡觉。"小姑娘坦白道。

"我们走吧，宾馆离这儿不远。"

说是不远，但他们半个小时后才回到宾馆。马丁抬头看了一眼，太阳还高高地挂在天边。好吧，可以先安排小女孩睡下，然后悄悄去找善良的警察询问伊琳娜的下落。

马丁感觉像亨伯特·亨伯特[1]，也可以说像老电影中的职业杀手莱昂[2]。他牵着小姑娘的手走过门房。小小的手掌就像人类的手掌，甚至连羽毛发出的轻微沙沙声都变得不易察觉。门房对他们的出现投以冷漠的目光，但轻微的鸟叫声还是吸引了他的注意力，"您的客房里多了个女人。"

"她是小姑娘。她属于我的鸟群。"马丁面无表情地说。

"好吧。"

直到发现自己的客房门是虚掩的，马丁才明白，自己和门房说的完全是不同的两个女人。

"我从早上就在等你……"伊拉奇卡·波卢什金娜从小沙发上站起来，"噢，这位是谁？"

---

1. 美国杰出的小说家弗拉基米尔·纳博科夫的小说《洛丽塔》中的男主人公。
2. 法国电影《这个杀手不太冷》的男主人公。

"小姑娘。"马丁落寞地回答。

"好在不是小男孩……"伊琳娜惊讶地看着他们,语气变得声情并茂,"今天,一个外星恋童癖来到我们这里,带来一位年幼生物……"

"后半句太蹩脚,"马丁说,"伊琳娜,不要嘲笑我。我遇到了一件很荒谬的事。"

"这对你来说都是常事……"伊拉仍然怀疑地盯着马丁。

"我救了这个小鸟人的命,"马丁解释,"根据舍阿丽的法律,他们把她给了我!"

"原来如此。"伊琳娜莫名其妙地看着马丁,有些不知所措。

"有什么不对劲吗?"

"都很对劲,"姑娘点点头,"完全正确,可怜的孩子……"伊琳娜的声音介于女人和女孩之间,"可爱的小宝贝……你喂她东西了吗?"

"这就是你爱的女人吗?"小姑娘天真地问。

这算是童言无忌吗?马丁觉得,小鸟人的眼睛里闪过一丝狡黠。

"噢,对不起,我忘了打招呼,我没想到你也懂旅行语……"伊琳娜迅速说。马丁不自觉地笑了。不管怎么说,用手语交谈看上去的确很荒唐。

"我懂。我还是颗蛋的时候,曾经穿越过一次界门。你也是我们鸟群里的吗?"

"有时候是。"伊琳娜瞥了一眼马丁,"喂,你都跟她说什么乱七八糟的了?她还是个孩子,按照地球的标准,她也就十到十二岁……"

"如果我理解得不错,再过两年就无法跟她交流了。"马丁试探性地说。

"是的,他们一般就在这个年龄段失去智慧。"伊拉点点头,"我已经弄清楚了。"

她又转向小姑娘,"你吃饱了吗?你感觉还好吗?"

"是的,马丁给我吃东西了。"

马丁的名字是小姑娘大声说出来的,发音很标准。

"真是好样的。"伊琳娜温柔地说,"马丁,你摊上事儿了。你能想象回到地球后会遇上什么样的麻烦吗?"

"总不能把她留给这些无脑的舍阿丽人吧?"

伊拉点点头,问小姑娘:"你现在想干什么?"

"睡觉。发生了太多事。还有……"小姑娘瞥了马丁一眼,背着他,用手比画了些什么。

"走吧。"伊琳娜搂着小姑娘的肩膀,然后带她进了卫生间。

马丁叹口气,坐到沙发上,掏出酒瓶,大声说:"我知道生活和童话的区别。拇指姑娘和白雪公主从来不小便。"

"无耻!"伊琳娜隔着薄薄的门板回应,"小鸟人吃完东西以后需要反刍!"

"灰姑娘在舞会结束后,第二天早晨也没有呕吐……"马丁接着说。

"就不应该把孩子交到你手里!"伊琳娜带着小姑娘走出卫生间,生气地说,"无耻!还是个酒鬼。"

"给你也留一点白兰地吗?"马丁天真地问。

"留着!"伊琳娜在卧室里回答,"再切一个柠檬。"

马丁看了看背包,没有被人翻过的痕迹。伊琳娜怎么会知道他有柠檬呢?

十分钟后,伊琳娜走出卧室,随手轻轻关上了房门。一切都已准备就绪——马丁找到两个比较合适的酒杯,白兰地已倒入杯中,柠檬切成了片,撒上砂糖和咖啡。以防万一,马丁又拿出一块巧克力,当然,喝白兰地吃巧克力不免太过粗俗,但对女人应当宽容大度。

"她睡了。"伊拉小声说,"你把她累坏了,不长脑子!"

"我不是鸟类学家。"马丁嘟囔,"又没孩子。"

"谢天谢地,你要是当爸爸,简直……"

"就像你当妈妈一样。"马丁看了眼伊琳娜,"好吧,别生气了。他们把一个会说话的小鸟人交给我的时候,我差点要失去理智了……伊拉,我们要谈的不是这个。"

姑娘点点头,在旁边坐下来。她盯着马丁的眼睛问:"我是怎死的?"

"你是被超负荷的防护袋压死的。变形虫别坚卡满足了你的要求。"马丁冷酷地说。

伊拉奇卡闭上眼睛,"我还记得这个……马丁,我死后是什么样的?"

马丁耸耸肩。

"我怎么知道?我失去了知觉,醒来时已经在管家的星球上了。你是知道的,他们从来不跟人谈话。"

"感谢上帝!"伊拉松了口气。她脸上的表情明显轻松很多。

"你在说什么?"

"我怕你看到我死后的样子,那可是装在塑料袋里的五十五公斤鲜血淋淋的肉馅啊。这之后,你还怎么能吻我……"

"女人的逻辑……"他们的唇碰在一起之前,马丁只来得及低声说出几个字。管家、舍阿丽人、巴扎尔人……暂时全被他们抛到九霄云外。伊琳娜的双手开始脱马丁的衣服,马丁则靠在卧室虚掩的门上,摸索她短裙上的拉链。伊琳娜全身发烫,浑身颤抖着回应他的抚摸。

"我还记得你……全都记得……"她喃喃低语,"我……也不是我……是她跟你……我差点儿要疯了……"

马丁此刻需要的绝不是思考和智慧。智力和本能就足以应付目前的状况,但他脑中还是闪过一个念头:伊琳娜所言不虚。

她是另外一个人,稍稍有别于其他的伊琳娜。不是死在图书馆星的天真女孩,也不是在莽原-2遇难的浪漫女孩,更不是阿兰卡星球上小心谨慎的伊琳娜,当然也不是玛姬星上那个狂热大胆的伊琳娜,甚至不是巴扎尔星球上那个固执好战的斗士……

是所有伊琳娜的综合体,又有些与众不同。

"真的——是你……"马丁轻声低语。

半小时后,马丁躺在小沙发上,等待伊琳娜从浴室里出来。他想抽烟,但这太容易让人联想到好莱坞电影中的场景。所以他只喝了一口白兰地。

伊琳娜仅仅在臀部围了一条浴巾便走了出来。她贪婪地看着马丁，低吼着蹑手蹑脚地走近小沙发。

"伊拉奇卡，这样会惊醒小鸟的……"马丁试图让她冷静下来。

"真想说粗话，"伊琳娜甜蜜地伸个懒腰，安静下来，"你去冲个澡！"

马丁走开了。

不过，过了几分钟，伊琳娜也溜进了小淋浴室。

直到晚上，小姑娘才醒。此时，马丁和伊琳娜已经像是两个来自外星世界的思想家，而不是一对甜蜜疯狂的恋人。

他们时而嘿嘿轻笑，时而含情脉脉地盯着对方。马丁从不喜欢那些热恋中的情侣表现出来的样子，觉得恋人间相互对视或眉来眼去显得特别做作且矫情，是秀恩爱，而不是真感情。但现在，他与伊拉眉目传情，互扮鬼脸，居然觉得十分享受，一点儿也不难为情。

"我睡醒了。"小姑娘走进房间，"你们还好吧？"

马丁和伊琳娜相视而笑。

"我们的鸟群一切都好，真不错。"小姑娘说。

"我怎么觉得，她不是一直在睡觉呢？"马丁冲伊琳娜嘀咕，又朝小姑娘打了个手势，"一切都好。我们聊了聊你们的人民。你给我们讲讲，你们是怎么失去智慧的，好吗？"

"好的。"

"我了解了一些大概情况。"伊琳娜说，"我甚至能猜到，管家想让你做什么。"

"是吗？"马丁惊讶道。他已经把自己的所有经历告诉伊琳娜了，但还没来得及听伊琳娜的意见，"他们想让我做什么？"

"区域性的哈米吉多顿。"

"这正是我担心的。"马丁回答，"如果不是这么严重的事，他们不会如此劳神费心。"

"但我想，不会有伤亡的……"

"怎么不会？至少会有一个。"马丁脱口而出，反应过来，又立即住了嘴。

伊琳娜点点头，然后难过地补充道："如果你先去塔丽斯曼的话……"

"这会有什么不同吗？"马丁警惕地问。

"我觉得，我们七个人中，只有一个会活下来。"伊琳娜很坦率，"就是你最后去找的那个。我虽期待你来，但还是希望，你能来得晚些，去过塔丽斯曼后再来舍阿丽。"

"伊琳卡……"

姑娘微微一笑，"少来了。马丁，你自己也很清楚。我的行为违背了某些法则……而且，这些法则并不是管家制定的，是某种与智慧有关的自然法则，不对吗？我的父亲对此了如指掌。你在国安局的监视人也一清二楚。"

"我现在可以回驿站，先到塔丽斯曼去。"马丁低语。

"去杀死另一个我？"伊琳娜问，"不要，马丁。我们还是在这颗星球上玩世界末日的游戏吧。"

## 五

到达神殿顶部要走很久。

这里没有电梯，没有扶梯，甚至连最慢的马车都没有。

马丁、伊琳娜和舍阿丽小姑娘沿着盘旋的道路向上走。

时不时地，有成年和未成年的鸟人超过他们，迎面偶尔也会走来一些鸟人。

但不知何故，只有成年鸟人，没有孩子。

这让马丁有些不安。

"舍阿丽的宗教，就其实质而言，并非宗教。"伊琳娜说，"他们的宗教更像是关于存在虚妄性的哲学学说。我们的研究人员被一些表象误导了，比如初卵崇拜、失飞[1]教义和爪翼之礼等等。你知道吗？这一切都符合我们对舍阿丽人日常生活的理解。不会飞的鸟，其宗教情感还能有什么别的形式？卵、翅膀、羽毛……不，一定另有深意。如果我没有弄错的话，舍阿丽真正残余的宗教更像萨满教。但实际上，舍阿丽的宗教崇拜不过是精心设计的一种心理干预系统而已！"

"扼杀智慧的系统？"马丁追问。通往神殿之巅的道路约五米宽。左侧的神殿墙壁用凿平的深灰色石块砌筑；大约与肩腰同高的地方，石头已被"手"摸得闪闪发亮，形成两条平滑的条纹，从锥形的底部一直向上延伸；而道路的右侧是没有任何防护措施的悬崖。

道路下方是暮色笼罩的城市。墙上稀疏的燃气火炬不但没有驱散黑暗，反而加重了黑夜的氛围，淹没了窗口的光亮，让人不合时宜地联想起地牢。从喷嘴的轰鸣声和每个火炬释放的热能来看，这样的照明体系并不合理，燃气浪费太过严重。

"是催眠智慧的系统。"伊琳娜说，"你亲身经历的舍阿丽疯子案例就是最好的佐证。在危急情况出现且本能不起作用时，智慧有可能会苏醒……但时间不长。"

"他的智慧还没有苏醒。他听从了原始的本能。"

"但其他的舍阿丽人不是适应了一切吗？管家来到舍阿丽，设立了驿站，外星来客开始不断涌入，舍阿丽人经历了一番变革。当时，这里一定发生过极大的恐慌，小鸟人被屠杀过、自杀过，甚至企图消灭管家……成年舍阿丽人的智慧一定苏醒过，明白了发生在眼前的这一切。"

"停！停！停！"马丁赶紧说，"伊拉奇卡，停一下。你想给舍阿丽制造一场精神爆炸来唤醒他们的智慧吗？你自己已经预见到了结果……"

---

1. 意为丧失飞行能力。

伊琳娜停下脚步，沮丧地看了眼马丁，"他们是没有智慧的。你明白吗？成年的舍阿丽不过是牲畜而已。"

"那孩子呢？在成年舍阿丽获得智慧前，先任由小鸟人死去吗？"马丁大叫，"你也不考虑孩子们的死活吗？那些重新开始思考的成年舍阿丽人知道后会怎么说？会谢谢你？我不这么认为。他们已经做出了自己的选择，他们的选择就是放弃智慧！"

"你怕了？"

"我怕。而且我也不认为我们有权决定其他种族的命运！"

伊拉大笑起来，"马丁，别这样。我所说的不过都是猜测而已。管家命令你有所行动。问题：舍阿丽与其他世界的区别是什么？答案：舍阿丽最与众不同之处就是成年个体没有智慧；问题：你应该做什么？答案：让他们重新拥有智慧；问题：为什么？答案：不为什么。"

"回答很清晰。舍阿丽人不仅仅放弃了智慧，还有意识地走向退化。管家非常不喜欢这种情况……或许，正是这种行为才让超智慧出手干预？"

"或许吧。"伊琳娜点点头，"现在我们探讨下一个问题。你，或者我，这并不重要，怎样做才能改变舍阿丽人？"

"在神殿里做点坏事，"马丁揣测，"亵渎圣灵……亵渎祭坛和圣尸，杀死祭司……这就是你的如意算盘？"

"我没什么算盘！"伊琳娜气得直跺脚，"什么都没有！我试着了解舍阿丽人的特性，刚理清些眉目，你就出现了，还是带着管家的任务来的。你的事你自己做！"

"我什么都不会做。"马丁坚定地回答，"他们自己喜欢做非智慧生物，那就由他们去吧！就算退化成纤毛虫也是他们自己的事。"

"你会做的。"伊琳娜态度同样坚定，"难道你还不懂吗？我们只不过是管家的工具——有智慧却没有自由的工具。锤子愿不愿意钉钉子，有人在意吗？蜡烛想不想燃烧，你感兴趣吗？"

"'我从未想过光子是否会思考……'"马丁低语，"我来这里的时候，管家说过这样的话！伊琳娜，这一定是管家在暗示我，你在新世界会发生什么事情!"

微笑过了几秒才浮现在伊琳娜的脸上。

"马丁,亲爱的,你现在才意识到吗?你甚至还没有弄明白,管家为什么要强迫别人讲故事?"

"我不去神殿了。"马丁说,"我不能让他们得逞。等等,你说的讲故事是什么意思?"

"马丁,你不去神殿才会导致舍阿丽星迎来末日。我们没有自由意志,你懂吗?"

一只小小的手掌触碰到马丁的手。马丁看了看舍阿丽小姑娘,叹了口气,"我们往亮点儿的地方去吧,我看不到她在说什么。"

他们在最近的火炬旁停了下来。小姑娘问:"你们在吵架吗?出了什么事吗?你们不想去了吗?"

马丁看了看伊琳娜,回答道:"我们在争论。女人认为,我们会引发舍阿丽历史的大动荡。"

"什么样的动荡?"

"因为我们的存在,成年舍阿丽人可能重新恢复智慧。请你告诉我,管家到舍阿丽星后发生了什么事情,你都知道些什么?"

"发生过非常大的动荡。成年人拥有了智慧,再后来,一切就又成了老样子了。"

"如果管家到来引起的冲击都不能维持太久,那你我又能做什么呢?"马丁耸耸肩,问伊琳娜,"我真不明白,他们到底想要我做什么。"

"我们会搞清楚的,但那会在很久之后。"

马丁叹口气。多么固执的女人啊!他转身问小姑娘:"请你告诉我,如果成年舍阿丽又重新拥有智慧,是好事还是坏事?"

小姑娘颤抖了一下。

"请回答我!"马丁不由自主加重了手势中的命令成分。

"我不知道!我没想过这个问题!这太难了!"

"你自己也想永远拥有智慧吗?永远?"

"马丁,不要对一个孩子大吼大叫!"伊琳娜喊道。

"你是我的鸟群。你说什么都是正确的。"小姑娘回答。

"舍阿丽才是你的鸟群！是你的世界！我不过是外星人，来自很远的地方，不会逗留太久。告诉我，小姑娘！"

"我不知道……"

伊琳娜抱紧马丁，将他从小姑娘身边拖走，"够了！她还是个孩子！她怎么能替整个世界做抉择？再说了，她的决定又有多大的价值？"

"那我们的决定又有多大价值？"马丁问，"除了这个世界的孩子……谁还有权利做出抉择呢？"

不过，马丁还是转向小姑娘，说："请原谅。是我太激动了，我不知道自己该怎么办。我不想给你的世界带来灾难。"

"我原谅你了，你是我的鸟群，"小姑娘回答，"那你有选择的余地吗？"

"没有。我甚至不知道会发生什么事情，也不知道起因是什么。我不过是猜测而已。"

"那你为什么要为没有发生的事情担心呢？"

"因为我是智慧生物……"马丁回答。

小姑娘站了一会儿，然后向上挥动起翅膀，马丁读到的内容是：

"如果是那样，我不想永远拥有智慧。这太可怕了。成年舍阿丽人是对的，智慧是恶。只有在生命最初的那段时间里，智慧才是有用的，因为只有这样才能适应世界。"

"祝贺你，马丁。"伊拉小声说，"你刚刚让一个孩子相信思考是件坏事。"

一群舍阿丽人从他们身边走过。四个成年人，目光呆滞，麻木不仁。

马丁闭上眼睛，靠在石墙上。神殿深处传来某种低沉的、挑战人类听阈的美妙声音，仿佛巨大的猫咪发出心满意足的呼噜声。

"我们走吧，小姑娘。"马丁说。


神殿之巅更像个火山口。

螺旋状道路与石环融为一体，石环中央有一口宽井张着大嘴，一道温暖的光柱从井底升向天空。马丁走到没有安全防护的井边，战栗地往下看着缭绕上升的火帘。脚下的石头很热，已经开裂了。

"通往地狱的后门……"伊琳娜在他身旁低语。

宽井的四周都站着守卫。几个舍阿丽人神色诡异，背朝井站着，羽毛是怪异的黑色和红色。马丁仔细观察了一番，发现这些舍阿丽人是瞎子，他们的眼睛早就被挖掉或烙瞎了。

"他们是神殿的司祭，"伊拉解释说，"明白吗？来这儿之前我了解到的。"

"那这些……"马丁没说完，只是朝绕着井转圈的几对鸟人点头示意了一下。那几对鸟人都是一个成年个体加一个小鸟人的组合。

"这些都是已经长大成熟、完全可以丧失智慧的小鸟人。他们在父母或年长伙伴的陪同下来告别童年，走进成年生活……"

小姑娘朝马丁转过身，张开翅膀，"这是最后的仪式。走吧，趁我还有智慧，我来给你翻译，这样你就能全明白了。"

马丁和伊琳娜跟着小姑娘向那口井走去。第一位司祭开始用翅膀比画舍阿丽手语，却突然犹豫了片刻。或许，盲人听到了伊琳娜和马丁与众不同的外星人脚步声。但小姑娘突然发出高声尖叫，声音凄厉，司祭的翅膀也在空中挥舞起来。

"天真无邪……拒绝宿命……飞升上天……了解时间进程……言与行分开……向往明天……看见法则……"

小姑娘的翅膀挥舞得那么快，马丁勉强才能看明白。看来，小姑娘真的来不及翻译所有的内容，仿佛司祭的手势不仅仅表示字母或象形文字，而且表示完整的语义块。

第二位司祭毫不犹豫地举起翅膀："知善恶……失宁静……试图了解新事物……改变水与土……生死相隔……没有幸福……"

"在地球时我读过类似的东西……"马丁低声说道，"驱妖用的。"

伊琳娜轻声回答："任何智慧都会走到这一步。"

"千年的血泪痛苦……寻找与失败……追逐存在……意义的

意义……在恐惧与悲伤中……暴风雨柔弱的羽翼……了解生，方知死……"

马丁突然冷静下来，想起亚当和夏娃吃了智慧树的果实后，依然没有死，他们只是意识到自己会死去——他们能意识到这一点，是因为在那一刻，他们获得了智慧，将天堂里永恒的无忧无虑换作转瞬即逝的智慧之苦。

是谁说过，智慧树的果实是甜的？是魔鬼吗？好吧，魔鬼是个臭名昭著的骗子。天堂的苹果，其汁液既像奎宁[1]一样苦涩，也像碎玻璃一样扎心；但当它触及你的双唇，你无力将这禁果抛开。你像舔舐染血剑刃的野兽一样哭泣；你满嘴鲜血，含泪哽咽，然后继续舔舐致命的剑刃……

任何一种尝过智慧树上苦涩果实的生物，都能清楚地意识到自己将走向死亡，意识到自己只能与这些智慧共存，却无力够到生命树上甜甜的果实；你永远有选择放弃生命的权利，但你没有放弃智慧的权利；你可以用酗酒、吸毒、发疯或者涅槃的方式抑制智慧。

然而舍阿丽人找到了终极方案。只有舍阿丽人能够将这不受欢迎的礼物呕吐出来，吐到残忍的神灵脚下。

舍阿丽人拒绝智慧，因为智慧承载着死亡。

舍阿丽人选择了安宁。

舍阿丽人不希望受苦。

舍阿丽人成了幸福的种族。

只有孩子们不惧怕死亡，他们相信自己永远会活着——只有孩子和疯子这样认为。

舍阿丽人放弃了智慧。这是他们自己的选择。

"我拒绝思考更复杂之事……我放弃怀疑……我将获得幸福……永远……永远……永远……"

"她要走了！"伊琳娜大喊，抓起马丁的手，"马丁，小姑娘被咒语

---

[1] 防治热病，尤其是疟疾的特效药，味极苦。

影响了!"

舍阿丽小姑娘的确在改变。她的动作越来越轻盈,陷入了恍惚状态,可能已经记不清自己是跟谁一起来到这里,以及为什么要绕着宽井喷火口转圈了。小姑娘在念咒的司祭旁跳舞,双眼呆滞,映射着深红色火舌的黑色瞳孔中是深不可测的空虚。

"她有权离开。"马丁说,"不要担心,咒语对我们不起作用。只有生活在这种环境中,从小接受这种教育,梦想这种生活,相信这种理论才行……相信没有智慧的幸福……"

小姑娘上下翻飞着翅膀跳舞,在司祭身旁蹦来蹦去。司祭无声比画的诵祷转为发声的唱颂。现在,不断有新的司祭加入前一位司祭的唱颂中,他们同声唱和,声音直冲黑色的天空。宽井喷火口喷出的火苗被吹散成满天的繁星。小姑娘清脆的嗓音与狂欢的大合唱融为一体。

"永远,永远,永远!我会永生!我会永生!我会永生!思想是恶,思想是痛苦,思想是恐惧!永远,永远,永远……"

马丁看了看伊琳娜,她目不转睛地看着跳舞的小鸟人,泪流满面。

"是她自己选择的!"马丁脱口而出,"不要干涉!她会幸福的!"

"求求你做些什么吧!"伊琳娜喊道,"求求你!这是不对的,这是陷阱,是谎言!这形同死亡!快阻止她!"

他们已经绕了一圈。最后一位司祭兴高采烈,精神振奋,大吼一声,小姑娘大喊着进行了回应。她无声地张开翅膀,似乎想以此引起大家注意。在欢天喜地的唱颂中,舍阿丽小姑娘绕过司祭,迈向喷火口。

马丁来不及思索,身体已下意识地做出反应。他冲上前去,一把将拦住他去路的司祭推到一边。他的手指滑过小姑娘的羽毛,却没抓住她。

一个翅膀张开的小小身影在熊熊的火焰中向下跌落。马丁紧随其后。

他脚下的石头立刻滑落,吹过他脸庞的暖风越来越灼热,变成了火舌。火苗舔舐他的身体,又直冲天空。

马丁和小姑娘在石头矿井中下坠。冲向高空的火焰在头顶嘶吼,下方阴森森的，那是一片深红色的黑暗。马丁将身体抱成一团，意识现在毫无用武之地，司祭的唱颂似乎也夺走了他的智慧，只剩下了本能。少年时的几次跳伞经历此时派上了用场，马丁的身体顺从地向下落的小姑娘冲去。

炽热的风打在脸上。马丁从小姑娘身边掠过，张开双手，仰面朝上，口袋里不知什么小东西掉了出来。小姑娘落在他身上，一脸茫然，表情呆滞，背后的两个翅膀张开，仿佛被折断了似的。她呆呆地凝视着马丁，然后拍打起翅膀，尖叫起来，仿佛现在才意识到身陷烈火深渊。

"飞吧！"马丁用旅行语大喊。他希望小姑娘即使听不懂自己说的话，至少也能感受到他说话的语调，"你可以飞翔，飞吧！你可以飞翔！"

小姑娘拍打着翅膀向上飞去。马丁转过身，看着越来越逼近的喷火口。

这是什么？跟上面一样的帘幕吗？那帘幕后面是什么呢？是石头？

舍阿丽人不会飞，小鸟人也不会。

马丁一把扯开衬衫，张开手臂，试着让衬衫在身体与双臂之间伸展成翅膀的形状。

衬衫被撕破，身体被扭曲，火的风暴舔舐着他的脸，冲向头顶上方。

马丁在不断下坠，在嘶吼的、巨型涡轮机排放的气流中下坠，在运行的风洞中下坠，但下坠速度越来越慢，直到黑暗像一张柔软的弹性网将马丁弹起。马丁重重地落下来，全身被拍得生疼，看不见的弹性网被压弯了，将他颠起，又抛向一边，抛向暗红色的螺旋状的出入口……

舍阿丽小姑娘用柔软的翅膀抚摸着他的脸。马丁久久地注视着她，然后才试着坐起来。他全身疼痛，头晕目眩，但他还活着，骨头似乎也没有折断。

"你还活着。"小姑娘说，"我担心你会摔坏。欢迎之风应该能承受住成年人的体重，但你比我们舍阿丽的成年人要沉一些。"

他们正处在一间地面非常柔软的小屋里，墙上有圆形的隧道孔，马丁和小姑娘就是从这里滑下来的，墙对面是一扇关着的圆形门。

"你害怕了吗？"马丁问。虽然坐着用手语说话很不方便，但他现在还不敢站起来，"你应该再也不会害怕了才对。"

"为什么你要跟着我跳下来？"小姑娘问，"你也想失去智慧吗？"

"不是。"

"那为什么？"

"我担心你。"

"这太愚蠢了。"小姑娘说，"火力很弱，不会给我造成伤害。欢迎之风是从底部吹上来的，它会中止下降的过程。我本应该软着陆，然后失去智慧。"

"没有成功吗？"马丁问。

"没有。"

"对不起。"

小姑娘紧紧靠在他身上。长着羽毛的小身体散发出干燥好闻的味道，像羽毛枕头和蜂蜜混合而成，闻起来像一只刚刚洗干净的小狗崽。

"我一点儿也不后悔。"小姑娘稚嫩的声音显得非常紧张，还将重音错误地落在了第一个音节上。她是开口在说旅行语，而不是用手语比画。

"那以后可怎么办？"马丁问。

"不知道。"小姑娘回答，"做一个智者是愚蠢的！什么事情都无法预料。"

"这倒是真的。"马丁说，"请帮帮我，宝贝。"

马丁觉得头晕目眩，有些恶心想吐，但他还是靠在小鸟人娇弱的小肩膀上设法走到了门口。

他和小姑娘一起走进巨大的拱形大厅，大厅里聚满了舍阿丽的司祭，而且越聚越多。他们不断从墙上窄小的洞中爬出来，从小露台上跳进来，从走廊走进来……他们一言不发，只有羽毛发出轻微的沙沙声；他们轻盈地移动，仿佛失明没有带来任何不便。天花板下的燃气火炬灯光太过昏暗，无法数清司祭的个数。几百个？也许是几千个……

马丁开始后悔把热能枪放在宾馆里了。

"别害怕。"小姑娘说，"他们不过是吓到了……"

长满羽毛的弱小身体从马丁手臂下钻出去，往前走。马丁摇晃了几下，又站稳了。

小姑娘开始说话了。她刚说出第一个单词，大厅里就变得寂静无声。那些没来得及走进大厅的司祭立刻呆立在门槛，一动不动。

小姑娘还在说话，马丁惊讶地发现，她的声音里不再有先前的稚气。她不是在解释，也不是在请求。她在下命令。

司祭们跪伏于地。只有小姑娘还站着，缓缓地环顾着大厅。

马丁单膝着地。

小姑娘看了他一眼，笑了，"你可以站起来。"

马丁意识到，他"可以站起来"，而不是"可以站着"。马丁站了起来。无数黑红色的身躯在地板上爬行，他们抽搐的身影中，看不出发自本能的坚定信心，仅余心智被震慑后的惊慌失措。

"你是我的鸟群。"小姑娘说，"但是现在，我需要留下来。请你放了我，马丁，或者请你留下来，跟我们在一起。"

"我放你走。"马丁回答，"这是你的鸟群，也是你的世界。让这个世界学会飞翔吧。"

他从口袋里掏出"小鸟人证件"——坠落的时候居然没有掉出来。他将证件撕成碎片。

小姑娘走到他身边，用翅膀抱住了他，轻声说："我非常爱你。谢谢你，马丁。你真的真的不想留下来吗？"

"真的不想。"马丁小声说。

"我会活得很艰难吗？"小姑娘问。

"一定会的。"

小姑娘点点头。她牵起马丁的手，领着他从困惑不解的司祭们身边走过。

很奇怪，公交车还在运行。马丁、伊琳娜和小姑娘在公交车站等车。舍阿丽小姑娘身边有警卫保护，每个警卫的四只手中都拿着闪亮的武器——真正的武器不是礼仪活动上用的匕首。

"司机暂时还没获得智慧。"一辆公交车不疾不徐地出现在街的尽头时，小姑娘说，"没关系。他会把你们送到目的地，这样反而更安全。"

马丁瞥了一眼这几个警卫，他们的目光中不是漠然和平静，而是狂热和忠诚。黑红色的羽毛出卖了他们，说明他们是司祭，但不是盲人。或许，他们是尚未通过最终受戒的见习修道士。

"你会被攻击吗？"马丁问。

"可能会。"小姑娘简单地回答，"还会有很多风言风语……还会有血雨腥风。"

"我不是故意的。"马丁说，"请原谅我。"

"没关系。"小姑娘说，"不过是发生了该发生的事情而已。'为拯救自己鸟群里的小姑娘，没有翅膀的天外来客跳入深渊，保住了小姑娘的智慧……'谁知道这样的事情真的会在现实中发生？没有翅膀的外星来客怎么会有自己的鸟群？"

"就是这样——"马丁拉长声音说，"我一直梦想成为预言中的英雄。预言真的是这样说的吗？"

小姑娘犹豫起来，"这些预言……总是模棱两可……不过原文是'不会飞的外星人'，这可能暗指任何来自外星的成年人，'其群中的孩子'更可能指的是男孩，而不是女孩。但这是从前的解释。现在大家有了不同的理解。我已经下了命令。"

马丁忍不住笑了，"明白了。好吧，那我不给你留临别赠言了。你自己完全可以胜任。"

"我是非常聪明的小姑娘。"小鸟人说。

公交车停了下来。司机茫然地看了看马丁，问："你好。你坐车吗？"

"你好。我们坐车。"马丁回答。

马丁触碰了一下小姑娘的翅膀，以示告别。他本想拍拍小姑娘滑稽可笑的黄色小冠毛，但看到警卫们怒气冲冲的目光，只得作罢。

公交车轰鸣着，慢吞吞地在街上行驶。马丁责备地看了眼伊琳娜，伊琳娜垂下脑袋。

"你早就知道。"马丁说。

"知道。不过我本来以为'不会飞的外星人'是我，这些预言的缺点就是拐弯抹角、模棱两可、语焉不详……"

马丁摇摇头。他不想发脾气。他全身酸痛。公交车慢慢向驿站驶去，身后是智慧如瘟疫般蔓延的城市。

"有智慧的舍阿丽人，"伊琳娜深情地低语，"从现在开始……"

"尤里·谢尔盖耶维奇会把我的脑袋扯下来，"马丁说，"原本郁郁寡欢、宁静平和的舍阿丽，现在成了充满活力的年轻种族。简直是平地一声雷！不用笑，你也没有好果子吃。"

"我不是笑这个。到现在为止，我还活着，不是吗？如果半个小时后我们走进驿站——我就会活下来。太神奇了！"

马丁想了想，将热能枪放在腿上。公交车缓慢地在黑夜中行驶着。身后的城市里传来类似于机枪点射的声音。

"伊拉，这可是你第一次成功……"马丁说，"听到了吗？城市正在变化。"

但伊琳娜摇摇头，"成功的不是我，马丁，成功的是你。"


没有人攻击他们。

驿站入口前的露台是空的，他们拾级而上。马丁为伊琳娜打开了门，让她先进去，又环顾了一下四周。

后面没有追兵。但城市中某些地方着火了。

"祝你成功，小姑娘。"马丁看着杰尔克，低声说。他跟在伊琳娜身后，走进驿站，随手关上了门。

他们在驿站里。现在，他们是绝对安全的。在管家的领土上，任何时间、任何人都不允许给他人带来任何伤害。

"我们进来了。"马丁说，"伊拉，我们进来了！"

他们对视着,傻傻地笑了。

劫数已破,伊琳娜六号活了下来!

"你有给管家准备的故事吗?"马丁问。

姑娘点点头,问:"你要讲什么故事?"

马丁朝大门方向点头示意,"讲那些能够走得更远的种族;讲那些能够存活下来的种族;也要告诉管家,这样的故事已经不是第一次发生了。"

"我的故事要简单一些。"伊琳娜坦诚道,"不过,应该能通过。"

"那我们走吧。"马丁说,"去讲故事,然后……"

"然后我们去哪儿?"

马丁停下脚步,看了看伊琳娜的眼睛,叹口气,问道:"去塔丽斯曼?"

"是的,那里有另一个我。马丁,我不能丢下她。如果换作是她,也不会抛下我的。"

"那就去塔丽斯曼。"马丁听从伊琳娜的话,"我好想回家啊……"

"我也是。"

他们顺着走廊来到等候大厅。等候大厅四周有很多小房间,专门为管家与旅行者谈话而设,其中两个小房间的门是半掩着的。

"他们在等着。"马丁说。

"他们永远在等着。"伊琳娜表示同意,"好吧,祝你成功!"

在前往各自的谈话房间之前,他们迅速地、轻轻地亲吻了一下对方——这更像是朋友间的吻,而不是恋人。


"这里又寂寞,又凄凉……"管家说。

"气氛很快会欢乐起来的。"马丁坐在桌旁,回答说。一时冲动之下,他将阿兰卡人的热能枪放在了桌子上。不知怎么,他就是想做出某种姿态,虽然过于夸张,但简单明了。

"请跟我说说话,游子。"管家继续说。

眼前的管家消瘦又健壮,比马丁高出一头,但同时又给人脆弱轻浮的感觉。这可不是银河系统治者该有的样子。

不过,身高与体型什么时候成了辨认统治者的标准了?只有胁肩谄笑的佞臣才痴迷于此。

"今天我想讲讲那些高不成低不就的人。"马丁说,"既不讲失败者——他们的故事太痛苦,太无聊;也不讲胜利者——他们的故事不是语言能够表述的。高不成低不就的人总是比成功者和失败者都要多。任何星球、任何种族都是如此……甚至管家也是。"

管家目不转睛地看着马丁。

"从前,解决问题的方法很简单。"马丁说,"如果一个部落拥有了智慧,而另一个部落依然没有开智,那么落后的部落就会沦为食物,沦为箭靶子,沦为骨头做的矛头,因为他们没有发明箭的能力。那个时代一切都很简单,并且持续了很长一段时间。那些在智慧竞赛中落后的种族,哪怕他们只落后半步,也会沦为奴隶,被赶入保留地和飞地,天刚亮就得在工厂汽笛声中爬起来干活。简单的时代有简单的解决办法。但是,简单的时代已经过去了。"

管家沉默不语。

"有些人能上天入地;有些人能咬上一口智慧树的果实;有些人把智慧储备起来,就像我们将本能放在意识的阁楼中。这是什么?是短短的一瞬还是整个时代?我不知道。但是,当年轻的神灵离去,随手烧毁身后桥梁的时候,就会留下一大批高不成低不就的人,他们不能……他们不想……他们选择了熟悉的、安全的智慧之路……"

"马丁,神灵是不会烧桥梁的。"管家说,"人类才会这么做。"

马丁一时语塞。

"谢谢你讲的关于我们的故事。"管家继续说,"但是高不成低不就的故事太平凡了。这里又寂寞,又凄凉,游子。"

"是你们自己摧毁了星际网络,"马丁小声说,"不是吗?是你们,或者是你们未能进化到更高阶段的祖先……"

管家沉默不语。

"人类就这样高不成低不就,"马丁说,"我们将你们奉为神灵,或者几乎把你们奉为神灵……而你们也高不成低不就，是未成功者，你们经历了失败的苦楚，想要从头再来！不是吗？"

"这里又寂寞，又凄凉，游子，"管家喃喃地说道，声音里似有一丝恼怒。这是马丁的感觉，还是事实如此？"我听过很多这样的故事。"

马丁眯起眼睛，眼睛里闪过一丝火花。看来，他几乎是对的。他几乎明白了。真相近在咫尺……

"我不能……"马丁说，"我几乎明白了，但是……我也不过是个高不成低不就的人……我不知道！"

"诸神飞上天空，失败者渐渐变成土地。而行走在天地之间的，是那些高不成低不就的人。"管家说，"马丁，你在害怕什么？你想要弄明白什么？你是会飞上天空？还是会成为土地？"

"我想要明白，我该去哪里！"

"塔丽斯曼会给你解决问题的所有线索，马丁。但是，请先讲完高不成低不就的故事。"

"我讲另一个故事，"马丁迅速回答，"关于小姑娘和小鸟的故事……"

"我不接受其他故事。"管家摇摇头，"这个故事，既然你已经开了头，就必须讲完。"

马丁叹了口气，说："在你驿站的墙外，舍阿丽人民获得了智慧。失败者承受不了这么大的冲击，会纷纷死去；胜利者将获得智慧，成为新世界的统治者。管家，对于大多数个体来说，一切都没有改变！完全没有改变！他们是否会思考，或者继续靠本能生活，这对他们的生活没有丝毫的改变。不是所有的人都需要智慧，也不是所有人都能够思考。这是个永恒的陷阱，管家。对于高不成低不就的种族，对于那些既不想入地，但也无力上天的种族来讲，唯一的去处，只有天与地之间。他们永远是边缘者，不论何时，不论何地。我的故事没有结局，管家，因为我们永远没有出路。"

"你驱散了我的忧伤和孤独，游子。请进入界门，继续你的行程吧。"

马丁疑惑地看着管家。

"我不再要求你结束这个故事。"管家说,"我不问你问题,也不给你放宽期限。请进入界门,继续你的行程吧。"

"发生了什么事吗?"马丁问。但管家已经消失了,只丢下他孤零零一人。

马丁懊恼地一拳砸在桌子上,这一次,他既没有平常取得胜利后的喜悦,也没为自己讲了一个精彩故事而得意扬扬。

他被允许进入界门,仿佛在接受别人的施舍。仿佛管家不屑地扔给他一些小恩惠,还失望地将脸转向一边:想去就去吧……

马丁握着热能枪的枪托,闷闷不乐,若有所思地走出房间。伊琳娜已经在等着他了。

"还好吧,马丁?"

"通过了。"马丁低声说,不知何故,他突然想起大学的入学考试。

"我从未怀疑过,"伊琳娜说,"你是好样的。"

"你讲了什么?"马丁好奇地问。

"我的初恋。"

马丁不由自主地笑了,"我还以为,这是你离开地球时讲的故事呢。"

"那时候还没有这个故事。"伊琳娜简短地回答。

对视了一秒钟后,马丁抓住了伊琳娜的手,"走吧,我们得抓紧时间。"

"为什么?"姑娘警觉地问。

"不知道。"马丁如实回答,"我有种不好的预感。明白吗?我……我对自己讲的故事非常不满意,有种考砸了的感觉。"

伊琳娜咬紧嘴唇,看了看他,然后轻声说:"可是我很想请你……在这儿多待上两个小时。休息一下……嗯……"

她羞涩地笑了。

"伊琳卡,我们得抓紧时间。"马丁坚定地说,"时间不等人,我能听到时间奔跑的脚步声,一秒一秒……再过一分钟,可能就赶不上了。"

"那走吧。"伊琳娜点了一下头。

他们迅速跑到驿站中间。界门大厅里空无一人，他们走近时，门自动打开了。

"我……塔丽斯曼上的我是不是出事了？"伊琳娜猜测，"啊？"

"那你会有感觉的。"马丁回答，"不，我不知道。不过我们还是抓紧时间吧。"

门在他们身后关上了，计算机终端的屏幕亮了起来。马丁迅速选择了塔丽斯曼。他一时没忍住诱惑，同时选择了两个驿站。当然，没有成功。

"从主驿站出去吗？"伊琳娜问。

"你选择的是哪一个？"

"没选择，我只选择了目的地……"

"那在默认情况下，你会到塔丽斯曼的主驿站……"以防万一，马丁打开子目录，点点头，"那里一共只有两座驿站。怎么样，上路吧？"

"嗯。"伊琳娜牢牢握着他的手，微笑着，向后仰头，仿佛希望尽快体验星际穿越的快感……

马丁按下了"确认"。

理所当然，房间没有任何改变。

但伊琳娜已不在身边了。

马丁缓缓举起手，捂住了脸。他的皮肤上还保留着六号伊琳娜·波卢什金娜的温度和气息……

"浑蛋！"马丁喊道，"我恨！浑蛋！"

如果管家此刻走进大厅，马丁一定会举枪射击，让他们像伊琳娜一样转瞬间消失得无影无踪。

但没有人来。马丁能做的，不过是摧毁终端机，用脚踢墙，或者在敞开的门前无助地痛哭流涕。

第7章

# 紫

"量子的确定性之后是什么?"

‍ МММММ
Фиолетовый 380~420nm

## 零

波希米亚野鸡对俄罗斯来说是一道外来菜,尽管在幅员不甚辽阔的捷克,任何稍微像点儿样的饭店里都有这道名菜。

五十年前,电影《钻石胳膊》[1]热映,"野味"[2]一词才在这里成为花天酒地的代名词,也成了猎手或形迹可疑之人的象征。

大腹便便的德国小市民和饿鬼投胎一般的俄罗斯游客常常贪婪地扑向烤猪肘、香肠和小熊维尼最好的朋友[3]做成的美食;美国游客对健怡可口可乐[4]的营养成分充满信心,大口大口吞食着麦当劳汉堡。然而,一个对自己负责、知道控制血液中胆固醇含量和腰带长度的人,应该学会区分不同种类和形态的野味。煎炸狍子肉和蜜汁野猪肉,这才是我们正确的选择。

波希米亚风味煎野鸡是集美味和健康于一身的杰出代表。

当然,野鸡肉质又柴又硬。因此在煎制前,要将一条肥肉绑在野鸡上,至少煎一个小时,煎的过程中,不时把煎出来的肉汁浇于其上,然后将肉汁加入酸奶油和白葡萄酒,绝妙的酱汁就做成了。炒熟的红甘蓝有种奇妙的紫色,能完美衬托出野鸡的美味。

顺便说一句,您也可以在家里用同样的方法烹饪鸡肉……

很久以前的那个晚上,马丁和叔叔在卡罗维发利[5]的小饭店相对而坐,餐桌上摆着一盘野鸡,高脚杯里是啤酒,小酒盅里是来到卡罗维发

---

1. 1968年上映的苏联电影。
2. 《钻石胳膊》中,男主角在饭店点餐时说的单词。
3. 小猪皮杰,此处指代猪肉。
4. 低卡路里的可口可乐,1995年首先在德国市场推出。
5. 捷克西端城市,旧称卡尔斯巴德,著名的矿物温泉疗养地。

利必喝的冰爵[1]。

"记住我说的话。"叔叔悲观地说,"这里很快会挤满外星人。"

"他们不会离开自己的驿站。"马丁试图反驳叔叔。那时候,他们还很年轻,管家还是主要谈资,被简单地称为"外星人"。

"会离开的!"叔叔说,"就算他们不走,其他外星人也会不断涌进来。你看看,我们的星球多么美妙啊!外星人可不是平白无故飞到我们这儿来的……"

马丁环顾四周,附和道:"我们的星球是很美妙,这个地区尤其漂亮,外星人真不是平白无故飞到这里的。除了武力扩张,还可以以和平旅行的方式,和叔叔你一样。"

叔叔愤愤地哼了一声。年轻时,他曾在驻捷克斯洛伐克的苏联部队中服役,因此觉得马丁在嘲讽或者委婉地责备自己。

"马丁,你要相信老家伙的话。"那时候,叔叔总是神气十足,威风八面,常以"老家伙"自称,"发展水平的差异如此巨大,文化和心理完全不同的两个种族之间,不可能存在睦邻友好关系……"

"我在《分析家》杂志上读到过类似的观点。"马丁切着盘中的野鸡说。

"就算他们只希望我们好。"叔叔继续说,"但我们怎么才能知道,他们眼里的好是什么呢?我们不也希望捷克人好吗?却不明白为什么他们对这些好嗤之以鼻。"

"类似的文章也随处可见。"马丁说。

"马丁啊马丁,"叔叔的目光追随着一位二十岁左右、长相甜美的服务员,悲伤地说,"你还年轻,还有机会见识更多的东西。以后你会明白,我说的都是对的,特别是当你的个人利益、你的个人梦想与管家的计划相悖的时候。"

马丁沉默不语。叔叔以治肝病为由来这里疗养,他只能喝矿泉水,但要搭配啤酒;马丁喝啤酒,可也不拒绝矿泉水。从度假胜地回来之

---

[1] 又称贝克获加,是一款草本苦酒。

后,马丁准备穿过界门到一个外星世界去——当然,那是一颗人们经常造访、没有危险的星球。马丁偶然结识了一位成功商人,他愿意花大价钱购买来自外星世界的奇特商品……

所以,那时的马丁认为管家的到来是好事,是天大的好事,而管家提供给人类的技术是通往幸福未来的突破口。

"迟早有一天,"叔叔用叉子卷着紫甘蓝丝说,"迟早有一天你会明白。那时,如果我还活着的话,你一定要给我打电话,告诉我说:'叔叔,当初你说的全应验了……'"

马丁拄着枪站起来。他的内心又空虚又痛苦。

"叔叔,这里没有电话。"他小声说,"但当初你说的,全应验了。"

他佩戴好装备,将武器像长剑一样挂在腰上。枪身很短,佩戴于腰间也很自然。

管家没有出现。没有任何人出现。马丁完全被无视了。

他沿着走廊,探头查看每一间会客室。他看到两个侃侃而谈、精明强干的迪奥·道人,还有两个未知的类人种族情侣。他们一脸惊恐,目不转睛地看着马丁。马丁立刻识趣地退出来,怕吓到没有经验的游客。

马丁来到露台,呼吸到凉爽醉人的塔丽斯曼空气。这时候,他终于看到了管家。

这里只有一个管家。驼背,左手没有手指。马丁还是第一次见到身有残疾的管家。

管家在等待马丁。

盛怒之火已经熄灭,转化为忧伤的、无声的怨恨。马丁走近管家,看着他的眼睛,问:"为什么?"

管家沉默不语,眯起昏花的老眼看着他。

"你们救不了伊琳娜。"马丁小声说,"你们知道她会消失……"

"我们不是神。"管家说,"即使我们能看得远一些,也并不意味我们能看到一切。"

"你是在回答我的问题吗?"马丁问,"是吗,管家?你在跟我说话吗?你会驱散我的忧伤和孤独,对吗?"

管家又一言不发了。

"对你们来说,我是谁?"马丁问,"对你们来讲,人类又是什么?你们在害怕什么?你们想要达到什么目的?"

"塔丽斯曼在等你。"管家说。

"如果我能找到消灭你们的方法,"马丁说,"我会消灭你们。这是威胁。"

"你找到再说。"管家简短地说完,消失了。

马丁慢慢朝露台外的山坡走去,朝向舔舐驿站台阶的白云走去。

匍匐在黑色镜面岩石上的白云就像白色平原上稀疏的冰山。一轮小小的、炽热到近乎发白的太阳像图钉一样把紫色天空钉在这颗星球上方。白色的云就飘浮在紫色的天空上……

看起来就像儿童卡通片中的画面一样,似乎人可以在云层中奔跑,可以在充满弹性的棉花里翻筋斗,还可以握几个雪球……但马丁知道,童话是不存在的,巴扎尔星球的奇特胶质能承受人体的重量,而塔丽斯曼的云彩则没有这种魔力。

马丁屏住呼吸,将脚探到浓密的白雾上,仿佛期待着云彩能够支撑起他的重量——

雾散开了,正如雾该有的样子。

马丁开始下山,脚下的每一级台阶似乎都一样。雾越升越高,马上就要到他的下巴了。马丁停住脚步,四周起起伏伏的白色平原延伸开来,听任风的意志缓缓飘浮。耀眼的阳光炽烈地烤着他的头顶。目光所及,至少有十座山岩,最高的山岩比云雾要高出近百米,破碎的黑镜石中反射出驿站的镜像,驿站灯塔神经质地闪烁着亮光。

驿站非常漂亮,设计别出心裁,像一座小小的黑墙白瓦城堡。

不管怎么说,管家确实很有品位。

如果伊琳娜在身边,他该多么幸福!他们能够尽情嬉戏、胡闹,在牛奶般的白云里为彼此拍照,寻找合适的角度,譬如让驿站的影像正好投射在黑镜石上;他们可以假装在云中漫步,那该多美!他们可以倾听彼此的呼吸,手拉手一起走进白云状的泡沫里,多么动人心弦,甜蜜无边……

但伊琳娜——他的伊琳娜——宇宙之间再也没有她的存在。

她不是单纯地死去,而是消失了。看不见的光标将她抹掉了,仿佛擦掉一个错别字、一个偶然出现在生命显示器上的多余字母。

马丁拥有的只有记忆。伊琳娜双手的余温还温暖着马丁的手掌,就像截断的肢体不想接受死亡的命运,疼痛不已……

马丁向驿站投去仇恨的目光。然后迈步,一头扎进云层之中。

塔丽斯曼的云一点儿也不像被人大书特书的伦敦迷雾(虽然马丁从未见过伦敦的雾),也不像秋季的莫斯科郊外时常弥漫在小树林上空的轻岚,更不像常常汇聚在莫斯科机场上空的霾。云层很快遮住了炙烤马丁的邪恶小太阳。但云彩依然光芒四射,人仿佛走在液态光线的云层中,同时却几乎感觉不到湿气,就像干冰升华时的白色气体,同时又很温暖……

马丁迈步走下陡峭的楼梯。很快,石头台阶没有了,变成了木台阶。

雾发着光,让人觉得它并没有遮蔽世界,反而照亮了世界。脚下的木台阶发出咯吱咯吱的响声。马丁好几次闪避到一边,撞到紧绷的绳索上。这些绳索既是栏杆,又是楼梯的扶手。最后马丁放弃抵抗,干脆扶着绳索前行。

他弄不清台阶上是否只有自己一个人,也不清楚前方是否还有刚到此地的游客也在逐级而下,迎面有几个疲惫的塔丽斯曼游客缓步而来。可见度不超过三米,声音湮没在浓雾中,只能听到脚下木梯发出单调的咯吱声……

这样或许更好。马丁知道,驿站位于该星球海拔两百米的地方。即使浓雾中几乎没有风,但是顺着陡峭山崖上不牢靠的牵引装置下楼仍然令人觉得很不舒服。

雾中的光芒渐渐黯淡。最后这段路,马丁走在一片恼人的昏暗中,不过前方已经出现灯光。阿姆列特镇是塔丽斯曼的非官方首都，此刻淹没在人造光线中。当地居民从不需要省电。

刚刚走下台阶，马丁就遇到了第一位淘金者。此刻，他们脚下是镜子般的黑石头，有些地方又光又滑，像冰一样，但大部分石头是破裂磨损的。

淘金者蹲在"保险柜"——一块直径半米的圆形石舱盖前，当然，圆形石舱盖的材质也是塔丽斯曼大陆随处可见的黑石头。

"祝您平安！"马丁说。他走得太近，淘金者模糊的侧影变得清晰起来，是个蓬头垢面的小伙子。

淘金者转过身，警惕地看了马丁一眼，动了动下巴，不情愿地回答："你也平安……"

"进展如何？"马丁朝"保险柜"点头示意了一下，问道。

淘金者不置可否地耸了耸肩。这时，他的手表突然响了起来，他便立刻忘了马丁，开始沿逆时针方向拧舱盖。舱盖显然很重，但小伙子没有向马丁寻求帮助。

"来得及吗？"马丁问，"需要帮助吗？"

小伙子气喘吁吁地移开舱盖，往"保险柜"中看一眼——石头上有个小凹陷，里面什么都没有。

"下次会走运的。"小伙子轻声说，开始拧紧盖子。石板上，明亮的荧光漆写着八位数字和字母"S"。拧紧盖子后，小伙子碰触了一下手表，设置倒计时。

"间隔是43分钟吗？"马丁灵光一闪，问道。

"这是'快速保险柜'。时间间隔是24分半……"小伙子不情愿地回答，"你有什么事？想做淘金者吗？别白费工夫了，这工作糟糕透顶，无聊透顶。"

"不是，我有别的事。"马丁礼貌地回答。

小伙子的声音立刻变得温和起来。

"其实这工作也挺好玩……不请我来根烟吗？"

马丁默默递给他满满一包烟。

"哇!"小伙子贪婪地叫道,"可以给我两根吗?"

"都给你了。"

"谢谢,"淘金者动情地说,"好人啊。现在这年头好人越来越少见了。我叫安德烈!"

"马丁,"马丁漠然地握了握那只很久没洗过的手,蹲在他身旁,"请问,这里经常能淘到有价值的东西吗?"

"不常有。"淘金者叹了口气,"打开一百次有一次,或者一百三十次有一次能淘到东西。电路板、紫色粉末或是螺旋线圈……都是些小东西。能应付过日子,也不错了。"

"能找到什么特别的东西吗?"

"能,"安德烈贪婪地吸了一口烟,"总会有走狗屎运的人……上周,有个小姑娘找到了一把钥匙。"

"钥匙?"马丁警觉地问。

"是呀,大家都这么说,是个圆柱体。"小伙子在空中勾勒着类似粗铅笔形状的东西,"有刻痕和突起。当然,也许根本不是钥匙,但有人愿意出三万欧元买下它!"

"酷!"马丁说,"但那些淘到的宝贝还没找到用武之地吧?"

"紫色的粉末可以治疗流鼻涕。"小伙子认真地回答说,"只需要吸一下就可以了。螺旋线圈导电性能很好,有人说几乎类似超导体……很受大兵们欢迎。还有你们欧洲人、美国人,甚至我们……"

"我是俄罗斯人。"

"那你怎么叫'马丁'这样的名字?"小伙子嘿嘿笑起来,"真够可以的……不过,这些破玩意是否有人需要,我都无所谓。最主要的,是有人肯付钱。"

"潜行者的乐园。"马丁叹口气。

"那又是什么?"小伙子机警地问。

"出自一本书[1]……你别往心里去……"马丁好奇地看着"保险柜"

---

[1] 指斯特鲁伽茨基兄弟所著的《路边野餐》。

舱盖说。"保险柜"是人类及众多非人类来塔丽斯曼的主要原因。没有人知道它的工作原理，但密封的"保险柜"中会定期出现一些任何文明都不知何物的奇怪物品。关键是要弄清楚"保险柜"的工作间隔，及时打开舱盖将其取出来。奇怪的小物件在里面不会保存超过两分钟，两分钟后就会消失得无影无踪。有一种说法是，"保险柜"网络是通过超空间通道相互连接的，因为从表面上看，没有任何秘密通道与"保险柜"相连，但如果把"保险柜"从一小块岩石上整齐切割下来，它居然能继续工作一段时间。还没有谁知道这些从"保险柜"里找到的物件究竟有什么用，但为防万一，所有种族都争相抢购这些未知物品。

"你猜我在想什么？"小伙子点燃第二根香烟，仿佛读懂了马丁的想法，"这根本就不是什么星际网络。那些白痴是怎么想的？这些小东西被安放在不同的保险柜中，为了自身的安全，它们会不停地跳来跳去……"

"那你是怎么看的？"

"我认为，"淘金者骄傲地说，"这就是垃圾箱。外星人生活在地下的某个地方。他们将垃圾扔到地表，扔到这些垃圾箱里。垃圾放着放着就会被降解……而我们却不停地打开这些垃圾箱，在里面翻捡垃圾……"

"真有趣，"马丁对小伙子肃然起敬，对他的看法深表赞同，同时也有疑问，"如果是这样，为什么垃圾的品种会如此单一？为什么不原地销毁？为什么有些小物件还可以使用……为什么它们也会被扔掉呢？"

"你是不是无意中也扔掉过好东西？"安德烈回答说，"诸如手表、戒指、电池……"

"我同意。"马丁点头。

"对吧！至于为什么不原地销毁……可能他们都有洁癖，不喜欢在自己家里焚毁垃圾。而垃圾种类如此单一的原因，是他们将大部分垃圾都加工成可回收材料，只扔些完全没用的破烂……"

"好极了，"马丁说，"你写篇小文章，给《旅行家文摘》投稿。"

"正有此意。"小伙子谦虚地说。此时，表又响了起来，他急忙去开

"保险柜"。这一回,马丁冒险帮了他一把,小伙子没有反对。他们一起推开沉重的舱盖,看到刚刚还一无所有的凹陷中,出现了一小捧紫色的粉末。

"这一天没有白过。"淘金者兴高采烈地说,"这么多至少能卖两百欧元!"

他从背包中拿出一个玻璃瓶、一个小铲子和一支毛笔,瞥了一眼马丁,说:"但按我的推测,紫色粉末是外星人的粪便。"

"所以你从不用它们治疗流鼻涕?"马丁确认道。

"用。"小伙子仔细地收集着粉末。

"好吧,祝你好运。"马丁祝福他,"我走了……哪儿有宾馆可以住?"

"赢马客栈。"淘金者简洁地回答。

马丁哼了一声,点点头,向灯火通明的村庄走去。走出一段距离后,马丁才又转身问安德烈:"请问,那个找到钥匙的女孩叫什么名字?"

"还说你不感兴趣!"小伙子热情地回答,"她叫伊琳娜!"

"明白了。"马丁说。

"但是她不卖钥匙,妄想来个狮子大开口……"小伙子的声音从雾里传来。

马丁没再接话,沿着黑色石头向灯火通明的村庄走去。他碰到好几次光滑地段,有一次甚至摔倒在地,滚出好远,看到了黑镜石中自己那张扭曲的脸。

马丁来到村中的发电站。发电站被低矮的栅栏象征性地围起来,里面有十几根金属棒歪歪斜斜地插入岩石中,成对连接在一起,形成了一个闭合电路。一条粗粗的、绝缘性良好的电缆直通村庄。

塔丽斯曼全球都有电。只需稍微往地里挖几下,找到两个不同的电位点就可以了。随着时间的推移,这个神秘电站的电在慢慢耗尽,但继续用上个一年半载还是绰绰有余的。

马丁顺着电缆往前走,很快就来到了阿姆列特郊外。不难理解,为什么当地人偏偏选择在这里建村镇,因为有一条很浅的大河流经此地。

在平静的、缓缓流淌的河水中，生长着一些低矮的树木，这些树木既可作为食物，又可当建筑材料。一位身负武器的老者坐在岸边，看守着种植园。他善意地看着马丁，但仍然保持着一个守卫最基本的职业警惕。

马丁对他挥挥手。他并无意于侵占公家（或许是私人的）财产。

他只需要伊琳娜。

以及能揭开塔丽斯曼秘密的钥匙。

## 一

本地人不喜欢柔和的色彩。

乳白色的雾本身就会淡化色彩的效果，增添朦胧气氛。浓雾之中，红色变成粉色，群青变成蔚蓝，草绿变成橄榄绿，深棕变成浅褐。

村镇中每座小房子都像女人似的浓妆艳抹，披着鲜艳夺目的外衣。如果是深红，一定光泽亮丽，如汩汩流淌的鲜血；若是天青色，则令人头晕目眩，仿佛地中海清晨的蓝天；若是绿色，便是浓稠的薄荷；若是蓝色，则是真正纯粹的蓝——英语将其称为"皇室蓝"——自布尔什维克革命以来，没有了皇室，甚至找不到合适的俄语词汇可以形容它。

就连赢马客栈奶油色的墙壁也被粉刷成了浓重的乳白色，原本平淡柔和的色调变得犹如奶油爆炸般欢腾热烈，变成了格林兄弟想象中的小房子——如果他们出生在苏联的话，一定能想象出这种用焦糖炼乳做成的充满魔法气息的建筑。

马丁后知后觉，猛然想起塔丽斯曼最负盛名的商品就是染料。现在，他终于明白个中原因了。

身穿浅蓝色短裙的伊琳娜·波卢什金娜正站在赢马客栈门口。

马丁在离姑娘一步远的地方站了下来，一言不发，语言在此刻是多余的。

伊琳娜如在梦游，慢慢走向他，紧紧地贴在他的胸口上。

"我们哪儿都不去。"马丁将脸藏在她的秀发中，低声说，"听到了吗，伊琳卡？哪儿都不去。我们就留在塔丽斯曼。永远。你和我。听到了吗？"

他的话消散在雾中，行人的影子在迷雾中沙沙作响，从小客栈关着的门里隐隐传来陌生的音乐。伊琳娜依然紧紧地依偎在马丁怀中，仿佛已经没有力气离开他，甚至没有力气看一眼自己可怜的救命恩人兼恋人的眼睛。

"怎么回事？"姑娘还是轻声开口了。

"你莫名其妙地消失了，"马丁回答，"在舍阿丽的驿站时，你还在，但到了塔丽斯曼驿站，突然就消失了。"

他终于牵起了伊琳娜的手。她的手掌是温暖的，有生命力的。

还是那双手。

"我早就知道。"伊琳娜说，"在莽原-2之后……就已经猜到了。我在这里还跟一个人谈起过这件事……总之，结局不说自明。所以，我就坐在原地等待……"

"等我吗？"马丁问。

"一开始，我等待着拿镰刀的老太太[1]，"伊琳娜平静地回答，"然后开始等你。"

伊琳娜离开了马丁的怀抱，抬起头，他们的目光相遇了。伊琳娜的目光淡淡的，很平静。

"我觉得，我是拿镰刀老太太的信使。"马丁低声说。

伊琳娜摇摇头，"不是。你是她的对手。只不过到目前为止，还没有人类赢过死神。我们走吧，马丁。"

她温柔地拉着他向赢马客栈门口走去。

"伊琳娜……"马丁说。

姑娘用手指按住双唇，小声说："嘘——！以后再说。"

---

1. 指死神。

然后她微笑起来。

这一刻,马丁清楚地意识到,自己永远无法跟伊琳娜·波卢什金娜争论,不论是之前的伊琳娜,还是现在的。他说"永远留在塔丽斯曼",并不是说说而已,他已经再也无法离开这个女孩了。

因此,马丁不再说话,而是将热能枪拿得更舒适一些,跟在伊琳娜身后走进赢马客栈。

一匹小矮马站在大壁炉旁的石头基座上,一双玻璃眼睛忧伤地看着访客,在微醺半醉的游客善意抚摸之下,身上的几处短毛已经脱落,但总体看来,制成标本的小矮马非常可爱。

"这儿为什么有一匹小矮马?"马丁跟在伊琳娜身后,走到角落里的一张餐桌旁,忍不住问道。客栈里人不多,但伊琳娜显然想坐在最远的角落里。这里没有无所不在的雾纱,反而让人有些紧张,觉得自己赤裸而无助,"为什么要把这个可怜的动物弄到这里呢?"

"它是运输工具。"伊琳娜忧伤地回答。大概也在为这匹客死外星的小马感到难过。

"它是怎么死的?"

"很简单,死了就死了。"伊琳娜答得像个哲学家,"知道它叫什么名字吗?佛罗多!"

马丁点点头,期待着更详细的解释。

赢马客栈的老板个子不高,神情忧郁,简直跟斯堪的纳维亚人一个模子刻出来的——蓝眼睛,金色长发,面庞端正,如果他的身高能超过一米六的话,相信所有女访客都会为他神魂颠倒!

"向您问安,"客栈老板忧伤地同马丁打着招呼,亲自走到餐桌前,用塑料刷扫了扫干净的台布,"第一次来塔丽斯曼?"

"是的,从前没来过……"马丁小心翼翼地回答。客栈老板使他想起一个人——相似的甚至不是脸,而是那双忧伤的眼睛,"对不起,您前不久是不是离开过塔丽斯曼?"

"您的意思是?"客栈老板若有所思,瞬间警觉起来,看着马丁,"怎么?您遇到过非常像我的人了?"

马丁瞥了伊琳娜一眼,姑娘安静地坐着……难道她真的没觉得有什么异样吗?

"您知道吗?如果您把头发剪短,再多遭点罪,多受点苦,在不同的星球间浪迹漂泊一段时间,然后戴上小圆帽,腰间佩一把左轮手枪……"

"噢,"客栈老板松了口气,点点头,"我明白了。伊拉奇卡也讲过……她在莽原-2上遇到过他……"

"你们是亲戚?"马丁追问道。他暗自痛苦纠结,不知该将小个子牛仔的死讯告诉对方,还是守口如瓶。

客栈老板疑惑地看着伊琳娜。她点点头,"您可以告诉他,尤拉。他会相信的。"

客栈老板也点点头,默默走向吧台。片刻之后,他拿着三杯啤酒走向马丁的座位,看得出来,啤酒是罐装的,他倒酒动作很快,边走边严厉地给服务员下达命令,或礼貌地与其他顾客交谈。老板坐到马丁对面,端起酒杯说:"我请你。"

"祝您健康。"马丁回应。

客栈老板喝了一大口酒,说:"首先声明,故事我只讲一遍,不会讲第二遍,也不会同您争辩。您爱信不信……我是尤里克一号,而他是尤里克二号。"

马丁礼貌地等待着下文。很显然,客栈老板喜欢讲这个故事,并且已经形成了一套固定的仪式。

"十年前,我决定来塔丽斯曼碰碰运气,我把酒和餐具放到佛罗多背上,让它驮着……我亲爱的陌生人,您知道吗……"

"马丁,叫马丁就行。"马丁急忙自我介绍。

"马丁,您知道,我也算是文化人,我非常清楚淘金热兴起的时候人们会是什么表现。现在这里发生的一切,不是淘金热又是什么?致富的方式有很多种——傻瓜去寻宝,勤劳的人去挖金子,冒险家去抢劫,而我是个安静平和的人……以前甚至可以说得上是个知识分子。我选择来塔丽斯曼,是因为总会有大批人来到此地。于是我决定在这里开间客栈。那些一夜暴富的淘金者会去哪里?去商店?去自己可怜的小茅屋?去银行?不,马丁。他们会先到我这里来!庆祝自己的成功。于是,我把东西驮在小矮马上……"

"非常明智的做法。"马丁评论。他环顾了一番小酒馆,这里有坚固的石墙、壁炉前有精美的铁栅栏、吧台后陈列着大量玻璃餐具和瓶子。已故的佛罗多可能跟大象一样有劲;还有一种可能:尤里克是天才的商人,而每一位塔丽斯曼的淘金者都是酒鬼。

"那时候,我很害怕过界门,"尤里[1]承认,"不过,第一次爬到女孩身上也会害怕……对不起,伊拉奇卡。"

"没关系。"姑娘点点头,喝了口啤酒。这段故事她显然已经听过了,但现在,她很享受再听一遍的感觉。

"我喝了酒……为了给自己壮胆。但我喝得太多了,到界门时已经无所顾忌,我选择了塔丽斯曼,过了界门……"客栈老板又喝了口啤酒,挑衅似的看了一眼马丁,"然后,管家来找我,向我道歉!"

"哇!"马丁发出一声感叹。

"可不是嘛,他们吹捧的技术让他们失望了。管家说,地球刚刚接入星际网络,界门还没进行过真人测试……而当我酒醉过界门时,我身体里仿佛有两个人同时存在:尤里一号和尤里二号,所以管家的设备将我设置成了两个人。我来到了塔丽斯曼……而那个二号……"

"去了另一颗星球!"马丁喊道,看到客栈老板委屈的目光,他又急忙补充,"我相信,我相信!"

"不,他没有立刻去另一颗星球。比那更糟糕。尤里克二号似乎被拽到了所有星球的所有驿站上!然后他开始被悄悄地抛至不同星球。一会儿这里冒出来一个,一会儿那里冒出来一个。有的是立刻出现的,有的则是过一两年才出现的。最近一次是两年前。在管家中止这个程序之前,已经出现了几百个尤里克二号。我对管家说,请把多余的我清除

---

1. 尤里克的昵称。

掉！但他们断然拒绝。管家说，智慧是神圣的礼物，他们不会消灭这些一模一样的无辜者。况且副本们自己很快会死于各种意外。宇宙法则似乎不允许此类事件发生，大自然本身就会清除多余者……"

马丁在桌子下面找到伊琳娜的手，将其紧紧地握住。伊琳娜会意地点点头。

"而我被困在了这里……"尤里沮丧地继续说，"问题就是，如果世界上哪怕还剩一个我的副本，过界门时我就会从现实世界消失。我有命走进界门，却没命从界门出来。就是这样……管家承诺，等到我可以安全返回家园的时候会通知我。但现在我的无数副本还在不同的世界游荡。最初，他们很快就死了——或死于意外，或死于精神错乱；有些被扔到了不适合人类居住的星球；有的甚至当起了土匪……人的生命只有一次，没有别的办法，随遇而安吧！"

"难怪赏金猎人会追杀他！"马丁恍然大悟。

"不全是因为赏金猎人。那些走上邪路的副本早些年就被枪杀了。"尤里摇摇头，"这是另外一回事……我的副本抢劫或者杀人之后，人们只需将他逼到墙角，他就会傻乎乎地冲向界门，进去就永远别想出来了……让他见鬼去吧！如果有人继续追杀其他副本呢？赏金猎人永不绝迹，迟早有一天会在另一颗星球碰上另一个副本。他会被当作逃犯，赏金猎人要求带走他，可他又不可以进驿站！所以……"尤里克摊开双手。

"感谢上帝。"马丁说，"他非常可爱，非常友善……真不想相信他是个坏人。"

"非常可爱、非常友善的人是我！"客栈老板果断回应，"我是尤里克一号！我对尤里克二号的行为不承担责任。"

"是的，生活可没有饶过他。"马丁点点头，"他看起来……又老又颓废……"

客栈老板犹豫片刻，还是做了一番解释："这不是问题的关键。我跟管家大闹了一场……既然他们害得我被困在这里这么久，那我该怎么办？怎么生活下去？青春损失费谁来赔？这就是他们补偿的结果——

把我变得更年轻、更可爱,从地球运货全部免费。"

"噢……"马丁恭敬地点点头,"好吧,这就证明……"

"证明我是正版,"客栈老板骄傲地说,"因为其他的尤里克都没有得到这种礼遇。"

他沉默了片刻,然后小心地问:"那个,莽原-2上的……他,是个什么样的人?"

"真正的人。"马丁感慨道,"只是很不走运。请问,您……感觉不到他们吗?"

伊琳娜在桌子底下踹了马丁一脚。

"伊拉奇卡也问过同样的问题,"尤里克笑了笑,"没有,我没感觉。我是我,他们是他们,各不相干。有时候我会去找管家,了解有多少副本还活着,多少已经死了……那些活下来的副本,仿佛慢慢地适应了,也可能是自然法则慢慢接受了他们。他们几乎不再因为意外而死去,最多死于枪战。以前可不是这样,那时候什么事都有可能发生!有的被当地人吃了,有的被毒果子毒死,两个掉进了火山口,七个被淹死,而且其中一个是淹死在浴缸里!还有一个养了条猎犬,结果那个大耳朵畜生发了疯,半夜把他的脖子咬断了!五个被噎死,三个死于流感,六个被好吃醋的丈夫开枪打死,两个被自己的妻子毒死……"

客栈老板聚精会神地盯着马丁,"请你告诉我,你相信我说的话吗?没有人相信我,甚至有个国家安全局的家伙从地球过来这里,跟我同名……"

"尤里·谢尔盖耶维奇……"马丁机械地回答。

"完全正确。甚至连他都不相信我说的话,该死的……怎么?你也是那儿的人?"

马丁本想骄傲地否认,但立刻意识到,如今,他真是国家安全局的人了。

"是的。"

"你真该给地球人好好讲讲,世界上正在发生什么事!"尤里高兴地说,"否则……"他挥了挥手,"算了,你们吃饭吧。我斗胆替你们做主,给你们要了客栈的招牌菜。我请客。所有初次到店的顾客我都会请客。我有这种能力……"客栈老板抬起头，对着天花板喊："谢谢你，恩人！谢谢你赐我幸运，给我关怀，谢谢你给我的一切！"

没有一位顾客表现出异样。看来，他们已经习惯老板的这种举动。

等到尤里克一号回到吧台后，马丁才转向伊琳娜，"你早就知道了！"

"是的，我知道。"伊拉点点头，"一周前就知道了。我知道，我们会一个接一个死于各种意外……我们所有的人。甚至，如果有谁真到了驿站，也会中途消失。但我不能告诉她们中的任何一个人，马丁！要想让我的记忆成为共同的记忆，我必须死去。但我……"

马丁谨慎地点点头，"我懂，没有人能做到这一点。不要怪罪自己。"

"可是你更喜欢上一个伊琳卡，"姑娘突然说，然后微微一笑，"对吧，马丁？"

马丁沉默了。

"她在我身体里。"姑娘轻声说道，"真是糟糕。她和所有的她们，都在我身体里。而我能够返回地球……现在，应该可以了。我们不需要永远留在塔丽斯曼星。尽管你可能并不需要我。"

"伊拉……"

"真傻。"小姑娘的目光看着马丁以外的地方，低声说道，"我就是她。但我又不是她。我们几个略有不同。一天的时间，就足以让我们变得与众不同……"

她猛地转向马丁，眼中含泪，笑了，"万事皆空。让我们忘了这些，好吗？我们还是谈谈正事。"

"什么正事？"

伊琳娜耸耸肩，"我们应该拯救银河系。"

"又来了……"马丁低语。

"请给我一张纸，一支笔。"伊琳娜煞有介事地说，"谢谢……我很快……"

马丁耐心地等着伊琳娜写下几行字——

1、图书馆
2、莽原-2
3、阿兰卡
4、玛姬
5、巴扎尔
6、舍阿丽
7、塔丽斯曼

"完全正确。"马丁附和道,以此表明自己也在参与谈话。

伊琳娜嘲讽地看了看他,又在纸上补了几句话——

1、图书馆:死气沉沉的世界,毫无意义的认知,古代文明遗址
2、莽原-2:地球人的前哨,繁荣的殖民地,智慧扩张
3、阿兰卡:外星人世界,高级智慧——死胡同

"为什么是死胡同?"马丁记起和蔼可亲的列尔卡西·汗和他可爱的小儿子,有点儿生气地问。

"因为如果没有灵魂,或者相信灵魂不存在,你的生命就是个死胡同,"伊琳娜断然说道,"之前的都很简单……接下来会越来越复杂……"

她继续写——

4、玛姬:外星人世界
5、巴扎尔:外星人世界
6、舍阿丽:外星人世界
7、塔丽斯曼:无主世界

"然后呢?"马丁问。

"然后呢?"伊琳娜模仿着他说,"你好好想想,大侦探!还是你把一切都推给愚蠢的小姑娘自己解决?"

受到冒犯的马丁一把夺下她手中的纸,迟疑了一秒钟,补充写上——

4、玛姬:外星人世界,现在的过去——死胡同

"好样的!"伊琳娜啧啧称道。

5、巴扎尔:外星人世界,过去的未来——死胡同
6、舍阿丽:外星人世界,拒绝智慧——死胡同

"没错!"伊琳娜赞叹道,"然后呢?"

7、塔丽斯曼:无主世界……

马丁用手指转了一会儿笔,然后耸耸肩,"对不起,我对塔丽斯曼知之甚少……你写这些干什么?"

"你觉得,你按照这个顺序访问了七个星球,只是纯属巧合吗?"伊琳娜问。

马丁摇摇头说:"不,现在我觉得,巧合的概率很小。但是……"

"你必须造访这些世界。"伊琳娜自信地说,"所有七个世界。经历过,然后才会明白……好吧,就像讲给管家的故事……"

"顺便说一句,你还没给我讲,为什么管家需要这些故事。"马丁提醒她。

"他们不需要这些故事。根本不需要。"

"我相信,但为什么有些故事被他们接受了,有些故事他们却不接

受呢?"

"管家需要的是你……他们需要一个有能力、有勇气过界门的人出现;他们需要你在无尽的阶梯上昂首阔步;需要你走过新的世界,能够明白些什么……明白对你自己而言非常重要的东西。有些故事你讲出来,管家就会接受,但同样的故事别人讲出来,管家就会嗤之以鼻。每一次你坐到管家面前,其实都是在考试,马丁。为了有权继续学习而考试。"

"有这个可能,"马丁承认,"比起管家因为苦闷无聊而听故事,这个版本更接近真实……我相信自己按这个顺序访问七个星球并不是巧合。但为什么呢?"

伊琳娜摊开双手,"我们的人知道一些事情。这些星球出现在清单里绝非偶然。你的监视人什么都没有说吗?"

马丁摇摇头,"不,他总含糊其词。他要我来舍阿丽和塔丽斯曼,甚至没有规定造访顺序。伊拉,让我们来总结一下我们了解的所有信息……"

"好吧。"姑娘立刻同意。

"但是你先回答我一个问题。你自己不是国家安全局的人吧?"

伊琳娜没有生气,只是摇摇头。

"你去驿站纯属意外,不是你父亲……或者尤里·谢尔盖耶维奇让你去的吧?"

"马丁,我才十八岁。"

"未满十八。"马丁纠正。

"希望我还能活到十八岁……俄罗斯国家安全局没有这么年轻的特工。"

马丁叹口气,"好吧。请你原谅,但如果世界上所有的阴谋都集中在一处……"

伊琳娜祈求地看着他,"马丁,我说的都是实话……"

"不提这个了。"马丁说,"还是让我们弄清楚:几千年前就已经出现过管家的星际网络了,是这样吗?"

伊琳娜点点头。

"当时的驿站促使宇宙间所有种族相互合作、发展并建立贸易往来……不再有可怕的战争，一切都进展得非常顺利……"马丁用手指敲打着桌子，"接下来发生了什么？很显然，联合为一体的文明失去了智慧层面继续进化——我们姑且称其为心智进化——的动力。智慧生物开始从质变转向量变，但这已经足够了。接着，黄金时代到来了。繁荣、永恒、知识爆炸、艺术和文化盛极一时……诸如此类，对吗？"

"嗯，"伊琳娜确认道，"还有类似于文化的发展路线，像月亮上的小吃店，天狼星上的度假胜地……"

"那里能有什么度假胜地？"马丁想到天狼星，不禁打了个冷战，"好吧，现在我们把这个定理由莽原-2推及至整个银河系……接下来会发生什么？"

"大洪水。"伊琳娜笑了，"全球性大灾难瞬间席卷所有智慧生物居住的星球。操纵大灾难的不是某个具体的敌人，而是宇宙本身！每颗星球可能都有自己的末日方案，但结果只有一个——星际网络被摧毁，智慧生物居住的世界退化到荒蛮时代。有些星球甚至完全走向毁灭。"

"管家呢？"马丁自问自答，"一部分发生变异，变异到无法识别的程度，像巴扎尔人那样。实际上，相当于变成了新的种族，以便适应新的生活条件……这部分管家显然进入了下一个进化阶段，而绝大部分管家则退回到自己的星系，开始做新的尝试。"

"最后一种情况要容易些，因为他们保留了第一次扩张时的舰队。"伊琳娜补充道，"对不对？或者是某些机械……一些我们连做梦都没有想到过的机械，比如能够在大行星[1]环境中行走的纳米机器人和大量的新型飞船！"

马丁点点头。伊琳娜精神振奋，继续说道："还有，那些星球上的导航台曾是星际网络的一部分，伪装得很巧妙，不断发出导航信号……或许还对各个星球的状况进行了分析……"

---

1. 指木星、土星、天王星和海王星。

"非常合理。"马丁表示同意,"我们假设这个假说成立。那图书馆星又是怎么回事?"

"是遗址,"伊琳娜轻描淡写地说,"也许,这些方尖碑上真的有信息……藏着上一个阶段的历史,但这不重要了。"

马丁皱紧了眉头。宣称某种东西不再重要,是很危险的决定!但他一时又不知如何反驳,便接着问:"阿兰卡人呢?"

"我觉得,"伊琳娜小心翼翼地说,"他们也是人类。确切地说,与我们同种同源,只是基因水平上存在着某些差异。只不过……上一次世界末日发生时,阿兰卡人采取了某种奇怪的措施。他们意识到灾难是对心智进化停滞的惩罚。然后……然后……"

"然后,他们改变了自己。"马丁继续说,"让自己永远失去了心智进化的可能性。"

"拒绝了灵魂。"伊琳娜有些不安地看着马丁,仿佛害怕再一次惹人嘲笑。

但这一次,马丁既友善又客气。

"也可以这么说……伊拉,看来,他们真的实现了自己设定的目标。他们的社会真的……很发达。而且很幸福。我们继续?"

伊琳娜瞥了一眼纸条,"那迪奥·道人呢?"

马丁想了想说:"他们也选择了一种躲避打击的方式——避免心智进化,并让进步停滞……与此同时还获得了永生。既想当婊子,又……噢,对不起。"

"没关系。"伊琳娜眉头紧锁,"只不过他们的永生有些诡异。"

"永生本就诡异。"马丁的情绪有些激动。

在马丁的话里,有对文明与时代的嘲弄,对进步与堕落的抨击,对世界末日论和灵魂存在论的戏说。马丁仿佛在梦中,又像是大醉之后,大脑主管慢速思考的神经元被清除了,人变得胆大滔天,"伊琳卡,过去的事情,我们终于弄清楚了……"

"巴扎尔人是怎么回事?"伊琳娜抛出了一个新问题。

"很简单!"马丁回答,"他们是人造的智慧种族,寿命极长,已完全适应自己生存的世界。进化和永生似乎都成了多余……"

"格达人呢？"

"嗯……"马丁陷入沉思，"说起他们嘛，还真有些复杂……他们的社会由神权主导，同时格达人相信，他们的神学……该怎么说呢？是实用神学！那甚至不能算宗教，而是巫术。完成某种仪式，神就会给出你想要的答案。格达人还有什么奇怪的地方？他们的女性没有智慧，这是众所周知的。"

"你见过格达世界的女性？"伊琳娜问。

"没有。"马丁挥了挥手，"但是他们企图训练肯南，开发它们的智慧，而且颇有成效。所以……"

"你听说过哪个星球从创世之初就存在着两个智慧种族吗？"伊琳娜问。

"没有。"马丁摇摇头。

"那你听说过哪个种族不论到哪儿都带着自己的宠物吗？宠物狗、鸟，或者马？"

马丁一时不知如何作答。伊琳娜兴高采烈地看着他。

"不可能……"马丁抗拒地摇摇头，"不可能！那可是不同的物种！"

有人开始往他们的方向张望，伊琳娜碰了碰他的手，低声说："你小点声！有一种可能！肯南就是格达一族的女性，同时是宠物和性伴侣。女性生活在水边，男性在陆地打猎。这样其实也非常方便。他们有两种固定的食物来源，最富饶的沿海地带都成了他们的定居点。男性已进化，陆地上的不可预测性更大，更需要智慧……也许，这种进化发生在末日之后？女性回到海中，男性留在了陆地上？"

"你从何而知？"马丁问，"又是'机要档案'？"

伊琳娜摇摇头。

"我看到过格达人和肯南交配。在图书馆星。无意中看到的。"

"他们发现你了吗？"马丁急忙问。

伊琳娜耸耸肩，"肯南好像看到了……我不确定。况且这已经不重要了,马丁。你最好还是告诉我,这种情况也是逃避心智进化的一种尝试吗?"

"有可能,"马丁点点头,"非常有可能。在全球灾难之后,智慧成了诅咒,但是,某个不安分的泰格达拒绝退化到动物水平……"

"礼物也好,诅咒也罢。这一切都与智慧有关。"伊琳娜点点头,"不知这是物种发展的最高阶段还是中间阶段。"

"我们还没提到那些彻底摒弃了智慧的种族,"马丁小声说,"那些现在被殖民的星球……我们以为那上面从来没有过智慧生命,其实存在过……当地的某些动物可能就是星球的前主人!"

"特罗巴的土著原本是智慧生命,可怜的欧乌鲁阿人已经退化,但退化得不是很彻底,"伊琳娜开始列举,"舍阿丽选择了最特别的方式,那就是孩子们有智慧,成年人放弃智慧。"

"一定还有别的进化方案。"马丁低声说道,"我的上帝……我们多么幸运啊……"

"你真这么认为?"伊琳娜反问,"你不是很喜欢格达人的生活方式吗?一个叫伊琳娜的小姑娘乖乖地待在家里,或吃饭,或在草地上嬉戏玩耍……你选中了她,给她在门厅里放一块小地毯。她一见你就会开心,摇晃着小尾巴,给你叼拖鞋……"

"呸!"马丁看着她笑眯眯的眼睛说,"难怪幸福的格达人总带着自己的女人跑来跑去,还要教她们思考。"

"要不就……"伊琳娜若有所思地看着天花板,"我学会舍阿丽语,然后去他们的神殿,接受他们的宗教仪式……"

马丁上半身探过桌子,吻了吻姑娘。

"好吧,"过了一分钟,伊琳娜说,"可以了,让我们再想想。"

马丁瞥了一眼大厅。他们激情的吻似乎并没引起任何人的注意。真该谢谢塔丽斯曼淘金者的绅士风度……

"还想什么?"马丁问,"管家曾经试着为银河系带来和平与富裕,却以灾难告终。这究竟是自然法则,还是上帝太过严苛,狠狠教训了一番自己的懒孩子,我们已无须深究。也许,有些孩子屈从了命运,进入到下一个进化阶段——我们甚至无法发现他们。有些孩子则发生了变异，退回到牲畜水平……我们能根据捕获猎物的种类区分并找出他们。而大部分孩子恢复了常态，重新繁衍生息，重新走起老路，包括管家。因此，可以得出结论，新一轮的天罚还会再来。"

"阻止灾难的不二选择，就是说服管家摧毁星际网络。"

"首先，这不可能。"马丁摇摇头，"其次，这么做也只是将悲剧延期而已。所有的种族早晚都会走到那一步。"

"但总应该有另一种出路。"伊琳娜说，"清单上出现了塔丽斯曼，一定有其深意。"

马丁叹口气，他不知还要重复多少次——自己对塔丽斯曼星有限的了解全部来自《旅行家文摘》、卡尼尔与奇斯佳科娃合著的《宇宙生物名录》和微软公司的《世界百科全书》以及诸如此类的出版物。

"伊琳卡，我有话要对你说……"他开口道。

就在这时，服务员终于端着赢马客栈招牌菜走了过来。

马丁松口气，不再说话。

## 二

人类是杂食动物。在气候温和的状况下，四体不勤又性事极少的人只吃素食就足以保障人体所需的热量。如果某地的素食种类足够丰富，那么修行者势必会取代体力劳动者。

人也是食肉动物。马丁听人讲过一个印度少年的故事，少年从出生就没吃过肉。在某次印俄友谊赛中夺冠后，少年被派往友邦俄罗斯游览，眉飞色舞地对迎接自己的俄罗斯朋友们讲起对俄第一印象，竟然是航空公司提供的飞机餐中"极为美味的褐色面饼"。不过，当得知粗心的空姐给自己吃的居然是煎肉饼时，少年又伤心又难过——这与身体的需求无关，只能说明道德标准的力量，因食素而变得衰弱的年轻躯体并不会拒绝肉食。

马丁唯一不吃的，也许只有狗肉了。不吃狗肉也单纯出于道德原因。因此，服务员端上来的招牌菜并没有让他感到吃惊。

"马肉？"马丁看着红肉冷盘问道。

服务员点点头，等待马丁的评价。赢马招牌菜中除了马肉，还有一小块做成马蹄状的煮面、一些卷成小球状的硬质奶酪和酸奶饮料。马丁尝了一口酸奶，大喜过望，居然是纯正的哈萨克斯坦酸马奶味道！

"太棒了。"马丁边说边往马肉上抹了好多芥末酱。很多人觉得马肉的味道令人作呕——真是一群可怜的傻瓜！他们一定是趁热吃的马肉，可能还喝肉汤了。殊不知马肉只有冷食才美味，任何牛肉或者猪肉都无法与之相提并论。

"他们居然没能吓到你。"伊琳娜说，"这是客栈老板的幽默。既然客栈名为'赢马'，他就干脆请所有新来的客人吃马肉。"

马丁摇摇头，刚想给她讲讲马肉的营养成分，讲讲人们制作熏肠的时候必须加入马肉……但想到自己个人档案上"假绅士"的标签，便将要说出口的话和一块马肉一同咽到了肚子里。

"可能只有那些旅行新手才会被这道美食吓到，"伊琳娜猜测道，"但你去过那么多星球……马丁，你听说过钥匙的事吗？"

马丁点点头。

"在这儿。"姑娘将挂在脖子上的项链解下来，递给他。马丁早就发现伊琳娜戴了三条项链：一条当然是十字架，一条是旅行者的号牌，而第三条，他本以为是普通的装饰品。

原来，这条项链上拴的居然是传说中从"保险柜"中开出的钥匙。它比马丁想象的要小，甚至比铅笔还小，只能算是铅笔头——一个蓝色透明的细圆柱体，内部有混浊的斑点，上有小孔，项链从孔中穿过。

"这是什么破玩意儿？"马丁问。当然，紫色粉末给人的印象虽然并不比它好多少，但好歹散发着某种难以觉察的异域气息，而这把钥匙……

"不喜欢吗?"伊琳娜笑着问。

"是个玻璃做的小玩意儿,"马丁发表意见,"如果电影里的男主角找到这种小东西,他想必会立刻发现这是外星人最重要的保险箱的钥匙,或是宇宙大爆炸时遗留下来的雷管……但我们不是在电影里。伊尔卡[1],这不过是玻璃做的小玩意儿!"

"正确。"伊琳娜轻声说道,"我来这儿时,在驿站的垃圾桶里捡的。"

马丁瞪大了眼睛,"有人把如此贵重的宝物扔到了垃圾桶里?"

"谁告诉你这是宝物了?"伊琳娜悄声问,"垃圾就是垃圾,即使是外星人的垃圾。"

"怎么,你想欺骗买主吗?"马丁惊呆了,"如果被他们发现了……"

"我没欺骗任何人,"伊琳娜露出甜蜜的微笑,"你小点儿声说话,看在上帝的分上!顺便说一句,我可从来没有说过自己是在'保险柜'里找到的这个东西。我不过是将它戴在了明处,说自己'找到'了它。但别人怎么想,可不是我的问题。"

"为什么要这么做?"马丁沉默片刻,问道。

"我是这么想的。"伊琳娜认真起来,"塔丽斯曼不是图书馆星。这个星球还有生机,这里有诡异的雾,甚至脚下的岩石就是发电站。这里的'保险柜'还都能使用……不光能找到粉末……相信我!如果塔丽斯曼是上一次管家扩张时幸存的星球,这里一定存在非常有价值的东西。或许,这里是管家帝国的控制中心?"

"管家没有帝国。"马丁喃喃自语,又给自己倒了杯酸马奶,"他们有舒适的母星和成千上万的飞船。这就够了!如果这里是控制中心,他们根本不可能让这么多野蛮人来这里乱挖。"

伊琳娜没有反驳,接着说道:"但塔丽斯曼是不是很重要的星球?非常重要!既然重要,就要了解它的秘密。可是要了解秘密,最简单的方法又是什么呢?"

---

1. 伊琳娜的爱称。

"在这里住上一两年。"马丁若有所思地环顾了一圈客栈。

"结识一位在塔丽斯曼生活多年、已掌握了某些信息的人!"伊琳娜打断他的话,"成为他们中的一员。为此需要做什么,你明白吗?"

马丁点点头,"明白,假装你也拥有等值的秘密。那你的进展如何?当地共济会会员有没有来找你,请你加入他们的分会并共享他们的信息?"

伊琳娜不置可否地摇摇头,"嗯……很难说。或许他们真的来找过我,或许是我在自欺罢了。"

"当地的共济会——塔丽斯曼兄弟会,"马丁思索,"非常幸运且聪明的淘金者……试问,谁能发现'保险柜'的工作规律?好吧,我们赌一把,碰碰运气?"

"碰运气,怎么碰?"伊琳娜好奇地问。

马丁将那把"钥匙"和项链藏到胸前的口袋里,然后从背包里拿出一个大袋子,放在伊琳娜面前的桌子上。

"这是什么?"姑娘问。

"对于周围的人来说,这就是钱——买'钥匙'的钱。实际上,它是个交换工具包,里面有巧克力、调味品和子弹。你拿着,然后找机会再还给我。"

伊琳娜笑了,"我可以把巧克力留下吗?"

他们安安静静地吃完了赢马客栈的招牌午餐。不时有人朝他们张望。一包钱换一把钥匙的交易行为不可能不引起旁人的注意,但目前还是一片风平浪静。

马丁走到客栈老板身边,要求住一夜。老板在二楼给他找了一间空房,价格不算很高。

最让马丁开心的是,客房的隔壁就是伊琳娜的房间。

客房之间的墙壁是木板,木板上只简单贴了一层壁纸。马丁撕开一小块壁纸,检查了一番,感觉非常满意。他冲着伊琳娜点点头——姑娘正观察着自己的动作。

"非常好。天很快就会黑吗?"

"再过两个小时。快10点的时候。"

"人们一般几点睡觉?"马丁看看表问道。19点73分……他平时将卡西欧旅行家手表设置到"浮动小时"模式,这种模式下,任何星球的一昼夜都是二十四小时,但组成一小时的分钟数就会因星球的不同而不同;而在"浮动昼夜"模式下,每小时是60分钟,但一昼夜的小时数就是不固定的。马丁认为"浮动昼夜"模式不太方便。

"12点以后。但楼下会有人一直玩到凌晨。"

马丁点点头,"很好。如果真有人相信了你的小把戏,那么今夜就是抢钥匙的最后机会。"

"他们也可能明天一早在你去驿站的路上抢劫。"

"有可能,但干这种事情一般都在夜间下手,毕竟半夜三更没有其他事可做……"

不知为什么,他们俩陷入了尴尬的沉默。马丁咳嗽了一下,问:"你觉得,会不会是那个老板……"

"尤里?"伊琳娜摇摇头,"不,我不觉得。他自己的事已经够他受的了。经历了那么多次死亡之后,谁还会有心思探寻银河系的秘密……"

"你不就是个例子吗?"

"我们一共才只有七……"

马丁抓起她的手,但伊琳娜摇摇头,"不。不要,马丁。现在你想的那个人不是我,而是上一个伊尔卡……"

这话说得并不完全正确,但毕竟有一部分是事实,马丁松开伊琳娜的手,说:"那我们去散散步吧。除了有马肉吃的客栈,这里还有什么好玩儿的地方吗?"

"住宅区。"伊琳娜愉快地改变了话题,"有几千个住着淘金者的窝棚……这里的气候很温和,没必要建太坚固的建筑。那里所有种族都混居在一起,当然,不同的种族都尽量住得近些。还有两个客栈,但去那两个客栈的几乎都是外星人。"

"那还用说。"马丁点点头,"这里有个能免费运货的地球人,谁能竞争过他啊……"

"有一个大型超市——由迪奥·道人和地球人共同持股，还有几家文物收购店和星际快递员居住的宾馆，"伊琳娜继续介绍，如数家珍，"还有阿兰卡人的科考站……"

"真的吗？"马丁立刻精神振奋起来，"这太不可思议了。阿兰卡人在自己星球外设置的科考站可不多。"

"是不多。这就更说明这个星球的确有别于其他星球，"伊琳娜随声附和，"我去过那里一次。想通过他们联系上阿兰卡星的……自己，但没有成功，后来就断了这个念头。"

"我们去找阿兰卡人。"马丁决定，"我们一定有话题可聊。"

如果没有脚下随处可用的免费电力，塔丽斯曼可能也只是颗无人问津的星球。虽然星球能提供舒适便利的生活条件，但在白色的浓雾中辨别方位几乎是不可能的。磁场变幻不定，难以预测，指南针在此地毫无用武之地，无线电波段完全被干扰，而当地又缺少可以用来定位的自然地标。虽然主要道路有路灯照明，但一旦离开阿姆列特超过一万米，再想找到回程的路就相当困难了。

好在信标装置拯救了这种局面。这是一种形状类似倒置的字母"V"的小型自控信号灯，只需将标杆钉入坚硬易碎的镜石里，半导体激光器上的小闪光信号灯就可以立刻开始工作。信号灯两腿间的电力足以维持数周。地球及其他星球上都有类似装置，但此类市场几乎被阿兰卡人生产的轻便产品全面占领。信号灯的闪烁间隔及色彩可调区间很大，每位淘金者都能借此标记自己的淘金路线。

伊琳娜也有一套信标装置，是绑成一串的五十只银色的小"圆规"。蓝光闪三下，停顿；紫光闪一下，大停顿；蓝光再闪一下——伊琳娜骄傲地宣称她的闪光码是幸运码，而且特别好记。况且蓝光和紫光穿透雾的能力极强，这非常重要。

她还提到，在塔丽斯曼星，偷盗或破坏他人的信标是极其令人发指的罪行之一。对这种行为甚至可以处以私刑，毕竟偷走信标就意味着损害他人的生命。而正人君子的行事作风是，如果路遇没电了的旧信标，就主动将它往旁边移几厘米，接入新的电源；而若路遇由于某种原因损坏了的信标，就将自己额外的信标插入黑镜石，并将其设置为白色高频闪光示警。

马丁痴迷地看着伊琳娜滔滔不绝地描述塔丽斯曼的生活细节。姑娘此时已将裙子换成了连体牛仔裤，腰带上挂了一串信标，还煞有介事地别了一把左轮手枪。她看上去就像一个经验丰富、能征惯战的神秘星球征服者。

两个人沿着灯火通明的小路往离村庄不远的阿兰卡科考站方向走去。

"你注意到这里的浓雾了吗？是不是非常诡异？"伊琳娜继续说，"感觉到湿度了吗？"

"是的。"

"如果我们在地球的浓雾里散步一个小时，衣服一定会湿透。但在这里仿佛存在着某种限制潮湿度的东西，我只感觉到衣服有一点点潮，但不会继续湿下去了。"

"诡异的世界。"马丁附和道，"还记得巴扎尔吗？有弹性的水？"

"是啊！"伊琳娜笑起来，"过红海如行干地[1]——真是难得的乐趣！"

她沉默片刻，然后用责备的目光看了看马丁，"在巴扎尔星的那个人，不是我。"

"是你，"马丁说，"别胡思乱想了。你去过阿兰卡，也去过巴扎尔。一切正常。"

伊琳娜没有回答，他们默默走了一段路。颜色各异的信号灯不时在雾中闪烁，越来越远离阿姆列特。

"很多人认为，离村庄越远的'保险柜'中越容易找到好东西。"伊琳娜说，"但是也有经验丰富的淘金者说，这纯属无稽之谈，各地

---

[1] 这句出自《圣经·希伯来书》："他们因着信，过红海如行干地；埃及人试着要过去，就被吞灭了。"

的机会是一样的。只不过村庄附近的好'保险柜'几乎都被人占为己有了……"

"什么样的'保险柜'算是好'保险柜'？"

"就是旁边还有一些相位不同的'保险柜'，这样就可以按顺序依次打开十几个不同的'保险柜'。有不少像这样'保险柜'扎堆的地方，譬如金色的林间草地、华尔街、黄金巷、银马蹄……"

"这名字起得……想象力实在有限。"马丁笑着说。

"还有无底桶、坐看、岳母之死、精灵的胡须，这些地名怎么样？"

"感觉好多了。"马丁发表意见。

"那肠在外、战争义肢、制动距离呢？"

"好吧，我服了，"马丁点点头，"淘金者的想象力简直无边无际……这是哪里？"

"这就是阿兰卡的科考站。"伊琳娜满意地说。马丁脑中闪过一个念头，伊琳娜刚才是故意用胡说八道分散他的注意力，如此，整个科考站就会在不知不觉中完全呈现在他的眼前。

马丁还记得吉利安特的科学城，本以为会见到为世人所熟知的规模巨大、雄伟壮观、布局合理的阿兰卡建筑。但阿兰卡人驻塔丽斯曼的科考站更像是迪奥·道人的房子，由多个大大小小的褐色气泡组成。这些气泡直径从两三米到十几米都有，有些气泡独立于其他气泡存在，有些则连成一体。气泡群占地面积至少四千平方米。

一个气泡的圆形舱门前有照明装置，门口有两个年轻的阿兰卡守卫站岗。一位守卫端着热能枪（看来热能枪是他们的常规武器），另一位守卫拿着笨重的设备，设备由背包与瞄准器组成，二者以粗电缆连接。两位守卫穿的不是传统的阿兰卡长袍，而是闪闪发亮的未来主义风格连体服。

"好厉害啊……"马丁小声说，"难道说，这里存在危险的生命形态？"

"规定就是规定，"伊琳娜开心地回答，"他们虽然是彻头彻尾的宿命论者，但也不会拿生命去做无畏的冒险……那个背包的人手里拿的是等离子枪。这种枪二十秒内就能将一个足球场烧得干干净净。"

"可怜的足球运动员……"马丁叹了口气。

伊琳娜向警惕的守卫挥挥手,喊道:"阿杰拉,哈斯塔!伊琳娜!"

"阿杰拉!"拿着热能枪的守卫热情地回应,他向前走了几步,仔细打量着伊琳娜,"道格尔·肯。"然后转为旅行语,"你会说我们的语言?"

"会说一点点。"伊琳娜点点头,"但我的朋友不懂。"

"可他持有我们的武器。"守卫惊讶地说。他比马丁还年轻,像所有阿兰卡人一样身材匀称,面容清秀。如果在地球上,犹太人和巴勒斯坦人都会将其视为闪米特人后裔。

"我有许可。"马丁马上回答,"是吉利安特市长特许的。"

"世界之大,无奇不有!"守卫有点不走心地称赞,"热烈欢迎,朋友们。你们是迷路了还是专门来找我们的?"

"我们特意前来拜访,"马丁优雅地将伊琳娜推到一边,"我们在研究塔丽斯曼……我们来,是想跟你们的学者交流一下。"

守卫想了一秒钟,向马丁伸出手去,"道格尔·肯。"

"马丁。"

守卫迟疑了一下。

"马丁,你没有孩子吧?"伊琳娜问。

马丁摇摇头。

"马丁·肯。"伊琳娜礼貌地纠正了他。

警卫显然很开心,又向他伸出了手,"您可以简单地叫我道格尔……走吧,正好我要换岗。我有一个科学小组,我们可以好好谈谈。"

尽管阿兰卡人天性谨慎,但没有让外来者办理什么繁复的手续。马丁和伊琳娜跟着道格尔走进舱门,来到宽敞的前厅。马丁小心翼翼地碰了碰墙面,发现墙面既温暖又柔软。

"这是有机房屋。"道格尔说,"非常适用于外星殖民地,不是吗?只需带些种子过来,种上就可以了。"

马丁叹了口气。人类童年的梦想为什么偏偏被外星人实现了呢?

又一位年轻的阿兰卡人进来,接过道格尔的武器,说了几句话,就出去了。

"走吧。"道格尔愉快地说,"我真讨厌值班,但如果雇用一个排的守卫在这儿工作就更加不方便了。是不是?只能像现在这样,安排每个人每隔三天值班三个小时,人人都是多面手,身兼数职……"

"这儿有什么危险吗?"马丁跟在道格尔身后向空旷的走廊走去。粗略估算一下,这里一共只有三十二人。当然,如果只有两个人同时值班的话,那这个数字大差不差……值班还分内岗和外面的巡逻岗……如果道格尔没有说谎的话。

"相信真主,也要把骆驼绑好[1]。"道格尔严肃地回答,"这是颗很奇怪的星球,有来自不同世界的不同智慧生物……你们饿吗?"

"不,我们刚刚吃过了。"马丁好奇地看着道格尔,回答说。

"那就去我那儿吧。"

过了几分钟,大家来到道格尔的房间,一路上没有遇到任何人。这房间非常舒适,有一扇大大的窗户,窗外是阿兰卡的都市风光。

"以解乡愁。"道格尔叹口气,碰了一下窗旁的小控制面板,阿兰卡风光就变成了安宁闲逸的田园景色:草地、小河、瀑布,还有几头矮小的像是与腊肠犬杂交生出来的奶牛。"人人都夸自己的家乡好……您在阿兰卡待过很久吗?"

"只待过几天。"

"我真羡慕您,我已经半年没有度假了,"道格尔叹口气,"我去冲洗一下,马上过来,你们别客气,就像在自己家一样!"

话音未落,他已向浴室走去,边走边解开连体服的扣子。阿兰卡人并不避讳裸体,但他还是关上浴室门后才脱光衣服。

伊琳娜和马丁相视一笑。毕竟这是在外星,没有什么比外星人的古怪行为更能让人团结在一起了。即使在地球上,如果命运将俄罗斯富商

---

[1] 伊斯兰俗语,意思是人要有信仰,相信安拉会保佑你的财产不受侵害,但最重要的还是要自己小心,先保护好你的财产。推而广之的意思是,要相信神灵的庇佑,但最重要的还是要相信自己、依靠自己的力量。

和俄罗斯穷学生抛到国外，他们也很容易成为朋友。当然，他们共同的话题就是不知让人愤怒还是引人嫉妒的异类的怪异举止。

屏幕上窗户外的奶牛抬起头，忧伤地哞哞叫起来。

"非常发达的种族……"马丁看着窗户说。

"我倒是很想出生在阿兰卡。"伊琳娜颇有感慨。

"你可以移民过去啊？阿兰卡人一向热情好客……"

"移民完全是另外一回事了。得在那里出生才行。像他们一样，认为生活就应该是这个样子的。"

马丁点点头，表示同意。

道格尔系着浴袍，走出浴室，精神振奋地说："太想听听你们的高见了！想喝杯白兰地吗？"

"一小杯。"马丁同意道。

"两杯。"伊琳娜点点头。

"三杯！"道格尔打开大酒柜，"再来点儿美味的坚果……再给令人尊敬的伊琳娜拿点儿水果冻……是什么风把你们吹到塔丽斯曼的？"

"钥匙。"马丁顺口说道。

道格尔的手不易觉察地抖了一下，白兰地洒到扁平的宽酒杯外。

"噢，我真太笨了。"道格尔伤心地说，"什么钥匙？"

"星球钥匙。"马丁脱口而出。

道格尔将几个酒杯整齐地摆在小茶几上，坐到沙发里，跷起二郎腿，腿上有毛，但不算多。

"你们请坐。"他说，"什么星球的钥匙？"

"塔丽斯曼。"马丁坐在道格尔对面，无视伊琳娜惊讶的目光，"请不要给我洗脑，尊敬的道格尔。"

"这是什么意思？"道格尔吃惊地问，"洗脑？用什么洗？"

"您那么了解地球的俗语，"马丁说，"这句话都不知道是什么意思吗？"

道格尔笑了起来，举起双手，"我投降！这句话真没听过。是不要欺骗的意思吗？"

"正确。您根本不是科学家。你负责科考站的安全。"

道格尔想了想，问："为什么您会这么想，马丁·肯？"

"因为普通的阿兰卡人永远不会说'相信真主，也要把骆驼绑好'这样的话。因为你们对自己的技术设备绝对自信，完全没必要在入口处值班。也就是说，您是在监视器上发现我们走近后，特意出来等我们的；也就是说，您的职责就是处理与外星人有关的事务。"

"不是外星人，而是地球人。"道格尔纠正，"您不会以为我对所有种族都了解吧？哈……"他喝了口白兰地，"那得长个跟水桶一样大的脑袋才做得到……不过，您说得并不对。是的，我负责安全问题，但只负责与地球人有关的事务！而且，我也是科学家。安全是第二专业。我们这里的每位同事都身兼数职。合理节约资源。"

"就是说，您也认为塔丽斯曼是关键的星球？"马丁乘胜追击。

"这取决于对'关键'一词的理解。"道格尔笑了笑，"是'特别'的、'重要'的。不过，我们在此星球并没有发现任何人工制品、废墟以及通向其他世界的出口。管家们并不在此生活，也不见得在此生活过。"

"尊敬的道格尔·肯，"马丁说，"我和伊琳娜去过好多星球。塔丽斯曼是最后一个。我们确定这里一定隐藏着一些非常重要的东西。"

道格尔叹口气，"可是我什么忙都帮不上。请你们分享一下自己的猜想和……"

马丁看看伊琳娜，点点头，"告诉他吧，为了共同的福祉。"

伊琳娜叹口气，"尊敬的道格尔·肯！不久前，我无意中看到一份文件……"

马丁又给自己倒了些白兰地，往舒适的沙发上一靠，开始倾听。从第三方视角审视自己的猜测总有益处。

管家润物无声地持续教化所有能为自己所用的星球，将这些世界连接到星际网络上，帮助各种族发展科技，消除仇外心理……这个过程可能导致智慧种族拒绝进一步进化，因他们所有的需求都已被满足，不再有进化的必要——数千年前就发生过类似事件，只是因大灾难而中断。那场大灾难使文明又退化到原始社会。远古灾难的余波致使一系列文明启动了防御机制——不完全拒绝智慧或终止技术发展。但管家的行动正在摧毁这种机制……世间存在着某种力量，它拥有自由意志或者相当于自然法则，这种力量不允许进化停滞的现象发生……在可以预见的未来，一分钟之后也好，一百年之后也罢，这种力量会再一次中止管家的行为。

"这个过程中，我们的位置在哪里？"道格尔·肯异常严肃地问。

"我无法证实推测的真实性。"马丁回答，"但我觉得，你们的文明做出了某种极为激进的自卫行为。智慧种族之间存在种种差异，他们都有进一步发展的潜力。方便起见，我们将其称为'灵魂'。"

道格尔·肯笑了。

"我并不坚持只从宗教层面理解'灵魂'一词。"马丁说，"况且对你们来说，这仅仅是个词语而已，是个纯粹抽象的概念。但正是这个'灵魂'给所有文明以奇妙的东西，譬如宗教情感、神秘感受……我觉得在某种程度上还包括直觉。而你们的文明，请不要生气，道格尔先生，太机械论了。你们的文明力量令你们创建了宏伟的世界，这个世界非常合理、方便、舒适。你们没有失去情绪，也没有失去智慧，但你们放弃了很多东西。当然，这或许是保护你们免遭新一轮世界末日的手段……"

"因为对上帝或者宇宙来讲，我们无足轻重……"道格尔喃喃低语，"是这样吗？"

马丁点点头。

"或许，我们该合成一个灵魂？"道格尔笑问，"好吧，假定您说得不错，包括我们的防御机制……我倒是真希望相信它是真实的。我理解您的忧虑，马丁，您对宇宙命运的焦虑，我也感同身受。那么塔丽斯曼在这个故事中的意义是什么呢？"

"它对您来讲有什么意义？"马丁问，"我们只是分享了我们了解的信息。现在该您讲了。"

道格尔叹了口气，"一开始，塔丽斯曼的三个特性引起了我们的注意。包括雾的奇妙结构、岩体不断释放的能量以及被称为'保险柜'的东西。"

"引起你们关注的先后顺序也是这样吗？"伊琳娜确认道。

"正是。这几个问题，我们都已经找到了答案。所谓的雾，其实是复杂的分子悬浮，对有机生物体来讲是中性的，能起到保护屏的作用。雾吸收了恒星散发的硬辐射，将其转化为能量，传送给岩体。我们眼前的不过是一个发电站……确切地说，是星球规模的发电站……"

"噢！"马丁叹道，"这些研究数据是公开的吗？"

"曾经在某些地方发表过。"阿兰卡人耸耸肩，"这没什么好隐瞒的。目前这种技术并没有在其他星球复制的可能，更何况，谁会希望自己的星球被浓雾笼罩呢？在塔丽斯曼任何地方都可以自由地获得能源。实际上大家也都在这么做。"

"那'保险柜'呢？"伊琳娜问。

"我们认为，'保险柜'不过是物质合成器而已。"道格尔的语气变得不那么坚定，"问题在于，释放到岩石上的大量能源需要回收利用，而最便捷的方式就是合成其他物质。这是极为繁复的过程。"

"如果是这样，经过几千年的时间，'保险柜'产出的物质早就该把星球都堆满了！"伊琳娜不太相信。

"'保险柜'不仅合成物质，还销毁物质。这毫无意义，不是吗？我们认为这颗星球被某个未知的远古种族改造过——并不是管家。未知种族将这颗星球变成了庞大的自动化工厂——一个生产'心想事成'的工厂。当工厂不再被需要，就只好空机运行，这要比停止生产容易得多。星球继续执行很久很久以前就设定好的运行程序，生产我们不知为何物并且不被我们所需要的东西，然后再将其销毁。我们发现'保险柜'中人工制品的出现频率与太阳活动有直接关系。恒星释放的能量越多，在'保险柜'中找到东西的可能性就越大。"道格尔·肯笑了笑，"无须进行复杂的研究，只根据公开的数据，如淘金者的人数、找到的人工制品数量及恒星活动规律，稍加计算就一目了然了！"

"这么简单……"伊琳娜失望地说，"就这些？那你们还留在这里做什么?"

"我们当然还要试着找到控制'保险柜'的方法!"道格尔说,"这可是丰裕之角[1]啊,伊琳娜!我们揭开这个秘密之后,不会据为己有。相信我,这颗星球的资源足够所有已知种族使用!"

"但目前还没有眉目,是吗?"马丁问。

"毫无头绪。马丁·肯,这里不可能有统一管理所有'保险柜'的工厂,因为这需要设置庞大的机构。操作必须简便,只要走到保险柜前简单操作几下,就能得到自己想要的东西……"道格尔摊开双手,"可是应该怎么操作呢?输入密码?还是需要一把特殊的钥匙?"

马丁叹口气,将手伸进口袋,掏出小玻璃柱放在道格尔面前,"就是它。您本可以直接问我的。这就是伊琳娜假装找到的钥匙。"

道格尔困惑地看着小圆柱,然后慢慢说道:"这不是钥匙。请原谅我的直白,这是垃圾。您不要生气,这只是没了电的电池。我们的武器就配备这种电池……阿兰卡所有大功率仪器几乎都配置类似的电池。"

"原来如此!"伊琳娜高兴地喊道,"这东西是我在管家驿站的垃圾桶里找到的。原来是你们的小玩具。"

道格尔看了看伊琳娜,点点头,"明白了。您想假装宝物的持有者,以赚取钱财……不,不像……也许,您想借此在塔丽斯曼获得更高的社会地位,以便解开它的秘密!"

"正是如此。"姑娘点头称是。

道格尔叹口气,"真遗憾。虽然我从不相信用钥匙打开'保险柜'的说法。但听说您找到了钥匙后,我还是特别好奇。"

他伸手去拿瓶子,又给马丁和伊琳娜倒了一点点白兰地,继续说道:"没办法,我们还得努力去找。这毕竟是我们的工作。如果你们愿意,可以加入我们。"

---

[1]. 丰裕之角,又称"丰饶角",是西方感恩节常见的装饰物,象征丰收、繁荣、富饶和幸运。希腊神话中,传说宙斯为报答母山羊阿玛尔忒亚的养育之恩,施法让它断掉的一只羊角能够不断产出谷物和水果,取之不尽,用之不竭。

"也就是说，这就是您对塔丽斯曼的全部了解了？"伊琳娜失望地问。

"我对塔丽斯曼的了解还有很多，"道格尔摇摇头，"其地壳构造、黑岩的成分、雾的分子式、地形地貌，以及极为有限的动植物生命形态……顺便说一句，我们认为，这些生命都是合成的。然而，我不知道是谁将这颗星球变成了工厂，我不知道开启这些工厂的方式，也不认为塔丽斯曼背后还有其他秘密，特别是与智慧进化有关的秘密……您是想问这个问题吗？"

"与措辞如此精准的智慧生物交谈，真是一件乐事。"马丁说，"好吧，谢谢您的款待。您的白兰地真的很棒。"

"欢迎再来！"道格尔站起身来，热情地说道，"跟有趣的地球人聊天非常快乐。我让您失望了，是吗？"

"暂时还不知道。"马丁承认。

## 三

回程路似乎很漫长。他们仍像刚才那样，只走有信标灯的乡间小路，默默无语，并肩而行，各自想着心事。村庄的灯光出现在远方时，伊琳娜才开口说道："最后的秘密原来毫无意义，塔丽斯曼居然是座废弃的工厂……一点儿也不罗曼蒂克。"

"你觉得什么才是罗曼蒂克？"马丁问。

"嗯……"伊琳娜皱紧眉头，然后笑了，笑声里能听出她的幻想，"譬如说管家的飞船控制中心什么的。举手之间，所有的飞船已在你我手中！"

"这不是罗曼蒂克，"马丁回答，"这是对权力的渴望。"

"那……"伊琳娜陷入幻想，"这里才是真正的图书馆星，世间所有的秘密都藏在这颗星球上……"

"这是对知识的追求。"

"你怎么这样……"

"不罗曼蒂克?"马丁笑了笑。

"是固执!那你觉得什么是罗曼蒂克呢?"

"一种又古老、又无聊、谁都不稀罕的东西。如果我们在塔丽斯曼留下来,在这里生活,建个小房子,生一大群孩子,开辟个小花园或者菜圃——这才是经典的罗曼蒂克。"

"不,我不喜欢这样的罗曼蒂克。"伊琳娜用力地摇摇头,"孩子、房子、花园,你说得倒是好听,还不如直接说厨房和教堂呢!这种罗曼蒂克只适合农村妇女!"

"好吧。"马丁点点头,"那我告诉你,我眼中的罗曼蒂克是什么。"

"什么?"

马丁停下脚步,看了看冻得瑟瑟发抖的伊琳娜,轻轻说道:"我想知道,我是波。"

"什么?"

"我想知道一切不都是梦幻泡影;想知道我们的宇宙是不是量子泡沫,注定要破裂、消散得无影无踪;更想知道,还会不会有新的太阳和新的星辰。"

"格局真大。"伊琳娜嘲讽地说。

"不,这是非常私人的想法。我想知道如果自己永远不会死去,会不会走遍成百上千万的星球,结识十几亿人……"

"跟几万亿的女人睡觉,捉住一百亿亿的匪徒,吃$10^{50}$次煎牛排。"伊琳娜模仿着他的口气说,"你的罗曼蒂克都体现在数量上,是吗,马丁?"

马丁迟疑了一下,点点头,"是的,你说得对。我们太缺乏想象力了,除了数量,别的也想不出来,这才是我们的可悲之处。我们渴望永生,跟莽原-2上的那些人一样,你看,现在每颗星球上都有热狗了。好吧,你想在塔丽斯曼找到什么?"

"跟你想找的东西一样,"伊琳娜犹豫片刻,坦诚相告,"永生的药片、穿上就可以在星际间穿行的魔法鞋、吃不尽的汉堡包、名为《秘密中的秘密》的长篇巨著……所有的东西,都是无稽之谈,马丁!我们好不容易找到了我们想象中的东西——能够批量生产这一切的星球工厂,可是我们竟然不会操纵它……"

"停!"马丁抓住伊琳娜的肩膀,"你在说什么?你明白了?"

"马丁……"

但马丁已经松开她,在原地转一圈,环顾左右,冲下了大道。

"马丁!"伊琳娜大喊着紧随其后,"站住,你会迷路的!"

在离小路二十米远的地方,她找到了蹲在一个"保险柜"前的马丁。"保险柜"舱盖上没有数字,马丁刚刚合上了它。

"据我所知,"他没有转过身去,兀自说着,"打开'保险柜'后,它的周期会归零。所以,如果这不是'快速'保险柜,那么43分钟后,柜子里就会出现一些东西,当然,也有可能不出现,但这已经不重要了。"

"马丁?"伊琳娜困惑地问。

马丁转过身,幸福地笑着,用拳头敲了敲石舱盖。

"这是雷管,伊琳卡。"

"这是'保险柜'……"以防万一,伊琳娜退后一步。看上去,马丁确实是疯了。

"这是'保险柜',"马丁像个刚刚得到一桶棒棒糖的白痴一样,点点头,"但加在一起,整个星球就是雷管。"

"宇宙大爆炸的雷管?"伊琳娜好奇地问。

"完全相反!终结一切的雷管。终结世界末日和诸神黄昏[1]的雷管。"

马丁哈哈大笑,站起身来,用脚踢着舱盖。

---

1. 指北欧神话预言中的一连串巨大劫难,也是北欧神话的重要组成部分。诸神黄昏主要记录在北欧文学经典《埃达》之中。

"你还好吧?"伊琳娜问。

"非常好。"

马丁围着保险柜转起圈子,像一条睡前踩窝的狗,嘿嘿笑着,看着伊琳娜。

"你说得完全正确,伊琳卡!药片、魔法鞋、宝剑和隐身帽。阿兰卡人的世界给我的震撼可能太大了,那里有摩天大楼、飞行器、热能枪和全世界的信息。还有莽原-2也是……区别就是烟囱低一些,烟要稀薄些……这不得了,你懂吗?"

"不!"

马丁叹了口气,在"保险柜"旁坐下来,张开手指,"我们认为,进化停滞会导致大灾难,各种族都会因懒惰而挨鞭子。此其一。"

伊琳娜点点头。

"这是对的。"马丁说,"之后我们又认为阿兰卡式的技术进步将导致进化停滞,它们有大型都市、停在屋后草坪上的星际飞船、先进的医疗技术以及癌症疫苗等,此其二……但这一点完全错了!知道为什么吗?因为最完美的城市也会有漏水的屋顶和堵塞的下水道;因为飞船会发生故障,而病毒会产生抗药性。所有这些耀眼的大都市根本一文不值!"

"那星球工厂呢?"

马丁拍了拍"保险柜"的盖子,笑了。

"星球工厂?星球表面有巨大的动力来源,有数以百万、百亿计的容器……很小很小的容器。所以聪明的阿兰卡人认为,这些容器能批量生产出各种生活必需品……那如果我想要游艇呢?如果我需要立柜呢?这些容器会一小块一小块地提供给我吗?"

伊琳娜等待着。

"如果我没有记错的话,"马丁继续说,"到目前为止,塔丽斯曼只生产三种产品:粉末、电路板和螺旋线圈……电路板是带有复杂的内部导电结构、电感和电容结构的小薄片……简单地说,它是未知电子系统中的一个小配件,是这样吧?而螺旋线圈的材质应该是有机物,对吗?"

"有机硅,"伊琳娜纠正,"别卖关子了!你到底想说什么?"

马丁的手表发出提示音,他急忙打开"保险柜",笑了:"真走运……两百欧元到手了……"

他抓起一小撮紫色的粉末,闻了闻,问:"你流鼻涕吗?我听人家说过,这粉末能治疗地球人流鼻涕……"

伊琳娜警觉地问:"那对非地球人呢?"

马丁将粉末倒回"保险柜",叹了口气,又开始拧舱盖。

"非地球人……看来,这种粉末的适用对象本来是银河系某个特定种族。或许,他们喜欢嗅这种粉末;或许他们将粉末当早餐吃;又或许,他们将触角放到粉末中……他们得到了全世界,附带还得到一双新滑冰鞋。他们在星际间漫步,把彗星当作羽毛球玩儿,在星云中遨游……"

"他们进化到下一个阶段了?"伊琳娜兴奋地说。

"不是,"马丁摇摇头,"关键就在于没有进化到下一个阶段!根本没有什么心智进化。依然是古老、善良、久经考验的智慧,优势与劣势并存,个体没有任何改变!却又无所不能!"

"怎么可能会这样?"伊琳娜问,"怎么会?"

"我怎么知道?不过是因为世界在我们看来是符合逻辑并受制于因果律的。每迈出一步,就能走出一米左右的距离……当我们观察分子和原子运动规律时,情况也大致如此。接下来呢?量子的确定性之后是什么?是否存在一处能确定基本粒子的位置,但没有基本粒子运行法则的空间?没有法则,却有位置!如此一来,你一抬脚就能直奔地球,即使是超新星爆炸和黑洞也不会吓到你,你永远不会死去……当然,如果你自己不想死的话。你用目光吹散乌云,吐口唾沫就能熄灭火山,一念之间就能点铁成金,或者把金子变成焦糖布丁……"他瞟了眼伊琳娜,"你想这样吗?"

伊琳娜痴迷地点点头。

"我也想。"马丁叹口气,"这就是问题的本质。顺便说一句,你已经发现了，世上没有任何宗教敢去承诺美梦成真，除非一开始……人的终极梦想就是吃饱喝足，每餐后从天堂围墙上的小洞里窥视身处地狱的罪人如何受苦。总之，所有宗教都承认，永恒的代价是你要成为另一种模样，与从前的你完全不同，无法描述，就像吃树叶的毛毛虫无法想象身后会长出彩色翅膀，无法想象花蜜的味道……但突然间，毛毛虫的翅膀被钉住了……"

马丁站起身，叹口气，看着保险柜。

"可我想要翅膀。"伊琳娜轻声说，"你明白吗？就算我只是树叶上的毛毛虫！我不想成为莫名其妙的超智慧……到底有没有超智慧都还很难说。我想躺在黄金之星的海滩上，不时伸手去从阿卡普尔科[1]酒馆的酒保手里接过一杯玛格丽特，然后飞往太空，去看沙漏星云，再跟一群英勇的格达人玩战争游戏，输掉十次，死去，重生，取得胜利，然后跟他们一起去餐馆庆祝。我还想看看格达人如何教化自己的女性，把她们变成智慧生命，观察她们如何抓狂！我要学会阅读迪奥·道人的记忆，体验一下他们几千种不同的生活！最后我会开一家古董店，专门卖银河系不同世界的稀有物品，把它经营成百年老店。每当夜晚来临，我就和丈夫一起去餐馆喝啤酒……"

"这些你都体验过了……"马丁轻声说道。

"体验过什么？"

"你已经去过餐馆了。如果你继续幻想，也不过是将做过的事情重复一百万次。当然，你还可以坠入爱河，生儿育女，从事科学研究，完成各种发明创造，在全世界浩如烟海的书籍中遨游，建造不计其数的宫殿……忘掉这些吧。你不是人类世界中的半神，你是半神世界中的半神！你对世界上所有书的内容都了如指掌，根本不用学习，你也不必建造那么多的宫殿，因为每个人都会建造自己的宫殿；第一百个孩子出生后，你会对这一切充满厌倦，更何况每个孩子五岁时就能长成跟你一模一样的人，然后你就会失去这些玩具娃娃；如果每个人都有金刚不坏之

---

1. 墨西哥一座美丽且古老的港口城市，太平洋沿岸的冬春度假胜地。

身,并且无所不能,那玩战争游戏简直愚不可及;经历过上千次恋爱之后,早晨煎鸡蛋都会变得比恋爱更浪漫;欣赏银河的星云和黑洞有半天就足够了;科学发现也只是你一念之间就能完成的事情。如此而已。你可以当我是在回敬你刚才说的不计其数的煎牛排和女人。"

伊琳娜沉默了。

"你无所不能,"马丁重复道,"你拥有半神的能力……"

"为什么是半神?"伊琳娜轻声问道。

"因为你是客场作战,因为你不是游戏规则的制订者。简言之,你不是造物者。"

"那我就创建一个主场。"伊琳娜说。

"哈!"马丁兴奋起来,"我也是这么想的。只有无所不能是你个人的特权时,在我们的世界里撒欢胡闹才有趣……好,我们假设塔丽斯曼能赐给你超能力,那你将与这个宇宙彻底隔绝,在无限的时空中,某个量子气泡不断膨胀,只有你还行走在沸腾而无边的水面上……"

"马丁,不要亵渎神灵,我毕竟是个东正教徒!"伊琳娜生气地说。

马丁捧腹大笑。他笑得前仰后合,不能自已,甚至咳嗽起来,咳嗽过后又爆发出新一轮的大笑。

伊琳娜一开始还愠怒地瞪着他。后来,她低下头喃喃地说:"是的,确实很可笑……可是,是什么妨碍我们创建自己的世界呢?"

"可能并没有什么能妨碍我们。那为什么不建呢?建成后,你打算在那个世界做什么?制造电闪雷鸣?创立一座小小的奥林匹斯山,弄一些英俊少年和美少女上去?你打算让先知显圣?想要惩处罪人?不要忘记你有的是时间,你是永恒的。你会不断地创立各种宗教,然后静观你创造的生物仅仅因为神学上的一点点分歧恨不能割断对方的喉咙。然后,他们渐渐变得文明起来,意识到你是善良而仁慈的……虽然我完全不知道女性处于此地位是否合适。再然后,他们会进入太空。一些玩具会跟另一些玩具相遇,挠着后脑勺,或者挠着……你计划把他们的脑子设置在哪里?他们会创建自己的塔丽斯曼。当然,你本可以提前就将他们踩个粉碎,或者趁他们还没发展到无所不能的时候先好好教训他们一顿。可这有什么用呢？他们哭过鼻子，擦干眼泪便会重蹈覆辙。你又不想只创造凡事都听从你的指令的无聊智障机器人……你面前永远会有一堵墙，墙上燃烧的火苗写着'为什么？为什么？为什么？'于是，你只能紧闭双眼，躲到舒适的茧壳中，迈出数十亿年前就注定要迈出的一步——将自己的智慧和本能一起束之高阁。"

"当然，你说得不错。"伊琳娜平静地说，"不过，我还是想试试。"

她看着马丁。后者忧伤地笑了，"我又何尝不想试试。不幸就在于此。但你知道，好处在哪儿吗？"

伊琳娜狐疑地看着他。

"我们不知道怎么让塔丽斯曼为我们所用。"马丁说，"而且阿兰卡人短时间内也不可能搞清楚。我们离无所不能还差十万八千里。"

他们沉默不语，望着彼此。马丁的表又响了起来。他本想弯腰去开"保险柜"，却笑了笑，挥了挥手。

"我冷。"伊琳娜轻轻地说，"我们回村吧？"

马丁脱下外套，披在伊琳娜的肩上。

"走吧。我现在就想喝一杯。还想吃掉整整一匹马。"

已经很晚了，但还不到子夜。马丁和伊琳娜躺在床上说着悄悄话。他们住在伊琳娜的房间，一是出于战术上的考虑，毕竟潜在的盗贼应该会去马丁的房间偷钥匙，二是伊琳娜房间里的床更宽些。

"钥匙不可能是具体的物质。"伊琳娜已经是第十次重复这句话了，"绝对不可能。"

马丁没有反驳。只有幸运的布拉基诺[1]才用金钥匙开门。但伊琳娜还在继续说着，仿佛在说服自己："这个星球几千年来都无人居住，对吗？既没有金属，也没有塑料。那就是说，钥匙只可能是密码，或者一句旅行语暗号……"

---

[1] 苏联作家阿·托尔斯泰作品《布拉基诺奇遇记》的主角，和匹诺曹一样，布拉基诺是一个小木头人，有着一说谎就会变长的鼻子。

"道格尔说,这颗星球不是管家创建的。"马丁埋在伊琳娜的肩膀上,低声说。和这个思绪纷乱的午夜相比,伊琳娜的肩膀更迷人,更温暖、柔软、不可或缺。

"就连旅行语可能也是管家从前任宇宙主人那里借来的!"伊琳娜不假思索地批驳了他的论据,"好吧,就算不是旅行语。是普通的、中规中矩的意识……那种订制的……"

"神箱里的双胞胎兄弟,请你们赐给我无所不能的力量……"[1]马丁说。

"是的,你是对的。如果要给标准下一个硬性的定义,那么我们永远都猜不出来。不,应该还有什么我们没想到的地方!这颗星球并没有被抛弃,只不过是被闲置了,也就是说,在等待着新的消费者到来。"

"消费者这个词真令人厌恶,"马丁从床上坐了起来,"伊尔卡,你介意我抽烟吗?"

"到窗户那里去抽。"伊琳娜命令道,"嗯,算了,如果是烟斗,可以在房间里抽。只要不在床上就好!"

"好的。下回我也会脱下马刺然后爬下马……"马丁说,"我可从来不在床上抽烟的。"

"这是非常宝贵的品质。"伊琳娜赞许道,"如果你还不喝酒,不赌博,不拈花惹草就更好了。奇怪,这么好的男人居然无人问津。"

"已经有人问津了。"马丁厚颜无耻地说着,一边往烟斗里装烟丝,"已经很接近了。伊琳娜,其实一切应该比我们想象的要简单。"

"简单,什么意思?"伊琳娜惊讶地问。

"记得阿兰卡人吗?他们不是已经开发出阅读思维的技术了吗?可是这种技术在阿兰卡并没有得到广泛应用,因为太不方便了。人又不是用联机组件来思考的,因为有太多的伪思维,比如对环境噪声感知、视觉印象……"

"还有气味。譬如说,上好的烟草味道……马丁,顺便说一句,如

---

1. 苏联动画片《沃夫卡在遥远的国度》中的台词。

果我们无法揭开塔丽斯曼的秘密,那就太可惜了。你想想,无所不能的力量就藏在这里,在我们的脚下!一戈比[1]就能买到两枚至尊魔戒!可我们却无法把它们捡起来。"

"我看,这么多至尊魔戒只有中国才能生产出来。"马丁说,"你也别把希望寄托到至尊魔戒身上。"

"你在什么时候梦想过自己无所不能吗?"伊琳娜问。

"无所不能?"马丁想了想,"你是说全知全能吧?在儿童时代,我可能有过这种幻想。我不记得了。"

伊琳娜翻个身,趴在床上,双手支着头,看了他一眼,借助窗口微弱的光线,能隐约看到他的身影。伊莲娜问:"那你现在的梦想是什么?"

马丁说了。

"这不好玩儿,这太容易实现了。"伊琳娜听罢推了马丁一把,"还有呢?"

马丁思考片刻,回答:"如果我说出来会显得我很傻。"

"你说嘛,说嘛。"伊琳娜鼓励他。

马丁听到走廊里隐隐传来沙沙的声响,继续说:"我做过一个梦……特别奇怪的梦,梦到我在无轨电车上……"

"真有趣,"伊琳娜兴奋起来,"你经常坐无轨电车吗?"

"经常。我没有车。我梦到我坐在无轨电车里,电车沿一条空荡荡的道路正要驶离城市……像是去机场的方向,虽然我一点儿也不熟悉那条路。我站在窗口,非常享受窗外的景色,突然看到车厢里的检票员。他越走越近,不知为什么,我突然陷入恐慌……是我没钱交罚款吗?我不知道……总之,检票员马上就走到我身边时,无轨电车到站了。我在检票员鼻子底下跳出车厢,甚至还对他笑了笑。电车开走了,我看到车站前是小路,好像是乡间小路,一直延伸到一座小山丘。小山丘上长满了树,还有很多小房子……又老又旧的木房子,从远处看起

---

[1] 俄罗斯的本位货币单位是卢布,辅币单位是戈比,100戈比=1卢布。

来感觉特别温馨……"

"这样的房子只有从远处看才温馨，"伊琳娜充满怀疑，"噢，对不起。你讲得太好了，我都忘了，这只不过是个梦。"

"是梦，"马丁确认，"后来我开始上山，发现自己身处一个小镇，那里有静谧幽雅的庭院、繁茂的大树，还有压水井。我不知道你见过这样的小镇没有，现在已经很少见了。四周全都是……仿佛认识了好久的亲人和朋友。我似乎回到了自己的故乡。即使眼前全是不熟悉的人，也像是亲人一般。这简直不可能，可所有的人都对我微笑，我也对所有人回以微笑。我在一座双层红砖房子旁的小院子前停下脚步……曾几何时，这样的双层小楼在俄罗斯有很多，只有一个入口，里面通常有八套住宅……"

"没错。你说得好像在那样的房子里住过似的。"伊琳娜随声附和。

"于是我走到院子栅栏旁，栅栏很矮，只起象征性的防护作用。我从小山丘远眺，竟然看到了大海。你能想象得到吗？这样的地方根本不可能有大海……我感觉心情好极了，决定留下来，永远留下来，但我突然想起还没交车票钱呢，所以我没有权利到这里来。我在这儿……倒也不能说非法……可的确不可以出现在这里！于是我朝院子中的一群人走去，那里既有半大孩子，也有我的同龄人，还有比我年长的人。我告诉他们我没有买票，所以必须离开。他们点头说会等我。接着，我沿原路下山，城市在我身后慢慢消失……我笑着从梦中醒来。整整一天，我对路上遇到的所有人都微笑，这种情况可从未有过。"

伊琳娜等了一会儿下文才问："你的梦想是找到那样的城市？想回到那样的城市？"

"我一直梦想着买车票。"马丁回答，然后又补充，"不是字面意思。"

"我明白。"伊琳娜说，"我不傻。到我这里来，马丁。"

马丁放下烟斗，从椅子上站起来，套上牛仔裤，然后从枪套中拔出左轮手枪。

"你怎么了？"伊琳娜低声问。

马丁神秘地将枪身贴近双唇,仿佛在说"嘘——"。

他走到门口,轻轻拉开门闩,猛地将门打开。

走廊里空无一人。马丁没有迟疑,冲进走廊,将隔壁房间门猛地一把拽开。当马丁再次出现时,左轮手枪枪口下已经多了一个脸上长满粉刺的少年,他看起来十五六岁,瘦小枯干。这时,伊琳娜已穿上短裤,系好衬衫的扣子。

"别拘谨,"马丁快乐地对自己的俘虏说,"就像在自己家里一样……"

马丁一把将小伙子推到椅子旁,用枪口指着俘虏,另一只手用力压着他的肩膀,逼他坐下。

"就他一个?"伊琳娜干练地问道,"你真厉害,我刚才什么都没有听到。"

"来了三个。"马丁说,"他们开门发现里面没有人,于是两个下了楼,留下他翻东西。怎么称呼,小偷?"

小伙子喘着粗气,一言不发。

"伊拉奇卡,你知不知道,在塔丽斯曼入室盗窃会受到什么惩罚?"马丁问。

"这里没有监狱,大概会被撵出星球吧。"

"我也会受此惩罚……"马丁叹了口气,"算了,现在打他一顿已经晚了,杀了他似乎又有些过分。说,是谁让你来的?"

"经过走廊时,我看到门是开着的,东西扔得到处都是,就决定进去看看,想知道房间里是不是出了什么意外,是否需要帮忙。"小伙子机械地回答。

"噢,这么说来,他居然是无辜的!"马丁欢快地说,"好吧,别装疯卖傻了。我想跟指使你来的人谈一谈。"

"没有人指使我。"小伙子很执拗。看来,最初的恐惧已经过去,随着时间一分一秒地增加,他变得越来越厚颜无耻,"如果你们不放了我,我就要喊了!我就说,你们用左轮手枪威胁我!"

"我威胁你?"马丁生气地说,"说什么瞎话!威胁可不是这么简单……"

一个结实的耳光扇在小伙子脸上，他被打得从椅子上摔下来。马丁瞬间骑在他身上，恶狠狠地咧嘴笑着，把枪插进小伙子的嘴里。

"你知道真相是什么吗？"马丁低声要挟，"你趁我熟睡的时候，偷了我的东西，然后又潜入姑娘的房间，想要强奸她。我被喊救命的声音惊醒，开枪射杀了你！"

"欲施行强奸的人在这里会受到非常严厉的处罚！"伊琳娜突然精神大振，"所以，你不必自己动手杀他。"

"噢！"马丁快乐地提高了嗓门，将手枪放进枪套，"强奸犯！塔丽斯曼的公民们！我抓到了一个强奸犯！"

"不要！"小伙子有气无力地说。

"怎么样？"马丁一下子把他拉回到椅子上，喊道，"不想这样？谁指使你来的？他们在哪里？"

"在楼下……酒吧里……"

"跟我走！"马丁拖着小伙子，说，"快点。"

倒霉的入室盗窃犯没有说谎。酒馆空旷的大厅里只有两个人。一个是上了年纪的亚洲男子，看似日本人；另一个是中年男子，马丁觉得他一定是粉刺小贼的父亲。马丁推搡着受害者，向他们走过去。桌后二人对视了一眼，没有急于起身。

"有两个版本，"马丁在桌旁停下来，"一是这个小伙子对姑娘欲行不轨；二是你们指使他偷我的东西。如果是前者，我就去找当地权力机关……没搞错的话，是淘金者理事会吧？如果是后者，我们需要开诚布公地谈谈。"

伊琳娜紧随马丁现身酒馆。她在楼梯口停下来，环顾着大厅，右手握着温彻斯特猎枪的枪托，虽笨拙，但也颇有震慑效果。

"我告诉过你了。"日本人忧伤地对小偷的父亲说。他看了看马丁，"不用去找权力机关。我就是淘金者理事会的会长。"

"那么，我们来谈谈？"马丁确认道。

"好的。"日本人点点头。

"你该睡觉了。"马丁对小贼说,将他往门的方向推了一把。无须浪费口舌说服他,看来,强奸犯的确为塔丽斯曼星所不容。马丁坐在桌旁,若有所思地看着面前满满的三杯啤酒,拿起一杯,喝了一大口。

"请把钥匙拿出来让我们看看。"日本人请求。

"我叫马丁。"

"我叫小野,"日本人点点头,"请让我们看看钥匙,马丁先生。拜托您了。"

马丁默默地将"钥匙"摆在他们面前。

淘金者将阿兰卡人的电池拿在手里,把玩了好久,对着光观察,甚至放到鼻子下闻了闻。日本人将它贴到脸颊上,一动不动地坐了一会儿,然后摇摇头,"马丁先生,我觉得,您被骗了。塔丽斯曼从来没有过类似的东西。我斗胆认为,它并非某些人口中的钥匙。"

"您是在礼貌地告诉我,那个姑娘欺骗了我?"

"我不排除有这种可能。"

"您此前一定见过'钥匙',"马丁说,"所以您才能得出这种结论,这东西确实一文不值。可为什么您一定要偷呢?不觉得太荒谬了吗?"

"我已经跟您说了。"日本人再次责怪沉默不语的淘金者,然后转向马丁,"我们很困惑,这种'钥匙'怎么能卖出去。我向您保证,我们本来想偷偷查看之后就物归原主的。"

"您拿走吧,我一点儿也不心疼。"马丁摆摆手,"这不过是一块阿兰卡人的旧电池。从没有谁说它是别的东西。"

"我已经跟你说过了。"日本人第三次说,"请接受我的祝福,马丁先生。"

"就这么简单?"马丁惊讶道。

"还有我们的歉意。"日本人又说,"可是难道您就不能换个别的方式见面谈吗?"

"我怎么知道到底谁才了解塔丽斯曼的秘密?"马丁反问,"万一淘金者理事会是一群官僚政客呢?"

日本人看了看另一位淘金者。

"您已经告诉过他了。"马丁热心地替他说。

"你!"淘金者终于开口说话了,"你来是为了……"

"我本可以把你儿子当场击毙,"马丁说,"而你只能眼睁睁看着,却无能为力。他是非法进入我的房间乱翻东西时,被我当场抓获的。假如你想玩一场血亲复仇的游戏,我也可以一枪结果了你。"

淘金者本想站起身,但日本人狠狠瞪了他一眼,将一场即将到来的斗殴扼杀在摇篮里。

"我们这里不允许血亲复仇。"小野说,"您的热能枪也是假的吗?"

"不,怎么会是假的?是真的。"

"既然您对我们有如此看法,为什么不使用热能枪呢?"

"对地球人使用外星武器,"马丁皱皱眉,"太不人道了……我有左轮手枪。"

"我会跟您开诚布公的。"小野下定决心,"您想知道什么?"

马丁心满意足地呷了一口啤酒,从桌子上探过身去——沉默寡言的淘金者不由自主地俯身相迎,而日本人则相反,向旁边闪了闪身。

"我知道塔丽斯曼的秘密。"马丁低声说,"我知道,它能赐给人无所不能的超能力!"

但马丁期望的效果并没有出现。

沉默寡言的淘金者咯咯笑起来。日本人笑了笑,说:"请您的姑娘过来一起坐吧。我们没有带武器,也不会威胁你们……我们也没有什么可分享的,马丁先生。"

"在塔丽斯曼,除了懒虫,这个秘密已经无人不知,无人不晓!"小偷的父亲道出了自己开心的原因。

## 四

他们没再喝啤酒。昏昏欲睡的服务生为他们煮了咖啡,又为日本人沏了一杯绿茶,然后退回酒馆后的小房间。看来,小野和沉默寡言的淘金者马蒂亚斯在塔丽斯曼很受尊重。

"不知是谁第一个说起的,"日本人悠悠地说,"但在阿姆列特建成的第一年,坊间就流传着'保险柜'里能找到雷管的小道消息……那时候,尤里先生的小矮马还活着。三年前,此种说法已经尽人皆知了。"

"雷管?"马丁很是感叹,"真的是雷管吗?就叫这个名字?"

"有时叫药水;有时叫力量;有时……"日本人看了一眼马蒂亚斯,后者想了想,补充道:"有时也叫神肴,或者神仙花粉。但我们称它为雷管。"

"为什么?"马丁锲而不舍地问。

"因为它会炸你。"马蒂亚斯严肃地说,但立刻又笑了,"砰!一个普通人就变成了超人。"

"我说,我已经听了几十个类似的传说了,什么星球的都有,"马丁说,"但是……这些传说有什么依据吗?"

"有。"小野点点头,"曾经有淘金者说他们研究出了如何获取雷管,但此后就再没有人见过他们。"

马丁笑起来。

"我们没有确凿的证据。"小野承认,"但如果一个长年累月寻找雷管的人,高高兴兴地走进雾中却再也没有回来……"

"就表示他疯了,或者在荒野中迷路了。"伊琳娜模仿着他的语气说,"或者被无所不能的猎人杀死了。"

"你们还想要更多的证据吗?"小野叹了口气,"不,我没有确凿的证据。淘金者理事会真没有封锁这个秘密。我相信塔丽斯曼能够给人无所不能的力量,但不知道怎样才能得到它。如果我知道了这个秘密,不会跟任何人分享。"

"您很坦诚。"马丁表示同意,"为此,我要对你说声谢谢。"

"如果是您,您会分享这个秘密吗?"小野好奇地问。

马丁摇摇头,"很难说。"

"所有人都在找。"马蒂亚斯慢悠悠地说,"美国人、俄罗斯人、中国人……比我们更聪明的外星人也在寻找。阿兰卡人甚至建了个科考站……"

"我们刚刚从他们那里回来。"马丁说。

"阿兰卡人什么都不会说的。"小野说,"他们对这里特别感兴趣。这是一座星球规模的大工厂,就算对阿兰卡人来讲也是件天大的事情。他们在塔丽斯曼上又钻又拧,用X光照射,称各种物品的重量,各种分析……收集各种街谈巷议和小道消息,跟踪和监视最聪明最能干的地球淘金者。他们也想了解秘密……为了自己。"

马丁将凉咖啡一饮而尽,叹了口气。一夜无眠之后,疲倦袭来。

"请再次原谅我们无礼的好奇心。"小野说,"我们为自己的傲慢和粗鲁感到羞愧。不过您确实吓到我们了。"

两位淘金者不约而同地站起来。马丁想了想,向他们伸出手。

"随时恭候您造访。"马蒂亚斯笑道,"若有一天您成了超人,可以从窗户飞来寒舍一聚。"

"一定。"马丁答应了。

直到淘金者走出酒馆门口,马丁和伊琳娜都一言不发。姑娘问道:"你相信他们说的吗?"

"信,也不信……"马丁耸耸肩,"如果他们知道如何得到雷管,早忍不住亲自动手了。可是你看这两位像神灵吗?他们连超人都算不上。"

"为什么不像?那个会长看上去多聪明、多招人喜欢啊……"伊琳娜打个哈欠,"我们去睡觉吧,我都快坐不住了。"

马丁摇摇头,"我再喝杯咖啡,反正也睡不着了。你去睡一会儿吧。"

"明天我一定能想出什么的。"伊琳娜歉疚地保证,"头脑清醒的时候……"

空荡荡的赢马客栈大厅里只剩下马丁一个人。他面前的桌子上摆放着一堆空啤酒杯和咖啡杯。他非常疲倦,但又真的不想睡觉。他想捕捉不眠之夜后的清晨带来的那一瞬——具有欺骗性的清醒瞬间。等到白天他一定会哈欠连天,走路磕磕绊绊,反应迟缓。但现在,他可以思考一下。

原来,塔丽斯曼的秘密是公开的秘密。

关于这里藏有无限力量的说法早已有之,但没有证据能证明。

就连科技高度发达而且极其聪明的阿兰卡人,也没能揭开其中的秘密。

不知何故,马丁认为最后这一点至关重要:阿兰卡人、聪明、没能……是不是因为他们没有能力进化出灵魂呢?不可能。塔丽斯曼的礼物是提供给智慧生物的,而阿兰卡人最不缺的就是智慧。

马丁知道此刻他再喝一杯咖啡也无妨。他暗暗发誓,回到地球后他要连喝一周难以下咽的不含咖啡因的咖啡,然后走向了吧台。

吧台上的咖啡机显然不是给没受过专业训练的人使用的,机器上的按钮和指示灯比豪华车上的还要多。

"喂!"马丁轻声唤道。糟糕的是,他不记得服务生的名字了,"喂!小子[1]……"马丁略微提高了些嗓门,可怜巴巴地喊道。即使在古老友好的法国,把服务人员称为"小子"的后果就是汤盘被吐口水。马丁往服务生离开的房门后看了看,发现门后是黑暗幽长的走廊。真倒霉啊……

最简单的办法就是认命上楼睡觉,但想喝咖啡的念头更加强烈了。欲望在将得而未得之时越发强烈,自古皆然。

马丁伤心地走到吧台后,发现下面藏着不少不宜为外人见的东西:

---

1. 此处为法语。

水桶和擦地的抹布堆积于此；一块肮脏的抹布放在众多干净的高脚杯中，很刺目，倒人胃口。马丁在手臂下方的位置看到一个小按钮，他略加思索，按了下去——什么事都没发生。于是马丁从玻璃柜拿出瓶打开了的白兰地，给自己往高脚杯里倒了二指高的酒。

"果然有人抢劫……"阴森森的声音从里间的门中传来。

马丁转过身，觉得自己像是在抢劫教堂时被逮到了。赢马客栈老板身穿睡衣，手拿泵动霰弹枪，睡眼惺忪地站在门口。

"我……这是……"马丁开口说道。

"想喝白兰地了？"尤里提示。

"不是，是想喝咖啡……但这儿一个人都没有……"

"当然，现在是凌晨五点……"老板叹口气，"弄得我也想喝咖啡了。"

他将武器放在吧台旁，自信地朝咖啡机走去。马丁这才意识到不会有人冲他开枪，恰恰相反，这下有人给他煮咖啡喝了，顿时来了精神。

"我本来也想给钱的。"他很后悔，"到了早晨我一定付。"

尤里摆摆手。趁机器咕嘟咕嘟往小咖啡杯里灌咖啡，他给自己倒了一杯白兰地，又往马丁杯子里加了一些，嘀咕着："早晨喝酒伤身体，但现在是早晨还是夜里还真不好说……"

他们碰了碰杯。马丁心情不错，觉得老板虽然身世奇特，但为人朴实，挺招人喜欢的。

"我们的领袖走了？"尤里有点儿尖酸刻薄地问道。

"淘金者理事会会长？走了。"马丁点点头。

"你怎么一开始没告诉我，你是来找无所不能的力量的？"老板问，"我还以为，你不过是个普通的傻瓜商人，愚蠢到花钱从伊琳娜手里买一块旧电池……"

"你怎么……您早就知道了？"马丁惊讶万分。

尤里点点头，解释说："这个星球随便往地下钻个眼就有电流，拿电池没用。但我曾在阿兰卡人那里见过这个东西。"

"您居然没对任何人提起过？"

"为什么要为难一个好姑娘呢?"尤里惊讶地问道,"就算她真骗了商人……他们反正会在淘金者们身上再赚回来。而且她可能真的急需用钱:要给老奶奶做手术,或者想学习艺术、交学费。"

马丁想,只有大德之人才能有如此美好的世界观。他们甚至在苦役犯人身上都能看到罗宾汉[1]和冉·阿让[2]的影子。

"您是个好人。"马丁真诚地说,"不,伊琳娜并没有想用假钥匙骗钱,她只是想把它当作诱饵,引知情者见面……"

"青春,青春啊……"尤里叹道,将额头上浓密的金发甩到一边,"不走寻常路……"他悲伤地看了看吧台上的镜子,喃喃说:"为什么我没求阿兰卡人给我长高二十厘米的秘方呢?那我一定从你手里把姑娘抢走……虽然有点儿对不起你,不过我还是会抢的!"

"如果那样,我不会把她让给你的。"马丁摇摇头。

"那我们就决斗,"尤里说,"虽然我不会开枪……怎么样,你们揭开秘密了吗?"

马丁摇摇头。

"我们脚下到处是电,却没有人能破解最重要的秘密。"尤里叹口气,"恐怕他们告诉你有人已经揭开了秘密,获得了无所不能的力量,携此投身于伟大的事业中去了?我不会反驳,世界之大,什么事都有可能发生。但目前塔丽斯曼的人中没有能帮得上你的……"

他举起高脚杯,喝干了白兰地,长叹一声:"我们的思维已经僵化,我们的目光非常短浅。这里需要新鲜血液,那样才有可能揭开塔丽斯曼的秘密……"

"谢谢。"马丁说。

尤里摆摆手,"算了,都是空谈……想再来点儿白兰地吗?"

"谢谢你,不过不是因为白兰地,"马丁解释说,"您打开了我的眼

---

1. 英国民间传说中的英雄人物,又称汉丁顿伯爵。他武艺出众、机智勇敢,仇视官吏和教士,是一位劫富济贫、行侠仗义的绿林英雄。
2. 法国作家维克多·雨果长篇小说《悲惨世界》中的主人公,曾因偷窃面包被判苦役。

界,虽然我并不反对再喝上一口。"

客栈老板又给他倒了一些酒,并做出威胁的手势,"以后不要再按吧台后的按钮了。这是警报,傻瓜,是防抢劫的。"

"真发生过这种事吗?"

"这里治安状况还不错。"尤里支吾搪塞,"好了,我去补觉了。天都要亮了……"

马丁看了看窗外,没有看出路灯闪耀下的昏暗雾霭有什么变化。也许需要在这里生活一段时间,才能感觉到浓雾后的朝霞。

尤里离开了。他给自己倒的一小杯咖啡放在吧台上,动都没有动过。马丁拿起杯子,将咖啡一饮而尽,咖啡温吞吞的,很不好喝。他看着窗外,自言自语:"目光短浅……"

他微微打了个冷战,并非因为寒冷——塔丽斯曼的气候温和宜人——而是由于激动。生命树上的苦果掉落在脚下,随处可见,却从没有人捡起来!

"不可能就这么简单,"马丁自言自语,"一定有另一种解释。"

他迅速上楼,打开伊琳娜的房门,房门没有锁。他踮着脚向床走去。

"是你吗?"姑娘半睡半醒地问。

"是我。"马丁低声说,他已经睡意全无,"伊琳娜,其实问题超级简单!"

"什么意思?"伊琳娜在被子里辗转反侧,她的手表闪着浅绿色的光,"人家可刚刚睡着……"

"我知道怎么激活'保险柜'。"马丁说,"你还想要魔法鞋子吗?"

指示灯闪了一下。伊琳娜一下子坐起来,目不转睛地看着马丁,"你没喝醉吧?"

马丁笑着,摇摇头,"没有,不过我因兴奋而醉,因恐惧而醉。"

"怎么?"伊琳娜问,她的眼睛亮了起来。

"哈哈!"马丁笑了,"这是非常可怕的秘密,香巴拉[1]的圣贤们将这个秘密封存了几千年。后来,阴险的共济会会员将其偷走,但一个俄罗斯寡头斥巨资买下了它……"

"哇,马丁!"伊琳娜一跃而起,匆匆忙忙地穿衣服,"别折磨我了,快告诉我……"

伊琳娜半裸着,手里拿着胸衣。她突然顿住了,好奇地看着马丁的脸,问:"你不想讲出来,对吗?这只是你一个人的秘密?"

有那么短短的一瞬,马丁觉得有个声音在他耳边低语:"是的,这是我自己的!无限能力一旦被分享,就一文不值!"

"非常简单。"马丁赶走萦绕于心的执念,喊道,"简单到让你发笑!阿兰卡人绝对想不到,因为他们富于智慧,而且从不迷信。"

"等一等!"伊琳娜突然奔向窗口,打开窗,雾气立刻飘进房间。此刻的雾真的变亮了,颜色像阳光一样温暖,"马丁!"

远方传来嗡嗡声,且声音越来越近,越来越响。

"这是什么?"马丁跑到窗口抱住伊琳娜,他们默默地站了几秒钟,凝视着窗外的浓雾。赢马客栈的其他顾客都被这声音惊醒,纷纷砰的一声关紧窗户,有人气愤地大喊,要求安静。

"阿兰卡人不迷信。"伊琳娜低声说,"却拥有直升机。马丁!"

他们惊恐地望着彼此。

"他们监视淘金者。"马丁重复起日本人的话,"真是白痴……以他们的技术水平,可以将发射器藏在灰尘中……然后再把灰尘扔到我们的衣服上……"

伊琳娜开始使劲拍打马丁的衣服,然后拍打自己。

"晚了!"马丁大叫一声,一把抓起椅子上的热能枪,又将毛瑟枪背在肩上,"快跑!东西别拿了!"

嗡嗡声近在耳畔,玻璃颤动。马丁和伊琳娜夺路而逃,一路经过了

---

1. 香巴拉,亦称香格里拉(Shangrila),是藏传佛教中的圣土。英国作家詹姆斯·希尔顿小说《消失的地平线》(1933)在世界范围内兴起了寻找这个世外桃源的热潮。

愤怒的尤里、手忙脚乱的服务生、又高又胖的厨娘、刚闯进客栈的客人。当阿兰卡人的直升机从雾中出现时，他们已跑出了客栈。

阿兰卡人的飞行器只是看起来有些像直升机，但既没有螺旋桨，也没有尾翼，流线型椭圆机身的栅栏状挂架上伸出圆柱形的涡轮机。这些机械也不像直升机飞行时那样有一定的倾斜度，它们可以笔直地飞行，像能以时速五万米直接升离地面的普通飞机。

"这里！"马丁拽着伊琳娜喊道。他们急忙向旁边的建筑后面跑去。那不是住宅楼，墙体上有很多用栅栏围起来的小窗户。

阿兰卡人的飞行器转眼便将客栈包围了起来，开着耀眼的探照灯，在十米左右的高空悬停。飞行器腹部舱门打开，几个巨大的黑色身影顺着几乎隐形的钢索滑了下来，一身笨重的未来主义服装，仿佛是从好莱坞偷来的。

"六架直升机，每架有五个空降兵。"马丁从转角探头说道，"共三十人……"

已经向客栈狂奔的空降兵突然停下脚步，仿佛接到了命令一般，迅速跑离客栈，扩大了包围圈。

"我不知道你是否会回答我，道格尔，"马丁说，"但我知道你能听到我说话，混账。如果你不让你的守卫停下来，我就让他们停下来！"

空降兵纷纷卧倒，埋伏起来。

有个声音从一架"直升机"的扬声器中传来："马丁，别做傻事。请回到客栈，我们有话要谈。"

"让你的守卫们离开。"马丁提出要求。他拍打着衬衫和牛仔裤，把头发弄得乱成一团，"然后我们再谈。一对一地谈。"

道格尔的笑声传来："马丁，不要拍衣服了。你就是把衣服拿去干洗都没有用。感应器附着在你皮肤的表面，现在已深入皮下了。"

"卑鄙无耻，"马丁骂道，"设备精良的聪明败类！"

"不要骂人。"道格尔说。如果不是扬声器能将他的音量传得整个阿姆列特都能听到，他的声音给人感觉还是非常温和的，"你明白，事关重大。还是让我们好好谈谈吧。说实话，你不会喜欢替代方案的！"

"但我还是对其他选择感兴趣!"马丁不由自主地提高嗓门喊道。

"我们只有一种选择,就是干掉你和你的姑娘。"

"那秘密怎么办?"马丁愤怒地问,"只有我知道谜底!"

"我们会研究你今天一天的活动轨迹。"道格尔解释说,"所有你说过的话、你听到的信息和所有你看见东西。我们就能计算出你到底明白了什么。"

伊琳娜碰了碰马丁,轻声说:"他没说谎……他们也许真能……"

"我是俄罗斯国家安全局的工作人员,"马丁喊,"你们这么做,就是对我国不友好!"

道格尔又哈哈大笑起来。

"连最起码的尊重都没有。"马丁看了看伊琳娜,说,"克格勃的大名还没传到阿兰卡……好吧,随便吧。"

下一瞬间,他举起热能枪,将保险装置推到最小功率,正如阿兰卡小朋友加蒂告诉他的那样。马丁向离他最近的一架飞行器的涡轮机举枪便射。

光束是不可见的,因此刚开始的时候,仿佛什么事情都没发生。接着飞行器机头下俯,左侧的涡轮机吐出长长的火舌,像装满废铁的铁桶一样发出轰隆隆的响声。飞行器重重地摔了下来,落地瞬间,成千上万拳头大小的肥皂泡像彩虹云一样将飞行器包裹在中间。火苗瞬间熄灭,机器犹如落在羽绒褥子上一样实现了软着陆。其余飞行器瞬间升空。

马丁再次一把抓住伊琳娜的手拔腿便跑,一言不发。

"你坚持了自己的选择。"道格尔苦闷地说,"我很遗憾。"

"他们在跟踪我们,他们知道我们在哪儿!"伊琳娜喊道,"马丁,我们到不了驿站!在塔丽斯曼没有谁比阿兰卡人更强大!"

马丁没有回答。

他们逃离了阿姆列特的主街道,跑过钉在岩石上接收免费电力的一堆堆废铁,跑过杂乱无章的用铁皮和木板盖的窝棚。困惑的地球人和外星人惊恐万分,纷纷走出窝棚,慌乱中谁都没有注意到马丁和伊琳娜。

身后又传来飞行器涡轮机的轰鸣声。

"我们还能指望什么吗？"伊琳娜喊。

"指望无所不能！"马丁边跑边吼，姑娘心领神会马上闭嘴。现在，动物的求生本能使他们拼尽全力奔跑。

途中，他们遇到一群往客栈方向行进的武装淘金者。那个日本人、马蒂亚斯和两个格达人也在这群淘金者之列。

马丁气喘吁吁地停下脚步，一把将伊琳娜拉到自己身后。

"你找到了，"日本人说，"是吗？"

马丁点点头。

"雷管在哪？"一个格达人严厉地问。

"如果我死掉，它就会落在阿兰卡人手中，那整颗星球都将瞬间拥有雷管。他们是众所周知的集体主义者。如果我能离开这里，早晚有一天，你们还能自己揭开秘密。"马丁上气不接下气地说，"你们自己决定吧。"

格达人伸手去拔身后的宝剑，但日本人严厉地说了句什么，不是用旅行语，而是格达语。格达人低下头，退到后面。

"你真的不说……"日本人语气低沉。

马丁摇摇头。

"那你也不要将谜底告诉他们。"马蒂亚斯嘟囔了一句，"要么只有一个人，要么就是所有人同时掌握这个秘密！但绝不能让某一个种族拥有！"

他看了眼那两个格达人，他们也点头同意。几个淘金者没再多说一句话，绕过马丁和伊琳娜向前走去。

"我们能帮你争取的时间并不多。如果走运的话，15分钟。"

"我最少需要24分半钟。"马丁认真地回答。

日本人点点头，消失在雾中。

"这是个非常愚蠢的决定。"云层中传来一个声音，"阿兰卡并不想统治全宇宙。等我们全面了解雷管的秘密后，雷管将属于所有智慧种族。"

"传说还历历在目……"马丁又全力奔跑起来。

头顶传来呲呲声,一道蓝色光柱穿透浓雾。飞行器应该打开了探照灯,在镇子上空飞来飞去。

"你不会有24分半钟的……"伊琳娜边跑边说。

"他们把所有人都杀死了?"马丁问。

"不是杀死。我在阿兰卡上看到过……是肌肉麻痹剂……我们很走运,没有被打中……"

马丁对"走运"有不同的理解,却不能跟伊琳娜解释,就让阿兰卡人继续以为自己的对手是菜鸟吧。

空中有声音传来:"我们不是残忍无度的生物,不想做任何对你们不利的事情。你们还有投降的机会。"

他们刚逃离贫民区,一架飞行器就飞过了窝棚上空,打下蓝色的光柱。盲目无力的枪声在浓雾中响了几下就沉寂了。马丁甚至看到来回奔跑的淘金者纷纷倒下的身影。肯定有人成功逃离了小镇,不过也不用指望他们帮忙了。

"你要找什么?"伊琳娜大喊,"找什么?"

"'保险柜'!最好是'快速保险柜'!"

他们蹚过一条浅浅的小河。两岸岩层上肥沃的土壤里生长着当地的小树。小镇不往此方向扩张的原因很明显:这里几乎全由山岩构成,小的不到一人高,大的一直向上延伸至浓雾之中。

"找信标!"伊琳娜下达指令,"那儿有条小路……"

在一串蓝绿色信标灯的指引下,他们跑到一堆"保险柜"前。此处的"保险柜"不是很多,应该没起什么响亮的名字。

"慢的,慢的,慢的……"伊琳娜弯腰检查"保险柜"的舱盖,读取上面的数字,"都是慢速的!'快速保险柜'的数字后应该有字母S!"

"那边还有。"马丁挥了挥手,他们奔向另一组信标灯围着的保险柜。离目标还有三百米左右时,空中突然传来轰鸣声,一道蓝色光柱穿透浓雾。

"分开跑!"伊琳娜大喊。但他们没来得及分散开,光柱的边缘就打中了伊琳娜,又闪到远处去了。

马丁向空中的飞行器开了一枪，但这仅仅能发泄愤怒。他弯腰去看伊琳娜，后者正笨拙地在石头上转圈，试图爬起来——她的右半身麻痹了。

"真不走运……"姑娘低声说。她的嘴角动不了，说出的话几乎让人听不懂，"快跑！快！"

马丁本可以告诉她，这与走运不走运没有任何关系。阿兰卡人有非常优秀的射手和精准的导航系统；而以受伤者牵制逃跑敌人的计谋几千年前就被广泛应用了。

"快跑！"伊琳娜用左手触摸马丁说。他感觉，姑娘正在拔自己枪套中的左轮手枪，"我牵制住他们！"

"别犯傻！"马丁按住她的手，喊道，"向他们投降，明白吗？"

他迅速吻了一下她的唇，在光滑的黑色石头上跑了起来，他心中甚至没有愤怒。阿兰卡不是残忍嗜血、滥杀无辜的种族。阿兰卡人不杀戮，也不欺骗，只会有条有理、精确地完成自己既定的任务。

或许他们最终会与其他种族分享塔丽斯曼的秘密，但绝不会顾及过程中会发生什么事……

马丁遇到的第二组"保险柜"比刚刚的那组丰富些，有十多个，第一个舱盖的数字后就有字母S。

马丁坐在舱盖前，深吸一口气，掏出耐用的"黄蜂"军刀，仰天长问："很有趣，不是吗？计算机就是计算机，可你们还是缺点儿东西……"

道格尔没有回应。飞行器的涡轮也没有发出轰鸣。

马丁冷笑了一声。就连地球上的直升机飞起来都不会发出这么大的轰鸣声。阿兰卡人的交通工具更应该是无声无息的……

马丁把热能枪设置成最大功率，移动准星，使射击面尽可能大些。他朝雾蒙蒙的天空毫无目标地连续射击了20秒钟。

此刻，阿兰卡人的飞行器无声地悬停在空中，等待愚蠢的地球人为智慧的阿兰卡人揭开塔丽斯曼的秘密。

马丁注意到空中发生了三次爆炸，听到了五架飞行器跌落的声音，而且其中一架摔得很惨,浓雾都没有减弱金属在岩石上发出的刮擦声。不知是因为太高,保护气泡没能起到缓冲作用,还是救援系统和安装在挂架上的发动机对热能枪的打击过于敏感。

"对不起了,"马丁说着将枪托上亮起红灯的武器扔到一边,"是你们先动手的。"

道格尔愤怒的回应从地面传来:"马丁,如果我的人受伤,我会把你的血一滴一滴地全部放光!"

"谢谢,我自己来。"马丁说着,打开了"保险柜"的舱盖。

"保险柜"中是一块半透明小电路板,仿佛是用磨砂玻璃做的三角形电路板。这就是某个未知种族的雷管……马丁将其远远抛出。

然后,他用刀把手划破,将几滴鲜血滴落在石头容器的底部。

## 五

一切与逻辑无关,虽然古老而无懈可击的逻辑是智慧最好的朋友;一切也无关直觉,尽管直觉是理性最安全的拐杖。

这仅仅是感觉,介于梦与现实边缘的感觉。

一定是这样的!

任何人都能来到此地,获得无限的能力;任何人都应随身携带自己的密码——还有什么比血液更适合做密码呢?

无论是原始初民顶礼膜拜的自然神时代,还是残忍嗜血的诸神时代,血的作用从未改变。

这一真理深植于人类古老的记忆,或许从管家上一次造访地球时开始,这一真理就出现了。当不同星球间的联系被切断,塔丽斯曼的大门不再对人类敞开,人类依然将鲜血洒在祭台或神坛上,徒劳地对着沉寂的苍天祈求、祷告。

马丁拧紧"保险柜"的石舱盖,用手表设置好定时——24分半钟,然后手握雷明顿,趴在地上。他不知道阿兰卡人能否监视到他的一举一动,但清楚地知道,他们要阻止他的行动。

"你确信一切会如此简单吗?"雾中传来一个声音。虽然声音通过扬声器放大后损失了一部分情绪,但马丁还是觉察到这语气中的一丝好奇,一个自然科学家单纯而强烈的好奇。

"确信。"马丁说,"怎么样,讲和了?"

道格尔笑了,笑声听起来很忧郁。

"我不能。你走得太远了。我说不出你的一个不字,我们数据库中对你的分析结果也非常好……但你不是阿兰卡人。"

"确实不是。"马丁同意,"实在对不起。"

"你该明白,你斗不过三十名专业人士,"道格尔继续规劝他,"更何况你的热能枪应该已经没有子弹了。"

"你可以试试,"马丁提议。他转了转枪身,试图通过光学瞄准器在浓重的迷雾中找到目标……但他除了浓雾什么都看不见,"顺便问一句,你说的'专业人士'是什么意思?难道他们不是年轻的科学家吗?"

"'专业人士'除了自己的专业外一无所知,"道格尔说,"合理发展的个体应该是全才。马丁……我有个好建议!"

"什么?"马丁大喊。他们两个都在拖延时间,这只能说明一个问题,看不见的、全面发展的阿兰卡人正借着浓雾慢慢向马丁靠近。

"真诱人……"马丁说。浓雾中一个阴影若隐若现,出现在马丁的瞄准器中。

"怎么样?"

"不好。"马丁按动扳机。短促的叫声使他确信刚刚看到的阴影并非幻觉。

"你真是白痴……"道格尔忧伤地说,"向我的人开枪对你没有任何好处。"

"打中了?"马丁好奇地问。

"打中了。"道格尔承认。

"了解。"马丁说,"准度四颗星。"

他对着另一个闪过的影子又开了一枪。

"打伤了,"道格尔评论,"但目前一个都没死。你还有机会。"

"你还在拖延什么?"马丁喊道,在原地打转,"不想失去自己人?勇气不足?"

浓雾……到处都是白色的浓雾。

马丁天真地期待着"保险柜"里的血滴会变成雷管。

"我只是不想杀你。"道格尔平静地回答,"你很厉害,揭开了塔丽斯曼的秘密。管家显然对你很感兴趣……但他们的看法很快就无关紧要了。不过……如果可以将敌人变成朋友,那为什么要消灭这个敌人呢?"

马丁沉默不语。道格尔似乎并没有说谎。可悲的是,即使置身于目前这种情境,也还是难以对一个还算不错的阿兰卡人开枪……

"只要我下令,"道格尔继续说道,"这里就会火光四起,明白吗?我甚至不用派自己人跟你肉搏。只要等离子枪一开火,你就完了……我跟你保证,射手已经手痒得不行了!"

"那你还在等什么呢?"马丁问。还剩下12分钟。

时间慢如永恒。

一阵微弱、含糊不清、难以理解的说话声让马丁警觉起来。随后,道格尔兴奋地说:"情况有变,马丁。你的女人在我们手里。"

"骗人。"马丁必须得说些什么。

"伊琳娜·肯,请您说些什么吧。"道格尔彬彬有礼地恳求。

"马丁,别出来!"浓雾中传来伊琳娜的声音,"他们不能拿我怎么样!"

"或许吧。"道格尔说,"但他会相信吗?而且,你本人会相信吗?"

"真卑鄙!"马丁喊道,"用女人当人质……"

"如果这能保全两条生命,为什么不呢?"道格尔很惊讶,"所以我建议你站起来,走到前面。不许拿武器。"

马丁闭上眼睛,摸摸温暖的石头舱盖,雷管正在石盖下慢慢成形,即将大功告成。

"马丁!"伊琳娜喊道。

"我在这里。"马丁闭着眼睛说。

"他们真的会用等离子枪打你,"伊琳娜忧伤地说,"道格尔的飞行器掉在了岩石上,在悬崖边……非常方便。"

"你有什么主意?"马丁问。

伊琳娜笑起来。

"我爱你。别出来,马丁!"

一阵微弱的响声传来,随后周围一片死寂。

"道格尔·肯,让伊琳娜说几句话。"马丁抬起头恳求。

"马丁·肯,我真的非常遗憾。伊琳娜没有说谎。我们确实位于高处。她……可能受麻痹剂的影响……"

马丁试图瞄准声音传来的方向。

他的心空了。

"我很遗憾。"道格尔重复说,"她跳崖了。我能看到她……很模糊。如果你现在出来,我们想办法把她救上来。我们的医疗水平……"

"她让我不要出来。"马丁说完,扣动了扳机。

不知是运气弃他而去,还是浓雾使他无法确定方向,只听道格尔长叹了一声,说:"我很遗憾,非常遗憾……"

下一秒钟,枪声大作。

马丁本以为他们会用热能枪打自己,但不知是这种武器在阿兰卡并不流行,还是他们认为子弹更可靠,所以舍前者而取后者。子弹打在石头上噼啪作响,仿佛夏日的冰雹纷纷砸在铁皮屋顶上。子弹几乎是擦着马丁的头皮飞了过去,如此说来,高处也未见得有多高……一根细长的银针扎入马丁面前的石头中。另一根银针将岩石的黑色晶体击成齑粉,石屑溅了马丁一脸。第三根针刺穿了他的左手,他没感觉到疼痛,换弹夹的手指瞬间染满鲜血。

这时,一道闪电从天而降。

第一道闪电袭来时,马丁还以为是浮躁的阿兰卡人使用了新型武器。一道白色的折线在高空闪过，钻入黑色岩石中。一声炸雷响起，仿佛是从岩石中传出浑厚的响声。

第二道闪电贴着地面飞过。这是一道空前美丽的淡紫色闪电，穿越了地平线。星球如被玉环缠绕。臭氧的气味弥漫开来，马丁的头发被静电弄得噼啪作响。

"怎么回事？"道格尔大惊失色。"嗒嗒嗒"的枪声沉寂下来。显然，阿兰卡人将发生的一切都算到了马丁头上。

马丁仰天长笑，一切都如自己所料。

塔丽斯曼运行起来了。

远古工厂接收了新的程序，开始生产新的雷管——为了人类……或者说，只为马丁一人？

闪电的威力虽减弱了一些，却一道接着一道。天空被罩上一张火焰网，好像雷神朱庇特[1]一般狂怒，发出嘶吼。黑色岩石射出耀眼又混沌的光线，浓雾变得透明了一些。一阵疾风吹过，却难以辨别风吹来的方向。诞生于闪电之中的小型旋风极速掠过大地。

枪声又一次响起，但开枪之人似乎有些犹豫，仿佛知道以武力对抗自然现象只是徒劳。马丁摸了一下石头舱门——是热的。

这一刹那，阿兰卡人的三根银针一齐射中了他。第一根银针刺穿了他的手掌，将他的手钉在舱门上，第二根击中右侧肩胛骨下方，第三根刺入腿部。

马丁非常想喊叫，但他忍住了，只是咬破了嘴唇。

伊琳娜不也没有叫吗？她从悬崖纵身而下，拥抱自己的第七次，也是最后一次死亡。

"马丁，是你不给我们留出路。"道格尔说。

马丁看了看表。道格尔也在计算时间，绝不会给他拿出雷管的机会。还有4分钟……

闪电，华丽的树状闪电，带着花边和螺纹的巴洛克风格闪电，球状

---

[1] 罗马神话中的众神之王。

闪电……天空闪着蓝光，鸟群在空中飞翔，闪电在头顶炸响。

马丁清楚地看到卡西欧旅行家手表上的数字加快了速度，转瞬之间就向前跳了4分钟。

马丁笑了。

舱盖因鲜血变得湿滑，手掌在上面打滑。再拧一圈就可以打开了，而他足足用了一分多钟。

掀开石头盖之前，他不得不休息片刻。

"马丁，投降吧！"道格尔的声音传来，"你的女人还有救！快站出来，我们不会伤害你！"

"俄罗斯人永不投降！"马丁沉声宣告，猛地掀开舱盖。

"保险柜"底部，一颗金色的凝胶状小球微微颤动着，从内部发出纯净耀眼的光，仿佛有一缕真正的太阳光落在其中。

马丁拿起金丸——它仿佛是自己滚上了他的手掌。为人类而生的雷管原来是温暖而柔软的。一股轻微的刺痛贯穿了马丁的手指，他翻过身仰面朝天。

白色的雾在头顶翻滚，闪电如金蛇狂舞，击打着黑色的岩石山顶。雾中不时出现几处孔洞，龙卷风疯狂旋转。邪恶之星刺眼的光线冲破雾的缺口，刺痛了马丁的眼睛。

马丁张开嘴，把金丸丢到舌头上。

一股暖流瞬间滑过喉咙。

"马丁，再给你最后3秒钟！一！"

最可气的是，他不知道雷管需要多长时间才能发挥功效。是一昼夜，还是一小时？哪怕是一分钟也好……

"伊琳卡，我总是来不及……"马丁喃喃自语。他全身一阵痉挛，突然看到外星的阳光穿透云层。

"二！"

他觉得胃里翻江倒海，仿佛整个身体都在抗拒不请自来的食物，用所有生物的本能抓住安宁和单纯。马丁将身体蜷缩成一团，硬生生把恶心压了回去。

"三!"

心脏在胸腔狂跳不已,然后又安静下来。马丁躺着,贪婪地大口呼吸着空气。

山顶上,熟悉的沙沙声再一次传来,头顶的雾突然燃烧。

电磁波先是掠过马丁的头顶,幻化出彩虹的颜色,然后变幻成人类肉眼感知不到的光谱波段。随之而来的是强烈的硬辐射流。马丁举起手,将手掌对着伽马射线流,感觉到射线流如雨点般砸在皮肤上。

紧接着,空气沸腾翻涌起来,等离子雨从天而降。

马丁站了起来……

……他摸了摸伊琳娜,连接她破碎的人体组织,重启心脏功能,清除体内的废物。一部分神经元来到图书馆星,向前大学总务主任解释,破译公墓墓碑上的名字并不比用鸟骨算命更有意义……

……等离子枪被压成一个四四方方的真空立方体,越压越扁……

……他陷入了恐惧……

……《超级地带》[1]中的歌曲《灵魂之窗》,想当初,他忍不住听过现场……

……抛掉所有愚蠢的、燃烧的、有破坏性的,那些……

……到了叔叔家——一个身穿便装的人端坐在椅子上,叔叔站在他面前慷慨激昂地宣称,依据……

……令人头晕目眩,令石头融化,试图焚毁一切的……

……用谴责的目光看着阿兰卡人的脸,轻轻地……

……宪法的哪些条款,他没有义务回答有关侄儿的任何问题……

……在赢马客栈一口饮尽杯中的凉啤酒,酒馆里响起若有若无的和弦,演奏者技术精湛,这首曲子是歌手史蒂夫·范的《灵魂之窗》精彩片段……

---

1. 被誉为"神级吉他手"的美国音乐人史蒂夫·范于1999年发行的专辑。

……越压越扁,连原子都愤怒地嘎吱作响……

……他陷入了恐惧……

……她已奄奄一息,他将时间轴稍微向回拉,复制他们的结构,又创建出新的……

……终于弄清楚,如何将三色牙膏塞进牙膏筒中……

……一脚就将他们踢向正确的方向,去往管家的驿站……

……他在蔚蓝远方看到一位既不年轻也不漂亮还不太聪明的女人,名叫加莉娅。她已经第一百次试图给管家讲实用的故事。他对她低语,低到只有她的内心才能听到……

……那本书叫《三个火枪手》,与他写的书情节相似……

……他陷入了恐惧……

……他读完了署名友达的第二本小说《四个调查员》,决定不告诉吉吉一个让他伤心的消息——很久很久以前,有人写过一本书……

……1997年的德士雅[1],但终究还是没买,铁公鸡实在不舍得拔毛……

……他叹了口气,发现小加蒂站在克利姆面前,在英格玛村……

……他尝了尝1994年的拉菲和……

……一个男人的故事,他手拿着标语牌日复一日地站在莫斯科驿站门口……

……他仔细端详着自己的身体,看到不满意的部位便立刻动手修正……

所有一切骤然而至,
同时又
错综复杂。

---

1. 法国德士雅酒庄出品的葡萄酒。

因为时间不再有任何意义。

然后马丁停下来，看着天空。

看着管家的眼睛。

还听到了他们的声音，数千种声音汇集于脑中——

"你以后打算怎么办，马丁？"

"我不知道。"

"你明白自己已无所不能。你甚至能创建自己的世界。你也知道，这是死胡同。但你能够成为我们中的一员，马丁。"

"但我不知道你们是谁。"

"你起心动念，立刻就能知道。"

马丁意识到，现在自己已经知道答案了。

"现在，你决定了？"

他便动了一念，于是一切都安静下来，安静到连创世伊始就残存于宇宙的辐射噼啪声也沉寂下来。

于是，马丁开始侧耳倾听。

一个叫马丁的前人类站在540362年三个月又两天4小时8分钟5.16秒前创建的塔丽斯曼小星球上，站在熊熊燃烧的岩石中间，而时间在耐心地等着他做出自己的选择。

## 尾声
# 白

"哪儿都比不上自己的家。"

Белый 380~780nm

"那个叫马丁的人低下了头,"马丁说,"脚下的岩石烧得发红,隔着鞋都能感觉到炽热。随后,他走向自己心爱的女人。当他终于走到她身边时,他的鞋底已经烧坏了。"

"这里又寂寞,又凄凉,"管家喃喃地说道,"我听过很多这样的故事,旅人。"

"去你的!鳞片怪!"马丁大叫着跳起来,"你在玩我!"

管家笑起来,一口接一口地吸着烟斗。这个管家身材魁梧,黑色绒毛柔软发亮,盖住了鳞片。他说话的声音柔和又治愈。

"我没玩你,我是在笑。怎么,我不能开个玩笑吗?"

"我已经讲了六个小时……差不多七个小时了!"马丁愤慨道,边说边坐回椅子里,"玩笑……您经常这样开玩笑?"

"很少。这是特例。"

"你回答问题了!"马丁大叫,"好了,你刚才绝对是在回答我的问题!总算被我逮到了!"

"我们经常回答问题,"管家不失尊严地说,"不过前提是你能领悟到那就是答案!"

马丁点点头,伸出手去,管家将一个被烟熏黑的老烟斗放到马丁手里。这是马丁最喜欢的烟斗,马丁一直将它放在地球上,从未将它拿出过自己的办公室。

但马丁没有立刻点燃烟斗。他看了看管家,问:"那里怎么了?以后会怎么样?"

管家叹了口气。

"要想明白发生了什么,你需要再往前迈出一步,不再做智慧生命,向上进化一个台阶。而你……"

"而我怕了。就像你们一样……"马丁痛苦地承认道。

管家摇摇头,"不。你没有恐惧。正相反,你勇敢地回了头。而我们却犹豫不决。凡是智慧能给予我们的东西,凡是智慧能做到的事情,我们已经全部纳入囊中了。"

"斯维亚托戈尔勇士[1]也通过呼吸把一些气力传给了伊利亚·穆罗梅茨[2],"马丁说,"好让大地能够承受住他的体重……"

"我知道这段历史。"管家点点头。

"这只是传说。"马丁纠正他说。

"世界上所有的传说跟真实的历史一样,不多不少,"管家回答,"你是知道的,历史讲述的仅仅是讲述者的故事。"

"在自己的星球上,我该怎么讲这个故事?"马丁问。

"你就讲真话,马丁。你就讲,有两条路可以选择。一条路能给你想要的一切;而另一条路,会给你更多的可能,尽管你不知道具体是什么。"

"我知道会有什么样的选择。"马丁说着,开始往烟斗里装烟丝。

管家摇摇头,"你确信?你本人可是放弃了。顺便问一句,你为什么放弃?"

"拉菲,"马丁回答,"顶级红酒……"

管家皱紧了眉头。

"这是错的。"马丁解释说,"你知道吗?因为太简单,所以索然无味。我明白了奥林匹斯山上的众神为什么只喝仙馔蜜酒,因为他们对人类的葡萄酒已经不感兴趣了。"

"但我还是不能理解你。"管家坦诚地说。

"我热爱生活。"马丁简明扼要,"即使叫我'假绅士',但我就是喜欢听优美的音乐,品尝稀有的葡萄酒,阅读有趣的书,和聪明人对话。我喜欢旭日东升,也喜欢深夜大海的惊涛拍岸。可是,怎么可能一举获得这一切呢?一口饮尽所有的葡萄美酒?一下子读完所有的书?怎么能获得了神的力量,却还保有人类的梦想?这是折磨,而非幸福!就如同

---

1. 斯维亚托戈尔,意为"圣山",最古老的勇士。在俄罗斯英雄史诗里,他身体极重,连大地母亲都承受不住。
2. 伊利亚·穆罗梅茨,古罗斯部族(俄罗斯人、乌克兰人和白俄罗斯人部族的共同祖先)歌颂英雄的传统民歌《壮士歌》中的主人公。他是公元十世纪基辅的圣弗拉基米尔一世宫中的主要勇士。

婴儿般坐在大大的学步车里,为自己伸手就可以够到任意一个拨浪鼓而自鸣得意一样。"

"但这还不是主要原因。"管家说。

"是的,不是主要原因。我想象自己从一颗星球走到另一颗星球,从事伟大的事业,除恶扬善……当然,这很惬意。然后,无数同样无所不能、刀枪不入、长生不老的地球人、阿兰卡人、格达人……开始步我的后尘,在星际漫游。我们不无嫉妒地呵护最平凡的智慧生命,因为我们所拥有的,不过是面对他们时的虚荣心和优越感。然后,我们会无聊苦闷,兴味索然……"

"我觉得这也不是最主要的。"管家摇摇头,"对吧?"

"好吧,谁也骗不了你。"马丁笑了,"这不是主要原因。从一开始——当伊琳娜告诉我进化、大灾难和进化停滞会受到惩罚的时候,我就觉得那一切都是谎言,一个彻头彻尾的巨大谎言。这些世界末日,对于无知的自然界来说太过于理智,对于超智慧来讲又太过于无知。自然规律与我们有什么关系?不管我们追逐猛犸象、引爆原子弹还是穿越时空,都改变不了宇宙间的任何东西一丝一毫。那些不被允许之事我们反正就是做不到。请问,是否有哪颗星球上的 $\pi$,与地球上的 $\pi$ 含义不同?"

"你上过学吗?"管家说,"$\pi$ 可是常数。在我们的宇宙里,它不可能有别的含义。如果你不喜欢,就自己创造另一套数学体系吧。"

马丁笑了,"看吧看吧,想象一下神明,一开始给了他人可以与之比肩的能力,然后又对挑战者大打出手。这不是神,而是自封为王却对自己王位不自信的僭越者。"

"譬如已经拥有无限能力的半神——管家?"管家问道,点点头,"不要指责他们,求你了。你现在已经了解了我们的历史。"

马丁点点头,"我知道,所以我不指责,所以当我明白曾经所有的天降灾厄均出自你们之手,我居然放心了。就算我不知道智慧之外是什么——那里完全是另外一回事——星球不会炸毁,闪电不会在空中释放,而是比这更多的东西。"

"我已经告诉过你了,神明不会烧毁桥梁,自有人类去这么做。"管家点点头,"也许有一天,我也会想去了解未来是什么样子。我十分希望自己不再是金刚不坏之躯,但我的前方还有成千上万年。如果我不觉得疲倦的话,甚至有几百万年。"

"千百万年,与永恒比起来,又算什么呢?"马丁站起身来,"我可以回地球了吗?"

"当然。你可以去任何你想去的地方。"管家想了想,又郑重其事地补充说,"顺便说一句,你以后都不需要再绞尽脑汁地编故事了。"

"没关系,我已经习惯付过路费了。"马丁说,"再会。"

"再会。"管家点点头,"是的。"

"'是的'是什么意思?"

"你不是想知道伊琳娜有没有讲完故事吗?她早就讲完了,现在她在二楼,六号房间。"

马丁微笑着离开了。

天气很热,太阳火辣辣地炙烤着大地。走出驿站时,马丁甚至惊叫了一声。

"你确定我们在莫斯科,而不是佛罗里达?"伊琳娜皱着眉头问。

"确定。"马丁四下张望,寻找尤里·谢尔盖耶维奇的车,"可怜的家伙,车里连个空调都没有……我是在说我认识的出租车司机。"

"哦。"伊琳娜有些不相信。

他们过了边检。马丁自信地走向中校的车。尤里·谢尔盖耶维奇穿着一件格子衬衫,但没有系扣子。他坐在驾驶位上,满脸通红,大汗淋漓,用一种既不耐烦,又屈服顺从的眼神看着马丁。马丁有些后悔,在他上天入地无所不知的刹那,怎么就没关注一下克格勃到底对哪些事了如指掌,又对什么一无所知?尤里·谢尔盖耶维奇是否知道这个长着马丁模样的、返回地球的男子究竟是谁?他是否一直绝望地等待着"并非最坏的方案",还是用宇宙知识数据库的资料安慰自己,数据库的密钥还是刚刚任命的少校提供给他的?

"你好。"马丁握了握他湿漉漉的手,"回家。"

尤里·谢尔盖耶维奇咽了口唾沫,但还是顺从地启动了汽车,由于温度过高,发动机不情愿地开始转动。

"马丁,"伊琳娜低声问道,"你不怕吗?"

马丁觉得,尤里·谢尔盖耶维奇向后座伸长了耳朵,不想放过任何一个单词。

"我们有什么可怕的?"马丁问道。

"下一个找到塔丽斯曼秘密的人。"伊琳娜认真地说,"好吧,你是拒绝了……可如果下一个人是渴望全知全能的平庸坏蛋,那该怎么办?"

马丁向后视镜中的尤里·谢尔盖耶维奇眨了眨眼。

"伊拉,没那么简单。管家在几千年前找到塔丽斯曼时……怎么了,打不着火了吗?"

尤里·谢尔盖耶维奇颤抖了一下,踩下油门,把车驶出停车场。马丁提高嗓门继续说道:"管家找到塔丽斯曼时,这颗星球已经至少被两拨人使用过了。顺便说一句,两者都不是类人种族……我想我能猜到其中的原因,那时候,宇宙还不具备适合有机生物生存的条件。管家因这份意外之礼欣喜不已,甚至都不曾细想之前的使用者现在去哪里了?毕竟管家走的也是这条路,即最大限度地利用智慧给予他们的一切,尽可能拖延下一次进化的飞跃。他们将塔丽斯曼改变成自己需要的样子,获得了无限的能力,然后才意识到自己落入了陷阱。全知全能超出了普通智慧生物的需要。智慧也不知该如何处置这从天而降的能力。大部分管家可能很快就意识到了这一点,然后……"

"然后他们死了。"伊琳娜说。

"他们进入了新的阶段。不过在我们看来是一码事。少数管家——我希望只有少数——开始发疯,他们扮演上帝、打仗、旅行、满足自己的好奇心……注意,不是求知欲,只是生物性的好奇心而已!"

"就是我之前说的梦想成真吗?"伊琳娜问,"我懂了。这并不是智慧的需要,而是属于上一个阶段——是本能!成为最最美丽、最最强大的女人,让所有的人对自己都又爱又怕……马丁,我真的很想这样!"

汽车一个急转弯,尤里·谢尔盖耶维奇骂了句街,然后安静下来握紧方向盘。

马丁看着伊琳娜,笑了。

"真聪明。就是本能。被上帝气息触及的人类当然会受到巨大冲击,不可能还留在原地……要么飞升上天,要么跌入泥潭。一上一下都大有人在。于是,世界开始颤抖;于是,文明开始坍塌。管家的第一个星际网络彻底崩溃。数百颗星球,每颗星球上都有疯狂的神灵为所欲为,他们要做的第一件事就是摧毁星际网络,以免出现新的竞争者。数百个世界,每个世界都有自己的奥林匹斯山,有众多神灵……高不成低不就的管家返回母星,将自己的意识汇聚为集体智慧,也算多多少少运用了新生的力量,他们不想继续进化,也不想倒退回本能阶段。直到这些神灵冷静下来时——有些大彻大悟到向上进化,有些则因失去生存的意义而消失——他们才会做出新一轮的尝试。管家回到那个上一次因全能试验而烧毁得面目全非的世界;回到传说企图成为神灵会遭天谴的世界;回到有巴别塔传说的世界;回到那些惧怕进化和发展的世界。"

"如果历史重演呢?"伊琳娜问,"被真正的上帝教训,或者被疯狂的半神惩处又有什么区别呢?"

"没那么简单,伊拉。"马丁握住她的手,"你不会以为我是这么多年来第一个悟到塔丽斯曼秘密的人吧?管家得出了自己的结论。现在,塔丽斯曼与每位觊觎雷管者一对一合作,未达到要求的得不到雷管;而如果愿意,就继续自己的行程。智慧之于你的意义、你身上的人性与兽性哪个更多一些,一切由你自行决定,也必须接受相应的结果。我真不该跟阿兰卡人战斗……请您看着点儿路,那就是我家了……反正他们在'保险柜'里什么都找不到。"

"可是你自己不是得到雷管了吗?虽然后来你又放弃了。"

马丁耸耸肩。

"有时候,某物存在的意义或许就是为了让你能够放弃它。伊琳卡,能到我家里坐一坐吗?"

"我家人会打死我的。"姑娘愧疚地说。

马丁笑了,"怎么?你还要适应适应吗?打个电话,安慰安慰家人,告诉他们,你已经在地球上了。"

"在地球上的什么地方?"

"在未婚夫家。"马丁脱口而出,又赶紧闭嘴。

"这我得好好想想。"伊琳娜忧伤地说,"这太意外了。"

"真的吗?"

"伊琳娜·埃内斯托夫娜[1],"尤里·谢尔盖耶维奇没有转身,"还是让我送您回家吧。反正您的准未婚夫必须在家写报告。"

"难道他刚才做的口头报告您没录下来吗?"伊琳娜咧嘴笑了,"马丁,我要回家了。如果家里人骂我,我就去你家躲清静,或者去塔丽斯曼,让自己成为伟大又可怕的人……"

"对你来说还不是时候。"马丁下了车,又忍不住说道,"再等四十年吧。"


每个有教养的人都知道,看望上了年纪的亲戚虽然令人不胜其烦,但在某种程度上也令人愉快。尤其是当上了年纪的亲戚还没有失去生活品位,还没有开始喋喋不休地抱怨每况愈下的健康状况,也没有唠唠叨叨地回忆当年功绩。

"可把你骄傲坏了,"叔叔拿着煎锅从厨房走出来,"跑去别的星球,真行啊!"

马丁提鼻子一闻,嗅到了酒香猪肉的味道。烹调此菜的精髓是:用红酒腌制的猪肉在烤熟前一定要另外倒入少许红酒替代已蒸发的红酒。

马丁说:"我可没骄傲……"

"最好别骄傲!"叔叔下令,"星际旅游现在已经是家常便饭了。想想苏联时期去趟保加利亚,要申办各种证件,证明你没有偷渡土耳其的打算——那才是真正的冒险!"

---

1. 用名字加父称的形式称呼伊琳娜以示尊敬。

马丁隐约觉得，就算在神秘的苏联时代，访问保加利亚也不会那么复杂。但他并没有出言反驳，只是委婉平淡地说："不同时代有不同的传奇故事。你不打算出门去旅行吗？"

"我这个年龄只有一个地方可去。"叔叔酸溜溜地说，"冰箱里有红酒，去拿过来……"

当马丁拿着两瓶摩尔多瓦赤霞珠回来时，叔叔正腰板笔直地坐在桌前——像莫辛-纳甘步枪[1]上的刺刀一样——拿着卡尼尔和奇斯佳科娃合著的《宇宙生物名录》。最近几年，不知是摩尔多瓦的葡萄品种改良了，还是酿造工艺有所提高，市面出现了不少精美的葡萄酒陈酿，酒精含量较高，口感纯正，质量上乘。

"看过没有？"叔叔晃了晃手里的书，吹毛求疵地问道。

"什么？哦，看过。"马丁谨慎地点点头。

"你说你去过图书馆星，"叔叔翻阅着已经破旧不堪的书，"这都是什么乱七八糟的！居然把笔墨花在这些破地方——公墓就算在银河系也是公墓，人死后都有机会躺个够。我在想……"他皱了皱眉头，直言相告，"我刚领了退休金，又不想像个大学生一样在不同的三星级酒店间转来转去……不，别说话！我可不想为老不尊地搜刮自己侄子的钱！我看中了一颗星球，特别有趣。"

马丁看了看翻开的书页，没有说话。

"塔丽斯曼！"叔叔兴奋地读道，"'该星球因发现大量"保险柜"而得名。"保险柜"为一种属性不明的物体，其内部定期出现紫色粉末、螺旋线圈、微型电路板三种不同物品。'这都不值一提，'此星球被成分复杂、厚度达两百米的浓雾层覆盖。'这太好了！现在就算是在莫斯科，阳光都很充沛。我多带些好吃的、烟草、刚发行的报纸、弹药……再带些调味品过去换钱。年轻人不懂，中世纪以来调味品就比黄金还要贵！"

"叔叔，为什么你偏偏选择去那里？"马丁边倒红酒边问。

---

1. 1891年沙俄研制的连发步枪。

叔叔思考了片刻,往自己和马丁的盘子中各盛了块猪肉,有点儿难为情地说:"我也说不上来。就是想去……"

马丁瞬间感到又寒冷,又忧伤。任何意识到要与亲人不可避免地分离的人都不免有这种感觉。但他还是鼓足力气,笑了笑说:"既然想去,就应该去。"

"要不,你跟我一起去?"叔叔有些不好意思地问。

"现在不行。以后有机会一定跟你去。你计划什么时候去塔丽斯曼?"

叔叔想了想,尝了口红酒,满意地点点头,"过一两个月吧。入秋时。"

"好吧。"马丁说。

他又给自己倒了些红酒,毕竟每一个猎手——不论他猎捕人类,还是追逐生活的乐趣——都清楚地知道,哪儿都比不上自己家,不论走多远,终有一天还是会回来。